BIRGIT JASMUND
Das Geheimnis
der Zuckerbäckerin

AF197219

atb aufbau taschenbuch

Sachsen 1730: Christiana liebt den Geruch des Backwerks und träumt von einem Leben als Bäckerin. Als ihr angeboten wird, eine Adelige zu spielen, um die These zu beweisen, dass Adel anerzogen ist, lässt sie sich auf das Spiel ein, denn ihr wird als Belohnung eine eigene Backstube in Aussicht gestellt. Doch schon bald, nachdem sie in die Adelsgesellschaft eingeführt wurde, tauchen Gerüchte über ihre zweifelhafte Herkunft auf. Nur in der verarmten Adeligen Therese findet sie eine Freundin. Verliebte Jünglinge und eifersüchtige Hofdamen sorgen bei Christiana und Therese für einen Strudel der Gefühle. Als Christiana jedoch des Diebstahls und der Hochstapelei bezichtigt wird, steht sie mit einem Mal vor einer schweren Entscheidung.

BIRGIT JASMUND

Das Geheimnis der Zucker-bäckerin

HISTORISCHER ROMAN

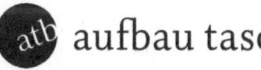 aufbau taschenbuch

ISBN 978-3-7466-3461-6

Aufbau Taschenbuch ist eine Marke
der Aufbau Verlage GmbH & Co. KG

3. Auflage 2025
© Aufbau Verlage GmbH & Co. KG, Berlin 2018
www.aufbau-verlage.de
10969 Berlin, Prinzenstraße 85
Der Verlag behält sich das Text- und Data-Mining
nach § 44b UrhG vor, was hiermit Dritten ohne
Zustimmung des Verlages untersagt ist.
Bei Fragen zur Sicherheit unserer Produkte wenden Sie sich
bitte an produktsicherheit@aufbau-verlage.de.
Umschlaggestaltung www.buerosued.de, München
unter Verwendung von Motiven von © Arcangel/Rekha und
akg-images/Jeremias Wolff Erben
Satz Greiner & Reichel, Köln
Druck und Binden CPI books GmbH, Leck, Germany

Printed in Germany

Seine Finger schwebten über dem weißen Turm. Emilius von Kobsdorff betrachtete das Schachbrett mit gerunzelter Stirn. Auf dem Brett standen deutlich mehr schwarze als weiße Figuren. Entblößte er die Flanke seines Königs, wenn er den Turm verrückte? Die Möglichkeiten der schwarzen Figuren schienen unendlich zu sein. Die seinen dagegen … Vom Turm wanderte seine Hand zum letzten weißen Läufer, er hob ihn hoch und drehte ihn zwischen den Fingern.

Der Läufer deckte den Turm, und wenn er ihn um zwei Felder verrückte, deckte er immer noch den Turm und … War dieser Zug ein Befreiungsschlag? Gab es überhaupt noch eine Möglichkeit, sich aus der Umzingelung der Schwarzen zu retten? Es schien schwierig, und der weiße Läufer nicht die richtige Figur dafür. Emilius stellte sie zurück auf das Brett, wandte sich erneut dem Turm zu.

»Eine Figur muss gezogen werden, wenn sie einmal berührt wurde«, sagte sein Schachpartner Laurenz Schumann eher gelangweilt als verärgert über den Regelverstoß. Er saß bequem zurückgelehnt im Stuhl, die Ellenbogen auf die Armlehnen gestützt und die Fingerspitzen vor dem Körper aneinandergelegt. Für einen Mann besaß er ungewöhnlich lange und schlanke Finger. Die Hände eines Arztes, die Geschwüre ertasteten und gebrochene Knochen einrenkten, Husten und Fieber behandelten oder Gewehrkugeln entfernten. Ja, auch damit hatte er als Arzt des sächsischen Generalstabes in Dresden zu tun, viel öfter allerdings mit Fällen von Ruhr und Typhus. Dr. Laurenz Schumann hatte auch

stets ein offenes Ohr für die Seelennöte und Leiden seiner Patienten, brachte sogar dann Verständnis auf, wenn diese nur eingebildet waren. Das hatte ihm den Zugang zu Dresdens besseren Kreisen eröffnet, ihm die Freundschaft von Männern wie Emilius von Kobsdorff eingetragen.

Emilius wusste natürlich um seinen Regelverstoß. Er griff erneut nach dem Läufer und verrückte ihn um zwei Felder. »Damit habe ich wohl meinen Untergang eingeläutet«, bemerkte er. »Es war nicht sehr nobel von dir, mich auf diese lästige Regel hinzuweisen, vor allem in deiner Position«, sagte er mit einem Lachen. Übel nahm er es seinem Freund keineswegs, fühlte sich auch nicht sonderlich geschulmeistert. Von den vier Partien, die sie bisher gespielt hatten, hatte er nur eine für sich entscheiden können. So war es immer, wenn er mit Laurenz Schumann Schach spielte. Ihm fehlte die Geduld des Freundes, alle Möglichkeiten zu durchdenken. Er stürmte lieber voran.

»Und ich habe gelernt, dass ein Mann sich in jeder Lage ehrenhaft verhalten muss«, entgegnete Laurenz. Auch diese Worte wurden durch ein Lächeln abgemildert.

»Gesprochen wie ein Adeliger.«

»Bestimmt färbt die Haltung der adeligen Offiziere auf mich ab.«

»Also ist Adel anerzogen?«

Während dieses Wortwechsels hatten sie das Schachspiel fortgeführt, und die vierte Niederlage des Tages war für Emilius nicht mehr abzuwenden. Er könnte seinen König um ein Feld vor- und wieder zurückrücken, sich aber nicht mehr aus der Umklammerung der schwarzen Figuren befreien. Als Zeichen seiner Niederlage legte er den König flach auf das Brett.

»Nein, Adel ist ein Geburtsrecht. Allenfalls eine adelige Haltung kann anerzogen sein. Noch eine Partie?« Laurenz

begann, die Figuren auf dem Brett neu aufzustellen, diesmal die weißen auf seiner Seite und die schwarzen für Emilius.

Aber der Freund schüttelte den Kopf. »Für diesen Tag habe ich genug Niederlagen einstecken müssen. Ich muss meine Wunden lecken. Portwein wird dabei helfen.«

Laurenz langte zu einem Beistelltisch hinüber und schenkte seinem Freund ein Glas des gewünschten Getränks ein. Obwohl sie sich in Emilius' Dresdner Wohnung aufhielten, waren die Rollen von Gast und Gastgeber zwischen ihnen nicht mehr klar verteilt. So vertraut und eingespielt war ihre Freundschaft.

Emilius rollte einen Schluck des schweren Weins auf der Zunge hin und her. »Eigentlich eine interessante Frage«, sagte er dazu.

»Was?«

»Ob Adel angeboren oder anerzogen ist. Du etwa zeigst trotz deiner bürgerlichen Herkunft die Gesinnung eines Adeligen. Woher kommt das? Es spricht für meine These, dass Adel eine Frage der Erziehung ist.«

»Solltest du, der du von adeliger Geburt bist, nicht behaupten, dass Adel angeboren ist, und mir die Gegenthese überlassen?«

»Das ist doch gerade der Witz an der Sache: Ich vertrete die Meinung, Adel sei anerzogen, und du hältst ihn für angeboren. Dabei würde jeder denken, es sei genau anders herum, und außerdem erhöht es den Reiz an der Diskussion.«

»Du willst wirklich über diese Frage diskutieren?«

»Der Nachmittag ist jung, warum ihn nicht mit einem gelehrten Gespräch füllen?«

»Über genau diese Frage mit umgekehrten Vorzeichen?«, erkundigte sich Laurenz ein weiteres Mal. Es könnte wirklich ein angeregter Nachmittag werden. Diskussionen mit Emilius führten zwar selten zu tiefschürfenden Erkenntnissen, waren aber allemal unterhaltsam. Mit der gleichen Sorgfalt, mit der er Schach spielte, stürzte der Arzt sich auch in diese Schlacht.

Eine Stunde und einige Gläser Portwein später hatten sie die Klingen ihres Wortwitzes aneinander geschliffen und alle Argumente ausgetauscht. Aber wie Laurenz befürchtet hatte, waren sie einer Lösung keinen Schritt näher gekommen, keiner war auch nur einen Fingerbreit von seiner Meinung abgewichen.

Emilius lehnte sich zurück und schlug die Beine übereinander. »Ich werde dir meine These beweisen.«

»Wie?«

»Du wirst es sehen.«

»Das ist doch keine Frage, die eines Beweises zugänglich wäre, als ginge es um die Wirksamkeit einer chemischen Lösung zur Behandlung einer Krankheit.«

»Du und deine Alchemie. Adel ist anerzogen, und ich werde es dir beweisen.«

Auch Nachfragen führten Laurenz nicht weiter. Der Freund war nicht bereit, die Art des Beweises zu offenbaren.

»Es steht dir frei, den Beweis für deine These ebenfalls anzutreten«, sagte er lächelnd.

»Wie soll ich das machen?«

»Dir etwas einfallen lassen.«

Was als spaßiger Zeitvertreib begonnen hatte, enthielt inzwischen einen ernsten Unterton. Laurenz kannte seinen Freund. Wenn der sich in eine Sache verbissen hatte, ließ er nicht wieder davon ab. Halb war er besorgt, halb amüsiert. Emilius war bekannt für seine ausgefallenen Ideen, und bestimmt sprach bald ganz Dresden über ihre Thesen.

Auf dem Weg in seine eigene Wohnung in Altendresden auf der anderen Seite der Elbe grübelte er darüber nach, wie ein Beweis für die These des angeborenen Adels aussehen könnte. Er war immer noch ohne Idee, als ihm in der Wohnung sein Diener Hut und Handschuhe abnahm.

Auf einem silbernen Tablett lagen mehrere Schreiben, die während seiner Abwesenheit abgegeben worden waren. Laurenz nahm sie mit in die Bibliothek, um sie dort zu lesen, derweil sein Diener seinen Wunsch nach einem kleinen Imbiss in die Küche im Untergeschoss des Hauses weitergab.

In der Bibliothek wurden ihm ein Stück Bähbe und eine Tasse Kaffee serviert. Dieses Hefegebäck musste stets frisch im Haus sein. Er brach eine Ecke ab und kaute genüsslich, derweil er seine Briefe durchsah. Bei den meisten Schreiben handelte es sich um Einladungen zu Kartenabenden, Kammerkonzerten oder gelehrten Vorträgen.

Von den Ersteren gedachte er keine Einzige anzunehmen. Er machte sich nichts aus dem Spiel um Geld. Hin und wieder eine Partie Schach mit Emilius, dagegen war nichts einzuwenden, aber er war der Meinung, es vertrage sich nicht mit seinem Beruf als Arzt, ein Vermögen am Spieltisch zu riskieren. Die Einladungen zu den Kammerkonzerten wollte er alle annehmen, er hörte sehr gerne Musik. Ebenso die zu den Vorträgen, es schadete nie, die Bildung zu erweitern.

Er legte die Einladungen beiseite, sein Diener würde sie später sortieren sowie die notwendigen Zusagen oder Ablehnungen schreiben. Ein Schreiben, das er bisher übersehen hatte, kam zum Vorschein. Es war an ihn als Arzt des Generalstabs gerichtet und auf der Rückseite mit einem beeindruckenden Siegel versehen. Laurenz erbrach es und überflog den Inhalt des Briefes. Der enthielt den Befehl, sich spätestens am 20. Mai in Kreinitz einzufinden, dort ein Feldlazarett auf die Dauer von sechs Wochen einzurichten und alle dazu notwendigen Orders zu erteilen. Eine entsprechende Vollmacht sei für ihn in der Kommandantur vorbereitet. Unterzeichnet war der Befehl von Graf von Wackerbarth, dem Chef des Generalstabs, und von Oberst Riedesel, dem Kommandanten des Infanterieregiments Königlicher Prinz.

Ein in das Schreiben eingelegtes Blatt enthielt eine lange Liste aller für das Lazarett als notwendig erachteten Arzneien und Gerätschaften bis hin zu Bettgestellen und Matratzen. Wenn alle notwendigen Anweisungen in sein Belieben gestellt waren, war es ihm wohl auch erlaubt, diese Liste zu ergänzen. Laurenz vertiefte sich auf der Stelle darin und hatte die Frage des angeborenen oder anerzogenen Adels vergessen, ebenso wie die Tasse Kaffee und das angebissene Stück Bähbe. Bis zum genannten Tag blieb nicht mehr viel Zeit, um alles vorzubereiten und für den Transport nach Kreinitz zu sorgen.

Er erwog hinzureisen, um sich das als Lazarett ins Auge gefasste Gebäude anzusehen und mit dessen Besitzer die notwendigen Vorbereitungen auszuhandeln. Seit annähernd zwei Jahren bereiteten der Generalstab und der Hof die Manöver bei Radewitz und Zeithain vor, die alle Welt von der Schlagkraft der nach preußischem Vorbild reformierten sächsischen Armee überzeugen sollten. Die Soldaten hatten dazu nicht nur neue Uniformen und moderne Gewehre aus Suhl erhalten, es war auch eigens ein neues Infanterieregiment aufgestellt und als ganz neue Waffengattung die Artillerie mit achtundvierzig Geschützen eingeführt worden.

Während der Vorbereitungen der Manöver war Laurenz als Stabsarzt mehrfach zu Besprechungen gebeten worden und hatte jedes Mal dringlich auf die Notwendigkeit eines Feldlazaretts hingewiesen. Er war sich jedoch nie sicher gewesen, ob die Herren Offiziere über ihren Plänen zu Schlachten und Transporten, den Fragen von Unterbringung und Verpflegung ein Ohr dafür gehabt hatten. Sie hatten, und wie aus der Liste zu ersehen war, hatten sie nicht nur an die im Manöver verletzten Soldaten gedacht, sondern auch an Fieber- und Durchfallerkrankungen, die unvermeidlich auftraten, wenn annähernd dreißigtausend Menschen über Wochen auf engstem Raum zusammenlebten. Laurenz setzte nun seinen Ehrgeiz darein, das Lazarett bestmöglich auszustatten. Er griff zu einer Schreibfeder, tauchte sie in ein Tintenfass und ergänzte als Erstes den auf der Liste aufgeführten Lazaretthelfer um zwei weitere. Die für notwendig erachteten Mengen an Medikamenten verdoppelte er und fügte weitere hinzu. Was während der Manöver nicht verbraucht wurde, könnten die Feldscher später erhalten. Nachdem er solcherart die Liste ergänzt hatte, lehnte er sich zufrieden zurück.

TEIL I

Vor dem Campement

*J*n Meister Mingels Backstube in Radebeul hing eine La-
terne über dem abgenutzten Holztisch in der Mitte des Raumes und verbreitete ihr warmes Licht. Eine brennende Kerze
stand auf dem Regalbord mit den hölzernen Dosen für Gewürze und Nüsse. Eine zweite Kerze beleuchtete die Back-
formen und Bleche, die in einem Gestell neben dem Ofen
auf ihren Einsatz warteten. Noch war es mitten in der Nacht
und selbst für einen Bäcker zu früh, um mit der Arbeit zu
beginnen. Statt des Meisters und seines Sohnes stand die
Magd Christiana an dem langen Tisch und verrührte Eier,
weißes Mehl, gute Butter und Zucker zu einem Teig. Sie be-
arbeitete ihn kräftig mit dem Holzquirl, bis er eine lockere
goldgelbe Konsistenz annahm.

Den Teig teilte sie auf ein gutes Dutzend kleine Förmchen
auf, die sie mit einem Holzschieber in den Ofen bugsierte.
Über mehrere Klappen regelte Christiana die Luftzufuhr
und damit die Temperatur im Ofen. In dessen Wärme stand
eine zugedeckte Steingutschüssel mit einem Hefeteig. Ihn
hatte sie als Ersten zubereitet und zum Gehen neben den
Ofen gestellt. Im Teig hatten sich bereits große Poren gebildet, und er hatte sein Volumen nahezu verdoppelt. Sie tippte ihn mit dem Finger an und entschied, er könne noch eine
kurze Zeit warten.

Aus Butter, Zucker, Eiern und Vanillemark schlug sie eine
luftige Creme als Zier für das Dutzend Törtchen im Ofen.
Außer mit der Creme verzierte sie die Törtchen noch mit getrockneten Pflaumen und Rosinen. Einen Moment betrach-

tete sie ihr Kunstwerk. Viel Zeit konnte sie sich nicht lassen, denn der Hefeteig wartete auf seine weitere Verarbeitung. Sie formte ihn zu drei Strängen und flocht daraus einen Zopf, den sie in den Ofen schob.

Ein einfacher Hefezopf, vielleicht noch mit Mandeln bestreut, war aber nicht, was Christiana vorschwebte. Ihre Idee rankte sich um etwas Komplizierteres. Deshalb schlug sie Eiweiß steif, vermischte es mit Zucker und gemahlenen Nüssen, bis eine geschmeidige Makronenmasse entstanden war. Diese wollte sie auf den Hefezopf streichen. Da Makronenmasse im Ofen mehr trocknen als backen musste, begann nun der knifflige Teil. Mehrmals schaute sie nach, ob der Hefezopf lange genug gebacken hatte, um ihn mit der Makronenmasse zu bestreichen und ihn danach noch bei niedriger Hitze eine Viertelstunde in den Ofen zu stellen. Die Zungenspitze schaute zwischen Christianas Lippen hervor, als sie mit einem Löffel vorsichtig das Nussmus auf dem Zopf verteilte. Aufatmend schob sie das Gebäck ein letztes Mal in den Ofen und wartete eine kleine Weile, bis die Makronenmasse locker aufgegangen war und oben eine feste Kruste gebildet hatte. Der Hefezopf sah nun recht braun aus. Aber es mochte noch gehen – gerade noch.

Sie ordnete alle Backwaren auf dem großen Tisch an, auf dem sonst die Teige geknetet wurden, dämmte die Luftzufuhr am Backofen, damit das Feuer nur noch glimmte, und verließ die Backstube. Es war immer noch dunkel, als sie die Küche erreichte. Die Hälfte des Raumes nahm der von oben heruntergelassene Hängeboden ein, auf dem sich ihr Bett befand. Sehnsüchtig warf Christiana einen Blick darauf, aber ihr war klar, dass die Zeit nicht mehr reichte, um noch einmal unter die Decke zu kriechen, ehe sie Wasser vom Brunnen holen und in der Küche das Herdfeuer schüren musste. Das Backen hatte sie den Schlaf der halben

Nacht gekostet, aber in der warmen Backstube zu stehen, den Duft der Teige und fertigen Kuchen zu riechen – sie konnte sich nichts Schöneres vorstellen.

Leider bestand ihre Arbeit im Hause Mingel darin, die Küche zu versorgen, der Meisterin und ihrer Schwiegertochter aufzuwarten, sich um Haus und Garten zu kümmern. In die Backstube kam sie nur zum Fegen, oder wenn sie tagsüber ein paar Minuten Zeit fand, um Meister Mingel und seinem Sohn über die Schultern zu schauen. Was sie über das Backen wusste, hatte sie auf diese Weise aufgeschnappt.

Wenn sie in manchen Nächten aufwachte, weil ihr der Kopf vor neuen Ideen für Kuchen schwirrte, konnte sie nicht anders, als aufzustehen und sie auszuprobieren. Mit einem Seufzen zog Christiana den Hängeboden hoch und wollte sich eine kurze Pause am Küchentisch gönnen. Sie setzte sich und legte den Kopf auf die Unterarme.

Kurz darauf standen der Bäckermeister Johann Walther Mingel, sein Sohn und Geselle Christoph Johann Mingel und der Lehrjunge Konrad in der Backstube und betrachteten die Kuchen auf dem Tisch. Niemand musste fragen, woher sie stammten. Konrad streckte die Hand nach einem der Törtchen aus, bekam aber von Mingel Junior einen Klaps auf die Finger.

»Sieht gut aus«, brummte der Bäckermeister.

»Das ist nur was für fiirnaame Leit.« Mingel Junior knetete seine fleischigen Finger.

»Das werden wir schon an unsere Radebeuler verkaufen. Vor allen Dingen den Hefezopf. Den können wir gut vierteln oder gleich kleinere backen.« Meister Mingel rechnete im Kopf bereits die Groschen aus, die ihm das besondere Gebäck einbringen mochte.

»Wie ist der Zopf nur gemacht? Das sieht doch aus wie

ein Makronenteig auf einem Hefegebäck. Wie geht das zusammenzubacken?«, wunderte sich Mingel Junior.

»Das ist ganz einfach.« Der Bäckermeister hatte auf den ersten Blick erkannt, wie Christiana es vollbracht hatte, zwei so unterschiedliche Teige in einem Gebäck zusammenzubringen. Er erklärte, wie erst der eine gebacken und kurz vor dem Ende der andere aufgestrichen werden musste. So lieb ihm sein Sohn war, so sehr bedauerte er dessen träge Gedanken und mangelnde Vorstellungskraft. Dass er selbst auf die Idee eines Makronenhefezopfes hätte kommen können, statt alle neuen Ideen in seiner Backstube immer Christiana zu verdanken, bedachte er nicht.

»Sollten wir nicht wissen, wie es schmeckt, was wir an die guten Radebeuler verkaufen wollen?«, wagte Konrad einzuwerfen.

»Verfressener Bengel! Aber du hast Recht«, brummte Mingel Senior und wuschelte dem Lehrjungen durch das Haar. Er nahm ein großes scharfes Messer zur Hand und teilte eines der Törtchen in drei Teile. Zwei größere und ein sehr schmales Stück.

Das kleine war für Konrad bestimmt. Alle drei ließen sich ihre Portionen auf der Zunge zergehen. Der lockere Teig, die süße Creme mit den Früchten – es war eine Komposition, die selbst verwöhnte Gaumen begeistern musste. Der Meister entschied, die Törtchen gleich zwei Pfennige teurer zu machen, als er ursprünglich gedacht hatte. Das war wirklich etwas für die vornehme Kundschaft. Konrad hatte seinen Anteil mit zwei Bissen verschlungen und wartete nun darauf, ob vielleicht noch etwas von dem Hefezopf für ihn abfiel. Bevor es für die Männer in der Backstube ein Frühmahl gab, dauerte es noch Stunden, erst mussten sie die Brote und Kuchen backen, die tagsüber verkauft werden sollten. Und Konrad war immer hungrig.

Der Meister klatschte in die Hände. »An die Arbeit. Vom Herumstehen und Maulaffen feilhalten wird nichts fertig.«

Bei Tagesanbruch erhob sich Sigrun Mingelin und wunderte sich darüber, dass niemand erschienen war, um ihr eine heiße Milch zu bringen, ihr mit der Schnürbrust zu helfen und ihr danach das Haar zu richten. Im Morgenmantel und noch mit der Nachthaube betrat sie das Schlafzimmer ihrer Schwiegertochter Lisbeth Mingelin am anderen Ende des Flurs. Die junge Frau rieb sich eben verschlafen die Augen. Als sie ihre Schwiegermutter erkannte, sprang sie hastig aus dem Bett.

»Ist etwas passiert, liebe Frau Mama?«, erkundigte sie sich mit weit aufgerissenen Augen, als erwartete sie die schlimmste aller Nachrichten.

Ein wenig gänschenhaft war sie schon, ihre Schwiegertochter, dachte die alte Mingelin. Aber auch die Tochter des Ältesten der Radebeuler Bäckerzunft.

»Was soll passiert sein? Niemand kam, um mir beim Ankleiden zu helfen und das Haar zu richten.«

»Das übernehme ich gerne, liebe Frau Mama.« Lisbeth schlüpfte nun in ihren eigenen Morgenmantel.

»Christiana hätte zur Stelle sein sollen.«

»Das stimmt. Wo ist sie abgeblieben? Sie hätte auch mir helfen sollen.« Die junge Mingelin legte viel Entrüstung in ihre Stimme. Sie redete ihrer Schwiegermutter stets nach dem Mund oder versuchte sogar, sie zu übertreffen, um sich bei ihr einzuschmeicheln.

Mit wehenden Morgenmänteln und klappernden Pantinen eilten beide Frauen in die Küche. Die Dämmerung kroch dort durch die geschlossenen Fensterläden, aber es herrschte bereits genug Licht, um die schlafende Gestalt am Küchentisch zu erkennen.

»Das faule Luder!«, empörte sich die alte Mingelin. Sie rüttelte Christiana an der Schulter, und als diese aufschreckte, klatschte eine Ohrfeige in ihr Gesicht. »Bist du nun wach?«

»Arbeitsscheue Schlampe«, echote die junge Mingelin und stieß Christiana ebenfalls in die Seite, zog ihr einen langen Fingernagel über den Handrücken und freute sich an der roten Linie, die auf der Haut der jungen Frau erschien.

Christiana war bei der Ohrfeige sofort aufgeschreckt, brauchte aber einen Moment, um die Lage zu erfassen und die beiden wütenden Frauen vor sich zu erkennen. Sie rieb sich die Augen, unterdrückte ein Gähnen und legte eine Hand an ihre pochende Wange.

»Ich … ich … ich muss verschlafen haben«, murmelte sie undeutlich. Ihr war augenblicklich klar geworden, was passiert war: Statt ein paar Minuten zu dösen, musste sie noch einmal richtig eingeschlafen sein. »Es tut mir sehr leid und wird nicht wieder vorkommen. Ich werde sofort kommen und Ihnen das Haar richten, verehrte Meisterin, das Frühstück bereiten, das Haus fegen und alles zu Ihrer Zufriedenheit erledigen.«

»Lügnerin. Man sollte dir den Mund mit Seife auswaschen und dich …«

Christiana erfuhr nicht, was die junge Mingelin noch für sie vorgesehen hatte, denn die Ältere bedeutete ihr zu schweigen.

»Damit allein ist es nicht getan! Du hast kein Wasser geholt, für das Morgenmahl ist nichts vorbereitet. Nicht einmal ein Feuer brennt im Herd.«

»Die Stube ist nicht gefegt und aufgeräumt«, ergänzte die Jüngere.

»Ich erledige alles! Sofort!« Christiana band sich eine Schürze um und schob sich einige lose Strähnen ihres hellbraunen Haares unter die Haube. Mehr Morgentoilette war an diesem Tag nicht möglich.

»Du wirst mir als Erstes beim Ankleiden helfen und mein Haar frisieren.«

»Sehr wohl.« Christiana knickste vor der alten Mingelin.

Gleich darauf standen beide in deren Schlafstube, und Christiana half ihr in ein dunkelblaues Tageskleid aus glänzendem Barchent. Mit flinken Händen schloss Christiana die Haken am Rücken und verstand immer noch nicht, wie es ihr passieren konnte, noch einmal so fest einzuschlafen, dass sie die Kirchglocken um sechs Uhr morgens überhört hatte, die den Beginn ihres Arbeitstages anzeigten.

Die Frisur der alten Mingelin fiel an diesem Morgen einfach aus. Gleich darauf eilte sie zur jungen Mingelin, um auch ihr bei der Morgentoilette zu helfen. Die jüngere Frau bevorzugte Kleider aus hellen dünnen Stoffen, die eigentlich für die Frau eines Bäckergesellen zu vornehm waren. Mit barscher Stimme gab sie Christiana unentwegt Anweisungen. Ihr behilflich zu sein, dauerte doppelte so lange wie bei der alten Mingelin.

Als Christiana endlich wieder in die Küche kam, hatte die Herrin das Feuer entfacht und war mit der Zubereitung des Frühstücks beschäftigt. Sie rührte in einem Topf, aus dem es nach Milchsuppe roch. Christiana begann geschwind, einen Eierkuchenteig zu verquirlen und die Fladen zu backen, damit sie zur Suppe als Morgenmahl auf den Tisch gestellt werden konnten.

»Du warst in der Backstube und vernachlässigst deswegen deine Pflichten«, stellte die alte Mingelin streng fest.

»Ich entschuldige mich dafür. Das wird nicht wieder vorkommen.«

»Es war nicht das erste Mal. Mein Mann tut nichts dagegen.«

»Er weiß es nicht. Geben Sie ihm nicht die Schuld«, sagte Christiana schnell.

»Er duldet es. Dabei stehe ich dem Haushalt vor und habe über dich zu entscheiden. Ich will diesmal zum letzten Mal Gnade vor Recht ergehen lassen und jage dich nicht davon, aber wenn du wieder deine Pflichten vernachlässigst oder ich dich in der Backstube sehe, verlässt du auf der Stelle dieses Haus.«

Christiana schluckte. In ihrem Hals bildete sich ein Kloß. Sie beugte sich tiefer über den Tiegel, in dem ein Eierkuchen buk. Nicht mehr in die Backstube zu dürfen, war eine harte Strafe. Oder sie musste noch früher in der Nacht aufstehen und besser aufpassen.

Vom Morgenmahl, das die gesamte Familie gemeinsam einnahm, bekam sie an diesem Tag nichts ab, die Hausarbeit ließ ihr keine Zeit zum Essen.

* * *

Elisabeth von Haynau wedelte mit einem Schreiben in der Hand, als wollte sie sich Luft zufächeln, und betrat die Bibliothek, in der sie ihren Gatten vermutete. Sie behielt Recht, denn Frieder Wilhelm von Haynau stand am Fenster und starrte in einen wolkenverhangenen Aprilmorgen hinaus. Er trug Reitkleidung und schien zu überlegen, ob ein Ausritt an diesem Morgen eine angenehme Beschäftigung wäre.

»Es sieht nach Regen aus, mein Lieber. Bleiben Sie besser im Haus.«

»Im April sieht es immer nach Regen aus.« Er drehte sich zu seiner Frau um und erblickte das Schreiben in ihrer Hand. »Was haben Sie da? Eine Einladung, die wir nicht ablehnen können?«

»Wenn es das wäre. Mein Schneider schreibt und erinnert

mich an verschiedene unbezahlte Rechnungen«, sagte Elisabeth von Haynau kummervoll.

»Warum schreibt er Ihnen und nicht mir?«

»Er hat wohl an Sie geschrieben – jedenfalls entnehme ich das seinen Worten.«

»Er erdreistet sich, an Sie um Geld zu schreiben. Sie müssen den Schneider wechseln, meine Liebe.«

»Das habe ich auf Ihr Anraten hin bereits zweimal getan. In Dresden gibt es keinen weiteren Schneider mehr, der meinen Ansprüchen an meine Garderobe genügt.« Sie war es nicht gewohnt, mit ihrem Ehemann über ihre Kleider zu diskutieren, und bereute es schon, mit dem Brief zu ihm gegangen zu sein. Aber sie war empört gewesen, als sie ihn beim Frühstück im Bett gelesen hatte. Die Empörung hatte immer noch angehalten, als ihre Zofe sie angekleidet und frisiert hatte.

»Sie können natürlich keine Kleider tragen, die nicht Ihren Ansprüchen genügen.«

»Das kann ich in der Tat nicht. Was sollen die Leute von uns denken?« Die Empörung formte den Mund Elisabeth von Haynaus zu einem runden O.

»Sie verstehen mich falsch. Es war nicht ironisch gemeint. Sie müssen angemessen gekleidet sein. Etwas anderes kommt für Leute unseres Standes nicht in Frage«, beeilte sich Frieder von Haynau seiner Liebsten zu versichern. Die Frauen und ihre Garderobe waren ein sensibles Thema, so sensibel wie das der Männer und ihrer Garderobe. »Geben Sie mir das Schreiben, ich werde den frechen Schneider besänftigen. Irgendwie.«

»Das Beste wäre es, ihm ein paar Taler zu geben.«

Frieder von Haynau nahm seiner Frau den Brief ab und warf einen kurzen Blick auf die dort genannt Summe. Sein Adamsapfel hüpfte. Er hatte einen erklecklichen Betrag erwartet, aber diese Höhe dann doch nicht. Ein paar Taler – damit wäre es nicht getan. Es müssten schon einige hundert sein.

»Meine Taschen sind leer.«

»Ich erwarte nicht, dass Sie das Geld in den Taschen Ihres Reitrockes mit sich tragen.«

»Das Geld ist auch an keinem anderen Ort. Nicht so viel. Wir sind klamm, und Sie wissen das.« Es gehörte sich nicht, mit seiner Ehefrau über Geld zu sprechen, aber manchmal musste es sein.

»Etwas werden Sie doch erübrigen können.«

»Etwas wird nicht reichen.«

»Vielleicht auch etwas mehr. Es waren die Kleider für die Redouten in Dresden zu den Karnevalsfeiern. Sie konnten unmöglich wollen, dass ich bei zwei Maskenbällen in einer Woche das gleiche Kleid trage. Wie peinlich das gewesen wäre. Ich hätte mich eher mit Kopfschmerzen zu Bett gelegt.«

Die beiden Redouten im Februar waren rauschende Feste am Dresdner Hof gewesen. Seine Frau hatte an einem Abend in dunkelrot und am anderen in pfirsichgelb geglänzt. Er hatte dazu farblich passende Röcke in Hellbraun und Blau getragen.

»Therese hat auch zwei neue Ballroben benötigt. Ich habe ihr erlaubt, sie bei meinem Schneider zu bestellen.«

»Genützt hat es nichts. Das Mädchen ist nach wie vor nicht vergeben.«

»Das war wirklich nicht ihre Schuld. Auf den Redouten hat sie sich alle Mühe gegeben. Sie ist nie ohne Tanzpartner geblieben«, verteidigte Elisabeth von Haynau ihre einzige Tochter Therese Anni. »Was soll mit dem Schneider geschehen?«

»Ich werde ihm schreiben und einen Teil der Rechnung

bezahlen. Sie sprechen mit Therese. Die Hoffnung unserer Familie hängt an ihr.« Frieder von Haynau legte den Brief auf einen Schreibtisch, wo bereits andere gleichen Inhalts warteten.

Außer der Tochter hatte seine Frau ihm drei Söhne geschenkt. Und alle seine Kinder waren die Sonne seiner Tage. Der Älteste teilte seine Begeisterung für Pferde und Jagd, der Zweite war Fahnenjunker bei der Zweiten Garde in Dresden. Für ihn musste demnächst ein Leutnantpatent in einem anderen Regiment gekauft werden. Der jüngste Sohn war ein Nachzügler und bewohnte noch die Kinderstuben. Die Hoffnung auf eine Verbesserung ihrer finanziellen Lage ruhte daher einzig und allein auf seiner Frau und Therese. Seiner Elisabeth musste es gelingen, einen wohlhabenden Mann für die Tochter zu finden.

Draußen bedeckte immer noch die gleiche dicke Wolkenschicht den Himmel, dennoch sagte er: »Ich werde ausreiten. Das neue Pferd braucht Bewegung. Der Stallmeister sagt, so ein edles Tier kann nicht den ganzen Tag stehen. Sprechen Sie mit Therese.«

Er schickte sich an, die Bibliothek zu verlassen. Im Vorbeigehen küsste er seine Frau auf die gepuderte Wange.

Die Suche nach ihrer Tochter kostete Elisabeth von Haynau einige Zeit. Alle Orte, die für ein junges Mädchen um diese Tageszeit schicklich waren, erwiesen sich als Fehlanzeige. Der Frühstücksraum, der Morgensalon, der Wintergarten, das eigene Schlafzimmer. Elisabeth von Haynau stand im ersten Stock im Flur vor den Privaträumen der Familie und tippte mit dem Fuß auf den Teppich. Wo mochte sich ihre Tochter wieder herumtreiben? Sie schickte in die Dienstbotenquartiere hinunter. Der erste Hausdiener versicherte ihr, das gnädige Fräulein habe das Haus nicht verlassen, aber er wusste auch nicht, wo sich Therese augenblicklich aufhielt.

Also suchte sie ihre Tochter an Orten, die sich für eine junge Dame von Stand um diese Tageszeit nicht gehörten. Das waren das Herrenzimmer oder die Gewehrkammer mit den Jagdwaffen. Ganz zum Schluss fand sie sie in einem Seitenflügel des Schlosses im Kabinett des Gutsverwalters.

Therese und Dietrich Liburti saßen nebeneinander hinter dem Schreibtisch und hatten die Köpfe über einem Folianten zusammengesteckt. Diese Vertrautheit mit einem gut aussehenden jungen Mann hätte Elisabeth von Haynau gefallen können, wären es ein anderer Mann und eine andere Gelegenheit gewesen. Die beiden waren so in dieses Buch versunken, dass sie den Eintritt der gnädigen Frau nicht einmal bemerkten.

Elisabeth von Haynau räusperte sich und sah mit Genugtuung, dass ihre Tochter wenigstens zerknirscht dreinschaute. Dietrich von Liburti verneigte sich vor der gnädigen Frau und verließ den Raum.

»Ich habe dich überall gesucht, Kind.«

»Nun haben Sie mich ja gefunden.«

»Es ziemt sich für eine junge Dame deines Standes nicht, auf so vertrautem Fuß mit dem Sohn des Gutsverwalters zu sein.«

»Wir haben gearbeitet. Das ...«, Thereses Zeigefinger tippte auf den Folianten, der noch aufgeschlagen auf dem Tisch lag, »... sind die Entwicklungen bei den Beständen an Kühen. Dietrich berichtete, dass einige krank sind. Er befürchtet den Ausbruch einer Seuche, was einen immensen Schaden für das Gut bedeuten würde.«

»Ich höre immer Kühe. Das ist eine ganz und gar unpassende Beschäftigung für dich, mein Liebes. Dein Vater und dein ältester Bruder werden sich darum kümmern.«

»Was, wenn uns die ganze Herde stirbt?«

»Ich möchte das K-Wort aus deinem Mund nicht mehr hören«, sagte Elisabeth von Haynau scharf. »Es gibt ein anderes Problem, das ich mit dir besprechen muss.«

»Hoffentlich nichts Schlimmes, liebe Mama?«

»Du musst heiraten«, sagte Frau von Haynau unverblümt. »Das Wohl der Familie erfordert es.«

»Wen soll ich zum Mann nehmen?« Therese gelang es, eine gleichmütige Miene beizubehalten. In ihrem Inneren sah es jedoch anders aus.

»Einen Mann ... einen Mann ... Er muss von unserem Stand sein und nicht völlig ohne Vermögen. Du sollst ihn natürlich auch gernhaben. Hast du eine Neigung gefasst, als wir im Februar in Dresden waren?«

»Nein.«

»Du hast keinen Tanz ausgelassen. Und es waren alles respektable Herren, darauf habe ich geachtet. Nie würde ich zulassen, dass du dich unter Wert wegwirfst.«

»Ich erinnere mich an einen, der war ein unerträglicher Schwätzer, ein anderer bekam kaum ein Wort heraus, ein Dritter interessierte sich nur für die Entenjagd. Dann war da noch einer, der sich eines beim Kartenspiel gewonnenen Vermögens rühmte und nun darauf wartete, es genau dort wieder zu verlieren. Wahrscheinlich ist es inzwischen passiert. Zu welchem davon soll ich eine Neigung fassen?«

»Nun ... nun ... Wenn du so redest ...«

»Der mit der Entenjagd könnte immerhin Papa zusagen«, meine Therese trocken. Sie war im letzten Monat zwanzig Jahre alt geworden und längst in die Gesellschaft eingeführt. Etliche andere junge Damen ihres Alters waren verheiratet. Sie verstand die Sorge ihrer Mutter, dass sie sich zu einem späten Mädchen entwickelte. Ähnliche Ängste plagten auch sie.

»Sage so etwas nicht. Jedenfalls brauchst du keinen Mann, der ein Vermögen am Kartentisch gewinnt und verliert. Du brauchst jemanden, der beständig ist und dir all die Annehmlichkeiten bietet, an die du gewöhnt bist.«

»Dafür bin ich Ihnen dankbar, liebe Mama. Haben Sie an den jungen von Heinrichsbad gedacht? Niemand ist beständiger als er, und er würde mir das Leben so angenehm wie möglich machen.«

»Wen?« Elisabeth von Haynau schaute ihre Tochter verständnislos an. Hatte das Mädchen doch eine Neigung gefasst? Und sie sich ganz umsonst einen Sack voll Gedanken gemacht?

»Siegfried von Heinrichsbad. Seine Familie lebt auf dem Rittergut Guhlis. Sie sind unsere Nachbarn, und ich kenne Siegfried mein ganzes Leben lang.«

»Den doch nicht!«

»Er würde nie ein Vermögen am Kartentisch verspielen. Seine Familie lebt in guten Verhältnissen und ist von unserem Stand. Ich bin mir sicher, er könnte dazu gebracht werden, mir einen Antrag zu machen.« Der Aufruhr in Thereses Inneren hatte sich gelegt, ihr natürlicher Humor die Oberhand gewonnen, und sie fand einigen Gefallen an dem Gespräch.

»Du benötigst hervorragende Verhältnisse. Schlage dir diesen jungen Menschen aus dem Kopf. Dein Vater und ich haben ganz andere Pläne für dich.«

»Welche?«

»Du wirst nach Dresden reisen und im Haushalt deiner Tante leben. Sie wird dich bei der Suche nach einem Ehemann leiten.«

»Sie weiß davon?«

»Ich werde ihr schreiben. Und sie wird sich nicht weigern, das weiß ich. Das Glück, das ihr widerfahren war, warum soll es dir nicht vergönnt sein? Sie hat eine sehr gute Partie gemacht. Du bist so hübsch, es wird dir auch gelingen.« Elisabeth von Haynau betrachtete ihre Tochter, fasste ihr unter das Kinn und drehte ihr Gesicht ins Licht. »Dein Teint könnte etwas zarter sein. Das kommt davon, weil du bei jedem Wetter rausgehst wie eine Bauernmagd. Ab sofort hört das auf. Bis du nach Dresden reist, musst du makellos sein. Wir werden dir einige neue Kleider anfertigen lassen, ein paar Hauben und Handschuhe wirst du auch benötigen. Bei den Schuhen …« Elisabeth von Haynau dachte angestrengt nach und runzelte dabei unbewusst die Stirn. Sie tat es sonst nie, weil sie fürchtete, die dabei entstehenden Falten würden sich in die Haut eingraben.

»Liebe Mama, hören Sie auf«, sagte Therese dringlich. »Sie wollen mich zur Tante schicken, damit sich ein vermögender Mann meiner annimmt. Weil diese Familie mit dem Geld nicht auskommt, wollen Sie noch mehr Geld ausgeben, obwohl der Ausgang Ihres Plans mehr als ungewiss ist.«

»Bevor ein Gewinn winkt, muss investiert werden. Das weiß ich von deinem Vater.«

»Wir nähen neue Spitzen und Borten an die Kleider, die Sie mir erst im Februar haben schneidern lassen.«

»Das geht auf keinen Fall.« Die Mutter war tatsächlich so erschrocken, wie sie sich anhörte. »Die Kleider hast du in Dresden schon getragen, damit kannst du dich in der Residenz nicht mehr sehen lassen. Es ist abgemacht, du bekommst neue. Dein Vater wird es möglich machen.«

»Es muss also ein sehr reicher Mann sein.« Nun fiel es Therese wieder schwer, Gleichmut zu bewahren.

»Nun …«

»Es gibt keine andere Möglichkeit?«

»Keine. Du musst auch an deine Brüder denken, die du gewiss nicht im Elend sehen willst.«

»Nachdem alles gesagt ist, liebe Frau Mama, werden Sie mich entschuldigen. Ich kann nicht …« Therese lief an ihrer Mutter vorbei aus dem Raum.

»Kind!«, rief die und schaute ihr betroffen nach. Dass das arme Ding immer alles so schwer nehmen musste. Jedes andere Mädchen in ihrem Alter würde sich über einen Aufenthalt in der Residenzstadt freuen, könnte es gar nicht erwarten, hinzukommen. Ihre Tochter machte ein Drama daraus. Den Nachbarn heiraten – was sie sich da wieder in den Kopf gesetzt hatte. Zum Glück hatte sie rechtzeitig davon erfahren, um dem einen Riegel vorzuschieben.

In Rekordzeit und beinahe ohne die Hilfe ihrer Zofe schlüpfte Therese in ein Reitkostüm und drückte sich ein Hütchen keck aufs Haupt. In die Ställe hatte sie die Nachricht hinuntergeschickt, dass ihre Stute Iphigenie gesattelt werden solle. Die temperamentvolle Fuchsstute wartete im Hof, als sie herunterkam, neben einem zweiten gesattelten Pferd und einem Reitknecht, der beide an den Zügeln hielt. Der Regen, der ihren Vater über einen Ritt hatte nachdenken lassen, hatte sich inzwischen zu einem leichten Nieseln abgeschwächt. Der Himmel zeigte Fetzen von Blau, und womöglich würde sich im Laufe des Tages noch die Sonne herauswagen. Therese gönnte dem Wetter keinen Blick, sondern eilte über den Hof.

»Ich will allein ausreiten und benötige seine Dienste nicht«, beschied sie dem älteren Knecht knapp.

»Wenn dem gnädigen Fräulein ein Unglück zustößt«, äußerte der Mann, derweil er ihr die zum Steigbügel gefalteten Hände hinhielt.

»Was mir beim Reiten passieren könnte, wäre nichts gegen den Unbill, den mir andere Menschen zu verursachen in der Lage sind«, antwortete sie, als sie ihre Röcke ordnete.

Auf das kleinste Zeichen hin trabte Iphigenie an. Die beiden verließen den Hof, und Therese wandte sich fort vom Schloss und dem Dorf, der Feldmark sowie den Wäldern zu. Sie war schon oft um Benndorf herum ausgeritten und kannte jeden Weg. Als die Stute sich warmgetrabt hatte, ließ Therese ihr die Zügel schießen. Iphigenie galoppierte an, ihre Reiterin beugte sich vor, die Enden eines Schals und ihre Röcke flatterten. Der Wind kühlte Thereses erhitzte Wangen. Zweige streiften sie.

Iphigenie stürmte einen Hügel hinauf und auf der anderen Seite wieder hinunter, die Dächer eines Dorfes kamen in Sicht, aber Therese lenkte die Stute in einem weiten Bogen daran vorbei. Ebenso hielt sie es beim zweiten und dritten Dorf. Erst als der Atem des Pferdes schwerer ging, parierte sie Iphigenie zum Trab und schließlich zum Schritt durch. Sie legte eine Hand auf den schweißnassen Hals der Stute.

»Das hat gut getan«, murmelte sie. »Du hast einen schnellen Ritt auch vermisst, nicht wahr, meine Gute?«

Als Antwort schnaubte das Pferd.

Therese ließ es am langen Zügel im Schritt gehen.

»Ich soll nach Dresden gehen und eine Zeit lang bei der Tante wohnen«, informierte sie Iphigenie unterdessen. »Ich würde dich mitnehmen, aber ich bin mir nicht sicher, ob es dir in der Stadt gefällt. Solche Ritte wie dieser sind dort nicht möglich. Meine Tante würde es auch kaum erlauben, viel eher müsste ich mit ihr in der Kutsche fahren und alle Augenblicke anhalten, um mit Bekannten zu plaudern.«

Bei dieser Vorstellung stiegen Tränen in Thereses Augen. Entschlossen wischte sie sie fort, ehe sie Iphigenie mehr von ihrem Kummer anvertraute. »Einen reichen Mann soll ich heiraten, der mit seinem Geld das Vermögen derer von Haynau rettet. Und das alles nur, weil die liebe Frau Mama nicht von dem teuren Leben lassen kann. Ein paar Kleider und eine glanzvolle Einladung weniger täten es auch. Sie glaubt, dass ich das gleiche Leben anstrebe wie sie, aber mir macht es nichts aus, zweimal hintereinander mit dem gleichen Kleid in Gesellschaft gesehen zu werden.« Therese stockte. Machte ihr das wirklich nichts aus? Sie erntete auch nicht gerne höhnische Blicke wegen ihrer Garderobe. So ehrlich vor sich selbst musste sie schon sein.

»Aber mit zwei oder drei guten Kleidern komme ich aus«, erklärte sie ihrer Stute trotzig.

Iphigenies Atem hatte sich inzwischen beruhigt, sie wirkte wieder frisch, deshalb nahm Therese die Zügel auf und ließ sie antraben. In leichtem Tempo wandte sie sich heimwärts. Iphigenie wäre gerne schärfer getrabt oder wieder galoppiert, aber Therese wollte sich nicht den Vorhaltungen des Stallmeisters aussetzen, mit einem erhitzten und erschöpften Pferd auf den Hof zu kommen.

Auf einem quer zu ihrem eigenen verlaufenden Weg sah sie einen Reiter nahen und erkannte ihren Vater auf seinem neuen Hengst. Er hatte sie auch gesehen und winkte. Lieber wäre Therese allein geblieben, aber sie sah keine Möglichkeit, so zu tun, als hätte sie ihn nicht bemerkt. Sie wartete an der Stelle, an der beide Wege aufeinanderstießen. Danach ritten sie im Schritt nebeneinander her.

»Ich habe auch immer gefunden, dass ein scharfer Ritt hilft, trübe Gedanken zu vertreiben. Wir sind uns sehr ähnlich, meine Kleine.« Frieder von Haynau machte eine Bewegung, als wollte er seiner Tochter über die Wange streichen, ließ es dann jedoch.

»Wieso vermuten Sie trübe Gedanken bei mir?«

»Deine Mutter wollte mit dir sprechen, und ich gehe davon aus, dass sie es auch getan hat.«

»Sie hat.«

»Du bist also im Bilde über unsere betrübliche Situation

und wirst die Sache gefasst tragen. Ich kenne doch meine Tochter.«

Am liebsten hätte Therese ihm ihren Kummer und Ärger an den Kopf geworfen, aber sie beherrschte sich. Ihren Vater verscheuchte sie mit einem Wutausbruch eher, als dass sie etwas bei ihm erreichte.

»Können wir nicht bei besserer, bei sparsamerer Wirtschaftsweise auskommen?«

»Du kennst doch deine Mutter …« Er ließ den Satz im Nichts verhallen.

»Und Sie, mein lieber Papa? Sie können unmöglich gutheißen, mich an einen Mann zu verheiraten, nur weil er reich ist.«

»Du sollst einen Mann heiraten, den du gern hast, mein Kind. Sein Vermögen dürfen wir dabei nicht vernachlässigen. Wenn du genügend darüber nachgedacht und es eine Nacht überschlafen hast, wirst du genauso denken. Das ist nun einmal, was Leuten unseres Standes zukommt.« Diesmal strich er ihr über die Wange. »So war es immer gewesen. Eine Heirat bedeutet eine Allianz zwischen zwei Familien.«

»Lässt sich das nicht ändern? Uns gehört nur ein Rittergut, wir herrschen über kein Fürstentum.«

»Wollen ausgerechnet wir damit anfangen?«

Ja, hätte Therese am liebsten ausgerufen, was bedeutet unser Stand, wenn er nur dazu dient, mich unglücklich zu machen, aber ihr Vater redete schnell weiter, als wollte er genau diesen Ausbruch verhindern. »Deine Mutter hat vielleicht streng mit dir gesprochen, du kennst sie. Sie meint es nicht so. In ihrem Herzen will sie nichts anderes, als dass du glücklich wirst. Wenn du ihr wieder vom Sparen gesprochen hast – du weißt, dass ihr das nicht liegt. Das Geld zerrinnt ihr zwischen den Fingern, wie mir auch. Da kann man nichts machen.«

Therese warf einen Blick auf seinen Hengst. »Nun es …«

»Es wäre eine Sünde gewesen, dieses herrliche Tier nicht zu erwerben. Am Ende wäre es mich teurer gekommen, weil ich mich immer und immer geärgert hätte. Ich hätte nur andere Pferde gekauft, um diesen Verlust wettzumachen, und mehr ausgegeben, als mich dieser brave Bursche gekostet hat. Eigentlich habe ich mit seinem Kauf Geld gespart.«

Therese verdrehte die Augen. Was ließ sich sagen? Jedes Wort musste verschwendet sein, und sie wusste, dass sie am Ende als brave Tochter nach Dresden reisen würde.

Sie ritten gemeinsam nach Benndorf zurück, und wer sie gesehen hätte, hätte an ein unzertrennliches Vater-Tochter-Gespann gedacht.

ZWEI

April 1730

Auf der Stelle verlässt du das Haus! Pack dein Bündel und verschwinde! Du bekommst noch den Lohn für diese Woche, und danach will ich dich nie wieder in der Nähe dieser Bäckerei sehen«, schrie die alte Mingelin sie an.

»Verehrte Meisterin, ich bitte Sie. Das dürfen Sie nicht. Wo soll ich denn hingehen? Ich habe doch niemanden.« Christiana spürte, wie ihr das Blut abwechselnd ins Gesicht schoss und in die Beine sackte.

»Das hättest du dir vorher überlegen müssen. Ich habe es dir oft genug gesagt.«

Die alte Mingelin ließ nicht mit sich reden. Auf die Gnade der jüngeren Mingelin zu hoffen, war genauso vergebens. Die beiden beobachteten Christiana, die mit zitternden

Händen ihre wenigen Habseligkeiten packte, und begleiteten sie bis zur Tür des Bäckerhauses. Die jüngere Mingelin versetzte ihr sogar noch einen leichten Stoß, der sie auf die Gasse stolpern ließ. Geräuschvoll wurden die Tür geschlossen und der Schlüssel herumgedreht.

Frühnebel hatte die Radebeuler Gassen eingehüllt und legte sich feucht auf Christianas Gesicht. Sie ging bis zum Marktplatz und hockte sich dort auf den Brunnenrand. Sie betastete die Münzen in ihrer Börse – der Lohn für diese Woche und ihre Ersparnisse. Das Geld würde kaum für zwei Dutzend Tage reichen.

Müde lehnte Christiana den Kopf an einen Balken. Gegen Mitternacht war sie aufgestanden und in die Backstube geschlichen. Sie hatte einfach nicht widerstehen können. Nie mehr den Geruch frischen Backwerks in der Nase zu haben oder einen Teig zu kneten. Sie musste sich über das Verbot der alten Mingelin einfach hinwegsetzen. Ein paarmal war es ja auch gut gegangen.

Sie war dann tagsüber müde gewesen, aber Meister Mingels aufmunternder Klaps auf ihre Schultern und ein Zwinkern von ihm machten alles wieder wett. Sein heimliches Wohlwollen hatte sie sich sicher fühlen lassen. Die alte Mingelin könnte sie nicht gegen den Willen ihres Ehemannes aus dem Haus jagen.

Nur war Meister Mingel an diesem Morgen nicht da gewesen. Er war am Tag zuvor zum Hof-Backmeister Johann George Schmiedt nach Dresden befohlen worden und wurde erst im Laufe des Tages zurückerwartet. Die Bäckerei war für zwei Tage dem jungen Mingel anvertraut, der gegen seine Mutter und seine Frau nicht das Maul aufgemacht hatte.

Es stimmte, was sie der hartherzigen Mingelin gesagt hatte: Sie hatte keinen anderen Platz auf dieser Welt. Keine Familie, zu der sie gehen konnte. Christiana war ein Findelkind. Am Tag Johanni vor zweiundzwanzig Jahren hatten die Nonnen des Magdalenenstiftes in Altenburg sie vor ihrer Tür gefunden. Das Stift war eine Schule für adelige Töchter; der mutterlose Säugling wurde aufgenommen und mit den adeligen Fräuleins erzogen, bis sie alt genug gewesen war, um in Küche und Kammer zu arbeiten.

Zurückgehen konnte sie nicht, das hatte man ihr klargemacht, als man sie vor vier Jahren in Mingels Dienste gegeben hatte.

Christiana stiegen die Tränen in die Augen. Trotzig wischte sie sie fort. Inzwischen begann der Tag in Radebeul, und mehr und mehr Leute strömten auf den Platz. Jungen schossen auf dem Weg zur Schule Steine vor sich her. Frauen kamen zum Brunnen, und der Eimer wurde neben Christiana heruntergelassen. Händler schlossen die Türen ihrer Gewölbe auf und klappten die Läden zur Seite. Die ersten Kunden kamen, meist Mägde mit großen Körben am Arm. So könnte sie … Schon wieder stiegen Tränen in ihre Augen.

Christianas einzige Hoffnung bestand darin, Meister Mingel zu überzeugen, sie wieder in seinen Haushalt aufzunehmen. Auf dem Weg nach Hause musste er am Brunnen vorbeikommen, deshalb wartete sie hier auf ihn.

Die Sonne stieg höher, schaffte es jedoch kaum, die Luft zu erwärmen. Christiana zog sich das Schultertuch enger um den Leib und betrachtete alle Leute, die von der Elbe kommend den Platz betraten. Ihr Magen begann zu knurren, denn die Mingelin hatte sie ohne Frühmahl aus dem Haus gejagt. Sie wagte es aber nicht, etwas von ihrem wenigen Geld auszugeben.

Es dauerte bis zum Nachmittag, ehe sie Meister Mingel erspähte. Sofort eilte sie auf ihn zu. Nun konnte es nur noch wenige Augenblicke dauern, und sie wäre wieder in Stellung.

Sie nahm sich fest vor, in Zukunft keine ihrer Pflichten mehr zu vernachlässigen. Aber Bäckermeister Johann Walther Mingel schüttelte den Kopf. Wenn seine Frau entschieden habe, dann sei es so. Der Haushalt sei ihre Angelegenheit, und er mische sich in dessen Führung nicht ein.

Fassungslos starrte Christiana den Mann an. Was sie alles für ihn gebacken habe, erinnerte sie ihn. »Sie haben den Hefezopf mit Makronenüberzug zu Ihren Waren genommen und verkaufen ihn jeden Tag.«

»Das habe ich dir zu verdanken. Aber deine Pflichten sind nicht in der Backstube, sondern im Haushalt. Ich will keinen Ärger mit meinem Weib, deshalb kannst du nicht mit zurückkommen.«

»Meister …« Christiana fühlte sich, als schlüge das Wasser der Elbe über ihr zusammen.

»Ich bin kein Unmensch. Nimm das.« Meister Mingel drückte ihr einige Münzen in die Hand und ging weiter.

Christiana starrte ihm nach, und es dauerte einen Augenblick, bis sie begriff, dass ihr einziger Plan gescheitert war. Die Münzen stellten sich als drei Taler und acht Groschen heraus. Im ersten Moment wollte Christiana sie fortwerfen, weil sie in ihren Augen ein Bettel waren, mit dem sie abgespeist werden sollte. Ihr fiel jedoch ein, dass sie es sich nicht leisten konnte, auch nur einen Pfennig zu verschmähen.

Sie musste eine Stellung finden, aber in einem so gut beleumundeten Haushalt wie dem Mingelschen würde das nicht mehr sein. Nicht ohne Referenzen. Sie konnte froh sein, wenn sie eine Anstellung als Scheuermagd fand. Vielleicht sollte sie ihr Glück in der Residenzstadt versuchen?

Eine Kutsche hielt neben Christiana, und ein junger Mann beugte sich heraus. »Warum so traurig, schönes Mädchen?«

»Ich bin nicht traurig.«

»Warum sehe ich dann Tränen in deinen Augen glitzern? Und es sind keine der Freude, da bin ich mir sicher.«

Christiana schaute auf und erblickte einen Mann, der das Fenster der Kutsche heruntergelassen hatte und einen Arm auf den Sims stützte. Er hatte ein hübsches Gesicht, mit einem Mund und einer Kinnpartie, die nach ihrer Ansicht etwas zu weich wirkten, um den Mann wirklich anziehend aussehen zu lassen. Er wusste ganz bestimmt, woher er die nächste Mahlzeit nahm und wohin er am Abend sein müdes Haupt betten konnte.

»Komm her, Mädchen. Ich habe mit dir zu reden.« Seine Stimme klang befehlsgewohnt, als hätte er ein ganzes Regiment Diener anzuleiten. »Nun mach schon, ich will die Pferde nicht zu lange stehen lassen.«

Die beiden Füchse vor der Kutsche stampften mit den Hufen und schlugen mit den Schweifen, als wüssten sie, dass von ihnen die Rede ist. Christiana achtete sorgfältig darauf, ihnen nicht zu nahe zu kommen, als sie an das Kutschfenster herantrat. Weinatem und ein breites Grinsen trafen sie.

»So ist es schon besser, Mädchen. Dreh dich, damit ich dich anschauen kann.« Der Mann machte dazu eine lässige Handbewegung, die bedeutete, dass sie sich einmal um die eigene Achse drehen sollte. »Ich will sehen, ob du infrage kommst.«

»Ich werde gar nichts machen, und ich komme auch für gar nichts infrage.«

»Was ist denn dabei, mir einen Gefallen zu tun? Du sollst dich ja nicht ausziehen.«

Christiana spürte, wie ihr die Röte ins Gesicht schoss. Er sah es auch, und es entlockte ihm ein kurzes Auflachen.

»Du kannst rot werden. Das ist gut.«

»Mein Herr, ich weiß nicht, was Sie von mir wollen. Aber wenn Sie Vergnügen daran haben, sich über andere Menschen lustig zu machen, stehe ich Ihnen dafür nicht zur Verfügung. Wir haben nichts miteinander zu schaffen.«

Sie wollte sich umdrehen und gehen, aber seine nächsten Worte hielten sie zurück. »Du hast auch Mut und Witz, Mädchen. Es wird immer besser. Und wenn mich meine Sinne nicht täuschen, steckst du in einer Notlage. Wahrscheinlich ohne Geld und Zuhause. Ich könnte behilflich sein.«

»Woher kennen Sie meine Lage?«

»Ich habe also Recht.« Er klang, als gratulierte er sich selbst. »Das ist schnell erklärt. Wer so verloren auf dem Platz steht wie du, kann sich nur in einer Notlage befinden. Bei einer Person deines Standes ist es wahrscheinlich, dass du kein Geld und kein Zuhause hast. Schwanger bist du jedenfalls nicht. Du siehst, es ist ganz einfach.«

Warum musste er ihr erst Hoffnungen machen und sie dann stets im gleichen Atemzug beleidigen? Mit so einem Mann wollte sie nichts zu tun haben. Entschlossen trat Christiana von der Kutsche zurück. Sollte er mit seinen unruhigen Füchsen weiterfahren.

»Nun warte doch!«, rief er ihr hinterher. »Ich will dir einen Vorschlag machen, aber ich werde nicht aussteigen und dir hinterherrennen. Es ist ein ehrbarer Handel.«

»Sagen Sie ihn.«

»Nicht hier. Die Leute schauen schon zu uns her. Komm in meine Kutsche, und wir fahren ein Stück. Ich verspreche dir, dich wieder genau hier abzusetzen, solltest du keinen Gefallen an meinem Vorschlag finden.«

Christiana zögerte. Sie hatte keine Lust, sich weiter von ihm beleidigen zu lassen, geschweige denn, sich ihm in der Kutsche auszuliefern. Andererseits konnte sie wieder hinausspringen, wenn ihr die Sache unheimlich wurde. »Ich traue Ihnen nicht«, sagte sie dennoch.

»Jedes Geschäft beruht auf Vertrauen. Habe ich nicht einen kleinen Vorschuss verdient?«

Das Lächeln, das er ihr diesmal schenkte, kam von Herzen, so schien es jedenfalls Christiana. Der Mann öffnete halb die Tür der Kutsche, und ehe sie es sich versah, saß sie ihm gegenüber.

Die Pferde trabten an, und Christiana wurde nach vorn geworfen. Sie wäre beinahe auf dem Schoß ihres Gegenübers gelandet. In der Kutsche war weniger Platz, als sie gedacht hatte, ihre Knie und die des Mannes stießen mehrfach aneinander; die Sitzbänke waren auch nicht besonders breit. Außerdem ging es flott voran.

Der Mann, an das Geruckel der Kutsche offensichtlich gewöhnt, beobachtete amüsiert ihre Versuche, sich bequem und sittsam hinzusetzen, gleichzeitig ihr Bündel festzuhalten und so zu tun, als gehörte eine Kutschfahrt zu ihren täglichen Vergnügungen.

Sie ließen die letzten Häuser Radebeuls hinter sich, und noch immer hatte der Mann nichts weiter geäußert. Dafür fielen die Pferde in Schritt, und das Schaukeln der Kutsche ließ merklich nach. Es gelang Christiana, sich bequemer hinzusetzen.

»Ich möchte nun gerne Ihren Vorschlag hören«, sagte sie bestimmt.

»Einen Vorschlag möchte sie. Hört, hört!«

»Ich steige sonst aus.«

»Wie du willst, Mädchen. Ich brauche deine Hilfe, um eine These zu beweisen.«

»Was soll das sein?« Es hörte sich für Christiana wie etwas Unanständiges an. Sie bewegte unauffällig eine Hand in Richtung Türgriff.

»Eine These beweisen? Darlegen, dass eine von mir aufgestellte Behauptung der Wahrheit entspricht«, erklärte der

Mann mit einem maliziösen Lächeln. »Ich darf mich zunächst vorstellen. Emilius von Kobsdorff.«

»Christiana Johanni.« Sie war ein wenig beruhigt. Die Sache mit der These hörte sich nicht so schlimm an, wie sie zunächst gedacht hatte. »Was ist das für eine Behauptung?«

»Du hast mich verstanden, gutes Kind.« Was Emilius von Kobsdorff ihr dann erzählte, ließ sie allerdings an seinem Verstand zweifeln.

»Das geht doch nicht.« Sie schüttelte den Kopf. »Und ist überhaupt eine schwachsinnige Behauptung.«

Emilius' Miene verdüsterte sich. »Das ist nun aber die zu beweisende These. Willst du mir helfen oder nicht? Auf deine Meinung kommt es dabei nicht an.«

Christiana fühlte sich ungebildet und musste all ihren Mut zusammennehmen, um den Kopf weiterhin hochzutragen und ihm gerade in die Augen zu schauen.

»Und wenn es nicht funktioniert?«

»Es ist eine These. Es geht gerade darum, herauszufinden, ob es funktioniert oder nicht. Das ist das Spannende daran. Ich werde dir alles beibringen, was du wissen musst.«

»Was bekomme ich dafür?«

»Ich bringe dir was bei, und du willst was dafür haben. Du bist wirklich verdreht, Mädchen.«

»Ich heiße Christiana, und ich will etwas dafür haben, dass ich bei Ihrem Beweisdings mitmache.«

»Du brauchst eine angemessene Garderobe, und die darfst du hinterher behalten.«

Die Garderobe wäre völlig untauglich für den Alltag, der sie erwartete. Aber sie könnte sie verkaufen und einen hübschen Beutel Taler erlösen. Dennoch sagte sie: »Das reicht mir nicht. Ich weiß ja gar nichts über die Kleider, die mich erwarten, das ist wie die Katze im Sack.«

Emilius verdrehte die Augen. »Es wird eine Garderobe

sein, wie du sie dir nicht vorstellen kannst, aber sei's drum, du darfst dir noch etwas anderes wünschen. Ein Mädchen wie du wird doch einen Wunsch haben.«

»Ich möchte danach als Kuchenbäckerin arbeiten. Ermöglichen Sie mir das, und ich bin dabei.«

»Bäckerin!«

Christiana genoss es, den arroganten Emilius von Kobsdorff verblüfft zu sehen. »Das ist mein Wunsch.«

»Andere Frauen wünschen sich ein Schmuckstück, Handschuhe aus weichem Saffianleder, ein Kaffeegeschirr – solche Sachen eben, aber ich gerate an eine, die Bäckerin werden will. Es soll so sein. Ich werde sehen, was sich in dieser Richtung tun lässt.«

Ihr war sehr wohl bewusst, dass Emilius es nicht fest versprochen hatte, aber die Idee, in ein völlig anderes Leben einzutauchen – sei es auch nur auf Zeit – reizte sie. Sich erst einmal keine Gedanken mehr um die nächste Mahlzeit machen zu müssen und auf niemandes Gnade angewiesen zu sein. Sie nickte.

»Also ist es abgemacht.« Emilius streckte ihr die Hand hin, und sie ergriff sie. »Dein Unterricht beginnt sofort. Setz dich gerade hin. Lasse dir in Gesellschaft niemals deine wahren Gefühle anmerken. Im vertrauten Kreis ist es möglich, alles andere wäre sehr deplatziert.«

Emilius befahl dem Kutscher ein schnelleres Tempo. Die Füchse trabten an, diesmal gelang es Christiana schon besser, das Gleichgewicht zu halten.

Sie hatte das Gefühl, dass die Landschaft nur so an ihnen vorbeiflog. Ein oder zwei Dörfer hatten sie bereits durchquert, als Christiana fragte: »Wohin bringen Sie mich?«

»Auf das Rittergut Postelau, in der Nähe der Straße von Meißen nach Leipzig. Es gehört meiner Familie seit vier Generationen.«

»Das geht nicht.« Sie war erschrocken. »Was wird Ihre Familie dazu sagen?«

»Im Augenblick hält sich niemand von ihnen dort auf. Jedenfalls niemand, der zählt. Wir sind auf dem Weg dorthin, und dort wirst du einige Lektionen über dich ergehen lassen.«

»Welche?«

»Die erste ist, mich mit meinem Vornamen und Du anzusprechen. Ich heiße ab sofort für dich Emilius.«

»Das geht nicht. Sie sind ein edler Herr, Herr von Kobsdorff«, widersprach Christiana. »Ich habe als Magd gearbeitet.«

»Du bist ab sofort nicht mehr die Magd Christiana Johanni, sondern eine entfernte Verwandte aus dem Ausland, die für eine Weile nach Kursachsen gekommen ist.«

»Ich bin doch kein vornehmes Fräulein. Die reisen auch nicht ohne eine ältere Dame als Begleitung und eine Zofe«, gab Christiana ihr Wissen aus der Zeit im Altenburger Stift zum Besten. Die vornehmen Schülerinnen waren stets von einer Dienerin und einer älteren Verwandten begleitet worden. Das war umso wichtiger geworden, je mehr aus den Mädchen junge Damen wurden.

»Du kennst dich aus. Ich werde für eine Zofe sorgen. Und die ältere Verwandte – nun, die musste wieder zurückkreisen. Ein Todesfall in der Familie, oder eine Krankheit.«

»Sie haben für alles eine Lösung.«

»Dafür bin ich bekannt. Du musst mich anreden, wie es sich für eine Verwandte gehört. Emilius. Sage es!«

Christiana kam es beinahe unmöglich vor, aber schließlich gelang es ihr doch, seinen Vornamen hervorzustoßen. Ein strahlendes Lächeln belohnte sie.

»Du kannst es, und bald wird es dir ganz natürlich vorkommen.

Emilius lehnte sich im Sitz zurück, und das Gespräch erstarb. Der junge Adelige schloss sogar die Augen. Christiana störte sich daran nicht, sie blickte aus dem Fenster. Während ihrer Zeit in Mingels Haushalt hatte sich nie die Gelegenheit ergeben, Radebeul für einen Ausflug zu verlassen. Ihr Dasein hatte aus nichts als Arbeit bestanden. Sie hatte nie mitkommen dürfen, wenn die alte und die junge Mingelin Verwandte in der Residenzstadt besucht hatten oder wenn Sonntagnachmittag ein Spaziergang in einen Krug des Nachbarortes unternommen worden war.

Im April waren die Felder noch kahl, und auf den Wiesen weideten keine Tiere. Sie sah nur einen Jungen mit einer Schar Gänse und einem kleinen Hund über eine Wiese wandern. Das Federvieh ging schnatternd und mit stolz hochgereckten Köpfen. Die beiden Füchse vor der Kutsche ließen sich davon nicht stören, sondern trabten weiter munter dahin.

Bald parierte der Kutscher sie jedoch zum Schritt durch. Christiana reckte den Kopf aus dem Fenster, um zu sehen, ob sie ihr Ziel erreicht hatten. Der Grund für die Verlangsamung der Fahrt war jedoch eine andere Kutsche, die ihnen entgegenkam. Der Weg war nicht breit genug, als dass zwei Fahrzeuge ohne Ausweichmanöver aneinander vorbeifahren konnten. Emilius von Kobsdorff hatte die Augen wieder geöffnet und schaute nun ebenfalls aus dem Fenster.

Als die Kutschen auf gleicher Höhe waren, erblickte Christiana zwei vornehm gekleidete Frauen. Eine in ihrem Alter, und die andere vielleicht ihre Mutter. Die junge Frau schaute nicht sehr glücklich drein, während die ältere auf sie einredete. Emilius grüßte die beiden mit ausgesuchter Höflichkeit. Die ältere Frau antwortete ihm auf die gleiche Weise, die junge dagegen nickte nur knapp und wünschte »Guten Tag«. Christiana wusste gar nicht, wie sie sich verhalten solle, also grüßte sie ebenfalls nur sehr knapp. Sie begegnete dem traurigen Blick der jungen Frau und konnte nicht anders, als ihr ein herzliches Lächeln zu schenken. Auch über deren Gesicht glitt nun eines. Dann waren die Kutschen aneinander vorbei, und die Füchse wurden mit Schnalzen und einem Peitschenknall wieder zum Trab angetrieben.

»Es war gut und schlecht, die beiden getroffen zu haben«, sagte Emilius und betrachtete seine polierten Fingernägel.

»Warum?«

»Die ältere Frau war Freifrau Ernestine von Wallnau. Sie ist in Dresden tonangebend und kann uns nützlich sein. Andererseits ist es nicht gut, dass sie dich in diesem Aufzug gesehen hat. Da muss ich mir was ausdenken.«

»Sie wird mich kaum bemerkt haben.« Nach Christianas Erinnerung hatte die Freifrau nicht einen Blick in ihre Richtung geworfen.

»Täusche dich nicht. Der guten Frau von Wallnau entgeht so leicht nichts.«

»Wer war das Mädchen an ihrer Seite?«

Emilius zuckte mit den Schultern. »Irgendein junges Ding.«

»Sie sah nicht sehr glücklich aus.« Tatsächlich war sie Christiana vorgekommen wie ein Lamm, das zur Schlachtbank geführt wird, aber sie war sich sicher, dass eine derartige Ausdrucksweise keine Gnade vor Emilius' Augen fände.

»Darüber musst du dir keinen Kopf machen.«

Das Rittergut Postelau übertraf Christianas kühnste Erwartungen. Sie wusste selbst nicht genau, was sie erwartet hatte, aber jedenfalls kein dreistöckiges Gebäude mit einem Torvorbau und einem Türmchen aus hellem Sandstein und weißem Putz. Das Gebäude leuchtete im Sonnenlicht wie ein

Märchenpalast. Es war von einem weitläufigen Park umgeben, dessen Anlage Christiana ganz und gar verborgen blieb, weil sie sich an dem Haus nicht sattsehen konnte.

Die Kutsche fuhr durch den Torvorbau bis in einen Innenhof und hielt dort unter einem Vordach, so dass man bei schlechtem Wetter trockenen Fußes ins Innere gelangen konnte. Emilius von Kobsdorff bot ihr die Hand, um ihr aus der Kutsche zu helfen. Sie wollte das Gefährt elegant verlassen, aber weil ihr Beutel im Weg war, geriet es zu einem Hüpfer, der sie beinahe in die Arme ihres Begleiters hätte stolpern lassen.

Christianas Staunen setzte sich im Haus fort. Die Räume waren zweimal so hoch wie im Hause Mingel. Es gab eine Flut von Zimmern, alle erlesen eingerichtet und mit hohen Fenstern und Vorhängen. Wie konnte man so viele Zimmer benötigen, fragte sie sich, wagte es aber nicht, diese Frage laut zu stellen.

»Sie wohnen ganz …«

»Du wohnst ganz alleine hier!«, unterbrach Emilius sie mit schroffer Stimme. »Und die Antwort darauf lautet: Nein, ich wohne gar nicht hier. Die meiste Zeit wohne ich in Dresden. Warum sollte ich mich in der Einsamkeit vergraben?«

»Wohnt hier niemand?«

»Dienerschaft.«

»Herrschaft, meine ich.« Sie brachte es immer noch nicht fertig, seinen Vornamen auszusprechen.

»Meine Großmutter lebt hier. Laetitia Waldtraut von Kobsdorff.«

»Dann können wir doch nicht …« Christiana drehte sich um und strebte wieder der Tür zu.

»Hiergeblieben, dummes Ding!« Nicht allein die scharfen Worte hielten sie zurück, sondern auch Emilius Griff um ihren Oberarm. »Meine ehrenwerte Großmutter hat ihre Räume seit Jahren nicht mehr verlassen. Sie liegt durchweg im Bett und bekommt gar nicht mit, was im Haus vor sich geht. Du bist vollkommen sicher vor ihr. Außerdem weiß sie eine gute These und ihre Beweise zu schätzen. Du wirst dir deine Räume zeigen lassen, dann erwarte ich dich zu einem sehr einsamen Abendessen. Nur wir beide werden daran teilnehmen. Ich weiß gar nicht mehr, wann ich das letzte Mal ein so armseliges Mahl vor mir hatte.« Den letzten Satz hatte Emilius schon halb abgewandt mehr zu sich selbst gesprochen, aber Christiana hatte ihn dennoch verstanden.

Ein Diener stand bereit, um sie in die ihr zugedachten Zimmer zu bringen. Er betrachtete pikiert ihre einfache Kleidung, war aber viel zu gut geschult, um sich eine Bemerkung zu erlauben. Er ließ sie allein in einem Vorzimmer, das nichts anderes war als ein Traum.

Durch drei bis zum Boden reichende Fenster fiel verschwenderisch das Tageslicht herein. Ein runder Kachelofen in einer Ecke sollte Wärme spenden. Im Zimmer war es allerdings kühl, und Christiana zog ihr Umschlagtuch enger um die Schultern. Sie legte eine Hand auf den Ofen, die Kacheln waren gerade einmal lauwarm. Sie entdeckte auch keine Möglichkeit, Holz nachzulegen, der Ofen musste von einem anderen Raum aus befeuert werden. Die Aufgabe eines Zimmermädchens. Es kam ihr immer noch unwirklich vor, dass sie in diesem Raum leben und bedient werden sollte. Nur für eine kurze Zeit, dann wäre sie wieder Christiana, die Magd, beruhigte sie ihre flatternden Nerven.

Hinter den verglasten Türen einer Vitrine stand allerlei, dessen Nutzen und Zweck sie sich nicht erklären konnte. Hübsch anzusehen war es allemal. An einem Fenster hatte ein zierlicher Damensekretär seinen Platz, und es war alles vorhanden, um Briefe zu schreiben. Einen Brief an einen

Geliebten oder die beste Freundin – nichts davon würde sie tun. Ein Sofa und zwei Sessel umstanden einen zierlichen Tisch. Die Sitzgruppe stand bei einem anderen Fenster und näher am Ofen als der Schreibtisch. Rechts und links der Tür, durch die sie hereingekommen war, standen zwei gleiche Kommoden, und sie fragte sich gar nicht erst, was dort aufbewahrt werden sollte. Vornehme Damen besaßen bestimmt eine Vielzahl von Dingen, die ihnen wertvoll waren und die in ihren Zimmern untergebracht werden mussten. Christiana öffnete eine Schublade nach der anderen, fand in den Kommoden jedoch nur ein rostiges Schlüsselbund und einen Stapel spitzengesäumter Taschentücher. Das eine wie das andere mochte ein Gast vergessen haben. Zwei Teppiche, jeder mit einem verwirrenden Muster aus Blüten und Ranken, bedeckten den Parkettboden, vermochten Christianas Aufmerksamkeit jedoch nicht lange zu fesseln, anders als die an den Wänden hängenden Bilder. Über den Kommoden zierten liebliche Stillleben die Wände, zwischen den Fenstern Porträts. Eine strengblickende Dame und ein sehr feister Herr, dessen mächtiger Bauch nur von der straff sitzenden Kleidung am Platzen gehindert wurde. So kam es jedenfalls Christiana vor.

Sie suchte in beiden Gesichtern nach Ähnlichkeit mit Emilius von Kobsdorff, ohne eine solche zu entdecken. Trotzdem stellte sie sich vor, bei der Dame handele es sich um die Großmutter. Unter den Blicken kam sie sich entlarvt vor. Durfte sie darum bitten, dass die Bilder entfernt wurden? Sie wollte es davon abhängig machen, in welcher Stimmung ihr Gastgeber oder Zuchtmeister – ganz sicher war sie sich in diesem Punkt nicht – beim Abendessen war.

Auf der rechten Seite führte eine Tür in einen weiteren Raum. Christiana fand ihr Schlafzimmer dahinter. War ihr der Salon riesig vorgekommen, so traf das auf das Schlafzimmer noch weit mehr zu. Vielleicht lag es daran, dass sich außer einem Himmelbett an der Wand gegenüber der Tür nur wenige weitere Einrichtungsgegenstände, dafür aber ein riesiger Kamin in dem Raum befanden. Es gab die drei gleichen Fenster wie im Salon, also waren die Räume wohl gleich groß. Außer dem Bett standen nur noch einige Stühle an den Wänden und ein Frisiertisch. Was sie jedoch nicht sah, waren Haken oder eine Truhe, um die Kleidung zu verstauen. Nicht, dass sie viel zu verstauen hatte, aber ein paar Unterröcke, ein Kleid für den sonntäglichen Kirchgang, weitere Strümpfe, ein zweites Paar Schuhe und einen Hut sowie eine zweite Haube befanden sich schon in ihrem Bündel. Sie breitete die Sachen auf den Stühlen aus.

Die Wände schmückten diesmal Landschaftsgemälde, und das ließ Christiana einen Seufzer der Erleichterung ausstoßen. Unter Porträts der Kategorie wie im Salon hätte sie nicht gerne genächtigt. Allein der Gedanke, in diesem großen Raum schlafen zu müssen, jagte ihr Schauer über den Rücken. Ihr wurde erst jetzt richtig bewusst, worauf sie sich eingelassen hatte. Sie hatte keinerlei Vorstellung von den Gepflogenheiten in einem vornehmen Haus, wusste nicht einmal, wann Emilius von Kobsdorff sie zum Abendessen erwartete und wohin sie dazu in diesem riesigen Gebäude gehen sollte.

Da sie nicht wusste, was von ihr erwartet wurde, setzte sie sich an den Schreibtisch und wartete.

Christiana hatte sich umsonst Gedanken gemacht. Der gleiche Diener, der sie in ihre Räume gebracht hatte, holte sie auch wieder ab. Erneut traf sie sein Blick.

Das Esszimmer war ein Saal, so groß wie das gesamte Mingelsche Haus. Beherrscht wurde es von einem Tisch in der Mitte, an dem Christiana zwölf Stühle zählte, aber es war auch noch Platz für mehr. Gedeckt war an einem Ende des Tisches für zwei Personen. Emilius von Kobsdorff erwartete sie bereits.

»Zum Abendessen zieht man sich um«, maulte er, während sie Platz nahmen und Lakaien ihnen die Stühle zurechtschoben.

Christiana erlebte das zum ersten Mal und fühlte sich sehr unwohl, dass jemand hinter ihr stand und jede ihrer Bewegungen beobachtete. Sie musste sich allerdings sagen lassen, dass es sich so gehöre. Zu ihrer Erleichterung schickte Emilius die Lakaien hinaus, nachdem der erste Gang aufgetragen worden war.

»Wir werden uns heute selbst bedienen. En famile speisen nennt man es, obwohl wir keine Familie sind. Es ist aber besser, die Dienerschaft hört nicht, was ich dir zu sagen habe.«

»Bisher war ich immer die Dienerin. Zählt das auch als en famile?«, sagte Christiana. Ihre Zunge stolperte über die fremdsprachigen Worte.

»Das wird sich ab jetzt ändern.« Es folgte eine endlose Aufzählung von Regeln und Gewohnheiten, die sie ab jetzt zu beachten hätte.

Nach kurzer Zeit ließ sie es an sich vorbeirauschen. Es war viel mehr, als sie sich je merken könnte, und das Essen auf dem Tisch roch verführerisch. Erst jetzt wurde ihr bewusst, dass sie den ganzen Tag keinen Bissen zu sich genommen hatte. Ihr Magen knurrte vernehmlich. Auch Emilius von Kobsdorff hörte es. Er unterbrach seinen Vortrag und lud sie mit einer Handbewegung ein, sich zu bedienen.

Es gab Suppen und Pasteten, Eierkuchen und Fleischgerichte. Zusammengenommen viel mehr, als zwei Personen essen konnten. Der Hausherr nahm von jedem Gericht nur ein paar Bissen zu sich, aber Christiana ließ sich nicht lange bitten und lud sich den Teller voll.

»Es gibt noch …«

»Ich habe den ganzen Tag keinen Bissen zu mir genommen«, unterbrach sie ihren Gastgeber kauend.

»Eine der wichtigsten Regeln ist, nicht mit vollem Mund zu reden. Als Gegenüber verstehe ich gerne, was gesprochen wird, so halten es die Menschen meines Standes.«

»Wie Sie – du befiehlst.« Christiana kaute immer noch.

»Außerdem hält der Mensch von Stand stets Maß und lädt sich nicht den Teller so voll, dass er überquillt. Es stehen genug Gerichte auf dem Tisch, außerdem folgen zwei weitere Gänge.«

Diesen Rat überhörte Christiana, sie war mit Essen beschäftigt. Als auf den ersten Gang tatsächlich ein zweiter folgte, bei dem es wieder Pasteten, Fleisch- und Fischgerichte gab, war sie satt und stocherte in den Köstlichkeiten nur noch herum. Emilius kommentierte ihr Verhalten nicht, aber es war ihm anzusehen, dass er sich über sie amüsierte. Das fuchste Christiana, und sie nahm sich vor, aufmerksamer zu sein, und ihm keinen Grund mehr zu geben, über sie zu spotten.

Als dritter und letzter Gang wurden Desserts aufgetragen. Es gab Cremes, Puddings – und auch Kuchen. Letztere erregten Christianas besondere Aufmerksamkeit. Umso enttäuschter war sie, als sie in einen mit kandierten Zitronenscheiben belegten Kuchen biss. Der Teig war trocken; hätte es nicht die süße Säure der Zitronenscheiben gegeben, hätte sie das Ganze ungenießbar gefunden. Sie verzog das Gesicht.

»Das sind kandierte Zitronenscheiben«, belehrte Emilius sie. »Eine exotische Frucht, die aus Italien eingeführt wird.«

»Das weiß ich. Um die Zitrone geht es mir nicht. Der Kuchen ist trocken und fad. Jeder Lehrbursche im zweiten Jahr schafft Besseres.«

»Derartige Attitüden vergisst du, solange du meine Verwandte bist. Für ein Edelfräulein gehört sich solch profanes Handwerk nicht.«

Christiana versprach es.

»Morgen wird ein junges Ding aus dem Dorf kommen und als deine Zofe arbeiten. Außerdem habe ich nach einem Schneider schicken lassen, er wird dir ein paar Kleider anpassen. Als dein Tanzmeister werde ich in Aktion treten. Deine Tischmanieren sind für ein Mädchen deiner Herkunft recht annehmbar. Wir sind auf einem guten Weg. Ich werde mich wohl nicht allzulange in der Einsamkeit vergraben müssen, ehe ich mit dir den Beweis meiner These antreten kann.«

Hatte sie da ein Lob aus seinem Mund gehört? Christiana war sich nach all seiner Spötterei nicht sicher. Nach dem missglückten Zitronenküchlein wagte sie sich an eine Makrone heran. Sie war durch und durch hart, obwohl sie eigentlich einen weichen Kern haben sollte. Das ließ sich erreichen, in dem man die Makronen zusammen mit einem aufgeschnittenen Apfel aufbewahrte, aber Christiana hegte den Verdacht, der Teig sei schon nicht richtig zubereitet worden. Neben gemahlenen Mandeln glaubte sie, auch Mehl zu schmecken, das da nicht hineingehörte. Ein talentierter Bäcker gehörte jedenfalls nicht zur Dienerschaft auf Postelau. Zuletzt tauchte sie ihre Makrone in das Glas mit Dessertwein, wie es auch Emilius tat.

»Spielst du Karten, Cousine?«, wollte Emilius nach dem Essen wissen.

»Nein, und ich habe auch nicht vor, es zu lernen.« Christiana erinnerte sich an eindringliche Warnungen in sonntäglichen Predigten vor dem Teufel des Kartenspiels. Einen ehrlichen Mann brachte es nur allzuleicht um Haus und Hof.

»Es gehört zum guten Ton.«

»Ich spiele nicht.«

»Du sollst nicht um große Beträge spielen, aber ein bisschen Whist oder Piquet müssen sein, wenn du nicht schief angesehen werden willst.«

»Verbuche es als eine Marotte deiner entfernten Cousine aus dem Ausland.« Zum ersten Mal gelang ihr die vertrauliche Anrede ohne Zögern. »Du entschuldigst mich, aber mein Tag war lang und mit vielen neuen Eindrücken gespickt, ich werde mich zurückziehen.« Sie war stolz auf den Gleichmut, mit dem sie seine Forderung zurückgewiesen hatte. Offenbar gewöhnte sie sich bereits an ihr neues Leben als adelige Verwandte.

Seine Antwort wartete sie nicht ab, sondern erhob sich. Emilius von Kobsdorff musste nun ebenfalls aufspringen, um ihr den Stuhl zurechtzurücken. Hoch erhobenen Hauptes verließ Christiana das Esszimmer und atmete auf, als die Tür hinter ihr ins Schloss fiel.

Den erstaunten und auch bewundernden Blick des jungen Adeligen bemerkte sie nicht mehr. Dieses junge Ding verfügte über Witz und Kampfgeist, was ihre Lehrzeit gewiss interessanter gestaltete, als wenn sie ein tumbes Weib gewesen wäre. Sollte er mit sich selbst wetten, ob es zwei oder drei Wochen dauern würde, bis sie ihren Widerstand aufgab?

Ihm blieb nun keine andere Wahl, als den Abend mit der Portweinkaraffe und dem Legen von Patiencen zu verbringen. Die Karaffe war bis auf die Neige geleert, als er sein Bett aufsuchte.

DREI

April 1730

*E*in Bauernmädchen mit roten Wangen und einem streng auf dem Kopf geflochtenen Haarkranz erwartete Christiana am nächsten Morgen. Sie stellte sich als Bettina vor, die ihr in Zukunft als Zofe aufwarten solle. Sie sprach Christiana mit gnädige Frau an und fragte nach deren Morgenmantel. So ein Kleidungsstück besitze sie nicht, musste Christiana zugeben.

»Das macht nichts, gnädige Frau«, erwiderte Bettina fröhlich. »Ich habe gehört, der Schneider kommt später zu Ihnen. Sie werden bald wieder über eine angemessene Garderobe verfügen.«

»Was hat dir Emilius von Kobsdorff über mich erzählt?«

»Der gnädige Herr doch nicht. Er hat einen Boten zu meinem Vater geschickt, um mich zu holen. Von diesem weiß ich, dass Sie eine Verwandte des gnädigen Herrn sind. Von Ihrer räuberischen Zofe wurde Ihnen auf der Reise das Gepäck entwendet, und das Mädchen ist mit einem Liebhaber durchgegangen. Nur eines ihrer eigenen Kleider hat sie Ihnen dagelassen. Deshalb sind Sie nun in einer schlimmen Notlage, gnädige Frau.« Bettinas Bericht hörte sich eher nach einem Schelmenstück, denn nach einer schlimmen Notlage an.

Die Geschichte war eine echte Räuberpistole und Emilius von Kobsdorff genau der Mann, eine solche zu ersinnen. Glaubte das jemand, oder taten die Menschen auf Postelau nur so? Christiana berichtigte Bettina jedenfalls nicht.

Das Mädchen sah zwar aus wie ein Bauernkind, verstand aber sein Handwerk. Im Nu war Christiana angekleidet und saß vor der Frisierkommode, während Bettina sich an ihren Haaren zu schaffen machte.

»Sie benötigen noch ein Parfüm oder ein Kölnisch Wasser und ein paar Dinge für die Pflege der Schönheit. Ich werde nachher gleich der Hausdame Bescheid geben, dass dies für Sie besorgt wird«, plauderte Bettina, während sie Christianas braune Locken entwirrte.

»Das ist nicht …«

»Doch, doch. Das gehört zu meinen Aufgaben. Lassen Sie mich nur machen.« Es war offensichtlich, dass Bettina darauf hoffte, den Bauernhof verlassen zu können, um in einem vornehmen Haushalt als Zofe zu dienen. Dass ihre Hoffnungen enttäuscht werden würden, tat Christiana leid.

Nach dem Frisieren hielt Bettina ihr einen Spiegel vor, und aus dem blickte Christiana eine fremde Frau entgegen. Das Haar war am Hinterkopf hochgesteckt, lediglich eine paar freche Locken umrahmten ihr Gesicht. Mit der Magd, die für ihre Frisur nicht mehr Zeit hatte, als die Haare zu zwei Zöpfen zu flechten, hatte das nichts mehr zu tun. Christiana begann zu glauben, dass es nicht unmöglich war, Emilius' Erwartungen zu erfüllen.

Der Schneider mit zwei Gehilfen kam später. Er war ein großer schwerer Mann, der nicht aussah, als könnte er mit feinen Werkzeugen wie einer Nähnadel hantieren, geschweige denn einen Faden durch das Öhr fädeln. Seine dünnen und knochigen Gehilfen entsprachen eher der Vorstellung, die sich Christiana von Schneidern gemacht hatte.

Der Mann stellte sich als Meister Perlach vor und seine Gehilfen als seinen Sohn Matthias und seinen Neffen Hinrich Laus.

Schnell stellte sich heraus, dass Emilius von Kobsdorff nicht geplant hatte, Christiana eine vollständige neue Garderobe schneidern zu lassen. Eine Reihe gebrauchter Toiletten wurden gebracht, und Christiana musste sie mit Bettinas Hilfe anziehen. Die Kleider waren ihr alle zu weit und zu kurz, aber Schneidermeister Perlach steckte sie mit seinen Gehilfen ab und diskutierte leise mit ihnen darüber, welche Borten und Spitzen angesetzt werden konnten, um die fehlende Länge zu kaschieren.

Christiana stand in einem weinroten Kleid, bestickt mit Rosen und Efeublättern, auf einem Hocker und wurde von allen Seiten begutachtet. Das Kleid gefiel ihr nicht, sie kam sich darin viel älter vor als die zweiundzwanzig Jahre, die sie tatsächlich zählte. Trotz allem war es ein kostbares Gewand. Unglücklich schaute sie an sich herunter, während Meister Perlach eine Borte an ihrem rechten Arm hielt. Sein Sohn erzählte unterdessen etwas von einer neuen Unterfütterung des Ärmels, die dann am Saum in Spitze gefasst und herausschauen könne.

»Das machen wir schon bei den anderen Gewändern so. Ich stelle mir eher vor, dass wir an der Schulter eine Aufpolsterung vornehmen, die die Zierlichkeit der Trägerin unterstreicht und uns zwei Fingerbreit Länge einbringt, damit wir am Saum nur noch eine schmale Spitze brauchen.«

Matthias Perlach wollte zu einer Erwiderung ansetzen, aber in diesem Moment betrat Emilius den Raum.

»Mon Dieu«, rief er aus. »Doch nicht dieses Kleid! Das ist für eine alte Frau, aber nicht für meine hübsche Cousine. Sie muss frische Farben tragen, die ihrer Schönheit schmeicheln. Herunter damit!«

Christiana ließ sich das nicht zweimal sagen und schlüpfte mit Bettinas Hilfe schnell aus dem Kleid. Es störte sie, dass sie in Unterkleidung vor Emilius stand, aber alles war besser als das schreckliche weinrote Gewand.

»Das sind Farben für meine Cousine.« Emilius deutete auf ein türkisfarbenes, ein hellgraues und ein pfirsichfarbenes Kleid. Alle drei hatte Christiana bereits anprobiert, und sie würden für sie geändert werden.

»Wie der gnädige Herr befehlen,« katzbuckelte Meister Perlach. Er verbeugte sich sogar. »Das sind alles Tageskleider, Ihre ehrenwerte Cousine benötigt noch ein Reitkleid für die Jagd, eine Ballrobe, eines für eine kleinere Abendgesellschaft, einen oder zwei Mäntel ...«

»Daran ist gedacht.«

Zwei Zimmermädchen brachten weitere Kleider herein. Und Emilius sah sehr zufrieden mit sich aus.

»Man sagt mir nach, einen exzellenten Geschmack zu besitzen, und ich habe für meine liebreizende Cousine eine weitere Auswahl getroffen. Damit dürften für die nächsten Wochen keine Wünsche offenbleiben.«

Es wurden Kleider hereingetragen, deren Pracht Christiana scharf die Luft einsaugen ließen. Eines war in altrosa und cremefarben gehalten und mit Perlen bestickt. Der Rock war vorne geschlitzt und ließ einen überaus kostbar mit Spitzen besetzten Unterrock sehen. So ein Kleid war für eine Königin. Christiana wagte es kaum, den Stoff zu berühren. Es sei eine Damaszener Seide, flüsterte Bettina ihr zu, als sie den Stecker befestigte. Das war eine Robe für eine ganz große Gala, und Christiana bezweifelte, dass sie Gelegenheit haben würde, sie zu tragen.

Nachdem die Anprobe beendet, die Schneider mit den zu ändernden Kleidern verschwunden waren und Christiana wieder in ihrem eigenen Kleid steckte, fragte sie Emilius: »Wessen Kleider waren das eigentlich?«

»Die meiner Großmutter«, sagte er leichthin.

»Das geht doch nicht. Sie – du kannst nicht deiner Großmutter Kleider wegnehmen und sie mir geben. Lieber trage ich meine alten Sachen, und ich kann mir etwas nähen. Ich bin ganz geschickt mit Nadel und Faden.«

»Du willst Tage und Wochen an einem Gewand sticheln, das dann wie ein Sack an dir herunterhängt? Wie das, was du gerade trägst?«

Christiana schaute an sich herunter. Immerhin trug sie ihr Sonntagskleid, und darin hatte sie sich nie wie in einem Sack gefühlt.

»Meine Großmutter braucht die Kleider nicht«, sagte Emilius versöhnlich. »Sie geht nie aus, erhebt sich nicht einmal aus ihrem Bett. Ein paar Nachthemden und Bettjacken reichen ihr. Aber ihre Schränke hängen voll, und ehe alles von Motten aufgefressen wird, kannst du sie tragen. Sie hat sich oft Kleider machen lassen, die einer jüngeren Frau besser gestanden hätten als ihr. Damals war es peinlich, jetzt ist es ein Glück. Ihre Kleider stehen dir besser, als sie an ihr je ausgesehen haben.«

Christiana war nicht beruhigt und nicht überzeugt, nur fielen ihr keine Gründe gegen die Kleider mehr ein. Deshalb schwieg sie.

»Darf ich dich zu einem Spaziergang durch den Park einladen? Es gehört sich für Personen unseres Standes, sich die Füße im Park zu vertreten und an Rosen zu riechen.« Emilius hielt sich eine imaginäre Rose an die Nase und tat so, als ergötzte er sich an deren Duft.

Christiana konnte nicht anders und musste lachen. Gern war sie bereit, ihn durch den Park zu begleiten. Bisher hatte sie erst wenig von Postelau gesehen, und wenn sie die Rolle einer adeligen Cousine spielen sollte, wollte sie es auch genießen.

* * *

Die Teegesellschaft bei Frau von Lobschütz war vorbei, und Therese atmete innerlich auf. Nach außen hin setzte sie bei der Verabschiedung an der Seite ihrer Tante ein strahlendes Lächeln auf und sagte alles, was artig war. Wie gut es ihr gefallen habe und wie sehr sie sich über eine neue Einladung freuen würde. Sie ließ sich pflichtschuldigst einen Kuss faltiger Lippen gefallen und verließ an der Seite ihrer Tante das Haus in der Kleinen Brüdergasse.

Freifrau Ernestine von Wallnau bewohnte die erste Etage eines Stadtpalais in der Rampischen Gasse, und bis dahin waren es nur wenige Augenblicke zu gehen. Therese hatte ihre Tante überredet, den Weg zu Fuß zurückzulegen. Deshalb gingen die beiden Frauen Arm in Arm über das Pflaster. Ein Lakai folgte ihnen.

»Wir hätten die Kutsche nehmen sollen oder wenigstens Tragsessel«, maulte die Tante. »Niemand unseres Standes geht zu Fuß durch die Stadt. Die Leute schauen schon. Ich hätte mich von dir nicht überreden lassen sollen.«

Therese blickte sich unauffällig um und entdeckte niemanden, der sich für zwei Frauen und ihren Lakaien interessierte. Die Leute gingen eigenen Geschäften nach. Einzig ein Offizier des Garde du Corps beobachtete sie. Als sein Blick Thereses kreuzte, schenkte er ihr ein Lächeln und nickte ihr grüßend zu. Schnell schaute sie weg.

»Hast du mich gehört, Kind?«

»Natürlich, liebste Tante. Für diesen Weg lohnen sich keine Tragsessel, erst recht nicht die Kutsche. In Benndorf gehen wir viel weitere Strecken zu Fuß, und niemand schaut komisch. Sie werden sehen, es wird in Mode kommen, wenn wir es erst ein paarmal gemacht haben.«

Die Freifrau sah nicht überzeugt aus. »Mir wäre es lieber, nicht ausgerechnet damit in Mode zu kommen.« Sie senkte die Stimme zu einem Flüstern. »Und mir wäre es noch lieber, eine Nichte an meiner Seite zu haben, die nicht immer mürrisch auf alle Zerstreuungen reagiert.«

»Liebe Tante!«

»Nein!«, flüsterte die gute Freifrau, und ihre Stimme klang hart wie ein Peitschenknall. »Meine liebe Freundin spricht von ihrem Sohn, dem edlen Hermann Carl von Lobschütz, und du bringst nicht einmal höfliches Interesse für den vielversprechenden jungen Mann auf.«

»Ich habe aufmerksam zugehört«, warf Therese ein, die sich in Wirklichkeit tödlich gelangweilt hatte.

»Du hättest dich mit der Mutter unterhalten müssen. Sie wird nun denken, dass du über alle Maßen schüchtern oder nicht interessiert bist.«

»Bei einem davon irrt sie sich nicht.«

»Therese!«

Sie hatten inzwischen die Wohnung der Tante erreicht, und deren Empörung unterblieb vorerst, bis sie eingetreten und sich ihrer Hüte und Handschuhe entledigt hatten.

»Ich muss leider sagen, du legst einen beklagenswerten Mangel an Erziehung an den Tag. Das ist mehr meinem Bruder und seiner Frau, also deinen Eltern, anzulasten als dir, aber wer jetzt darunter leiden muss, sind wir beide.«

»Ich leide nicht und bin froh, dass meine Eltern mich zu einer selbstständig denkenden Person erzogen haben, die nicht nur nachplappert, was andere ihr vorsagen.«

»Wenn du so weiterredest, wirst du noch ein richtiger Blaustrumpf.« Tante Ernestine zog ein Gesicht, als bereitete ihr allein die Vorstellung Zahnschmerzen. »Hermann Carl von Lobschütz wäre ein angemessener Ehemann. Der Weg zum Herzen eines Mannes führt häufig genug über seine Mutter.«

»Der!«, rief Therese aus und schüttelte so heftig den Kopf, dass ihre blonden Locken flogen.

»Der ist ein akzeptabler Ehemann von anständiger Gesinnung«, sagte die Tante spitz. »Seine Ehefrau muss nicht befürchten, dass er den Schauspielerinnen hinterher starrt oder sich eine Liebschaft sucht.«

»Weil es vergebene Mühe wäre.«

»Du führst eine garstige Sprache, meine Liebe. Deine Eltern sind wirklich nicht zu beneiden.«

Therese tat so, als perlten diese Worte ihrer Tante an ihr ab. In Wirklichkeit wurde sie von ihnen tief getroffen. War sie wirklich eine schlechte Tochter, weil sie nach ihrem Glück strebte? Hatte sie nicht das Recht darauf, das Leben zu führen, das ihr vorschwebte, statt sich für die Familie aufzuopfern? Und traf ihren ältesten Bruder Julius nicht die gleiche Pflicht? Sie konnte sich jedenfalls nicht daran erinnern, dass von ihm so hartnäckig die Heirat mit einer vermögenden Frau verlangt wurde.

»Willst du deine Eltern auf ihre letzten Tage ins Elend stürzen? Deine Brüder auch? Ich verstehe dich einfach nicht.« Die Tante schüttelte den Kopf.

»Ich will einen Mann heiraten, den ich auch lieben kann.«

»Liebe ist eine neue, völlig überbewertete Mode. Gegenseitiger Respekt und die Verwandtschaft des Geistes und der Seele sind sehr viel mehr wert als die Liebe, von der alle Welt redet. Respekt und Geistesverwandtschaft stellen sich nach der Heirat ein, oder man arrangiert sich halt.«

Therese holte tief Luft für eine passende Erwiderung, aber sie blieb ihr im Halse stecken, denn in diesem Moment klopfte es an der Tür, und ein Lakai trat ein. Auf einem silbernen Tablett trug er einen Brief, den er der Freifrau hinhielt. Ernestine von Wallnau betrachtete das Siegel.

»Das Oberhofmarschallamt«, murmelte sie und erbrach das Wachs.

Das Schreiben bestand nur aus einem Blatt und war kurz gehalten, so viel konnte Therese erkennen. Ihre Neugier war geweckt und der vorangegangene Ärger vergessen. Von der erneuen Übertragung eines Hofamtes – die Tante hatte einst zu den Hofdamen der verstorbenen Königin gehört – bis zur Einladung zu einer Gala oder der Verbannung aus dem Kurfürstentum Sachsen konnte der Brief alles zum Inhalt haben.

»Was schreiben sie Ihnen, liebe Tante? Hoffentlich nichts Schlimmes?«

»Nein, nein. Meine Anwesenheit wird erwünscht.«

»Bei einer Gala?« Im Mai feierte der Kurfürst und König seinen Geburtstag gewöhnlich mit einem mehrtägigen Fest, verschiedenen Banketten, Lustbarkeiten und Theateraufführungen. Vielleicht war das die Einladung zu einer davon? Gegen ihren Willen war Therese neugierig.

»Es ist eine Einladung.«

»Wozu?«

»Das wirst du zu gegebener Zeit erfahren. Halte dich jedenfalls bereit, mich auf eine kleine Reise zu begleiten.«

»Wann und wohin? Ich bin bestimmt nicht eingeladen.«

»Ich werde es erreichen, dass die Einladung auch für dich gilt. Und wenn du von dort unverheiratet zurückkommst, weiß ich auch nicht mehr.«

* * *

Wenige Tage nach dem Besuch des Schneiders war Christiana vormittags allein auf Postelau. Emilius war auf dem Rücken eines schlanken Rappen davongaloppiert und hatte seine Rückkehr erst für die Nacht angekündigt. Er müsse einmal heraus aus dieser Einöde und wieder leben wie ein richtiger Mensch. Christiana könne inzwischen etwas für ihre geistige Erbauung tun und ein paar Seiten in der Bibel lesen. Es könne aber auch gerne ein Werk über gutes Benehmen bei Tisch und in Gesellschaft der höheren Stände sein.

Christiana tat weder das eine noch das andere. Lesen und Schreiben hatte sie in Altenburg zusammen mit den adeligen Fräuleins gelernt, dann jedoch nie Gelegenheit gehabt, es zu üben, und das meiste wieder vergessen. Sie konnte ihren Namen schreiben, mehr jedoch nicht. Dass Emilius jemals einen Blick in diese Bücher geworfen hatte, bezweifelte sie.

Sie schlenderte aus dem Haus und in den Park. Es war immer noch eine neue und spannende Erfahrung, ohne Ziel über die Wege zu wandern. Bisher war sie stets zu einem Botengang unterwegs gewesen oder auf dem Weg zum Markt, zum Schneider. Nichts als Pflichten hatte sie gekannt. Das Leben eines jungen adeligen Fräuleins schien aus nichts als Freiheit zu bestehen. Sie konnte den ganzen Tag machen, wozu sie Lust hatte.

Wozu sie Lust hatte! Christiana drehte um und eilte zurück zum Haus.

Wozu sie Lust hatte? Jedenfalls nicht darauf, in verstaubten Büchern zu blättern. Im Haus ging sie sofort Richtung Untergeschoss, wo sich die Küchen und Vorratskammern befanden. Eine Küchenmagd mit einer Schüssel im Arm kam ihr entgegen. Ihr Gesicht war rot und die Schürze fleckig, sie knickste hastig vor Christiana und eilte weiter. Sie folgte ihr und landete tatsächlich in der Küche. Hitze und Gerüche nach Kapaunen, Kraut und exotischen Gewürzen waberten durch den Raum. Über einer mächtigen Feuerstelle drehte ein Junge einen Spieß mit dem Geflügel, der Koch rührte in einem Topf. Die Magd stellte die Schüssel neben ihm ab und machte ihn auf Christiana aufmerksam.

Der Mann drehte sich um. Er war genauso rot wie die Magd, mit einer knubbeligen Nase und einem schwarzen Schnauzbart. Er dienerte vor Christiana.

»Gnädige Frau. Haben Sie einen Wunsch an die Küche?

»Zuerst einmal habe ich eine Frage.«

»Ich verspreche eine ehrliche Antwort.«

»Woher kommt das Gebäck in diesem Haus?«

Dem Koch war anzusehen, dass ihm die Frage nicht gefiel, dass ihm auch Christianas Anwesenheit in der Küche nicht gefiel. »Das Brot, graues und weißes, wird von einem Bäcker aus Postelau geliefert. Die Kuchen und feinen Gebäcke erstelle ich selbst. Haben Sie einen besonderen Wunsch? Ich werde ihn erfüllen.«

»Ich wünsche mir vor allen Dingen saftig und gut schmeckendes Gebäck. Nicht das trockene Zeug, das jeden Abend nach oben geschickt wird. Das schmeckt, als wäre es vor drei oder mehr Tagen gebacken worden.«

Der Koch blies empört die Backen auf. Aber Christiana ließ sich nicht beirren, sondern verlangte eine Schüssel und einen Holzquirl, Mehl, Zucker, Eier, gedörrte Apfelringe, Milch und eine flache Tonform. Der Koch sah aus, als wollte er ihr die Dinge am liebsten verweigern, aber sie war die Cousine des jungen Herrn. Brummig befahl er der Küchenmagd, das Gewünschte zu bringen.

Er wandte ihr den Rücken zu und beschäftigte sich demonstrativ mit seiner eigenen Arbeit. Christiana vergaß die Welt um sich herum, während sie einige Apfelringe klein schnitt und die Stücke in Tokaier einweichte. Auch ein gutes Dutzend ganzer Apfelringe kam in den Genuss des Ungarweines, während Christiana den Teig rührte und knetete. Zuletzt hob sie die eingeweichten Apfelschnitze unter die Masse. Nachdem sie den Teig in die Form gestrichen hatte, belegte sie ihn mit den Apfelringen. Während der Kuchen im Ofen buk, verlangte Christiana weitere Zutaten. Aus Butter, Zucker, Sahne und Eiern schlug sie im Wasserbad eine Creme, verfeinerte sie mit Zimt und einer Prise Pfeffer.

Den Apfelkuchen bedeckte sie mit der Creme und dekorierte ihn mit Rosinen und Cremetupfern. Der Koch tat, als beachtete er sie nicht, schielte aber immer wieder zu ihr.

Christiana betrachtete kritisch ihr Werk. »Mit ein paar in Zuckerwasser getauchten Blüten ließe er sich noch hübscher gestalten.«

»Das ist wirklich phantastisch. Woher können Sie das?«, rief die Magd aus und schlug sich gleich darauf mit der Hand vor den Mund. »Ich bitte um Verzeihung, gnädige Frau.«

Der Koch brummte hinter seinem Bart ein paar Laute hervor. »Wovon soll ich ein vernünftiges Essen auf den Tisch stellen, nachdem das gnädige Fräulein die ganzen Zutaten verbraucht hat«, verstand Christiana.

»Der Kuchen muss kühl stehen. Im Eiskeller hält er sich drei oder vier Tage.«

»Wirklich sehr hübsch«, brummte der Koch schließlich. »Als ob wir einen Eiskeller hätten, wie die allervornehmsten Häuser in der Residenzstadt.«

»Gehört dieses Haus nicht zu den allervornehmsten? Verschwenden Sie hier Ihre Talente?« Gleich darauf taten Christiana ihre Worte leid. Es gehörte sich nicht, sich über jemanden lustig zu machen, der sich nicht wehren konnte. Sie wollte sich entschuldigen, hatte aber Emilius spöttische Stimme im Ohr, der sie auslachte und ein provinzielles Gänschen nannte, weil sie sich bei einem Menschen niederen Standes entschuldigen wollte.

»Ich möchte, dass dieser Kuchen heute Abend serviert wird«, sagte sie deshalb so hoheitsvoll wie möglich.

»Es ist nie gut, wenn sich eine vornehme Dame in der Küche zu schaffen macht«, hörte Christiana noch, als sie wieder hinausging.

Sie tanzte die Treppen empor, drehte in der Eingangshalle Pirouetten und freute sich auf Emilius Komplimente, wenn ihr Backwerk am Abend serviert werden würde.

Der Kuchen wurde zwar am Abend als Dessert serviert, aber Emilius von Kobsdorff kostete nichts davon. Er war von seinem Ausflug noch nicht zurückgekehrt. Christiana saß alleine in dem riesigen Esszimmer und musste drei Gänge mit je mehreren Gerichten über sich ergehen lassen. Es war genug, um eine Großfamilie zu verköstigen.

In einem anderen Flügel des Schlosses saß Laetitia Waldtraut von Kobsdorff in einem Prachtbett mit Himmel und schweren Brokatvorhängen. Das Bett war so breit, dass leicht drei Personen nebeneinander darin schlafen könnten. Sie saß, schmal und zierlich und von vielen Kissen gestützt, auf einer Seite, ihre Zofe stellte über ihr ein Tablett ab, auf dem mehrere kleine Teller und Schüsseln arrangiert waren. In ein hohes geschliffenes Glas wollte die Zofe kalten Kamillentee eingießen, wie es der Arzt der gnädigen Frau als ihrer Gesundheit förderlich angeordnet hatte.

»Weg mit dem Dreck«, rief die alte Dame mit hoher Stimme und schlug die Hand ihrer Zofe fort.

Die Karaffe schwappte über, und ein Gutteil des Inhalts ergoss sich über den Fußboden und die Zofe. Die nahm es mit Fassung.

»Ich will Wein!«, verlangte Laetitia von Kobsdorff. »Nicht dieses Zeug für Kranke.«

»Der Arzt hat es Ihnen verordnet, gnädige Frau. Wegen Ihrer Gesundheit. Er hat ausdrücklich gesagt, dass Wein für Sie nicht bekömmlich ist.«

»Papperlapp. Dieser alte Quacksalber. Wenn ich Wein will, bekomme ich Wein. Was soll mit meiner Gesundheit sein? Als ob die wieder besser wird. Ich bin ein altes Weib von über siebzig, was will der Mensch da noch? Dass ich hundert und mehr werde? Ich sage Ihnen, dazu habe ich keine Lust.«

»Er meint es gut, gnädige Frau.«

»Dann soll er mir nicht dieses Zeug verschreiben. Er wird mich ab sofort nicht mehr behandeln. Du rufst einen anderen Arzt.«

»Es gibt keinen anderen in der Nähe.« Die Zofe kniete inzwischen am Boden und wischte den verschütteten Tee auf.

»Ei forbibbch!«

Laetitia von Kobsdorff bekam das verlangte Glas Wein und trank es genüsslich in kleinen Schlucken, dazu pickte sie in den Schüsseln und Tellern herum, naschte hier einen Happen, da einen. Sie war eine alte bettlägerige Frau und brauchte nicht mehr viel. Als Dessert wurden ihr eine Creme, eine kleine Schale Kekse und ein Stück Kuchen serviert.

Die Kekse schob sie gleich weg, die sahen staubtrocken aus. Von der Creme kostete sie einen kleinen Löffel, aber das schaumige Zeug im Mund behagte ihr nicht. Es blieb der Kuchen. Der sah anders aus, als was aus der Küche sonst heraufgeschickt wurde. Laetitia kostete einen kleinen Löffel. Der Kuchen zerging butterweich auf ihrer Zunge. Und der Geschmack … Creme, Äpfel, Rosinen und der Geschmack des Tokaier verbanden sich zu einer vollkommenen Einheit.

»Was ist das?«, fragte sie kauend.

»Was denn?« Die Zofe war mit der Wäsche der gnädigen Frau beschäftigt, kam aber nun heran und spähte auf das Tablett ihrer Herrin. »Ein Kuchen.«

»Aber was für einer. Seit Jahren habe ich so etwas Gutes nicht mehr zu essen bekommen. Seit ich an dieses Bett gefesselt bin. Der kann kaum vom Koch stammen.«

»Das weiß ich nicht, gnädige Frau. Ich gehe nie in die Küche.«

»Im Haus geht was vor sich.« Laetitia schob sich Löffel um Löffel des Kuchens in den Mund, während sie redete. »Nur weil ich hier liege, heißt das nicht, dass ich nicht merke, wenn etwas vor sich geht. Seit ein paar Tagen hat sich was verändert im Haus. Es gibt Geräusche …«

»Ihr Enkel ist gekommen, gnädige Frau«, warf die Zofe ein.

»Dieser nichtsnutzige Bengel. Das ist es nicht. Aber er hält es nicht einmal für nötig, seiner alten Großmutter einen Kuss auf die Wange zu drücken. Dieser Kuchen … Gibt es einen neuen Bäcker im Dorf?«

»Wo denken Sie hin, gnädige Frau. Im Dorf gibt es zwei Bäcker, und die achten sorgfältig darauf, dass sich kein dritter niederlässt.«

»Erzähle es mir.« Der Satz stieß wie ein Raubvogel auf die Zofe nieder, die zusammenzuckte.

»Ich weiß nichts. Ich bin doch immer bei Ihnen.«

Die noch scharfen Augen Laetitia von Kobsdorffs erkannten, wie unwohl ihre Zofe sich fühlte. »Dieser verfluchte hinfällige Körper, der mich an dieses Bett fesselt.« Mit der Rechten schlug sie auf die Bettdecke. »Soll ich dir befehlen, einen Tragsessel kommen zu lassen? Ich lasse mich durch alle Räume tragen, bis ich herausgefunden habe, was mein Enkel im Schilde führt.«

»Bitte nicht, gnädige Frau.«

»Dann raus mit der Sprache!« Gnade kannte diese Stimme nicht.

»Der junge gnädige Herr hat eine Cousine mitgebracht. Sie hat diesen Kuchen gebacken.«

»Dieser Tunichtgut hat keine Cousine. Das müsste ich doch wissen. Jedenfalls keine, die einen Kuchen wie diesen backen kann. Ich will meinen Enkel sehen. Schaffe ihn herbei.«

»Er verbringt den Abend auswärts.«

»Morgen früh.«

VIER
MAI 1730

*N*ur mit Hemd, Unterrock und Schnürbrust bekleidet, stand Christiana vor einem mannshohen Spiegel, um zu entscheiden, welches ihrer vom Schneider gelieferten Kleider sie an diesem Tag anziehen wollte. Bettina hatte sie zwar gesagt, es sei egal, und sie solle ein Kleid aussuchen, aber davon wollte die Zofe nichts hören. In diesen intimen Moment weiblichen Daseins platzte Emilius und kümmerte sich nicht um die empörten Blicke, die ihn trafen.

»Was hast du getan?«, fuhr er Christiana an und gleich darauf ihre Zofe: »Raus hier!«

Bettina presste eine Hand auf den Mund und floh aus dem Zimmer, derweil Christiana sich umdrehte und die Hände in die Hüften stemmte. Jetzt erkannte sie, dass Emilius noch die gleiche Kleidung trug, in der er am Tag zuvor fortgeritten war. Seine Augen waren blutunterlaufen, die Gesichtsfarbe womöglich noch blasser als gewöhnlich. Hätte sie es nicht besser gewusst, sie hätte ihn für krank gehalten.

»Was gibt es?«, wollte sie wissen und war stolz darauf, dass ihre Stimme nicht zitterte. Emilius Auftritt jagte ihr einen gehörigen Schreck ein.

»Kaum kehre ich Postelau einen Tag und eine Nacht den Rücken, gefährdest du den Beweis meiner These. Ich sollte dich davonjagen und mir jemand anderes suchen. Ein Mann wäre vielleicht weniger pflichtvergessen.«

»Was habe ich gemacht, um Himmels willen?«

»Du warst bei meiner Großmutter!«

»Auf keinen Fall! Ich finde zwar, es gehört sich, mich ihr vorzustellen, wo wir unter einem Dach leben, aber da du es nicht tun willst … Sie ist deine Großmutter.«

»Dazu ist es längst zu spät«, wetterte Emilius. »Sie hat von meiner angeblichen Cousine gehört, die zu Besuch gekommen ist. Natürlich kennt sie unsere Familienverhältnisse genau und weiß, dass ich keine Cousine habe. Jedenfalls keine, auf deren Besuch ich Wert lege. Und keine, die ein Gebäck herstellt, das auf der Zunge zergeht. Das ist gleich die nächste Sache. Was hattest du in der Küche zu suchen?«

»Ich wollte einen Kuchen backen, der diesen Namen verdient. Es sollte einmal ein ordentliches Gebäck serviert werden.«

»Deshalb bringst du alles in Aufruhr?« Emilius hatte die Stimme erhoben. »Du machst nichts als Schwierigkeiten.«

»Das habe ich nicht gewollt. Den Kuchen habe ich für dich gebacken. Und dann bist du am Abend nicht einmal da, um ihn zu probieren. Du hältst das für einen Spaß, dass ich Bäckerin sein will, aber mir ist es bitterernst damit. Das ist mein Leben, nicht dieses hier.« Christiana machte eine Handbewegung, die alles umfasste: Postelau, das Leben als Adelige, schöne Kleider, vornehme Umgangsformen. Zum Schluss war ihre Stimme immer leiser geworden.

»Wie dem auch sei, der Kuchen ist in das Schlafzimmer meiner Großmutter gelangt, und nun will sie mehr davon.«

»Ich backe gerne noch einen«, warf Christiana ein.

»Untersteh dich. Du bist nicht als Bäckerin hier. Die alte Dame wusste jedoch auch von meiner Cousine, nicht nur von der Bäckerin. Deshalb hat sie mich in ihre Räume befohlen, kaum dass ich am Morgen nach Postelau zurückgekehrt war. Sie ließ mir nicht einmal Zeit, mich umzuziehen, um ihr in passender Morgentoilette gegenüberzutreten.«

Christiana zuckte nur mit den Schultern.

»Du verstehst nicht, was es bedeutet, in unpassender Kleidung vor der eigenen Großmutter erscheinen zu müssen. Ich hatte sie bereits einen Tag und eine Nacht auf dem Leib.«

»Was soll ich daran verstehen?«

»Sie hat mich tüchtig heruntergeputzt. Wegen meines Aufzuges und besonders wegen meiner angeblichen Cousine.« Emilius von Kobsdorff schüttelte sich bei dem Gedanken an das Gespräch mit der alten Dame. Zum Glück konnte sie aus eigener Kraft das Bett nicht mehr verlassen, sonst wäre wohl der Gehstock, mit dem sie auf die Bettdecke eingeschlagen hatte, auf seinem Rücken gelandet. Wieder eine seiner Teufeleien, hatte sie es genannt, und er solle sich unterstehen, einen Skandal heraufzubeschwören, der dem guten Namen der Familie schade. Oder unschuldige Personen in Gefahr zu bringen.

»Damit meint sie dich,« gluckste Emilius zum Schluss. »Ich soll dich nicht in Gefahr bringen.«

»Ja«, sagte Christiana. »Du siehst jedenfalls aus, als könntest du eine Hand voll Schlaf brauchen.«

»Was ich ganz bestimmt nicht brauche, ist jemand, der klingt wie meine frühere Kinderfrau.« Emilius konnte aber ein Gähnen nicht unterdrücken. Hinter ihm lagen eine Jagd, danach ein gutes Essen und eine Nacht am Kartentisch.

»Bist du fertig mit deinen Vorwürfen, damit ich mich weiter ankleiden kann?«

Ein Blick traf sie, der Christiana sich nackt fühlen ließ. Sie verschränkte die Arme vor der Brust.

»Du bist so ein überaus reizender Anblick.« Emilius gehorchte aber und machte sich auf den Weg zur Tür. »Ist noch etwas da von diesem Wunderkuchen?«, fragte er, bevor er das Zimmer verließ.

»In der Küche«, rief Christiana ihm nach.

Emilius Großmutter lernte sie nicht kennen, aber der Küche blieb sie auch nicht fern. Wann immer sie sich fortstehlen konnte, trat Christiana den Weg ins Untergeschoss von

Schloss Postelau an. Sie zauberte Kuchen, Kekse, süße Brötchen, und es gelang ihr sogar, die Skepsis des Kochs, wenn auch nicht vollständig zu überwinden, so doch zu mildern.

Duldete der Mann sie zunächst nur in seinem Herrschaftsbereich, weil sie die Cousine des jungen Herrn war, brachte er ihr bei ihrem dritten oder vierten Besuch bereits Interesse entgegen. Schließlich schaute er ihr über die Schulter, brummte nichts mehr von der Verschwendung guter Zutaten, sondern wies die Küchenmagd an, alles herbeizuschaffen, was die gnädige Frau wünsche. Er ließ sich sogar dazu herab, besondere Bestellungen mit Christianas Wünschen aufzugeben. Sie war nun nicht mehr darauf angewiesen, mit dem zu backen, was sie in der Speisekammer vorfand. Ob es besondere Gewürze, exotische Früchte, Nüsse oder Marmeladen waren, nichts schien unmöglich.

Christiana verbrachte so viel Zeit in der Küche, wie sie erübrigen konnte. Zum Glück und für sie völlig unverständlicherweise langweilte sich Emilius auf Postelau. Gefangen wie in einer finsteren Gruft, nannte er es und kehrte dem Haus alle paar Tage den Rücken, galoppierte auf seinem Rappen davon und kehrte erst mitten in der Nacht oder am nächsten Morgen zurück.

Vom Beweis seiner These sprach er nicht mehr. Christiana dachte nur noch hin und wieder daran, wagte aber nicht, ihn danach zu fragen. Sie fürchtete, er würde sie fortschicken, während sie noch nie so zufrieden gewesen war wie in diesen stillen Tagen auf Postelau.

Sie brauchte keine vornehmen Kleider, keine hochgesteckten Frisuren und erst recht keine Zofe, die ihr bei der Morgentoilette half. Ihr reichten der Duft der Küche und der spannende Moment, wenn sie die Ofenklappe öffnete und einen Kuchen aus dem Rohr holte. War er gelungen und schmeckte, wie sie es sich vorgestellt hatte? Oder hatte sie ihn zu lange oder bei zu großer Hitze im Ofen gelassen? Bäckerin in einer Schlossküche zu sein, war alles, was sie sich wünschte.

Das Backen war nur der eine Teil. Danach begann die eigentliche Arbeit der Kuchenbäckerin mit dem Füllen und Verzieren, um das Gebäck in eine Torte zu verwandeln. Darüber vergaß Christiana hin und wieder den Grund ihres Daseins.

Sie wusste, dass es in den meisten herrschaftlichen Küchen nicht so beschaulich zuging wie auf Postelau, wo nur für drei Personen und eine Hand voll Gesinde gekocht und gebacken werden musste. Wo kein Besuch kam und wo die Arbeiter auf dem Rittergut nicht aus der Schlossküche versorgt wurden, sondern mit ihren Familien in eigenen Häusern lebten. In anderen Küchen ging es hektisch, laut und heiß zu. Der Oberkoch führte eine scharfe Sprache, und wenn ihm etwas nicht schnell genug ging, bekamen seine Untergebenen schon mal eine Kopfnuss oder spürten einen Kochlöffel auf ihrem Allerwertesten.

Dennoch erschien Christiana dieses Leben erstrebenswerter als das einer Hausmagd, die von früh bis spät schuften musste, aber nie das stolze Gefühl auskosten durfte, etwas so Wunderbares wie eine Torte geschaffen zu haben.

Emilius war wieder einmal in aller Herrgottsfrühe fortgeritten an diesem Dienstag Ende Mai, der die Menschen auf Postelau mit Sonne und milden Temperaturen verwöhnte. In den Vormittagsstunden wurde ein Tragsessel in Christianas Salon gebracht. Darin thronte eine winzige von der Gicht gekrümmte alte Frau. Ihr schlohweißes Haar versteckte sie nicht mehr unter einer Perücke, sondern trug es zu zwei dünnen Zöpfen geflochten. Gekleidet war sie mit einem dunkelblauen, für einen Morgenbesuch angemessenem Kleid, ein dazu passender Fächer lag in ihrem Schoß. Außer von den beiden Sesselträgern – Christiana erkannte in ihnen zwei Lakaien des Schlosses – wurde sie noch von einer Zofe begleitet.

Augenblicklich war ihr klar, wen sie vor sich hatte. Das Herz schlug ihr bis zum Hals. Das konnte nur das Ende ihres Aufenthaltes auf Postelau bedeuten. Und Emilius war nicht da, der ihr vielleicht hätte beispringen können.

»Du musst die junge Frau sein, die mein Enkel seine Cousine nennt. Danach müsstest du auch meine Enkelin sein«, schnarrte die alte Frau mit erstaunlich kräftiger Stimme. Sie legte den Kopf schief und betrachtete Christiana prüfend. »Nicht schlecht. Du machst als meine Enkelin eine gute Figur. Für deine Kuchen habe ich zu danken.«

»Gnädige Frau, ich muss Sie um Entschuldigung bitten. Ich weiß nicht, was ich sagen soll. Für das alles gibt es keine gute Erklärung.«

»Ich nehme auch mit einer schlechten vorlieb.«

Eigentlich gab es gar keine Erklärung, bei der Christiana nicht alle Schuld dem Enkel der alten Dame in die Schuhe schieben musste. Sie zögerte, das zu tun. Ziemlich sicher würde sie Emilius' Großmutter damit erst recht gegen sich aufbringen. Deshalb kaute sie auf ihrer Unterlippe herum.

»Eine Dame beißt sich nicht auf die Lippen. Das solltest du wissen. Nur ein dummes Bauernding tut das«, wies ihre Besucherin sie zurecht. »Dein Schweigen kann nur eines bedeuten: Meinen Enkel trifft die Schuld hieran, und du willst ihn schonen. Das wird wieder eine seiner Ideen sein, bei denen nie etwas Gutes herauskommt. Dir kann ich nur den Rat geben, auf dich achtzugeben, Mädchen. Ich will nicht wissen, wer du wirklich bist oder was du mit meinem nichtsnutzigen Enkel zu schaffen hast, aber achte auf dich und deinen Ruf. Kommt es zu einem Skandal, wird mein

Enkel einen Weg finden, sich herauszuwinden. Für dich wird er den Kopf nicht hinhalten. Ich auch nicht, denn ich dulde nicht, dass der Name unserer Familie in einem Skandal Schaden nimmt. Ein Mädchen wie du – dahergelaufen – bedeutet mir nichts und meinem Enkel auch nicht. Ich jedenfalls verfüge über einigen Einfluss bei Hofe, was ich von dir nicht glaube.«

»Ich danke Ihnen, gnädige Frau«, presste Christiana heraus. Das bestätigte ihre eigenen Vermutungen.

»Sollte mein Enkel dir die Ehe versprochen haben, gib nichts darauf. Weder ich noch der Rest der Familie wird erlauben, dass er sich in einer Mesalliance wegwirft.«

Christiana hätte verärgert sein können über diese Beleidigung, aber sie war es nicht. Die unverblümte Art Laetitia von Kobsdorffs machte es ihr unmöglich.

»Bitte, gnädige Frau«, unterbrach sie die alte Dame, »darum geht es nicht. Ich will Ihren Enkel nicht heiraten. Nicht um alles in der Welt.« Ihr fiel auf, wie sich das für die alte Frau von Kobsdorff anhören musste. »Ich meine, nicht, dass er kein liebenswerter Mensch ist … Das ist er bestimmt, es ist nur so …«

»Gib dir keine Mühe, Mädchen. Wenn jemand meinen Enkel genau kennt, bin ich das. Du brauchst dich nicht verpflichtet zu fühlen, ihm Eigenschaften anzudichten, die er ganz bestimmt nicht besitzt. Wir können ganz offen miteinander reden.«

Christiana machte nicht den Fehler, das für bare Münze zu nehmen, aber sie lächelte verbindlich.

»Irgendetwas wird mein Nichtsnutz von Enkel dir versprochen haben.« Laetitia von Kobsdorff hob eine Hand. »Ich will es nicht wissen. Nur sollte er es dir am Ende nicht zugestehen, komm zu mir. Ich werde dafür sorgen, dass er sein Versprechen hält.« Die alte Frau von Kobsdorff winkte ihrer Zofe, die die ganze Zeit stumm in einer Ecke gesessen und gewartet hatte. Die nicht mehr junge Frau holte die beiden Lakaien herein, die sofort ihre Plätze vor und hinter dem Tragstuhl einnahmen. Als sie ihn anhoben, ruckte Laetitia von Kobsdorff erst nach hinten und gleich darauf nach vorn.

»Tölpel! Hirnloses Lumpenpack!«, fluchte sie und schlug mit dem Fächer auf die Armlehne. Lieber hätte sie ihn wohl auf die Köpfe der Lakaien niedersausen lassen. Bevor sie aus dem Salon getragen wurde, drehte sie den Kopf. »Ich erwarte jeden Tag ein Stück deines Kuchens, Enkelin. So lange du auf Postelau bleibst.«

Christiana blieb sehr nachdenklich zurück. Sie sank auf einen Sessel und wusste nicht, ob sie sich schämen oder sich wundern sollte. Wie Laetitia von Kobsdorff über ihren Enkel gesprochen hatte. Bisher hatte Christiana ihn für einen harmlosen Tunichtgut gehalten, jetzt war sie sich nicht mehr sicher. Als Tunichtgut sah sie ihn weiter, aber harmlos …

Was er über seine Großmutter erzählt hatte, davon stimmte nur, dass sie nicht mehr gut zu Fuß war. Was im Hause vor sich ging, blieb ihr jedenfalls nicht verborgen. Christianas Gedanken drehten sich im Kreis.

Was hatte Emilius wirklich vor? Jemanden bloßstellen? Sie vielleicht? Oder eine andere unschuldige Person?

Sie verstand nicht, was die vornehme Welt im Inneren zusammenhielt oder nach welchen Regeln sie lebten, obwohl Emilius ihr nunmehr seit gut einem Monat beizubringen versuchte, sich wie eine Adelige zu benehmen. Sie war nun einmal Christiana Johanni, das Waisenkind. Eine Vornehme würde aus ihr nie werden. Als sie mit ihren Gedanken an diesem Punkt angekommen war, wusste sie, dass es nur eine Lösung gab.

Christiana stand auf und rollte die Kleider, die sie mitgebracht hatte, zu einem Bündel zusammen. Mehr stand ihr nicht zu. Sie schaute an sich herab. Das türkisfarbene Kleid, das sie an diesem Tag trug, stand ihr ausgezeichnet. Das durfte sie sich nehmen, fand Christiana, für all die Mühen, die sie Emilius wegen auf sich genommen hatte. Um Bettina tat es ihr leid. Die war ein anständiges Mädchen und würde nun ihre Arbeit verlieren.

Ungesehen gelangte Christiana aus dem Haus und dem Park Postelaus. Das Dorf ließ sie hinter sich und marschierte querfeldein Richtung Dresden. Als sie die nächsten Hausdächer im Sonnenlicht aufblitzen sah, fühlte sie sich frei von den Zwängen des adeligen Lebens und wusste: Sie hatte die richtige Entscheidung getroffen.

Am Nachmittag war Christiana vom Gehen in der Sonne ermüdet, und die Postsäulen am Wegesrand zeigten ihr immer noch viele, viele Meilen bis nach Dresden. Mehrere Kutschen hatten sie überholt und die Insassen sie keines Blickes gewürdigt. Das lag daran, dass sie, in einem Gebüsch versteckt, das türkisfarbene Kleid gegen ihr altes Gewand getauscht hatte. Nun war sie wirklich wieder Christiana Johanni, Waise und Dienstmagd.

Donnernde Hufschläge näherten sich von hinten, und Christiana brachte sich am Wegesrand in Sicherheit. Ein Rappe mit einem staubbedeckten Reiter galoppierte an ihr vorbei. Etwas an beiden kam Christiana bekannt vor.

Es spielte keine Rolle. Sie wollte weitergehen, aber in diesem Moment zügelte der Reiter sein Pferd und drehte es auf der Hinterhand herum. Der Rappe schnaubte, Schaumflocken flogen von seinem Maul. Dort, wo die Zügel das Fell am Hals berührten, glänzte weißer Schweiß. Christiana erkannte nun das Pferd und unter all dem Staub Emilius von Kobsdorff.

Wegrennen war ihr erster Impuls. Das war albern, deshalb blieb sie stehen und schaute dem jungen Mann ruhig ins Gesicht, obwohl sie innerlich zitterte.

»Was soll das?«, schnauzte er sie an, während er aus dem Sattel sprang. »Rennst einfach weg! Ich hätte dich tatsächlich für gewitzter gehalten.«

»Es ist nicht recht, was du vorhast. Ich kann nicht so tun, als wäre ich deine Cousine. Das wird nur einen Skandal heraufbeschwören, deshalb ist es besser, wenn ich gehe«, sprudelte Christiana heraus.

»Meine Großmutter.« Emilius verdrehte die Augen. »Das klingt nach ihr. Womit hat sie dir gedroht?«

»Sie hat mir nur erklärt, wie adelige Familien mit einem Skandal umgehen.«

»Diese missgünstige alte Frau.« Emilius stampfte mit dem Fuß auf. »Was glaubst du, wie sie mir früher das Leben zur Hölle gemacht hat. Sie hat mir Postelau so sehr verleidet, dass ich mich nur unter größtem Widerwillen dort aufhalten kann. Für dich habe ich mich dazu durchgerungen. Wie dankst du es mir?«

»Das ist doch …«

Er ließ Christiana nicht ausreden. »Ich hätte dich auch in Dresden behalten können, dich zu einer Nachmittagsgesellschaft oder einem Hauskonzert mitnehmen können, und du hättest dich blamiert.« Vor Aufregung ruckte Emilius am Zügel, und der Rappe warf den Kopf hin und her, stieß seinen Herrn hart mit der Nase an.

»Du verwechselst da etwas.«

»Und was willst du? Dich dein Leben lang als Magd krummarbeiten, weil du meiner Großmutter geglaubt hast? Sie hat dir was von ihrem Einfluss bei Hof eingeflüstert? Glaube ihr kein Wort. Das war mal vor dreißig oder vierzig Jahren so, als der Vater und der ältere Bruder unseres Kurfürsten noch gelebt haben. Sie glaubt als Einzige noch an diesen Einfluss.«

»Sie war auf ihre Art freundlich zu mir.«

»Das ist sie immer. Sie redet und lächelt und redet und lächelt, bis du gar nicht mehr anders kannst, als ihr zuzustimmen. Auf diese Weise manipuliert sie alle um sich herum.« Emilius holte tief Luft. »Ich habe vielleicht einen Schreck bekommen, als ich von der Jagd zurückkam und du nicht da warst. Deine Zofe war in heller Aufregung, hatte schon alles nach dir abgesucht und nur noch geflennt. Der gute Attila hier«, er strich dem Pferd über die Nase, »hätte sich dringend ausruhen müssen, aber ich habe ihn schnurstracks gewendet, um nach dir zu suchen. Zum Glück war mir klar, dass du dich nur auf den Weg nach Dresden gemacht haben konntest. Du kommst mit mir zurück, und wir vergessen deinen Irrtum einfach. Sprechen nie wieder darüber.«

Er lächelte sie gewinnend an, und Christiana konnte nicht anders, als zurückzulächeln. »Wer manipuliert jetzt wen?«

»Du lernst schnell, Cousine«, gab er unumwunden zu. »Es geht nur um einen kleinen Spaß gegenüber einem Freund. Zwischen uns läuft eine Wette, die ich auf jeden Fall gewinnen will. Du erlebst ein paar Tage, von denen du noch deinen Urenkeln erzählen wirst, und kannst Bäckerin werden.«

»Es wird niemand zu Schaden kommen?«

»Niemand. Ich verspreche es bei allem, was mir heilig ist.« Er legte sogar die Rechte auf sein Herz.

Obwohl Christiana nicht glaubte, dass ihm viel heilig war, wurde sie schwankend. Hatten nicht die Zöglinge des Altenberger Stifts oft genug von Streichen berichtet, die sie sich einander spielten. In der Welt der vornehmen Leute war das offenbar ein beliebter Zeitvertreib, und sie hatte sich völlig unnötig Gedanken gemacht. Mit der arbeitsamen Welt des dritten Standes war das nicht zu vergleichen.

»Dein Freund wird nicht zu Schaden kommen? Du wirst keinen Skandal verursachen?«

»Nicht einmal ein Skandälchen, und niemand ist so fernab eines Schadens wie mein Freund. Als meine Cousine wirst du einfach wieder in deine ferne Heimat abreisen, und es spricht nie wieder jemand ein Wort von dir, aber irgendwo in Kursachsen wird es eine charmante Bäckerin geben, nach der sich die Männer den Kopf verdrehen.«

»Wo ist überhaupt meine ferne Heimat?«

»Turin«, sagte Emilius wie aus der Pistole geschossen. »Du bist die Tochter eines kleinen sächsischen Gesandtschaftssekretärs. Eines Mannes, der einen Posten annehmen musste, um seine Familie durchzubringen. Niemand interessiert sich für diese Leute oder wird einen davon kennen, aber jeder weiß, dass es sie gibt. Es wird sich auch niemand darüber wundern, dass du der Enge deines Daseins in einer feuchten und muffigen Turiner Wohnung für einige Zeit entfliehen wolltest und in die Heimat gekommen bist, um bei Verwandten zu leben.«

»Dieses Turin, was ist das?«

»Das ist die Residenzstadt des Königreichs Sardinien. Wie dieses Königreich aus dem Herzogtum Savoyen-Piemont und Sardinien hervorgegangen ist, würde zu weit führen. Du musst nicht mehr wissen, als dass es einen sächsischen Gesandten am Turiner Hof gibt und dein Vater einer seiner Bediensteten ist. Ein Sekretär eben, der über Aktenbergen sitzt. Eher unter ihnen ertrinkt.«

Das hörte sich nach einem wenig glanzvollen Dasein an. Christiana ließ sich die Geschichte durch den Kopf gehen. Aus Emilius' Mund klang sie plausibel, aber das hieß natürlich nicht, dass sie damit auch durchkam.

Der junge Mann schaute sie erwartungsvoll an. »Was sagst du zu diesem Plan, Cousine?«

»Ich frage mich, wo der Haken ist.«

»Es gibt keinen. Du solltest mich inzwischen kennen.«

»Gerade deshalb zweifle ich.« Christiana bemerkte, dass sie dabei war, auf seinen leichten Tonfall einzugehen, und räusperte sich. Die Sache war zu ernst, um sie auf die leichte Schulter zu nehmen. »Wie soll ich eine Frau aus Turin verkörpern, wenn ich bis vor einem Augenblick nicht einmal den Namen dieser Stadt kannte?«

»Etwas Witz und Mut gehört schon dazu. Da habe ich dir wohl zuviel zugetraut.«

»Das hast du nicht!«, protestierte sie gegen ihren Willen.

»Dann komm!«

Christiana ließ sich in Attilas Sattel helfen und thronte dort mehr ängstlich als stolz, während Emilius den Rappen am Zügel führte.

* * *

In Dresden hatte Therese von Haynau inzwischen einen weiteren Monat mit Einladungen und Vorbereitungen zu der geheimnisvollen Reise verbracht. Sie hatte weitere Besuche in der Wohnung der Frau von Lobschütz hinter sich gebracht, sich ihre Lobeshymnen über den einzigen Sohn angehört und dazu unverbindlich gelächelt. Das Objekt dieser Beredsamkeit hielt sich nur selten in der Stadt auf. Er kümmere sich um seine Güter, die ihm nur wenig Zeit für die Vergnügungen des Lebens ließen, hieß es dazu. Therese glaubte allerdings, dass ein Leben in Dresden nicht zu seinen Vergnügungen zählte, und das war etwas, was ihn in ihren Augen zu einem passenden Ehemann machen könnte.

Ihre Gedanken schwankten zwischen der Idee, der Suche nach einem Ehemann ein Ende zu bereiten und einfach einen passenden Kandidaten – zum Beispiel Hermann Carl von Lobschütz – zu heiraten und dem Wunsch nach einem erfüllten Leben an der Seite eines Mannes, dem sie herzlich zugetan war. Mit der Tante konnte sie über ihre Gedanken nicht sprechen, und weil sie zu keiner Entscheidung kam, fühlte sie sich wie ein eingesperrtes Tier. Wie Iphigenie, wenn sie tagelang nicht aus ihrer Box herauskam.

»Heben Sie bitte die Arme, gnädiges Fräulein«, unterbrach die gutturale Stimme eines Schneidermeisters ihre Gedanken.

Seufzend gehorchte Therese. Die Zeit, die sie mit Anproben oder mit der Betrachtung von Stoffmustern und Schuhledern verbrachte, kam ihr vergeudet vor. Wann und wo sollte sie diese ganzen Kleider tragen? Ihre Tante schien keine kleine Reise vorzubereiten, sondern eine mehrjährige Expedition auf einen fremden Kontinent. Sie spürte, wie Nadeln durch den Stoff gesteckt wurden, eine davon ihre Haut berührte, bevor sie schnell wieder zurückgezogen wurde.

»Wenn Sie das Oberteil noch enger machen, kann ich die Arme gar nicht mehr bewegen«, sagte sie dazu.

»Es kommt darauf an, deine schönen Schultern zur Geltung zu bringen«, ließ sich ihre Tante aus dem Hintergrund vernehmen. Sie saß in einem bequemen Sessel, trank Kaffee und knabberte dazu Pralinen. »Wenn du einen etwas größeren Ausschnitt erlauben würdest …«

»Wird das den Blick woanders hinlenken, aber nicht auf meine Schultern.«

»Damit wäre auch kein Schaden angerichtet«, konterte Tante Ernestine überraschend schlagfertig.

Der Gehilfe des Schneidermeisters konnte ein Kichern nicht unterdrücken und fing sich einen Schlag auf den Hinterkopf ein.

»Sie können die Arme wieder sinken lassen«, informierte der Schneidermeister Therese.

»Es geht nicht.« Es ging tatsächlich nicht, ohne von Nadeln gestochen zu werden.

»Was du immer hast, Kind.«

»Es ist zu eng, ich sagte es.«

»Also machen Sie es wieder weiter«, befahl Ernestine von Wallnau dem Schneider. »Nach diesem Muster nähen Sie für meine Nichte außer diesem noch ein Kleid aus dem goldbraunen Stoff, den ich Ihnen genannt habe.«

Der Schneider verneigte sich. »Sehr wohl, gnädige Frau. Alles wird rechtzeitig fertig sein.«

Nach der Anprobe stand auch für Therese eine Tasse Kaffee bereit. Sie nippte an dem starken schwarzen Getränk. Daran hatte sie sich in ihrer Zeit in Dresden gewöhnt, während auf Benndorf Kaffee nur zu besonderen Gelegenheiten serviert wurde.

»Ich kann mir nicht vorstellen, für eine kleine Reise eine komplett neue Garderobe zu benötigen.«

»Davon kann keine Rede sein. Es sind nicht einmal ein halbes Dutzend neue Kleider. Wo wir hinreisen, kannst du dich nicht in den alten Lappen sehen lassen.«

Therese schaute an sich herunter. Sie trug ein Tageskleid in hellblau, das mit zartgrünen Ranken bestickt war und das sie sehr mochte, das allerdings aus dem letzten Jahr stammte. Ein Lappen war es auf keinen Fall zu nennen. »Wenn Sie mir nur verraten wollten, was Sie vorhaben.«

»Es soll eine Überraschung sein, Liebes. Dort wirst du glänzende Aussichten haben.«

»Mein Bedarf daran ist gedeckt«, murmelte Therese in ihre Kaffeetasse. Laut sagte sie: »Sie meinen noch besser als Hermann Carl Lobschütz?«

»Mir scheint er nicht ganz der Mann zu sein, den du dir wünschst. Ich möchte dein Glück.« Sie strich Therese über die Wange und erhob sich. »Ich habe Briefe zu schreiben.«

Therese blieb allein am Kaffeetisch zurück und hatte nun noch mehr, womit sich ihre Gedanken beschäftigten.

* * *

Nach ihrem Fluchtversuch widmete sich Emilius Christianas Unterweisung wieder mit mehr Elan und kehrte Postelau nicht mehr tagelang den Rücken. Von Laetitia von Kobsdorff sahen und hörten sie in dieser Zeit nichts.

Emilius war gerade dabei, Christiana eine Lektion im Tanzen zu erteilen – er hielt es für unumgänglich, aber ihr fiel es schwer, sich die komplizierten Schrittfolgen zu merken –, als ein Besucher gemeldet wurde. Christiana verstand den Namen nicht richtig, aber Emilius erbleichte.

»Ach, du Schreck!«, entfuhr es ihm. »Ausgerechnet der! Du musst dich verstecken. Schnell in deine Räume mit dir, er darf dich hier nicht sehen.«

»Aber …«

»Keine Widerworte! Verschwinde!« Er schob sie unsanft in Richtung einer Tür, die in der Wandtäfelung kaum auszumachen war und durch die gewöhnlich das Zimmermädchen den Raum betrat, um aufzuräumen und sauber zu machen.

Unversehens fand Christiana sich auf einer schmucklosen Steintreppe wieder. Sie stieg hinauf in den ersten Stock und musste sich erst orientieren, denn auf diese Weise hatte sie ihn nie betreten. Vor der Tür zu ihren Räumen hielt sie inne. Wer mochte der geheimnisvolle Besucher sein? Ihre Neugier war groß, und sie wollte sich nicht fortschicken lassen wie ein kleines Mädchen. Sie drehte sich um und schlich zur Vordertreppe und diese halb hinunter, bis sie die untere Halle überblicken konnte. Die Tür zum Morgensalon stand offen, und sie hörte Emilius mit einem anderen Mann reden. Es war nicht zu entscheiden, ob sie sich über ihr Wiedersehen freuten oder stritten. Jedenfalls klangen die Stimmen erregt.

Ein Diener brachte Erfrischungen in den Salon. Christiana erkannte auf dem Tablett die süßen Hefebrötchen und Kaffeeküchlein, die sie am Morgen gebacken hatte. Das machte sie stolz. Leider schloss der Diener die Tür hinter sich, als er den Salon wieder verließ. Sie setzte sich auf die Treppe und wartete.

Es dauerte geraume Zeit, bis die Salontür wieder geöffnet wurde und zwei Männer in die Halle traten. Emilius hatte seinen Arm um die Schultern des anderen gelegt.

Der Besucher schien ihr einige Jahre älter und machte den Eindruck eines kultivierten Herren. Emilius lachte und feixte, erging sich in Andeutungen über bevorstehende Tage voller Frohsinn. Er reichte seinem Besucher eigenhändig Gerte, Hut und Handschuhe, öffnete ihm die Tür und brachte ihn bis zu einem im Hof wartenden Pferd, wo er sich endgültig verabschiedete. Christiana sah nun nichts mehr, aber sie hörte ein Schnalzen. Gleich darauf trabte ein Pferd an.

»Christiana!«, brüllte Emilius, als er noch draußen auf der Treppe stand. »Christiana!«

»Ich bin hier.« Sie stand auf und lief eilig die Treppe hinunter.

»Wir werden verreisen, meine liebe Cousine. Übermorgen geht es los. Bereite dich vor.«

»Wohin?«

»Nach Radewitz in der Nähe der Elbe.«

Der Ort sagte Christiana nichts, schien ihr aber auch nicht spektakulär, gleichzeitig wusste sie, dass Nachfragen sinnlos wären. »Wie lange werden wir weg sein? Werde ich als deine Cousine reisen?«

»Als was sonst? Einige Tage werden wir dort logieren. Nimm nicht zu wenig Garderobe mit. Nimm am besten alles mit und vergiss nicht, was ich dir beigebracht habe. Jetzt gilt es.« Emilius rieb sich die Hände und eilte beschwingt an ihr vorbei.

»Wie werden wir reisen?« Eine Schrecksekunde sah Christiana sich auf den Rücken eines Pferdes, wie sie sich an dessen Hals klammerte.

»In einer Kutsche natürlich. Etwas anderes ziemt sich nicht für uns. Deine Zofe und mein Kammerdiener werden in einem zweiten Wagen vorausfahren.«

Emilius hatte von Radewitz gesprochen, tatsächlich kamen sie in einem Dorf namens Moritz am Elbufer unter. Das ansonsten sicher beschauliche Örtchen wimmelte vor Menschen aller Alters- und Standesklassen. Hochbepackte Lastenträger bahnten sich ihren Weg ebenso durch die Menge wie Handwerker und Bauern, die ganze Rinder- und Schweineherden vor sich hertrieben. Dazwischen bemühten sich trippelnde Standespersonen, gefolgt von ihren Dienern, ihre Kleidung von Unrat freizuhalten.

Christiana, die immer noch nicht ganz verstand, was für eine Art Lustbarkeit hier in den nächsten Tagen stattfinden sollte, bestaunte alles mit großen Augen.

»Nicht so auffällig starren, das gehört sich nicht«, ermahnte Emilius sie mehrmals und vergebens. Der Reiz des Neuen war zu stark. »Bei diesen Sitten muss ich sagen, dass du dein Leben in Sibirien verbracht hast«, brummelte er, schaute sich aber selbst aufmerksam, wenn auch weniger auffällig um.

Ihre Unterkunft bestand aus der Schlafkammer und einem daneben liegenden Gelass im Haus eines Schneiders. Die Kammer mit dem breiten Bett beanspruchte Emilius für sich und überließ Christiana den nicht einmal halb so großen Raum daneben. Die Diener kamen auf dem Dachboden unter, die Hausbesitzer selbst zogen sich in einen Raum im Anbau zurück.

Bettina protestierte heftig, nicht wegen ihres schmalen Bettes, sondern weil die Enge es ihr unmöglich machte, die Kleidung der gnädigen Frau in Ordnung zu halten. Es gab keinen Kleiderschrank, sondern nur ein paar Haken, um die Garderobe unterzubringen, und eine winzige Kommode in einer Ecke, die unmöglich all die Strümpfe und Leibchen und Unterwäsche einer Dame zu fassen vermochte. Emilius' Kammerdiener schloss sich diesem Protest an. Wie wollte sein Herr auf dem Parkett glänzen, wenn es für seinen Diener keine Möglichkeit gab, die Kleidung aufzubügeln?

»Es gibt kein anderes Quartier. Im Umkreis von Meilen ist alles belegt. Wir können von Glück reden, dass wir hier untergekommen sind«, wies Emilius die beiden zurecht.

In seiner guten Stube schenkte der Hausherr Schneider Hellmer Wein in geschliffene Gläser, die sein ganzer Stolz zu sein schienen, denn er erzählte umständlich, wie er sie von einem verstorbenen Onkel geerbt hatte.

Emilius interessierte sich für den Inhalt, nicht für die Gläser, aber den ersten Schluck hätte er beinahe über den Tisch geprustet, so sauer kam ihm der Wein vor. Entschlossen schob er das Glas zur Seite. Christiana kostete ebenfalls vorsichtig. Sie fand den Wein trinkbar – aber was verstand sie davon. Zum Wein wurde ein Marzipankonfekt serviert, das mit Zucker und gehackten Nüssen bestreut war. Das verheißungsvoll aussehende Konfekt erwies sich als sehr trocken, als hätten Hellmers es seit Jahren im Haus, um es für eine ganz besondere Gelegenheit aufzusparen. Der Höflichkeit halber aß Christiana zwei Stücke. Emilius verschmähte auch dieses.

TEIL II

Das Große Campement

EINS
31. Mai 1730

*D*er letzte Tag im Mai des Jahres 1730 begann für viele Menschen sehr früh. Früh begann er auch für den preußischen König Friedrich Wilhelm I. und seinen achtzehnjährigen Sohn Friedrich nebst ihrem Gefolge an Offizieren und einer zahlreichen Dienerschar. Um fünf Uhr morgens hatten sie ihr Nachquartier in Cosdorf verlassen und reisten hinein ins Kurfürstentum Sachsen. Beim Forthaus Gohrisch kam ihnen der sächsische Kurfürst Friedrich August, zugleich auch König August II. von Polen, entgegen.

Die Monarchen nahmen gemeinsam das Frühstück ein und setzten ihren Weg zum Großen Campement bei Radewitz fort.

Auf dem Gelände des Campements am Ufer der Elbe zwischen den Orten Radewitz, Glaubitz, Zeithayn und Lichtensee waren die Soldaten der sächsischen Armee regiments- und eskadronsweise in Zelten untergebracht, die sich in zwei Reihen einander gegenüberstanden, mit einer Lagergasse in der Mitte. Das Gelände, auf dem die Manöver stattfanden, war durch vier Obelisken abgegrenzt. Dort befand sich ein Pavillon, von dem aus die Manöver beobachtet werden konnten. Die Soldaten hatten ihre Quartiere bereits vor Tagen bezogen, waren mit neuen Uniformen und Waffen ausgestattet worden. Sie boten einen prächtigen farbenfrohen Anblick, wie Christiana und Emilius feststellten, als sie auf dem Weg von Moritz nach Radewitz die südöstliche Ecke des Lagers streiften.

Christiana wäre gerne stehen geblieben, um dem Treiben

der Soldaten eine Weile zuzusehen. Emilius zog sie jedoch erbarmungslos weiter. Es gehöre sich nicht, Soldaten anzugaffen, erklärte er ihr leise und wortreich.

»Jetzt zählt es, Cousinchen«, zischte er ihr zu.

Bei dem Dörfchen Radewitz befand sich das Hoflager. Beinahe im Minutentakt fuhren prächtige Kutschen vor und entließen ihre Insassen – die offiziellen Gäste des Campements, deren Unterkünfte sich im Lager befanden. Jetzt dürfe geschaut werden, aber nicht übermäßig, wie Emilius ihr ins Ohr flüsterte. Er nannte ihr auch einige Namen der Ankommenden, wie den des beinahe siebzigjährigen Herzogs von Sachsen-Merseburg, den des Prinzen Michal Kazimierz Radziwill oder Ernst August I., der Herzog von Sachsen-Weimar.

Christiana merkte sich keinen davon. Sie war viel zu sehr damit beschäftigt, die Pracht des Hoflagers in sich aufzunehmen. Da war einmal das Palais des sächsischen Kurfürsten. Zwei Pavillons begrenzten das lang gestreckte eingeschossige Gebäude, das mehr als einhundert Ellen lang war und aus Holz errichtet. Gleich daneben befand sich das ähnlich gestaltete Palais der Damen, die sich somit unter dem persönlichen Schutz des Kurfürsten befanden. Das war sicher auch nötig in einem Feldlager, in dem sich überwiegend Männer aufhielten, dachte Christiana. Beide Gebäude – an Zelte wollte sie dabei nicht denken – wurden von zwei Kompanien Janitscharen bewacht, die mit finsteren Gesichtern und gezogenen Säbeln patrouillierten.

Zwischen ihnen herrschte trotzdem viel Gedränge. Diener eilten hin und her, und etliche Bewohnerinnen des Damenpalais waren dabei, sich einzurichten, suchten nach Bekannten oder wiesen Kammerzofen im scharfen Ton an, die Kleidung gut zu lüften. Andere beäugten die Janitscharen, und junge Mädchen wurden dafür von ihren älteren Aufpasserinnen gescholten. Über allen lag eine heitere Erwartung auf künftige Vergnügen. Christiana konnte diese Gefühle nicht teilen, sie war angespannt und kam sich vor, als müsste ihr jeder ansehen, dass sie nicht diejenige war, die sie zu sein vorgab. Tatsächlich achtete niemand auf sie und Emilius.

Dafür entdeckte sie unter den vornehmen Bewohnerinnen des Damenpalais das traurige junge Mädchen, dem sie auf ihrer ersten Fahrt nach Postelau begegnet war. Sie war wieder in Begleitung einer älteren Frau, bei der sich Christiana nicht sicher war, ob es sich um dieselbe wie damals in der Kutsche handelte. Die Jüngere schaute sich um und begegnete Christianas Blick. Ein schmales Lächeln glitt über ihr Gesicht, aber dann sagte ihre Begleiterin etwas und lenkte sie ab. Emilius schien die beiden nicht wiederzuerkennen, jedenfalls ließ er sich nichts anmerken.

Die preußischen Gäste des Campements waren in einem quadratisch angeordneten Zeltkomplex untergebracht. Der König, sein Sohn und ihre engsten Vertrauten bewohnten ein kreuzförmig aufgeschlagenes Zelt, das sogar von einem extra angelegten Garten umgeben war. Daneben standen sich die Zelte der preußischen Offiziere und auf der anderen Seite die Quartiere der anderen fürstlichen Gäste gegenüber. Vier weitere Zeltkarrees beherbergten die Gäste des polnischen Hofstaates, den Stab des Generalfeldmarschalls, das Kadettenkorps und die Freikompanie. Es gab Pferdeställe und Maultierstände.

Obwohl die preußischen Gäste noch nicht eingezogen waren, herrschte zwischen ihren Zelten geschäftiges Treiben. Es wurde letzte Hand angelegt, um ihre Unterkünfte angemessen herzurichten. Überall glänzte es weiß, gelb, rot, blau und gold.

Nachdem Christiana sich stundenlang an Emilius Seite

durch diese bunte Welt hatte treiben lassen, waren ihre anfänglichen Bedenken verblasst. Es waren so viele Menschen vor Ort, dass der Einzelne nur wenig Beachtung fand. Zudem ergriff auch Neugierde von ihr Besitz. Was mochten die nächsten Tage bringen? Nach Emilius Worten ging es bei diesem Großen Campement nicht nur um die Manöver der sächsischen Armee, sondern auch um das Vergnügen aller Gäste und Zuschauer. Es würde ein riesiger Spaß werden – das waren seine Worte gewesen.

Nach dem Einzug der Majestäten in das Lager wurde gegen Mittag Hoftafel gehalten. An zwölf Tafeln speiste der sächsische Kurfürst und polnische König mit seinem Gefolge und seinen Gästen. An jeder Tafel saßen vierundzwanzig Personen, und sie waren unterteilt in drei goldene, fünf silberne und vier zinnene Tafeln, an denen die Speisenden je nach ihrem Rang Platz fanden. Die höchsten Würdenträger Sachsens und Polens, Offiziere und Beamte und natürlich der preußische König mit seinem Gefolge waren an diese Tafeln geladen, alle anderen Gäste mussten sich selbst versorgen.

Dazu gehörten auch die meisten Bewohnerinnen des Damenpalais. Therese und ihre Tante speisten zusammen mit Freifrau von Bahren und deren Freundin, der Hofdame Gräfin Luise Olga von Diefenthal. Letztere ließ die Mundwinkel hängen, denn sie hatte eigentlich darauf spekuliert, zur Hoftafel geladen zu werden. So trug sie wenig bis nichts zum Gespräch bei, vor allem aber vermochte sie nicht Thereses Tante von deren Lieblingsthema abzulenken. In Frau von Bahren fand sie eine dankbare Zuhörerin, die selbst drei Töchter gut unter die Haube hatte bringen müssen und mit ihrem reichen Erfahrungsschatz nicht hinter dem Berg hielt. Therese sehnte das Ende der Mahlzeit herbei.

Es dauerte jedoch geraume Zeit, bis die Hoftafel aufgehoben wurde und die große Stallparade begann. Alle Gäste und Zuschauer strömten Richtung Manöverfeld. Die hohen Herrschaften nahmen ihre Plätze im Pavillon ein, alle anderen mussten am Rand stehen.

»Ein paar Pferde anschauen und dazu in der Sonne stehen …« Die Gräfin von Diefenthal winkte ab.

»Sie haben so Recht, meine Liebe. Das ist wirklich etwas, was wir den Herren überlassen sollten«, stimmte Tante Ernestine zu.

Therese zuckte zusammen, als sie ihre Tante das sagen hörte. Für sie kam es nicht infrage, auf die Stallparade zu verzichten. Ihr Vater züchtete auf Benndorf Pferde, die weit über das Rittergut hinaus bekannt waren. Therese selbst galt als wagemutige Reiterin und als eine Dame mit einigem Pferdeverstand. Wenn ihre Tante die Stallparade nun nicht sehen wollte, hätte sie auch keine Chance, dem Ereignis beizuwohnen … Es schickte sich für sie nicht, ohne Begleitung hinzugehen, also musste sie der Tante schmeicheln, obwohl ihr das genauso schwerfiel, wie ihrem hirnlosen Geschwätz zuzuhören.

»Ich musste Papa versprechen, ihm genau zu beschreiben, welche Pferde in den königlichen und fürstlichen Marställen stehen«, flunkerte sie also schnell. »Er wird sehr enttäuscht sein, wenn ich die Parade verpasse. Sie müssen mich begleiten, liebste Tante, ich weiß auch, dass Ihnen edle Pferde mehr Freude machen, als Sie zugeben.«

»Schlimme Schmeichlerin!«, drohte Tante Ernestine ihrer Nichte. »Das sieht deinem Vater ähnlich, kein bisschen an mich zu denken. Aber ich will kein Unmensch sein, du hast dir eine Freude verdient.«

Gemeinsam suchten sie sich einen Platz am Rand des Manöverfeldes. Da sie nun eine der Letzten waren, blieb ihnen nichts anderes übrig, als unter den Zaungästen zu stehen. Ernestine von Wallnau war nicht zimperlich und setzte rücksichtslos den Fächer ein, um sich durch die Menge bis nach vorne an die Umzäunung, die aus einem straff gespannten Seil bestand, zu drängeln, wo sie die beste Sicht hatten. Neben einer jungen Frau und ihrem Begleiter blieben sie stehen. Er rückte höflich zur Seite. Tante Ernestine schob ihren matronenhaften Leib nach vorn und nahm den beiden die Sicht.

»Sehr angenehm. Freifrau von Wallnau. Meine Nichte, Fräulein Therese von Haynau«, sagte sie spitz.

Der junge Mann wandte sich geschickt um ihren Leib herum und beugte sich über die dargebotene Hand. »Emilius von Kobsdorff. In meiner Begleitung befindet sich meine Cousine Christiana von Johanni.«

Nachdem sich alle die Hände gegeben und sich ihrer Freude versichert hatten, wandten sie sich wieder dem Manöverplatz zu. Die beiden jungen Frauen standen nebeneinander, und Therese fragte sich, wo sie das Fräulein von Johanni schon einmal gesehen hatte. Etwas an der jungen Frau kam ihr bekannt vor. Sie fragte leise nach.

»Ich habe Sie zumindest heute Morgen gesehen, aber ich weiß nicht, ob ich Ihnen aufgefallen bin.« Ein freundliches Lächeln begleitete ihre Worte.

»Ich erinnere mich nicht. Dafür entschuldige ich mich bei Ihnen, falls ich Sie übersehen haben sollte.«

»Das ist kein Wunder bei diesem Gedränge.«

Therese wurde einer Antwort enthoben, denn in diesem Moment begann die Stallparade. Angeführt wurde sie vom ersten Bereiter Major Anton Knauth auf einem gescheckten Pferd. Schweif und Mähne wehten im Wind, als er im spanischen Tritt über die Bahn paradierte. Vier weitere Reiter folgten, danach kamen die ersten Pferde am Führzügel.

Zunächst zwölf für die Hohe Schule ausgebildete Hengste, prächtig angetan mit Sattel und Zaum, die Decken unter dem Sattel aus gelbem Samt und mit Silbergarn bestickt. Sie wurden im Trab vorgeführt, und Therese ließ sich keine ihrer herrlichen Bewegungen entgehen. Jedes der Pferde stand hoch im Blut, aber am besten gefiel ihr der vorletzte Hengst, ein Schwarzbrauner, in dessen Nüstern das Rote zu sehen war. Obwohl er brav an der Hand trabte, war ihm anzusehen, dass er am liebsten im Galopp davongestürmt wäre. Der kleinste Anlass, und niemand könnte ihn aufhalten, einfach weil der Hengst frei und pfeilschnell dahinfliegen wollte.

»Einmal den Schwarzbraunen reiten«, murmelte Therese.

Emilius von Kobsdorff reckte den Kopf, um besser sehen zu können. »Sie haben ein gutes Auge für Pferde.«

»Ich habe einen Vater und einen Bruder, die beide in die Tiere vernarrt sind.«

»Dann sind Sie sicher eine schneidige Reiterin. Vielleicht geben Sie mir einmal die Ehre?« Trotz der Enge gelang es Emilius, eine leichte Verbeugung anzudeuten.«

»Ich habe kein Reitpferd mitgebracht.«

»Lassen Sie das meine Sorge sein.«

Den ersten zwölf Pferden folgte eine zweite Abteilung. Diesmal türkische Hengste aus Karaman, die nach den Bräuchen ihrer Heimat aufgezäumt waren. Rote Trotteln hingen von Sätteln und Zaum herunter, Gold und Silber überall. Die Schönheit der Pferde verschwand beinahe unter diesem Glanz, und Therese unterhielt sich flüsternd mit dem jungen Herrn von Kobsdorff über die Schwierigkeit, ein derartig aufgezäumtes Pferd zu reiten. Sie entdeckten die Gemeinsamkeit, dass sie die nach einheimischem Brauch gezäumten Pferde vorzogen.

Therese warf dem jungen Mann an ihrer Seite einen Blick zu. Er war eine angenehme Erscheinung mit fröhlich blitzenden Augen, die ein offenes Wesen verrieten. Mit ihm würde es sicher nicht langweilig werden, dachte sie, um gleich darauf, erschrocken über diesen Gedanken, ärgerlich die Stirn zu runzeln. Färbte das Wesen ihrer Tante, die alle Männer nur nach ihrer Eignung als Ehemann beurteilte, auf sie ab? Sie warf Emilius von Kobsdorff einen scheuen Blick zu, aber er schien nichts bemerkt zu haben.

Die türkischen Pferde waren inzwischen von zwölf polnischen Rossen abgelöst worden. Ihre langen Mähnen waren eingeflochten, die Schweife aufgebunden. Es waren überwiegend Füchse und Braune, die vorgeführt wurden; sie trugen keine Sättel, aber hellrote Samtdecken auf dem Rücken. Auf jeder Decke war ein Tigerfell festgeschnallt.

Die vierte Gruppe bestand aus vierundzwanzig englischen Pferden, auch auf englische Art gezäumt. Sie waren ungewöhnlich hochbeinig und besaßen schlanke Hälse.

»Die richtigen Pferde für die Jagd«, flüsterte Emilius dicht neben ihrem Ohr. »Sie müssen über jedes Hindernis fliegen, und ich wette, ihnen entkommt kein Hirsch.«

»Ich reite nicht oft auf die Jagd«, gab Therese genauso leise zurück. Tatsächlich gefiel es ihr nicht, ein Tier zu hetzen, bis es keinen Ausweg mehr wusste, und der Blutgeruch, mit dem eine Jagd unvermeidlich verbunden war, stieß sie ab.

Es folgten vierundzwanzig weitere englische Pferde, Jährlinge diesmal. Zwei Reiter beschlossen diesen ersten Teil der Parade. Thereses Tante hatte es aufgegeben, auch nur Interesse für die Pferde zu heucheln, sie sah sich vielmehr nach Bekannten um. Dafür musterte die junge Christiana von Johanni hingerissen die munter verspielten englischen Pferdchen, von denen einige von den Knechten am Führzügel kaum zu bändigen waren. Noch jemand, der die Tiere liebte, und sich nicht scheute, seine Freude offen zu zeigen. Das ließ die junge Frau Therese gleich sympathisch werden.

Den zweiten Teil der Stallparade bildeten eine Reihe von Hofwagen, sämtlich mit sechs Pferden bespannt und der Farbe nach geordnet. Angeführt wurden sie von einem kohlschwarzen Pferd mit weißem Stern auf der Stirn. Es folgten Schimmel mit schwarzem Schweif und ebensolcher Mähne, schwarz-weiße Schecken, hellbraune Pferde mit dunklem Kopf, Rappen ohne ein weißes Haar am Körper, Falben, wieder Rappen, Schecken, Hellbraune, Kastanienbraune, Hirschfarbene und erneut Rappen, gefolgt von solchen mit goldigem Fell, Isabellen, Grauen, Apfelschimmel und ein Zug braune Zwergpferdchen. Den Schluss der Parade bildeten achtundvierzig Maultierpaare, die mit Schellen, Federn, Silberschnallen und bunt gestickten Decken spanisch aufgezäumt waren. Jedes Paar wurde von einem Treiber in blau-gelber Tracht geführt und bot einen lustigen Anblick.

Alle Gespanne und Maultierpaare umrundeten einmal den Manöverplatz. Hochrufe begleiteten jedes von ihnen, und junge Burschen warfen übermütig ihre Mützen in die Luft.

Auf dem Platz trabten nur noch wenige Maultiergespanne, als sich eines davon losriss. Die in Panik geratenen Maultiere strebten mit wild rollenden Augen auseinander. Weil sie aber im Geschirr aneinandergebunden waren, musste eines wohl oder übel das Schicksal des anderen teilen. Das versetzte sie noch mehr in Panik, und sie stoben wild auskeilend über den Platz mitten hinein in die Zuschauer, rissen das Seil nieder und verhedderten sich darin.

Die Zuschauer wichen aufschreiend zur Seite. Da waren die Maultiere auch schon durch die Menschenmenge gebrochen. Zwei Männer waren überrannt worden, und es ging erneut ein Aufstöhnen durch die Übrigen.

Durch die Menschen drängte sich ein nicht mehr ganz junger, aber auch noch nicht alter Herr. Er trug eine schwarze

Umhängetasche, und ohne auf seine hellen Hosen zu achten, sank er neben den Verunglückten zu Boden. Therese beobachtete gleich allen anderen, wie er über das Gesicht des armen Menschen strich, ihm in die Augen schaute und auf seinen Atem lauschte. Er berührte eines seiner Beine, was diesen aufstöhnen ließ. Der Knieende erteilte eilig Befehle, aufgrund derer ein Brett gebracht und der Verunglückte darauf gelegt und fortgetragen wurde.

Dann erst zerstreuten sich die Zuschauer langsam.

Christiana war noch ganz hingerissen von all der Pracht und Herrlichkeit, die sie gesehen hatte. Das hätte sie sich in ihren kühnsten Träumen nicht vorgestellt.

»Ich habe gar nicht gewusst, dass die kurfürstlichen Marställe so viele Pferde beherbergen. Die kann der Kurfürst unmöglich alle reiten«, bemerkte sie zu Therese von Haynau.

Deren Seitenblick traf sie. »Es sind wohl auch einige aus den königlichen Marställen in Polen herübergebracht worden. Natürlich reitet unser Kurfürst und König nicht alle diese Pferde, sie stehen auch ausgewählten Mitgliedern seines Hofstaates zur Verfügung oder werden für die Kutschen gebraucht.«

»Wie konnte ich daran nicht denken.« Christiana fühlte sich, als hätte sie Wolle im Kopf und etwas sehr Dummes gesagt. Bestimmt war sie bereits enttarnt und hatte Emilius wenig Ehre eingebracht.

»Ich habe aber gesehen, dass Sie die Parade sehr interessiert beobachtet haben. Mögen Sie Pferde?«, fragte das Fräulein von Haynau.

»Oh sehr!« Zu spät fiel Christiana ein, dass es sich für eine Frau von Stand nicht ziemte, ihre Begeisterung allzu deutlich zu zeigen. »Ich meine, ihre eleganten Bewegungen gefallen mir, Fräulein von Haynau.«

»Mir auch.« Ihre Gesprächspartnerin strahlte. »Ich freue mich wirklich, dass wir diese Gemeinsamkeit teilen. Es gibt nicht allzu viele Damen, die diese Vorliebe besitzen oder sie unumwunden zugeben. Es gilt nicht als de rigieur für uns. Pferde sind ein Vergnügen für Männer und verraten bei einer Frau allenfalls eine provinzielle Erziehung. Ach, was schwatze ich, das kennen Sie sicher.«

Christiana konnte nur nicken. »Ich behaupte jedoch nicht, dass Sie eine provinzielle Erziehung genossen haben.«

»Wenn Sie wüssten, dass ich meine Kindheit in Benndorf nahe Radebeul zwischen Ställen und Wirtschaftshöfen verbracht habe.«

»Jetzt weiß ich es«, sagte Christians schelmisch. »Und mir erscheint es als eine sehr angenehme Kindheit. Da habe ich weit Schlimmeres erlebt.«

»Das tut mir sehr leid.«

Erst jetzt bemerkte Christiana, was sie gesagt hatte. Röte schoss ihr ins Gesicht. »Nein – nein, nicht, was Sie denken«, stotterte sie. »Ich bin in den engen Gassen Turins aufgewachsen. Mein Vater ist dort Gesandtschaftssekretär, und ich habe Kinder gesehen, die kein anderes Heim haben als die Gassen.« Sie wunderte sich, wie leicht es ihr fiel, die Geschichte zum Besten zu geben, die sich Emilius für sie ausgedacht hatte, und sie mit ihren eigenen Gedanken auszuschmücken.

»In der Fremde aufzuwachsen, ist bestimmt nicht einfach.«

»Turin hat auch schöne Seiten.«

»Das freut mich für Sie. Tatsächlich habe ich das Gefühl, wir kennen uns schon viel länger als den heutigen Tag. Als wären wir Freundinnen.«

Christiana brachte vor Überraschung kein Wort heraus. Diese vornehme hübsche Dame, die sie vor acht Wochen auf dem Markt in Radebeul keines Blickes gewürdigt hätte, wollte ihre Freundin sein. So einfach war es also, in die vornehme Gesellschaft aufgenommen zu werden. Gleichzeitig umwehte Therese ein Hauch Traurigkeit, und sie wirkte, als könnte sie eine Freundin brauchen. »Ich will gerne Ihre Freundin sein«, sagte sie aufrichtig.

»Besiegeln wir es mit einem Handschlag.« Therese hielt ihr die Hand hin, die Christiana ergriff und drückte.

»Lassen Sie uns unsere Freundschaft festigen, indem wir gemeinsam ausreiten. Es wird mir bestimmt gelingen, ein paar Pferde zu besorgen, wenn auch nicht aus den fürstlichen Marställen. Sie werden vielleicht auch nicht deren Rasse besitzen, aber für einen gemütlichen Ritt …«

»Nein, nein! Ich reite nicht«, unterbrach Christiana heftig. »In Turin hatte ich nie Gelegenheit, es zu lernen. Und nun ist es wohl zu spät dazu.«

»Dazu ist es nie zu spät.«

»Nein, ich meine …«, Christiana biss sich auf die Lippe. »Ich bewundere Pferde, aber ich habe Angst, ihnen zu nahe zu kommen. Sie sind so groß. Ich schaue sie lieber aus der Ferne an.«

»Das tut mir leid. Hatten Sie ein schlimmes Erlebnis mit Pferden?«

»Ich nicht.« Fieberhaft überlegte Christiana. Sie wollte so wenig wie möglich lügen, aber eine Geschichte musste sie erzählen. Es kam ihr etwas in den Sinn, was eine der Zöglinge in Altenburg einmal erzählt hatte. »Ich war noch ein Kind, noch recht klein, und mit einer Magd zu einem Spaziergang unterwegs, als ich mit ansehen musste, wie ein Gassenjunge von einem wildgewordenen Karrenpferd totgetreten wurde. Und seitdem …«

»Wie schrecklich!«

»Wenn ich ehrlich sein soll, habe ich während der Parade

sehr viele Ängste um die Burschen an den Führzügeln ausgestanden. Als am Ende die Maultiere davonstürmten – ich bin beinahe gestorben.«

»Das muss schreckliche Erinnerungen in Ihnen wachgerufen haben«, sagte Therese mitfühlend. »Wer war wohl der Herr, der sich so wunderbar um den Verletzten gekümmert hat?«

»Bestimmt ein Arzt«, erwiderte Christiana. Jetzt, da ihr nicht länger ein Ausritt drohte, fand sie ihren Gleichmut wieder. »Er wird den armen Mann behandeln. Es schien so, als wäre mit seinem Bein etwas nicht in Ordnung.«

Therese sah ebenfalls besorgt aus. »Wir sollten uns nach dem Befinden des Verletzten erkundigen. Das ist unsere Pflicht. Er sah mir wie ein armer Mann aus, der ein wenig Trost und Zuspruch sicher gebrauchen kann.«

Christiana, die sich durchaus nicht für das Schicksal unbekannter verletzter Männer interessierte, nickte dennoch. Es schien ihr zum Wesen des Adels zu gehören, ein empfindsames Gemüt zu besitzen. Aber die Erkenntnis, dass einem armen Mann ein paar Taler mehr nutzten als Mitgefühl und Trost, schien nicht nötig zu sein. »Wir wollen ihn suchen gehen.«

Die beiden Frauen hakten einander unter, als würden sie sich seit Jahren und nicht erst seit einer halben Stunde kennen. Christiana musste ihren Schritt zügeln und ihn dem gemesseneren Gang ihrer Begleiterin anpassen.

Nachdem sie einige Male gefragt hatten, fanden sie den Verletzten schließlich im Lager der Soldaten. Der Gedanke, dass es sich für zwei junge Damen ohne Begleitung nicht schickte, sich dort aufzuhalten, kam beiden nicht. Ihre Gedanken waren viel zu sehr auf andere Dinge gerichtet.

Der Mann befand sich noch auf dem Brett, aber inzwischen hatte er sich in eine sitzende Position erhoben. Er sah blass und verzweifelt aus, während er den Arzt beobachtete, der sich an seinem linken Bein zu schaffen machte. Strumpf und Schuh waren entfernt worden, und es war nicht zu verkennen, dass etwas gebrochen war, denn der Fuß stand in einem unnatürlichen Winkel ab. Der Arzt hatte die Hände um den geschwollenen und blau angelaufenen Knöchel gelegt. Er gab zwei Soldaten die Anweisung, den Verletzten gut festzuhalten.

Christiana drehte sich weg. Was nun folgte, wollte sie nicht sehen. Sie konnte jedoch nicht verhindern, dass sie den markerschütternden Schrei hörte, den der Mann ausstieß. Als sie die Hände vom Gesicht nahm und sich wieder umdrehte, sah sie Therese, die sich herunterbeugte und dem Arzt gerade eine aufgerollte Binde reichte. Sie hielt auch fürsorglich die Schienen, die den Fuß in der richtigen Lage halten sollten, als der Arzt die Binde anbrachte. Der Verletzte keuchte und ächzte dabei vor Schmerzen, derweil die beiden Soldaten ihn immer noch an den Schultern hielten.

»Ich danke Ihnen sehr, mein Fräulein«, sagte der Arzt, nachdem er die Enden verknotet hatte und sich aufrichtete. »Darf ich mich vorstellen. Laurenz Schumann, Arzt des Generalstabs und wohnhaft in Dresden. Zurzeit tätig im Großen Campement bei Radewitz. Unter meiner Leitung steht das Lazarett in Kreinitz.« Er verneigte sich.

»Therese von Haynau und meine Freundin Christiana von Johanni.« Therese berührte die andere leicht am Arm.

Im letzten Moment konnte Christiana sich zurückhalten, vor dem Arzt zu knicksen. Wenn im Hause Mingel ein Arzt benötigt worden war, dann sicher nicht von ihr. Er kam höchstens zur alten Mingelin, wenn die an ihren Zuständen litt, die nach dem Besuch des Arztes und einem fingerhutgroßen Glas Likör stets verschwanden.

»Ein Militärlager ist kein Ort für Damen«, stellte Laurenz Schumann fest. »Nehmen Sie meine Begleitung an.« Er bot Therese seinen Arm.

»Was geschieht mit dem Verletzten?«, wollte diese wissen.

»Er wird ins Lazarett gebracht. Dort kümmert man sich gut um ihn. Seien Sie unbesorgt.«

Sie entfernten sich von den Unterkünften der Soldaten.

»Unser König und Kurfürst hat verfügt, dass alle entschädigt werden, die auf dem Campement ein Unglück erleiden. Dieser ist der Erste, aber er wird sicher nicht der Letzte sein.«

»Das ist umsichtig und edel«, warf Christiana ein.

»Von unserem Landesherrn war nichts anderes zu erwarten.«

ZWEI
1. JUNI 1730

*D*as Geräusch von Karrenrädern auf Pflastersteinen bohrte sich in Justina von Greywitz' Träume. Sie schreckte hoch und stieß mit dem Kopf an die Dachschräge über sich. Zu ihren Kopfschmerzen kam nun noch dieser Schmerz hinzu. Entnervt griff sie neben sich, um den Klingelzug zu ziehen, der ihre Zofe herbeirief. Es gab keinen. Sie lag auch nicht in ihrem heimischen Bett, sondern in einer Dachbodenkammer in Moritz an der Elbe unterhalb Meißens. Ihre Zofe schlief in einer anderen, kleineren Kammer auf demselben Dachboden. Wollte Justina von Greywitz etwas von ihr, müsste sie hingehen, um sie zu wecken. Sie entschied sich dagegen.

Der Lärm auf der Gasse hatte eher zu- als abgenommen. Ihr Schlaf war nachhaltig gestört. Seufzend erhob sie sich, schlüpfte in ihren Morgenmantel und ging zum Ochsenauge, der zur Straße zeigenden bogenförmigen Dachgaube. Sie öffnete das Fenster und spähte hinaus. Die Sonne kroch eben über den Horizont, um den Morgendunst zu vertreiben. Lastkarren, von Pferden, Eseln, Ochsen gezogen, ratterten auf der Gasse. Dazwischen waren auch Männer zu Fuß unterwegs, die beladene Handkarren schoben. Das hatte sie nun davon, dass sie ihr bequemes Zuhause in Dresden aufgegeben hatte und zum Großen Campement gekommen war. Sie hatte es nicht anders gewollt. Im Gegensatz zu ihrem Ehemann. Bei ihm hatte es sie ein gutes Quantum Überredungskunst gekostet, und jetzt schnarchte er wahrscheinlich in der benachbarten Bodenkammer, während sie der Schlaf geflohen hatte.

Aus dem gegenüberliegenden Haus trat eine Frau, in ein einfaches dunkelblaues Kleid mit weißem Fichu gekleidet. Gegen die morgendliche Kälte schützte sie sich mit einem Schultertuch. Justina von Greywitz hätte sich nicht länger für sie interessiert, wenn ihr nicht etwas an der Frau bekannt vorgekommen wäre. Sie schaute genauer hin.

Das war das junge Ding, das sie am Tag zuvor bei der Stallparade mit Emilius von Kobsdorff zusammen gesehen hatte. Sie solle seine Cousine sein, hatte es geheißen. Justina von Greywitz versuchte, sich an den Namen zu erinnern. Etwas Heiliges! Johanni! Christiana von Johanni. Was trieb das junge Ding um diese Zeit auf der Gasse – noch dazu im Kleid einer Magd? Dahinter verbarg sich ein Geheimnis. Und Geheimnisse zogen eine Frau wie Justina von Greywitz magisch an. Weit aus dem schmalen Fenster gebeugt, beobachtete sie, wie diese Johanni die Gasse entlangging.

Später beim Frühstück in der guten Stube – in den gemieteten Kammern war es schlicht unmöglich, der modernen Sitte zu frönen und es im Bett einzunehmen – berichtete sie ihrem Ehemann von ihrer Beobachtung. Hugo von Greywitz, eher breit als kräftig zu nennen, löffelte die Gemüsebrühe, die ihnen serviert worden war, mit gutem Appetit und nahm dazu ein dick mit Butter bestrichenes Brot zu sich. Die Antwort auf die Worte seiner Frau bestand nur in einem Grunzen und Schmatzen.

»Ich muss doch sehr bitten«, empörte sie sich.

Auch dem schenkte er keine Aufmerksamkeit. Sie war sich nicht einmal sicher, ob er ihren Bericht überhaupt gehört hatte; im Laufe der Jahre hatte er sich ihr gegenüber eine beklagenswerte Gleichgültigkeit angewöhnt, und sie hatte noch kein Mittel gefunden, sie zu durchbrechen.

Der gleiche Lärm, der Frau von Greywitz geweckt hatte, scheuchte auch Christiana aus dem Bett. Wenn sich ihr eine Chance bot, einmal eine Zeit lang unbeobachtet und sie selbst zu sein, war das am frühen Morgen. Kurzentschlossen schlüpfte sie in ein einfaches Kleid, drehte hastig ihre Haare zusammen und versteckte sie unter einer Haube. Auf Zehenspitzen schlich sie aus dem Haus.

Auf der Gasse reihte sie sich in den Strom der Karren und Menschen ein und ließ sich treiben. Ein- oder zweimal pfiff ihr ein junger Bursche hinterher, aber sie zog nur das Tuch enger um ihre Schultern und ging weiter, als hätte sie nichts gehört. Dann merkte sie auf: Es roch nach Backwaren und frischem Brot. Es gab sicher nur einen Bäcker in Moritz, aber das roch wie eine ganze Hundertschaft. Christiana folgte dem Geruch, zusammen mit einer Menge mit Säcken und Kisten beladenen Karren.

Ihr Weg führte sie ans Ufer der Elbe. An hastig errichteten Uferbefestigungen schaukelten eine Reihe von Kähnen, die entladen wurden. Der Geruch entströmte zusammengezimmerten Bretterbuden und Zelten. Christiana wagte sich näher heran, blieb im Eingang einer der Buden stehen. Sie waren geräumiger und fester gebaut, als sie von außen wirkten. An der Rückwand standen zwei gemauerte Öfen mit allen Klappen und Finessen, die auch der Ofen in Meister Mingels Backstube besessen hatte. An langen Tischen standen Bäcker und ihre Gesellen, kneteten Teig, wogen Zutaten ab oder rührten in Schüsseln. Andere formten Brotlaibe und bestäubten sie ein letztes Mal mit Mehl, ehe sie auf langstielige Brotschaufeln in den Ofen geschoben wurden. Eile und ein rauer Ton herrschten im Zelt.

Christiana entdeckte nichts, was ihre Neugier über Gebühr fesselte, und ging weiter. In den nächsten Buden wurden die gleichen Brote gebacken. Sie hatte gehört, dass sich an die dreißigtausend Soldaten im Feldlager befinden sollten. Um sie jeden Tag mit frischem Brot zu versorgen, musste gebacken und gebacken werden. Die Öfen waren sicher Tag und Nacht in Betrieb.

Dann kam sie an ein Zelt, dessen Eingangsklappe zurückgeschlagen und mit Schnallen und Riemen an den äußeren Zeltstangen befestigt war. Mit den Zelten im Hoflager hatte es keine Ähnlichkeit, war ganz ohne Zierrat, aber als sie hineinspähte, erkannte sie auf den ersten Blick, dass hier nicht das grobe Brot der Soldaten gebacken wurde. Aus feinem weißen Mehl wurden in kleineren Schüsseln Teige angerührt und geknetet, Rosinen und Gewürze hinzugefügt, faustgroße Leibe geformt oder aus dünnen Teigsträngen Knoten geflochten. Christiana wagte sich einen Schritt in das Zelt hinein.

Es herrschte Enge, Hitze und der wunderbare Geruch nach süßem Gebäck. Ihre Augen leuchteten, und sie hätte sich am liebsten eine Schürze umgebunden …

»Steh nicht da, Mädchen, und halte Maulaffen feil. Ich brauche Rosinen und Mandeln. Schnell, schnell!« Ein hagerer Mann in Meister Mingels Alter hatte gerufen und zeigte herrisch auf Säcke, die an der Zeltwand aufgereiht standen.

Ohne nachzudenken, ergriff Christiana zwei Schüsseln und eilte, ihm das Geforderte zu bringen.

»Mehr. Ich brauche mehr«, befahl er. »Was soll ich denn mit dieser Handvoll?«

Sie brachte mehr und wurde dann dazu abgestellt, Mandeln mit heißem Wasser zu übergießen und aus ihrer Haut zu schälen, derweil ein Geselle neben ihr die weißen Kerne hackte und in eine flache Schale gab. Die Haut an Christianas Händen wurde vom heißen Wasser allmählich schrumpelig und färbte sich wegen der Mandelschalen bräunlich. Ein junger Bäcker wälzte mit Eigelb bestrichene Hörnchen in den gehackten Mandeln, bevor er sie auf ein Blech legte und in den Ofen schob. Blech um Blech füllte er.

Trotz der Hitze, der Enge und der Lautstärke im Zelt fühlte sich Christiana dazugehörig und mit einer Aufgabe betraut, die sie verstand, die ihr Spaß machte. Nachdem sie den Berg Mandeln geschält hatte, holte sie neue und machte weiter.

»Ich habe dich gestern gar nicht hier gesehen«, sprach der Bäcker sie an.

»Ich war draußen eingeteilt.«

»Ach so.«

Sie fühlte seinen Blick auf sich ruhen und schaute auf, begegnete lachenden Augen. Einzelne dunkelblonde Locken schauten ihm unter einem um den Kopf gewundenen Tuch heraus und klebten schweißfeucht an seinen Schläfen. Eine scharf geschnittene Nase verlieh seinem Gesicht Strenge, die seine lachenden Augen gleich wieder zunichte machten, und eine Narbe unter dem rechten Auge gab ihm einen verwegenen Anstrich. Alles in allem ein anziehendes Gesicht, das einen interessanten Charakter vermuten ließ.

»Du bist geschickt«, stellte er fest. »Ein Geselle könnte nicht schneller sein als du.«

»Ich mache das nicht zum ersten Mal«, gab Christiana wahrheitsgemäß zu, auch wenn es bisher nie solche Mengen gewesen waren. »Sind die Hörnchen für die Hoftafel?«

»Jedenfalls für die hohen Herrschaften. Unsereins erfährt nicht, für wen wir was backen. Wir bekommen nur die Bestellungen hereingereicht, und dann heißt es schnell, schnell.« Sein Lächeln zeigte, dass seine Worte nicht so bitter gemeint waren, wie sie klangen. »Ich will mich nicht beschweren, bin ja froh, dass ich ausgewählt wurde. Längst nicht alle Lockwitzer Bäcker wurden zum Großen Campement gebeten.«

»Wo liegt denn Lockwitz?«

»Von hier aus gesehen hinter Dresden«, erklärte er und rief nach mehr Blechen. »Als besonderes Privileg verfügen wir Lockwitzer Bäcker über achtzehn Brotmarken, die es uns erlauben, unser Brot in Dresden zu handeln, ohne Abgaben dafür zu zahlen.«

Davon hatte Christiana im Hause Mingel gehört. Der Meister hatte über diese Bevorzugung geschimpft. Aber es waren eben die Lockwitzer und nicht die Radebeuler Bäcker gewesen, die in den Pestjahren 1622 bis 1627 die in der Stadt eingeschlossenen Dresdner mit Brot versorgt hatten, indem nämlich sie mit ihren Karren vor die Stadt gefahren waren und die Brote über die Mauer geworfen hatten. Ohne Bezahlung zu verlangen. Die Brotmarken und die Erlaubnis des freien Handels waren der Dank der Stadt Dresden dafür.

»Du besitzt eine eigene Bäckerei in Lockwitz?«

»Seit etwa einem Jahr. Ich habe sie von meinem Vater übernommen. Seine Gelenke wurden immer steifer, er kann die Hände fast gar nicht mehr bewegen. Er kann den Teig nicht mehr kneten, den Ofen nicht mehr bedienen. Ich musste die Bäckerei übernehmen. Siebert – Brot- und Feinbäcker. Ich heiße übrigens Adrian Siebert.«

»Christiana Johanni.«

Da sie keine Hand frei hatte, berührte er kurz ihren Unterarm mit seiner Rechten, hinterließ auf dem dunklen Stoff eine mehlige Spur.

»Tempo! Tempo!«, tönte eine Donnerstimme durch das Zelt. »Die hohen Herrschaften sollen nicht auf ihr Gebäck warten müssen!«

Mit einem entschuldigenden Schulterzucken wandte sich Adrian Siebert von Christiana ab. Sie goss einen Schwall Wasser über die letzte Schüssel Mandeln. Nachdem sie fertig war, trocknete sie ihre Hände am Rock ab und verließ das Zelt. Draußen war inzwischen der Tag angebrochen und die Gassen im Örtchen Moritz noch belebter als zuvor.

Bei ihrer Rückkehr ins Haus des Schneiders wartete Emilius in ihrer Kammer. Eine weinende Bettina hatte sich in eine Ecke gedrückt.

»Wo bist du gewesen?« Der junge Mann sprang auf und funkelte sie an. Da er noch eine Nachtmütze und einen Morgenmantel trug, konnte Christiana das Lachen nur mit Mühe zurückhalten.

»Ich habe mir die Füße vertreten.«

»Stundenlang?«

»Ich wusste nicht, wie spät es ist. Hast du mich beim Frühstück vermisst?«

»Vermisst ist gar kein Ausdruck!« Nun zeigte Emilius' Gesicht einen wilden Ausdruck. »Ich wäre beinahe ohne einen Bissen aus dem Haus gestürzt, um dich zu suchen!«

»Dann hast du dich offenbar an deinen Aufzug erinnert.«

Christiana gelang es nicht, zu entscheiden, ob seine Entrüstung echt oder gespielt war.

»Meister Hellmer hat angeboten, seine Magd auszuschicken für den Fall, dass du dich an einem Ort aufhältst, den eine Frau, aber kein Mann aufsuchen kann. Sie ist auch gleich losgelaufen.«

»Was für ein Ort sollte das sein?«

»Mein Zartgefühl verbietet mir die weitere Beschreibung, aber auch das gute Mädchen kam ohne dich wieder zurück. Von Bettina habe ich gerade erfahren, dass dein einfaches dunkelblaues Kleid fehlt. Und damit ein Gewand, kaum besser als ein Fetzen und eines, von dem ich gar nicht gewünscht habe, dass du es herbringst. Dieses Ding taugt nur noch für das Feuer.«

»Das kommt nicht in Frage«, widersprach Christiana sofort, trat einen halben Schritt zurück und hob abwehrend die Hände.

Emilius versteifte sich. »Was hast du mit deinen Händen gemacht?« Ein fassungsloser Blick begleitete diese erregt hervorgestoßene Frage.

»Mandeln enthäutet.«

»Ma-Mandeln. Deine Hände sehen aus wie die eines Mohren.«

Sie schaute hin und fand, dass er maßlos übertrieb. »Das wird sich abwaschen.«

»Wann?«

»In einigen Tagen.«

»Mon Dieu! Das …« Er erinnerte sich an Bettinas Anwesenheit und funkelte sie an. »Raus mit dir! Finde mir etwas, um diese Hände wieder rein und zart zu machen.«

Mit einem Aufschluchzen huschte die Zofe hinaus.

»Ich wünsche nicht, dass du mit Bettina schimpfst, wenn du mich meinst.«

»Eine Königin könnte nicht hoheitsvoller sprechen, aber deine Hände machen alles zunichte.« Emilius griff nach ihnen, berührte sie vorsichtig, als könnte die rotbraune Farbe auf ihn abfärben. »Schlimm, schlimm!«

Christiana entzog sie ihm und verbarg sie hinter dem Rücken. Die Aufregung verstand sie nicht. »Ich kann Handschuhe tragen.«

»Das wirst du auch. Und ich rate dir dringend, sie nicht auszuziehen.«

»Was passiert sonst?«

»Du wirst zum Gespött werden. Ich erwarte dich in einer Stunde passend gekleidet in der Hellmerschen Stube.« Emilius warf den Kopf zurück und stolzierte aus der Kammer.

Bettina versuchte danach, der Braunfärbung mit Wasser und Seife, Milch, verquirltem Ei und Spargelwasser zu Leibe zu rücken. Am Ende schmerzten Christiana die Hände, die Färbung war blasser geworden, aber nicht verschwunden. Sie ließ sich in ein blassgrünes Kleid mit aufgestickten Streublumen helfen, trug dazu beige Schuhe und gleichfarbige Ziegenlederhandschuhe, ein helles Fichu und eine grüne Haube. Zu dem Ensemble gehörte auch ein Sonnenschirm mit Spitzenvolants. Selbst Emilius hatte an ihrer Erscheinung nichts auszusetzen. Die Kutsche brachte sie auf das Gelände des Großen Campements.

Dorthin hatten sich am frühen Morgen gegen sieben Uhr auch die königlichen Majestäten begeben, gemeinsam mit dem preußischen Kronprinzen, den anwesenden Fürsten und ausländischen Gesandten sowie dem gesamten Generalstab. Bereits eine Stunde zuvor hatten die Soldaten Aufstellung in zwei Gliedern genommen. Im Zentrum des einen stand die Infanterie, in dem des anderen die Artillerie. Die Kavallerie besetzte die Flügel. Unter den Offizieren der Zweiten Garde befand sich Thereses jüngerer Bruder Lambert, im beigen Rock mit roten Aufschlägen und silbernen Tressen. Auf dem Kopf trug er den schwarzen Dreispitz der Garde ohne jede Zier, und das kennzeichnete seinen Rang als Fahnenjunker, als Anwärter auf einen Offiziersposten. Er ritt einen hochgewachsenen Fuchshengst aus der väterlichen Zucht, und das Pferd so manchen Offiziers besaß nicht dessen Rasse.

Die im Lager anwesenden Damen erreichten in unzähligen Kutschen das Paradefeld. In einer dieser Kutschen saßen auch Therese und ihre Tante in Begleitung der Freifrau von Bahren und der Gräfin von Diefenthal. Wie immer hielt die ihren kleinen schwarz-weißen Hund Monchou auf dem Schoß, den sie herzte und küsste und mit dem sie mehr redete als mit ihren Begleiterinnen. Die farbenfrohen neuen Uniformen der Armee, das blitzende Sonnenlicht auf blankgeputzten Kragen- und Mützenspiegeln und die funkelnden Waffen entlockten vielen Damen begeisterte Ahs und Ohs.

Der preußische König besichtigte die angetretenen Truppen, indem er an ihnen entlangritt und zufrieden wirkte mit dem, was ihm präsentiert wurde. Die Soldaten trugen saubere Uniformen, ordentliche Stiefel, in denen sich tagelang marschieren ließ, und moderne Gewehre. Sie sahen kräftig und voller Tatendrang aus. Friedrich Wilhelm drehte sich im Sattel halb um und teilte diese Beobachtungen seinem königlichen Gastgeber mit. Friedrich August in seinem prunkvollen Jagdwagen, auf weichen Polstern sitzend, nickte und fuhr fort, mit einem goldenen Zahnstocher zwischen seinen Zähnen zu pulen, um die Reste des Frühstücks zu entfernen.

Nach dem Defilee begaben sich die hohen Herrn in die aufgeschlagenen türkischen Zelte und nahmen dort eine Erfrischung zu sich, derweil die Damen in den Kutschen sich aus mitgebrachten Vorräten bedienten. Viele hielten es für eine famose ländliche Sitte, sich selbst einzuschenken und auf die Unterstützung eines Dieners zu verzichten. Therese rollte mit den Augen und übernahm es, das Lavendelwasser auszuschenken und das Tuch von dem Korb zu nehmen, in dem sich süße, mit Mandeln bestreute Hörnchen fanden.

Die Gräfin nahm eines mit spitzen Fingern. »Mit den Händen essen! Wir fallen wirklich in barbarische Zeiten zurück. Es ist herrlich.« Mit gutem Appetit biss sie zu. Monchou bekam auch einen Teil des Hörnchens ab, schnupperte aber nur daran.

Der Hund kam Therese klüger vor als seine Herrin. Wusste er doch, dass ein süßes Hörnchen keine für ihn verträgliche Nahrung darstellte. Sie hätte ihm gern über den lockigen Kopf gestreichelt, aber in diesem Moment ließ ein ohrenbetäubendes Getöse sie zusammenzucken. Die Hände der Gräfin krallten sich in Monchous Fell, und der kleine Hund jaulte empört auf.

Vierundzwanzig Kanonen unter dem Befehl des Artilleriegeneral Obmaus waren abgefeuert worden. Christiana und Emilius erreichten in eben diesem Augenblick in der von Kobsdorffschen Kutsche das Paradefeld und zuckten ebenfalls zusammen. Die beiden Kutschpferde warfen die Köpfe hoch und wären wohl gern durchgegangen, wenn sie den Platz vor sich nicht von unzähligen anderen Kutschen versperrt gesehen hätten und nicht von den kundigen Händen des Kutschers zurückgehalten worden wären.

»Was war das?«, wollte Christiana wissen und blickte sich wachsam um.

»Artilleriefeuer«, sagte Emilius sachverständig.

»Das ist ja schlimmer als Gewitter.«

»Krieg ist schlimmer als Gewitter.«

Nach den Artillerieschüssen feuerten die übrigen Regimenter. Es begann auf der rechten Seite und zog sich beide Glieder entlang bis zum anderen Ende, Mann schoss nach

Mann. Insgesamt dreimal ging dieses Lauffeuer durch die Reihen. Damit war das Salutschießen beendet.

»Wozu wird wie wild geschossen, obwohl kein Feind da ist?«, erkundigte sich Christiana.

»Um unseren König und Kurfürsten und den preußischen König zu begrüßen.«

»Ich dachte, die Männer würden sich vor den Königen verneigen.« Sie stellte es sich hübsch vor, wenn einer nach dem anderen Kopf und Oberkörper beugte und vielleicht ein paar persönliche Worte gewechselt wurden.

Emilius schaute dagegen drein, als hätte sie etwas sehr Dummes gesagt. »Hast du eine Ahnung, wie lange es dauert, bis sich dreißigtausend Soldaten verneigt haben? Tage!«

»Oh!«

»Das Große Campemant wäre beendet, bevor der letzte Soldat … In der Armee geht das anders. Da wird Salut geschossen und marschiert.« Emilius klang, als hielte er am liebsten auch ein Gewehr in der Hand und legte an.

Christiana beugte sich vor, um aus dem Kutschenfenster zu spähen. »Was passiert denn noch? Wird noch mehr geschossen? Ich hoffe nicht.«

Ihre Hoffnung erfüllte sich, denn es begann der Vorbeimarsch der Regimenter und des Generalstabs an den Majestäten in ihrem türkischen Zelt. Den Anfang machte der sächsisch-polnische Kurprinz zu Pferde, ihm folgten die Herren Feldmarschall Graf von Wackerbarth, General Graf von Lagnasco, Generalleutnant von Milckau und Generalmajor Lubomirsky. Diesen wiederum folgten Schwadron auf Schwadron, Bataillon um Bataillon.

Aus dem Fenster der Kutsche gebeugt, beobachtete Christiana den Marsch der Soldaten und die Herrscher in den türkischen Zelten. Der preußische König ließ sich keinen Augenblick der Parade entgehen, eine Hand spielte mit einem Weinglas, aber Friedrich Wilhelm trank nur selten daraus. Der sächsisch-polnische Kurfürst-König lehnte bequem in seinem Sessel, in seinem Blick lag der Stolz des Herrschers auf seine Armee. Ein finsterer Geselle schien dagegen der preußische Kronprinz zu sein. Schmächtig hockte er auf einem Stuhl, lehnte sich nicht an, schenkte aber auch den Soldaten kaum einen Blick. Von der Kutsche aus konnte Christiana sein Gesicht nicht erkennen, aber sie war überzeugt, er hatte die Brauen finster zusammengezogen.

»Unterstehe dich, auszusteigen«, warnte Emilius sie.

Die Parade dauerte bis gegen vier Uhr am Nachmittag, und so gut sie Christiana gefallen hatte, so froh war sie über das Ende. Der Hintern tat ihr weh vom langen Sitzen in der Kutsche, sie war durstig, aber nicht auf den Wein, den Emilius ihr anbot, sondern auf etwas, das sie aus einem großen Glas hinunterstürzen konnte.

Die Majestäten und ihr Gefolge begaben sich zum Speisen in das Hoflager. Dort warteten festlich gedeckte Tafeln, an denen jeder seinem Rang entsprechend Platz fand. Zwischen drei und zwölf Gängen wurden serviert, Wein und Bier im Überfluss ausgeschenkt.

Die Zuschauer mussten selbst für ihr leibliches Wohl sorgen und zerstreuten sich.

»Hast du mich gesehen?« Lambert von Haynaus Stimme klang aufgeregt und glücklich. Nachdem er sein Pferd einem Burschen übergeben und einen Krug Bier geleert hatte, war er zu seiner Schwester geeilt, um dieses herausragendste Erlebnis seines jungen Lebens mit ihr zu teilen. »Hast du auch gesehen, wie brav Arturo war. Trotz der ganzen Schüsse ist er nicht einmal zusammengezuckt. Das habe ich ihm beigebracht. Es hat mich lange Wochen des Trainings gekostet, ihn an das Knallen zu gewöhnen.«

»Das habe ich gesehen, mein Lieber«, antwortete Therese lachend. »Arturo hat von allen Pferden die beste Figur gemacht.«

»Und ich? Was hast du über mich zu sagen?«

»Dass du wie ein Meister im Sattel gesessen hast.« Therese strich ihrem Bruder kurz über die Wange. Seine Begeisterung erinnerte sie wieder daran, dass er erst sechzehn Jahre alt war, fast noch ein Kind in des Kurfürsten Uniformrock.

»Pferde, immer nur Pferde«, murrte Tante Ernestine. »Ihr könnt wirklich nicht leugnen, meines Bruders Kinder zu sein.« Sie entfernte sich von ihren jungen Verwandten auf der Suche nach anregenderer Unterhaltung.

»Bist du gut untergebracht? Hast du alles, was du brauchst?«, wollte Therese von ihrem Bruder wissen.

»Du bist meine Schwester, deshalb musst du dich nicht benehmen wie meine Kinderfrau. Ich bin seit über einem Jahr bei der Zweiten Garde, ich weiß, was ich zu tun habe, und ich weiß mich unterzubringen und zu versorgen«, wehrte sich Lambert, aber seiner guten Laune tat das keinen Abbruch.

»Ich habe dich eben schon gekannt, als du noch im Kinderkleidchen stecktest.« Therese mochte ihren jüngeren Bruder, und sie freute sich, dass es ihm bei der Garde augenscheinlich gefiel.

Lambert erzählte ihr anschließend mehr über das Leben der Soldaten im Campement und in der Garnison, als sie je wissen wollte. Das reichte bis zu der Menge an Heu und Hafer, die den Pferden jeden Tag zustanden.

»Werde ich dich morgen im Manöver sehen?«, unterbrach sie ihn, als er kein Ende fand.

»Morgen ist ein Ruhetag. Das bedeutet aber nur, es gibt keine offiziellen Manöver. Natürlich exerzieren wir hinter dem Feldlager. Du kannst kommen und zuschauen, aber wahrscheinlich schickt es sich nicht für eine vornehme Dame, in ein Soldatenlager zu kommen.«

»Rede noch eine Weile so weiter, und ich komme tatsächlich.« Therese drohte ihrem kleinen Bruder schelmisch mit dem Finger.

»Die Tante wird der Schlag treffen. Da winkt sie dir schon wieder. Wünsche mir Glück, Schwesterchen.«

»Gerne, gerne. Alles, was ich wünschen kann, sollst du haben.«

»Ein Unterpfand«, forderte Lambert sofort.

Das setzte nun Therese in einige Verlegenheit. Was sollte sie ihrem Bruder ausfolgen als Glücksbringer? Sie biss sich auf die Unterlippe. Schließlich nestelte sie eine Anstecknadel von ihrem Kleid und steckte sie an sein Revers. Die schmale Nadel fiel neben den Litzen und Knöpfen kaum auf, er konnte sie tragen, obwohl so etwas an offiziellen Uniformen nicht geduldet war. Lambert betrachtete die Nadel hingerissen. Er strich mit dem Finger darüber.

DREI
2. Juni 1730

Wie von Lambert vorausgesehen stand für die Soldaten am folgenden Tag, einem Freitag, leichter Exerzierdienst hinter dem Lager auf dem Programm. Außerdem gab es Uniformen zu reinigen, Stiefel zu putzen, Waffen zu pflegen, die Männer der Kavallerieregimenter mussten sich um ihre Pferde kümmern. Für die Offiziere und die Anwärter erledigten das ihre Burschen.

Friedrich Wilhelm von Brandenburg und Preußen hatte

den Wunsch geäußert, die Unterbringung der Soldaten zu besichtigen.

»Fritz, du wirst uns begleiten«, befahl der König, als er sich mit kleinem Gefolge zum Aufbruch rüstete.

»Wie Sie wünschen, Vater.«

»Aber so liederlich wirst du dich vor den Soldaten nicht zeigen. Geh' und zieh dir was Ordentliches an!«

Der Kronprinz schaute an sich herunter. Er trug einen einfachen grauen Rock, eine schmucklose Weste und ein nachlässig gebundenes Halstuch. »Sie haben mir nicht mitteilen lassen, dass an diesem Tage ein Galaanzug vonnöten sein wird.«

»Wir teilen es dir jetzt mit, Bengel!« Ein schneller Schritt brachte Friedrich Wilhelms breite Gestalt dicht vor die schmächtige seines Sohnes. Er griff zu und zog an einem Ende des Halstuchs. »Mit so einem liederlichen Tuch wollen wir dich nicht sehen.«

Der junge Prinz fühlte sich gewürgt, behielt aber seine kalte Miene bei. Die Männer des Gefolges waren an derartige Auftritte zwischen Vater und Sohn gewöhnt. Sie blickten zu Boden und wussten aus Erfahrung, dass jedes Eingreifen die Lage des Kronprinzen nur verschlimmert hätte. Endlich gelang es diesem, sein Halstuch aus den Händen des Vaters zu befreien. Er stürzte aus dem Zelt; zwei, drei Herren liefen ihm nach.

Bis der Kronprinz mit einem ordentlich gebundenen Tuch zurückkehrte, verging einige Zeit, die der preußische König damit zubrachte, ungeduldig auf und ab zu gehen. Friedrich hatte nicht nur das Halstuch neu gebunden, sondern auch die Weste gegen eine bestickte und den grauen Rock gegen grünen Seidentaft mit hellen Aufschlägen getauscht.

»Siehst aus wie ein Geck«, kommentierte der König den

veränderten Aufzug. »Aber es mag hingehen, sonst kommen wir an diesem Tag nicht mehr zu den Soldaten.«

Gemeinsam mit dem sächsischen Kronprinzen Friedrich August begaben sich die Preußen zum Lager. Sie ritten die Zeltreihen ab. Zwischen den Zelten mussten die Soldaten in Paradeuniform, aber ohne Waffen erscheinen.

»Alles wirklich sehr schön«, kommentierte Friedrich Wilhelm zum Schluss. »Hast du etwas gelernt, Fritz?«

»Sehr wohl, Herr Vater«, antwortete Friedrich, jäh aus seinen Gedanken gerissen. »Die sächsische Armee befindet sich in einem sehr günstigen Zustand. Wir dürfen gespannt sein auf die Manöver.«

»Ha, gut! Aus dir wird noch ein Soldat.« Der preußische König strahlte seinen Sohn an, und selbst Friedrichs Mundwinkel hoben sich zu einem zaghaften Lächeln.

Christiana und Therese begaben sich an diesem Ruhetag, nur begleitet von der Zofe Bettina, in das Feldlazarett nach Kreinitz. Der Weg betrug sicher zwei Meilen oder mehr, aber alle drei waren gut zu Fuß und erreichten wohlbehalten ihr Ziel.

Das Lazarett war in einer Scheune untergebracht. Neben dem geöffneten Tor stand ein kleines Zelt, dort trafen sie auf den Arzt Laurenz Schumann. Er erhob sich von einer Bank, auf der er neben dem einzigen Patienten gesessen hatte. Der machte ebenfalls Anstalten, sich mit seinen Krücken aufzurichten, gab es aber nach einem Versuch und dem Hinweis des Arztes, dass er sich schonen müsse, auf. Es handelte sich um den armen Mann, der bei der Stallparade von den Maultieren niedergetrampelt worden war. Seine damals jammervolle Miene war einem ruhigen Gesicht gewichen, braun gebrannt, und die Haut um die Augen von Runzeln durchzogen. Die schmutzige Kleidung hatte er gegen ein sauberes

Hemd und Hose getauscht, an dem gesunden Bein trug er auch einen Schuh und einen heruntergerutschten Strumpf.

»Zu Ihnen wollten wir gerade«, begrüßte Christiana den Mann herzlich. »Es tut mir wirklich sehr leid, was Ihnen bei der Stallparade widerfahren ist.«

»Sie haben nichts damit zu tun, gnädiges Fräulein. Es waren diese verdammten Maultiere. Oh Entschuldigung.«

»Trotzdem wollten wir Sie besuchen und fragen, ob Sie etwas brauchen«, mischte sich Therese ein.

»Oh, wie freundlich. Ich werde im Lazarett gut versorgt.«

»Und was ist nach dem Campement?«

»Oh, das wird sich finden.«

Laurenz Schumann mischte sich ein. »Ich habe eine Meldung erstattet, dass dieser Mann ohne eigenes Verschulden zu Schaden gekommen ist und dafür entschädigt werden muss.«

»Das ist sehr gut.« Therese strahlte den Arzt an. Sie begann mit ihm eine leise Unterhaltung, und sie entfernten sich ein paar Schritte von der Bank.

Christiana setzte sich und hieß Bettina den mitgebrachten Korb zwischen sich und den Patienten absetzen. »Wir sind nicht gekommen, ohne Ihnen etwas mitzubringen.«

»Oh, das ist zu freundlich.«

Der Korb enthielt ein gebratenes Hühnchen und zwei jener Mandelhörnchen, an deren Herstellung Christiana am Tag zuvor beteiligt gewesen war, außerdem eine Tonflasche mit Bier und einen Laib Brot. Die Augen des Verletzten wurden groß, als er die Köstlichkeiten erblickte.«

»Oh, gnädiges Fräulein. Das nenne ich einmal eine Gabe.«

»Sie haben mir noch gar nicht Ihren Namen verraten.«

»Oh, oh. Ernst Eberhard Kressel aus Tiefenau, Arbeiter auf dem Rittergut.« Er neigte den Kopf in einer angedeuteten Verbeugung.

»Wie lange werden Sie denn krank sein?«

»Oh, das gnädige Fräulein sind wirklich zu gütig, nach solchen Dingen zu fragen. Der Arzt meinte, sechzig Tage kann es schon dauern, bis ich meinen Fuß wieder belasten kann. Bis dahin darf ich ihn nicht bewegen und danach nur vorsichtig.« Kressel betrachtete eines der Hörnchen mit hungrigem Blick.

Erst nachdem Christiana sich gebührend gewundert hatte, warum er nicht einfach hineinbiss, fiel ihr ein, dass es sich für ihn nicht gehörte, in Gegenwart vornehmer Damen zu essen. Sie gab ihm die Erlaubnis, und sein untertäniger Dank ließ sie sich wie eine Betrügerin fühlen. Schnell fragte sie ihn weiter aus.

»Bekommen Sie keine Schwierigkeiten mit Ihrer Arbeit, wenn Sie jetzt so lange ausfallen?«

»Hoffentlich nicht. Oh, der gute Arzt hat mir versprochen, sich auch in Tiefenau für mich zu verwenden«, sagte er mit vollen Mund. Das erste Hörnchen war in wenigen Augenblicken verputzt, und das zweite hielt nur unwesentlich länger. »Ich werde hier wirklich gut versorgt. Und oh, der Fuß tut kaum weh.«

Christiana war nun vollständig überzeugt, dass für Kressel gut gesorgt wurde. Der Zweck ihres heutigen Besuches war damit erfüllt, und sie hätte mit Therese eigentlich wieder gehen können. Die junge Frau war allerdings immer noch in ihr Gespräch mit dem Arzt vertieft und schien so bald zu keinem Ende kommen zu wollen. Sie sah glücklich aus, deshalb wollte Christiana sie nicht unterbrechen, sie blieb weiterhin neben Kressel auf der Bank sitzen und schaute zu, wie er sich nun über das gebratene Huhn hermachte.

Auf einmal schaute er auf. Schuldbewusst. Er hielt ihr das Huhn hin. »Oh, wollen Sie auch ein Stück? Es ist wirklich lecker.«

»Essen Sie nur. Sie bekommen wohl nicht oft ein gebratenes Huhn?«

»Ein ganzes?« Er lachte. »Oh, nein das hatte ich noch nie. Ich lebe ihm Haushalt meines älteren Bruders. Wenn wir ein Huhn haben, müssen wir es auf acht Personen aufteilen. Da sind mein Bruder und seine Frau, unsere alte Mutter, ich und die vier Kinder meines Bruders. Zwei Buben und zwei Mädchen hat er.«

»Da ist ganz schön was los bei Ihnen.« Christiana fand seine Fröhlichkeit ansteckend, ahnte aber, dass es sich für eine adelige Dame nicht ziemte, so laut zu lachen, wie ihr zumute war. Sie fragte also Kressel noch ein wenig nach seiner Arbeit auf Tiefenau aus und erfuhr, dass alle Bauern und Knechte der Umgebung sehr viel für die Vorbereitung des Campements hatten arbeiten müssen. Die Hand- und Spanndienste, die von ihnen verlangt worden waren, hatten sie mit ihrer eigenen Arbeit in Rückstand geraten lassen. Alle Gespanne hatten die auf der Elbe herangeschifften Baumaterialien von Sonnenauf- bis Sonnenuntergang transportieren müssen. Die verwitwete Gräfin Pflugk auf Tiefenau hatte schließlich gegen diese Beanspruchung ihrer Leute und Gespanne protestiert, und diese waren davon ausgenommen worden. Für die anderen bedeutete das eine noch größere Belastung.

Abends wurde in dem eigens für die Zeit des Campements in Streumen errichteten Opernhaus eine italienische Komödie aufgeführt. Das hölzerne Gebäude bot mehr als eintausend Personen Platz. Die Gäste des Lagers, alle höheren Offiziere und natürlich die Damen besuchten die Aufführung. Einzig der preußische König ließ sich entschuldigen. Komödien – italienische noch dazu – fanden nicht sein Wohlgefallen. Seinem Sohn war die Teilnahme ebenfalls nicht erlaubt worden. Für das Gemüt eines jungen Menschen fand der König eine derart frivole Aufführung nicht zuträglich.

Unter den Zuschauern befanden sich dagegen Therese und ihre Tante sowie Thereses Bruder Lambert. Ihn hatte die Pflicht getroffen, Schwester und Tante zu begleiten. Nicht unter den Zuschauern befanden sich Emilius und seine Cousine Christiana. Sie gehörten nicht zu den geladenen Gästen des Campements, sondern besuchten es aus eigenem Antrieb, und waren daher von den Vergnügungen des Hoflagers ausgeschlossen, sofern ihnen niemand eine Einladung zukommen ließ. Emilius bedauerte das nicht. Scheußlich langweiliges Gesinge, hatte er die Aufführung genannt und sich nicht um Christianas Wünsche gekümmert.

Die besseren Plätze im Opernhaus waren beschränkt. Tatsächlich gab es neben dem Parkett nur eine Reihe Logen, gekrönt von der königlichen Loge in der Mitte. Der sächsische Kurfürst-König und das Kronprinzenpaar hatten dort Platz genommen. Für die ausländischen Fürsten und die Damen waren die anderen Logen reserviert.

Sie boten nicht nur einen guten Blick auf die Bühne, sondern auch auf die Gäste im Parkett. Ernestine von Wallnau machte davon ausgiebig Gebrauch, während ihre Nichte versuchte, sich auf das dargebotene Stück zu konzentrieren. Verwechslungen und aberwitzige Verkleidungen nahmen ihren Fortgang, aber Therese fiel es schwer, den Versen auf der Bühne zu folgen. Das lag nicht zuletzt an ihrer Tante, die sie mehr als einmal auf den einen oder anderen Herren im Parkett aufmerksam machte. Unter all den gepuderten Perücken war es ihr kaum möglich, den Richtigen ausfindig zu machen. Auch Lambert interessierte sich nicht für das Stück, er hätte es entschieden lustiger gefunden, mit den anderen Fahnenjunkern seines Regiments ein paar Würfel rollen zu lassen, aber die Tante hatte ihn herbeizitiert und er noch kein Mittel gefunden, sich ihren Anordnungen zu widersetzen, ohne ihren Zorn zu erregen.

Gerade hatte Therese den Faden in dem Verwirrspiel auf der Bühne wiedergefunden, da neigte sich ihre Tante zu ihr herüber. »Ich habe da eben einen sehr vornehmen Herren im Publikum entdeckt. Es ist ein Glück für uns, dass er anwesend ist. Schau einmal da.« Tante Ernestine deutete vage in das Parkett hinunter.

»Welchen meinen Sie?«

»Diesen dort.«

Thereses spähte über die Balustrade, konnte aber beim besten Willen nicht entscheiden, wer gemeint war. Dafür saß ein Schalk auf ihrer Schulter und flüsterte ihr ins Ohr.

»Jetzt sehe ich es auch. Sie meinen diesen Offizier im blauen Rock mit den hellen Aufschlägen und dem ganzen Gold. Wirklich sehr schmuck. Und Sie meinen, dass ich ihn kennenlernen kann?«

»Untersteh dich«, entrüstete sich Tante Ernestine. »Ein Offizier kommt nicht für dich infrage. Ich bekomme Kopfschmerzen, wenn ich dich das sagen höre. Es gibt so viele Männer im Campement, die geeigneter sind, um mit dir durchs Leben zu schreiten, aber du unmögliches Ding schaust natürlich auf den Falschen.«

»Ich hänge doch mein Herz nicht an einen Mann, auf den ich gerade einmal einen Blick geworfen habe«, widersprach Therese leise und warf einen Seitenblick auf ihren Bruder. Lambert schien jedoch von der Unterhaltung nichts mitzubekommen. Er hatte die Augen geschlossen.

»Vergiss alle diese Herren, von denen ich gesprochen habe, ich werde dich mit Ritter Nathan Leberecht von Scholl bekanntmachen. Er wird dich diesen Menschen vergessen lassen.«

»War das der Mann, den Sie mir zeigen wollten?«

»Er muss hier irgendwo sein. Jedenfalls habe ich gehört, er würde zum Campement kommen.«

»Aber sicher sind Sie sich nicht?«

»Was ist schon sicher. Du raubst mir den letzten Nerv mit deinen Fragen.« Tante Ernestine fächelte sich eifrig Luft zu. »Herr von Scholl ist ein gelehrter Herr, da fällt es ihm sicher leichter, über deine Flausen hinwegzusehen.« Sie beugte sich vor und hätte sich wohl noch weiter über die Brüstung der Loge gelehnt, wenn Therese sie nicht zurückgehalten hätte.

Lambert quittierte das nur mit einem schläfrigen Blick.

»Vielleicht macht er sich nichts aus dem Theater«, warf Therese ein und war eigentlich froh über das Unvermögen der Tante, ihn unter den Zuschauern zu entdecken. Ihr stand nicht der Sinn, in der Pause einem Herrn einzig zu dem Zweck vorgestellt werden, damit er in ihr seine zukünftige Ehefrau sah.

»Er ist ein feiner Herr. Das sage ich dir. Hier drin herrscht eine unerträgliche Hitze. Mir klebt das Haar am Kopf«, jammerte die Tante.

»Es wird nicht mehr lange dauern bis zur Pause, dann besorgt Lambert Ihnen eine Erfrischung, und Sie können sich erholen.«

»Als ob die Pause zum Erholen ist«, stöhnte die Tante. »Ich spüre einen ersten Kopfschmerz.«

Es sah aus, als ob es Ernestine von Wallnau wirklich nicht gut ging. Soweit Therese es bei der schlechten Beleuchtung erkennen konnte, bedeckte ein leichter Schweißfilm ihre Oberlippe, und ihre Hand mit dem Fächer zitterte. Es tat der jungen Frau sofort leid, so schnippisch geantwortet zu haben.

»Sollen wir gehen, damit Sie sich ausruhen können?«, fragte sie mitfühlend.

»Doch nicht vor der Pause, damit es alle bemerken und mich für eine alte, kranke Frau halten. Kind, wo hast du nur deinen Kopf?«

Bis zur Pause hielt Tante Ernestine es aus, aber dann behauptete sie, vor lauter Kopfschmerzen nur noch Schlieren zu sehen. Nur zu gern ließ sie sich überreden, der Komödie nicht länger beizuwohnen. Lambert wurde also nicht nach einer Erfrischung, sondern nach einer Kutsche geschickt. Einen Auftrag, den er nur zu gern und in bemerkenswert kurzer Zeit erfüllte. Schwer auf seinen Arm gestützt, verließ Tante Ernestine das Opernhaus und ließ sich von ihm in die Kutsche helfen. Er verweigerte dann allerdings die weitere Begleitung und behauptete, zu seinem Regiment zu müssen.

Auf der kurzen Fahrt von Streumen zum Damenpalais lebte Tante Ernestine wieder auf. Im Palais fanden sie im Salon an einem Kartentisch eine Frau im Alter von Thereses Mutter mit einem nichtssagenden Gesicht und einem dafür umso auffälligeren Kleid in silbergrau und rosa vor. Ihr gegenüber hatte sich ein auffällig schöner Mann mit einem ebenmäßigen Gesicht und einem Körper, der es verdiente, in Stein gemeißelt zu werden, niedergelassen. Beide waren keine Bewohner des Damenpalais, zumindest hatte Therese sie noch nie zuvor gesehen. Einen dritten Platz am Tisch nahm die alte Frau von Raichwald ein, der indes jedoch die Augen zugefallen und der Kopf auf die Brust gesunken war. Sie atmete hörbar ein und aus, derweil die anderen beiden sich die Zeit mit dem Legen von Patiencen vertrieben.

Die Ankunft der aus der Oper keimkehrenden Damen begrüßten die Kartenspieler mit Erleichterung. Der Herr erhob sich und verneigte sich vor Ernestine von Wallnau und Therese. Er stellte sich als Wolfhardt von Quirin und seine Mitspielerin als Justina von Greywitz vor, die sich mühsam die Zeit vertrieben.

»Hoch verehrte Freifrau von Wallnau, ich preise den Moment, in dem Sie gekommen sind. Auf Sie und Ihre Nichte haben wir gerade gewartet.« Der Herr verneigte sich erneut, und das Lächeln ließ sein schönes Gesicht noch schöner wirken.

Thereses Blick huschte zwischen ihm und ihrer Tante hin und her. Es war nicht zu übersehen, dass die beiden miteinander bekannt waren.

»Nun …«, begann die Tante zögerlich.

»Nein, nein, sagen Sie nichts. Leisten Sie uns Gesellschaft und komplettieren Sie unsere Runde. Sobald Frau von Raichwald wieder unter uns weilt, können wir sogar eine Pharorunde eröffnen. Eine gute Partie werden Sie doch nicht ablehnen?«

Bei der Nennung ihres Namens erwachte die alte Dame schlagartig und schaute sich um. Die anfängliche Verwirrung wich aus ihrer Miene. »Oh, Besuch. Spielen Sie eine Runde mit uns?«

Dabei blieb offen, ob sie die im Palais wohnenden Ernestine von Wallnau und Therese meinte oder Frau von Greywitz und Herrn von Quirin. Es kümmerte sich ohnehin niemand um sie.

Therese atmete scharf ein und wartete ab. In ihrem Leben hatte sie erst ein paarmal Pharo gespielt. Immer mit ihren Brüdern und immer um getrocknete Erbsen und Rosenblätter als Einsatz. Sie kannte die Regeln, hielt sich aber nicht für eine geschickte Spielerin.

Ernestine von Wallnau dagegen schnaubte empört. »Ich musste früher aus dem Theater zurückkehren, weil mir der Kopf zu zerspringen droht.«

»Das tut mir leid, aber Sie sehen ganz wohl aus«, warf Frau von Greywitz ein. Bisher hatte sie geschwiegen, aber nun deutete sie auf die freien Stühle am Tisch.

»Das kommt gar nicht in Frage. Ich muss mich ausruhen. Therese, komm. Ich benötige deine Hilfe.«

Gehorsam folgte Therese ihrer Tante, fragte sich dabei jedoch, warum sie so ausgesprochen schroff reagiert hatte. Beinahe schon unhöflich war sie gewesen. In ihren eigenen Räumen sank Ernestine von Wallnau in einen Sessel, presste sich eine Hand auf die Stirn und seufzte.

»Fühlen Sie sich wieder schlechter?«, fragte Therese fürsorglich. Sie kniete sich hin, um der Tante, die Schuhe auszuziehen, rieb anschließend deren Füße in den seidenen Strümpfen und legte sie auf einen Hocker. »Möchten Sie ein Glas Zitronenwasser und eine Scheibe Butterbrot? Ich kann Ihnen auch Lavendelöl oder einen in Essig getränkten Schwamm für Ihre Stirn holen.« Ihr fielen auch noch andere Mittel gegen Unwohlsein ein, aber die waren eher für die Behandlung von Pferden gedacht, daher verschwieg sie sie.

»Ich brauche einfach nur Ruhe. Am besten lässt du mich hier.« Tante Ernestine klang nun wieder sehr matt.

»Wie Sie wünschen.« Therese wollte sich abwenden.

Die Stimme ihrer Tante hielt sie noch einmal zurück. »Untersteh dich, in den Salon zu gehen. Du wirst in Schimpf und Schande nach Benndorf zurückgeschickt werden, wenn ich dich am Pharotisch sehe. Vor allen Dingen mit diesen beiden Personen sehe.«

Darf ich das als ein Versprechen nehmen?, diese Worte lagen Therese auf der Zunge. Sie schluckte sie aber hinunter. »Mir liegt nichts am Pharospiel. Diese beiden schienen mir gar zu gierig, uns in ihre Runde zu locken, als dass ich es für eine kluge Entscheidung halte, mit ihnen zu spielen. Allerdings kam es mir auch so vor, dass Sie mit ihnen mehr als nur flüchtig bekannt sind. Haben Sie …?«

»Diese Frage steht dir nicht zu!«

»Zumindest Herr von Quirin ist ein sehr gut aussehender Mensch mit höflichen Manieren. Man hat ihn sicher gerne als Gast im Haus«, fügte Therese mit gespielter Versonnenheit hinzu.

Tante Ernestine verschluckte sich, und es dauerte eine Weile, ehe sie ihrer Nichte antworten konnte. Dann war sie rot im Gesicht, und Schweiß glänzte auf ihrer Stirn. »Du wirst mit den beiden nicht verkehren. Ich verbiete es dir, und das muss dir genügen.«

Therese wusste, wann sie ihre Tante nicht länger bedrängen durfte. Sie wandte sich ab, um Lavendelöl und ein Glas Zitronenwasser zu holen.

VIER
3. Juni 1730

Nach dem Ruhetag brachte dieser Tag die ersten Manöver des Großen Campements. Auf dem abgesteckten Feld exerzierten Dragoner und Gardesoldaten zu Pferd und zu Fuß. Der Generalstab, die fürstlichen Gäste und die Majestäten mit ihrem Gefolge hatten im Aussichtspavillon Platz genommen. Auch einige Hofdamen saßen auf Schemeln an einer Schmalseite des Pavillons und fächelten sich Luft zu. Der sächsische Kurfürst Friedrich August ging ganz in seiner Rolle als Gastgeber auf, nannte den preußischen König unentwegt Bruder, den Kronprinz Sohn, hatte die Hofdamen auf das Liebenswürdigste begrüßt, Scherzworte mit ihnen gewechselt und hier und da eine Wange getätschelt. Anders Friedrich Wilhelm von Brandenburg und Preußen. Für ihn hatten Damen bei einem Manöver nichts zu suchen, deshalb begrüßte er sie lediglich höflich und beachtete sie danach nicht weiter. Zu Scherzen war er ohnehin nicht aufgelegt. Sein Sohn stand an einem Ende des Pavillons, von einigen Herren seines Gefolges umringt, und verbarg seine Gedanken hinter einer unbewegten Miene. Seine schmächtige Gestalt verschwand beinahe zwischen den hochaufgeschossenen Begleitern, und er machte auch keinen Versuch, sich bessere Sicht zu verschaffen.

Die Dragoner galoppierten eskadronsweise auf das Manöverfeld, grüßten und begannen sofort damit, Formationen in Zweier- und Dreierreihen und in verschiedenen Gangarten vorzuführen. Friedrich Wilhelm beugte sich vor und ließ sich keine Bewegung entgehen. Er schlug sich auf die Schenkel oder dem neben ihm stehenden Offizier auf den Rücken.

Die Männer der Zweiten Garde legten ihre Waffen an und feuerten die erste Salve ab. Sie luden nach, gleich danach krachten erneut Schüsse.

Die Damen im Aussichtspavillon zuckten bei jeder Salve zusammen. Die Gräfin von Diefenthal hielt wie immer ihren kleinen Hund auf dem Schoß. Sie fütterte ihn mit Kügelchen getrockneten Fleisches, die sie ihm mit einer Pinzette reichte. Die erste Salve ließ den kleinen Kerl zusammenzucken, bei der zweiten hielt es ihn nicht länger auf dem Schoß seiner Herrin. Ängstlich winselnd, verschwand er in einem Wald aus Beinen.

»Monchou! Mein kleiner Monchou!«, rief die Dame in höchster Aufregung. »Fangen Sie ihn wieder ein. Er fürchtet sich so.«

Sofort begannen die anwesenden Herren die Jagd auf das Hündchen. Einzig die beiden Majestäten, der Generalfeldmarschall Graf von Wackerbarth und die preußischen Offiziere kümmerten sich nicht um die Nöte eines kleinen Hundeherzens.

Die Gräfin von Diefenthal rief unentwegt: »Monchou! Monchou!« Mal klang es lockend, mal tadelnd, mal verzweifelt.

Auch der preußische Kronprinz beteiligte sich nicht an der Suche, aber ausgerechnet zwischen seinen Stiefeln suchte Monchou Schutz. Mit einem Griff hatte ihn der Prinz im Nackenfell gepackt und hob das Fellknäuel hoch. Unglücklich zappelnd, hing das Tier in der Luft, als der Prinz es seiner Besitzerin zurückbrachte.

»Madame, mich dünkt, das gehört Ihnen.«

»Mein Monchou.« Mit einem tiefen Knicks nahm die Gräfin ihr Hündchen entgegen und drückte es mit einer Inbrunst an ihre Brust, als hätte sie es jahrelang nicht gesehen. Sie hatte sich noch nicht wieder erhoben, da drehte sich Kronprinz Friedrich auch schon um und strebte zu seinem Platz zurück.

Auf dem Manöverfeld waren die Dragoner von Grenadieren abgelöst worden, die mit aufgepflanzten Bajonetten über das Feld marschierten und vor dem Aussichtspavillon Aufstellung nahmen.

In den Aussichtspavillon waren weder Therese noch ihre Tante gebeten worden, ebenso wenig wie Laurenz Schumann oder Emilius und seine Cousine. Der Arzt hatte das Manöver vom Rand aus beobachtet und musste sich um die verstauchte Hand eines Pferdeburschen kümmern.

Therese spazierte mit ihrer Tante hinter den Zuschauern umher. Sie und Laurenz Schumann nickten einander zu, ohne dass die Tante etwas davon bemerkte. Freifrau Ernestine von Wallnau traf allenthalben Bekannte, von denen sie sich nur zu gern in ein Gespräch verwickeln ließ.

Am Tag nach ihrem ersten Besuch suchte Therese nach dem Ende des Manövers am Nachmittag das Lazarett in Kreinitz ein zweites Mal auf. Diesmal begleitete sie nicht Christiana, sondern ihre Tante und deren Freundin, die Gräfin von Diefenthal. Beide wollten ein gutes Werk tun und Kranke besuchen. Da sich im Lazarett immer noch kein anderer Patient als Ernst Kressel befand, kam er in den Genuss der Gesellschaft beider Damen. Die Gräfin hatte außerdem ihren kleinen schwarz-weißen Hund Monchou dabei, der sich kläffend in den Stock verbiss, auf den sich Ernst Kressel beim Gehen stützen musste. Dem Mann entlockte das ein herzliches Lachen, die Gräfin war entzückt über ihren kleinen Liebling, der solch ein mutiges Herz hatte und ein richtiges Abenteuer erlebte. Auf den Schreck während des Manövers hin.

Da alle bestens versorgt waren, fand Therese Zeit für ein paar Worte mit dem Arzt Laurenz Schumann. Er versicherte ihr, dass Ernst Kressels Genesung gute Fortschritte mache. Der Arzt kam ihr jedoch zerstreut vor und antwortete nur vage auf ihre Frage, ob er für sein Lazarett etwas brauche.

»Lassen Sie mich teilhaben an Ihren Sorgen«, sagte Therese deshalb.

»Meinen Sorgen?«

»Ihre Stirn ist umwölkt. Sie haben den Blick in die Weite gerichtet.«

»Ich muss um Entschuldigung bitten, aber Sie haben mich ertappt. Ein Freund hat mich gestern Abend besucht und mir den Beweis einer These angekündigt. Ich bin besorgt, denn ich fürchte, er hat etwas ausgeheckt, das alle Beteiligten in Schwierigkeiten bringt. Trotzdem hätte ich mich nicht so weit vergessen dürfen, Sie etwas davon merken zu lassen.« Er verneigte sich. »Es tut mir wirklich sehr leid.«

»Das muss es nicht.« Laurenz Schumann stand vor ihr wie einer ihrer Brüder, und sie fühlte sich versucht, ihm eine Locke aus der Stirn zu streichen, um gleich gemeinsam mit ihm zu lachen. Dagegen sprach jedoch, dass sie ihn erst zum dritten Mal sah. Beim ersten Mal hatte er sich nur um den verletzten Kressel gekümmert, das zählte also vielleicht gar nicht. Und … Therese lächelte. »Erzählen Sie es mir, und wir überlegen gemeinsam, wie wir das Schlimmste abwenden können.«

Laurenz Schumann zierte sich zunächst, wollte das Gemüt einer Dame nicht belasten, ließ sich dann aber überreden. Und die Geschichte, die er Therese mit leiser Stimme erzählte, hatte es in sich.

»Das kann nicht sein«, entfuhr es ihr, nachdem er geendet hatte.

»Eine dumme Wette eben. Nur leider hat er mir sehr deutlich angekündigt, dass ich nur die Augen aufhalten und ihm zu gegebener Zeit gratulieren solle.«

»Müssen Sie ebenfalls den Beweis antreten?«, fragte Therese. Je länger sie über das Gesagte nachdachte, desto interessanter kam es ihr vor und wäre jedenfalls eine hübsche Abwechslung zum Einerlei der Jagd auf einen Ehemann.

»Ich denke nicht daran.« Laurenz Schumann schaute ihr zweifelnd und hoffnungsvoll ins Gesicht.

»Ich stehe jedenfalls auf Ihrer Seite, und zusammen werden wir das Schlimmste zu verhindern wissen.«

»Das wollen Sie wirklich tun?«

»Ich werde nicht zulassen, dass ihr Ruf Schaden nimmt.« Die Worte waren heraus, bevor Therese darüber hatte nachdenken können. Tatsächlich fühlte es sich für sie auch richtig an, sie gesagt zu haben.

Ihr Gespräch wurde unterbrochen, weil die anderen beiden Damen aus dem Lazarett kamen und die Rückfahrt ins

Hoflager wünschten. Therese konnte dem Arzt nur noch verschwörerisch zuzwinkern, als er ihr in die Kutsche half. Bei strahlend schönem Wetter kehrten sie in das Hoflager zurück, und bis dahin hatte Therese ihrer Tante einen Gefallen abgeschmeichelt.

Die Einladung ins Hoflager stammte von Freifrau Ernestine von Wallnau und war auf feinstem Büttenpapier geschrieben. Die Schrift war so kunstvoll und präzise ausgeführt, dass sie Christiana eher wie ein kompliziertes Muster als wie Buchstaben vorkam. Emilius war erfreut, sie erschrocken. Sie wollte ablehnen, Kopfschmerzen vorschützen oder eine Damenmalaise.

»Das kommt nicht in Frage«, rief der junge Herr von Kobsdorff fröhlich. Er umfasste ihre Hüften und wirbelte sie in ihrer Unterkunft umher. Kaum zu glauben, dass es in der winzigen Kammer im Hellmerschen Haus möglich war, aber ihm gelang es spielend. »Du machst Furore, Cousine. Das ist mehr, als ich je zu hoffen wagte. Was das für den Beweis meiner These bedeutet, brauche ich dir ja wohl nicht zu erklären.«

Christiana hätte sich doch eine Erklärung gewünscht, denn sie wusste weder, was ›Furore‹ bedeutete, noch war ihr wirklich klar, ob diese Einladung seine These zu beweisen half oder dem entgegenstand.

»Ich kann mich bei Hofe unmöglich als deine adelige Cousine ausgeben. Verstehe mich doch. Was bisher geklappt hat, wird dort niemals funktionieren.« Sie hatte die Worte kaum herausgebracht, denn schon der Gedanke, ins Damenpalais zu gehen, verursachte ihr einen Kloß im Hals.

»Glaubst du etwa, wir sind bei Hofe eingeladen? Dann bist du wirklich ein Schaf. Du kommst dem Hof nicht näher, als du es bisher gewesen bist. Das Hoflager und der Hof sind nicht identisch. Du wirst nirgendwo anders hinkommen als ins Damenpalais. Sei also nicht so ein Gänschen. Wo bleibt der Mut, den du mir in den letzten Wochen gezeigt hast?«

»In die Knie gerutscht.«

»Pah, das gibt es nicht. Ich bleibe an deiner Seite und werde dich vor allem bewahren. Es kann dir also nichts passieren. Zieh' ein hübsches Kleid an, und auf geht es.«

Christianas Hand lag leicht auf seinem Arm, und sie zeigte der Welt eine strahlend entschlossene Miene, als sie zum Damenpalais schritten. Ein Pulk preußischer Offiziere ging vorüber, in ihrer Mitte ein junger Mann im schmucklosen blauen Rock. Die anderen umringten ihn jedoch so aufmerksam, lauschten auf jedes seiner Worte und bezeugten ihm Ehrerbietung, dass selbst Christiana nicht umhinkonnte, ihn für jemand Hochgestelltes zu halten. Sie zupfte Emilius am Ärmel seines silbergrauen Rocks.

»Wer ist das?«, wisperte sie, beinahe ohne die Lippen zu bewegen.

Er hatte sie trotzdem verstanden. »Der preußische Kronprinz und sein Gefolge. Erkennst du ihn nicht, du hast ihn bereits bei der Ankunft gesehen.«

»Der Glanz überall hat mich geblendet.«

»Auch egal.«

»Er sieht jetzt überhaupt nicht glücklich aus.« Bisher war Christiana der Meinung gewesen, die hohen Herrschaften mit ihrem märchenhaften Leben müssten stets glücklich sein.

»Das ist eben so.«

»Wo geht der arme Prinz hin?«

»Du kannst wirklich Fragen stellen. Ich würde denken, zu einem Kartenspiel oder einer anderen Vergnügung, aber bei den Preußen kann man nie wissen. Vom Vater des Kronprinzen heißt es, dass ihm nichts über das Tabakrauchen gehe.«

Zu Christianas Schrecken kreuzte sich ihr Weg mit dem des Kronprinzen. Sie versank in einen tiefen Knicks und breitete anmutig ihre Röcke um sich herum aus. Emilius warf die Schöße seines Rockes nach hinten und verneigte sich. Der preußische Kronprinz nickte ihnen zu, schenkte ihnen aber weiter keine Beachtung. Dann war die Begegnung auch schon vorüber. Christiana zitterten die Knie, aber insgeheim wünschte sie sich doch, der junge Prinz hätte das Wort an sie gerichtet. Wenigstens einen kurzen Satz.

Im Damenpalais begleitete ein Quartett eine italienische Sängerin. Christiana kannte keine der Melodien, die zur Aufführung gelangten, hörte aber begeistert zu und klopfte den Takt mit der rechten Fußspitze auf den Boden. Emilius stieß sie an, das zu lassen, aber nach kurzer Zeit wippte ihr Fuß erneut.

Lakaien reichten auf Tabletts Tokaierwein in kostbar geschliffenen Gläsern, und Christiana bemerkte einige Damen, die ihm eifrig zusprachen. Sie nippte nur an ihrem Glas. Der Wein war ihr zu schwer und zu süß.

Unter den Anwesenden entdeckte sie Therese von Haynau, deren Tante sie eingeladen hatte. Christiana war froh, wenigstens ein bekanntes Gesicht zu sehen, war sich allerdings nicht sicher, ob die andere sie auch bemerkt hatte. Sie hätte ihr gern zugewunken, aber selbst ihr war klar, dass sich das in den besseren Kreisen nicht gehörte. Therese schaute nun allerdings in ihre Richtung. Ihre Lippen verzogen sich zu einem Lächeln, sie winkte leicht und kam durch die Menge zu ihr. Die beiden jungen Frauen begrüßten sich mit einiger Verlegenheit, danach wusste Christiana gar nicht mehr, was sie sagen sollte. Ihr die Fähigkeit des belanglosen Plauderns nahezubringen, dazu hatte Emilius keine Zeit mehr gefunden.

»Ich bin wirklich froh, dass meine Tante dich und deinen Cousin eingeladen hat.« Therese ergriff ihren Arm und führte sie zur Seite. »Ich hatte sie darum gebeten. Bestimmt kennst du nicht viele hier?«

»Niemanden außer dir«, gab Christiana offen zu.

»Da ist meine Tante.« Therese deutete auf eine Frau mit hoher Perücke und einem dunkelblauen Seidenkleid, dessen Farbe im Licht schimmerte und flirrte. »Die ältere Schwester meines Vaters. Neben ihr steht ihre Freundin Gräfin von Diefenthal und die Dritte ist Freifrau von Bahren.«

Christiana fragte sich, wer die Gräfin und wer die Freifrau waren, aber Therese sprach bereits weiter. »Gräfin von Diefenthal hat immer ihren kleinen Hund bei sich und oft genug auch ihre Zofe, die ihr das Tier hinterherträgt. Er ist wirklich überall dabei, in der Oper, auf jedem Konzert oder Ball. Aber ich glaube, noch niemand hat das arme Tier selbst laufen sehen.«

Ein Lakai ging mit einem Tablett an ihnen vorbei, und Christiana nutzte die Gelegenheit, ihr halbvolles Glas Tokaier zurückzustellen, dafür griff sie nach einem mit Zitronenpunsch. Therese nahm sich ebenfalls eines.

»Ich bin froh, dich getroffen zu haben«, sagte Christiana und nahm einen Schluck des herbsüßen Getränks. »Es ist mir alles recht fremd hier, und da tut es gut, dich an meiner Seite zu haben.«

»Dein Cousin sollte sich mehr um dich kümmern.«

Christiana suchte die Menge nach ihm ab, konnte ihn jedoch nicht entdecken. Das Gespräch kam auf Turin und ihr Leben als Tochter eines Gesandtschaftssekretärs. Christiana beschrieb Feste und Ausflüge, die Arbeit ihres vermeintlichen Vaters, und das alles, ohne Namen zu nennen oder in

Details zu gehen. Sie hielt sich an das, was sie mit Emilius ausgearbeitet hatte.

»Das klingt so spannend. Ein fremdes Land, in dem immer die Sonne scheint und Zitronen und Orangen blühen«, sagte Therese und seufzte leicht.

»In Turin regnet es oft genug. Einen Orangenbaum habe ich nie gesehen«, erwiderte Christiana wahrheitsgemäß.

Ihr Gespräch wandte sich wieder dem Campement zu, und Therese erzählte, dass sie noch einmal das Lazarett in Kreinitz besucht habe.

»Ich wäre gerne mitgekommen«, murmelte Christiana.

»Meine Tante und die Gräfin von Diefenthal haben mich begleitet. Ich hätte sie nicht dazu bringen können, dich auch noch mitzunehmen. Du ahnst aber nicht, was ich erfahren habe.«

»Geht es Ernst Kressel schlechter?«

»Nein, nein. Mit ihm ist alles in Ordnung. Er ist auf dem Weg der Besserung, meine ich. Der Arzt Laurenz Schumann hat mir aber von einer Wette erzählt, und ich habe versprochen, ihm zu helfen.«

Das weckte Christianas Interesse. »Was sollst du machen? Ein Gedicht in dreißig Versen über den Sonnenaufgang schreiben?«

»Wenn es so etwas wäre«, Therese lachte auf. »Diese Wette würde ich auf jeden Fall verlieren. Ich kann überhaupt nicht dichten.«

»Ein Bild malen? Oder ein Altartuch sticken?«

»Ich kann das eine so schlecht wie das andere. Es geht auch nicht darum, dass er eine Wette gewinnen will. Das will ein Freund ihm gegenüber und ihm beweisen, dass Adel anerzogen ist.«

Nun hätte Christiana sich beinahe an ihrem Zitronenpunsch verschluckt. Einen geringen Teil prustete sie wieder in das Glas zurück, den anderen schluckte sie hinunter und hatte dann große Mühe, Luft zu bekommen und sich nichts anmerken zu lassen. Therese bemerkte tatsächlich nichts, sondern erzählte weiter: »Ich würde zu gerne wissen, wer sein Wettpartner ist. Er hat es nicht gesagt, und ich hatte keine Zeit mehr zu fragen, weil meine Tante das Lazarett verlassen wollte.«

»Das kann ich dir sagen.« Christiana hatte sich von ihrem Schreck erholt und wieder genug Luft zum Sprechen. »Dein Arzt hat seine Wette mit meinem Cousin abgeschlossen.«

»Er ist nicht mein Arzt«, widersprach Therese sofort und hörte erst dann, was Christiana noch gesagt hatte. »Dein Cousin? Das kann nicht sein.«

»Er hat es mir gesagt. Offenbar kennen er und Laurenz Schumann sich gut.«

»Wieso kommen sie dazu, so eine Wette abzuschließen?«

»Männer eben«, antwortete Christiana und zuckte mit den Schultern.

»Dein Cousin will also beweisen, dass Adel anerzogen ist? Wie will er das machen?«

»Das weiß ich nicht«, erwiderte Christiana, und es war nicht komplett geflunkert. Sie verschwieg zwar ihre Rolle, aber sie wusste tatsächlich nicht genau, wie der Beweis aussehen sollte, den Emilius mit ihr erbringen wollte. Die Frage nach dem Adel war ihr noch immer zu schwierig, um darauf eine Antwort zu finden.

»Laurenz Schumann befürchtet, dass jemand bei der Wette zu Schaden kommen könnte. Das wollen wir auf jeden Fall verhindern. Hilfst du uns?«

»Was willst du machen?«, lautete Christianas Gegenfrage.

»Das ist eine gute Frage.« Therese legte den rechten Zeigefinger an einen Mundwinkel, während sie nachdachte. Sie sah mit einem Mal sehr zart und zerbrechlich aus.

»Du wirst doch merken, wenn eu-uns jemand etwas vorspielt.«

Den Beinahe-Versprecher kommentierte Therese nicht. Sie ließ die rechte Hand sinken. »In Gesellschaft spielen wir doch alle nur Rollen. Tun freundlich mit Personen, die wir nicht leiden können, und ignorieren die, mit denen wir uns gerne unterhalten hätten.«

»Soll ich das so verstehen, dass du dich lieber nicht mit mir besprechen möchtest?«, fragte Christiana und warf der anderen über ihren Fächer hinweg einen belustigten Blick zu.

»Rede nicht so was. Ich bin so froh, dich kennen gelernt zu haben.« Therese hakte sie unter und gemeinsam gingen sie zu einem der weit geöffneten Fenster, die laue Abendluft hereinließen. »Du musst deinen Cousin aushorchen, damit wir seine Pläne kennen. Oder sie ihm am besten ausreden.«

»Das Letztere wird nicht möglich sein, und das Erstere ist schwierig genug«, antwortete Christiana trocken.

»Du hast einen scharfen Verstand, dir wird etwas einfallen.« Therese lächelte. »Wir haben reichlich lange zusammengestanden, meine Tante ist schon ungeduldig und winkt mich an ihre Seite. Ich stelle dich ihr am besten vor.«

Christiana ließ das über sich ergehen, wurde gleichgültig gemustert und beantwortete alle Fragen nach ihrer Familie, wie sie es bereits Therese erzählt hatte.

Nach der Rückkehr in das Hellmersche Haus verließ Christiana es bei Dunkelheit erneut. Sie trug nicht mehr die Robe einer vornehmen Dame, sondern wieder das einfache Gewand einer Bediensteten. Erneut bemerkte sie nicht, dass sie beobachtet wurde, aber aus dem gegenüberliegenden Haus folgten ihr die Blicke der Frau von Greywitz, bis sie nicht mehr zu sehen war. Der ohnehin schon schmallippige Mund dieser Dame wurde vollends zum Strich, als sie die Lippen aufeinanderpresste.

Christiana strebte den Bäckerzelten zu, denn ihr stand der Sinn nach einem Gespräch mit Gleichgesinnten. Mit einem Bäcker wie Adrian Siebert. Vielleicht konnte sie ihm wieder bei seiner Arbeit helfen?

In den Zelten und Baracken der Bäcker wurde Tag und Nacht gearbeitet, und Christiana hoffte, ihn zu finden.

Das erste Zelt war hell erleuchtet. Der Kerzenschein war durch die helle Plane hindurch zu sehen, ebenso wie die dort arbeitenden Bäcker als dunkle Schatten. Ein kurzer Blick ins Zelt zeigte ihr, dass Adrian sich nicht unter den Männern befand. Bei den nächsten Zelten und Baracken erging es ihr nicht anders. Sie ließ sich nicht entmutigen und suchte weiter. Baracken waren nun gar keine mehr übrig, auch die Reihe der Zelte wurde merklich kürzer, und noch immer hatte sie Adrian Siebert nicht gefunden.

Zwei Zelte blieben ihr noch. Im Eingang des einen blieb sie einen Moment stehen. Ihr Blick hing erschrocken an einer Gestalt, und einen Wimpernschlag später hatte sie das Zelt auch schon wieder verlassen. Unter den Bäckern arbeitete Meister Mingel. Er war gerade dabei gewesen, kleine weiße Brote zu formen und auf ein Ofenblech zu legen. Sein Gesicht hatte erhitzt und angestrengt ausgesehen.

Christiana lugte noch einmal um den Zeltpfosten herum, um sich zu vergewissern. Dort stand wirklich Meister Mingel. Mit ihm hatte sie nicht gerechnet. Aber natürlich – er war ein Bäcker, und in Moritz wimmelte es geradezu von ihnen. Aus dem gesamten Kurfürstentum mussten sie zusammengekommen sein, um die Menschen im Großen Campement mit Backwaren zu versorgen. Warum also nicht auch Meister Mingel?

Dennoch war ihr der Schreck in die Glieder gefahren. Er

durfte sie nicht entdecken. Auf so billige Weise durfte sie nicht enttarnt werden.

Auch in der letzten Baracke entdeckte sie Adrian nicht, und sie wagte es nicht, jemanden nach ihm zu fragen. Enttäuscht kehrte Christiana in Schneider Hellmers Haus zurück.

Sie hatte nicht bemerkt, dass ihr die ganze Zeit eine Frau, mit einem Umschlagtuch um Kopf und Schultern, gefolgt war. Es handelte sich dabei um die Zofe der Frau von Greywitz. Die hatte die arme Bedienstete von ihrem Rollbett hochgescheucht und aus dem Haus gejagt, um das Treiben der dreisten Hochstaplerin auszuspähen.

Die Zofe war geschickt mit Schere, Kamm und der Nadel, ansonsten aber eine etwas einfältige Person. Was ihr aufgetragen wurde, erledigte sie, aber das Jagdfieber, das ihre Herrin erfasst hatte, blieb ihr fern. Für sie ging eine junge Frau in einfacher Kleidung unter Bäckern umher, als suchte sie jemanden. Genau das berichtete sie später ihrer Herrin und konnte auf deren Fragen, ob die dreiste Person mit jemandem geredet oder etwas gemacht hatte, immer nur den Kopf schütteln.

»Du musst doch etwas gesehen haben!«, rief Justina von Greywitz aus. Sie hatte länger als eine halbe Stunde auf die Rückkehr ihrer Zofe warten müssen und sich unterdessen genüsslich ausgemalt, was diese alles gegen Christiana von Johanni entdeckt haben würde, und nun das. Es gehörte sich zwar nicht für ein junges Ding, in einfacher Kleidung unter Bäckern herumzulaufen – weder tagsüber noch nachts –, aber das war auch nichts, womit sich etwas beweisen ließ.

»Da war nichts, gnädige Frau.« Die Zofe überlegte verzweifelt, was sie sagen könnte, um ihre Herrin zufriedenzustellen. Endlich fiel ihr doch noch etwas ein. »Vor einem Zelt hat sie länger gestanden und zweimal hineingesehen.«

»Und was dann?«

»Nichts«, musste die Zofe zugeben. »Sie ist zurückgegangen in das Haus des Schneiders Hellmer. Dabei sah sie aus wie auf der Flucht.«

Damit ließ sich doch etwas anfangen. Diese Nacht stand kurz davor, doch noch ein Erfolg zu werden.

»Hast du im Zelt nachgesehen, was sie erschreckt haben könnte?«

»Ich habe mich nicht getraut. All die schwitzenden und fluchenden Bäcker.« Die Zofe legte eine Zartheit an den Tag, die Frau von Greywitz sonst nicht an ihr kannte.

»Dummes Ding! Verpasst die beste Möglichkeit, etwas zu erfahren. Ich weiß nicht, warum ich dich in meinen Diensten behalte.« Sie warf eine Puderdose nach ihrer Zofe, traf sie an der Schulter. Dennoch gelang es der Frau, die Dose aufzufangen und sie auf die Kommode zu den anderen Schönheitsutensilien zu legen. Sie war keineswegs beunruhigt über diesen Zornesausbruch oder fürchtete ihre Entlassung. Dergleichen erlebte sie nicht zum ersten Mal.

»Weil Sie mich brauchen«, erwiderte sie deshalb nur.

FÜNF
4. JUNI 1730

Für die sächsischen Truppen wurden an diesem Sonntag Feldgottesdienste unter freiem Himmel abgehalten. In Begleitung des Herzogs von Sachsen-Weißenfels besuchte Friedrich Wilhelm von Brandenburg und Preußen mit Sohn und Gefolge die bei dem Dorf Streumen errichtete Lagerkirche. Etliche andere Gäste des Hoflagers besuchten ebenfalls den Gottesdienst in Streumen, unter ihnen auch Therese und ihre Tante. Der Dresdner Hofprediger Dr. Gleich sprach über die Verse eins bis sechzehn im dritten Kapitel des Johannesevangeliums. Therese wollte dem Gottesdienst mit Aufmerksamkeit und Inbrunst folgen, musste jedoch hinnehmen, dass es ihr schwerfiel. Immer wieder schweiften ihre Gedanken ab und beschäftigten sich mit der Wette zwischen Laurenz Schumann und Christianas Cousin. Wie wollte Emilius von Kobsdorff beweisen, dass Adel anerzogen war? Sie hätte gerne mit jemanden darüber gesprochen – nach dem Gottesdienst. Ihre Tante kam dafür nicht infrage. Sie hätte kein Interesse daran, einem Mann wie dem Arzt Laurenz Schumann zu helfen. Und Lambert würde nur in Lachen ausbrechen, weil er sich gar nicht vorstellen könnte, über diese Frage nachzudenken.

Christiana und Emilius besuchten den Gottesdienst in Röderau, wohin das Dorf Moritz eingepfarrt war. Mit den Bewohnern, den Gästen und den Bäckern, die gerade Zeit erübrigen konnten, war die kleine Kirche hoffnungslos überfüllt. Den vornehmen Gästen wurden die Sitzplätze in den ersten Reihen von den Inhabern abgetreten. Emilius von Kobsdorff und seine Cousine gehörten dazu. Die weniger vornehmen Gäste standen dicht gedrängt im Mittelgang und an den Türen, die Treppen zu den seitlichen Emporen waren ebenfalls besetzt. Es war für Christiana ungewohnt, dass jemand für sie Platz machte, aber sie ließ es staunend geschehen.

Zu gern hätte sie gewusst, ob sich auch Adrian Siebert unter den Gottesdienstbesuchern befand. Sie hätte ihn gern gesehen, wenn es auch nicht möglich war, als adelige Dame mit ihm zu sprechen. Ohne aufzufallen, bestand jedoch keine Chance, sich nach ihm umzusehen. Da war zum einen der Gottesdienst, der ihre Aufmerksamkeit verlangte, zum anderen hätte Emilius es nicht zugelassen. Sichtbare Neugierde gehörte zu einem Bauerntrampel, aber nicht zu einer vornehmen Dame, sie hörte die Worte so deutlich in ihren Gedanken, als hätte Emilius sie laut ausgesprochen. Zu guter Letzt saß neben ihr Frau von Greywitz und beanspruchte ihre Aufmerksamkeit, als wären sie beste Freundinnen. Christiana konnte keinen Grund nennen, aber diese Dame war ihr unsympathisch, obwohl sie sich sehr zuvorkommend gab. Sie plauderte so munter, dass Christiana sich genötigt sah, einen Finger an die Lippen zu legen, um Aufmerksamkeit für den Gottesdienst anzumahnen. Frau von Greywitz verstummte tatsächlich. Das machte ihre Gegenwart aber nicht angenehmer. Christiana fühlte sich, als würde sie belauert.

Ihr wurde bewusst, wie verworren ihre Lage war. Während sie aller Welt eine Rolle vorspielte, an der ihr nichts lag, durfte sie dem Mann, an dem ihr etwas lag, eben wegen dieser Rolle nicht die Wahrheit über sich gestehen. Obendrein musste sie aufpassen, Meister Mingel nicht in die Arme zu laufen. Erneut bedauerte sie es, sich auf Emilius' Spiel eingelassen zu haben. Wie viel einfacher wäre es, wenn sie als Magd zum Campement gekommen wäre. Sie hätte zwar viel arbeiten müssen, könnte aber Adrian als sie selbst gegenübertreten. Sie seufzte leise auf.

»Geht es Ihnen nicht gut, meine Liebe?«, erkundigte sich sofort Frau von Greywitz, und ihre Stimme triefte vor falscher Besorgnis.

»Es ist nichts. Danke.«

»Sind es die vielen Leute? Diese drangvolle Enge mit dem gemeinen Volk ist unsereins nicht gewohnt.«

»Das ist es nicht.« Christiana ärgerte sich über die Beleidigung ihres Standes. »Mir liegt nichts daran, mich abzusondern und für etwas Besseres zu halten.«

»Wir sind etwas Besseres!«

»Ist wahrer Adel also angeboren?«, fragte Christiana mit Unschuldsmiene.

»Was soll er sonst sein?« Justina von Greywitz tat ihr den Gefallen, in ihre Falle zu tappen.

»Eingebildet.«

Das brachte die Frau für den Rest des langatmigen Gottesdienstes zum Verstummen.

Danach traf Christiana mit ihrem Cousin vor der Kirche zusammen. Frau von Greywitz befand sich noch an ihrer Seite. Emilius küsste der Dame die Hand und tätschelte Christiana die Wange.

»Cousinchen, hast du dich gut unterhalten?«, wollte er wissen.

»Ich habe nach Erbauung gesucht, nicht nach Unterhaltung«, antwortete sie spitz. Sie schaute sich um. Neben ihr drängte sich gerade ein junges Mädchen durch die Gottesdienstbesucher, das an jeder Hand ein kleines Geschwisterchen hielt und zwei weitere Kinder mit der Stimme vor sich hertrieb. Frau von Greywitz stand nicht mehr dort, wo Christiana sie noch vor einem Augenblick gesehen hatte. »Mir wurde von meiner Banknachbarin ein unangenehmes Gespräch aufgedrängt.«

»Was hat Frau von Greywitz zu dir gesagt? Hoffentlich nichts Unangemessenes.«

»Wir unterhielten uns über das Wesen des Adels.«

»Hört, hört. Mit welchem Ergebnis?«

»Dass Frau von Greywitz der Meinung ist, als wahre Adelige könnte ihre Stimme niemanden stören, nur weil niemand wagt, sie zur Ordnung zu rufen.«

»Und was sagtest du zu diesem Verhalten?« Emilius zwinkerte ihr zu.

»Ich nannte es einen überheblichen Charakterzug, der mit Adel nicht das Geringste zu tun habe. Jeder Idiot kann seine Stimme zur unpassenden Zeit erheben.«

»Wie treffend festgestellt. Du führst eine scharfe Zunge, meine liebe Cousine, und siehst dabei aus wie eine unschuldige kleine Magd.« Emilius sah aus, als hätte er ihr am liebsten einen verwandtschaftlichen Kuss auf die Wange gedrückt. Sie trat schnell einen halben Schritt zur Seite, um aus seiner Reichweite zu kommen.

Ein empörtes Schnaufen hinter ihnen ließ Christiana zusammenzucken. Sie drehte sich um und erblickte Frau von Greywitz mit zornrotem Gesicht. Sie hatte sich wieder zu ihnen vorgearbeitet und offenbar ihr Gespräch mit Emilius gehört.

»Das ist doch … das ist doch …« Vor Empörung konnte sie nur noch stammeln.

In Christiana loderte Scham auf und brachte ihr Gesicht zum Glühen. Sie wollte sich entschuldigen, aber Emilius ließ sie nicht zu Wort kommen.

»Das ist ein Spiegel, in den jeder von uns manchmal blicken muss«, sagt er leichthin. »Am besten können ihn uns Menschen vorhalten, die wir nicht gut kennen, denn sie sind nicht von ihrem Wissen um den anderen geprägt.«

Frau von Greywitz drehte sich um und rauschte davon.

»Phantastisch«, sagte Emilius. »Diese alte Schachtel hat nichts anderes verdient.«

»Ist das nicht …? Sollte ich nicht …?«

»Auf keinen Fall wirst du ihr nachlaufen und dich entschuldigen. Ich bin noch nie jemandem begegnet, der diese Dame mit wenigen Worten derart treffend beschrieben hat. Chapeau, meine Liebe. Würde ich meinen Hut nicht schon in der Hand halten, ich zöge ihn vor dir. Sie soll in sich gehen und über die Wahrheit nachdenken.«

»Sie muss unbeschreiblich zornig sein.«

»Wäre sie nicht so ein unbeschreiblich überhebliches Weib, bräuchte sie auch nicht zornig zu sein.«

Damit war für Emilius die Sache erledigt. Christiana glaubte hingegen, dass es noch längst nicht ausgestanden sei, behielt dieses Gefühl aber für sich. Sie erlaubte ihrem Cousin, sich bei ihr unterzuhaken und sie vom Vorplatz der Kirche fortzuführen.

Am Nachmittag erklärte Emilius, fort zu müssen. Er ließ sich ein Pferd bringen und trabte davon. Aus Hellmers zur Straße gelegenen Stube schaute Christiana ihm nach und frohlockte. Bedeutete das für sie einige Stunden, in denen sie sie selbst sein konnte und nicht das Fräulein von Johanni spielen musste.

Sie hatte aber entdeckt, dass Frau von Greywitz im Haus gegenüber untergekommen war. Von der wollte sie nicht gesehen werden, wie sie fortschlich, deshalb wählte sie die Hintertür und den Weg durch den Krautgarten. Es dauerte nicht lange, und sie erreichte die Reihe der Bäckerzelte.

Derweil saß Emilius von Kobsdorff vor dem Feldlazarett in Kreinitz mit seinem Freund Laurenz Schumann bei einem Glas besten Portweins zusammen. Zwischen ihnen stand ein Tisch mit einem Schachbrett. Bisher hatte noch niemand eine Figur bewegt. Emilius redete auf seinen Freund ein, nicht seine ganze Zeit im Lazarett zu vergeuden, sondern sich hin und wieder im Hoflager sehen zu lassen.

»Meine Arbeit ist hier«, wehrte Laurenz gut gelaunt ab.

»Diese bürgerliche Einstellung zur Arbeit wird dich die besten Chancen deines Lebens kosten.«

»Welche sollten das sein?«

»Was weiß ich.« Emilius machte eine wegwerfende Handbewegung. »Du könntest mich zumindest zu einem Ausritt begleiten. Immerhin schulde ich dir einen Beweis, und wie soll ich den erbringen, wenn du dich hier vergräbst? Das bist du mir schuldig.«

»Der Beweis«, sagte Laurenz nach einem kurzen Moment des Nachdenkens. »Du kannst mir auch einfach erzählen, was du dir ausgedacht hast, und wir spielen dabei eine Runde Schach.«

»Du musst es sehen, sonst wirst du es mir nie glauben.«

»Du hast deinen Beweis angetreten?«

»Auf jeden Fall. Die Sache läuft. Und wie sieht es mit deinem aus?«

Darauf ging Laurenz nicht ein. »Was ist es?«

»Darauf musst du bis zum Ende des Campements selbst kommen. Gelingt es dir nicht, gewinne ich auf jeden Fall.« Emilius grinste von einem Ohr zum anderen. »Wie wäre es mit einem Ausritt? Hier wird es doch ein Pferd geben, das du benutzen kannst.«

Im Lazarett lagen außer Ernst Kressel nur noch zwei Männer mit Durchfall. Er hatte ihnen die Medizin am Morgen gegeben und seine Helfer angewiesen, sie viel trinken zu lassen. Nun konnten sie einige Zeit ohne ihn auskommen. Ihm dagegen könnte ein Ausritt eine Begegnung mit Mademoiselle von Haynau einbringen. Sein Herzschlag beschleunigte sich. Vor seinem Freund hätte er es nicht zugegeben, aber die junge Dame hatte Eindruck auf ihn gemacht.

Ein Pferd war in Kreinitz schnell aufgetrieben, und sie trabten gen Lichtensee. Von dort aus ritten sie nach Koselitz, über Paritz und Colmnitz nach Radewitz und erreichten das Hoflager. Der königliche Pavillon und das Damenpalais wurden von den Janitscharen bewacht. Das sonnige Juniwetter hatte jedoch viele Bewohnerinnen ins Freie gelockt.

Laurenz suchte unter den Damen, die zu zweit oder in kleinen Gruppen über die Wiese spazierten, auf Klappstühlen saßen und Erfrischungen genossen, nach Therese von Haynau. Emilius hoffte dagegen, seine Cousine zu sehen, um sie dem Freund vorzustellen. Wenn der keinen Verdacht schöpfte, hätte er seine Wette so gut wie gewonnen. Er entdeckte Christiana jedoch nicht. Das dumme Ding saß hoffentlich nicht in Moritz mit der Hellmerin zusammen und langweilte sich.

Dafür erblickte Laurenz den Gegenstand so vieler seiner Gedanken. Therese befand sich in Begleitung eines jungen sächsischen Offiziers, kaum mehr als ein Knabe. Der Anblick versetzte ihm ganz gegen seine sonstigen Gewohnheiten einen Stich. Gegen die Sonne kniff er die Augen zusammen und beobachtete die beiden jungen Menschen. Sie wirkten sehr vertraut miteinander, Therese hatte sogar eine Hand auf den Arm des Jungen gelegt. Bevor seine Gedanken noch trüber werden konnten, entdeckte sie ihn und winkte ihm zu.

Der junge Offizier stellte sich als ihr Bruder Lambert heraus, Fahnenjunker bei der Zweiten Garde. Erleichtert beugte sich Laurenz über Thereses Hand.

»Wie geht es Ihrem Patienten?«, wollte sie wissen.

»Kressel macht von Tag zu Tag Fortschritte. Er geht sehr gut an seinen Krücken. Ich werde ihn bald nach Tiefenau entlassen und lieber ein- oder zweimal hinreiten, als ihn länger im Lazarett zu behalten. Von dort ist die Nachricht gekommen, dass er seine Arbeit wieder aufnehmen kann, sobald er genesen ist.«

»Wie wunderbar Sie alles geregelt haben«, sagte Therese, und in ihrer Stimme lag nichts als ehrliche Anerkennung. »Ich kenne nicht viele Leute, die sich so um das Wohlergehen ihrer Mitmenschen kümmern.«

»Ich bin Arzt, das ist meine Pflicht.« Ihr Lob machte Laurenz dennoch stolz.

»Sie haben viel mehr getan, als Ihre Pflicht erfordert. Sie haben sich wirklich um den armen Kressel gekümmert.«

Der Bruder verdrehte die Augen, wurde dann jedoch von Emilius ein paar Schritte beiseite gezogen und mit Fragen nach den zu erwartenden Manövern weit besser unterhalten. Das gab Laurenz und Therese eine Viertelstunde, bevor die beiden Männer sich verabschiedeten und aufsaßen.

»Das Fräulein von Haynau scheint mir eine recht angenehme Person zu sein. Im Damenpalais hat sie sich gestern in wunderbarer Weise meiner Cousine angenommen und ihr über die Schwierigkeit hinweggeholfen, niemanden zu kennen«, bemerkte Emilius leichthin, als sie das Hoflager hinter sich gelassen hatten.

»Beide haben zusammen das Lazarett aufgesucht. Sie sind junge Damen mit vorbildlich mildtätigen Herzen, die niemals ihre Pflicht gegen die Schwachen und Beladenen dieser Welt vergessen.«

»Für meine Cousine kann ich das auf jeden Fall bestätigen. Ihre Güte kennt keine Grenzen. Mademoiselle von Haynau kenne ich nur wenig. Ihr Bruder scheint mir auf jeden Fall ein lustiger Geselle zu sein, der einem guten Vergnügen nicht abgeneigt ist.«

»Ich kenne das Fräulein von Haynau kaum und ihren Bruder noch viel weniger.« Laurenz klang gegen seinen Willen bedauernd.

»Du musst dich mit ihrer Tante gut stellen, wenn du deine Bekanntschaft mit Mademoiselle von Haynau vertiefen willst. Die Gute bewacht ihre Nichte wie Cerberus die Tore zur Unterwelt. Mir hat sie gestern im Hoflager einen spitzen Blick zugeworfen, der empfindlichere Gemüter als meins zur Salzsäule hätte erstarren lassen.«

»Warum?«

»Aus dem einzigen Grund, weswegen eine junge Dame in Gesellschaft geht.«

»Und der wäre?« Laurenz Verwirrung über die Andeutungen seines Freundes wuchs.

»Mademoiselle von Haynau soll einen standesgemäßen Ehemann finden, und ich komme dafür nicht in Frage. Darüber bin ich rechtschaffen froh, denn mir steht nicht der Sinn danach, mich mit einer Ehefrau zu belasten. Eine Cousine reicht mir vollkommen.«

»So ist das in deinen Kreisen des anerzogenen Adels«, stieß Laurenz ironisch aus.

»Und wie ist es bei dir? Wenn du dich mit dem Gedanken an eine Ehe trägst, wirst du dich unter angemessenen jungen Damen umsehen und am Ende die Tochter eines Kollegen heimführen?«

»Nur dass ich hoffe, mir wirft dabei niemand einen spitzen Blick zu.«

»Touché!«, sagte Emilius und griff sich lachend an die Brust.

Über ihrem Gespräch hatten sie das Hoflager hinter sich gelassen und waren nun auf dem Weg Richtung Moritz, um von dort aus zurück zum Lazarett zu reiten. Vor ihnen erstreckte sich die Reihe der Bäckerzelte in der Sonne am Elbufer. Gelangweilt ließ Emilius seinen Blick über die schwer arbeitenden Männer gleiten. Es roch nach frischem Brot und Kuchen, über dem gesamten Areal lag eine Wolke aus Mehlstaub. Auf einmal stutzte er und schaute genauer hin.

Zwischen den Menschen glaubte er, Christiana in der Kleidung einer Magd gesehen zu haben, die sich mit einem der Bäcker unterhielt. Als er sich mit einem zweiten Blick vergewissern wollte, verstellte ihm ein Knecht mit einem Mehlsack auf dem Rücken die Sicht. Nachdem der Mann mit seiner Last endlich weitergegangen war, entdeckte Emilius den Bäcker und auch das junge Ding, das er für Christiana gehalten hatte, nicht mehr.

Seine Freude an dem Ausritt war allerdings einem dumpfen Ärger gewichen. Kaum hatten sie die Reihe der Bäckerzelte hinter sich gelassen, trieb er sein Pferd zu flotterer Gangart an. Er wollte Laurenz Schumann nichts von seinen Gedanken merken lassen, und deshalb kam nichts anderes in Frage, als eine heitere Miene zu zeigen und den Ausritt mit ihm zu beenden. Er musste ihn also bis nach Kreinitz begleiten. Danach kehrte er im Trab und Galopp nach Moritz zurück, um sich seine Cousine vorzunehmen.

In einem züchtig hochgeschlossenen Kleid und mit dazu passendem Sonnenschirm ging Christiana in Begleitung des Herrn Hugo von Greywitz die Dorfstraße in Moritz entlang. Eine Hand hatte sie leicht auf dessen Arm gelegt und schien sich blendend zu unterhalten. Jedenfalls nickte sie eifrig, und ihre Lippen waren ständig zu einem Lächeln verzogen. So erblickte Emilius sie, als er sein Pferd einem Bauernburschen übergab. Er erlaubte sich einen Gedanken daran, was ein Langweiler wie Hugo von Greywitz zu erzählen haben könnte, dass Christiana derartig fesselte.

Sich ihnen nach einem Ritt verschwitzt und zerzaust zu präsentieren, gehörte sich nicht, deshalb eilte er flugs in Schneider Hellmers Haus und zog sich um, ehe er eine wie zufällig wirkende Begegnung mit Christiana und ihrem Begleiter herbeiführte.

»Meine liebe Cousine«, grüßte er überschwänglich und ergriff ihre freie Hand mit seinen beiden. Herrn von Greywitz nickte er knapp zu und erkundigte sich nach dessen Befinden, ohne eine Antwort zu erwarten. Er erhielt auch keine und musste stattdessen eine verwickelte Erklärung

Christianas über sich ergehen lassen, wie sie und der Herr zur gleichen Zeit aus ihren Quartieren getreten und einander zwangsläufig auf der Gasse begegnet waren. Und wie sie dann beschlossen hatten, einige Schritte gemeinsam zu gehen, um einander kennenzulernen.

Emilius ließ diese Erklärung unwidersprochen über sich ergehen. In Gedanken war er jedoch damit beschäftigt, ob die adrett gekleidete Christiana die Magd bei den Bäckerbaracken gewesen war oder er sich getäuscht hatte. Hugo von Greywitz störte bei den Fragen, die er seiner Cousine zu stellen gedachte. Mit gerunzelter Stirn und einer entsprechenden Geste gab er dem älteren Mann zu verstehen, dass es Zeit wurde, sich zu verabschieden. Der verstand und beugte sich über Christianas Hand, ehe er davonspazierte und seinen Stock schwang.

»Der ist zum Glück weg«, kommentierte Emilius. »Ich frage mich nur, warum du dir mit ihm mehr Mühe gibst, als es selbst seine Frau in den letzten zwanzig Jahren getan hat.«

»Wir haben uns zufällig getroffen, wie ich schon sagte. Weil wir in gegenüberliegenden Häusern logieren, hielt ich es für ein Gebot der Höflichkeit, freundschaftlichen Umgang mit ihm zu pflegen. Ist daran etwas falsch?«, fragte Christiana mit einem unschuldigen Augenaufschlag.

»Niemand, nicht einmal er selbst, hat Hugo von Greywitz je für einen interessanten Gesprächspartner gehalten. Mit deiner sprühenden Laune wirst du ihn nicht wenig in Verlegenheit gebracht haben.«

»Er war tatsächlich nicht sehr gesprächig und schien mit seinen Gedanken ganz woanders«, gab Christiana zu.

»Lass es dir gesagt sein: Zu dem Ehepaar Greywitz musst du weder besonders höflich sein noch dich um ihre Bekanntschaft bemühen. Sie stehen gesellschaftlich weit unter uns.«

»Unter mir sicher nicht.«

»Aber unter meiner Cousine«, sagte Emilius scharf. »Für meine These ist es unabdingbar, dass du Anklang findest. Mit Hugo von Greywitz kommst du nicht voran. Wenn du spazieren gehen willst, ist ein Offizier ein besserer Begleiter, von ihnen gibt es Tausende im Großen Campement, es wird dir doch wohl gelingen, einen für dich einzunehmen.«

Diese Frechheit verschlug Christiana die Sprache. Emilius dagegen ließ keinerlei Schuldbewusstsein erkennen, sondern grinste sie nur an. »Womit hast du dir sonst die Zeit vertrieben?«

»Eigentlich habe ich gar nichts gemacht. Ich war tatsächlich ein wenig einsam und mir sind seltsame Gedanken in den Kopf gekommen. Über die These und deine Rolle dabei.«

Bei Emilius rief das keine sichtbare Reaktion hervor. »Ich bin auf einem Ausritt bei den Bäckerbaracken vorbeigekommen und glaubte, dich dort gesehen zu haben, im Kleid einer Magd und im Gespräch mit einem Bäcker.«

»Ich habe eine Doppelgängerin?« Christiana rettete sich in einen koketten Augenaufschlag.

»Ich erkenne eine Lüge, wenn ich eine höre, und ich kenne deine ganz unangemessene Neigung zum Backen. Also …«

»Was also?«

»Ich will wissen, ob du dich davongeschlichen hast.«

»Stehe ich vor einem Richter?«

»Wünsche es dir. Der wird nicht so streng mit dir verfahren wie ich, wenn du mir nicht gleich die Wahrheit sagst.«

»Ich fürchte mich. Aber ich habe nichts gebacken, seit Tagen nicht mehr. Seit wir nach Moritz gekommen sind nicht mehr, um genau zu sein. Du lässt mich nicht, sonst hätte ich längst Frau Hellmer in ihrer Küche einen Besuch abgestattet.«

»Untersteh dich!« Emilius hakte Christiana unter und führte sie in Richtung ihrer Unterkunft. Sie ließ es widerstandslos geschehen. Er war mehr denn je überzeugt davon, sie unter den Bäckern gesehen zu haben, aber ihm fiel nichts ein, wie er sie dessen überführen konnte. Sie hatte schnell gelernt, sich mit Worten zu verteidigen.

An Emilius' Seite betrat Christiana das Hellmersche Haus. Sie war erleichtert, dass sie das Verhör hinter sich gebracht hatte. Als sie ihn hoch zu Ross an der Seite des Arztes Laurenz Schumann gesehen hatte, war ihr beinahe das Herz stehen geblieben. Denn natürlich hatte sie sich gleich nach Emilius' Weggang aus dem Haus geschlichen, um Adrian zu sehen und mit ihm zu backen. Er schien ebenfalls auf sie gewartet zu haben, denn sie hatte das Zelt kaum betreten, da verließ er seinen Tisch und kam zu ihr. An der Hand zog er sie vor das Zelt und ließ sie auch nicht los, als sie sich gegenüberstanden.

Sie hatten nicht mehr als ein paar Minuten miteinander geredet, da musste ihr Cousin auftauchen.

»Christiana, was hast du auf einmal?«, hatte sie noch Adrians Stimme im Ohr. Ihre Hände, die er vorher gehalten hatte, ließ er los, sein sanfter Blick wurde forschend.

»Das ist … das … Ich glaube, ich habe etwas vergessen«, stammelte sie. »Ich muss gehen. Das tut mir leid, aber ich habe keine Zeit mehr.« Ein kurzer Knicks, und sie drehte sich um.

»Was ist denn mit dir?«

»Ein Auftrag! Er ist mir gerade wieder eingefallen. Ich werde Riesenärger bekommen!«, rief sie ihm über die Schulter zu und eilte davon.

Kaum war sie hinter einer Baracke verschwunden, begann sie zu rennen. Außer Atem erreichte sie Hellmers Krautgarten, durchquerte ihn und betrat das Haus durch die Hintertür. Mit fliegender Hast zog sie sich um und verwandelte sich wieder in Christiana von Johanni. Reines Glück war es gewesen, vor dem Haus auf Herrn von Greywitz zu treffen, der überrascht, aber auch willig war, sich einer jungen Dame anzuvertrauen, die seinen Arm ergriff und ihn zu einem Spaziergang einlud.

»Ich habe zu dir von seltsamen Gedanken gesprochen«, brachte Christiana entschlossen das Gespräch auf die Sache zurück, die ihr am Herzen lag, als sie im Hausflur ihre Hüte und Handschuhe ablegten.

»Das kann kaum etwas anderes gewesen als ein neues Rezept für Brot«, spottete Emilius.

»Zur Abwechslung einmal nicht. Ich habe über deine These nachgedacht.«

»In der Tat ein seltsamer Gedanke für dich.« Emilius warf seine Handschuhe auf eine Kommode und kümmerte sich nicht darum, dass einer daneben zu Boden fiel.

Christiana ließ sich von seinem Gespött nicht einschüchtern. »Was hast du eigentlich zu gewinnen, wenn sie sich als richtig erweist?«

»Ruhm und Ehre, aber davon verstehst du nichts.«

»Obwohl Adel anerzogen ist?«

»Weil du eine Frau bist. Ruhm und Ehre ist etwas für Männer.«

Christiana bezwang ihren aufkeimenden Ärger. Der würde sie nicht ans Ziel führen. »Würde sich dein Sieg nicht besser erreichen lassen, wenn ich genauer wüsste, warum du dich überhaupt darauf eingelassen hast? Das alles erscheint mir undurchsichtig.«

»Du bist meine adelige Cousine, mehr musst du nicht wissen.«

Das war kein ermutigender Beginn. Christiana biss sich

auf die Lippen und ahnte nicht, wie reizend sie in dieser Schmollhaltung aussah. »Es fiele mir aber leichter, deine adelige Cousine zu sein.«

»Wenn du es denn unbedingt wissen willst: Das Ganze ist für mich ein Spaß. Es geht nur darum, zu zeigen, dass es möglich ist. Nicht, dass es immer so sein muss.«

»Für einen Spaß nimmst du ziemlich viel auf dich.«

»Ich mache Sachen nicht halb, und ich will gewinnen. Also gib dir Mühe. Zeige dich im Hoflager, schließe Freundschaften, mach dir die Leute gewogen. So schwer wird das nicht sein. Du bist doch nicht auf den Mund gefallen.«

»Ins Hoflager habe ich mich ohne dich nicht getraut.« Und das war nicht einmal geflunkert. Ohne Emilius hätte sich Christiana tatsächlich nichts anderes getraut als einen harmlosen Spaziergang die Dorfstraße entlang.

»Das Angsthäschen nehme ich dir nicht ab.« Emilius strich ihr mit einem Finger über die Wange. Eine gönnerhafte Geste, vor der sie zurückwich. »Ich muss mich für das Abendessen umkleiden, und du solltest auch Toilette machen, wenn du noch rechtzeitig fertig werden willst.« Emilius eilte die Treppe empor und gleich darauf schlug die Tür seiner Kammer zu.

Langsamer und sehr viel nachdenklicher ging Christiana die Treppe hinauf. Hatte sie nun etwas erfahren, was ihr und insbesondere Therese weiterhalf? Sie war sich nicht sicher. Darüber sollte die Freundin entscheiden. Dass Emilius von Kobsdorff seine ganz eigene Auffassung von Spaß hatte, wurde ihr nicht zum ersten Mal bewusst.

Justina von Greywitz bewegte ihren Fächer, lächelte, plauderte und zeigte der Welt an diesem Nachmittag im Hoflager ein heiteres Gesicht. Ihre Gedanken waren jedoch damit beschäftigt, wie sie sich für die am Vormittag empfangene Schmach rächen konnte. Die Worte dieser Christiana von Johanni brannten in ihren Gedanken.

Inzwischen war sie davon überzeugt, dass es sich bei der Frau um eine dreiste Hochstaplerin handelte, die sich in Emilius von Kobsdorffs Vertrauen eingeschlichen hatte. Von einer sächsischen Familie von Johanni, die gegenwärtig im Ausland lebte, hatte sie nie gehört. Sie bildete sich jedoch ein, alle sächsischen Familien von Stand zu kennen. Vorsichtshalber hatte sie beim Mittagessen ihren Mann dazu befragt, der ebenfalls bestätigt hatte, keine Familie von Johanni zu kennen, aber das junge Ding von gegenüber als eine nette Person bezeichnet hatte. Sogar ihn hatte sie um den Finger gewickelt. Das Weib musste bloßgestellt und aus dem Campement entfernt werden.

Während sie lächelte und plauderte, formte sich in ihren Gedanken ein Plan. Dieser entlockte ihr ein echtes, befriedigendes Lächeln, und noch während sie sich still und heimlich freute, legten sich von hinten zwei Hände auf ihre Schultern. Schlanke, sorgfältig manikürte Finger drückten zu. Ihr entfuhr jäh ein leiser Aufschrei. Als sie sich umdrehte, fand sie sich dem Besitzer der schlanken Finger gegenüber. Er war etwa einen halben Kopf größer als sie, und seine dunklen Augen schauten hart auf sie nieder. Unter diesem Blick wand sich Justina von Greywitz, ein Schauder des Erschreckens und der Lust rieselte durch ihren Leib.

»Was hast du für mich?« Seine Stimme, kaum mehr als ein Flüstern, war bar jeden Gefühls und sein Gesicht dabei so ebenmäßig gemeißelt wie das einer antiken griechischen Götterstatue. Wolfhardt Ferdinand von Quirin war der schönste Mann, dem Justina von Greywitz je begegnet war.

Er packte sie am Arm und führte sie fort aus dem Hoflager und hinter ein großes Zelt aus schmutzigen Segeltuchbahnen, in dem Kutschen untergestellt waren. Dort drückte er sie mit dem Rücken gegen eine Zeltstange, hob ihr Kinn an und drückte einen festen Kuss auf ihre Lippen. Mit Zärtlichkeit hatte der nichts zu tun, mit Liebe noch weniger, dennoch öffnete Justina von Greywitz sofort die Lippen und schmiegte sich an ihn. Sie war eine Frau, die mit Sanftheit nichts anfangen konnte, sondern gerne von einer festen Hand geführt wurde. Ihr Ehemann hatte das nach mehr als zwanzig Jahren noch nicht begriffen. Der Kuss endete so abrupt, wie er begonnen hatte.

»Wenn du mehr willst, musst du mir was geben«, flüsterte Wolfhardt von Quirin rau an ihrem Ohr.

»Du kannst mit mir machen, was du willst.« Sie warf den Kopf in den Nacken und streckte ihm ein wogendes Dekolletee entgegen. Dann griff sie nach vorne und öffnete mit flinken Fingern die untersten Knöpfe seiner Weste und machte sich an seinem Hosenlatz zu schaffen. »Was willst du noch?«

Er hielt ihre Hände fest, bog sie zur Seite. Nur weil er ein paarmal den Altersunterschied von mehr als zehn Jahren zwischen ihnen vergessen und mit ihr geschlafen, und zugleich Unterschlupf in ihrem Haushalt gesucht hatte, als er gänzlich abgebrannt gewesen war, stand er ihr nicht jederzeit zur Verfügung. »Du weißt genau, was ich von dir will.«

»Ich kann dir nichts geben.«

Seine Stirn umwölkte sich. »Du willst mir doch nicht sagen, dass du seit fünf Tagen in diesem Großen Campement weilst und nichts für mich hast, um unsere kleine Abmachung zu erfüllen?«

»Ich habe etwas, aber ich kann es dir nicht geben. Ich brauche es selbst. Du musst das verstehen.« Beim letzten Satz klang ihre Stimme weinerlich wie die eines kleinen Mädchens.

Er hasste das. Er hasste diese ganze Frau, und dennoch kam er nicht von ihr los. Niemand sonst hätte ihm ein Bett und einen Platz am Tisch geboten, als ihn das Kartenglück verlassen und er seine Wohnung in Dresden verloren hatte, weil er die Miete nicht mehr zahlen konnte.

Eine Ohrfeige hätte sie verdient, und er hob auch die Hand, löste dann jedoch nur einen Ohrring von ihrem Ohr. Er betrachtete das filigrane Gebilde mit dem rauchgrauen Stein genauer. »Billiger Tand«, lautete sein Urteil.

»Das ist eine Nachbildung. Ich bin doch nicht leichtsinnig und trage echten Schmuck im Campement.«

»Schließlich kennt die damit verbundenen Gefahren niemand besser als du«, spottete Wolfhardt von Quirin, wurde aber gleich wieder ernst. »Ich will wissen, was dich hindert, unsere Vereinbarung wie gewohnt einzuhalten.«

Justina von Greywitz strich ihm über den Arm und schob ein Bein vor, so dass seines zwischen ihre geriet. Er ließ es zu. Sie leckte sich über die Lippen, bevor sie zu erzählen begann: »Ich musste mich beleidigen lassen von einer obskuren Person.« Flüsternd berichtete sie ihm ihren Plan.

Seine Miene blieb undurchdringlich. Am Ende zuckte er mit den Schultern. »Was geht das mich an? Gib mir einen Teil von dem, was du hast.«

»Ich kann nicht.«

»Du willst nicht!« Er griff in ihre Röcke, nicht in erotischer Absicht, sondern auf der Suche nach verborgenen Taschen. Es dauerte auch nicht lange, bis er eine gefunden hatte. Triumphierend zog er eine goldene Haarnadel mit einer Perle und einer kleinen bunten Feder heraus, außerdem einen Ohrring. Beides kein billiger Tand, das war auf den ersten Blick zu sehen. Justina von Greywitz haschte nach den Schmuckstücken, aber er hielt sie außerhalb ihrer Reichweite.

Ihr erst flehender Blick wurde auf einmal hart. »Du wirst mir helfen, Wolfhardt. Ich habe viel für dich getan, und jetzt wirst du es mir vergelten. Sonst …«

»Sonst was?«, schnappte er.

»Wirst du nie wieder mein Haus betreten, deine Füße unter meinen Tisch stellen und in mein Bett kriechen.«

»Auf Letzteres …« Er schaute auf die Frau vor sich. Eigentlich hatte er sagen wollen, dass er auf ihr Bett gut verzichten könnte, überlegte es sich im letzten Augenblick jedoch anders. »Auf Letzteres kann ich nur schwer verzichten.«

»Lügner!« Sie nahm den Schmuck aus seiner Hand und steckte ihn zurück in ihre Rocktasche. Danach machte sie sich erneut an Wolfhardts Hosen zu schaffen. Diesmal ließ sie sich nicht abweisen.

Er packte sie und schob ihre Röcke hoch. »Dann halte Ausschau nach lohnender Beute.«

SECHS

5. JUNI 1730

Christiana hielt eine Schüssel Eier in den Händen. Sie wartete darauf, dass Adrian diejenigen herausnahm, die er benötigte. Er kratzte sich jedoch die Bartstoppeln und hatte die Brauen zusammengezogen. Besonders feines weißes Brot mit einer goldenen Kruste war von ihm verlangt worden. Ein Brot eines Lockwitzer Bäckers, würdig, den Gaumen der Majestäten zu reizen.

Adrians Wangen waren fahl und die Augen rotgerändert, als hätte er viel Zeit bei Branntwein und Karten verbracht. Sie wusste jedoch, dass er die ganze Nacht das dunkle schwere Brot für die Soldaten gebacken hatte, wie die meisten anderen Bäcker und wie sie auch. Nur mit Mühe unterdrückte

Christiana ein Gähnen, in ihren Armen wurde die Schüssel schwer. Vor den Zelten und Baracken der Bäcker ratterten die Wagen, die die Brote zu den Soldaten brachten. Die meisten Bäcker durften ein paar Stunden ausruhen, Adrian hatte der Backmeister jedoch einen Zettel in die Hand gedrückt, auf dem die Anforderung für das Hoflager stand.

»Für das Frühmahl der Majestäten müssen die Brote fertig sein. Frisch und noch warm«, hatte der Backmeister gemurmelt und war wieder davon gestapft.

»Du kannst gehen«, sagte Adrian gerade. »Diese Anweisung gilt nur für mich. Ruh dich aus.«

»Das kommt gar nicht infrage. Wir haben die ganze Nacht zusammen gearbeitet, jetzt helfe ich dir, bis alles fertig ist.« Sie stellte die Schüssel auf den bemehlten und mit Teigresten beschmierten Tisch zwischen ihnen.

Adrian sagte nichts, aber seine gefurchte Stirn glättete sich etwas, und sie nahm das als ein gutes Zeichen. Tatsächlich war Christiana der Meinung, sie müssten mit dem Ansetzen des Teiges beginnen, damit die Brote rechtzeitig zum Frühmahl der Majestäten fertig wurden. Bei diesem Gedanken lief ihr ein Schauer über den Rücken. Das Findelkind Christiana Johanni half beim Brotbacken für die höchsten Herrschaften – schade, dass sie das niemandem erzählen durfte. Sie war überzeugt, das würde selbst Emilius beeindrucken.

Endlich schien sich Adrian für ein Rezept entschieden zu haben, denn er wog Weizenmehl ab. Die Menge erschien Christiana gering für zwei Brote. Kaum hatte er das Mehl in eine Schüssel gegeben, zögerte er schon wieder und kratzte sich erneut am Kinn.

»Soll ich Butter holen und vielleicht ein paar Rosinen und Mandeln?«

Adrian schaute sie an, als hätte er ihre Anwesenheit vergessen gehabt. Zögerlich antwortete er: »Ich frage mich, ob ich einen Anteil Roggenmehl hineingeben soll. Das hält das Brot besser zusammen. Es wird nicht gewünscht sein, dass alles auf dem Teller zerkrümelt.«

»Die Anweisung lautete auf ein feines weißes Brot.«

»Das ist es, was mir Sorgen macht.« Er gähnte, ohne sich die Hand vor den Mund zu halten.

»Nimm einfach das beste deiner Brotrezepte.«

»Darin ist Roggenmehl enthalten, sogar die Hälfte. Die Lockwitzer sind keine vornehmen Leute, die sich weißes Brot leisten können.«

»Gibt es keine Grundherrschaft in deinem Dorf?« Säße ihnen nicht die Zeit im Nacken, würde Christiana gern mehr über Adrians Leben außerhalb des Campements erfahren. Aber so blieb ihnen kaum noch genügend Zeit, einen Gärteig anzusetzen.

»Im Schloss backen sie selbst. Einen so feinen Geschmack wie unser gottgnädiger Herrscher und sein ebenso ehrenwerter Gast haben sie dort bestimmt nicht.«

»Wir müssen anfangen, sonst werden die Brote nie rechtzeitig fertig.«

Adrian nickte zwar, rührte sich jedoch nicht, sondern gähnte erneut. Also nahm Christiana ihm die Schüssel ab und rührte das feinste Brotrezept an, über das sie Meister Mingel und seinen Sohn je hatte reden hören. Es enthielt immer noch Roggenmehl, aber nicht mehr als eine Handvoll auf ein sächsisches Pfund. Irgendwann hatte Adrian seine Zweifel hinter sich gelassen und wieder seine Rolle als Bäckermeister übernommen. Er erklärte sich einverstanden, dem Teig die kleine Menge von vier Handvoll Roggenmehl auf vier sächsische Pfund Weizenmehl hinzuzufügen. Beide Mehlsorten siebten sie sorgfältig durch und kosteten am Ende von einem Teig, der so weiß aussah, als wäre er für eine Torte bestimmt, aber fest genug für ein Brot war. Daraus formte Adrian zwei gleich große Laibe, schnitt jeden mit dem Backmesser zweimal ein und schob sie endlich in den Ofen.

Mit einem Knall schloss Christiana die Klappe und hakte sie fest. Sie wischte die Mehlreste vom Tisch, wusch Messer und Holzlöffel in einem Wassereimer und trocknete sich zum Schluss die Hände an der Schürze ab. Gleich darauf fühlte sie sich in starke, mehlbestäubte Arme gezogen. In ihrer Kehle stieg ein Hustenreiz auf, den sie tapfer unterdrückte.

»Das wird das beste Brot, das ich je in meinem Leben gebacken habe«, sagte Adrian dicht neben ihrem Ohr. »Ich spüre das, und wir haben es zusammen gemacht. Ohne deine Hilfe hätte ich das nie geschafft. Du und deine Rezepte bringen mir Glück.«

Christiana wusste zunächst nicht, was sie sagen sollte. Ihr Herzschlag dröhnte in ihren Ohren, und sie schmiegte ihre Wange an Adrians Schulter. »Du wirst noch Hofbäcker«, murmelte sie schließlich.

»Bestimmt nicht.«

»Ich glaube doch.«

Er drückte sie noch einmal an sich, ehe er sie losließ. Verlegen standen beide voreinander. Christiana leckte sich über die Lippen. Ihre gemeinsame Arbeit war getan, aber sie konnte sich aus Adrians Gegenwart nicht losreißen, hätte noch Stunden oder Tage weiterbacken wollen, nur um ihn an ihrer Seite zu wissen. Adrian schien es ähnlich zu ergehen, denn er bohrte mit der rechten Stiefelspitze ein Loch in den grasigen Boden.

Dann rang er sich zu einer Entscheidung durch. »Du wirst erschöpft sein und hast dir eine Pause verdient. Ruh dich in deinem Quartier aus. Wir sehen uns bald und backen wieder zusammen. Sehr bald. Ich achte auf die Brote und bringe sie hernach ins Hoflager.«

Christiana wollte erst widersprechen, bis ihr gerade noch rechtzeitig einfiel, dass sie sich dort besser nicht gemeinsam mit Adrian sehen ließ. Schweren Herzens verabschiedete sie sich. Auf dem Weg zurück zum Hellmerschen Haus setzte sich eine Idee in ihren Gedanken fest, aber es würde nicht leicht werden, sie auszuführen.

Bei Sonnenaufgang begannen die Manöver der Kavallerie auf dem Exerzierfeld. Der Generalstab und die beiden Majestäten hatten sich in dem Aussichtspavillon eingefunden. Ihnen wurde ein Frühmahl, bestehend aus verschiedenen Suppen und Pasteten sowie einem schmackhaften hellen Brot mit goldener Kruste, serviert. Friedrich August bestrich es dick mit Butter, und es schmeckte ihm so gut, dass er noch eine zweite Scheibe aß. Der preußische König verschmähte jegliche Nahrung und trank mit verkniffener Miene nicht mehr als ein Glas Essigwasser.

Damen waren diesmal keine zugegen. Am muntersten von allen Anwesenden waren die Pferde, die sich in der kühlen Morgenluft die Muskeln warm galoppieren wollten. Ein besonders übermütiges Tier warf seinen Reiter ab, aber bevor das die hohen Herrschaften im Aussichtspavillon bemerkten, war er bereits wieder in den Sattel gesprungen und reihte sich in seine Eskadron ein. Der Spott der Kameraden war dem Mann sicher, aber sonst war kein weiterer Schaden entstanden.

Zunächst vollführten die Eskadrons leichte Übungen im Trab und Galopp, und als die Pferde und Reiter aufgewärmt waren, befahlen die Leutnants die anspruchsvolleren Formationen.

In dem Aussichtspavillon hatte Friedrich Wilhelm I. die Hände tief in die Taschen seines einfachen Soldatenmantels vergraben. Seine anfänglich gute Laune war einem dumpfen

Unwohlsein gewichen. Die Mundwinkel hingen herab und in seinem blassen Gesicht glühten die rot umränderten Augen. Er ließ es sich nicht anmerken, aber sein rechter Arm brannte, als befände er sich in der Hölle. Dieser Schmerz hatte ihn in der Nacht den Schlaf gekostet und ihn sein Alter verfluchen lassen. Mehrmals war er nahe daran gewesen, seinen Kammerdiener zu rufen, aber dann hatte die Verachtung gegen alles wehleidige Getue über diesen Impuls gesiegt. Er hatte mit dem Arm geschlenkert, um den Schmerz zu vertreiben, darauf geschlagen, sich die Haut blutig gekratzt und ihn zum Schluss einfach nicht mehr beachtet. Der preußische König versuchte, den Arm in eine Stellung zu bringen, die weniger schmerzte. Es gab keine, verflucht und in des Teufels Namen.

»Schau genau hin!«, brummte er daher seinen Sohn an, den er neben sich in die erste Reihe befohlen hatte. »Einst wirst du eine Armee befehligen. Wenn dir da einer ein X für ein U vormacht …«

»Mein lieber Herr Papa«, setzte der junge Prinz an. Er trug ebenfalls einen einfachen Mantel, aber im Gegensatz zu dem seines Vaters bestand seiner aus bestem Wollstoff und war von seinem bevorzugten Schneider in Berlin hergestellt worden. »Bis ich eine Armee befehlige, wird es noch etliche Jahre dauern – bei Eurer guten Gesundheit. Vorerst bin ich mit einem Regiment zufrieden.«

»Du wünschst dir wohl, dass es schneller geht?«, polterte Friedrich Wilhelm.

»Ich hege keine derartig unchristlichen Wünsche«, verteidigte sich der junge Friedrich mit leiser Stimme.

»Du könntest recht haben, dass es bis dahin gar nicht mehr lange dauert.« Der preußische König vergrub sich noch tiefer in seinem Mantel, als befände man sich mitten im tiefsten Winter und nicht im Juni. Er wischte sich die Nase mit dem Mantelärmel ab. »Erbärmliche Kälte. Erst eine durchwachte Nacht und nun das. Das liegt nur am fetten Essen, alles keine Soldatenkost hier«, wetterte er leise.

Friedrich August von Sachsen legte dem Preußen eine Hand auf die Schulter. »Lieber Bruder, vielleicht fehlt dir nur ein warmes Getränk. Ein Becher heißer Würzwein schwemmt die Kälte so sicher aus den Knochen, wie Herakles den Augiasstall ausgeräumt hat.« Er fühlte sich selbst nicht ganz auf der Höhe. Obwohl er nicht nur dicke Scheiben köstlichen Brotes, sondern auch Suppe und Spargelspitzen gefrühstückt und mit angewärmten Bier runtergespült hatte, saß ihm eine Schwäche im Leib, die nach Würzwein verlangte.

»Kein solches Gesöff«, lautete die preußische Antwort.

»Ein anderer stärkender Trunk?« Friedrich August wäre auch bereit gewesen, mit einem weiteren Krug warmem Bier vorliebzunehmen, sogar ein Schälchen Kaffee oder Schokolade wäre ihm recht gewesen.

»Spargelwasser würde uns erfrischen«, bekam er stattdessen zu hören. Dass ihm im Angesicht dieses Wunsches kein Ausruf des Abscheus herausrutschte, schrieb er seiner eisernen Selbstbeherrschung zu.

Der Wunsch wurde sofort weitergegeben, und nach kurzer Zeit brachte ein Diener auf einem Tablett eine Karaffe des Gewünschten und ein Glas. Ihm folgte ein zweiter auf dem Fuße, auf dessen Tablett ein Krug Würzwein dampfte. Wie eine wohltuende feurige Lohe bahnte sich das Getränk seinen Weg durch den Leib des sächsischen Kurfürsten, während Friedrich Wilhelm am Spargelwasser nippte.

Zum Mittagessen wurden die Manöver unterbrochen, damit die Majestäten zu Tisch gehen konnte. Zu diesem Zeitpunkt spürte Friedrich August abwechselnd Hitze und Kälte durch seinen Leib fluten.

Die Kühle des Morgens war einer sommerlichen Brise gewichen, dennoch schien sich der preußische König nicht wohler zu fühlen als sein sächsischer Bruder. Dicke Schweißtropfen perlten von seiner Stirn, obwohl er den Schal abgelegt und den Mantel aufgeknöpft hatte. Den Bemühungen seines Sohnes, ihm Erleichterung zu verschaffen, begegnete er weiterhin mit knurriger Ablehnung.

Friedrich Augusts Gesicht glänzte vor Schweiß, und er betupfte es mit einem Taschentuch. Der Appetit auf ein Mittagessen war ihm vergangen, er wünschte nur, dass ihm jemand aus diesem engen Rock heraushalf und dass ihm endlich nicht mehr so heiß war. Sogar die Ringe an seinen Fingern erschienen ihm unnatürlich schwer.

»Ruf' er uns den Troppaneger!«, befahl er.

Der königliche Leibarzt erschien gleich darauf im königlichen Palais und erkannte mit einem Blick, dass seinen Fürsten ein Fieber befallen hatte. Endlich half Friedrich August auch jemand aus dem engen Rock und der Weste und in einen bequemen Morgenmantel hinein. Man zog ihm die Stiefel von den Füßen und brachte weiche Pantoffeln. Er ließ sich zu einem Ruhebett begleiten, sich ein kühlendes Tuch auf die Stirn legen und heißen Würzwein reichen, in den der Leibarzt zuvor ein Pulver streute, das das Fieber senken sollte.

Die Sorge des Hofstaates um sein Wohlergeben brachte Friedrich August den Appetit zurück, und er ließ sich ein leichtes Mittagessen, bestehend aus vier Gängen und diversen Zwischengerichten, servieren. Die Warnungen seines Leibarztes, sich beim Essen und Trinken zu mäßigen, um seinen Leib nicht über die Maßen zu beanspruchen, hatte er da schon wieder in den Wind geschlagen. Er kostete dort, naschte hier, widmete sich seiner Leibspeise, einem mit

Parmesan bestreuten Eierkuchen. Nachdem er sich verschiedene Naschereien und zwei Gläser stärkenden Tokaier zu Gemüte geführt hatte, lehnte er sich auf seinem Ruhebett zurück und schloss erschöpft die Augen.

Im Palais des preußischen Königs hatten sich unterdessen ähnliche Szenen abgespielt. Nachdem Friedrich Wilhelm sich nicht mehr in der Gegenwart der exerzierenden Soldaten befand, stimmte er dem Besuch eines Arztes zu. Zu ihm wurde Laurenz Schumann gerufen.

Der hatte seine Hände so lange in Seifenlauge geschrubbt, bis die Haut ganz rot geworden war, ehe er ins Hoflager geeilt war. Im Zelt des preußischen Monarchen traf er einen übel gelaunten Friedrich Wilhelm an, der fortwährend auf das Essen schimpfte, das viel zu schwer und fett für einen Soldaten sei. Nahrhafte und einfache Kost wünsche er sich, aber die würde ihm niemand servieren.

»Majestät sind mit einer kräftigen Natur gesegnet«, sagte Laurenz sanft und bemühte sich, seinen Blick nicht auf den kugelrunden Bauch seines Patienten zu richten.

Es war nicht zu übersehen, dass dem Preußen der Arm die größten Sorgen bereitete, deswegen widmete Laurenz Schumann ihm die meiste Aufmerksamkeit. Dabei bereitete ihm das unregelmäßig schlagende Herz größeres Kopfzerbrechen. Wenig Anstrengung und viel Schlaf waren hier das beste Heilmittel, das Laurenz Schumann kannte. Der preußische König schien damit einverstanden, denn er nickte brummig.

»Als Kost schlage ich leichte Brühen, weißes Fleisch und dunkles Brot vor. Das wird den aus dem Gleichgewicht geratenen Leib beruhigen und stärken.«

Diese Diät fand die Billigung des Preußenkönigs, und Laurenz Schumann verließ seinen Patienten in besserer Laune, als er ihn vorgefunden hatte.

Die für den Nachmittag angesetzten Manöver der Kavallerie wurden abgesagt, da beide Majestäten das Bett hüten mussten.

Justina von Greywitz hatte sich nicht für die Vorgänge auf dem Manöverfeld interessiert. Es war zwar hübsch anzusehen, wenn junge Männer auf ihren Pferden über eine Wiese galoppierten und auf Kommando nach rechts oder links schwenkten oder Lanzen in Strohhaufen stachen, aber das kannte sie bereits vom ersten Manövertag und wollte es nur erneut über sich ergehen lassen, wenn es gar nicht zu vermeiden war. Ihr stand der Sinne nach etwas ganz anderem, und so versuchte sie im Hoflager Anschluss an eine Gruppe zu finden, die ihr einflussreich genug für ihr Vorhaben schien.

Im Großen Campement wurden die Dinge lockerer gehandhabt als in Dresden, wo Justina von Greywitz sich am Rand der Gesellschaft bewegte. Trotz aller Bemühungen war es ihr nicht gelungen, in die wirklich vornehmen Kreise vorzustoßen. Die Schuld daran gab sie nicht zuletzt ihrem Ehemann, der ihren gesellschaftlichen Ehrgeiz nicht teilte, sondern sich damit zufriedengab, regelmäßig zu Kartenabenden geladen zu werden. Pah! Nicht zum ersten Mal dachte Justina von Greywitz, dass sie als Witwe besser dran wäre.

»Ihr Hund ist so ein süßer kleiner Schatz. So ein treuer Gefährte.« Frau von Greywitz pirschte sich an die Gräfin von Diefenthal heran und knickste vor ihr.

Sie wurde wohlwollend aufgenommen, und die beiden Damen spazierten gemeinsam hinter dem Manöverfeld entlang. Die französische Zofe der Gräfin folgte ihnen und trug Monchou auf dem Arm. Um seinen Hals glänzte ein mit Diamanten und goldenen Ornamenten besetztes ledernes Halsband. Außer dem Halsband trug Monchou eine mit Perlen besetzte Schabracke auf dem Rücken.

An ihren Ohren baumelten wieder nur die billigen Ohrringe, über die sich am Tag zuvor Wolfhardt von Quirin echauffiert hatte. Und entgegen dem, was sie ihm glauben gemacht hatte, hatte sie die echten längst versetzt.

»Er ist mir so lieb wie meine eigenen Kinder. Er ist ein richtiger Racker und Abenteurer und so schlau, meine gute Juno hat alle Hände voll zu tun, ihn zu bändigen. Schnell wie der Wind ist er und mutig wie ein Löwe.«

Beide Frauen drehten sich zu der Zofe um. Monchou lag mit geschlossenen Augen auf deren Arm. Seine Zungenspitze hing ihm aus dem Maul, und er machte nicht den Eindruck, je auf ein Abenteuer aus gewesen zu sein. Was an ihm schlau sein sollte, erschloss sich Frau von Greywitz nicht, er war ja nichts als ein dummes Tier mit einem winzigen Gehirn. Diese Meinung behielt sie jedoch für sich, streckte eine Hand aus, um dem Hund mit einem behandschuhten Finger über den Kopf zu streicheln. Sofort öffnete Monchou die Augen und knurrte warnend. Es hörte sich nicht sehr gefährlich an, aber Justina von Greywitz zog die Hand lieber zurück.

»Mein süßer Liebling ist immer misstrauisch und vorsichtig, wenn er jemanden nicht gut kennt. Niemand könnte ihn einfach so von mir forttragen.« Die Gräfin streichelte ihm über den Kopf und küsste ihn. Seine winzige Zunge schnellte vor und fuhr über ihre Lippen, was sie auflachen ließ.

Frau von Greywitz schüttelte sich innerlich bei diesem Anblick, ließ sich aber nichts davon anmerken, sondern lächelte freundlich. »Haben Sie es eigentlich schon gehört?«

»Was denn?« Die Gräfin ließ sich noch einmal von ihrem Hündchen küssen, bevor sie sich wieder zu ihrer Begleiterin umdrehte und sich bei ihr unterhakte, als wären sie tatsächlich beste Freundinnen.

»Es sind Schmuckstücke verschwunden. Mir selbst fehlt ein Armband. Andere vermissen Broschen oder Haarnadeln. Unter uns treibt ein dreister Dieb sein Unwesen. Ich sage das nur, weil Monchou so ein kostbares Halsband und die schöne Schabracke trägt. Nicht, dass ihm das noch jemand wegnehmen will.«

»Das bringt niemand fertig«, erwiderte die Gräfin im Brustton der Überzeugung, um dann mit gesenkter Stimme fortzufahren. »Das ist ja schrecklich, was Sie da erzählen, meine Liebe. Weiß man, wer dieser verdorbene Mensch ist? Er muss entfernt und streng bestraft werden.«

»Das wird er, sobald man seiner habhaft geworden ist.«

»Es muss doch etwas geben, was man tun kann. Sie wissen noch mehr, liebste Freundin.«

Diese Worte beflügelten Frau von Greywitz. Von der vornehmen Gräfin von Diefenthal liebste Freundin genannt zu werden, war genau das, was sie sich immer erträumt hatte. »Ich bin mir nicht sicher. Also eigentlich weiß ich nichts, und ich will auch nichts sagen, was am Ende nicht stimmt.«

»Aber Sie müssen.«

Justina von Greywitz zierte sich noch eine Weile und sagte dann schließlich scheinbar widerstrebend: »Ich habe sehr lange darüber nachgedacht, und wahrscheinlich wäre es besser, nichts zu sagen, weil ich keinen Beweis habe … Ich muss Sie wirklich bitten, es für sich zu behalten, denn ich will niemanden verleumden.«

»Sie können sich auf mich verlassen.«

»Nun denn – ich fürchte, die junge Christiana von Johanni ist nicht die, die sie zu sein vorgibt.«

»Wer soll das sein?«

»Das ist genau, was ich meine.« Frau von Greywitz tat nicht nur erfreut, sie war es auch. »Sie behauptet, eine Cousine der Kobsdorffs auf Postelau zu sein. Emilius von Kobsdorff hat sie hergebracht, aber der ist ein junger Mann und von einem hübschen Gesicht leicht zu beeindrucken.«

»Er würde doch nicht seine Geliebte hierher …?«

»Das wohl nicht. Ich denke, sie hat ihn ebenso getäuscht wie alle anderen. Wer hat schon einmal von einer adeligen Familie von Johanni gehört? Ich jedenfalls nicht, nicht in Kursachsen und auch nicht anderswo, und ich behaupte, mich recht gut auszukennen mit unserem Stand.«

»Ich auch, aber von Johanni …« Die Gräfin runzelte die Stirn.

»Dieses Weib muss sehr geschickt sein, denn sie hat Frau von Wallnau von sich überzeugt, jedenfalls habe ich sie mehrmals mit deren Nichte zusammen gesehen.«

»Die ist das«, rief die Gräfin aus. »Die habe ich auch gesehen. Sieht eigentlich ganz manierlich aus und hat ein recht zierliches Benehmen. Die soll …?«

»Nicht so laut.« Justina von Greywitz legte einen Finger an die Lippen. »Das ist, was ich glaube, aber ich kann mich irren. Nur gibt es eben keine Familie von Johanni. Wer also ist diese Frau?«

»Sie haben so recht«, flüsterte die Gräfin nun wieder. Sie drehte sich wieder zu ihrer Zofe um, um ihren kleinen Hund zu liebkosen. »Du kleiner Lieber, du wirst aufpassen. Mit dir an meiner Seite kann mir nichts passieren. Hat er genügend Auslauf gehabt?«, fragte sie dann ihre Zofe streng.

»Noch nicht, gnädige Madame.« Die Frau knickste.

»Dann sorge sie sofort dafür.«

Die Zofe trug einem Pagen eine Nachricht auf, danach dauerte es nicht lange, bis ein Lakai in der Diefenthalschen Livree im Laufschritt herankam. Er hatte eine hochmütige Miene aufgesetzt und trug vor sich ein glänzendes Gebilde her, dessen Zweck Frau von Greywitz zunächst nicht erkannte. Erst als er es auf den Boden setzte, wurde ihr klar, dass es sich um eine vergoldete Kutsche handelte, die der der Gräfin von Diefenthal aufs Haar glich – nur dass sie viel kleiner war. Am Wagenschlag befand sich das gräfliche Wappen, das Verdeck konnte wie bei einem echten Cabriolet zurückgeschlagen werden. Die Sitzpolster waren mit genau dem gleichen Stoff bezogen wie die der großen Kutsche. Jedes Detail war sorgfältig ausgeführt.

In dieses Gefährt setzte die Zofe Monchou. Der Hund kannte die Prozedur offenbar, denn er machte keine Anstalten, wieder herauszuspringen, sondern blieb ruhig hocken und schaute genauso hoheitsvoll drein wie der Lakai.

Frau von Greywitz glaubte, ihren Augen nicht zu trauen. Sie hatte von der Exaltiertheit der Gräfin von Diefenthal gehört und es immer für die üblichen Übertreibungen gehalten. Jetzt schienen ihr die Schilderungen eine Untertreibung gewesen zu sein. Zu ihrem Erstaunen gesellte sich Neid. Der Wert der Kutsche schien ihr mehr als ausreichend, ihre eigenen Sorgen ein für alle Mal zu vertreiben. Sie zwang ein Lächeln auf ihr Gesicht und lobte deren feine Ausführung.

»Nicht wahr?« Die Gräfin strahlte, und ihre sonst so blasierte Miene drückte für einen kurzen Moment echte Wärme aus. »Das war einer meiner besten Einfälle überhaupt. Ich bedaure nur, noch kein Pferdchen gefunden zu haben, dass klein genug ist, um vor die Kutsche gespannt zu werden. Mein lieber Monchou hat es darin so bequem. Es können sogar seine Schälchen für Wasser und Essen darin untergebracht werden.«

»Aus Meißner Porzellan?«

»Selbstverständlich. Etwas anderes kommt für ihn nicht infrage. Ich habe mich darüber kundig gemacht, dass Porzellanschalen sehr viel besser gereinigt werden können als alles andere. Mein Liebling soll schließlich nicht krank werden.«

»Das war sicher eine sehr gute Entscheidung.«

Sie setzten ihren Weg fort, nur dass ihnen jetzt neben der Zofe noch der Lakai folgte, der die Kutsche zog.

»Was wollten Sie mir über dieses junge Ding von Johanni erzählen?«, erkundigte sich die Gräfin.

»Sie ist in Moritz untergekommen wie ich auch, genau im Haus gegenüber. Und ich habe sie morgens mehrmals in der einfachen Kleidung einer Magd fortschleichen sehen. Ich vermute, dass sie sich mit einem Komplizen getroffen hat. Wahrscheinlich hat sie ihm ihre Beute übergeben.«

»Dieses hinterhältige Weib!«

»Bitte, liebe Freundin, ich habe Ihnen das alles nur gesagt, weil ich Ihnen vertraue und um Sie zu warnen. Das sind nichts als vage Vermutungen, die unter uns bleiben müssen.«

»Sie können sich auf mich verlassen.«

Sie waren wieder am Damenpalais angekommen und verabschiedeten sich voneinander. Frau von Greywitz zögerte, ob sie ihre neue Freundin umarmen durfte. Schließlich nahm ihr die Gräfin die Entscheidung ab, indem sie kurz die Wange an ihre drückte und einen Kuss andeutete.

Justina von Greywitz winkte einen Tragsessel herbei und ließ sich nach Moritz zurückbringen. Sie lehnte sich zufrieden zurück. Der erste Teil ihres Planes hatte reibungslos geklappt. Nichts war besser geeignet, etwas zu verbreiten, als es einer Frau wie der Gräfin von Diefenthal unter dem Siegel der Verschwiegenheit zu erzählen. Sie konnte sich sicher sein, dass bald alle im Hoflager über die von Johanni, dieses Biest, tuschelten. Die war erledigt. Für die Gräfin und ihren Köter würde ihr auch etwas einfallen.

*D*er Sommer genehmigte sich an diesem Tag eine Pause. Er überließ das Zepter stürmisch kühlem Wetter. Blätter und kleine Zweige wurden von den Bäumen gerissen, über das Gelände des Campements gewirbelt, dass man hätte meinen können, es hielte der Herbst Einzug. Christiana ließ sich zu einem einsamen Frühstück in der Hellmerschen Stube nieder. Emilius hatte bereits vor dem Frühmahl das Haus verlassen und keine weitere Nachricht gegeben, als dass er den ganzen Tag fort sein werde.

Sie nutzte die Gelegenheit, um in einem einfachen taubenblauen Kleid und mit locker hochgestecktem und ungepudertem Haar ihre Freundin Therese im Damenpalais zu besuchen. Die zeigte sich sichtlich erfreut über die Abwechslung, da bei diesem Wetter an Spaziergänge nicht zu denken war. Die beiden jungen Damen saßen alleine im Salon des Apartments, da Tante Ernestine einen Morgenbesuch im anderen Flügel des Palais machte. Beide hatten sich in Schultertücher gehüllt, da die Holzkonstruktion des Damenpalais nur unzureichend Schutz gegen den Wind bot. Er pfiff nicht nur um die Ecken, sondern auch durch verborgene Ritzen.

»Es ist wie in Dresden«, seufzte Therese. »Ich wünsche mir wirklich, dieses Große Campement hätte ein Ende.«

»Warum?«, fragte Christiana.

»Manchmal wünschte ich, nicht von Stand zu sein. Ein Leben als einfache Ehefrau eines ebenso einfachen, arbeitsamen Mannes zu führen.«

»Das Leben der einfachen Leute ist bestimmt nicht so angenehm, wie es dir jetzt scheint.«

»Es kann kaum schlimmer sein als meine jetzige Lage.«

Therese seufzte, und Christiana sagte sich in Gedanken, dass ihre Freundin keine Ahnung vom Leben der wirklich einfachen Leute hatte, sonst würde sie sich so etwas nicht wünschen: Sechs Tage in der Woche von Sonnenauf- bis Sonnenuntergang zu arbeiten und oft genug darüber hinaus, kaum genug zum Leben zu haben und sich immer fragen zu müssen, ob für den nächsten Tag noch genug zu essen im Haus war. Dagegen wog es leicht wie eine Feder, einmal vier Wochen in einem zugigen Damenpalais wohnen zu müssen. Unwillkürlich zog Christiana sich das Schultertuch enger um sich.

»Ich kann mir einiges vorstellen, was schlimmer ist als deine jetzige Lage.«

»Meine Tante …«

»Das will ich dir zugestehen, dass deine Tante um dich herum ist wie eine Glucke um ihre Küken. Da habe ich bei meinem Cousin weniger auszustehen.«

»Das ist es nicht nur. Sie hat sich vorgenommen, mich während des Campements an den Mann zu bringen. Das erzählt sie leider überall und taxiert jeden danach, ob er für mich als Ehemann infrage kommt. Ich habe es so satt, angeboten zu werden wie eine Remonte auf dem Jahrmarkt.«

»Irgendwann musst du heiraten. Ist denn niemand dabei, der dir gefallen könnte? Ich habe gedacht, in dei… unserem Stand bestehen die Ehen nur auf dem Papier, und jeder führt sein eigenes Leben.« Christiana biss sich auf die Lippen wegen des Versprechers, der ihr beinahe herausgerutscht wäre.

Therese schien nichts bemerkt zu haben, denn sie redete schon weiter: »Es kommt nur ein vermögender Mann infrage, weil die Mittel meiner Familie nicht auskömmlich sind.«

»Du hast Schulden?« Christiana war ehrlich verblüfft.

»Ich nicht. Aber meine Eltern haben Ausgaben getätigt, die sie besser gelassen hätten. Alle reden immer davon, dass dies und jenes angeschafft werden müsse, und dann reicht das Geld nicht. Ich bin die einzige Hoffnung für die Familie, heißt es.«

»Das habe ich nicht gewusst.«

»Ich erzähle es nicht jedem. Hoffentlich willst du noch meine Freundin sein, nachdem du dies nun weißt.«

»Auf jeden Fall.« Therese tat ihr leid, und sie hätte sie gern umarmt, war sich jedoch nicht sicher, ob es angebracht war. Deshalb knetete sie die Hände im Schoß. Der Freundin erging es nicht besser als ihr selbst, kam es Christiana in den Sinn: Sie wurden beide herumgezeigt und mussten etwas darstellen, dass sie nicht waren. Wenn sie das nicht verband?

»Hast du bei deinem Cousin etwas herausgefunden?«

»Eigentlich nicht. Er war kurz angebunden, hat nur gesagt, es wäre eine Sache zwischen Männern, die Frauen nicht verstehen könnten.«

»Das ist wieder einmal typisch«, schimpfte Therese, die sich an ihre Brüder erinnert fühlte. »Wir müssen die Augen aufhalten.«

Christiana konnte nur nicken. In ihrer Kehle saß ein Kloß. Sie wusste nicht, warum sie ihrer Freundin nicht einfach die Wahrheit sagte. Ob sie sich Emilius doch mehr verpflichtet fühlte, als sie sich selbst eingestehen wollte, oder das Risiko nicht eingehen wollte, Thereses Freundschaft zu verlieren, sie wusste es nicht. Oder wollte sie einfach das Leben der höheren Stände genießen, solange Emilius es ihr ermöglichen wollte? Sicherlich eine Mischung aus all diesen Gründen.

»Eigentlich hätte ich gute Lust, deinem Cousin zu beweisen, dass er Unrecht hat und Adel angeboren ist«, sagte Therese weiter.

»Mach es doch«, brachte Christiana heraus.

»Herr Schumann möchte das nicht. Er hält es für eine alberne Idee, und ich will mich nicht gegen ihn stellen.«

»Da hast du auch wieder recht, aber für mich könntest du etwas tun.«

»Alles, was in meiner Macht steht«, stimmte Therese sofort zu.

»Es ist ganz leicht. Du sollst etwas für mich schreiben.

»Warum machst du es nicht selbst?«

»Das ist nicht so einfach.« Christiana hatte diese Frage erwartet und sich eine Antwort überlegt. »Ich backe manchmal gerne Kuchen oder Brot. Du kannst das eine Marotte nennen, aber so ist das nun mal. Ich habe es auch in der Küche der Hellmerin getan.«

»Der Hellmerin?«

»Das ist die Frau, bei der mein Cousin und ich untergekommen sind. Ihr Mann ist Schneider in Moritz. Das tut nichts zur Sache. Ich habe also gebacken, und es hat ihr und ihrem Mann gut geschmeckt. Deshalb will ich sie mit den Rezepten überraschen. Ich will sie ihr aufgeschrieben geben.«

Therese schaute sie zwar freundlich, aber auch unverkennbar verwundert an. Eine Frau ihres Standes konnte schreiben, und jemand anderen zu bitten, es zu tun, musste Verdacht erregen. Christiana war jedoch fest entschlossen, ihren Plan zur Ausführung zu bringen.

»Ich kenne die Rezepte nur mündlich, und wenn ich mir alle Zutaten und Mengen aufsage, vergesse ich nie etwas. Will ich sie aber aufschreiben, rutscht mir immer etwas durch. Das ist ärgerlich. Es ist mir auch peinlich.« Christiana wand sich, sie fühlte tatsächlich Pein wegen ihrer Unfähigkeit, richtig schreiben und lesen zu können.

»Ich mache es. Und nicht nur, weil ich es versprochen habe, sondern weil ich es will.« Therese setzte sich an den winzigen Sekretär, der in eine Ecke des Salons gezwängt stand. Sie legte ein Blatt zurecht und suchte eine angespitzte Feder.

Christiana diktierte als Erstes das Rezept für das feine Brot, das sie am Tag zuvor mit Adrian gebacken hatte, es folgten der Hefezopf mit dem Makronenüberzug, Fruchttörtchen und Aschkuchen, Mandelkranz und eine Variante der Meißner Fummel. Die Feder kratzte eifrig über das Papier, Therese konnte beim Schreiben kaum mithalten, so schnell sprach Christiana. Die erste Seite füllte sich mit der klaren und schwungvollen Schrift der jungen Frau. Christiana diktierte weitere Rezepte für Kuchen und Torten, bis Therese auch das zweite Blatt zur Hälfte vollgeschrieben hatte.

»Dass du das alles auswendig weißt«, wunderte sich Therese.

»Ich kenne noch mehr Rezepte.« Christiana biss sich schnell auf die Lippen, ehe sie ausplauderte, dass sie diese aus Meister Mingels Backstube kannte.

»Backen muss dir wirklich viel bedeuten.«

»Das tut es.«

Therese schrieb alles auf, was Christiana diktierte. Sie hatte mit mehreren zusammengefalteten Blättern gerade das Damenpalais verlassen, als Tante Ernestine zurückkehrte.

»Es gibt einen Dieb im Hoflager!«, trompetete sie, kaum dass sie in der Tür stand, um dann leiser fortzufahren: »Es wird überall davon gesprochen, und was besonders merkwürdig ist, es wird auch behauptet, mir sei eine Brosche gestohlen worden.«

»Bestimmt ist jemand anders gemeint. Sie vermissen doch kein Schmuckstück, oder? Sie wissen, wie das ist, einer sagt es dem anderen, und am Ende wird aus einer Mücke ein Elefant.«

Ernestine von Wallnau holte aus ihrer Schlafstube die Schmuckschatulle und setzte sie mit einem leisen Knall vor ihrer Nichte auf dem Tisch ab. »Ich schaue lieber nach.«

Sie wühlte durch die gut gefüllte Schatulle, die nur einen kleinen Teil des Schmucks enthielt, den sie ihr Eigen nannte. Ringe, Haarnadeln, Ohrringe, Ketten und Armbänder landeten auf dem Tisch neben der Schatulle. Gold, Edelsteine und Perlen funkelten.

»Es fehlt tatsächlich etwas«, stellte sie schließlich fest.

»Was denn?«

»Eine Brosche. Die mit den Granaten.«

Therese wusste, welche gemeint war. »Die haben Sie bei der Stallparade getragen.«

»Jetzt hätte sie in der Schatulle liegen müssen. Zu einem Kleid wie diesem hätte ich die Granatbrosche nie tragen können.« Sie schaute an ihrer braunen Robe herunter, zu der sie Weißgoldschmuck und Perlen angelegt hatte.

Therese musste ihr Recht geben. Darüber hinaus hielt sie das Fehlen der Brosche für keinen großen Verlust, denn ihrer Meinung nach sah sie zu jedem Kleid scheußlich aus und machte ihre Trägerin um Jahre älter. Aus Erfahrung wusste sie jedoch, dass es keinen Sinn machte, mit ihrer Tante darüber zu diskutieren.

»Können Sie die Brosche nicht verlegt haben?«

Ernestine von Wallnau schüttelte den Kopf. Sie schob die Schmuckstücke auf dem Tisch hin und her, als könnte sich die Brosche so noch anfinden.

»Vielleicht hat die Kummer sie irgendwohin getan?«

Die Kummer war Tante Ernestines Zofe und wurde nun herbeigerufen und nach dem Verbleib der Brosche gefragt. Sofort sammelten sich Tränen in den Augen der älteren Frau in dem schmucklosen dunkelgrauen Kleid, und sie schnüffelte in ein Taschentuch. Auf alle Fragen konnte sie immer nur »nein, nein«, sagen und ihre Unschuld beteuern. Schließlich wurde sie ausgeschickt, noch einmal überall nachzusehen. Nach einer reichlichen halben Stunde, die die beiden

Damen schweigend im Salon zubrachten, kehrte die Kummer mit verheulten Augen zurück und berichtete von ihrem Misserfolg. Sie zeigte ihre leeren Hände vor.

»Geh sie mir aus den Augen, nichtsnutziges Weib«, schalt Ernestine von Wallnau. »Wenn die Brosche verloren ist, ist es ihre Schuld. Sie hat sie an mein Kleid gesteckt und nicht richtig geschlossen.«

»Gnädige Frau …«, hob die Kummer an.

»Fort mit ihr.«

Die Zofe huschte hinaus.

»Mit der ist kein vernünftiges Wort zu reden.«

»Sie haben ihr Angst gemacht, liebe Tante. Was soll sie nun anderes tun, als ihren Kummer hinauszuschluchzen, nachdem Sie sie so beschuldigt haben? Sie ist ungefähr so lange Ihre Zofe, wie ich auf der Welt bin, und ich habe nie gehört, dass sie sich etwas hat zuschulden kommen lassen. Sie hat die Brosche nicht genommen. Es muss dieser Dieb gewesen sein.«

»Ein Dieb?« Ernestine von Wallnau schüttelte sich. »Die Vorstellung, dass jemand mir eine Brosche von der Vorderseite meiner Garderobe …«

Das war tatsächlich kein ermutigender Gedanke. Therese berührte ihre Tante am Arm. »Ich werde noch einmal suchen. Vielleicht findet sie sich an, und Sie haben sich ganz umsonst Sorgen gemacht.«

Therese stand auf und durchquerte den Salon, der zu ihrem Appartement im Damenpalais gehörte. Das Schlafzimmer ihrer Tante lag auf der anderen Seite und zeigte unübersehbar Spuren der Durchsuchung durch die Kummer.

Auf dem Bett und einem Sessel lagen hastig hingeworfene Kleider. Die Türen des Wäscheschrankes waren geöffnet, Leibchen, Unterröcke und Strümpfe herausgerissen und im Zimmer verteilt. Therese schüttelte den Kopf. Die Zofe konnte nicht sehr gründlich gesucht haben. Das holte sie jetzt nach und räumte dabei gleich auf. Die Wäsche legte sie zusammen und zurück in den Schrank. Die Brosche jedoch fand sie nicht.

Danach kamen die Kleider dran. Hier tastete sie sorgfältig alles ab, fühlte in den Taschen nach und zwischen den Falten. Sie fand Taschentücher, Pfennige sowie eine vertrocknete Kastanie und kam zu dem Schluss, dass die Kummer wohl ehrlich, aber nicht so sorgfältig war, wie sie immer tat. Therese hing alle Kleider auf die Stange, die hinter einem Vorhang verborgen das Ankleidezimmer darstellte.

Das Zimmer sah wieder so aus wie immer, als Ernestine von Wallnau herüberkam. »Du hast sie auch nicht gefunden, Mädchen?«

»Ich habe noch nicht überall nachgesehen.«

»Das sieht richtig ordentlich aus, Nichte. Du bist so geschickt wie eine Zofe.«

»Ich habe nie verstanden, warum wir erst sorgfältig nähen lernen müssen, wenn wir es dann nie wieder brauchen, weil wir alles jemand anderem überlassen.«

»So etwas lass niemanden außer mir hören. Man wird dich sonst für überspannt halten. Wo willst du noch nachsehen?«

»Hinter den Schränken, unter dem Bett.« Therese ließ ihren Worten sogleich Taten folgen und ging auf die Knie, um unter das Bett zu spähen. Ihr Mieder engte sie ein, und sie musste langsam und tief atmen.

Unter dem Bett war es dunkel.

»Reichen Sie mir bitte eine Kerze«, verlangte Therese.

»Mädchen, untersteh dich. Du wirst sofort wieder aufstehen, und ich rufe die Kummer. Soll die hier herumkriechen.«

»Es macht mir nichts aus. Lassen Sie die arme Frau in Ruhe, sonst wird sie morgen so fahrig sein, dass wir uns beide nicht unter die Leute trauen können, weil sie unsere Kleider falsch richtet oder uns die Haare unmöglich frisiert.«

»Da hast du auch wieder Recht.« Tante Ernestine reichte ihrer Nichte eine Kerze und beobachtete sie dann, wie sie vorsichtig damit unter das Bett leuchtete.

Wachs tropfte auf den Boden. Therese reckte sich, um auch in die letzte Ecke zu sehen. Nirgendwo glitzerte eine Granatbrosche. Die Tante musste ihr schließlich helfen, den Wäscheschrank und den Toilettentisch zu verrücken. Danach wusste Therese auch nicht mehr, wo die Brosche sein könnte.

»Sie wird verloren sein, liebe Tante. An einen Dieb im Hoflager mag ich nicht glauben. Wir sollten nichts auf Gerede geben und jemanden verdächtigen, der am Ende unschuldig ist.«

»Die Brosche hat mir nie wirklich gefallen. Es ist nicht schade um das Teil.«

»Warum haben Sie der Kummer so zugesetzt, wenn sie gar keinen Wert auf die Brosche legen?«

»Damit sie sich meiner nicht zu sicher ist und am Ende übermütig wird. Hat dir deine Mutter nichts über die richtige Behandlung der Dienstboten beigebracht?«

»Nicht, dass man sie in regelmäßigen Abständen des Diebstahls bezichtigen soll.«

»Die Brosche ist trotzdem verschwunden«, maulte die Tante. »Die Kummer könnte sie genommen haben.«

»Sehr wahrscheinlich ist das nicht.«

»Aber jetzt wird sie um so eifriger sein, um sich bei mir wieder einzuschmeicheln. Du wirst es sehen.«

Therese dachte an eine verschrumpelte Kastanie.

Das kühle Wetter hielt Christiana nicht davon ab, am Abend wieder in das einfache Kleid einer Magd zu schlüpfen und

das Hellmersche Haus durch die Hintertür und den Krautgarten zu verlassen. Sie war mit Adrian Siebert bei den Bäckerzelten verabredet und kein noch so schlechtes Wetter
konnte sie davon abhalten.

Der junge Bäcker wartete bereits auf sie hinter der Baracke des Lagerverwalters. Der Wind zerrte an seinen Haaren
und blähte die Schöße seines dunkelgrauen Rocks. Christiana sah ihn, bevor er sie entdeckt hatte, daher hatte sie
einen Augenblick Muße, ihn zu betrachten. Ihr Herz schlug
schneller bei seinem Anblick. Für sie war es das erste Mal,
dass ihr ein Mann so gut gefiel. Dass sie ihm nicht die Wahrheit über sich gestehen konnte, nagte an ihr.

Adrian Siebert drehte sich um und entdeckte sie. Ein Lächeln glitt über sein Gesicht, und er kam ihr entgegen. Als sie
voreinander standen, ergriff er ihre Hände.

»Du bist da! Ich hatte Zweifel, ob du kommen würdest.«

»Bin ich zu spät?«

»Nein. Aber du bist – bist …« Adrian unterbrach sich
und fuhr dann beherzter fort: »Ich habe nach dir Ausschau
gehalten in den letzten Tagen, aber dich nicht gesehen.«

»Ich bin nicht immer hier. Obwohl ich gebeten habe, bei
den Bäckern eingesetzt zu werden, lassen sie mich manchmal nicht.« Christiana hatte keine Ahnung, ob und bei wem
man um so etwas bitten konnte, aber Adrian schien sich mit
ihrer Erklärung zufriedenzugeben.

Er lächelte wieder. »Unsere Zeit ist zu kurz, um sie mit
solchen Fragen zu verschwenden. Noch vor Mitternacht
muss ich wieder meinen Dienst antreten. Die Soldaten haben immer Hunger.«

»Ich habe auch nicht allzu viel Zeit«, erwiderte Christiana. »Dafür habe ich dir etwas mitgebracht.« Sie zog die
klein zusammengefalteten Foliobögen mit ihren Rezepten
aus einer Tasche ihres Rocks und gab sie ihm.

Es war köstlich für sie, sein Gesicht zu beobachten, als er das Papier auseinanderklappte und die Rezepte entdeckte. Seine Miene reichte von Verwunderung über Erstaunen bis zu unbändiger Freude. Aber dann schüttelte er den Kopf.

»Das kannst du mir nicht schenken. Das sind deine Rezepte. Dein Schatz.«

»Du sollst es haben.« Christiana schloss seine Finger um das Papier. »Ich möchte, dass du mit meinen Rezepten backst und dich daran erinnerst, wie wir hier zusammengearbeitet haben. Ich habe sie extra für dich aufschreiben lassen.« Ihr versagte die Stimme, das Herz klopfte ihr bis zum Hals. Bis zu diesem Moment hatte sie nicht gewusst, wie viel es ihr bedeutete, Adrian etwas zu schenken. Was, wenn er ihre Gabe nicht nehmen wollte …?

Kurz runzelte er noch die Stirn, dann glitt ein Lächeln über sein Gesicht. »Ich danke dir für diesen Schatz. Wenn ich nach deinen Rezepten backe, werde ich stets an dich denken. Du wirst mir in Lockwitz immer willkommen sein.« Er befreite ihre Hände aus seinen und drückte nun warm ihre Finger, ehe er die Rezepte zusammenfaltete und sie unter seinem Rock auf dem Herzen barg.

Es hatte leicht zu regnen begonnen, und sie zog sich ein Umschlagtuch über den Kopf, Adrian nahm eine zerknautschte Kappe aus einer Rocktasche und bedeckte sein Haar damit.

»Ich will dir etwas zeigen.«

Hand in Hand liefen sie hinter den Bäckerzelten entlang. Abseits davon befand sich eine Baustelle. Sie war Christiana schon tagsüber aufgefallen, weil viele Männer mit viel Geräuschentwicklung daran arbeiteten. Um diese Tageszeit, nicht mehr weit entfernt von der Dämmerung, hielt sich niemand dort auf. Einige Janitscharen als Wächter umkreisten die Baustelle, aber sie ließen beide anstandslos passieren.

Einer machte eine Bemerkung über einen Bäcker und sein Mädchen bei Nacht.

»Was ist das?«, fragte Christiana, als sie vor dem halb fertigen Gebäude standen. Es wurde aus Stein errichtet, aber wie ein Wohnhaus oder ein Stall sah es nicht aus. Es gab keinerlei Fenster und auch keine Öffnungen zu ebener Erde.

Adrian zog sie an eine Schmalseite des Baus und legte ihr eine Hand um die Hüfte. Gemeinsam schauten sie nach oben.

»Kannst du es nicht erkennen?«

Christiana runzelte die Stirn. Woran erinnerte sie diese Form? Sie dachte angestrengt nach und schmiegte sich dabei an Adrians Seite.

»Ich glaube, ich hab's. Wenn das kleiner wäre … Es erinnert mich an einen Ofen, aber es ist so enorm groß.«

»Du hast es erkannt. Ich wusste es.« Adrian gab ihr einen Kuss auf die Wange. »Das wird tatsächlich ein Ofen.«

»Warum so groß? Was soll darin gebacken werden?« Ihre Wange brannte von dem Kuss. Gerne hätte sie noch einen auf die andere Wange erhalten, auf die Stirn, die Nase – den Mund. Das wünschte sie sich ebenso sehr, wie etwas über den geheimnisvollen Ofen zu erfahren. Adrian küsste sie jedoch nicht mehr.

»Das ist ein Geheimnis.«

»Verrätst du es mir?«

»Ich weiß es selbst nicht genau. Bei den Bäckern kursieren die wildesten Gerüchte. Von hunderten Broten gleichzeitig ist die Rede oder ebenso vielen Kuchen.«

»Warum wird an dem Ofen noch gebaut? Er hätte vor dem Campement fertig sein müssen, wenn er euch die Arbeit hätte erleichtern sollen.«

Adrian zuckte mit den Schultern. »Die Planungen der hohen Herren versteht unsereins nicht.«

»Ich sage dir, das wurde nicht gebaut, um viele Brote auf einmal zu backen. Es geht um ein großes Brot. Ein Riesenbrot.« Sie konnte Adrian genau ansehen, dass er ihr nicht glaubte.

»Was für ein Brot soll das werden?«

»Ein riesiges. Du wirst es sehen.«

»Um so ein Brot in diesen Ofen zu schieben, benötigt man ein Pferdegespann.« Adrian runzelte die Stirn, aber er war halb überzeugt, dass Christiana Recht hatte. »Andererseits … dieser Ofen …«

Sie lehnte den Kopf an seine Schulter und sagte versonnen: »Ich möchte zu gerne helfen, ein Riesenbrot zu backen.«

»Das kannst du bestimmt. Es werden jede Menge helfende Hände benötigt.«

»Hoffentlich finde ich Zeit zu kommen. Er muss mich gehen lassen«, murmelte sie versonnen.

»Wer soll dich gehen lassen? Hast du Schwierigkeiten? Sag es mir, und ich werde dir beistehen.« Adrian schlang die Arme fest um sie, in seiner Stimme schwangen jedoch Zweifel, und er hatte die Stirn gerunzelt.

Und nun fiel auch Christiana auf, dass sie etwas gesagt hatte, was verräterisch wirken könnte. Hastig improvisierte sie: »Ich meine nur, dass ich mir wünsche, hierher eingeteilt zu werden.«

»Ich werde mich für dich verwenden.«

Der Abend hatte so schön begonnen, aber nun entwickelte er sich zum Albtraum. Eine dumme Bemerkung hatte alles zerstört, und sie musste sich von einer Unwahrheit in die andere retten.

»Das ist nicht nötig«, sagte sie hastig. »Ich weiß ja nun, worauf es ankommt und werde selbst darum bitten. Niemand soll denken, dass ich … nun ja, dass ich eine Vorzugsbehandlung wünsche. Es soll alles …«, hilflos brach sie ab.

Adrian sagte nichts mehr darüber, aber sie spürte, dass er nicht restlos überzeugt war. Der anfängliche Zauber ihrer Begegnung war verflogen. Schweigend kehrten sie zurück zu den Bäckerzelten, und bevor Adrian auf die Idee kommen konnte, sie zu ihrer Unterkunft begleiten zu wollen, flunkerte sie ihm vor, dass nun gleich ihr Dienst beginne und sie sich eilen müsse.

Zum Abschied hatte Christiana auf einen weiteren Kuss gehofft, aber er strich ihr nur mit dem Zeigefinger über die Wange. »Wir sehen uns, meine Schöne.«

Sie hatte auf einmal einen Kloß im Hals und konnte nur nicken, bevor sie in der Menge verschwand. Nach einigen Schritten drehte Christiana sich um, um Adrian noch einen Blick zuzuwerfen. Sie hoffte auf ein Nicken und ein Lächeln von ihm, um ihr wild schlagendes Herz zu beruhigen. Er aber strebte mit großen Schritten seinem Ziel entgegen, schaute sich nicht noch einmal um.

Sollte sie ihm einfach die Wahrheit über sich gestehen? Er würde ihre Lage bestimmt verstehen, und es konnte sich ja nur noch um zehn oder vierzehn Tage handeln, bis sie wieder sie selbst sein konnte. In ihren Gedanken hatte sich allerdings die Überzeugung festgesetzt, dass Adrian die Sache nicht so leicht abtun würde, sondern lieber nichts mehr mit einer derartig scheinheiligen Magd würde zu tun haben wollen. Ach verflixt, sie hätte auf ihr Gewissen hören und sich von Emilius nicht beschwatzen lassen sollen. Es war aber auch zu verführerisch gewesen, einmal ihr einfaches Dasein hinter sich zu lassen und schöne Kleider zu tragen.

Obwohl Christiana ihn gebeten hatte, sich nicht für sie zu verwenden, sah Adrian nichts Schlimmes darin, wenn er es dennoch tat. Und was er sich vorgenommen hatte, erledigte er gleich. Bevor er mit seiner Arbeit beginnen musste, suchte er den Backmeister Johann George Schmiedt in seinem Quartier hinter der letzten Baracke auf. In dessen Zelt brannte eine Kerze, und von außen war zu erkennen, dass der Meister auf einem Schemel saß und in ein auf den Knien liegendes Buch schrieb. Adrian räusperte sich vernehmlich.

»Gilt das mir?«, ertönte eine tiefe Stimme aus dem Zelt.

»Ich möchte eine Bitte vortragen«, rief Adrian von draußen.

»Immer herein! Den ganzen Tag werden mir so viele Bitten vorgetragen, da kann es auch ruhig noch eine am Abend sein.«

Adrian gehorchte. Das Zelt war für seine Statur zu niedrig, er musste sich nach vorne beugen und den Kopf zwischen die Schultern ziehen. Der beleibte, rotgesichtige Backmeister saß tatsächlich auf einem Schemel und hatte lange Zahlenkolonnen in ein Buch eingetragen. Die Arbeit schien ihm übel angekommen zu sein, denn er war sich mit der Hand durch sein schulterlanges Haar gefahren, das nun völlig zerrauft in alle Richtungen abstand. Im Zelt roch es durchdringend nach Schweiß und kaltem Fett. Letzteres hatte seine Ursache in mehreren Scheiben gebratenen Schinkens, die im eigenen Saft auf einem Teller lagen und längst kalt geworden waren. Der Backmeister hatte über seiner Arbeit das Essen vergessen.

»Adrian Siebert. Bäckermeister aus Lockwitz«, stellte Adrian sich vor und knautschte seine Kappe in seinen großen Händen. »Ich habe nur eine kleine Bitte.«

»Sprich frei heraus, aber sei nicht enttäuscht, wenn ich nichts für dich tun kann.«

»Es geht nur darum, dass die Magd Christiana Johanni in meinem Zelt arbeiten soll.«

»Sie ist wohl eine Hübsche, diese Magd?« Backmeister

Schmiedt verzog seinen Mund zu einem Lächeln, das beinahe von seinen feisten Wangen aufgesogen wurde.

»Das ist sie.«

»Was kommst du damit zu mir? Nimm sie dir einfach und schicke eine andere aus deinem Zelt weg. Es ist mir völlig egal, welche Magd wo arbeitet, solange alles fleißig erledigt wird.«

»Das hätte ich getan, aber sie hat mir gesagt, dass sie gar nicht immer zur Arbeit bei den Bäckern eingeteilt ist und deshalb der Obermeister gefragt werden muss. So bin ich zu Ihnen gekommen, Meister Schmiedt.«

Nun runzelte der Backmeister die Stirn. »Gar nicht immer bei den Bäckern eingesetzt«, murmelte er. »Das gibt es nicht. Warte einen Augenblick.«

Schmiedt erhob sich schnaufend von seinem Schemel, und im Zelt wurde es eng. Adrian musste in eine Ecke zurückweichen und den Kopf noch weiter einziehen, derweil der Backmeister in einer Truhe voller Papiere kramte. Endlich hatte er das Gewünschte gefunden. Er faltete einen Foliobogen auseinander, der eng mit Namen beschrieben war.

»Die Liste aller Mägde und Knechte bei den Bäckern«, erklärte er und fuhr mit dem Finger die Spalten entlang.

Das mussten hundert oder mehr sein, wunderte sich Adrian.

»Deine Christiana Johanni steht nicht drauf«, sagte Schmiedt zuletzt.

»Das kann nicht sein.«

»Sieh selbst nach.«

»Ich glaube es Ihnen.« Adrian konnte zwar lesen, aber nur langsam. Um all die Namen auf der Liste durchzugehen, hätte er sicher länger gebraucht, als des Backmeisters Geduld währte. »Verstehe es jedoch nicht. Sie hat mir ausgeholfen und sich dabei sehr geschickt angestellt.«

»Ich kann nichts für dich tun. Wer auf meiner Liste nicht

steht, den gibt es für mich nicht.« Schmiedt verstaute das Papier wieder in der Truhe und ließ sich auf den Schemel zurückfallen. Das Holz knarrte unter seinem Gewicht.

Adrian verabschiedete sich und verließ das Zelt. Er rief sich Christianas Worte ins Gedächtnis. Vom Backmeister hatte sie nicht gesprochen. Tatsächlich hatte sie gar nicht gesagt, wen sie gebeten hatte. Als Nächstes versuchte er sein Glück beim Küchenmeister Peter Hauwig und traf auf einen über die Störung sehr ungnädigen Menschen. Es kostete Adrian jede Menge unterwürfigen Charme, ehe Meister Hauwig die Liste der ihm unterstehenden Knechte und Mägde durchging. Wieder mit demselben Ergebnis.

Er hatte es gleich geahnt, dass mit ihr etwas nicht stimmte. Sicher steckte sie in Schwierigkeiten. Wider besseres Wissen war er fest entschlossen, ihr zu helfen. Dazu war ihm ihre Leidenschaft fürs Backen zu sehr unter die Haut gegangen. Sie mochte ihm nicht immer die Wahrheit erzählt haben, aber darin hatte sie ihn nicht belogen, das hätte er erkannt. Tief in Gedanken versunken, kehrte Adrian zu den Bäckerzelten zurück und wurde mit wütenden Tiraden empfangen, weil er seinen Dienst bereits vor einer halben Stunde hätte antreten müssen.

ACHT

7. Juni 1730

Dieser Tag bescherte den Soldaten des Großen Campements bei Radewitz einen weiteren freien Tag, denn beide Majestäten mussten noch das Bett hüten, weshalb die angesetzten Manöver ausfielen. Das bedeutete nur leichtes

Exerzieren hinter dem Zeltlager. In der übrigen Zeit waren die Männer damit beschäftigt, die Waffen und Metallteile ihrer Uniformen auf Hochglanz zu polieren. Nicht wenige wuschen Hemden und Hosen, nähten abgerissene Knöpfe wieder an.

Der Generalstab trat im Quartier des Grafen von Wackerbarth zusammen und diskutierte die bevorstehenden Manöver. Groß war die Sorge, dass Friedrich Wilhelm von Brandenburg und Preußen sich zur Abreise entschloss, sobald er wieder genesen war. Ohne all das gesehen zu haben, was ihm vorgeführt werden sollte.

Im Hoflager beschäftigten sich die Damen und Herren damit, ihre Zungen an Neuigkeiten zu wetzen. Immer wieder kamen dabei verschwundene Schmuckstücke zur Sprache. Manch einer wusste davon fünf zu nennen, andere nur drei. Und immer wieder wurde hinter vorgehaltener Hand ein Name geflüstert: Christiana von Johanni. Die Worte wurden mit Verachtung oder Sensationsgier ausgesprochen. Einige vernünftige Stimmen wurden unter den Höflingen auch laut, die sich dafür aussprachen, niemanden ohne Beweis zu verurteilen, und erst wenn man jemanden auf frischer Tat ertappe, könne man sich sicher sein, einen Verbrecher überführt zu haben. Diese waren weitaus in der Unterzahl, aber die gewichtige Stimme der Freifrau von Bahren gehörte dazu. Das sorgte dafür, dass die anderen nicht allzu laut wurden.

Zudem befand sich Justina von Greywitz nicht unter den Herrschaften, um dafür zu sorgen, dass das Gerede über ihre Intimfeindin neue Nahrung erhielt. Niemand hatte sie ins Hoflager eingeladen. Die Gräfin von Diefenthal hatte sie zwar auf dem Spaziergang Freundin genannt, verschwendete inzwischen aber keinen Gedanken mehr an sie, sondern herzte ihren Hund und plauderte mit ihresgleichen. Frau von Greywitz blieb nichts anderes übrig, als einen einsamen Spaziergang durch Moritz zu machen, einige Patiencen zu legen und schließlich sogar mit ihrem Mann Karten zu spielen. Das hatte sie zum letzten Mal gemacht, als sie mit ihrer jüngsten Tochter schwanger gewesen war. Das Mädel hatte sie immerhin vor drei Jahren verheiratet, und sie war nun selbst Mutter eines einjährigen Sohnes.

Darüber hinaus verlor sie. Wutentbrannt warf sie die Karten auf den Tisch. »Mit Ihnen zu spielen, ist, wie in einem Eimer Schmutzwasser zu wühlen. Es kommt und kommt nichts zutage.«

»Das liegt nur daran, dass Sie viel zu ungeduldig sind, um auf die Sprache der Karten zu hören.«

»Die Sprache der Karten. Ist das Ihre Antwort auf alles?« Sie stand auf.

»Das ist die Antwort des Moments.«

Justina von Greywitz funkelte ihren Mann an. »Ich habe Sie nicht hergebracht, damit Sie den ganzen Tag Karten spielen.«

»Womit soll ich sonst meine Zeit verbringen? Sie erwarten doch nicht von mir, dass ich mich für die Manöver interessiere.«

»Sie könnten sich dafür interessieren, sich mit den richtigen Leuten zu befreunden, die uns voranbringen. Sie sind alle im Campement, aber ein wenig Mühe müssen Sie sich schon geben.«

»Dazu fehlt mir jeder Ehrgeiz.« Hugo von Greywitz lehnte sich in seinem Sessel zurück und verschränkte die Hände vor dem Bauch.

Seine Ehefrau stampfte mit dem Fuß auf und verließ die Stube, die kaum das Wort menschliche Behausung verdiente. Es wurde Zeit, sich für den Abend zurechtzumachen. Sie musste strahlend aussehen, denn immerhin hatte sie es geschafft, zu einem Hauskonzert ins Damenpalais eingeladen zu werden. Wie ihr Mann, der arme Tropf, sich die Zeit vertrieb, war ihr völlig egal.

Emilius und Christiana, Therese, Laurenz Schumann und Ritter von Scholl, Thereses Bruder Lambert und der preußische Offizier Andreas von Billung, mit dem Emilius sich angefreundet hatte, verbrachten den Tag mit einen Ausflug nach Zadel. In einem Landauer begleiteten Ernestine von Wallnau und Frau von Bahren die jungen Leute. Da Christiana nicht reiten konnte, kutschierte Emilius sie in seinem Kabriolett, vor das ein munterer Brauner gespannt war. Hinter ihnen saß auf einem luftigen Sitz ein Reitknecht.

Sie besichtigten eine entzückende kleine Dorfkirche, und was es darüber zu wissen gab, las Therese aus einem ›Führer wundersamer und bemerkenswerter Bauwerke im Kurfürstentum Sachsen‹ vor.

Ritter von Scholl, dessen Gut auf der anderen Seite der Elbe im Käbschütztal lag, steuerte zu der Kirche noch einiges aus dem Gedächtnis bei.

»Diese kleinen Kirchen und ihre Geschichten sind oft wahre Schmuckstücke«, sagte Ernestine von Wallnau in die Runde. »Es soll ganz in der Nähe eine sehr sehenswerte Betsäule geben«, fügte sie hinzu und schien nicht zu bemerken, dass die meisten anderen Mitglieder der Ausflugsgesellschaft wenig Begeisterung zeigten.

Emilius verdrehte die Augen. »Mir wären ein Mittagessen und ein gepflegter Humpen Bier in einer Gastwirtschaft lieber als die nutzlose Besichtigung von noch mehr totem Stein«, murmelte er dem neben ihm stehenden Arzt zu, sagte dann laut: »Ihr Wunsch ist mir Befehl, Mademoiselle. Betsäulen hat schon immer mein uneingeschränktes Interesse gegolten.«

»Sie erwarten hoffentlich nicht, dass ich Ihnen glaube«, rügte Freifrau von Bahren ihn schelmisch.

»Es wäre schön ...« Tante Ernestine schaute sich um. Ihr Blick blieb an Ritter von Scholl hängen, der ein wenig abseits stand und ein Blatt von einem Busch gepflückt hatte, das er nun durch eine Lupe betrachtete. Neben ihm beobachtete Christiana sein Tun. Er war ganz darin versunken und hatte für den Rest der Gesellschaft weder Auge noch Ohr.

»Ich werde mit meiner Nichte und meiner guten Freundin die Säule besichtigen. Die jungen Männer sollen sehen, womit sie sich die Zeit vertreiben«, bestimmte die Tante, und ihr Tonfall ließ keinen Widerspruch zu.

Sie hakte sich bei Therese ein, und die drei Damen machten sich auf den Weg.

Emilius, Laurenz und die Offiziere ließen es sich nicht zweimal sagen, sich auf ihre Weise zu zerstreuen, und kehrten in der Dorfschenke ein, um sich den Kirchenstaub mit Bier aus der Kehle zu spülen. Unversehens fand Christiana sich in der Gesellschaft Ritter von Scholls wieder. Er entfernte sich auf einem schmalen Pfad an der Friedhofsmauer entlang; ihr blieb nichts anderes übrig, als ihm zu folgen, wollte sie nicht alleine zurückbleiben oder hinter den Damen hereilen, um sich eine Betsäule anzusehen, die sie nicht für einen Groschen interessierte.

Da Ritter von Scholl sich nur für Pflanzen begeisterte und den Blick ständig zu Boden gerichtet hielt, erlebte sie eine nicht sehr unterhaltsame Zeit. Sie war überzeugt, dass es ihm nicht einmal aufgefallen wäre, hätte sie sich von ihm entfernt. Da sie sich in der unbekannten Natur aber ein wenig fürchtete und keinesfalls in Gefahr geraten wollte, sich zu verlaufen, blieb sie eisern an der Seite des Pflanzenforschers. Schließlich gelang es ihr, ihn dazu zu bewegen, mit ihr zum Dorf zurückzukehren.

Die restlichen Mitglieder der Ausflugsgesellschaft waren schon alle bei der Kirche versammelt und warteten neben ihren Wagen und Pferden. Ritter von Scholl hielt es nicht einmal für notwendig, sich zu entschuldigen, er nahm die Welt um sich herum weiterhin nicht wahr, sondern ging zu seinem Pferd.

»Wäre ich ein verwelkter Grashalm gewesen, er hätte mir mehr Aufmerksamkeit geschenkt«, raunte Christiana ihrer Freundin zu.

»Die Betsäule war beinahe vollkommen verwittert und viel weiter weg als angenommen. Ich weiß nicht, wer besser dran war.«

Auf dem ersten Teil der Rückfahrt war Emilius damit beschäftigt, Christiana Vorwürfe zu machen, dass sie sich so selbstvergessen an Ritter von Scholl gehängt und ihn nicht rechtzeitig zum Treffpunkt zurückgelotst hatte. Nachdem er auf diese Weise seinen Ärger kundgetan hatte, besserte sich seine Laune stetig. Schließlich kam ihm die Idee, es sei an der Zeit, Christiana wenn schon nicht das Reiten, so doch das Kutschieren beizubringen. Sie zierte sich zunächst und behauptete, dem Pferd werde es nicht gefallen, wenn jemand anderer die Zügel nehme.

»Nicht dieser brave Braune«, widersprach Emilius lachend. Tatsächlich war das Pferd auf der Rückfahrt viel weniger munter als am Morgen und musste sogar des Öfteren angetrieben werden, um nicht in einen Bummelschritt zu verfallen.

»Wir werden umschmeißen, gnädiger Herr«, war von hinten der Pferdeknecht zu hören.

Diese wenig respektvolle Bemerkung brachte Christiana dazu, die Zügel und die Peitsche zu übernehmen. Weder wurde der Braune unruhig, noch geriet das Kabriolett ins

Schlingern. Emilius war erstaunt, wie gut sie diese Aufgabe meisterte, und seine Fröhlichkeit war restlos wieder hergestellt. Er zeigte ihr, wie Kurven zu nehmen waren – beim ersten Versuch ging der Braune einfach geradeaus und blieb vor einem Baum stehen. Der Pferdeknecht musste von seinem Sitz steigen und das Gespann zurück auf den Weg bringen. Danach passte Christina besser auf. Sie lernte anhalten und wieder anfahren.

Ihr Weg führte sie an gemähten Wiesen vorbei, auf denen das Heu in langen Reihen trocknete. Auf den Feldern stand das Getreide grün und kniehoch, die Wälder lockten mit dem zarten Grün der Farnwedel. Christiana bemerkte allerdings nichts davon, sie war viel zu sehr auf ihre Aufgabe konzentriert. Den Anschluss an die Reiter und den Landauer der Damen hatten sie längst verloren, aber auch das blieb von Christiana unbemerkt.

»Wenn du dem Pferd weiterhin diesen Zuckeltrab erlaubst, sind wir nicht vor Mitternacht in Moritz«, sagte Emilius, hörte sich dabei jedoch an, als ob ihm das nicht das Geringste ausmachen würde.

Christiana versuchte, den Braunen mit Schnalzen und aufmunternden Zurufen zu einem flotteren Trab zu überreden. Aber das Pferd war taub für ihre Bemühungen.

»Nimm die Peitsche! Dafür ist sie da«, empfahl Emilius.

Also holte sie aus, und noch während ihrer Bewegung stieß der Reitknecht einen langgezogenen Ruf aus. Die Peitsche knallte! Es klang wie ein Schuss. Der Braune warf den Kopf in die Höhe und galoppierte an. Vor Schreck verlor Christiana einen der Zügel und zog an dem, den sie noch in der Hand hielt. Das Pferd stemmte sich allerdings dagegen. Es besaß deutlich mehr Kraft als sie.

Der Wagen polterte über den Weg, knarrte und ächzte in allen Teilen. Seine Insassen waren jeden Moment in Gefahr, hinausgeschleudert zu werden und mussten sich auf ihren Sitzen festklammern.

»Nimm den Zügel!«, schrie Emilius.

Das hätte Christiana gerne getan, aber sie wagte es nicht, eine Hand zu lösen, um nach dem wild umherflatternden Lederriemen zu angeln. Also lehnte sich Emilius zu ihr herüber, konnte aber den Zügel nicht erreichen.

Vor ihnen machte der Weg eine Biegung. Christiana sah es mit Schrecken.

»Hoh, hoh«, wollte Emilius das Pferd mit seiner Stimme beruhigen, aber seine Laute verhallten ungehört.

Im letzten Moment vor der Biegung löste sie eine Hand vom Chassis und schlang sich den Zügel um das Gelenk. Sie zog an beiden und fürchtete, dem Pferd den Kiefer zu brechen. Das zeigte jedoch keine Reaktion.

»Nicht an den Zügeln reißen. Das nützt nichts«, gelang es Emilius, noch zu rufen.

Dann war die Kurve da.

Der Braune nahm sie mit unverminderter Geschwindigkeit. Das Cabriolet flog auf zwei Rädern um die Biegung. Mit einem weiteren Schrei verlor der Reitknecht den Halt. Emilius wurde gegen Christiana gepresst. Alle erhielten einen Schlag, als die Kutsche wieder auf ihre vier Räder zurücksank. Der Braune blieb so plötzlich stehen, wie er losgaloppiert war.

Unwillkürlich entfuhr Christiana ein Seufzen. Sie konnte die Zügel gar nicht schnell genug an Emilius übergeben. Es gelang ihr nicht, ihr Zittern zu unterdrücken. Statt sich um ihr Wohlbefinden zu sorgen, rückte Emilius von ihr ab und wickelte die Zügel um einen Haltegriff. Anschließend sprang er behände vom Wagen und lief nach vorne zum Pferdekopf. Er streichelte dem Braunen über die Nase, klopfte seinen Hals. Als müsste das Pferd für seinen Ungehorsam gelobt werden, dachte Christiana böse. Vorsichtig reckte sie sich und bemerkte erst jetzt, wie verkrampft ihr Körper war. Jeder Muskel schmerzte.

Von hinten kam der Pferdeknecht herangehumpelt, seine Jacke war staubig und grasfleckig, ein Ärmel halb abgerissen. Über dem rechten Knie war die Hose ebenfalls zerrissen. Er würdigte Christiana keines Blickes, sondern hatte nur Augen für das Pferd, ließ die Hände über dessen Leib gleiten, tastete alle Beine sorgfältig ab. Christiana kam sich auf dem Kutschbock vergessen vor.

»Was habe ich falsch gemacht?«, fragte sie unglücklich an niemand Bestimmten gerichtet.

»Mit der Peitsche geknallt, als gälte es, die Rinder aus dem Stall des Augias zu treiben«, antwortete Emilius.

»Das kommt davon, wenn man Frauen die Zügel in die Hand gibt«, murrte erneut der Reitknecht.

»Bis auf den Gebrauch der Peitsche hast du dich gut geschlagen. Jedem geht mal ein Pferd durch. Mit ist es auch schon passiert. Mehrmals sogar.« Emilius hatte seinen Gleichmut wiedergefunden. Seine Lippen umspielte sogar ein Lächeln.

Für den Rest der Fahrt weigerte sich Christiana, noch einmal Hand an die Zügel zu legen. Emilius kutschierte wieder, und sie kamen wohlbehalten in Moritz an. Allerdings später als geplant, sie mussten sich daher sputen, sich für den Abend umzukleiden, für den Emilius eine Einladung angenommen und bestimmt hatte, dass Christiana ihn begleiten solle.

Sie aßen zu Abend mit den Offizieren des Infanterieregiments von Marché in deren Unterkünften. Emilius besaß unter ihnen Freunde, denen er seine Cousine vorstellen wollte.

Christiana hatte sich für ein pfirsichfarbenes Kleid mit reichlich Spitze entschieden und sich von Bettina recht eng schnüren lassen. Ihre Taille konnte nun beinahe mit zwei Händen umfasst werden – jedenfalls konnte sie nur langsam und nicht allzu tief Luft holen.

Bei einem Essen mit Offizieren überwogen notwendigerweise die Herren, aber es waren auch einige Damen geladen. Darunter leider Frau von Greywitz mit ihrem völlig farblosen Mann und noch zwei oder drei andere.

Außer dem Ehepaar Greywitz war noch ein außergewöhnlich gut aussehender Herr anwesend. Er war ihr als Wolfhardt Ferdinand von Quirin vorgestellt worden und mit dem Ehepaar Greywitz zusammen gekommen. Mit ihnen tat er sehr vertraut. Insbesondere mit Madame von Greywitz. Trotz seiner gewinnenden Art war er Christiana nicht sympathisch. Sie fragte sich, ob es daran lag, dass er zu breit lächelte und zu zuvorkommend zu den Damen war. Für ihren Geschmack haftete ihm etwas Verschlagenes an, das jeden angelegen sein lassen sollte, sich vor ihm in Acht zu nehmen. Sie nahm es sich jedenfalls vor.

Zum Abendessen wurden sechs Gänge serviert, und jeder bestand aus mindestens fünf Gerichten. Wild, Geflügel, eine Rinderschulter, Pasteten, Gelees, Kuchen, Spargel und Bohnen, jeweils in sämiger Sauce, wurden auf die Tafel gesetzt und von Offiziersburschen serviert. Seit dem ersten Essen mit Emilius hatte Christiana dazugelernt und probierte von jedem stets nur einige Gabelspitzen voll. Zu jedem Gang wurde ein anderer Wein gereicht, von dem sie auch nur jeweils einen Schluck trank. Häufig fühlte sie während des Essens den Blick der Frau von Greywitz auf sich ruhen, und wenn sie zurückschaute, lächelte die andere ihr jedes Mal zu. Diese freundliche Geste kam ihr so unaufrichtig vor wie das Gebaren des Herrn von Quirin.

Es ging gegen Mitternacht, als das Abendessen sein Ende fand. Christiana atmete auf, es konnte nun nicht mehr lange dauern, bis sie aufbrachen. Emilius kam zu ihr herüber, zog ihren Stuhl nach hinten, damit sie aufstehen konnte.

»Es findet noch ein kleines Spiel statt«, sagte er dicht neben ihrem Ohr.

»Was für ein Spiel?«

»Karten, Würfel. Nur kleine Sachen eben. Herr von Quirin hat es vorgeschlagen.«

Das sah diesem Menschen ähnlich, dass er ein Spieler war, dachte Christiana. Laut sagte sie: »Ich soll also mein Glück mit den Würfeln versuchen?«

»Das ist nichts für dich. Ich will meine Cousine nicht mit einem Würfel in der Hand sehen. Du wirst mit den Damen nichts außer Piquet spielen. Entweder zu zweit oder als Piquet-Chouette zu viert oder zu sechst.«

»Wird um Geld gespielt werden?«

»Glaubst du, mit Kindern zu spielen?«, entgegnete Emilius. »Erbsen werden jedenfalls nicht gesetzt.«

»Dann brauche ich Geld«, flüsterte Christiana kaum noch verständlich.

Emilius zog aus seiner Rocktasche eine kleine gefüllte Börse und drückte sie ihr in die Hand. »Setze mit Bedacht.«

»Erwarte nicht, etwas davon wiederzusehen.«

Am Piquettisch saßen bereits Frau von Greywitz und zwei andere Damen, darunter auch eine mit sehr sprühender Laune. Frau von Greywitz winkte ihr, und Christiana ließ sich auf dem letzten freien Platz nieder. Das Spiel begann. Die sprühende Dame wurde ihr als Loretta Vendimi vorgestellt und war eine der italienischen Sängerinnen, die aus Venedig gekommen waren, um die Gäste des Hoflagers zu unterhalten.

Die Italienerin sprach ein leidliches Deutsch, hörte sich

jedoch an, als sänge sie jeden Satz, und war deshalb schwer zu verstehen, wenn sie die Punkte und Stiche ansagen musste.

Christiana setzte einige Groschen und achtete nicht besonders auf ihre Karten. Emilius hatte ihr die Grundbegriffe des Piquet-Spiels beigebracht, aber sie war weit davon entfernt, eine gute Spielerin zu sein. Sie sah auch nur wenig Sinn darin, ihre Leidenschaft auf die Karten zu richten. Dennoch gewann sie in der ersten Runde. Auch danach blieb ihr das Glück hold.

»Das Glück der Anfängerin«, kommentierte die Vendimi, die viel riskiert und jedes Mal verloren hatte.

»Nicht ungewöhnlich für die Tochter eines kleinen Sekretärs«, stieß Frau von Greywitz aus.

Wäre Christiana tatsächlich die Tochter eines Sekretärs, hätte sie sich jetzt wohl ärgern müssen. So gelang es ihr, eine gleichmütige Miene zu bewahren, als sie antwortete: »Ich spiele nur selten. Stundenlang den Gegner mit den Karten in der Hand zu belauern, liegt mir nicht. Ich verlasse mich lieber auf meine Fähigkeiten als auf die launische Göttin Fortuna.«

»Sehr pietistisch.« Frau von Greywitz verzog das Gesicht.

»Ich bin bereit, von Ihnen an diesem Abend völlig ausgenommen zu werden.« Nach einem kurzen Blick auf ihr Blatt setzte Christiana zwölf Taler.

Bis auf die Italienerin schauten ihre Mitspielerinnen pikiert drein. Ob es nun wegen der gesetzten Summe war oder sie einen anderen Fauxpas begangen hatte, vermochte Christiana nicht zu sagen.

»In dem Falle müssen Sie viele Runden spielen, damit ich meine Verluste wettmachen kann«, zwitscherte die Signorina Vendimi.

Es kam wie erwartet: Nach den ersten Runden verlor Christiana stetig. Die gewonnenen Taler fanden den Weg zu ihren ursprünglichen Besitzerinnen zurück. Sie griff Emilius Kapital an und verlor auch das.

»Ich bin blank«, sagte Christiana und legte ihre Hände mit den Handflächen nach oben auf den Tisch.

»Ich gebe Ihnen Kredit«, bot Loretta Vendimi sofort an. »Eine der wichtigsten Regeln beim Kartenspiel lautet, nie aufzuhören, wenn man verliert, denn das kann nicht ewig so bleiben. Man hört auch nicht auf, wenn man gewinnt, denn das wäre genauso töricht.«

Vor der Sängerin lagen die meisten Münzen. Mehr als Christiana in Mingels Haushalt in einem Jahr bekommen hatte, aber die Italienerin hatte dem Geld bisher nicht mehr Aufmerksamkeit geschenkt, als man gewöhnlich einer Fliege angedeihen ließ.

Ihr Angebot lehnte Christiana ab. Sie hatte das starke Gefühl, Emilius würde es nicht gutheißen, wenn sie Schulden machte, die er später bezahlen müsste. Sie widerstand allen Überredungsversuchen und erhob sich vom Tisch. Eine junge Dame mit kindlicher Stupsnase und Schmollmund, die den Kartentisch schon länger belauert hatte, nahm sofort ihren Platz ein. Sie schüttelte die Spitzen ihrer Ärmel zurück und mischte die Karten so schnell und geübt, dass Christiana ihren Bewegungen kaum folgen konnte.

Die leere Stoffbörse umklammernd, schlenderte sie hinüber zu den anderen Kartentischen, an denen die Männer Pharo spielten. Emilius und von Quirin saßen nebeneinander, eine beinahe leere Flasche Branntwein zwischen sich. Die Gesichter beider Männer waren gerötet, Emilius hatte sein Halstuch gelockert. Vor Herrn von Quirin lag ein hübscher Haufen Münzen und nicht nur die Silbertaler, um die die Damen gespielt hatten. Sie erblickte auch Goldmünzen. Der Stapel vor Emilius war klein. Die Bank hielt ein Mann mit einer Nase wie ein Kohlrabi. Er spielte überlegt und schien außer den Karten nichts anderes wahrzunehmen. Auch vor ihm lag ein hübscher Stapel Geld.

Christiana beobachtete das Spiel und bemerkte recht schnell, dass Emilius verbissen spielte – und verlor. Herr von Quirin gewann. Es dauerte nicht lange, bis Emilius' letzte Münze in die Tischmitte wanderte. Jetzt würde er das Spiel beenden und sie nach Moritz zurückbringen, atmete Christiana innerlich auf. Sie hatte jedoch die Rechnung ohne ihren vermeintlichen Cousin gemacht. Ungerührt zog er sich erst einen Ring und bald darauf den zweiten vom Finger. Er gab eine Schmucknadel hin und schrieb schließlich Schuldscheine aus.

»Emilius«, flüsterte Christiana. Sie hielt es nicht für eine gute Entscheidung, mehr Geld im Spiel zu setzen, als man bei sich trug. Obwohl sie weder das Kobsdorffsche Vermögen noch seine Leichtfertigkeit etwas angingen, konnte sie nicht tatenlos zusehen, wie er in die Hände eines Herrn vom Schlage Wolfhardt von Quirin fiel.

Emilius reagierte jedoch nicht auf ihren leisen Einwurf. Und als er das zweite Mal seine Unterschrift auf einen Fetzen Papier setzte und eine Summe dazuschrieb, legte sie ihm leicht die Hand auf die Schulter. Er schüttelte sie unwirsch ab. Christiana blieb hinter ihm stehen und beobachtete das Spiel. Emilius verlor weiter.

»Sie betrügen!«, schrie er und sprang auf, blitzte Herrn von Quirin an.

Der erhob sich ebenfalls. Wie auch alle anderen Mitspieler am Tisch. Der kohlrabinasige Bankhalter sah bestürzt aus.

»Das wiederholen Sie!«, verlangte Herr von Quirin kalt.

»Auf keinen Fall« mischte sich der Bankhalter ein. »Von Kobsdorff, Sie entschuldigen sich, und wir vergessen die ganze Sache. Es ist nichts passiert.«

Das sah Christiana anders, sie glaubte nämlich, bemerkt

zu haben, wie von Quirin im Schutz des Tischtuchs seine Karten manipuliert hatte. Genaueres hatte sie nicht erkannt, aber die Sache sollte zumindest untersucht werden. Das Spielglück des Herrn von Quirin schien ihr zu auffällig. »Wenn die Herren mir …«, begann sie deshalb.

»Halt's Maul, Weibsstück!«, fauchte von Quirin sie an und blies ihr einen Schwall verbrauchter nach Branntwein riechender Luft ins Gesicht. Er zeigte allen Umstehenden eine hässliche Fratze, die sich aber sogleich wieder glättete.

Der Schreck ließ Christiana einen halben Schritt zurücktaumeln.

Augenblicklich sprang Emilius auf. »Für diese Beleidigung meiner Cousine werden Sie mir Rechenschaft ablegen.« Er versuchte, etwas aus seiner Rocktasche zu zerren, aber vier, fünf Hände packten ihn und hinderten ihn daran.

»Ich wurde ebenso beleidigt und kann Sie fordern.« Von Quirin sprach ohne jedes Gefühl, dass einem ein Schauder über den Rücken lief.

Schließlich wurden beide Streithähne festgehalten, und Christiana wünschte, das gesamte Essen und das Kartenspiel hätte es nie gegeben. An den anderen Tischen spielte niemand mehr, sondern alle umstanden die Pharospieler. Es war Christiana unangenehm, Gegenstand der allgemeinen Aufmerksamkeit zu sein. Ihr Blick begegnete dem der Frau von Greywitz, die sich nichts entgehen ließ und tatsächlich wie jemand wirkte, der sich im Geheimen freute. Die italienische Sängerin schien auf eine Rauferei zu hoffen, aber die anderen Damen hielten sich im Hintergrund. Der knollennasige Bankhalter sah unglücklich drein, raffte sich dann jedoch auf.

»Die Beleidigungen waren wechselseitig, und jeder könnte vom anderen Satisfaktion fordern, deshalb wird überhaupt niemand jemanden fordern. Ich stelle fest, dass gar nichts passiert ist. Wir haben vielleicht alle ein Glas zuviel getrunken, das uns die Zungen gelockert hat.« Er schaute die beiden Streithähne streng an. Da niemand widersprach, stellte er fest: »Da nichts geschehen ist, können wir uns alle wieder dem Spiel widmen.«

»Ich setze mich nicht mehr mit dem an einen Tisch«, begehrte Emilius auf.

»Von mir aus.« Wolfhardt von Quirin zuckte mit den Schultern. »Da wäre nur die Kleinigkeit einiger Taler zu regeln.«

»Sie bekommen Ihr Geld«, presste Emilius heraus. Er nickte grüßend in die Runde.

An seiner Seite verließ sie die Gesellschaft.

In der Kutsche hielt Emilius seinen Unmut nicht länger zurück.

»Nie wieder«, begann er, »mischst du dich in ein derartiges Gespräch ein. Das ist eine Sache unter Männern, von der du gar keine Kenntnis haben dürftest.«

»Der Kerl spielte falsch. Jedenfalls glaube ich, das gesehen zu haben.«

»Und wenn er es noch so offensichtlich tut, es geht dich nichts an.«

Es war also weniger schlimm, wenn ein Mann falsch spielte, als wenn eine Frau darauf hinwies. Dieses Ehrgefühl kam Christiana befremdlich vor.

Da sie schwieg, polterte Emilius weiter: »Ich habe kein Interesse daran, mich wegen dir zu duellieren. Wegen einer Frau, die ich auf der Straße aufgelesen habe, lohnt es sich nicht, das Leben zu riskieren oder in die Verbannung zu gehen, sollte man es behalten.«

»Aber du hättest es getan.« Christiana war durchaus klar, dass Duelle streng verboten waren und den Teilnehmern Festungshaft drohte, wenn sie sich nicht durch Flucht ent-

zogen. Trotzdem wurde selbst in ihren Kreisen hinter vorgehaltener Hand über Duelle im Morgengrauen gemunkelt.

»Mir wäre nichts anderes übrig geblieben. Kein Mann mit
Ehre kann eine derartige Beleidigung einer Verwandten hinnehmen, ohne den anderen zu fordern.«

»Du hättest einfach sagen können, dass ich gar nicht deine
Cousine bin.«

»Um meine Wette zu verlieren und als zweifacher Depp
dazustehen? Niemals!«, rief er aus.

»Hast du schon einmal ein Duell ausgefochten?«

»Nein!«, entgegnete Emilius kurzangebunden.

Ihre Ankunft in Moritz beendete das Gespräch.

NEUN

8. UND 9. JUNI 1730

$\mathcal{D}$ie nächsten beiden Tage verbrachten die Majestäten
geruhsam in ihren Unterkünften. Immerhin waren sie so
weit genesen, dass sie aus dem Bette aufstehen und die Mahl-
zeiten gemeinsam einnehmen konnten. Beide befanden sich
unter der Aufsicht des sächsischen Hofarztes Troppaneger,
und zu seiner großen Erleichterung war Laurenz Schumann
nicht wieder in das Hoflager gerufen worden.

Friedrich Wilhelm von Brandenburg und Preußen trug
den Arm in einer Schlinge, und die erzwungene Untätigkeit
kam ihn hart an. Friedrich August von Sachsen hatte seinen
Fieberanfall überwunden, fühlte sich jedoch noch schwach
und erklärte sich mit der Kur seines Hofarztes einverstanden. Er ruhte viel, ließ sich Musik vorspielen, begutachtete
Skizzen für Bilder, die er in Auftrag geben wollte, orderte

neues Porzellan der Meißener Manufaktur und ließ sich wie in seinen Residenzen in Dresden und Warschau täglich eine Zusammenfassung der Berichte seiner Kabinette vortragen. In Dresden war ihm dabei der Kammerjunker Heinrich von Brühl positiv aufgefallen, dem es gelungen war, die Berichte stets erfreulich kurz zu halten. Er hatte den jungen Mann daraufhin mit der Organisation des Hoflagers beauftragt.

Daran hatte er Recht getan, dachte Friedrich August und sah sich in seinem Palais um. Trotz der beengten Verhältnisse war es beinahe so behaglich wie seine Residenzen in Dresden und Warschau. Er musste nicht auf Teppiche, Bilder, Vitrinen und Kommoden verzichten. Einige Stücke seiner Porzellansammlung waren ausgestellt, ein Kronleuchter hing an der Decke, vergoldete Stühle und Sessel waren herbeigeschafft worden. Die Fenster umrahmten Gardinen, seidene Kissen lagen auf Polstern. Heinrich von Brühl hatte an alles gedacht, und er musste nun einen Weg finden, ihn nach dem Ende des Großen Campements angemessen zu belohnen. Zunächst ordnete er an, zu seinem königlichen Gast in den Pavillon auf der anderen Seite des Palais die Anfrage zu schicken, ihm bei Gefallen doch Gesellschaft zu leisten. Er würde ihm gerne einige schöne Stücke seiner Porzellansammlung zeigen.

Friedrich Wilhelm kam tatsächlich herüber und ließ sich schnaufend auf ein Ruhesofa fallen. Auf einem Tisch stand bereits eine Teedose, bemalt mit Chinoiserien. Ein Lakai stellte eine Schale mit durchbrochenem Rand daneben. Friedrich Augusts Augen glänzten, als er mit dem Zeigefinger die goldbemalten Ränder nachfuhr.

»Es stammt aus unserer Meißener Manufaktur«, erklärte er dazu. »Wir haben Recht daran getan, alle Kraft in die Erforschung der Porzellanherstellung zu stecken. Unser sächsisches Porzellan steht dem aus China in nichts nach.«

Auf einen Wink des Kurfürsten stellte der Lakai eine weitere Schale auf den Tisch, diese war direkt aus China importiert worden und sollte als Vergleich dienen.

»Schöne Stücke, Bruder. Wir fragen uns, wozu sie nützlich sind? Hier lässt sich nicht einmal Suppe einfüllen, sie läuft ja gleich wieder heraus.« Der dicke Finger des preußischen Königs verharrte dicht über der Schale mit dem durchbrochenen Rand. »Die Dose mit dem Deckel ist schon nützlicher. Darin lassen sich immerhin Mehl oder getrocknete Erbsen aufbewahren. Eine Dose aus Holz erfüllt jedoch den gleichen Zweck und ist viel preiswerter.«

Der sächsische Kurfürst atmete empört ein und aus. Mehl? Erbsen? Er hoffte, sich verhört zu haben. Friedrich Wilhelm sah allerdings nicht aus, als hätte er sich an einem Scherz versucht.

»Diese Dose ist für Tee. Die Schale lässt sich mit Obst oder Nüssen bestücken. Es sind schöne Dinge, die zum Ansehen sind und um unser Herz daran zu erfreuen.«

»Eine teure Freude für dein Herz, Bruder. Das Geld hättest du in deine Armee stecken können.«

»Unsere Armee ist gut ausgestattet.«

»Das geben wir zu. Für ein Manöver hätte es jedoch nicht dieses pompösen Campements bedurft. Ein Lager in einer Scheune auf einem Feldbett hätte völlig ausgereicht.«

Nun war die Reihe an Friedrich August zu schaudern. »Du nächtigst in Scheunen, Bruder? Ein Bett auf einem Bauerngut wird sich doch finden. Soll der Bauer in die Scheune gehen.«

»All diese Teppiche und Polster, ein Palais für dich, eines für die Damen – seit wann hat man je von Damen im Manöver gehört. Ein Opernhaus, ein Aussichtspavillon … Alles nur für einen Monat. Einzig die Kirche und das Lazarett sind wirklich nötig gewesen.«

»Es ist unmöglich, einen Monat wie ein Vagabund zu leben, ohne jede Bequemlichkeit und ohne jede Zerstreuung.«

»Das Porzellan dient also nur der Zerstreuung?«

»Es macht das Leben schöner.« Friedrich August war insgeheim der Meinung, dass sein preußischer Bruder wenig bis nichts von einem schönen Leben verstand, und fühlte sich gerade darin bestätigt.

Von diesen Ereignissen völlig unberührt, zeigte sich Emilius blass und verkatert am Frühstückstisch in Hellmers guter Stube. Weder Eier noch Schinken, frische Erdbeeren oder Pudding vermochten seinen Appetit zu reizen. Er trank nur starken heißen Kaffee und ließ sich von Christiana ein feuchtes Tuch für die Stirn geben.

Die Erfahrungen in Mingels Haushalt hatten sie gelehrt, sich wegen solcherart Erkrankungen der Männer nicht über Gebühr zu sorgen. Zeit, Ruhe und ein feuchtes Tuch auf der Stirn waren die einzigen Heilmittel dagegen. Ungerührt widmete sie sich dem Frühstück, war nach den Aufregungen des vergangenen Tages selbst erstaunt über ihren Appetit.

Danach begab sie sich zu Fuß und in Begleitung ihrer Zofe in das Hoflager. Sie hatte das Gefühl, sich nach der letzten Nacht dringend jemand anvertrauen zu müssen, und ihr war nur Therese von Haynau eingefallen. Sie fand die Freundin auf der Wiese neben dem Damenpalais, wie sie einige Hofdamen bei einem seltsamen Spiel beobachtete. Die Frauen wurden von Kavalieren getragen und trieben dabei mit einem Stock einen Lederball vor sich her. Beginn und Ende der Rennstrecke wurden durch Pfähle markiert, zwischen denen hin und her gelaufen werden musste, ohne den Ball an eine gegnerische Spielerin zu verlieren. Das Ganze kam Christiana reichlich albern vor, aber den Anfeuerungsrufen und dem begeisterten Kreischen der beteiligten

Damen nach zu urteilen, schien jedermann großen Spaß an der Sache zu haben.

Unbemerkt war Therese neben sie getreten und berührte sie am Arm. Sie freute sich ehrlich, der Freundin zu begegnen.

»Wie kann man sich an diesem albernen Spiel ergötzen? An so etwas finden allenfalls Kinder Vergnügen«, sagte Christiana.

»Oder Adelige.« Therese lachte und hakte die Freundin unter und führte sie einige Schritte fort aus der Nähe des Kurfürsten und des albernen Spiels. »Der preußische Kronprinz ist ebenfalls unter den Zuschauern«, erklärte sie dabei.

»Wo ist er?« Christiana suchte den jungen Mann, vor dem sie den ersten Hofknicks ihres Lebens gemacht hatte. Sie entdeckte ihn in einem einfachen dunkelblauen Rock auf der anderen Seite des Spielfeldes. Er stand zwischen Begleitern, die ihn alle um Haupteslänge überragten. Er wirkte wie ein Fremdkörper in dem ausgelassenen Treiben.

»Ich möchte wissen, ob er lachen kann«, sagte sie versonnen.

»Er soll sich für Musik und Philosophie interessieren, da wird dieses Spiel kaum nach seinem Geschmack sein.«

»Es ist auch wirklich albern«, stimmte Christiana zu. »Eigentlich bin ich gekommen, weil ich dir etwas erzählen wollte.«

»Ich muss dir auch was sagen«, unterbrach die Freundin.

»Sag du zuerst.«

»Nein, du.«

Beide Frauen lachten. Christiana fand es auf einmal schwer, zu erklären, was ihr auf dem Herzen lag.

Schließlich begann Therese. »Der Arzt Laurenz Schumann hat mich gefragt, ob ich einmal mit ihm ausreiten will. Er hat diesen Nachmittag vorgeschlagen.«

»Das ist toll. Du reitest doch gerne.«

»Ich fürchte, meiner Tante wird es nicht recht sein.«

»Du willst mit ihm ausreiten und ihn nicht gleich heiraten.«

»Die Tante hat mich hergebracht, damit ich einen Mann zum Heiraten finde. Einen Mann von unserm Stand. Einen Mann wie Ritter von Scholl zum Beispiel.«

»Oh, nein. Du müsstest eine Pflanze sein, um seine Aufmerksamkeit zu wecken.« Christiana musste an ihren Spaziergang mit Ritter von Scholl denken und kicherte hinter vorgehaltener Hand.

»Das denke ich auch. Er scheint kaum etwas anderes zu sehen als Pflanzen.«

»Bei deiner Tante lässt du ein oder zwei Andeutungen fallen, dass sie denkt, du reitest mit dem Pflanzenforscher aus. Tatsächlich bist du mit Herrn Schumann unterwegs.«

»Ich soll meine Tante anlügen?« Therese klang nicht nur entrüstet, sie zog auch eine empörte Miene.

»Nicht lügen. Du sagst deiner Tante kein unwahres Wort, aber du sagst ihr eben nicht alles. Es ist nur ein kleines Manöver der – der List.«

»Gerade richtig für das Große Campement.« Thereses Empörung hatte sich schon wieder gelegt, und sie lächelte. »Jetzt bist aber du dran zu sagen, was du auf dem Herzen hast.«

Christiana kaute wieder auf ihrer Unterlippe herum. Sie war sich auf einmal nicht mehr so sicher, ob Therese sie verstehen würde.

»Komm«, ermunterte die Freundin sie. »So schwer kann es nicht sein. Sonst muss ich denken, du hast jemanden auf dem Gewissen.«

»Nur jemanden geküsst. Einen Bäcker.« Es war ihr einfach so herausgerutscht.

»Das … das ist nicht standesgemäß.«

Christiana zuckte mit den Schultern – auch nicht sehr standesgemäß. »Es ist aber passiert.«

»Hast du dein Herz verloren?«

»Ich weiß nicht. Bei ihm kann ich ganz ich selbst sein. Ich wollte immer eine Bäckerin sein. Der Duft von Brot und Kuchen …« Christiana wusste nicht, wie sie es genauer beschreiben sollte, wenn sie in Adrians Nähe war. Etwas Ähnliches war ihr nie zuvor widerfahren. Therese schien besser Bescheid zu wissen.

»Das klingt wie ein verlorenes Herz. Deine Familie wird es niemals erlauben?«

»Ich habe gar keine.«

»Dein Cousin? Deine Eltern?« Christiana senkte die Stimme und sprach dicht neben dem Ohr der Freundin.

»Ich bin nicht die, als die du mich kennst.«

»Wir spielen alle unsere Rollen. In Gesellschaft bin ich auch eine andere als im Kreise der Familie.«

»Das meine ich nicht.« Diese Schwierigkeit hatte Christiana nicht vorausgesehen. Sie hatte damit gerechnet, von der Freundin beschimpft und verachtet zu werden, aber dass Therese ihr gar nicht glauben würde … Sie setzte zum zweiten Mal zu einer Erklärung an. »Ich gehöre hier nicht her.«

»Ich fühle mich auch oft fremd im Hoflager. Für dich muss es noch schlimmer sein, du bist tatsächlich eine Fremde in Kursachsen. Es ist nicht besonders rücksichtsvoll von deinem Cousin, dich herzubringen, ohne für eine passende Begleitung zu sorgen, die dich chaperoniert. Wenn die alte Frau von Kobsdorff das nicht mehr machen kann, hätte er jemand anderen finden müssen und dich nicht einfach allein lassen dürfen.«

»Ich brauche niemanden, der auf mich aufpasst«, wehrte Christiana ab. »Was ich eigentlich sagen will: Ich bin wirklich nicht die, als die du mich kennengelernt hast. Ich heiße zwar Christiana und auch Johanni, aber das ...«

Auf einmal umarmte Therese sie. »Ich will dich gar nicht anders haben, als du bist. Du bist so unverblümt. Das gefällt mir. Ich wünschte, ich hätte deinen Mut und könnte mehr das Schöne im Leben sehen und nicht nur die Schwierigkeiten. Bewahre dir das auf jeden Fall. Du gehörst genau hierher und bringst Frische und Fröhlichkeit ins Hoflager.«

»Aber ...« Vor Überraschung fehlten Christiana die Worte.

»Ich bin froh, dich kennengelernt zu haben und deine Freundin sein zu dürfen.«

Von den beiden jungen Frauen unbemerkt, hatte Wolfhardt von Quirin hinter ihnen gestanden und ihr Gespräch mit angehört. Es war nicht seine Absicht gewesen, aber sie waren in seiner Nähe stehen geblieben. Nachdem er die ersten Worte gehört hatte, verschwendete er keinen Gedanken mehr daran, sich zurückzuziehen. Er trat sogar näher an sie heran, tat so, als wäre er damit beschäftigt, Fusseln von seinem Rock zu entfernen. In Wahrheit ließ er sich kein Wort entgehen.

Christiana von Johanni war seit letzter Nacht eine junge Frau, mit der er eine persönliche Rechnung offen hatte. Was sie gerade gesagt hatte ... Für ihn lag klar auf der Hand, was Therese nicht hatte verstehen wollen. Er machte sich auf die Suche nach Justina von Greywitz und fand sie unter den Zuschauern des albernen Spiels. Ihre säuerliche Miene ließ vermuten, dass sie sich ärgerte, von keinem Kavalier aufgefordert worden zu sein, mitzutun. Sie lernte es einfach nicht, wann sie den Platz jüngeren und hübscheren Frauen überlassen sollte. Auf seinen Wink hin löste sie sich aus der Menge und ging mit ihm ein paar Schritte zur Seite.

»Es ist nicht gut, wenn man uns derartig offen miteinander sieht«, flüsterte sie.

»Gut für dich oder für mich?«

Ihre Augen wurden groß und rund, sie vergaß alle Bedenken, als er ihr den Inhalt des Gesprächs wiederholte. Sie ergriff seine Hände und drückte sie fest.

»Wolfhardt, Wolfhardt, ich wusste es, dass du die Wahrheit über diese Person entdecken wirst. Diese Hochstaplerin ist geliefert. Ich habe schon einiges in die Wege geleitet, um sie zu vernichten. Es kann sich nur noch um Tage handeln.«

»Ich wünsche für uns beide, dass du erfolgreich sein wirst.«

»Der Gedanke an ihre Vernichtung entfacht ein Feuer in mir. Du musst es löschen, mein Lieber.«

Ehe Wolfhardt von Quirin es sich versah, hatte sie seine Hand ergriffen und auf ihre Brust gedrückt. Ihr Busen wogte unter heftigen Atemzügen, in ihrem Blick lag ein Funkeln. Er kannte es nur zu gut.

Obwohl er wusste, dass er sich später ärgern würde, reagierte er auf ihre Nähe. Er zog sie hinter ein Zelt, in dem Erfrischungen für die Spieler bereitstanden. Hungrig suchte sein Mund ihre Lippen, seine Zunge drängte vor, und Justina ließ ihn ein. Ihr Kuss glich eher einem Kampf als dem zärtlichen Spiel zweier Liebender. Wolfhardt legte eine Hand um ihren Hals und hob ihr Gesicht an, ihre Zähne drückten sich gegeneinander, ihre Zungen umkreisten sich. Mit seiner freien Hand wühlte er sich durch die Stoffschichten ihrer Röcke.

»Man könnte uns sehen«, wisperte sie, löste sich aus seinem Griff und wich einen halben Schritt zurück, stieß dabei gegen eine Zeltstange und geriet ins Stolpern.

Er packte sie mit hartem Griff.

»Man könnte uns sehen«, wiederholte sie lauter. Danach zeigte sie einen Schmollmund und feuchtete die Lippen an.

»Das erhöht den Reiz«, keuchte er. »Du hast dich noch nie an Zuschauern gestört. Oder wirst du auf deine alten Jahre schamhaft.«

Das mit den alten Jahren hatte er mit voller Berechnung gesagt, und es verfehlte seine Wirkung nicht. In Justina von Greywitz erwachte der Ehrgeiz, ihm zu zeigen, dass sie keineswegs dazu zählte. Mit weit gespreizten Beinen auf einer hinter dem Zelt abgestellten Kiste sitzend, ließ sie sich nehmen. Den Kopf hatte sie weit in den Nacken geworfen, und hätte er ihr nicht den Mund zugehalten, wären ihre Schreie sicherlich im ganzen Hoflager zu hören gewesen. Dafür biss sie ihn in den Handballen. Er nahm sie schnell und hart, wie es ihr am besten gefiel. Sie mussten beide einander keine Liebe vorspielen, sondern konnten sich ganz auf ihre Lust beschränken. Nachdem Wolfhardt sich in ihr erleichtert hatte, zog er sich zurück und ordnete seine Kleidung, zum Schluss beugte er sich über ihre Hand. »Ich war mir ein Vergnügen, Madame.«

»Wolfhardt, du kannst mich nicht so zurücklassen.«

»Irrtum. In der Liebe soll man stets aufhören, wenn es am schönsten ist. Das erhört die Freude auf das nächste Mal.« Als er sich entfernte, fühlte er ihre Blicke wie Feuerspieße in seinem Rücken.

Die beiden Mietpferde, die Laurenz Schumann für den Ausritt besorgt hatte, waren annehmbare Tiere. Zum Mindesten wohl das Beste, was sich im Umkreis des Lazaretts auftreiben ließ, jedoch kein Vergleich mit ihrer Stute in Benndorf. Therese hegte den Verdacht, dass es sich bei ihrem Fuchs um ein ehemaliges Kavalleriepferd handelte, so hart wie es im Maul war. Zudem schien es das Gehen unter dem Damensattel nicht gewöhnt zu sein, denn zunächst wollte es immer zu der Seite ausbrechen, an der sich kein Bein befand, und sie die Hilfen nur mit der Gerte geben konnte. Ein paar kurze Schläge belehrten es dann allerdings, dass seine Reiterin so nicht mit sich umspringen ließ.

Laurenz entschuldigte sich mehrfach für das Tier. Er selbst ritt auf einem Dunkelbraunen, der unter einer Senkkruppe litt und so harte Gangarten aufwies, dass er nur schlecht auszusitzen war. Das hatte er seiner schönen Begleiterin erst recht nicht zumuten wollen. Dennoch trabten beide zufrieden nebeneinander her. Sie kamen ohne viele Worte aus, erfreuten sich einfach an der Gegenwart des anderen.

Sie durchquerten einen Wald im Galopp und parierten danach die Pferde zum Schritt durch, damit sie verschnaufen konnten. In der Ferne reckte sich ein Kirchturm in den strahlend blauen Himmel. Therese fragte nach dem Namen des Dorfes.

»Ich weiß es nicht«, entgegnete Laurenz unbekümmert. »Ich hoffe nur, dass wir dort etwas Brot und Kuchen kaufen können. Die Leute können uns auch sicherlich sagen, wie ihr Dorf heißt.«

»Sie haben ein Picknick geplant?«

»Eine kleine Stärkung.«

Das Dorf trug den Namen Zabeltitz und gehörte zur Grundherrschaft Amtsdorf. Ein Brot zu kaufen, war kein Problem, beim Kuchen sah es anders aus. Im Pfarrhaus konnten sie schließlich ein paar Hefewecken erstehen, die gerade aus dem Ofen kamen und herrlich dufteten. Sie waren sicherlich für den Kaffeetisch des Pfarrers und seiner Familie gedacht gewesen.

Therese musste kurz an Christiana denken, als sie ihr eröffnet hatte, eine Bäckerin sein zu wollen. Sie selbst hatte mehrfach gedacht, ob es nicht wünschenswert wäre, die Frau eines Hirten zu sein und ein einfaches Leben mit Tieren zu führen. Oder als Wanderschäferin unterwegs zu sein, im Frühjahr den Lämmern auf die Welt zu helfen und zuzusehen, wie sie ihre ersten tollkühnen Sprünge vollführten. Sie verstand den Wunsch ihrer Freundin.

Auf einer Wiese am Waldrand zügelten sie ihre Pferde. Laurenz hob Therese aus dem Sattel und stellte sie sanft auf die Erde. Die Pferde banden sie an Zweige, Laurenz löste eine Satteltasche. Danach setzten sie sich in den Schatten. Außer dem Brot und den Hefewecken holte er eine Flasche Wein und zwei Gläser hervor. Eines davon hatte den Ritt nicht überlebt und war zerbrochen. Laurenz verletzte sich an einer Scherbe, Blut quoll aus dem Schnitt, tropfte ins Gras.

Therese ließ es sich nicht nehmen, den Finger mit seinem Taschentuch zu verbinden. Das Tuch war viel zu groß, und sie musste wickeln und wickeln. Am Ende glich der Finger eine Monstrosität, der zu keinem menschlichen Körper mehr zu gehören schien.

Sie mussten sich das zweite Glas teilen. Therese legte ihre Lippen auf die eine Seite zum Trinken und er auf die andere. Obwohl zwischen ihnen stets ein schicklicher Abstand bestand, ihre Hände sich niemals berührten, kam das Benutzen desselben Glases Therese sehr intim vor. Ein Liebespaar konnte kaum vertrauter miteinander sein.

Nach dem Essen streckte Laurenz sich im Gras aus und lehnte seinen Kopf an ihren Oberschenkel. Nicht ohne sie zuvor höflich zu fragen, ob diese Lässigkeit ihr auch recht wäre. Er bewies damit, dass sie sich getäuscht hatte. Man konnte sehr wohl noch vertrauter miteinander sein, als aus demselben Glas zu trinken. Seine Hand mit dem Verband lag auf seiner Brust. Sie lehnte sich ebenfalls bequem zurück und betrachtete die vorüberziehenden Wölkchen. Ab und an verdunkelten sie die Sonne, und einige sahen aus wie Tiere.

Sie machte Laurenz auf den Kopf eines Schäfchens aufmerksam, eine andere Wolke glich einem Tulpenkelch. Eine Weile beschäftigten sie sich mit der Deutung der Wolkenbilder, bis Laurenz auf einmal aufsprang.

»Wir müssen zurückreiten, sonst wird deine Tante denken, dass du entführt wurdest. Oder dir ein anderes Unglück zugestoßen ist.«

»Sie weiß nicht, dass ich mit dir ausgeritten bin, Laurenz.« Es tat gut, seinen Namen zu sagen, ihn mit dem vertraulichen Du anzusprechen. Während des Erratens der Wolkenbilder hatte es sich so ergeben. Zunächst hatten sie es nicht einmal bemerkt und waren dann übereingekommen, diese Anrede beizubehalten. »Sie hätte es mir nicht erlaubt«, fügte Therese hinzu.

»Weil es sich nicht gehört, dass ein unverheirateter Mann mit einer jungen Dame ausreitet, mit der er nicht verwandt ist. Aber du hast den Mut, es dennoch zu tun.«

»Ich vertraue dir«, antwortete sie.

Die Pferde hatten keine Lust, die Pause zu beenden. Therese und Laurenz benötigten einige Zeit und Kraft, um ihre Köpfe vom Gras hochzuziehen. In stillem Einverständnis legten sie den Rückweg langsamer zurück, als wollten sie sich nicht so schnell voneinander trennen. Dennoch gelangten sie irgendwann im Hoflager an. Laurenz verabschiedete sich in aller Höflichkeit. Niemand hätte ahnen können, dass sie aus einem Glas getrunken und gemeinsam Wolkenbilder betrachtet hatten.

Freifrau Ernestine von Wallnau empfing ihre Nichte am Eingang des von beiden bewohnten Appartements.

»Herzchen, da bist du ja wieder. Hast du deinen Ausritt genossen? Du stinkst schrecklich nach Pferd.«

»Ich muss mich umziehen und mir die Hände und das Gesicht waschen.«

»Mach das. Danach kommst du zu mir und wir reden.«

Therese sackte das Herz nach unten. Sie wollte alles lieber als ein Gespräch mit ihrer Tante, aber sie war zu gut erzogen, um das zu sagen.

Es dauerte nicht lange, bis sie, angetan mit einem blassrosa Tageskleid, zu ihrer Tante zurückkehrte. Die hatte in der Zwischenzeit ein paar Leckereien kommen lassen, die auf dem Tisch darauf warteten, verzehrt zu werden. Therese bestrich ein Brötchen mit Butter und bemerkte dabei, wie hungrig sie war.

»Wie war dein Ausritt, Liebes?«, fragte die Tante und beobachtete, wie Therese kleine Bissen vom Brötchen abbiss.

»Das Pferd war nicht zu vergleichen mit Iphigenie.«

»Als ob mich das dumme Tier interessiert.«

»Bei einem Ausritt ist das Pferd wesentlich.« Therese bestrich ein weiteres Brötchen mit Butter und entschied sich noch für einen Fruchtaufstrich aus Erdbeeren.

»Hast du Ritter von Scholl besser kennen gelernt? Er wäre eine überaus passende Partie. Du hast hoffentlich einige Anstrengungen unternommen, um ihm zu gefallen, statt dich so spröde zu geben, wie du es gern tust.«

»Ich habe mich verhalten, wie es die Schicklichkeit erfordert. Etwas anderes können Sie kaum von mir verlangen.«

»Ich habe nur gemeint, ihm ein kleines Stück entgegenzukommen.« Ernestine von Wallnau zeigte einen kleinen Zwischenraum zwischen Daumen und Zeigefinger an.

»Ich werde kein Gerede auf mich ziehen«, stellte Therese richtig und trank Zitronenlimonade aus einem Kristallglas. Sie hatte Christianas Rat befolgt und ihre Tante glauben lassen, sie wäre mit dem Pflanzenforscher ausgeritten. Es hatte keiner großen Mühe bedurft, denn das war genau das, was ihre Tante sich wünschte.

»Diese jungen Leute und ihre Bedenken. Wenn ich an meine Zeit denke. Wir waren nicht so schamhaft.« Ernestine von Wallnau seufzte und schnaufte zugleich.

Therese zog es vor, zu schweigen und lieber einige Weintrauben abzuzupfen. Sie zerplatzten süß unter ihrem Biss. Gedankenverloren nahm sich ihre Tante auch eine.

»Im Hoflager wird geredet, Kind.«

»Es wird immer geredet. Hoffentlich nicht über mich.«

»Es sind noch mehr Schmuckstücke verschwunden, nicht nur meine Brosche. Von Diebstahl ist die Rede.«

Erneut biss Therese lieber auf eine Weintraube, statt zu antworten.

»Die Menschen reden auch darüber, dass deine neue Freundin dafür verantwortlich sein soll. Du weißt ja, wie das ist. Sie ist fremd, lebt im Ausland, niemand hat von der Familie etwas gehört. Die Leute sind nun einmal so.«

»Das ist … ist …« Vor Empörung fehlten Therese die Worte. »Das stimmt nicht. Christiana mag bei uns fremd sein und im Ausland leben, deswegen ist sie noch lange keine Diebin. Sie ist mit der Familie von Kobsdorff verwandt und keine Fremde. Oh, wie ungerecht das ist.«

»Ich habe nicht gesagt, dass es so ist, sondern nur, dass darüber geredet wird. Es wäre vielleicht gut, wenn du dich nicht mehr in der Öffentlichkeit an der Seite dieser Person zeigst.«

Therese sprang auf. »Diese Person ist meine Freundin. Mit ihr werde ich mich so oft und so lange zeigen, wie es mir beliebt. Das lasse ich mir von Ihnen nicht versagen. Ich werde auch nur einen Mann ehelichen, der mir gefällt und mit dem ich mir tatsächlich vorstellen kann, den Rest meines Lebens zu verbringen. Sollte er nicht das von Ihnen erwünschte Vermögen sein eigen nennen, ist es eben so«, explodierte Therese.

»Kind, was hast du nur?«

»Kopfschmerzen. Ich werde mich zurückziehen.« Therese nahm nicht häufig Zuflucht zu dieser Ausrede, aber nun spürte sie tatsächlich einen Anflug von Schmerz hinter ihrer Stirn. Sie floh in ihren Schlafraum und ließ sich aufs Bett fallen.

Sie war keine junge Frau, die leicht weinte, sonst hätte sie ihren Kummer hinausschluchzen und darin Erleichterung finden können. Ihr blieb nichts, als über die Worte ihrer Tante nachzugrübeln, bis ihre Wut verraucht war. Der Kopfschmerz meldete sich nun tatsächlich. Sie klingelte nach der Zofe, damit die ihr eine Schale Essigwasser und ein Tuch brachte, um ihre Schläfen zu kühlen. Die Kummer huschte gleich darauf mit dem Gewünschten in den Schlafraum und legte Therese fürsorglich ein feuchtes Tuch auf die Stirn.

ZEHN
10. UND 11. JUNI 1730

*I*ch habe mir etwas überlegt«, sagte Adrian, als er und Christiana sich hinter den Backöfen in Moritz trafen. Gleich nach diesen Worten ergriff er Christianas Hände und drückte Küsse auf die Fingerspitzen. »Zart und weich wie der duftigste Teig«, murmelte er dabei.

»Was denn?«, wollte Christiana lachend wissen. Sie war froh, weil sich jegliche Verstimmung zwischen ihnen in Luft aufgelöst hatte, und fühlte sich geschmeichelt.

»Wir werden etwas zusammen backen, nach deinem Rezept. Das beste und schönste deiner Rezepte, und den Kuchen werden wir in das Hoflager bringen und ihn an den Tischen der vornehmen Herrschaften servieren.«

»Das willst du für mich tun? Du weißt doch gar nicht …«

»Ich weiß es. Nachdem ich deine Rezepte gelesen habe, weiß ich, dass du mich gar nicht enttäuschen kannst.« Adrian verschloss ihr den Mund mit einem Kuss, der alle ihre Bedenken hinwegfegte.

»Wo, wo backen wir?« In Christianas Gedanken schälte sich ein Rezept für eine Torte heraus, die ihr würdig erschien für die Tafel eines hohen Herren.

»Gleich hier.« Adrian führte sie in das letzte Zelt der langen Reihe.

An der hinteren Wand stand ein Klapptisch, wo alle Utensilien und Zutaten auf sie warteten. Adrian hatte alles mit viel Umsicht und Mühe vorbereitet, und Christianas Herz flog ihm entgegen.

»Was für ein Kuchen soll es sein? Du bist heute die Bäckerin und ich dein Geselle.« Er griff nach der Rührschüssel und einem Quirl, legte sich beides zurecht.

Sie begannen ihre Arbeit. Adrian hielt Wort, folgte ihren Anweisungen und nach mehreren Stunden gemeinschaftlicher Arbeit stand eine Torte aus feinstem Biskuitteig, fünf Böden übereinandergeschichtet, vor ihnen. Zwischen die Böden hatte Christiana verschiedene süße Cremes und Puddings gestrichen, die in Meister Mingels Bäckerei immer als viel zu kostspielig für die Radebeuler Kunden betrachtet worden waren. Im Großem Campement war nichts zu vornehm, es fehlte keine Zutat. Wie ein eifriger Geselle hatte Adrian alles geholt, was Christiana vorgeschlagen hatte.

Der Kuchen war zum Schluss mehr als handbreit hoch geworden. Marzipanblätter verzierten seine Seiten, als Blüten dienten kandierte Orangen- und Zitronenstückchen. Oben drauf hatte Christiana in die Mitte eine aus Marzipan gefertigte Königskrone gelegt, die der polnischen verdächtig ähnlich sah. Umgeben war sie von ebenfalls kandierten dünnen Orangen- und Zitronenscheiben.

Zwei Lakaien kamen und trugen die Torte auf einem Tablett weg. Sie war aber nicht das einzige Gebäck, das an diesem Tag unter Christianas kundigen Händen entstand. Aus den Resten buk sie einen kleinen Kuchen, der seiner großen Schwester glich. Statt aus fünf Teigschichten bestand er nur aus drei und trug keine Krone aus Marzipan, aber einige kandierte Orangen- und Zitronenstücke zierten seine Oberfläche. Außerdem waren mehrere kleine Portionen Creme und Gelee übrig geblieben. Das alles nahmen Christiana und Adrian mit, als sie das Zelt verließen.

Hand in Hand wanderten sie von Moritz fort und ein Stück in den Wald hinein, als im Osten eben die Sonne über den Horizont kroch. Auf einem Moospolster unter einer mächtigen Buche ließen sie sich schließlich nieder. Adrian zerteilte den Kuchen mit einem kleinen Messer.

»Wir haben die Löffel vergessen«, rief Christiana aus. »Soll ich schnell zurücklaufen und welche holen?«

»Wozu brauchen wir Löffel? Wir wissen uns anders zu helfen.« Er griff nach einem Tortenstück und hielt es Christiana hin.

Die biss in die süße Masse aus Teig und Creme. Die Geschmäcker explodierten in ihrem Mund auf eine Weise, wie sie es noch nie erlebt hatte. Tatsächlich hatte sie ihre eigenen Kreationen nur höchst selten zu kosten bekommen.

Abwechselnd hatte Adrian sie und sich mit dem halben Kuchen gefüttert, nun leckte er sich die Finger ab.

»Du hast da was«, sagte er und tupfte Christiana Kuchenkrümel und Cremereste aus dem Mundwinkel. Bevor er die

Hand wieder zurückziehen konnte, hatte Christiana sie gepackt und leckte nun ihrerseits seinen Finger ab. Er ließ es lachend geschehen.

Schade, dass ihm nichts ihm Mundwinkel hing, von dem sie ihn befreien konnte. Aber vielleicht könnte sie eines der Cremetöpfchen nehmen und ihm den Inhalt auf ihrem Finger …

Seine Stimme unterbrach ihre Gedanken. »Wo hast du gelernt, solche Torten zu backen? Die taugen für die Tafel eines Königs.«

»Ich war als Magd im Haushalt eines Bäckers in Radebeul in Stellung. Ich war aber lieber in der Backstube als in der Küche. Seine Frau hat das gar nicht gern gesehen«, berichtete Christiana und war froh, einmal die Wahrheit sagen zu können.

»Bei einem einfachen Bäcker lernt man so etwas nicht«, widersprach Adrian. »Ich selbst habe drei Jahre in Wien gelebt, um die Kunst des Tortenmachens zu erlernen. Und ich wäre noch dort, wenn meine Mutter nicht gestorben und meinen Vater allein in Lockwitz zurückgelassen hätte. Er ist ohne sie nicht gut zurechtgekommen, hat das Geschäft vernachlässigt und immer mehr vergessen. Ich musste zurückkommen und die Bäckerei übernehmen. Ich bereue es nicht.« Beim letzten Satz hatte Adrian die Stimme gesenkt und schaute ihr tief in die Augen.

Bedeutete das …? Sie versank in seinem Blick.

Er bedeckte ihre Hand mit seiner. »Also, wer hat dich das Backen gelehrt?«

»Es war so, wie ich es gesagt habe.« Christiana biss sich auf die Lippen. »Ich habe zugeschaut in der Backstube, deshalb weiß ich, wie die Teige zu machen sind. Einiges habe ich selbst ausprobiert. Es ist dabei genug schiefgegangen, das muss ich sagen. Häufig wurde ich gescholten, weil ich teure Zutaten verbraucht habe und das Ergebnis nur für die Schweine taugte. Sonst denke ich mir einfach aus, was gut zusammen schmecken könnte und welche Sorte Kuchen ich selbst gerne essen würde.«

»Unglaublich.« Adrian schüttelte den Kopf, so eine Gabe hatte er noch nie erlebt. Sie hatte als Magd gearbeitet – Gott, was für eine Verschwendung.

»Hast du deine Rezepte aufgeschrieben?«

Christiana schüttelte den Kopf. »Meine Rezepte habe ich im Kopf. Es sind nur die aufgeschrieben, die ich dir gegeben habe. Ich kann nicht sehr gut lesen und noch schlechter schreiben.«

»Alle? Du könntest die gleiche Torte morgen erneut backen und wüsstest genau, was du für Zutaten nehmen müsstest?«

»Natürlich. Das wissen doch alle Bäcker. Du weißt doch auch, was du zu backen hast«, wunderte sich Christiana.

»Ja, bei Brot und Brötchen. Was ein Bäcker jeden Tag in den Ofen schiebt. Bei Kuchen sieht das anders aus. Dafür habe ich eine Rezeptsammlung von meinem Vater bekommen, und er hat sie von seinem Vater. Jeder schreibt seine Rezepte dazu.«

Das hörte sich schön an. Christiana hätte gerne eine Familie, in der ein Rezeptbuch vererbt wurde. Ihre Hand lag immer noch unter seiner, und sie fragte sich, ob er nur über Rezepte plaudern wollte oder ob er sie auch küssen würde? Richtig küssen. Und ob sie das zulassen sollte? In ihrer Zeit in Altenburg waren die jungen Damen immer streng ermahnt worden, jungen Männern keine Zutraulichkeiten zu erlauben. Später, in Mingels Haushalt, hatte die Meisterin ebenfalls streng darauf geachtet, dass kein Mann Christiana zu nahe kam. Sie könne keine Magd gebrauchen, die sich ein Kind in den Bauch pflanzen lasse, hatte es dazu geheißen.

Nun war alles anders, denn ihr Herz flatterte wie ein aufgeregtes Vöglein. Sie wusste nicht, ob sie sich einen Kuss wünschen oder ihn verdammen sollte. Ob sie sich zu ihm herüberbeugen durfte?

Adrian kam ihr so nachdenklich vor. Doch bevor sie noch etwas hätte tun können, war er auch schon aufgestanden und hatte ihr die Hand gereicht. Er musste zurück zum Campement und dort seinen Dienst antreten. Wieder Brot backen.

Sie verabschiedete sich vor den Bäckerzelten von ihm und kehrte zum Hellmerschen Haus zurück. Es war ihr völlig egal, ob die Greywitz sie aus dem gegenüberliegenden Haus sah, ob Emilius gleich über ihr einfaches Kleid schimpfte. Sie war einfach glücklich. Wenn sie mit Adrian über das Backen sprach, fühlte sie sich ihm so nah wie nie zuvor einem Menschen. Offensichtlich hatte Therese das mit dem verlorenen Herz gemeint.

Sie gelangte ungesehen in ihre Kammer, in der auf dem Bett das Kleid lag, das Bettina herausgesucht hatte.

Unter der Leitung des Herzogs von Sachsen-Weißenfels holte die Infanterie ihr vor drei Tagen abgesagtes Manöver nach. Die Befehle gaben Trommler auf ihren Instrumenten, und danach nahmen die Regimenter bataillonsweise in insgesamt vierzehn Karrees rund um den Aussichtspavillon Aufstellung. Die Gewehre wurden präsentiert und verschiedene Angriffsstellungen gezeigt. Dabei kniete die erste Reihe eines Karrees und legte die Gewehre auf ihren Knien an, die zweite Reihe stand gebückt dahinter und stützte ihre Gewehre auf den Schultern der Vordermänner auf. Die dritte Reihe schließlich stand aufrecht.

Beide Majestäten waren genesen, und sie wohnten dem Manöver auf der Aussichtsplattform bei. Friedrich Wilhelm von Brandenburg und Preußen trug einen Arm noch in der Schlinge, und der sächsische Kurfürst sah blass aus um die Nase, aber da er seinen Teint unter einer dicken Schicht Puder versteckte, machte es weiter nichts aus. Er blickte wohlgefällig auf die akkuraten Bewegungen seiner Soldaten. Es war eine wahre Freude, ihnen zuzusehen. Zwischendurch stärkte er sich mit dunklem Bier aus Leipzig. Sein Gast aus Preußen hatte ebenfalls einen Krug vor sich stehen, nippte aber nur daran.

Unter den Zuschauern am Rand des Manöverfeldes standen auch Christiana und Emilius. Der junge Adelsspross blickte sich um, nickte Bekannten zu und wechselte hier und da ein Wort mit ihnen. Christiana neben ihm unterdrückte mühsam ein Gähnen. Dem Geschehen auf dem Manöverfeld hatte sie noch nicht einen Fitzel Aufmerksamkeit gewidmet, und mit Schrecken dachte sie daran, dass diese Übungen oft über Stunden dauerten. Wenn Emilius vorhatte ...

»Ich sehe nicht ein, warum wir den ganzen Tag diesem Manöver zusehen sollen. Verteufelt langweilige Sache«, ließ sich Emilius endlich herab zu sagen. »Stehen da wie festgewachsen und fuchteln mit dem Gewehr herum. Das nennen sie Krieg. Ich wette, auf diese Weise ist keine einzige Schlacht in der Geschichte der Schlachten gewonnen worden. Da braucht man Geschrei und Gebrüll, um den Gegner einzuschüchtern. Dann rennt man auf ihn zu, durchbricht seine Reihen und metzelt alles nieder, was sich einem in den Weg stellt. So werden Schlachten gewonnen. Wir gehen!«

Er hakte Christiana unter und zog sie mit sich fort. Viele der Damen und Gäste des Hoflagers schauten dem Manöver ebenfalls nicht zu, sondern beschäftigten sich anderweitig. Sie beobachteten die Janitscharen, die außerhalb des

Lagers auf ihren struppigen polnischen Pferden waghalsige Kunststücke vorführten. Das war viel mehr nach Emilius Geschmack.

Selbst Christiana vergaß ihre Müdigkeit, wenn einer der bärtigen Soldaten im vollen Galopp den Säbel schwang und einer Strohpuppe einen Kopf abschlug. Die Reiter hingen sich an die Seiten ihrer Pferde und waren so vor jedem herannahenden Hieb und jeder heransausenden Kugel geschützt. Andere warfen ihren Säbel auf den Boden und ritten im Galopp wieder heran, um ihn aufzuheben, ohne anzuhalten. Sie hingen in so waghalsiger Weise vom Pferd herunter, dass Christiana fürchtete, sie würden im nächsten Augenblick mit dem Kopf auf den Boden schlagen.

Die besonders lebenslustigen unter den Damen warfen ihre Taschentücher zu Boden, damit die Janitscharen die aufhoben. Der beste unter ihnen schnappte eines mit dem Mund und brachte es zu seiner Besitzerin zurück. Aus den Zähnen des Soldaten nahm sie ihr Taschentuch entgegen und verkündete lauthals, es unter ihren Kleinodien aufzubewahren und nie wieder waschen zu wollen.

Christiana zog halb ihr Taschentuch aus dem Ärmel ihres Kleides.

»Unterstehe dich, etwas Ähnliches auch nur zu versuchen. Du würdest zum Gerede des ganzen Hoflagers werden.« Emilius sprach leichthin, aber sein auf sie gerichteter Blick war scharf wie die Bajonette auf den Gewehren der Soldaten.

Ein Janitschar war herangekommen und zügelte sein Pferd, das stand, als wäre es gegen eine Wand gelaufen. Der Reiter schaute fragend auf Emilius und Christiana. Er fand sich jedoch unbeachtet und wendete sein Pferd, galoppierte wieder davon.

»Warum wird man es mir nicht verzeihen?«

»Was hast du vor? Glaubst du, ich höre nicht heraus, dass

du einen Plan in deinem hübschen Köpfchen wälzt. Schlage ihn dir gleich aus dem Sinn«.

»Was würde das für deinen Beweis bedeuten, wenn ich mein Taschentuch werfe?«

»Es würde dich zu einer Exzentrikerin machen, was für eine junge Frau nur peinlich ist. Was meine Cousine aber nicht sein wird, denn sie wird unsere Vereinbarung einhalten.«

Nichts anderes hatte Christiana vor, aber es gefiel ihr, Emilius hin und wieder klarzumachen, dass er auf ihr Wohlwollen so sehr angewiesen war wie sie auf seines.

Die Gräfin von Diefenthal betupfte ihre Augen mit einem Taschentuch. Sie hatte eine tieftraurige Miene aufgesetzt und stieß in regelmäßigen Abständen einen Seufzer aus. An ihrer Kaffeetasse hatte sie nicht einmal genippt, das Getränk war inzwischen kalt. Sie hatte auch kein Stück des köstlichen Kuchens probiert, der mit kandierten Orangen- und Zitronenstücken verziert war und in dessen Mitte die polnische Königskrone prangte.

Die Torte war in den Pavillon der Damen getragen und der Vormittagsgesellschaft der Freifrau Caroline Eberhardine von Bahren serviert worden. Therese, ihre Tante und Nathan von Scholl gehörten der Gesellschaft ebenso an wie die Gräfin. Außerdem noch zwei ältliche Hofdamen, die außer der Begrüßung kein Wort gesprochen hatten, dafür aber mit sehr zierlichen Bewegungen ihre Kaffeekoppchen zum Mund führten und genauso elegant winzige Bröckchen Kuchen aßen. Ritter von Scholl saß ebenso schweigsam wie diese beiden in der Runde, hatte sein Stück Kuchen mit drei Bissen vertilgt und zwei Koppchen Kaffee getrunken.

Frau von Bahren beugte sich zur Gräfin hinüber. Sie

sprach mit gedämpfter Stimme, aber laut genug, dass es alle am Tisch verstehen konnten: »Wenn ich es nicht besser wüsste, müsste ich denken, Sie haben einen Trauerfall in der Familie zu beklagen, Verehrteste.«

»So ist es auch«, antwortete die Gräfin von Diefenthal mit erstickter Stimme und betupfte wieder ihre Augenbrauen.

Das sicherte ihr nun die Aufmerksamkeit aller.

»Erleuchten Sie uns über die Ursache Ihrer Trauer.« Frau von Bahren lächelte spöttisch.

»Monchou ist verschwunden. Er war nicht da, um mir den Morgenkuss zu geben. Das hat er noch nie versäumt. Ich befürchte das Schlimmste.«

»Ihr Hund. Sie führen sich wegen eines Hundes so auf«, schnaubte die von Bahren.

»Es ist der liebe Monchou.«

Therese besaß ein mitfühlendes Herz, aber auch sie schwankte zwischen Mitgefühl und Verärgerung. Ihr Grund war jedoch ein anderer. »Wenn Ihr Hund verschwunden ist, müssen Sie ihn suchen, Madame. Stattdessen sitzen Sie an einer Kaffeetafel«, platzte sie heraus.

»Therese.« Die junge Frau spürte die Hand ihrer Tante, die sie in die Hüfte kniff. »Meine Nichte meint das nicht so und entschuldigt sich für ihre unbedachten Worte.«

Diese Zurechtweisung ließ Therese noch ärgerlicher werden. Zudem bemerkte sie, dass Herr von Scholl und Frau von Bahren sie durchaus beifällig anblickten.

»Es wäre wohl hilfreich, den Hund zu suchen«, warf Herr von Scholl ein.

»Aber er wird gesucht. Mein Monchou, mein Kleiner. Zwei Pagen und meine Zofe sind seit dem Morgengrauen mit nichts anderem beschäftigt. Es erwartet wohl niemand, dass ich mich daran beteilige und im Hoflager herumlaufe, womöglich noch zwischen den Zelten der Soldaten.«

»Das erwartet niemand von Ihnen«, stimmte Frau von Bahren ohne jede Wärme in der Stimme zu.

Zwei Pagen traten in diesem Moment verschwitzt und verschmutzt heran. Hinter ihnen ging eine junge Frau in einem schmucklosen grau-braunen Kleid, dessen Saum aussah, als wäre die Trägerin durch ein Moor gewandert. Allen haftete ein Geruch nach Schlamm und Feuchtigkeit an.

Einer der Pagen trug etwas, das in eine Decke gewickelt war. Er verneigte sich vor niemand Bestimmten und hielt sein Bündel danach der Gräfin von Diefenthal hin. Sie zuckte zurück, als hätte er verlangt, sie solle in ein Schlangennest fassen.

»Was willst du stinkender Bengel?«, fragte sie schrill und hielt sich das Taschentuch vor die Nase.

»Ich habe ihn gefunden«, erklärte der Page stolz.

Das Bündel in seinem Arm bewegte sich nun. Er schlug die Zipfel der Decke zurück. Sichtbar wurde ein kleines Wesen, das von seinem Arm zu Boden sprang und fröhlich bellend auf die Gräfin von Diefenthal zueilte. Die kreischte, sprang wild auf und raffte ihre Röcke um sich. Es war zu spät, das schmutzige Tier sprang an ihr hoch und hinterließ Flecken auf der roséfarbenen Seide ihres Rocks.

»Was …? Das ist … das ist …! Juno, ich verlange eine Erklärung!«, rief sie und ein wilder Stummelschwanz bewegte sich so schnell, dass man ihm fast nicht mit den Augen folgen konnte.

Die junge Frau, es handelte sich bei ihr um Juno, die aus Frankreich stammende Zofe der Gräfin, gab dem Pagen eine Ohrfeige, was diesen aber nicht zu stören schien. Er und sein Freund grinsten nur umso breiter.

»Ekelhafter Bengel. Das hast du mit Absicht gemacht. Scher dich fort!« Juno sprach mit starkem französischem Akzent.

»Juno, nimm das fort«, verlangte die Gräfin. Der vordere Teil ihres Rockes war inzwischen unrettbar verschmutzt, und noch immer sprang der kleine Hund eifrig und voller Freude an ihr hoch. Wohin sie sich auch wandte, er folgte ihr.

In Thereses Augen stahl sich ein Lächeln, das in von Scholls Miene seinen Widerhall fand.

Die Zofe schaute auf ihre weißen Hände und überlegte einen Augenblick, ob sie der Aufforderung wirklich folgen musste. Die beiden Pagen waren verschwunden und hatten auch das Tuch mitgenommen. Dann überwand sie sich und griff beherzt zu.

»Das ist Monchou, chère Madame.« Obwohl sie darauf achtete, dass der Hund ihr Kleid nicht berührte, konnte sie nicht verhindern, dass ihre Ärmel schmutzig wurden, denn Monchou wand sich, wollte ihre Hände ablecken und vielleicht auch ihr Gesicht.

»Das sehe ich. Aber er stinkt erbärmlich und gehört gesäubert.« Die Gräfin richtete den Blick nach unten auf ihren Rock und begann zu jammern: »Mein Kleid, mein Kleid. Es ist verdorben. Die Flecken gehen nie wieder raus. Ich muss mich umziehen. Mon Dieu, mon Dieu!«

»Das ist wirklich bedauerlich, denn dieses Kleid stand Ihnen außerordentlich gut, meine Liebe«, ließ sich Frau von Bahren vernehmen.

»Wo haben Sie Monchou gefunden, Juno?«, fragte Therese. Für den verdorbenen Rock hatte sie keinen Blick, aber der kleine Hund tat ihr leid.

»Diese beiden Schelme fanden ihn in einem flachen Teich und haben ihn herausgezogen. Er kam alleine nicht mehr ans Ufer, denn der Schlamm hatte sich an seinen Beinchen festgesaugt. Über kurz oder lang wäre er ertrunken.«

Therese trat neben die Zofe und betrachtete den kleinen Hund mitleidig. Monchou hatte sich beruhigt und lag nun still in den ihn haltenden Händen. Aus schwarzen glänzenden Knopfaugen schaute er Therese an. Er verströmte keinen angenehmen Geruch. Sein ehemals seidiges Fell war schlammverkrustet, und dass es einst schwarz-weiß gewesen war, war nur noch zu erahnen. Monchou sah aus, als hätten nicht nur seine Beinchen, sondern der ganze kleine Kerl im Schlamm gesteckt.

»Warum haben Sie ihn hergebracht, statt ihn vorher zu baden?«

»Das war nicht ich, sondern diese beiden ungezogenen Pagen. Die haben ihn genommen und sind fortgelaufen. Ich konnte ihnen nur folgen. Sein Halsband fehlt«, sagte die Zofe leise.

»Das ist nicht schlimm. Sie werden einen Riemen finden, den Sie als Halsband verwenden können.«

»Es war mit Diamanten besetzt.«

»Ein Halsband für einen Hund mit Diamanten?«

Die Gräfin, die immer noch über ihr Kleid jammerte, unterbrach sich. »Das Halsband mit Diamanten? Was ist damit?«

»Es fehlt, chère Madame.«

»Fehlt?« Der Rock war vergessen, die Gräfin kam sogar heran und beäugte ihren kleinen Liebling. »Das Halsband ist weg«, bemerkte sie überflüssigerweise. »Das Halsband ist weg. Wieso ist es nicht da, Juno? Wer hat es genommen? Diese beiden Pagen!«

»Sie haben es nicht. Ich war dabei, als sie den armen kleinen Monchou aus dem Teich zogen, da hatte er es schon nicht mehr um. Vielleicht hat er es sich abgestreift.«

»Er kann es sich nicht abstreifen, es sitzt doch fest um seinen Hals.«

»Nicht so fest, er soll noch Luft bekommen. Er wird es verloren haben«, warf Juno leise, aber bestimmt ein. Diese Antwort vermittelte Therese eine Ahnung davon, welcher von beiden Frauen mehr an dem kleinen Monchou lag. Für die Gräfin war der Hund ein Spielzeug, das sie hervorkramte, wenn ihr der Sinn danach stand, und es beiseitelegte, sobald etwas anderes ihre Aufmerksamkeit in Anspruch nahm. Wem Monchou wirklich am Herzen lag, war dagegen Juno.

»Es wurde ihm gestohlen. Von dieser Person, die niemand kennt. Dieser ... dieser Christiana von Johanni. Ich habe es ja gleich gewusst, dass die eine falsche Schlange ist. So wie die aufgetreten ist. Mein armer kleiner Monchou, mein Liebling.« Die Gräfin streckte einen Finger nach dem Hund aus, ohne ihn zu berühren. »Wenigstens bist du wieder da, mein kleiner Liebling. Du bist nicht schuld daran, dass dein Halsband gestohlen wurde, du bekommst ein neues. Und es wird noch schöner sein. Nun seh sie aber zu, Juno, dass er diesen Schmutz los wird und ich meinen kleinen süßen duftenden Liebling wiederbekomme.

»Sehr wohl, Madame.« Juno knickste und trug den Hund davon.

Thereses Blick irrlichterte zwischen der Gräfin und ihrer davongehenden Zofe hin und her. Der Schreck war ihr in die Glieder gefahren. Es stimmte also, dass über Christiana im Hoflager geredet wurde. Die Freundin war keine Diebin, das glaubte Therese nicht einen Augenblick. Ihr Blick und ihr ganzes Wesen waren so offen und unverstellt, wie sie es bei Hofe selten erlebt hatte. Sie schüttelte den Kopf, aber niemand achtete auf sie.

Dafür war alle Aufmerksamkeit auf die Gräfin von Diefenthal gerichtet. Die meisten sahen aus, als hörten sie das Gerede über Christiana nicht zum ersten Mal. Einzig Ritter von Scholl kümmerte sich nicht um die Festgesellschaft. Er hatte die Blüte einer Primel abgebrochen und sie mit einem kleinen, sehr scharfen Messer entzweigeschnitten. Die Hälften begutachtete er nun durch eine Lupe. Von ihm war keine Hilfe zu erwarten. Von ihrer Tante ebenfalls nicht. Die nickte mit dem Kopf, als fände sie eine Aussage bestätigt. Bei den beiden ältlichen Schwestern war nicht auszumachen, ob sie zugehört hatten oder sich weiterhin nur für die Kuchenstücke auf ihren Tellern interessierten. Freifrau von Bahren hatte aber auf jeden Fall dem Geschehen ihre Aufmerksamkeit geschenkt, denn nun sagte sie: »In das Herz eines Menschen kann man nicht schauen. Ich hätte doch tatsächlich die kleine von Johanni für ein harmloses Dummchen gehalten. Wie man sich täuschen kann.«

Therese konnte nicht länger an sich halten. »Wie können Sie das sagen? Das sind nichts als Gerüchte, die dargestellt werden wie Tatsachen.«

»Therese!«, rief Ernestine von Wallnau scharf und wandte sich gleich sehr viel milder an Freifrau von Bahren. »Sie müssen meine Nichte entschuldigen. Sie ist jung und nicht sehr geübt in Gesellschaft.«

»Niemand versteht besser als ich, welchen Kummer die Verwandtschaft bisweilen macht. Aber ich vertraue darauf, dass Sie Ihre Nichte behandeln, wie es sich gehört.«

»Sie können sich auf mich verlassen.«

Therese schäumte vor Wut und wollte etwas sagen, wurde aber von ihrer Tante am Arm gepackt und unerbittlich fortgeführt. Sie bekam noch mit, wie Frau von Bahren auf die Gräfin einredete, die wieder über ihren schlammverkrusteten Rock lamentierte.

»Du bist ein freches Ding«, schalt Tante Ernestine. »Allmählich glaube ich auch, es liegt nicht an der mangelhaften Erziehung deiner Mutter, sondern du machst es mit Absicht. Du willst nicht heiraten, weil du nur an dich selbst denkst und alles dafür tust, dich unmöglich zu machen.

Im Angesicht dieser ungerechten Anschuldigung konnte Therese nur den Kopf schütteln.

»Daran ist nur diese Christiana von Johanni mit ihren sardinischen Ansichten schuld. Sie hat einen schlechten Einfluss auf dich.«

»Wenn Sie es einen schlechten Einfluss nennen, dass sie mich dazu ermuntert, meine Gefühle wahrzunehmen und ihnen zu folgen, stimme ich Ihnen zu.«

»Du gibst mir Widerworte. Noch vor vierzehn Tagen hättest du das nicht getan. Es ist dieser schlechte Einfluss, von dem ich sprach.«

»Ich habe mich schon immer dagegen gestellt, dass jemand ohne einen Beweis verleumdet wird. Das werde ich auch weiterhin tun. Wenn ich die Welt ein Stück gerechter machen kann, werde ich nie zögern. Nicht, solange ich atme.«

Die Tante schnaufte empört. »Du schuldest deinen Eltern Gehorsam und mir auch. Muss ich deinem Vater schreiben, um ihn von deinem schändlichen Verhalten zu berichten? Er wäre sehr enttäuscht von dir.«

Das saß. Therese liebte ihren Vater und wollte ihm keinen Kummer bereiten. Sie fühlte sich in einer Zwickmühle, weil sie ihrem Glück folgen, gleichzeitig aber ihrer Familie beistehen wollte. Warum konnte nicht beides zusammengehen?

Ihre Tante hatte unterdessen weitergeschimpft. »Mit dieser Christiana wirst du keinen Umgang mehr haben«, drang gerade an ihr Ohr. »Wenn ich daran denke, dass ich sie ins Hoflager eingeladen und ihr erst den Zugang zu den besseren Kreisen eröffnet habe. Wahrscheinlich hat sie das erst auf die Idee mit den Diebstählen gebracht und mich gleich um eine Brosche erleichtert.«

»Tante, hören Sie sich einmal zu. Das kann nicht Ihr Ernst sein!«

»Und wie er es ist. Du wirst kein Wort mehr mit dieser

Person wechseln, nicht mehr neben ihr stehen. Sie nicht einmal mehr kennen.«

»Werden Sie mich sonst nach Hause schicken?«

»Ich werde dich jedenfalls nicht mehr aus den Augen lassen.«

An Sonntag fanden keine Manöver statt. Dennoch herrschte Unruhe in den Regimentern. Die hatte ihre Ursache weder in dem vormittäglichen Kirchgang noch in dem für den Nachmittag angeordneten leichten Exerzierdienst hinter dem Lager.

In der Nacht zuvor hatten die Fahnenwachen eine feindliche Attacke auf das Heiligtum eines jeden Regiments zurückschlagen müssen. Alle Fahnen wurden gemeinsam in einem Fahnenzelt aufbewahrt und rund um die Uhr bewacht.

Als einziges Regiment besaßen die polnischen Ulanen keine eigene Fahne. Sie hatten ihren König August II. um die Gewährung einer Fahne gebeten, ihn aber in scherzhafter Laune und dem ernsten Regieren abgeneigt angetroffen. Er teilte ihnen mit, sie sollten sich eine besorgen, wenn es sie nach einer gelüstete. Eine erbeutete Fahne dürften sie als eigene behalten.

Nun waren die Ulanen wackere Kerle, die nicht nur mit ihren Reitkünsten, ihren Bärten und ihrem fremdländischen Aussehen im Lager Aufsehen erregen wollten. Sie setzten sich also zusammen und schmiedeten einen Plan. Obwohl sie alles geheim hielten, blieb es das nicht.

Die anderen Regimenter bekamen Wind von der Sache. Sie schmiedeten nun ebenfalls Pläne. Die Fahne zu verlieren, noch dazu in Friedenszeiten – es gab keine größere Schmach für ein Regiment. Die Fahnen wurden also verstärkt bewacht und dafür nur die kräftigsten und rauflustigsten Männer eingeteilt.

Als die Ulanen sich in der Nacht von Samstag auf Sonntag an das Fahnenzelt anschlichen, wurden sie erwartet und zurückgeschlagen. Das ging nicht ohne handfeste Rauferei ab. Nicht wenige der Fahnenwachen trugen Schrammen, blaue Augen und zerrissene Uniformen davon. Diese Blessuren galten ihnen als Ehrenzeichen, während sich die Ulanen im Lager nicht sehen ließen. Da sie katholisch waren, besuchten sie ohnehin ihren eigenen Gottesdienst. Auf diese Weise mussten sie auch die Spottverse und Gesänge nicht hören, die auf sie gedichtet wurden.

Emilius erzählte Christiana diese Geschichte nach dem Gottesdienst, und aus seinem Mund hörte sie sich an wie ein lustiger Streich.

»Ich will sehen, was sich im Hoflager getan hat. Machen wir uns gleich auf den Weg.«

Christiana nickte. Sie könnte vielleicht ein paar Worte mit Therese wechseln.

Zwischen den Marketenderzelten waren sie bald von einigen von Emilius' Freunden umringt, die kein anderes Thema kannten als die nächtlichen Vorgänge am Fahnenzelt. Alle redeten durcheinander und so begeistert davon, dass jedermann glauben musste, sie wären selbst dabei gewesen, obwohl niemand eine Uniform trug. Christiana hörte stumm zu.

Nur einem der Männer, dem preußischen Offizier Andreas von Billung, fiel auf, dass es sich vielleicht nicht gehörte, sie so vollkommen zu ignorieren.

»Ach was, meine Cousine ist kein zimperliches Frauchen. Die hat das Herz auf dem rechten Fleck und weiß, dass Männer sich manchmal über Dinge unterhalten müssen«, sagte Emilius leichthin.

Christiana bestätigte das. »Ich wollte ein paar Worte mit

meiner Freundin wechseln. Stört es dich, wenn ich mich auf die Suche mache?« Sie schaute sich um, ob Therese zu sehen war.

Emilius störte es nicht, er schien sogar froh, dass seine Cousine eigene Wege gehen wollte und entließ sie mit einer ungeduldigen Handbewegung. Erleichtert, dem Gerede über Regimentsfahnen zu entkommen, verließ Christiana die Männer und schlenderte zwischen den Marketenderzelten herum. Das sonnige Wetter nach dem Gottesdienst hatte eine Menge Menschen herbeigelockt, und die Marketender machten gute Geschäfte. Christiana wurden nacheinander Rheinwein, gebratene Hasenherzen in Branntweinsauce, mit Honig kandierte Orangenspalten, seidene Strümpfe, türkischer Mokka und Spitzenhandschuhe sowie solche aus Leder, die sich wie eine zweite Haut um ihre Hände schmiegen sollten, angeboten. Sie lehnte alles dankend ab, befühlte dabei die wenigen Münzen in ihrer Börse.

Einen Augenblick verweilte sie vor einem beinernen Schmuckkamm, der zierlich mit Rosen bemalt und mit einer Perle verziert war, und überlegte, ob sie ihn kaufen sollte. Sie war überzeugt, der Kamm würde sich in ihrem Haar allerliebst ausnehmen. Gleichzeitig hörte sie Emilius' spöttische Stimme, wie er über den billigen Tand und ihren schlechten Geschmack lästerte. Gleich gefiel ihr der Kamm weniger gut, und sie schlenderte weiter.

Einmal glaubte sie, Therese gesehen zu haben, und wollte gerade winken, als die junge Dame sich bewegte und ihr das Gesicht zuwandte. Es war nicht die Freundin, sondern eine unbekannte Person, die über sie hinwegsah. Christiana ließ die halb erhobene Hand wieder sinken.

Im Schatten einer Buche standen Justina von Greywitz und Wolfhardt von Quirin in ein Gespräch vertieft. Genau konnte Christiana es nicht erkennen, aber es schien ihr, als hätte Frau von Greywitz eine Hand in seiner Rocktasche. Sie wandte sich ab.

Sie spazierte weiter über das Gelände und freute sich an dem bunten Treiben, in dem vornehme und weniger vornehme Herrschaften die Zelte der Marketender umlagerten. Erst allmählich fiel ihr auf, dass außer ihr niemand alleine unterwegs war. Buben in abgetragenen Hosen und Jacken tollten in Gruppen umher, Mädchen saßen im Gras und flochten Kränze aus Butterblumen, während ihre Mütter in Gruppen beieinanderstanden und die Mitglieder der Hofgesellschaft betrachteten, denen sie sonst nicht so nahe kamen. Manch ein junger Mann kaufte seinem Mädchen ein Geschenk, das sie lächelnd entgegennahm. Respektable Bauernfamilien wanderten umher, manche bestanden aus bis zu zwanzig Personen. Gruppen vornehmer Herren oder Damen saßen auf zierlichen Stühlen vor den Marketenderzelten und tranken Kaffee aus Tassen, die kaum größer waren als ein Fingerhut. Dabei ließen sie sich vom einfachen Volk bestaunen. Einmal entdeckte sie Emilius. Er saß in einer Runde Offiziere um einen Tisch, hatte ein großes Deckelglas vor sich stehen und Karten in der Hand.

Zunächst machte Christiana sich nichts aus dem Alleinsein. Es kam ihr sogar entgegen, mit niemanden reden zu müssen. So konnte sie ihren Gedanken freien Lauf lassen. Dann fiel ihr aber ein paarmal auf, dass Frauen, denen sie vorgestellt worden war und denen sie im Vorübergehen zunickte, ihr den Rücken zudrehten, statt ihren Gruß zu erwidern. Beim ersten Mal mochte man sie nicht bemerkt und sich nur zufällig fortgedreht haben, aber als es zum zweiten und dritten Mal passierte ... Christiana spürte einen Stich in der Brust, behielt jedoch ihre heitere Miene tapfer bei und ging weiter. Sie gehörte nicht in die vornehme Welt, die Damen hatten allen Grund, sich von ihr fortzudrehen, aber solange sie sich in Emilius' Begleitung befand, war jedermann freundlich zu ihr. Warum also jetzt?

Einmal hörte sie ihren Namen. Das Gespräch der beiden ältlichen Matronen, die einander so ähnlich sahen, dass sie nur Schwestern sein konnten, verstummte abrupt, als sie vorüberging. Christiana musterte sie, konnte sich jedoch nicht erinnern, ihnen begegnet zu sein. Woher kannten die beiden sie?

Sie ging zurück und stellte sich vor sie. Knickste. »Verzeihung, mein Name ist Christiana von Johanni. Sie sprachen eben über mich. Darf ich mehr erfahren und womöglich Ihre Worte richtigstellen?«

Die Gesichter der beiden verzogen sich zu Mienen des Abscheus. Sie drehten sich wortlos um und strebten von ihr fort. Betroffen blieb Christiana zurück. Der Nachmittag im Hoflager machte ihr auf einmal viel weniger Spaß. Therese hatte sie nicht entdeckt, und von Emilius war gerade nichts zu sehen, außerdem klebte ihr die Zunge am Gaumen, und sie war hungrig. Sie gab ein paar Groschen für ein Glas verdünnten Rheinweins und eine Rindfleischpastete, die wenig Fleisch, dafür viele Karotten und Kohlrabi enthielt, aus. Nachdem sie beides verzehrt hatte, entschied sie sich, nach Moritz zurückzukehren. Statt sich einen Tragsessel zu mieten, ging sie zu Fuß.

Auf halbem Wege, als sie ihre Entscheidung längst bereute, holte Emilius sie mit dem Wagen ein. Er ließ sie einsteigen und rückte zur Seite, damit sie neben ihm auf dem Kutschbock Platz nehmen konnte.

»Wieso bist du alleine unterwegs?«

»Weil du nicht da warst, um mich zu begleiten.«

»Höre ich da einen Vorwurf?« Er schwang das Ende der Peitsche über den Pferderücken, ohne ihn zu berühren, und schnalzte mit der Zunge. Der Braune trabte an.

»Ich habe meine Freundin nicht gefunden«, erwiderte Christiana und hielt ihren Hut fest, damit er ihr nicht vom Kopf geweht wurde.

»Du hättest bei mir bleiben sollen, denn sie hat mich gefunden. Hat mit ihrem Fächer vor mir herumgewedelt und mit den Augen geklimpert.« Emilius verdrehte die seinen. »Andererseits war es ganz gut, dass sie mich gefunden und erlöst hat.«

Das hörte sich verrückt an. Christiana nickte langsam.

»Ich hatte mich zu einem Kartenspiel überreden lassen und die ganze Zeit verloren. Taler um Taler einfach dahin. Ach, was soll's. Heute verloren, morgen gewonnen.«

»Wie viele denn?« Christiana hatte eigentlich nicht fragen wollen.

Sie fing einen Seitenblick ein.

»So um die siebenhundert. Nicht der Rede wert, aber trotzdem ärgerlich. Die Karten sind gegen mich gewesen.«

Nun schnappte Christiana hörbar nach Luft. Das war eine unvorstellbar hohe Summe für sie. Als Magd hätte sie nicht einmal in zehn Jahren diesen Betrag verdient, und sie war überzeugt, dass sich auch im Hause Mingel diese Summe noch nie befunden hatte.

»Du siehst aus wie ein Fisch auf dem Trockenen, wenn du so atmest. Spar dir jedes Wort, es würde nur die Gesinnung deines Standes verraten. Du musst dieses Denken endlich hinter dir lassen.«

»Du warst auch froh, vom Kartenspiel erlöst worden zu sein.«

»Touché, Cousinchen. Du musst es nur wollen, dann bist du wirklich eine von uns. Mach weiter so, und ich werde meine These beweisen.«

»Ich gebe mir alle Mühe.« Christiana quetschte ein Lächeln auf ihre Miene. »Hat Therese nach mir gefragt?«

247

»Ich habe nichts davon gehört. Sie hat in einem fort geredet, es kann also sein, dass ich es auch überhört habe. Wer kann sich das alles merken?«

»Sie hat bestimmt nach mir gefragt.«

»Deine Freundin ist ein ganz hübsches Ding, und wenn sie weniger flatterhaft wäre, könnte sie auch interessant sein. Nur die Tante ist ein harter Brocken. Die verdirbt alles.« Emilius grinste in sich hinein.

Therese drehte sich im Eingang des Damenpalais noch einmal um und schaute dem davonfahrenden Emilius von Kobsdorff nach. Sie musste einen Weg finden, sich über die Worte ihrer Tante hinwegzusetzen und sich mit Christiana zu treffen. Dringend musste sie das.

Im Salon traf sie auf ihre Tante, und die war nicht allein. Auf der Kante eines Sofas saß Ritter von Scholl und hatte die Hände zwischen die Knie geklemmt.

»Du hast Besuch, mein Liebes«, zwitscherte Tante Ernestine. »Herr von Scholl ist gekommen, um dich zu einem Spaziergang einzuladen.«

»Hier bin ich«, antwortete Therese, »und bereit, mit Ihnen ein paar Schritte zu gehen.« Tatsächlich hatte sie zu nichts weniger Lust, aber sie ahnte, dass ihre Tante keine Ausrede gelten lassen würde. Sie legte sich ein Schultertuch um und verließ das Damenpalais, wenige Minuten nachdem sie es betreten hatte.

Zunächst gingen beide schweigend nebeneinander her. Dann begann Ritter von Scholl damit, ihr Fragen zu stellen, die sie einsilbig beantwortete, bis er aufseufzte.

»Welche Last ruht auf Ihren Schultern?«, fragte Therese und bemerkte erst hinterher, wie spöttisch sich das anhörte. Sie wollte sich entschuldigen, aber in diesem Moment antwortete ihr Ritter von Scholl.

»Die Last der ganzen Welt«, antwortete er mit dem trockenen Humor, der ihm eigen war. »Nein, natürlich nicht. Ich fürchte nur, Sie zu langweilen. Dabei bin ich gekommen, um etwas mit Ihnen zu besprechen.«

»Sie wollen mit mir besprechen, ob ich schon einmal eine Kartoffelpflanze gesehen habe und die Früchte kenne, die sich unter der Erde bilden?«, fragte Therese mit milder Nachsicht. Denn das war der Inhalt der Fragen gewesen, die er bisher an sie gerichtet hatte.

»Auf keinen Fall. Ich hatte gehofft, eine Überleitung zu dem zu finden, was ich Ihnen wirklich sagen will. Nur will mir nichts einfallen.« Ritter von Scholl zeigte eine Miene komischer Verzweiflung.

»Sagen Sie es frei heraus, das funktioniert am besten. Ich verspreche auch, nicht zu lachen. Unter keinen Umständen.«

»Sie sehen mich vollständig beruhigt, Mademoiselle von Haynau.« Seine Miene zeigte immer noch den gleichen Ausdruck, bis er tief Luft holte und ernst wurde. »Ich glaube, erkannt zu haben, dass Ihre Tante es nicht ungern sieht, wenn wir Zeit miteinander verbringen. Sie war nur allzugern bereit, Sie mir für einen Spaziergang anzuvertrauen. Daraus lassen sich gewisse Überlegungen ableiten.«

»Welche Überlegungen ziehen Sie daraus?« Therese war nun ebenso angespannt wie er. Es konnte doch nicht sein, dass er ihr sagen wollte, was gemeinhin nach so einer Einleitung zu erwarten war.

»Eine Verbindung unserer beiden Familien würde auf Wohlwollen stoßen.«

Therese konnte einen kleinen Laut des Schreckens nicht verhindern.

»Bei Ihrer Tante auf Wohlwollen stoßen, wollte ich sagen. Sie scheinen mir dieses Gefühl nicht zu teilen.« Von Scholl holte Luft und sprach schnell weiter: »Ich muss sagen, dass ich in diesem Punkt ganz bei Ihnen bin. Eine Verbindung unserer Familien wünsche auch ich nicht. Jedenfalls nicht, wenn das bedeutet, dass ich Ihnen die Hand zum Ehebund reichen muss. Ich empfinde Hochachtung vor Ihnen, Freundschaft.«

»Danke. Vielen Dank.« Therese konnte sich nicht länger zurückhalten.

»Was ich noch sagen muss, ist, dass ich nicht den geringsten Wunsch verspüre, zu heiraten. Ich muss meine Forschungen fortsetzen, wieder auf Reisen gehen. An meinem Katalog der bekannten Pflanzen arbeiten. Das alles hält mich davon ab, eine Ehe zu führen, wie eine Frau sie erwarten kann. Deshalb habe ich für mich entschieden, nicht wieder heiraten zu wollen.«

»Da trifft es sich gut, dass auch ich nicht heiraten will. Jedenfalls nicht aus den Gründen, die meine Familie für unumgänglich hält.« Therese hielt sich eine Hand vor die Lippen. Das hatte sie nicht sagen wollen.

»Sprechen Sie frei heraus. Ihre Familie möchte Sie verheiratet sehen, wahrscheinlich aus finanziellen Gründen. Sie fühlen sich gedrängt und …«

»So ist es. Genauso.«

»Ich kann Ihnen helfen.«

Das brachte Therese dazu, stehen zu bleiben und sich ihrem Begleiter zuzuwenden. Für einen Verbündeten hätte sie tatsächlich Verwendung. »Wie?« Mehr brachte sie vor Überraschung nicht heraus.

»Wir lassen die Öffentlichkeit und Ihre Tante in dem Glauben, uns in einem gewissen guten Einvernehmen zu befinden. Wir werden uns sehen, zusammen spazieren gehen. Ich werde Sie begleiten, wann immer Sie es wünschen. Oder Ihnen einen Vorwand liefern, wann immer Sie einen benötigen. Zögern Sie nie, sich auf mich zu berufen. Ich verspreche, nicht erstaunt zu sein.«

Dieses Angebot nahm Therese ohne Zögern an. »Zu schade, dass Sie nicht an eine Ehe denken. Jede Frau könnte glücklich sein, an Ihrer Seite leben zu dürfen.« Sie meinte es ehrlich und ohne jede Zurückhaltung. Jede Frau könnte glücklich sein, einen so vornehmen und anständigen Mann wie Nathan Leberecht von Scholl als Ehemann zu bekommen.

Im schönsten Einvernehmen setzten sie ihren Spaziergang fort, und Therese erklärte, dass sie nie die Blüten oder Knollen der Kartoffelpflanze gesehen habe.

ELF
12. JUNI 1730

$\mathcal{D}$ie Manöver zu sehen, erfüllte Christiana grundsätzlich nicht mit besonderer Freude, aber eines an Adrian Seite zu besuchen, ließ ihr Herz schneller schlagen. Es ließ sie beinahe vergessen, dass es klüger gewesen wäre, seine Einladung abzulehnen. Allzu leicht konnte sie erkannt und als Schwindlerin entlarvt werden. Sie waren in einer ganzen Gruppe von Moritz zum Manöverfeld gekommen. Noch zwei weitere Bäcker aus Lockwitz, außerdem ein Geselle und zwei Mägde. Adrian hielt Christianas Hand und hatte ihnen einen Platz ganz vorn unter den Zuschauern am Manöverfeld besorgt.

Alle Plätze an den Rändern waren dicht besetzt. Auf der einen Seite des Manöverfeldes standen die vornehmen Herrschaften, auf der anderen das einfache Volk. Die vornehmsten Herren und Damen saßen in dem Aussichtspavillon mitten auf dem Manöverfeld. Christiana lehnte sich leicht an

Adrian, während sie die Menge auf der gegenüberliegenden Seite beobachtete. Sie glaubte Frau von Greywitz zu sehen und ihren Mann. Christiana zupfte an ihrem Kopftuch, das sie sich über die Locken gebunden hatte, um nicht so leicht erkannt zu werden, und zog es sich weiter ins Gesicht.

»Ich verstehe nicht, warum du dieses Ding tragen musst«, sagte Adrian prompt. »Es lässt dich aussehen wie eine alte Frau.« Er wollte nach dem Tuch greifen und es ihr vom Kopf ziehen.

»Lass das!«

»Schon gut. Schon gut.« Adrian hob beide Hände.

»Sie kommen jetzt. Die Majestäten kommen.« Der Lockwitzer Bäcker klang aufgeregt und hatte sich auf die Zehenspitzen gestellt, um besser sehen zu können.

Die Augen aller Zuschauer waren auf den Aussichtspavillon gerichtet. Die verwaiste Plattform füllte sich. Viele trugen blaue Röcke, das waren die Preußen, wie Christiana wusste. Die bunteren, in roten, weißen oder grünen Röcken, alle mit Gold verziert, gehörten den sächsischen Herren. Sie wirkten wie bunte Inseln im Meer.

»Da, da ist unser sächsischer Kurfürst«, rief Adrian begeistert. Er riss sich seine Mütze vom Kopf und schwenkte sie.

Nun reckte auch Christiana den Kopf, um einen Blick auf Friedrich August zu erhaschen. Der Kurfürst trug einen weißen, goldbetressten Rock. Auf seiner mächtigen Brust prangten mehrere Orden, eine Perücke wallte um seine Schultern. Er grüßte leutselig nach rechts und links, winkte den Zuschauern und ließ sich zu einem breiten gepolsterten Sessel geleiten. Gleich nach ihm betrat der preußische König die Plattform. Sein Auftritt geriet weniger pompös. Er war nicht kostbarer gekleidet als die Herren seines Gefolges, ein Stück kleiner als sein sächsischer Bruder und bewegte sich, als wollte er keine Aufmerksamkeit erregen. Der für ihn bereitstehende Sessel war genau so prächtig wie der des Kurfürsten, aber der Preuße ließ sich ohne Hilfe darauf nieder und hielt sich gerade wie ein Ladestock, ohne sich anzulehnen.

Für diese beiden hatten sie und Adrian Brot gebacken. Stolz erfüllte Christianas Brust. Wie viele Bäcker konnten das von sich behaupten? Sie machte Adrian darauf aufmerksam und bemerkte gar nicht, wie ihre Augen vor Aufregung glänzten. Er sah es sehr wohl. Er wünschte sich, ihr das grässliche Tuch vom Kopf zu nehmen, die Hände durch ihre Haare zu wühlen und sie zu küssen. Mit dieser Frau an seiner Seite könnte er ein Bäcker werden, über den im Kurfürstentum gesprochen wurde.

Das Manöver begann. Die Artillerieregimenter mit ihren achtundvierzig Geschützen marschierten auf den Manöverplatz, gefolgt von den Geschützwagen. Dabei befand sich auch ein von vier nebeneinander gehenden Pferden gezogener Paukenwagen. Der Wagen besaß die Form einer sich überschlagenden Welle, in der die Pauke aufgehängt war. Geschlagen wurde sie von einem mehr als vier sächsische Ellen messenden Schweden, der als Türke kostümiert war. Er schlug einen lustigen Rhythmus, der weithin über das Gelände des Großen Campements dröhnte.

Vor dem Aussichtspavillon nahmen die Geschütze in einem Viereck Aufstellung. Jedes gab während dieser Übung neunzig Schuss ab. Mithin wurden über viertausenddreihundert Schüsse abgefeuert und dröhnten in den Ohren der Zuschauer.

Das eigene Wort war nicht mehr zu verstehen, viele hielten sich die Ohren zu, aber niemand dachte daran, zu gehen. Zu aufregend waren der Pulverdampf und wie die Kanonenkugeln Krater auf dem Manöverfeld hinterließen. So etwas hatten die meisten noch nie gesehen. Dazu gehörten auch Christiana und die Lockwitzer Bäcker. Sie pressten die Hände auf die Ohren und hielten tapfer aus. Christiana hatte inzwischen nicht nur das Ehepaar von Greywitz entdeckt, sondern auch Emilius und den Arzt Laurenz Schumann. Therese und ihre Tante waren bestimmt auch unter den Zuschauern. Erneut nestelte Christiana an ihrem Kopftuch, zog es noch ein wenig weiter ins Gesicht, ehe sie wieder die Hände auf ihre Ohren drückte.

Adrian bemerkte, wie sie die Zuschauer auf der anderen Seite des Feldes musterte. Er konnte nicht sagen, was ihn daran störte, aber es störte ihn. »Träumst du davon, in einem Seidenkleid dort zu stehen?«, fragte er, als die Geschütze für einen Moment schwiegen.

»Was?« Christiana starrte ihn erschrocken an. »Nein, auf keinen Fall. Ich wünsche mir nichts anderes, als hier neben dir zu stehen.«

»Du schaust so angestrengt rüber zu den feinen Herrschaften. Welche Frau träumt nicht davon, einmal ein feines Kleid zu tragen, eine Perücke, Handschuhe aus einem weichen, dünnen Leder, einen Sonnenschirm und dergleichen mehr?«

»Ich träume nicht davon, das kann ich dir sagen. Ich kenne meinen Stand und will lieber backen. Es reicht mir, wenn den hohen Herrschaften mein Kuchen schmeckt.«

Adrian schaute sie an, und sie konnte seinen Blick nicht deuten. Deshalb schenkte sie ihm ein verlegenes Lächeln. Auf dem Manöverfeld setzte die Kanonade wieder ein, und Adrian zog sie aus den Reihen der Zuschauer fort in Richtung des Feldlagers, in dem sich zu diesem Zeitpunkt kaum jemand aufhielt. Bei einer Bank, auf der sonst Soldaten saßen und ihre Stiefel oder Gewehre putzten, blieb er stehen.

»Du willst wirklich backen?«, fragte er forschend.

»Das wollte ich schon immer. Seit ich zwölf Jahre alt gewesen bin, habe ich mich ständig in die Backstuben geschlichen. Erst habe ich nur geholfen, aber dann wollte ich auch selbst backen«, antwortete Christiana wahrheitsgemäß.

»Kannst du dir vorstellen, mit mir zu backen? Ich meine, nach dem Großen Campement, in Lockwitz.«

»Bietest du mir an, mit dir zu kommen?« Christianas Stimme zitterte, sie brachte es nicht fertig, ihn anzuschauen. Ihre Beine trugen sie nicht mehr, und sie sank auf die Bank, knetete die Hände im Schoß.

»Genau das ist es.« Auch Adrian war seine Bewegtheit anzuhören. Er kniete sich vor sie, legte ihr die Hände auf die Knie. »Wir haben bisher sehr gut zusammengearbeitet. Bei mir zu Hause gibt es nur meinen alten Vater und …«

»Wird er nichts dagegen haben, wenn du mich mitbringst?«

»Das wird er nicht. Ich bin jetzt der Meister im Hause Siebert. Wir können Hilfe wirklich gebrauchen. In der Backstube und im Haus ist immer etwas zu tun. Du scheust die Arbeit nicht, das weiß ich, und die Bäckerei wirft dank der Brotmarke genügend ab für uns alle. Deine Rezepte …«

»Hast du sie noch? Was ist damit?« Christiana konnte nicht länger zuhören. In ihr arbeiteten die Gedanken. Sie würde das erste Mal in ihrem Leben ein richtiges Zuhause haben. Und sie durfte backen. Sie sah sich an Adrians Seite in einer warmen Backstube an einem Tisch stehen, vor sich die Zutaten für einen guten Kuchen, derweil sie leidenschaftlich diskutierten, wie er am besten gelingen könnte. Adrians alter Vater saß auf einem Platz neben dem Ofen und hörte ihnen zu. Die Backstube war so sauber gescheuert und gemütlich, wie Christiana sie sich nur vorstellen konnte. Was für eine Zukunft!

»Natürlich habe ich sie noch. Ich werde sie in das Siebertsche Rezeptbuch schreiben.«

Ihre Mundwinkel zuckten, vor lauter Glück füllten sich ihre Augen mit Tränen, die sie Adrian nicht sehen lassen wollte, deshalb schaute sie krampfhaft nach unten.

»Du sagst ja gar nichts?« Er wurde unsicher. Nie in seinem Leben hatte er mit einer Frau über derartige Dinge gesprochen. Nichts hatte ihn darauf vorbereitet, wie es sein würde. Er hatte sich auch keine Vorstellung davon gemacht, wie Christiana reagieren und was sie sagen würde. Tatsächlich hatte er nicht einmal geplant, dieses Gespräch zu führen, es war einfach so über ihn gekommen. Bis eben hatte es sich auch richtig angefühlt. »Du willst nicht mit mir nach Lockwitz kommen? Es ist nicht Dresden und auch nicht Meißen, von Leipzig will ich gar nicht reden, aber es ist ein hübscher Ort, in dem sich gut leben lässt. Zweimal in der Woche fahren wir nach Dresden, um unser Brot zu verkaufen, und wenn du dann ein Band oder eine hübsche Borte für dein Kleid möchtest, soll es daran nicht fehlen. Nun sag doch was!«

»Ich will mit dir kommen«, brachte Christiana unter Tränen des Glücks und kaum verständlich heraus. Endlich konnte sie hochschauen, erkannte jedoch kaum etwas.

»Um Himmels willen, du weinst. Warum denn?«

»Ich weiß nicht«, schluchzte sie. »Es – es ist einfach so über mich gekommen. Ich bin doch … bin doch …« Sie konnte nicht weitersprechen, musste die Nase hochziehen und sich erneut die Tränen aus den Augen wischen.

»Ich biete dir ein Leben als Bäckerin, ein gutes Leben, obwohl du dieses scheußliche Kopftuch trägst, und du hast nur Tränen für mich«, versuchte Adrian es mit Humor und zog ihr das Tuch vom Haar.

»Aber ich will doch. Sehr sogar.«

Als Antwort küsste Adrian sie auf den Scheitel. Kaum hatte er das getan, sprang Christiana auf. Seine Hände glitten von ihren Knien. Adrian erhob sich ebenfalls.

»Ich muss gehen!«, rief sie aus. Schon eilte sie davon und schaute sich nicht um.

Adrian blieb betroffen zurück. Was hatte er falsch gemacht? Dass sie in Tränen ausbrach, hatte er keinesfalls gewollt. Sie hatte zwar zugesagt, mit ihm nach Lockwitz zu kommen, aber nach ihrem Ausbruch wusste er nicht, ob das für sie dasselbe bedeutet wie für ihn. Er wollte sie zur Frau, aber vielleicht war sie nur auf der Suche nach einer Stelle? Er schüttelte den Kopf – über sich, über Christiana, über die Welt.

Gesenkten Kopfes und mit sehr kleinen Schritten machte er sich auf den Rückweg zu den Quartieren der Bäcker. Vom Manöverfeld dröhnte immer noch die Kanonade herüber.

»Du siehst aus, als würdest du einen Mehlsack schleppen, obwohl ich keinen sehe«, sprach ihn jemand an.

Adrian schaute hoch und blickte in das wettergegerbte Gesicht des Radebeuler Bäckermeisters Mingel. Der gedrungene Mann zwinkerte ihm zu.

»Ich wollte eine Entscheidung für meine Zukunft treffen und weiß nun nicht, ob mir das geglückt ist.«

»Geht es um eine Frau?«, riet Mingel scharfsinnig.

»Ich verstehe sie einfach nicht.«

»Ich habe noch nie einen Mann getroffen, der von sich behaupten kann, die Frauen zu verstehen. Nicht einmal unser weiser Kurfürst kann das von sich behaupten, obwohl er durchaus ein Mann der Frauen ist.«

»Sie ist einfach …« Adrian schüttelte den Kopf.

»Hat sie dich nicht rangelassen?«

»Das ist …« In Adrian flammte Wut auf. Er ballte die Hände zu Fäusten und knirschte mit den Zähnen.

Mingel trat sofort zwei Schritte zurück. »Schon gut, schon gut. Ich habe es nicht so gemeint. Aber meine Frau und meine Schwiegertochter – mit denen kannst du was erleben. Das geht auf kein Hutband.«

»Ich habe Christiana ein Leben an meiner Seite angeboten, und sie hat erst ja gesagt und ist gleich darauf davongelaufen.«

»Christiana?«

»Eine Magd, die mehrmals mit mir zusammengearbeitet hat. Ich habe nie ein Weib wie sie backen sehen. Manch einer, der sich Bäcker schimpft, kann sich davon eine Scheibe abschneiden.«

»Das ist komisch. Ich hatte eine Magd, die Christiana hieß, die konnte auch gut backen. Hat sich immer in die Backstube geschlichen, wenn niemand da war, und ihre Arbeit in der Küche vernachlässigt. Im Frühjahr musste meine Frau sie entlassen. Es ging nicht mehr mit ihr. Das ist wirklich ein Zufall. Wäre schön für sie, wenn du sie nimmst.«

Adrian wusste nun gar nicht mehr, was er sagen sollte. Seine Christiana sollte Magd bei Bäckermeister Mingel gewesen sein? Erst jetzt wurde ihm bewusst, dass er nichts über ihr Leben wusste. Nicht, woher sie kam, wer ihre Familie war.

»Sie kann …«

»Sie kann als Magd hier angeheuert haben. Ich habe ihr Geld gegeben, als sie von uns weg ist, damit konnte sie sich eine Weile über Wasser halten, bis sie wieder eine Arbeit fand.«

»Du musst sie gesehen haben. Sie war immer bei den Bäckern.«

Mingel schüttelte den Kopf. »Wahrscheinlich wollte sie mir nicht begegnen. Hat wohl nicht die besten Erinnerungen an mich, das Mädel. Kann ich verstehen. Aber sie hätte wirklich ihre Arbeit machen sollen, oft genug habe ich ihr das gesagt. Meine Frau ist nicht so geduldig wie ich, das hat sie gewusst.«

»Was war mit ihrer Familie?« Adrian fuhr sich mit der Hand durchs Haar, zerraufte es.

»Sie hat keine. Aus dem Altenburger Stift ist sie zu uns gekommen. Lag dort als Findelkind vor der Tür, und die Stiftsdamen haben sie aufgenommen. An Johanni war das, daher auch ihr Name.

»Du hast sie davongejagt, obwohl du wusstest, dass sie nirgendwo hingehen kann? Das nenne ich wirklich schäbig. Sie backt dir Kuchen, die du verkaufst, und als Dank jagst du sie davon.«

»Sie hat gewusst, worauf sie sich einlässt.«

»Aber du hast Vorteile aus ihren Backkünsten gezogen?«

»Ja«, musste Meister Mingel zögerlich zugeben.

Adrian spuckte aus. Der Schleimbatzen landete genau vor den Füßen des älteren Bäckermeisters. »Das ist es, was ich von dir halte.«

Wortlos drehte er sich um und stapfte davon. Dieser Radebeuler Bäckermeister war nichts weiter als ein feiger Hund, der vor seiner Frau kuschte. Pfui Teufel, deshalb musste seine Christiana unter schlechten Aussichten für ihre Zukunft leiden. Sein Herz schlug heftiger als bisher für sie, nie wieder sollte sie einen Tag im Elend verbringen müssen.

Vor seinem inneren Auge sah er sie nach dem Rauswurf bei Mingel hungrig durch Gassen irren, während alle Türen vor ihr zugeschlagen wurden. Sie musste auf den Stufen einer Kirche betteln und war meilenweit von den Kuchen entfernt, die sie so meisterhaft zu backen verstand. Am liebsten wäre er zu ihr geeilt, um sie in seine Arme zu schließen, aber er wusste nicht einmal, wo sich ihr Quartier befand. Er war tatsächlich darauf angewiesen, dass sie unter hunderten Bäckern zu ihm kam.

Christiana selbst rannte tränenblind davon, bis sie zu keuchen begann und stehen bleiben musste, weil sie keine Luft mehr bekam. Zu diesem Zeitpunkt versiegten ihre Tränen. Ein letztes Mal zog sie die Nase hoch, fuhr sich mit dem Ärmel über das Gesicht. Bestimmt sah sie schrecklich verheult aus. Sie würde in diesem Zustand nicht gerne von jemandem gesehen werden, der sie kannte, egal ob es nun als Christiana Johanni oder als Emilius von Kobsdorffs Cousine war. Das Kopftuch besaß sie nicht mehr. Ihr blieb nichts anderes übrig, als den Kopf zu senken und zu hoffen, dass sie niemand erkannte.

Sie strebte ihrer Unterkunft entgegen, obwohl ihr kaum bewusst war, wohin sie ging. Hinter ihrer Stirn drehten sich die Gedanken schneller als die Scheibe eines Töpfers.

Hatte sie nun von Adrian einen Heiratsantrag bekommen oder nicht? Er hatte viel von ihrer gemeinsamen Arbeit in der Backstube gesprochen, über seine Bäckerei in Lockwitz und wie sie dort zusammen arbeiteten. Aber hatte er ... konnte er ... konnte er nicht auch gemeint haben, sie solle bei ihm als Magd arbeiten?

Sie konnte nichts anderes tun, als sich damit zu trösten, dass eine Arbeit als Magd bei Adrian besser wäre, als nirgendwo einen Platz zu haben. Was von Emilius' Versprechen zu halten war, darüber wollte sie lieber nicht nachdenken.

In ihrer Kammer im Hellmerschen Haus wurde sie bereits von Bettina erwartet, die zwei Kleider auf dem Bett ausgebreitet hatte, damit Christiana eines davon auswählte. Die Zofe sagte wie immer nichts zu dem seltsamen Aufzug ihrer Herrin, zog aber eine Miene, die keinen Zweifel möglich machte, was sie davon hielt. Christiana tat, als bemerkte sie nichts davon. Aufs Geratewohl deutete sie auf eines der beiden Kleider, die Bettina für den Abend herausgelegt hatte. Eines in Blautönen. Sie zog sich die Nadeln aus dem

Haar und löste ihre Flechten und fuhr mit den Fingern hindurch. Zuletzt schüttelte sie es aus und dachte, wie gerne sie es einmal offen und ungebändigt lassen würde, statt es immer eng an den Kopf gelegt zu tragen. Bettina ahnte von diesen Gedanken nichts, als sie damit begann, die rehbraunen Locken mit kräftigen Strichen zu bürsten. Sie zauberte eine Hochsteckfrisur, bei der einzelne Löckchen Christianas Gesicht umrahmten, als wären sie zufällig herausgerutscht.

Christiana betrachtete sich im Spiegel und fand, dass sie sehr zart aussah. Nicht mehr wie eine Magd, sondern tatsächlich wie ein vornehmes Fräulein. Ein schönes Kleid, eine elegante Frisur und schon wurde aus einem Findelkind ein Schwan. Wenn es wirklich so einfach war, hätte Emilius' These längst bewiesen sein müssen. Christiana seufzte innerlich. Nicht zum ersten Mal befiel sie das Gefühl, dass ihr alles über den Kopf wuchs, und sie am Ende des Großen Campements gar nicht mehr wüsste, wer sie eigentlich war. Sie musste nun wieder Christiana von Johanni sein und der Welt ein strahlendes Gesicht zeigen. Emilius hatte für den Abend einige Freunde zum Essen eingeladen und Christiana gebeten, die weibliche Seite zu repräsentieren. Seine Bitte hatte sich wie ein Befehl angehört.

»Zu diesem Kleid passt sehr gut der goldene Anhänger mit dem blassblauen Stein. Sie sollten ihn anlegen, das wird den gnädigen Herrn freuen«, sagte Bettina in ihre Gedanken hinein.

Sie meinte damit einen an einem Samtband hängenden rosettenförmigen Anhänger, der zum Kobsdorffschen Familienschmuck gehörte. Emilius hatte ihn ihr für die Zeit des Campements gegeben, um ihre Verwandtschaft zu unterstreichen. Es handelte sich um das einzig wertvolle Stück ihrer sehr überschaubaren Schmuckschatulle. Sie musste ihrer Zofe recht geben, für dieses Kleid war der Anhänger wie geschaffen. Bettina brachte bereits das mit Leder überzogene Kästchen.

Darin befanden sich ein schlichtes silbernes Kreuz, das die Nonnen ihr beim Abschied aus Altenburg gegeben hatten, zwei kupferne Haarnadeln und eine Mantelschließe aus demselben Material, einige Seidenblumen, um sie ins Haar zu stecken, und ein Armband aus Perlmutt. Kein goldener Anhänger an einem schwarzen Samtband. Christiana stieg das Blut ins Gesicht. Sie presste kurz die Hände auf ihre Wangen, ehe sie begann, jedes Schmuckstück einzeln und sorgfältig aus der Schatulle zu nehmen und es danebenzulegen. Der Anhänger befand sich nicht darunter. Bettina schaute zu und sah genauso betroffen aus wie ihre Herrin.

Wann hatte sie den Anhänger das letzte Mal getragen? Auf dem Kartenabend, bei dem Emilius beinahe ihretwegen Herrn von Quirin zu einem Duell gefordert hätte. Das war beinahe eine Woche her. Hatte sie den Anhänger noch gehabt, als sie in der Nacht zurückgekommen war? Hatte sie die Hände gehoben, um ihn abzunehmen? Hatte Bettina das getan? Sie versuchte, sich zu erinnern, wie das Samtband von ihrem Hals geglitten war. Nichts! Bettina war auch nicht hilfreich. Sie konnte sich weder daran erinnern, ihr das Schmuckstück umgelegt noch es wieder abgenommen oder irgendwo hingelegt zu haben.

»Wir haben den Anhänger verlegt. Du musst ihn suchen«, verlangte Christiana tonlos.

»Ja, ja. Ich suche.«

Bettina begann damit, alle Kleider ihrer Herrin sorgfältig abzutasten, in jede Tasche und Falte zu greifen.

Am Ende stand sie mit leeren Händen da. Sie suchte in den Schubladen der Kommode, schaute in den Zimmerecken und unter dem Bett nach. Sie tastete auf dem Fußboden umher, wirbelte jedoch nur Staub in den Ecken auf.

»Ich habe ihn bei dem Kartenspiel nicht verloren. Das kann nicht sein. Die Schließe an dem Band war doch fest und sicher.« Christiana barg das Gesicht in den Händen. Sie wollte sich Emilius' Reaktion nicht vorstellen, wenn sie ihm den Verlust beichtete.

»Du wirst nichts darüber sagen. Schon gar nicht meinem Cousin – vorerst nicht. Er darf es nicht erfahren. Versprich mir das!«

»Ich bin verschwiegen wie ein Fisch.« Bettina hielt sich zur Bekräftigung ihrer Worte kurz die Lippen zu. »Sie können den Anhänger verloren haben, gnädige Frau. Das kann immer passieren, niemand wird Ihnen deswegen einen Vorwurf machen.«

»Es hätte ihn jemand finden müssen. Der hätte den Anhänger doch zurückgegeben. Das hätte er doch getan? Jeder sieht, dass es ein wertvolles Schmuckstück ist.«

»Ein anständiger Mensch hätte das getan.« Bettina stand vor ihr und hielt die Hände wie zum Gebet gefaltet.

»Du meinst … Nein, das kann nicht sein.« Sie schüttelte den Kopf. »Es waren nur vornehme Leute da. Sie haben alle mehr Geld, als sie brauchen, können es am Kartentisch verspielen. Keiner von ihnen behält einen fremden Anhänger.«

»Ich will nichts gegen Ihren Stand sagen, gnädige Frau, aber es gibt überall Menschen, die so sind, und andere, die anders sind«, erklärte Bettina altklug.

»Sie hätten es nicht mir zurückgegeben, sondern meinem Cousin. Das muss es sein. Emilius hat den Anhänger. Ich muss nachsehen, muss Gewissheit haben. Du wartest hier.«

Bettina nickte nur.

Christiana stand auf und schlich über den Flur, lauschte kurz an seiner Tür. Dahinter rührte sich nichts. Vorsichtshalber klopfte sie an, ehe sie die Tür öffnete.

Das Zimmer war leer und unordentlich. Zerknitterte

Halstücher und Hemden lagen auf dem Bett, Strümpfe auf der Erde. Christiana gönnte dem kaum einen Blick. Sie durchsuchte Emilius Schmuckschatulle, die auf einer ganz ähnlichen Kommode stand, wie es sie in ihrer Kammer gab. Er besaß wesentlich mehr Schmuck als sie, Ringe, Broschen, Berlocken und Uhrketten. Neben der Schatulle standen einige Tabatieren. Sie sah schnell alles durch, fand aber kein Stück des Kobsdorffschen Erbschmucks.

Gerade hatte sie den letzten Ring in die Schatulle zurückgelegt, als die Tür geöffnet wurde. Sie hatte nur noch Zeit herumzuwirbeln und sah sich Emilius gegenüber.

»Cousinchen«, rief er überrascht. »Was machst du hier? Im Zimmer eines Herrn.«

»Ich habe auf dich gewartet.« Fieberhaft suchte sie nach einem Grund für ihre Anwesenheit. »Ich habe … ich muss … es ist mir peinlich.«

»Was?« Emilius lachte. »Mir kannst du es sagen, ich bin dein Cousin. Schon vergessen?«

»Du hast gesagt, ich soll es nicht tun«, sagte sie und wusste noch nicht, was folgen sollte.

»Du hast gespielt? Du schlimme, kleine Katze hast gespielt und verloren.«

»Ja, ja, das habe ich.« Er hatte ihr unbewusst den rettenden Ausweg gezeigt. »Es sind zehn Taler.«

»Darüber machst du dir Sorgen?« Er zückte seine Börse und zählte ein paar Münzen ab. »Hier sind zwanzig, und verspiel den Rest nicht gleich wieder, Cousinchen.« Emilius drückte ihr das Geld in die Hand, strich ihr über die Wange.

Christiana floh aus seinem Zimmer, es interessierte sie nicht, ob er sich über ihr Verhalten wunderte oder nicht. Das Geld brannte in ihrer Hand.

Bettina brauchte nicht zu fragen, ob sie den Anhänger gefunden hatte. »Dann muss es ohne gehen. Sie sehen so hübsch aus, gnädige Frau, dass niemand sich fragen wird, warum Sie nichts um den Hals tragen. Ich werde Ihr Haar besonders hübsch frisieren. Lassen Sie mich sehen.« Die Zofe wartete die Antwort nicht ab, sondern machte sich wieder an Christianas Haar zu schaffen.

Wie betäubt ließ die alles über sich ergehen. Trotz allem gelang es ihr, am Abend ein heiteres Gesicht zu zeigen und ihrem Cousin keinen Anlass zur Kritik zu bieten. Unter den Gästen befanden sich Laurenz Schumann und der preußische Offizier Andreas von Billung. Die übrigen Herren, alles Offiziere, die Christiana nicht kannte und deren Namen sie sich nicht merkte. Für sie als Gesellschaft waren zwei junge und eine ältere Dame eingeladen. Auf den ersten Blick wurde Christiana klar, dass sie mit ihnen einen Abend verbringen konnte, danach aber keine Sehnsucht hätte, sie je wiederzusehen. Nach anfänglichen Mühen gelang es ihr sogar, für einige Minuten nicht an Adrian oder den verschwundenen Anhänger zu denken, und je länger das Essen dauerte, desto mehr konnte sie es genießen.

Als Höhepunkt ließ Emilius um Mitternacht einen Kuchen servieren, den Christiana am Tag zuvor gebacken hatte. Er hielt auch nicht damit hinter dem Berg, dass seine Cousine die Meisterbäckerin war, die ähnlich wie eine verstorbene Kurfürstin, deren Namen Christiana auch gleich wieder vergaß, in Küche und Backstube Beachtliches leistete. Der Kuchen war eigentlich ein Striezelbrot, in dessen Teig Rosinen und getrocknete Früchte eingeknetet waren und das dick mit Butter bestrichen köstlich schmeckte. Alle und jeder lobte Christianas Können, das war Balsam auf ihre Seele.

Es war nach Mitternacht, Christiana hatte sich längst zurückgezogen, die Gäste waren gegangen, nur Emilius und Laurenz saßen noch bei einem Glas Portwein zusammen.

Die Röcke hatten sie abgelegt und die Halstücher gelockert, Emilius hatte sogar die Hemdärmel hochgekrempelt.

»Wie gefällt dir meine Cousine? Sie ist ein recht famoses junges Ding. Allerdings war ich überrascht, als sie auf einmal gekommen ist. Das hat alle meine Pläne über den Haufen geworfen.« Eine Hand in der Hosentasche, drehte er mit der anderen das Portweinglas und beobachtete die rotbraune Flüssigkeit im Kerzenschein.

»Weil du einige Zeit auf Postelau verbringen musstest?«, riet Laurenz. Er fühlte sich nach einem angenehm verbrachten Abend gerade entspannt genug für ein Gespräch mit einem Freund, das zwischen ernst und komisch schwankte. Dafür kannte er keinen besseren Gesprächspartner als Emilius.

»Ich habe mich gefühlt wie in meinem eigenen Grab. Nein, schlimmer. Im Grab weiß der Mensch wenigstens, dass er tot ist, auf Postelau fühlt er sich nur so.«

»Ich habe gehört, dass du öfter auf die Jagd geritten bist.«

»Ein schwacher Versuch, das Beste aus meiner Lage zu machen.«

»Immerhin lebt deine Großmutter dort und hat sich bestimmt um deine Cousine gekümmert. Obwohl ich es von ihren Eltern für ungewöhnlich, wenn nicht gar für leichtsinnig halte, ein junges Mädchen ohne ausreichende Begleitung auf eine Reise zu schicken.«

»Ganz meine Meinung, wenn sie denn alleine gereist wäre. Sie ist jedoch in Begleitung einer älteren, respektablen Matrone aufgebrochen, die ihr auch als Zofe gedient hat. Diese Frau hat sich als Betrügerin erwiesen und ist mit Christianas gesamtem Gepäck und ihrem Reisegeld abgehauen. Das war ein Schreck. Die meisten Frauen wären schier verzweifelt, nicht so Christiana. Sie hat sich bis zu uns durchgeschlagen. Das nenne ich ein mutiges Mädchen.«

»In der Tat.«

»Weißt du, was ich glaube?«

»Nicht, bevor du es mir gesagt hast.« Laurenz trank seinen Portwein aus und machte sich mit dem Gedanken an das Ende des Abends vertraut.

Kaum stand sein leeres Glas auf dem Tisch, schenkte Emilius ihm aus einer Karaffe nach. »Ihre Eltern haben sie in die Heimat geschickt, damit sie einen guten Mann findet. Nicht, dass sie am Ende noch ein Savoyer heimführt und sie den Rest ihres Lebens südlich der Alpen verbringt. Sie ist gerade im richtigen Alter für eine Heirat und hübsch obendrein.«

»Das stimmt.«

»Ich sage es ja. Sie ist auch ungewöhnlich häuslich und wird ihren Ehemann immer mit köstlichem Brot und Kuchen verwöhnen. Darin bringt sie es zu wahrer Meisterschaft. Übertrieben hohe Ansprüche an Schmuck und Kleidung stellt sie nicht, da müsste man ihren Geschmack noch etwas bilden. Sie ist eben das Italienische gewöhnt.«

»Das hört sich beinahe so an, als wolltest du ihr einen Ehemann suchen.«

»Warum nicht? Wenn sich jemand findet. Meinst du nicht, dass sie gut zu dir passen würde?«, fragte Emilius träge.

Im Gegensatz dazu erwachten Laurenz Lebensgeister jäh. »Das kannst du nicht so einfach sagen.«

»Es war nicht schwer. Ich wiederhole es gerne.«

»Nicht nötig. Wie kommst du darauf, dass ich auf der Suche nach einer Ehefrau bin?«

»Du bist im richtigen Alter dafür. Außerdem bist du Arzt. Das ist eine ehrenwerte Tätigkeit und gefällt den Frauen.«

»Sollte ich deine Cousine nicht zuvor besser kennenlernen?«

»Du bist hier, sie ist hier, was hindert dich?«

»Ja …« Laurenz' Gedanken verknäuelten sich, und obwohl es drei Dutzend Gründe gegen diesen Vorschlag gab, brachte er es nicht fertig, einen davon auszusprechen. Stattdessen lächelte er verlegen und verabschiedete sich. Emilius blieb alleine am Tisch sitzen, trank zunächst sein eigenes Portweinglas aus und danach das des Freundes. Er lächelte in sich hinein und lobte sich in Gedanken, weil er auf dem besten Wege war, seine These zu beweisen. Falls darüber hinaus Christiana seinem Freund gefiel, schien ihm das ein besonderer Glücksfall zu sein. Fanden die beiden tatsächlich zueinander, wäre das der beste und ultimative Beweis seiner These. Aber auch so wähnte er sich auf einem guten Weg, und trotz ihrer störenden Leidenschaft für das Backen hatte sich Christiana als gelehrig erwiesen und sich bisher keine größeren Schnitzer erlaubt.

ZWÖLF
13. JUNI 1730

Alle wollten die Ulanen sehen. Sie waren die Lieblinge des Hoflagers und aller Gäste, deshalb war das Manöverfeld gut besucht. Lambert von Haynau beobachtete sie ebenfalls, während er darauf wartete, dass die Männer der Zweiten Garde an die Reihe kamen. Die Lanzenübungen hatten am frühen Morgen begonnen. Die Kavallerie ritt gegen Strohpyramiden und Strohpuppen, die sie mit ihren Lanzen treffen mussten; die Infanteristen rannten dagegen an. Die Ulanen ritten tollkühn, rammten ihre Lanzen in die Strohpuppen, als gälte es tatsächlich, einen Krieg zu gewinnen. Mehr als einen Stecken hatten sie dabei bereits zerbrochen.

Sie lachten dabei, dass ihre gewaltigen Schnurrbärte zitterten. Ahs und Ohs begleiteten jeden ihrer Ritte.

Diese Begeisterung wurmte den jungen Fahnenjunker Lambert. Was hatten die Ulanen, was den anderen Regimentern fehlte? Die Uniform der Zweiten Garde war um einiges schmucker, und er ritt mindestens so gut wie die Ulanen. Wie sie konnte auch er seinen Arturo nur mit den Schenkeln, ohne Zuhilfenahme der Zügel, lenken.

Christiana war ebenfalls zum Manöverfeld gekommen. Da Emilius ihr seine Begleitung verweigert hatte, wurde sie von ihrer Zofe begleitet. Bettina ging einen Schritt hinter ihr, trug über dem Arm ein Schultertuch, das sie ihrer Herrin bei Bedarf umlegen würde. Es schien allerdings die Sonne, und Christiana war es in ihrem blassgrünen mit Streublumen besticktem Kleid eher zu warm, als dass sie Bedarf an einem Schultertuch gehabt hätte. Gerne hätte sie die Handschuhe ausgezogen, die warm und eng über ihren Fingern lagen, aber das gehörte sich nicht für eine vornehme junge Dame. Ihr Gesicht schützte sie mit einem Sonnenschirm.

Am Rand des Manöverfelds stellte sich Bettina neben sie und betrachtete hingerissen die Ulanen. Mit beiden Händen stützte sie sich auf einem der Pfähle ab, zwischen denen die Seile als Begrenzung des Manöverfeldes gespannt waren. Sie beugte sich nach vorne, um sich keinen Ritt der Ulanen entgehen zu lassen. Christiana lächelte. Ihr gefielen die Ulanen auch, aber es wäre ihr nie eingefallen, das so deutlich zu zeigen. Egal, ob sie nun als adelige Cousine oder als sie selbst am Feldrand stand. Keiner der Ulanen verursachte das gleiche Herzklopfen, das ein Gedanke an Adrian in ihr auslöste.

Neugierig drehte Christiana sich halb um und suchte unter den anderen Zuschauern nach bekannten Gesichtern. Therese würde sie gerne treffen und noch lieber einen Blick auf Adrian erhaschen.

»Es sind wahrlich prächtige Kerle, die Ulanen, nicht wahr?«, hörte sie eine Stimme neben sich.

Frau von Greywitz war zu ihr getreten. »Kindchen, habe ich Sie erschreckt? Sie sind ja richtig zusammengezuckt.«

»Ich habe nicht damit gerechnet, angesprochen zu werden«, entgegnete Christiana kurzangebunden. Sie hoffte, Frau von Greywitz möglichst schnell wieder loszuwerden.

»Sie sind doch mit so vielen Leuten bekannt, da müssen Sie immer damit rechnen. Bestimmt treffen Sie alle paar Schritte jemanden, den Sie grüßen und mit dem Sie ein paar Worte wechseln.«

Das Lächeln der Frau von Greywitz war so falsch, wie es von ihr nicht anders zu erwarten war. Deshalb war Christiana auf der Hut, obwohl sie sich nicht vorstellen konnte, was die andere im Schilde führen mochte. »Sie übertreiben. Ich bin nichts als eine Fremde, die sich gerade einmal ein paar Wochen in Kursachsen aufhält«, entgegnete sie unverbindlich.

»Lässt man es Sie spüren? Dass Sie eine Fremde sind?«

»Nein! Warum?«

»Fremde werden entweder mit Freundlichkeiten überschüttet, weil jedermann neugierig auf sie ist, oder sie werden mit Verachtung gestraft. Dazwischen gibt es nichts. So ist das im Leben. Der Geist des Menschen sucht nach der extremen Herausforderung und gibt sich nicht mit weniger zufrieden.«

»Was wollen Sie mir sagen, Frau von Greywitz? Sprechen Sie nur frei heraus. Das erspart uns beiden unangenehme Fragestunden.« Christiana hatte sich für den direkten Weg entschieden und sah mit Genugtuung, dass sie ihre Gesprächspartnerin für einen Augenblick aus der Fassung gebracht hatte.

»Sie sollten besser auf Ihre Zofe achten, sonst geht sie noch mit einem der Ulanen durch. Diese Männer schrecken vor nichts zurück, sagt man jedenfalls. Und dass sie nicht lange zögern, wenn ihnen eine Frau gefällt. Guten Tag, und ich wünsche noch eine schöne Zeit auf dem Großen Campement. Oder werden es einsame Tage sein?« Frau von Greywitz wandte sich ab und schlenderte davon.

Christiana schaute sich hastig nach ihrer Zofe um. Bettina hatte sich ein paar Schritte entfernt und es tatsächlich geschafft, einen der Ulanen auf sich aufmerksam zu machen. Der Mann, dessen untere Gesichtshälfte unter einem wilden schwarzen Bart verschwand, hatte sein Pferd vor ihr gezügelt. Er lachte und zwirbelte die eine Seite seines Bartes, derweil Bettina hingerissen zu ihm aufschaute.

»Mädchen«, sagte Christiana scharf. »Ich will gehen!«

Widerstrebend ließ Bettina den Ulanen stehen. Sie knickste vor Christiana, zog dabei allerdings eine Schnute. »Sehr wohl, gnädige Frau.«

Christiana ließ das Manöverfeld nun ebenfalls hinter sich. Dass sie auf Bettina aufpassen musste, vergällte ihr die Freude an den Lanzenübungen gänzlich. Ihre Zofe trippelte neben ihr her.

»Es bleibt genug Zeit, bis Sie sich für den Abend umziehen müssen, gnädige Frau. Wir hätten ruhig bleiben und weiter zuschauen können.«

»Damit du deinem Ulanen schöne Augen machst?«

»Er ist aber auch zu fesch, gnädige Frau.«

»Aber nichts für dich. Du wirst dich mit diesen Ulanen nicht abgeben«, sagte Christiana streng. »Eher fresse ich einen Besen, als dass die es ernst mit einer Frau meinen.«

»Gnädige Frau?«, wunderte sich Bettina.

»So ist es!«, bekräftigte Christiana noch einmal. »Besser, die Dinge beim Namen zu nennen. Sehen wir zu, dass wir nach Moritz zurückkommen, ich habe genug von diesem Manöver.«

»Ich muss mit dir sprechen«, flüsterte Therese drängend. Sie fing Christiana auf der Gasse vor dem Hellmerschen Haus ab, als diese gemeinsam mit Bettina zurückkehrte. Beide wollten eben an die Haustür klopfen, als Therese um die Ecke gehuscht kam und Christiana am Arm ergriff.

»Ich hatte gehofft, dich beim Manöverfeld zu sehen. Komm ins Haus, die gute Hellmerin wird uns bestimmt einen Krug Zitronenwasser servieren.«

»Die Gesellschaft deiner Wirtin ist nicht das, was ich gebrauchen kann. Schicke deine Zofe hinein und lass uns ein paar Schritte gehen.«

Therese klang drängend.

Christianas Herz begann, schneller zu schlagen. Sie senkte die Stimme. »Komm in den Rosengarten.« Sie zog die Freundin um das Haus herum und öffnete ein Türchen in einem Knüppelzaun. Dahinter befand sich das, was die Hellmerin stolz als ihren Rosengarten bezeichnete. Tatsächlich war der Garten kaum größer als drei Schritt im Quadrat und enthielt eine an der Hauswand emporrankende Kletterrose, in zwei kleinen Beeten zwei weitere Rosen und andere Blumen, denen weder Christiana noch Therese einen Blick gönnten. Ihr Ziel war die Holzbank vor der Kletterrose. Diese lag um die Mittagszeit in der Sonne, die nicht nur heiß von oben schien, sondern deren Wärme auch von der Hauswand zurückgeworfen wurde. Was abends ein lauschiger Sitz für ein Pärchen war, kam um diese Zeit einem Platz vor dem Backofen gleich. Sie setzten sich dennoch hin, schützten sich mit Christianas Sonnenschirm.

»Meine Tante glaubt, dass ich mit jemandem spazieren gehe, deshalb habe ich nicht viel Zeit.«

»Mit wem gehst du spazieren?«, stellte Christiana die erste einer Reihe von Fragen, die ihr durch den Kopf schwirrten.

»Mit Ritter von Scholl.«

»Weiß er davon?«

»Nein, aber er wird mich nicht verraten.«

»Warum brauchst du eine Ausrede, um mich zu besuchen? Ich hatte eigentlich gehofft, dich am Sonntag zu sehen, und dann habe ich dir einen Brief geschrieben. Ist dein Besuch die Antwort?« Den Brief hatte tatsächlich Emilius geschrieben, sie hatte lediglich diktiert, aber das musste Therese nicht wissen.

»Der Brief muss meiner Tante in die Hände gefallen sein. Sie hat mir den Umgang mit dir untersagt.«

Das erschreckte Christiana und brachte einen schlechten Geschmack in ihren Mund. »Warum? Zuerst hat sie mich eingeladen und nun das?«

»Es sind Gerüchte über dich im Umlauf. Ich glaube kein Wort davon, aber im Hoflager reden beinahe alle darüber.«

»Worüber?« Christianas Stimme zitterte.

Was Therese ihr nun erzählte, überstieg ihre schlimmsten Erwartungen. Von ihr wurde als einer Diebin gesprochen. Jedermann verdächtigte sie, Schmuck gestohlen zu haben. Sie verstand endlich, warum alle Welt ihr auf einmal aus dem Weg ging. Besonders auffällig war es letzten Sonntag gewesen. Da hatte sie sich nichts dabei gedacht, die Ablehnung für Zufälle gehalten, nun in der Rückschau … Trotz der Hitze wurde Christiana kalt.

»Das war ich nicht. Ich habe mit dem verschwundenen Schmuck nichts zu tun. Das musst du mir glauben.«

»Natürlich glaube ich dir. Wenn jemand unfähig ist, anderen etwas vorzuspielen, bist du das. Du bist grundehrlich.«

Diese Worte verstärkten den schlechten Geschmack in Christianas Mund. Sie ließ den Schirm sinken und war einen Moment unfähig, sich zu rühren oder einen Gedanken zu fassen. Wenn die Freundin wüsste … Sie hätte diese

Last so gerne von ihren Schultern gestreift, aber nun war es unmöglich geworden.

»Der Schirm.« Therese griff danach und richtete ihn wieder so aus, dass er sie beide beschattete. »Was ist mit dir?«

»Das ist … das ist … Ich möchte nicht länger hierbleiben. Das ist alles zu schrecklich.« Christiana barg das Gesicht in den Händen.

Mitfühlend legte Therese ihr eine Hand auf die Schulter, streichelte mit einem behandschuhten Finger ihre Wange. Es war eine kleine Geste, die guttat.

»Du darfst jetzt nicht gehen. Das würde jeden nur umso fester von deiner Schuld überzeugen.«

»Ich war es nicht, wirklich nicht. Mir fehlt doch selbst ein Schmuckstück. Das habe ich gestern bemerkt. Es ist ausgerechnet einer der Anhänger, der zum Kobsdorffschen Familienerbe gehört. Einen kleinen Teil davon besitzt meine Familie. Mein Vater hat ihn mir vor meiner Abreise anvertraut, damit ich etwas bei mir habe, das mich mit den Verwandten in Kursachsen verbindet. Emilius wird außer sich sein, wenn er davon erfährt. Ihm bedeutet die Familientradition viel, viel mehr, als es den Anschein hat. Ich stehle mir doch nicht selbst einen Anhänger, das ist geradezu widersinnig.«

»Offensichtlich will dir jemand schaden. Für uns gibt es nur eine Chance, deinen guten Namen wieder herzustellen.«

Christiana hob das Gesicht aus den Händen, schaute die Freundin an. Deren unerschütterlicher Glaube tat so gut.

»Wir müssen den echten Dieb finden und den Schmuck zurückgeben. Von welchen verschwundenen Stücken wissen wir?« Therese beantwortete ihre Frage gleich selbst. »Dein Anhänger, eine Brosche meiner Tante, Monchous Halsband. Ich werde bei meiner Tante in Erfahrung bringen, was noch alles vermisst wird. Wir müssen klug und überlegt vorgehen.« Ihre Hand lag immer noch auf Christianas Schulter. Jetzt nahm sie sie fort, zerrte sich den Handschuh herunter und legte einen Finger an ihre Unterlippe. »Wer fällt dir ein, der dir Übles will?«

»Herr von Quirin und Frau von Greywitz«, sagte Christiana, ohne nachzudenken. Sie berichtete der Freundin von dem Kartenabend und wie sie die beiden später in einer sehr vertrauten Situation miteinander gesehen hatte. Sie fasste auch das Gespräch mit Frau von Greywitz während des heutigen Manövers zusammen. »Sie hat mich belauert und schien sich über mich zu amüsieren. Sie hat die ganze Zeit freundlich getan, tatsächlich habe ich mich gefühlt, als stände ich einer Feindin gegenüber.

»Das bedeutet nichts. Es gibt ständig Animositäten und Intrigen am Hofe. Deswegen lebe ich lieber auf dem Land.«

»Frau von Greywitz ist …«, begann Christiana zögerlich. Sie wusste nicht, wie sie ihre Gefühle gegenüber dieser Frau in Worte fassen sollte.

»… eine wirklich unangenehme Person. Sie schleicht am Rande der Gesellschaft herum, versucht, sich überall einzuschmeicheln. Es wird ihr jedoch nie gelingen, Zugang zu den wirklich hohen Kreisen zu finden. Sie und ihr Mann sind dafür einfach nicht vornehm genug. Jedermann findet ihre Bemühungen nur lächerlich.«

Diese Charakterisierung entsprach so sehr Christianas eigenen Empfindungen, dass sie nichts anderes als nicken konnte. »Aber wenn sie es nun nicht ist«, wandte sie dann doch ein.

»Wir werden sie beobachten. Beide.« Therese stand auf. »Ich muss gehen. Meine Tante darf keinen Verdacht schöpfen. Kopf hoch, Christiana! Es wird alles gut werden.«

Die Freundin strich ihr noch einmal über die Wange, zog ihren Handschuh wieder an und verließ den Rosengarten.

Christiana blieb auf der Bank sitzen, als hätte sie keine Kraft mehr im Leib, um sich zu erheben. Die Welt verschwamm vor ihren Augen. Sie presste die Hände auf das Gesicht, und als sie sie wieder sinken ließ, war einige Zeit vergangen. Nach all diesen Schrecken brauchte sie jetzt etwas Schönes, und da kam nur eines infrage.

In der Küche der Hellmerin buk Christiana einen Kuchen. Nichts Kompliziertes, nur einen einfachen Teig und eine dünne Schicht Eierschecke. Eigentlich war es mehr ein Fladen als ein Kuchen, aber sie war zu ungeduldig, um stundenlang zu werkeln.

Bevor der Kuchen ausgekühlt war, schob sie ihn auf ein Holzbrett und verließ damit das Haus. Am Nachmittag hatten viele der Bäcker frei, bevor gegen Abend ihre Arbeit wieder begann, sie in der Nacht das Brot backen mussten, das die Soldaten am nächsten Tag aßen. Sie hoffte, Adrian zu finden. Bis zu den Unterkünften der Bäcker hatte sie sich zuvor nie gewagt. Als Adrian sie sah, löste er sich aus einer Gruppe und kam mit einem Bierglas in der Hand auf sie zu. Seine Augen leuchteten auf. Er stellte das Glas auf einem Pfahl ab und streichelte Christianas Wange.

»Was hast du da?«, fragte er und deutete auf das Brett, das sie mit beiden Händen vor sich hertrug.

»Das ist für dich, für uns. Es ist nur ein ganz einfacher Kuchen, mehr konnte ich nicht backen. Aber ich habe gedacht ... gedacht, wir können uns irgendwo hinsetzen, wo wir alleine sind und etwas essen ...« Sie brach verlegen ab.

Adrians Hand ruhte noch auf ihrer Wange, und er nickte.

Sie verließen Moritz, setzten sich ans Elbufer, die Rücken an einen sonnenwarmen Stein gelehnt. Wie bereits bei ihrem ersten gemeinsamen Picknick aßen sie auch diesmal wieder den Kuchen mit der Hand.

»Schmeckt wunderbar«, sagte Adrian mit vollem Mund. »Alles, was du backst, ist wunderbar.«

Christiana lehnte sich an ihn. »Erzähle mir von Lockwitz. Was für ein Leben werden wir dort haben?«

»Ein gutes, ein einfaches. Eines mit viel Arbeit, aber wir werden immer wissen, wofür wir gearbeitet haben. Und wir werden zusammen sein.«

Zusammen sein. Wie schön sich das anhörte. Christiana ließ sich erzählen, wie viele Leute im Dorf Lockwitz lebten, wie der Pfarrer hieß und dass vor dreißig Jahren die Kirche erweitert worden war, dass es keinen Markt in Lockwitz gab, dass auch noch die Dörfer Kautzsch Rosentitz, Sobrigau, Luga und noch einige andere zur Grundherrschaft gehörten. Er beschrieb ihr ausführlich seine Backstube und malte ihr in den schönsten Farben aus, was sie alles zusammen backen würden. Christiana brauchte nicht lange, um sich davon anstecken zu lassen.

Den Kuchen hatten sie längst aufgegessen, Adrian war auch verstummt, hatte alles erzählt, was es über Lockwitz zu sagen gab, aber sie saßen weiter am Ufer der Elbe, schauten auf den träge dahinfließenden Fluss und waren froh, beieinander zu sein. Das leere Brett lag neben ihnen im Gras, Adrian hatte seine Arme um sie geschlungen, und Christiana hatte das Gefühl, zwei Menschen konnten sich nicht näher sein.

»Wann musst du wieder arbeiten?«, fragte Adrian in ihre innige Zweisamkeit hinein.

»Erst morgen. Und du?«

»Nachher wieder.«

»Lass uns bis dahin nicht von der Arbeit sprechen«, bat Christiana. »Es soll nur um die schönsten Kuchen gehen.«

»Torten, die eines Königs würdig sind. Sobald wir in Lockwitz angekommen sind, werden wir den schönsten Kuchen backen, der uns einfällt. Wir werden ihn mit den Lockwitzern teilen, Jeder soll ein Stück bekommen. Das soll dein Willkommengruß sein.«

Der Gedanke gefiel Christiana. Die Glocke aus dem Moritzer Lager rief Adrian schließlich zur Arbeit. Nur widerwillig erhoben sich beide. Vor den Bäckerzelten trennten sie sich, und diesmal küsste Adrian sie. Seine Lippen suchten ihre und willig gab sich Christiana ihm hin. Das Bimmeln der Glocke trieb sie schließlich auseinander, und Adrian eilte davon. Die Arme um den eigenen Leib geschlungen, schaute Christiana ihm nach. Es konnte nach diesem Nachmittag keinen Zweifel mehr daran geben, dass Adrian sie als Frau in seiner Backstube wollte und nicht als Magd.

Das Hellmersche Haus betrat sie durch die Hintertür, die zwar in den Angeln knarrte, aber um diese Abendzeit noch nicht abgeschlossen war. Im Flur war es dunkel und still, aber hinter der Tür der guten Stube war deutlich Emilius zu vernehmen, der dort offenbar mit dem Ehepaar Hellmer zu Abend aß. Er schwadronierte dabei mit vollem Mund über die Leistungen der sächsischen Armee. Manchmal war auch die Stimme Herrn Hellmers zu vernehmen.

Es gab Tage, an denen Emilius es zu genießen schien, mit einfachen Menschen ein einfaches Mal zu teilen, obwohl er in der Regel verächtlich darüber redete.

Auf Zehenspitzen schlich Christiana zur Treppe, mied deren erste Stufe, bei der ein Holzbrett locker war. Als sie endlich die Tür ihrer Kammer hinter sich geschlossen hatte, atmete sie auf. Selbst Bettina wartete nicht auf sie. Christiana ließ sich aufs Bett fallen. Das war also das Gefühl, einen Mann zu lieben und von ihm geliebt zu werden, ein Versprechen für eine gemeinsame Zukunft zu haben.

Dieses Gefühl wollte sie nie wieder verlieren. Wenn sie

erst einmal mit Adrian zusammen in der Backstube stand …
Sie war so glücklich, dass sie glaubte, gleich platzen zu müssen, und gleichzeitig fürchtete sie, es nicht verdient zu haben.

DREIZEHN
14 UND 15. JUNI 1730

*T*herese nutzte den manöverfreien Tag, um sich von Ritter von Scholl zu einem Ausritt einladen zu lassen. Er führte sie nach Kreinitz. Vor dem Lazarett stieg sie vom Pferd und übergab von Scholl dessen Zügel. Mit einem Nicken verabschiedete er sich, um einige Zeit seine eigenen Wege zu gehen und sich mit den Pflanzen der Umgebung zu beschäftigen.

Laurenz Schumann hatte nicht mit ihrem Kommen gerechnet, strahlte jedoch und ergriff ihre beiden Hände und zog sie an seine Lippen.

»Bist du den ganzen Weg alleine gekommen? Und womöglich zu Fuß?«, fragte er besorgt.

Etwas verlegen gestand ihm Therese, welches Arrangement sie getroffen hatte, um sich aus der Aufsicht ihrer Tante fortzuschleichen.

»Ich sollte dich schnellstens zurückbringen. Aber ich werde es nicht tun.«

»Weil du deine Kranken nicht allein lassen kannst?« Therese legte den Kopf schief und schaute ihn schelmisch an.

»Weil ich eigensüchtig bin und deiner Gesellschaft nicht so bald wieder verlustig gehen will.«

Im Lazarett lagen inzwischen rund ein Dutzend Männer. Ernst Kressel mit dem gebrochenen Fuß befand sich nicht mehr unter ihnen. Neben einigen Fällen von Fieber, die streng abgetrennt von den anderen Kranken untergebracht waren, litten die meisten Männer an Verstauchungen oder Quetschungen, die sie sich bei den Manövern zugezogen hatten. Schwerer verletzt waren zwei, von denen einer eine eitrige Wunde am Bein und ein anderer ein gebrochenes Schlüsselbein hatte. Ihre Verletzungen hatten sie sich in der Nacht zugezogen, als die Ulanen versucht hatten, eine Fahne zu stehlen.

Therese begleitete Laurenz durch das Lazarett. Sie reichte ihm Binden oder Tücher, verteilte Getränke oder bestrich Brotscheiben dick mit Butter. Die Komplimente der Männer ließ sie gutmütig über sich ergehen.

Sie hatten gerade ihre Runde beendet und waren dabei, die Arztbestecke mit kochendem Wasser zu reinigen, als Räder auf dem Hof vor dem Lazarett klapperten. Ein Pferd wieherte, und es hörte sich an, als protestierte es gegen eine harte Behandlung. Gleich darauf wurde aufgeregt nach dem Arzt gerufen. Laurenz ließ alles fallen und rannte hinaus. Therese folgte mit wehenden Röcken.

Draußen hatte ein zweirädriger Karren gehalten, vor den ein klapperdürrer Brauner gespannt war. Dessen Flanken und Hals waren mit schaumigem Schweiß bedeckt. Der Kutscher saß noch auf der Ladefläche des Karrens. Auf einen Strohsack lag ein leichenblasser Mann in einer blutverschmierten Uniform. Zwei Gehilfen des Lazaretts waren eben dabei, ihn aus dem Karren zu heben, während Laurenz befahl, sich zu beeilen, aber den Verletzten um Himmels willen gerade zu halten und nicht mehr als nötig zu bewegen. Zu Pferd begleitete den Karren ein junger Leutnant, dessen Gesichtsfarbe der des Verletzten ähnelte.

Die Helfer trugen ihn in den Behandlungsraum. Laurenz und der Leutnant folgten, hinter ihnen eilte Therese heran.

Für sie sah der Mann aus wie tot, aber sie hatte gesehen, wie Laurenz ihm zwei Finger an den Hals gelegt und das Gesicht über seine Nase gehalten, schließlich genickt hatte.

Er wollte vor ihr die Tür des Behandlungsraumes schließen. »Das ist nichts für dein Gemüt, Therese«, sagte er dazu.

»Ich habe schon Verletzte gesehen und mich um sie gekümmert«, widersprach sie und drängte sich an ihm vorbei.

Der Mann lag auf dem Tisch. Einer der Gehilfen schnitt ihm mit einer großen Schere den Rock und die Weste vom Leib.

»Was ist passiert?«, wollte Laurenz von dem Leutnant wissen.

»Das weiß keiner genau.« Der junge Mann war ganz aufgeregt und wusste nicht, wohin mit seinen Händen. Schließlich hakte er die Daumen hinter den Gürtel. »Es wurde während des leichten Exerzierdienstes geschossen. In die Luft. Oberst Böhne griff sich auf einmal an die Brust und fiel um. Dann war auch schon alles voller Blut. Ich habe ihn sofort hergebracht. Sie müssen ihm helfen.«

»Ich werde für ihn tun, was ich kann.« Laurenz wandte sich wieder Oberst Böhne zu, der inzwischen mit nacktem Oberkörper auf dem Behandlungstisch lag. Die Operation, mit der Laurenz Schumann die Kugel aus seiner Brust entfernte, dauerte lange und war blutig, Therese tupfte mit Tüchern und zuletzt mit dem Hemd des Patienten das immer wieder austretende Blut auf. Die beiden Gehilfen hielten den Oberst fest, er wachte zwar nicht auf, schlug aber in seiner Ohnmacht heftig um sich. Endlich hielt Laurenz die Kugel zwischen Daumen und Zeigefinger.

Ein kleines Ding! Therese musste sich abwenden. Der junge Leutnant hatte sich möglichst weit weg vom Behandlungstisch an die Wand gelehnt und war grün im Gesicht. Als sich ihre Blicke kreuzten, schenkte er ihr ein verunglücktes

Lächeln. Seltsamerweise half ihr das, zu ihrer Stärke zurück-zufinden. Sie konnte sich wieder dem Verletzten zuwenden und Laurenz beim Verbinden der Wunde helfen. Sie umwi-ckelten den Brustkorb dick mit Leinenbinden. Anschließend wurde Oberst Böhne in ein bequemes Bett gelegt, und der Leutnant übernahm die Krankenwache. Laurenz schärfte ihm ein, ihn bei jeder Veränderung zu rufen, egal um welche Tages- oder Nachtzeit es sich handelte. Der Leutnant nickte.

»Wird er es überleben?«, fragte Therese, als sie vor dem Lazarett standen.

»Ich weiß es nicht. Er hat viel Blut verloren. Und wenn sich die Wunde entzündet ... Es steht auf Messers Schneide.«

»Ich werde für ihn beten.«

»Du wärst die beste Ehefrau, die ein Arzt sich wünschen könnte.« Laurenz strich ihr über die Wange. »Du hast die Umsicht behalten. Ich kenne nicht viele Frauen, die in dieser Lage ruhig geblieben wären. Eigentlich kenne ich überhaupt keine.«

Thereses Herz schlug schneller. Im gleichen Moment ver-ließen sie die Kräfte. Laurenz umfing sie und führte sie zu der Bank, auf der sie bei ihrem ersten Besuch mit Christiana gesessen hatte. Er holte ihr eigenhändig ein Glas mit Wasser verdünnten Weins, kniete sich vor ihr in den Staub und hielt ihre Hand. Sorge stand in seinen Augen.

»Es geht gleich wieder«, sagte sie. »Es war doch ein schlimmer Anblick.« Sie schaute auf Laurenz herab. »Deine Kleidung ist ganz blutig.«

Alles hatte so schnell gehen müssen, es war keine Zeit ge-wesen, einen Kittel anzuziehen, sein Anzug war mit Blut ge-sprenkelt. Insbesondere die Ärmel seines Hemdes sahen aus, als hätte er sie in eine mit Blut gefüllte Schüssel getaucht. Aber auch Thereses Reitkleid hatte etwas abbekommen. Die Flecken waren auf dem lavendelfarbenen Stoff deutlich zu sehen. Sie waren getrocknet und mit einem in Wasser getauchten Taschentuch nicht mehr herauszureiben. Es kümmerte sie nicht. Die beste Gattin für einen Arzt klang noch in ihrem Ohr nach.

»Was wird deine Tante sagen, wenn sie das Kleid sieht? Sie wird wissen, dass die Flecken nicht von einem Ausritt kommen.« Laurenz setzte sich neben sie auf die Bank.

Ihre Gesichter waren ganz nah voreinander. Und dann geschah es, dass ihre Lippen sich berührten. Vorsichtig und zart und kurz. Der Kuss war so schnell wieder vorbei, wie er begonnen hatte.

Thereses erster Kuss – abgesehen von dem eines Bauernjungen, als sie beide acht Jahre alt gewesen waren. Er rief Gefühle in ihr hervor, die sie nicht gekannt hatte. Sie erschreckten sie, gleichzeitig waren sie ihr angenehm.

Sie saßen nebeneinander auf der Bank, bis vier Glockenschläge der nahen Lorenzkircher Kirche sie aufschreckten. Die Zeit, zu der Therese geplant hatte, ins Hoflager zurückzukehren, war längst verstrichen. Ritter von Scholl wartete sicher ungeduldig am vereinbarten Treffpunkt.

Sie sprang auf und verabschiedete sich hastig von Laurenz. Zum Abschied küsste er sie auf die Wange.

Am Treffpunkt wartete niemand auf sie. Therese seufzte. Käme sie zu Fuß und allein im Hoflager an … an die Vorwürfe ihrer Tante mochte sie gar nicht denken.

Weit war sie noch nicht gekommen, als sie hinter sich Hufschläge hörte. Höflich ging sie an den Rand des Weges und wartete. Bei dem Reiter handelte es sich um Ritter von Scholl, der ihr Pferd am Zügel führte. Er hielt neben ihr an, sprang aus dem Sattel und entschuldigte sich wortreich.

Aus den Taschen seines Rockes quollen Pflanzen, ebenso aus einer Satteltasche. Sie waren auch der Grund für seine Verspätung: Über das Sammeln hatte er die Zeit vergessen.

Therese konnte schon wieder lachen und erzählte ihm, dass ihr genau das Gleiche passiert sei. In schöner Eintracht kehrten sie ins Hoflager zurück und verabschiedeten sich dort voneinander. Ritter von Scholl waren die Blutspritzer auf ihrem Kleid nicht aufgefallen. Anders als Tante Ernestine, die sie sofort entdeckte.

Deswegen und wegen der langen Dauer des Ausritts unterzog sie ihre Nichte einem strengen Verhör. Therese behauptete, bei den Flecken handele es sich um Himbeersaft. Im Wald hätte sie Himbeersträucher mit reifen Früchten gefunden, denen sie nicht habe widerstehen können.

»Du kommst mir mit Himbeeren … Wichtiger ist eine andere Frage: Seid ihr euch einig geworden?«

»Wir sind uns nicht einig geworden, wie Sie es zu nennen belieben. Darüber haben wir nicht geredet.«

Die Tante verdrehte die Augen, wedelte ärgerlich mit dem Fächer vor dem Gesicht ihrer Nichte auf und ab. »Ich weiß wirklich nicht, ob ich das Mängeln in deinem Charakter oder in der Erziehung durch deine Mutter anlasten soll. Du wirst hoffentlich wissen, wie du einen Mann dazu bringst, eine gewisse Frage zu stellen?«

»Ich glaube schon.« Therese dachte dabei allerdings nicht an den gleichen Mann wie ihre Tante.

Der schwere Unfall Oberst Böhnes hinderte den Fortgang der Manöver nicht. Sie begannen am Tag darauf um sechs Uhr morgens. Um diese frühe Uhrzeit fanden sich ein nicht völlig ausgeschlafener Friedrich August und ein äußerst munterer Friedrich Wilhelm in dem Aussichtspavillon ein. Aus der Küche, die sich unterhalb der Aussichtsplattform befand, wurden Suppen, frisches Brot, eine Hasenpastete, eingelegtes Gemüse und Obst gebracht. Zudem heiße Schokolade. Ein Lakai schenkte die Schokolade ein. Sofort stieg ein herb-süßer Geruch auf, den der Sachse genießerisch erschnupperte.

»Verweichlichtes Zeug«, kommentierte Friedrich Wilhelm. Er hielt nichts von diesem Modegetränk, bevorzugte Bier und warme Suppen.

In seinen Eingeweiden wühlte jedoch der Ärger und verdarb ihm den Appetit. Sein nichtsnutziger Bengel von Sohn hielt es nicht für nötig, zu erscheinen, obwohl er dessen Anwesenheit befohlen hatte.

Die Kolonnen der Infanterie erreichten den Manöverplatz und lenkten Friedrich Wilhelm für kurze Zeit von seinem Ärger ab. Die Schilde auf ihren Helmen blitzten in der Morgensonne, ebenso die blank polierten Knöpfe und die goldenen Tressen. Hunderte kamen heran, und alle hoben im selben Augenblick den rechen Fuß, gleich darauf den linken. Es war ein erhebender Anblick. Die Güte eines Reiches zeigt sich in der Güte seiner Armee, dachte der preußische König.

Er wollte es gerade sagen, als sein missratener Sohn den Pavillon betrat, gefolgt von seinem Pagen, einem Jäger und drei jungen Männern, die ihm als Gesellschafter dienten. Die zuvor verspürte Wut kehrte mit weit aufgerissenem Maul zurück. Friedrich Wilhelm sprang auf und stürzte sich auf seinen Sprössling. Packte ihn an den Haaren.

Der junge Friedrich fiel sofort auf ein Knie. Hob einen Arm vor das Gesicht.

»Herr Vater, ich bitte Euch! Bitte!«

»Was hast du da zu bitten. Wir hatten dir befohlen, um sechs Uhr anwesend zu sein. Aber du kommst und gehst, wie du willst. Was hast du uns zur Erklärung zu sagen?« Der Stimme des preußischen Königs war anzuhören, dass er sich nur mühsam beherrschte. Seine eine Hand zuckte bereits zu der Rute, die im Schaft seines Reitstiefels steckte.

»Ich will es erklären. Herr Vater, bitte.«

»Lass ihn los, Bruder«, rief Friedrich August betont launig. »Wenn du ihn so hältst, kann er gar nichts sagen.«

»Der bringt es schon heraus«, knurrte der Preuße, ließ seinen Sohn aber los.

Neben den beiden Majestäten befanden sich auch deren Gefolge und der sächsische Generalstab im Aussichtspavillon. Es waren bestimmt sechzig Herren anwesend, und jedes Augenpaar war auf den Kronprinzen gerichtet. In den meisten war mildes Verständnis zu lesen.

Friedrich richtete sich auf, ließ aber die Schultern nach vorne hängen und schaute zu Boden.

»Ist das eine soldatische Haltung?«, fuhr der Vater ihn sofort an. »Steh' nicht da wie ein Krummstock, richte dich gerade.« Diesmal zuckte Friedrich Wilhelms Hand nicht nur zum Stock im Stiefelschaft, sondern zog ihn auch heraus.

Der Kronprinz brachte sich sofort aus dessen Reichweite. »Es ist allein meine Schuld. Ich habe die Zeit aus dem Blick verloren«, sagte er hastig und hörte sich an, wie ein Knabe vor dem Stimmbruch. »Ich bin um vier Uhr in der Früh aufgestanden, aber dann ist die Zeit so schnell vergangen. Ihr dürft niemand anderem die Schuld daran geben als mir allein, Herr Vater.«

»Du hast zwei Stunden mit deiner Toilette vertrödelt! Dich werden wir lehren, deine Zeit auf diese Weise zu verschwenden«, wetterte Friedrich Wilhelm.

»Die sorgfältige Wahl des Anzuges ist wohlangelegte Zeit«, mischte sich Friedrich August erneut ein. Insgeheim war er der Meinung, dass für diese lange Zeit das Ergebnis beklagenswert war. Der Prinz trug einen schmucklosen blauen Rock zu einer hellen Hose, darunter eine ebenso helle Weste und ein weißes Hemd. Das Halstuch war korrekt, aber in keinem besonders komplizierten Stil gebunden. Ein tüchtiger Kammerdiener sollte es in einer halben Stunde bewerkstelligt haben, ihn so anzukleiden. Diese Meinung behielt er aber für sich.

»Ein Soldat braucht nach dem Aufstehen nicht länger als eine Viertelstunde, um kampfbereit zu sein. In dieser Zeit hat er sich gewaschen, angezogen und gestärkt.«

Für einen einfachen Soldaten mochte das zutreffen, für den Kronprinzen eines Königreiches war es auf keinen Fall angemessen. Friedrich August sagte jedoch nichts dergleichen, sondern wandte seine Aufmerksamkeit seinen Soldaten zu. Die waren inzwischen herangekommen und salutierten vor dem Pavillon.

»Ich werde mich bessern, Herr Vater.«

»Als ob wir das glauben sollen. Viel zu oft hast du uns das bereits versprochen.« Friedrich Wilhelms Aufmerksamkeit wurde kurz durch die salutierenden Soldaten abgelenkt. Mit der Rute in der Hand schlug er im Takt der Marschtritte gegen seine Stiefel und beobachtete das Defilee.

»Alles wackere Männer«, bemerkte er zu niemand Bestimmten.

In dreizehn exakt ausgerichteten Kolonnen zeigten die Soldaten, worin sie gedrillt worden waren: Sie präsentierten die Gewehre, luden wie ein Mann und feuerten in die Luft. Dies wiederholten sie mehrmals, und jedermann im Pavillon konnte sich leicht vorstellen, wie tödlich das Heranrücken einer derartigen Kolonne war, wenn nicht in die Luft, sondern auf den Gegner geschossen wurde.

»Schau dir alles genau an, damit du weiß, was du zu tun hast, wenn du einst unsere Armeen kommandierst«, verlangte Friedrich Wilhelm von seinem Sohn.

»Sehr wohl, Vater.«

Eine Zeit lang herrschte im Pavillon friedliches Schweigen.

»Wirst du wohl keine solche Miene des Überdrusses ziehen!«, herrschte Friedrich Wilhelm dann aus heiterem Himmel den Kronprinz an.

»Das tue ich nicht, Herr Vater.«

»Deine ewigen Widerworte hängen uns zum Hals heraus. Du bist eine Schande für die Familie, für uns. Für Brandenburg und Preußen. Jeder Soldat besitzt mehr Wert als unser feiner Herr Sohn.«

»Ich bitte Euch …«

»Einen Arsch in der Hose hast du noch nie gehabt.« Friedrich Wilhelm packte seinen Buben an der Schulter und drückte ihn nach vorn. Die Rute sauste mit einem pfeifendem Geräusch auf den kronprinzlichen Hintern nieder.

Nach einem oder zwei Streichen war Friedrich Wilhelms Wut bei Weitem noch nicht verraucht. Er prügelte auf seinen Sohn ein. Die hohen preußischen Offiziere, der sächsische Generalstab, Friedrich August von Sachsen, alle schauten betroffen zu. Auf dem Manöverfeld war ebenfalls bemerkt worden, dass im Pavillon etwas im Gange war. Die Soldaten waren mit der Ausführung ihrer Befehle beschäftigt, sie konnten allenfalls einen kurzen Blick riskieren. Die kommandierenden Offiziere dagegen schauten genauer hin.

Der Kronprinz selbst ertrug die Schläge stumm. Nur an seinem geröteten Gesicht waren die Schmerzen abzulesen, die er erdulden musste. Seine Hose riss auf; da endlich stieß ihn sein Vater zu Boden, keuchte und musste sich an der Lehne eines neben ihm stehenden Stuhles festhalten.

Friedrich rappelte sich wieder auf, achtete darauf, dass sein Hintern von den Schößen seines Rockes bedeckt war, und verneigte sich.

»Darf ich mich zurückziehen, Herr Vater?«, sagte er mit leiser Stimme. Er musste Schmerzen leiden, aber davon war ihm nichts anzuhören.

»Du wirst hierbleiben und dir das Manöver anschauen!«

Der junge Friedrich verneigte sich erneut und blieb mit unbewegter Miene neben seinem Vater stehen.

»Hätte unser Vater so an uns gehandelt, wir hätten uns totgeschossen. Aber dir fehlt es an jeder Ehre, dass du dir alles gefallen lässt«, bellte der preußische König seinen Sohn an, kaum dass dieser sich aufrecht hingestellt hatte. »Du bist ganz und gar unwürdig, unser Nachfolger zu werden. Es ist besser, du verzichtest zu Gunsten deines Bruders August Wilhelm auf den Thron.«

»Das werde ich nicht tun, Herr Vater.«

»Du wirst es schon noch tun.«

»Niemals!«

In den späten Vormittagsstunden verließ Adrian Siebert das heiße Bäckerzelt. Den Kittel hatte er ausgezogen, das Hemd am Hals weit geöffnet. In der letzten Nacht war er ohne Schlaf geblieben, ihm war schwindelig, und die Welt verschwamm vor seinen Augen. Die Geschosssalven des Manövers waren bis nach Moritz zu hören, aber Adrian nahm sie kaum wahr. In Gedanken war er mit anderen Dingen beschäftigt, während er an den Bäckerzelten vorbei Richtung Ort schlenderte. Er fragte sich, ob es eine gute Entscheidung gewesen war, seine Backstube im Lockwitz für einen Monat zu schließen und herzukommen. Andere Lockwitzer Bäcker hatten mit dem Kopf geschüttelt, als sie von seinen Plänen erfahren hatten. Der junge Siebert, hatte es geheißen, wollte ja schon immer hoch hinaus. Was daran falsch sei, hatte er wissen wollen und Schulterzucken geerntet.

Ihn hatte die versprochene Bezahlung gelockt, die weit höher war, als was er in Lockwitz in einem Monat verdiente. Er hatte auch Kenntnis von einer Reihe schöner Rezepte erhalten. Dafür lohnte sich die Schinderei. Eine solche war es tatsächlich, und das hatte er sich vorher nicht so vorgestellt. Die Öfen standen keinen Augenblick des Tages still, im Zelt kam es ihm teilweise so heiß vor, dass man zum Backen gar keinen Ofen mehr benötigte. Er fand kaum Zeit zum Schlafen oder Essen, und der Geruch warmen Brotes oder Kuchens hatte für ihn seinen Zauber verloren.

Dafür hatte er Christiana gefunden. Die Rezepte, die sie ihm aufgeschrieben hatte, ruhten als sein größter Schatz unter seinem Hemd. Er hätte sie gerne gesehen, mit ihr gesprochen, ihren Duft eingeatmet und ihre Begeisterung gespürt. Sie könnte ihm die Freude an der Backkunst zurückgeben.

»Bei dem Krach kann man auf den Gedanken kommen, dass sich die Tore der Hölle auftun, um finstere Gestalten in unsere Welt zu entlassen«, sagte jemand neben ihm.

Adrian schaute auf und erkannte Meister Mingel aus Radebeul.

»Für dich besteht die Hölle also aus Soldaten im Manöver, für die wir backen müssen?«

»Ich kann mir kaum Schlimmeres als das hier vorstellen und frage mich, ob die gute Bezahlung die Schinderei wirklich wert ist. In Radebeul wäre ich mein eigener Herr in meiner eigenen Backstube, würde in einem weichen Bett schlafen statt auf einem harten, schmalen Lager und hätte mein Weib neben mir und keine schnarchenden Bäcker.«

Da das im Wesentlichen Adrians eigenen Gedanken entsprach, nickte er nur. Gleich darauf begann sein Herz, wie ein Schmiedehammer zu pumpen, denn er glaubte, ein wohlbekanntes Lachen gehört zu haben. Adrian schaute sich um. Etliche Mägde eilten in der Erledigung ihrer Arbeit durch die Menge, trugen abgedeckte Schüsseln, schmutzige Tücher fort, während andere mit sauberen herbeikamen, oder wischten sich mit Zipfeln ihrer Schürzen den Schweiß aus dem Gesicht. Keine davon war Christiana, dennoch war er sich sicher, ihr Lachen gehört zu haben. Erneut ließ er den

Blick über die Menge schweifen und riss die Augen auf: Da ging Christiana. Kaum ein halbes Dutzend Schritte von ihm entfernt. Sie war vertraut und fremd zugleich, denn sie trug ein so vornehmes Kleid, wie er es noch nie an ihr gesehen hatte. Sie hielt einen Sonnenschirm über ihren Kopf und ging an der Seite eines ebenso vornehm gekleideten jungen Herrn, auf den sie eifrig einredete. Ihr Gesicht sah er nur im Profil, zudem noch teilweise verdeckt von einem Hut, aber er glaubte, eine heitere Gelassenheit zu erkennen.

Ihr Anblick versetzte ihm einen Stich, als hätte er sich ein Messer in den Leib gerammt. Christiana war keine Magd, sondern eine vornehme Dame. Die zwar viel über das Backen wusste, aber nur mit ihm gespielt hatte. Manche Damen pflegten seltsame Vorlieben, wusste er. Er war darauf hereingefallen, hatte sich vollkommen zum Narren gemacht. Wie musste sie innerlich über ihn gelacht haben, als er ihr von Lockwitz erzählt hatte?

Wut und Schmerz kämpften in seiner Brust. Die Wut gewann! Er bezähmte sich nur mit Mühe, seine Gefühle nicht herauszuschreien und eine unbewegte Miene beizubehalten. Er war keiner dieser Laffen, die ihren Hals unter das Joch einer Dame beugten. Er war immer stolz auf sein Können gewesen, und eine wie Christiana würde daran nichts ändern. Er würde es sie spüren lassen, dass ihr Spiel aufgeflogen war.

Meister Mingel hatte das vornehm gekleidete Paar ebenfalls entdeckt. Und auch bemerkt, dass Adrian sie anstarrte, als hätte er mit ihr ein Hühnchen zu rupfen. Bei der Frau kam es ihm so vor, als hätte er selbst sie auch schon einmal gesehen.

»Bist du mit der Frau bekannt?«, erkundigte er sich neugierig und auch neidisch. Die Bekanntschaft mit vornehmen Leuten schadete nie, wenn man in der Welt vorankommen wollte.

»Eigentlich nicht. Die Frau hat sich verschiedentlich als Magd ausgegeben und ist in die Bäckerzelte gekommen. Sie hat sich Christiana Johanni genannt, aber ich bin mir sicher, dass das nicht ihr richtiger Name ist.«

»Warum?« Nun war es an Meister Mingel, verblüfft zu sein. Der Name löste die Erinnerung an eine Frau in ihm aus, gegen die er sich nicht allzugut benommen hatte.

»Das darfst du mich nicht fragen.«

In diesem Moment änderten die junge Frau und ihr Begleiter die Richtung und kamen nun genau auf sie zu. Adrian zog Meister Mingel hinter einen mit Heu beladenen Karren, der vor einem Haus stand. Er spähte um den Wagen herum und Zweifel waren nicht mehr möglich: Bei der Frau handelte es sich um Christiana.

»Eh«, ließ sich der Radebeuler Bäckermeister hören. »Ich hatte eine Magd namens Christiana Johanni. Sie sah dieser Dame verflixt ähnlich, und in die Backstube hat sie sich auch immer geschlichen. Deswegen hat mein Weib sie rausgeworfen. Es ist dieselbe Frau. Nur dass sie nicht mehr wie eine Magd aussieht.«

Adrian hörte nur mit halbem Ohr hin, was der Radebeuler sagte. Christiana und ihr Begleiter befanden sich beinahe auf Höhe des Karrens, und er trat dahinter hervor. Mingel tat es ihm nach.

Christiana starrte ihn an, als hätte sie einen Geist gesehen, wurde so bleich, als wäre sie selbst einer. Der Schirm entfiel ihrer Hand, dann krümmte sie sich zusammen. Ihr Begleiter wollte ihr den Sonnenschutz zurückgeben und beugte sich über sie. Mit zitternder Hand zog sie ihn näher und flüsterte ihm aufgeregt ins Ohr.

»Jetzt?«, fragte er verblüfft.

Wieder flüsterte sie ihm ins Ohr.

»Wie du meinst. Wenn dich ein plötzliches Unwohlsein plagt, bringe ich dich zurück. Kannst du gehen, oder …? Hier stehen zwei Herren, die bestimmt gefällig sind und einen Tragsessel herbeischaffen.« Der junge Herr hob den Blick und betrachtete Adrian und Mingel. Adrian schnaufte und spürte, dass seine Wut kurz davor war, ihn zu überrollen, wie ein Hefeteig beim Gehen manchmal über den Rand der Schüssel quoll.

Christiana schüttelte den Kopf, drehte sich um und eilte davon, eine Hand auf den Mund gepresst. Ihr vornehmer Begleiter folgte ihr mit dem Schirm und balancierte sorgfältig um eine Pfütze herum, die Christiana ohne Rücksicht auf ihre Röcke durchquert hatte.

»Wie geht das an?«, fragte Mingel an niemand Bestimmten gerichtet. »Das war Christiana Johanni, die jahrelang in meinem Haus als Magd gearbeitet hat. Zweifel sind nicht möglich, und nun ist sie eine vornehme Dame.«

»Sie ist … Ich weiß nicht mehr, was sie wirklich ist. Wahrscheinlich ist sie weder eine Magd noch eine vornehme Dame, sondern eine Glücksritterin.« Adrian wandte sich ab. Er wusste nicht, ob er erleichtert oder traurig oder wütend oder etwas anderes sein sollte. In erster Linie fühlte er sich leer.

»Was hast du, Cousinchen?«, fragte Emilius, und sein Tonfall schwankte zwischen besorgt und ärgerlich. »Du wirst doch nicht krank werden.«

»Mir ist schlecht geworden«, presste Christiana zwischen den Lippen hervor. Das war nicht einmal geflunkert. Als Adrian plötzlich hinter dem Karren hervortrat, hatte sie tatsächlich eine Welle der Übelkeit überrollt. Ihr war nichts anderes eingefallen, als es zu dramatisieren, um aus seiner Gegenwart zu entfliehen. Es konnte allerdings kein Zweifel daran bestehen, dass er sie erkannt hatte.

»Es gefällt mir nicht, wenn du dich anstellst«, stellte Emilius klar.

Sie erreichten das Hellmersche Haus, wurden von der Frau des Schneiders in die gute Stube geführt, nachdem Emilius verkündet hatte, seine Cousine fühle sich nicht wohl. Dort musste Christiana sich auf das Sofa legen, und ihr Cousin nutzte die erste Gelegenheit, sich davonzustehlen. Statt in Ruhe gelassen zu werden, war Christiana nun der Pflege der Hellmerin ausgesetzt, die ihr das Dekolletee mit einen erfrischenden Duftwasser benetzte, ihr zerdrückte Erdbeeren für ihre Stirn anbot, ein Riechsalz, Zitronenscheiben und Teeblätter. Sie könnte ihr auch die Schnürbrust lockern. Zunehmend entnervter lehnte Christiana alles ab, versicherte mehrmals, dass es ihr schon besser gehe und sie nur ein paar Minuten liegen bleiben wolle.

»Sie sehen sehr bleich aus, gnädiges Fräulein. Wäre es nicht besser, die Schnürbrust … damit Sie freier atmen können? Benötigen Sie eine Schüssel? Ich kann sie auch gerne für Sie halten, gnädiges Fräulein.«

Erst nach einem kurzen Moment des Nachdenken begriff Christiana, was gemeint war: Die Schüssel sollte bereitstehen, für den Fall, dass sie sich übergeben müsse. Das lehnte sie ebenso ab, wie alles andere.

Die Hellmerin holte tief Luft. »Wenn ich Ihnen eine ungehörige Frage stellen darf? Erwarten Sie etwas Kleines, was Ihr Cousin nicht wissen darf? Das kann eigentlich nicht sein, aber ich weiß, dass es manchmal unverheirateten Damen passiert. Scheuen Sie sich nicht, sich mir anzuvertrauen, ich werde alles sehr diskret behandeln.«

»Nein! Nein!«, stieß Christiana lauter als beabsichtigt hervor. »Lassen Sie mich einfach allein.«

»Wie Sie wünschen.« Die Hellmerin zog eine Schnute und huschte aus der Stube.

Christiana wollte nicht wissen, was die Frau von ihr dachte. Tatsächlich beschäftigten sie andere Gedanken. Sie zog sich die Nadeln aus der Frisur, die Bettina am Morgen so kunstvoll aufgesteckt hatte. Jetzt verursachten ihr die fest um den Kopf gesteckten Haare Schmerzen, die aber auch nicht nachließen, als ihr die braunen Locken in weichen Wellen über den Rücken fielen.

Bisher hatte sie gehofft, Adrian von ihren lauteren Absichten und ihrer Zuneigung überzeugt zu haben. Das hatte sich in Rauch aufgelöst. Im Geist sah sie seine anklagende Miene. Dumm war sie gewesen und verblendet. Einmal eine vornehme Dame sein, schöne Kleider tragen und hofiert zu werden. Welches Mädchen träumte nicht davon? Für sie schien es sich zu erfüllen, und sie hatte zugegriffen, ohne an die Folgen zu denken. Hatte sich vom schönen Schein und von Emilius von Kobsdorff einwickeln lassen, sich als Bäckerin gesehen. Bäckerin an Adrians Seite.

Christiana wühlte die Hände in ihre Locken, zog daran und begrüßte den Schmerz auf der Kopfhaut.

Nach dem Manöver lag der preußische Kronprinz Friedrich bäuchlings in seinem Quartier auf dem Bett. Der Kopf und die Arme hingen über dessen Rand. In einer Hand hielt er ein Glas und jedes Mal, wenn er daraus trinken wollte, musste er sich gehörig verrenken. Rock, Hose und Weste hatte er ausgezogen und lag nur im Hemd da. Sein Freund Major Katte saß neben dem Bett auf einem Schemel. Alle Diener und Begleiter des Prinzen hatten sie hinausgeschickt. Da sie sich aber sicher waren, dass sie alle draußen standen und lauschten, sprachen sie leise.

»Du darfst dir das nicht länger gefallen lassen, Hoheit. Diesmal hat er jedes Maß überschritten«, sagte Katte leise.

»Das ist sein kochendes Blut. Er kann nicht anders.«

»Er hat dich vor allen gedemütigt. Du kannst nicht einmal mehr sitzen.«

»Das vergeht. Morgen werde ich es wieder können.«

»Du wurdest geschlagen und redest, als ginge dich alles nichts an. Ich dagegen will am liebsten meine Hände um jemandes Hals legen.«

»Versündige dich nicht, Katte.« Friedrich leerte das Weinglas und ließ es fallen.

»Du musst weg von ihm, Hoheit«, flüsterte Katte.

»Das werde ich«, Friedrich sprach nun so leise, dass er kaum noch zu verstehen war. »Seit Langem warte ich auf die richtige Gelegenheit. Und dass sich ein Ort findet, wohin ich gehen kann.«

»London, Paris, Metz oder Hannover. Wien, München. Das spielt doch keine Rolle, Hoheit. Du musst nur irgendwohin, wo dein Vater keine Gewalt über dich hat.«

»Die Gelegenheit ist da. In wenigen Tagen. Habe ich einen Freund an meiner Seite, auf den ich mich verlassen kann?«

»Das hast du.«

Die beiden Männer gaben sich die Hand mit so ernsten Mienen, als besiegelten sie einen Blutspakt.

»Wie willst du es bewerkstelligen?«, erkundigte sich Katte im Flüsterton.

»Wir brauchen Pässe und Pferde. Ich werde beides besorgen. Wir machen uns nachts davon, und bis unser Fehlen auffällt, sind wir längst über alle Berge. Du wirst für mich die Poststationen zwischen Leipzig und Frankfurt am Main auflisten.«

»Du kannst dich auf mich verlassen, Hoheit.«

Angetan mit dem einfachen Gewand einer Magd suchte Christiana Adrian am Morgen in seinem Bäckerzelt auf.
Ihr zitterte das Herz. Aber sie durfte nicht zögern, wenn sie
noch eine Zukunft an seiner Seite haben wollte. Das war ihr
in der vergangenen schlaflosen Nacht klar geworden.

Er war damit beschäftigt, kleine weiße Brote, die ein Gehilfe geformt hatte, mit Nüssen und Gewürzen zu bestreuen.
Etliche dieser Teiglinge musste er allerdings erst noch in die
Hand nehmen, um ihnen eine schöne längliche und gleich-
mäßige Form zu geben. Der Gehilfe brachte es nicht fertig,
war sich seines Unvermögens bewusst und sah unglücklich
aus.

Als Christiana an den Tisch herangetreten war, hatte sie
Adrian keines Blickes gewürdigt. Sie wandte sich an seinen
Gehilfen und bat ihn flüsternd, vor dem Zelt beim Abladen
der Mehlsäcke zu helfen, sie würde seine Aufgabe übernehmen. Er zwinkerte ihr zu und rannte hinaus. Schnell und geschickt formte Christiana einen Brotlaib. Adrian bestreute
ihn mit Nüssen und Gewürzen, schnitt ihn mit einem Messer zweimal ein, schaute sie dabei weder an noch sagte er etwas zu ihr.

»Ich muss mit dir sprechen«, begann sie leise.

Zunächst reagierte Adrian nicht. Sie musste es ein weiteres Mal sagen und fügte diesmal ein »Bitte!« an.

»Ich habe zu arbeiten.«

Er drehte ihr den Rücken zu und bestreute weitere Brote.
Christiana rollte und klopfte den Brotteig, bis keiner mehr
übrig war, dafür der Tisch vor ihr voller Laibe lag. Erst als
auch alle mit Nüssen und Gewürzen bestreut waren und nur

noch darauf warteten, in den Ofen geschoben zu werden, gelang es ihr, Adrian aus dem Zelt zu ziehen. Daneben stand ein Holunderbusch, in dessen Schutz sie stehen blieben.

Adrian schüttelte ihre Hände ab und wollte wortlos wieder ins Zelt gehen.

»Warte!«, rief Christiana. »Ich hätte nicht von dir gedacht, dass du so verbohrt bist, mich nicht einmal anzuhören.«

»Also gut, ich höre«, sagte er nach kurzem Zögern und stellte sich mit verschränkten Armen vor ihr auf.

»Ich habe dir nichts vorgespielt. Beim Backen – das bin ich. Das andere, das ist ein Spiel.«

Seine Miene verdüsterte sich. »Vornehme Herrschaften sollen sich ja manchmal unters Volk mischen und das spaßig finden. Davon habe ich gehört. Meist sind es Männer, aber auch Frauen. Sie hätte ich nicht für eine dieser leichtfertigen Damen gehalten.«

»Adrian, du musst es doch spüren! Sagt dir dein Herz nichts?« Christiana presste die Hände auf ihr eigenes. »Du musst doch fühlen, wer ich wirklich bin. Ich bin eine Bäckerin, wie du ein Bäcker bist. Ich bin die Frau, die dich liebt.«

Sie sank in seinen Arm. Unwillkürlich fing Adrian sie auf und riss sie dann ganz plötzlich fest an sich. Hungrig suchten seine Lippen die ihren.

»Ich habe dich vom ersten Tag an geliebt«, murmelte er, bevor der Kuss jedes weitere Wort unmöglich machte.

Christianas Herz schlug schneller. Sie schlang ihre Arme um ihn, das süße Sehnen und die Angst, die sie seit gestern gefangen hielten, brachen sich Bahn, und sie erwiderte Adrians Kuss so heftig, dass seine und ihre Zähne aneinanderschlugen. Dann wurde das Spiel ihrer Münder sanfter.

Der Kuss endete so abrupt, wie er begonnen hatte, weil Adrian sie an den Schultern packte und von sich stieß. Er atmete schnell, und in seiner Miene stand ein Gewitter.

»Du teuflische Verführerin!«, zischte er. »Was hast du mit mir gemacht?«

»Adrian?«

»Geh fort. Mit widernatürlichen Verführungskünsten hast du mich dazu gebracht, mich zu vergessen. Fort mit dir! Fort!«

»Adrian!«

»Nichts wird je zwischen uns sein außer viel Land. Ich lasse nicht mit mir spielen.« Sein Atem beruhigte sich langsam, aber seine finstere Miene blieb. »Suche dir jemand anderen, um deine Künste an ihm auszuprobieren. Warum nimmst du nicht den vornehmen Herrn, mit dem ich dich gesehen habe? Der dürfte besser als deine Beute taugen.«

Jedes Wort schmerzte Christiana wie ein Dolchstoß. In ihrem Kopf drehte sich alles, und sie musste sich festhalten, sonst wäre sie ohnmächtig zusammengesunken. Fast wünschte sie es sich, um dann aufzuwachen und festzustellen, dass alles nur ein böser Traum gewesen war. Aber Adrian fuhr fort, weiter Worte wie Dungkübel über ihr auszuschütten.

Als Christiana es nicht mehr aushielt, rannte sie davon. Sie verstand Adrian nicht. Erst küsste er sie, um sie dann wegzustoßen, als wäre sie eine giftige Natter. Sie schaute sich nicht noch einmal um, sonst hätte sie sehen können, dass Adrian mit Tränen in den Augen dastand und ihr nachstarrte.

Er wollte sie lieben, er wollte es wirklich. In seinem Inneren kämpfte das Herz gegen die Gedanken. Es kam ihm jedoch so vor, als gäbe es verschiedene Christianas, und wenn er eine äußere Schicht entfernte, kam eine neue zum Vorschein wie bei einer Zwiebel. Aber entgegen dem Wesen einer Zwiebel gelangte er bei ihr nie zum Kern.

Sie war nur eine Abenteurerin, die er sich aus dem Kopf

schlagen musste. Mit kleinen Schritten – sehr kleinen Schritten – kehrte er zum Bäckerzelt zurück.

Die Hellmerin fand Christiana auf einem Sofa in ihrer guten Stube schlafend vor, ein Kissen im Arm. Auf den ersten Blick erkannte sie, dass ihr junger Gast an einem geheimen Kummer litt. Sie stand einen Augenblick verlegen an der Tür und wusste nicht, ob sie wieder hinausgehen oder die junge Dame wecken sollte. Gerade hatte sie sich fürs Gehen entschieden, als Christiana aufwachte und sich mit zerwühltem Haar in eine sitzende Stellung aufrichtete. Ihr Gesicht war zerknautscht von dem Kissen, auf dem sie gelegen hatte, und vom Weinen gerötet.

»Ach Kindchen«, entfuhr es der Hellmerin unwillkürlich. Sie eilte durch das Zimmer und ließ sich neben Christiana auf dem Sofa nieder, ergriff deren Hände. »So groß kann der Kummer einer so hübschen Mademoiselle gar nicht sein. Es gibt bestimmt einen Ausweg.«

»Das sagen Sie so.« Christiana musste an sich halten, nicht gleich wieder in Tränen auszubrechen. Sie wischte sich die Augen. »Es ist hoffnungslos.«

»Das glaube ich nicht. Vertrauen Sie auf Gott, und es wird sich das ergeben, was für Sie das Beste ist.«

»Sie haben gut reden.«

»Sie müssen fest daran glauben.«

»Was ist hier los?« Emilius betrat die Stube und gähnte. »Das sieht mir nach einer traurigen Versammlung an einem schönen Tag aus. Was trägst du für einen Fetzen, Cousine?«

Die Hellmerin war aufgesprungen und knickste vor ihrem vornehmen Gast. »Wir haben uns unterhalten, gnädiger Herr von Kobsdorff. Ich habe versucht, Ihrer Cousine bei einem geheimen Kummer Trost zu spenden, und ihr geraten, auf Gott zu vertrauen.«

»Auf Gott, wenn da der Kummer mal nicht größer wird«, erwiderte Emilius leichthin.

Die Hellmerin blies empört die Backen auf und rauschte aus der Stube. Dabei murmelte sie Unverständliches vor sich hin.

»Ich hätte auch einen geheimen Kummer, trüge ich diesen Fetzen, obwohl mir ein Schrank voller Kleider zur Verfügung steht und eine Zofe nur darauf wartet, mir eines davon anzuziehen. Du machst es der armen Bettina wirklich nicht leicht.«

»Das ist mir völlig egal.«

»Es ziemt sich für unsereins, Mitleid mit den unteren Bevölkerungsschichten zu haben.«

»Ich gehöre auch zu dieser unteren Bevölkerungsschicht, aber mit mir hat niemand Mitleid. Sie am allerwenigsten, Herr von Kobsdorff!«, schleuderte sie ihm entgegen.

»Nicht so laut von diesen Dingen.« Emilius gähnte wieder. »Sind wir also wieder bei der förmlichen Anrede angekommen. Dann muss es etwas Ernstes sein.« Er zog sich einen Stuhl neben das Sofa und setzte sich rittlings darauf. Seine Augen wanderten über Christianas jammervolle Gestalt. »Es beleidigt wirklich meinen Sinn für Schönheit, dich in diesem Fetzen sehen zu müssen. Willst du dir nicht schnell etwas Hübsches anziehen und wieder herunterkommen?«

»Ach Sie, Sie. Sie sind unmöglich. Ich will dieses Spiel nicht länger mitspielen. Noch heute will ich gehen. Wir sind seit über zwei Wochen hier, Ihren Beweis dürfte ich damit erbracht haben.«

»Bisher hast du es ganz gut gemacht, das muss ich zugeben. Aber das Campement ist noch nicht zu Ende. Du kannst auf keinen Fall gehen. Das dulde ich nicht.«

»Und du kannst mich nicht daran hindern.« Christiana

glitt vom Sofa, so geschickt, dass Emilius sie nicht zu fassen bekam, obwohl er es versuchte.

Sie war schon an der Tür, als seine Stimme sie zurückhielt. »Wo willst du hingehen? Zurück in das elende Leben, in dem du nichts hast und nichts bist und sich daran auch nie etwas ändern wird? Du wirst niemals Bäckerin werden. Ich werde keinen Finger für dich rühren, wenn du unsere Abmachung brichst.«

»Das können Sie nicht tun.« Sie blieb stehen und funkelte ihn an.

»So gefällst du mir besser als mit diesem weinerlichen Getue«, kommentierte Emilius.

Christiana kam zum Sofa zurück und setzte sich auf die äußerste Kante, möglichst weit weg von Emilius.

»Sprich dich aus. Ich bin ganz Ohr.«

Sie saß stumm da.

»Du willst nicht? Soll ich das für dich übernehmen?«

»Jemand muss die Wahrheit über mich wissen«, sagte Christiana missmutig, bevor Emilius eine völlig absurde Vermutung anstellen konnte.

»Derjenige, der dich in diesem Fetzenkleid kennt? Ich sage dir, um den ist es nicht schade.«

»Sie sind abscheulich.«

»Du hast dich nun einmal auf mich eingelassen, und es gibt kein Zurück.« Emilius seufzte. »Tatsächlich hätte ich dich für klüger gehalten. Stelle dich also vor deinen Fetzenkleidergalan und sage ihm die Wahrheit. Wird er dir glauben? Ich behaupte nein. Niemand wird dir abnehmen, dass alles gespielt war, dass du keine finsteren Absichten verfolgst. Er wird dich für eine Hochstaplerin halten, und du wirst eher im Zuchthaus landen, statt ihn zu erobern. Keiner macht viel Federlesens mit Hochstaplern.«

»Sie müssen die Wahrheit sagen!«

»Nicht, wenn du unsere Abmachung brichst. Ich sagte das bereits und wiederhole es gern. Ich gehe sogar einen Schritt weiter und streite alles ab. Einmal darfst du raten, wem mehr geglaubt werden wird. Mir oder dir?« Emilius rieb seine Fingernägel am Kragen seines Morgenmantels, als gäbe es nichts Wichtigeres als deren Reinlichkeit.

»Sie … Sie …«, Christiana war zu empört, um mehr zu sagen. Es schien ihr kein Wort zu existieren, mit dem sich sein Charakter beschreiben ließ. Niederträchtig traf es noch am ehesten.

»Streng dein hübsches Köpfchen an. Wenn du auf mich wütend bist, hast du immer die besten Ideen.«

Christianas Wut richtete sich jedoch nach innen. Ihre Schultern sackten nach unten. Sie fühlte sich mutlos und ausgeliefert. Solange Emilius nicht hinter ihr stand, sah sie keine Chancen, Adrian von ihren Gefühlen zu überzeugen. Wie sollte er an die Redlichkeit einer Person glauben, die ihm offenbarte, sich als falsche Adelige in das Campement eingeschlichen zu haben und diese Rolle noch bis zum Ende des Monats spielen zu müssen? Adrian würde ihr nicht einmal zuhören. Sie war geschlagen und vollständig in Emilius Hand.

»Ich gehe mich umziehen«, brachte sie mit so viel Würde wie möglich heraus.

»So gefällst du mir.«

In ihrer Kammer lag ein in dunkelbraunes Papier eingewickeltes Päckchen. Verschnürt war es mit einer einfachen Schnur. Christiana hatte es noch nie gesehen und eigentlich auch kein Interesse, sich damit zu beschäftigen. Wahrscheinlich hatte Bettina es dorthin gelegt. Die Zofe war nicht im Raum und Christiana ganz froh darüber. Ihr munteres Geplauder hätte sie jetzt nicht ertragen. Sie öffnete ihr

Mieder und schlüpfte aus dem Kleid, warf es in eine Ecke des Zimmers. Nichts als Unglück hatte es ihr gebracht, sie würde es nie wieder anziehen.

Als sie in ihren Unterröcken und dem Hemd dastand, fiel ihr Blick zum zweiten Mal auf das Päckchen, und gegen ihren Willen war ihre Neugier geweckt. Sie hob es hoch. Es war nicht besonders groß, sondern passte bequem auf ihre Handfläche. Dafür war es schwerer als erwartet. Die Schnur war fest verknotet. Christiana musste die Zähne zu Hilfe nehmen, um sie durchzubeißen. Das Papier faltete sich auseinander, vor ihren Augen funkelte und glitzerte es. Etwas fiel zu Boden und rollte unter die Kommode.

In dem Funkeln und Glitzern erkannte Christiana erst allmählich Schmuckstücke. Broschen, ein mit Diamanten besetztes Armband, Haarnadeln, goldene Knöpfe und Schnallen. Mechanisch bückte sie sich, um das unter die Kommode gefallene Schmuckstück aufzuheben. Als es auf ihrer Handfläche lag, wusste sie endlich, was sie vor sich hatte.

Das waren die im Hoflager gestohlenen Schmuckstücke. Die angeblich sie gestohlen hatte. Unter der Kommode hervorgeklaubt hatte sie den Anhänger, den ihr Emilius gegeben hatte. Erleichterung durchflutete sie, wenigstens diese Last war von ihrer Seele genommen.

Bei den anderen Schmuckstücken musste es sich um die anderen verschwundenen handeln. Aber warum hatte sie jemand in ihr Zimmer gelegt? Und wer?

Sorgfältig reihte sie alle auf der Kommode auf und fand schließlich am Boden des Päckchens einen zusammengefalteten Brief. Die Buchstaben und Worte waren für sie nur verschnörkelte Linien. Die Erklärungen, die darin enthalten sein mochten, blieben ihr verborgen. Es gab nur eine Person, die ihr helfen konnte.

In Christiana erwachten die Lebensgeister. Bis auf den

Kobsdorffschen Anhänger verstaute sie alle Schmuckstücke in einem Samtbeutel, schlüpfte anschließend in das türkise Kleid, das sie besonders gern mochte. Als sie ihre Kammer verließ, trat auch Emilius aus seiner. Den Samtbeutel hatte sie zwar zwischen den Falten ihrer Röcke versteckt, aber sie zuckte trotzdem zusammen.

»Hübsch, Cousinchen.« Er strich ihr mit einem Finger über die Wange. »Ich bin froh, dass du zur Vernunft gekommen bist. Was hast du vor?«

»Eine Freundin besuchen. Im Hoflager.«

»Sehr gut. Ich werde dich begleiten.«

Das hatte ihr gerade noch gefehlt. Sie nagte an ihrer Unterlippe. Wie konnte sie ihn loswerden? »Wir werden Mädchendinge besprechen. Du wirst dich zu Tode langweilen.«

»So schnell sterbe ich nicht.« Er zeigte ihr das freche Grinsen, dem sie nie etwas entgegenzusetzen hatte. »Ich werde dich ins Hoflager begleiten und bei deiner Freundin abliefern. Das Haynau-Mädchen, nicht wahr? Danach gehe ich meiner Wege.« Er bot ihr den Arm.

Christiana verbarg ihre Erleichterung, als sie sich bei ihm unterhakte.

Im Hoflager hatte sie ein zweites Mal Glück, denn Therese war allein und freute sich, sie zu sehen. Sie umarmten einander und schlenderten hinter dem Damenpalais umher. Therese hatte einen Arm um Christianas Schultern gelegt, kümmerte sich nicht um die Blicke, die andere ihnen zuwarfen.

Christiana war ihr dankbar dafür. »Ich muss etwas Wichtiges mit dir besprechen.«

»Ich höre.«

»Nicht hier. Es ist …«

»Also auch nicht in unserem Salon, wo wir auf Tante Ernestine treffen könnten.«

Sie fanden eine abseits stehende Bank, auf der sie sich niederließen. Christiana nestelte den Samtbeutel zwischen ihren Rockfalten hervor. Sie zog ihn auf, holte den Brief und eine Brosche heraus.

»Die gehört meiner Tante«, rief Therese aus. »Woher hast du sie?«

»Das ist es ja. Ich weiß es nicht.« Sie erzählte, wie sie den Schmuck gefunden hatte, und gab der Freundin den Brief.

Mit gerunzelter Stirn las Therese ihn. »Der Schmuck soll dazu dienen, deine Unschuld zu beweisen. Die Schuldige sei entlarvt und werde das Campement verlassen. Ein Bewunderer, dem du die Ehre eines Spaziergangs erwiesen hast, hat dir die Sachen zukommen lassen. Hast du eine Ahnung, wer das sein kann? Das klingt geheimnisvoll.« Therese lachte.

»Hugo von Greywitz«, rutschte es Christiana heraus.

Nachdem sich Thereses Verwunderung darüber gelegt hatte, überlegten sie gemeinsam, was zu tun sei. Wie ließ sich Christianas Unschuld beweisen? Sie redeten sich die Köpfe heiß, und am Ende blieb nur eine Möglichkeit. Eigentlich war es ganz einfach …

»Wir machen es sofort«, sagte Christiana und räumte Brief und Schmuck wieder in den Samtbeutel zurück.

Therese schüttelte den Kopf. »Ich sehe da meine Tante kommen. Sie darf uns nicht zusammen sehen. Wir machen es morgen früh, wenn alle beim Manöver zuschauen.«

»Nimm wenigstens die Brosche.« Christiana drückte ihrer Freundin das Schmuckstück in die Hand und schaute dann der davoneilenden jungen Frau nach.

Wenigstens bei einer ihrer Schwierigkeiten war eine Lösung in Sicht. Die Greywitz also! Hatten sie und Therese also richtig vermutet. Genugtuung fühlte Christiana nicht. Aber Erleichterung.

Zurück in Moritz, beobachtete sie das Haus gegenüber

dem Hellmerschen, in dem das Ehepaar Greywitz logiert hatte. Sie schienen tatsächlich abgereist zu sein. In der Remise stand nicht länger ihre Kutsche, sondern wieder der Wagen der Bauersleute. Im Hof tollten Kinder herum und spielten Fangen. Ihr Lachen schallte herüber. Das hatte es auch nicht gegeben, solange Frau von Greywitz dort gewohnt hatte. Nur flüchtig fragte Christiana sich, was Hugo von Greywitz seiner Frau gesagt hatte, um sie zur Abreise zu bewegen. Er musste mehr Durchsetzungskraft sein eigen nennen, als sie ihm nach dem Spaziergang zugetraut hatte.

FÜNFZEHN
17. JUNI 1730

*L*aurenz Schumann war von Kreinitz zum Manöverplatz herübergeritten, hatte sein Pferd einem Burschen zum Halten anvertraut und den Aussichtspavillon erklommen. Oberst Böhne ging ihm nicht aus dem Kopf, für ihn und seine Familie musste er es erreichen, dass das Unglück mit aller Gründlichkeit untersucht wurde. Deswegen war er gekommen, um mit dem Generalstab die Sache zu besprechen. Nur bisher hatte sich niemand der Herren bereitgefunden, mehr als einen Blick mit ihm zu wechseln. Ihre gesamte Aufmerksamkeit war auf das Manöverfeld gerichtet.

Der sächsischen Armee stand an diesem Tag eine der schwierigsten Marschbewegungen bevor, die denkbar waren. Das erforderte von allen höchste Konzentration und gelang. Ein sichtbares Aufatmen ging durch den sächsischen Generalstab im Pavillon. Nachdem der komplizierte Schwenk erfolgreich beendet worden war, wandte sich

Laurenz Schumann an einen Generalmajor der Infanterie und trug ihm flüsternd den Fall Oberst Böhnes vor. Er war fest entschlossen, sich nicht vertrösten zu lassen.

»Eine Untersuchung«, echote der Offizier fahrig. Er sah sich nicht in der Lage, dem Arzt seine volle Aufmerksamkeit zu widmen, denn mit dem Schwenk eines Viertelkreises waren die Manöver nicht beendet und erforderten weiterhin seine Konzentration. Er bereute es bereits, dem Arzt überhaupt sein Ohr geliehen zu haben.

»Ein hoher Offizier stirbt, ein Oberst, an einer Verletzung, die er sich eigentlich nicht hätte zuziehen dürfen«, flüsterte Laurenz eindringlich. »Es muss eine strenge Untersuchung geben!«

»Wird es auch. Ich bin ganz sicher, dass sein Regiment den Unfall nicht auf sich beruhen lassen wird. Nach dem Abschluss des Großen Campements wird der Sache nachgegangen werden.«

»So lange sollte nicht gewartet werden. Die Befragungen müssen stattfinden, solange die Eindrücke frisch sind. Ich biete mich an, diese durchzuführen und benötige nur einen entsprechenden Befehl und eine Vollmacht.«

Der Generalmajor antwortete nicht, sondern brachte Laurenz Schumann mit einer Handbewegung zum Schweigen. Seine Aufmerksamkeit war ganz auf das Manöverfeld gerichtet, wo die Infanterie vier Linien gebildet hatte und unter deren Beibehaltung den Rückzug aus einem Gefecht simulierte. Die Soldaten feuerten dabei gegen einen vermeintlich nachrückenden Gegner. Die Linien bewegten sich langsam und gerade zurück, wie es sein sollte. Am rechten Rand, wo das Regiment von Löwendahl marschierte, entstand jedoch auf einmal Unruhe. Einige Soldaten waren aus dem Tritt gekommen, scherten sogar aus. Die Beobachter im Aussichtspavillon runzelten die Stirnen.

Die anderen Regimenter marschierten tapfer weiter. Die Reihen des Regiments von Löwendahl schlossen sich wieder, aber einige Männer taumelten außerhalb der Formation umher, wurden von Kameraden gehalten. Laurenz Schumann beschirmte die Augen mit einer Hand, um besser sehen zu können. Jetzt erkannte er, was dort vor sich ging.

»Diese Männer sind verletzt!«, rief er aus, ohne sich darum zu kümmern, in wessen Gesellschaft er sich befand. Er verließ den Aussichtspavillon und rannte quer über das Manöverfeld.

Je näher er kam, desto mehr erkannte er. Es handelte sich um drei Infanteristen, deren Gesichter und Hände blutüberströmt waren. Als Laurenz Schumann sie erreichte, saßen sie auf einer eilends herbeigeschafften Bank und wurden festgehalten. Der Arzt erfuhr, dass beim Schießen die Gewehre in ihren Händen explodiert waren. Das erklärte die Verletzungen. Obwohl er vom Lazarett nur herübergekommen war, um den Unfall Oberst Böhnes zu besprechen, hatte er seine Arzttasche mit dem Notwendigsten umhängen.

Er befahl, Wasser und Branntwein herbeizuschaffen. Das Letztere, um es den Verletzten einzuflößen und die Wunden damit zu reinigen, nachdem er mit dem Wasser das Blut abgewaschen hatte. Neben den Verletzten tranken auch dessen Kameraden mehrere Becher Branntwein und hätten wohl noch weitergebechert, wenn Laurenz Schumann dem nicht ein Ende bereitet hätte.

Die Wunden reichten von Verbrennungen, oberflächlichen Schnitten und Kratzern bis hin zu tiefen Verletzungen, die genäht werden mussten. Einem der Männer steckte ein Splitter im Auge, Blut und Flüssigkeit liefen heraus. Die Sehkraft auf diesem Auge hatte er unwiederbringlich verloren. Laurenz Schumann tröstete den Mann schweren

Herzens damit, dass er auch mit einem Auge gut sehen könne. Nachdem er die Wunden, so gut es ihm außerhalb des Lazaretts möglich war, versorgt hatte, orderte er ein Maultiergespann, das die Männer nach Kreinitz bringen sollte. Er selbst begleitete sie zu Pferde.

Im Hoflager genossen die vornehmen Herrschaften derweil das schöne Wetter bei Spaziergängen, Ausfahrten und Picknicks im Schatten großer Bäume. Für die Vorgänge auf dem Manöverfeld interessierten sich nur die wenigsten. Von den Damen hatte es niemand für nötig gefunden hinzugehen. Sie genossen lieber die Reitkünste der Ulanen, die sie auch an diesem Tag wieder vorführten.

Christiana und Therese nutzen die Zeit, um die Schmuckstücke ihren Besitzern wieder zukommen zu lassen. Verstohlen drückten sie dafür Zofen in Tücher eingewickelte Päckchen in die Hände, andere platzierten sie auf Tischen und Kommoden. Die Damen waren allesamt ausgegangen, die Zofen viel zu dankbar über den wiedergefundenen Schmuck, um viele Fragen zu stellen.

»Jetzt wird alles gut«, sagte Therese und umarmte die Freundin. »Dein Name ist wieder reingewaschen.«

Christiana nickte nur.

»Du könntest dich mehr freuen.«

»Ich freue mich. Es fällt mir aber schwer, zu glauben, dass wirklich alles vorbei sein soll. Ich bin immer noch die Fremde.«

»Du bist meine Freundin«, bekräftigte Therese noch einmal. »Wenn du wieder zu deiner Familie zurückkehrst, musst du mir schreiben. Ich möchte alles wissen über dein Leben in Turin.«

Wider besseres Wissen versprach Christiana es. Die Freundin würde daran kein Interesse mehr haben, wenn sie erst einmal die Wahrheit über sie erfahren hatte. Es tat ihr weh, sie enttäuschen zu müssen.

Tante Ernestine verbrachte die heißeste Zeit des Tages auf einem Ruhesofa in ihrem Salon im Damenpalais. Sie fühlte sich ermattet, nachdem sie den Vormittag bei einem Ausflug mit der Gräfin von Diefenthal und Frau von Bahren verbracht hatte. Die Kummer hatte sie hinausgeschickt, nachdem die sie bequem auf das Sofa gebettet hatte. Obwohl sie auf weichen Kissen lag, drückte sie etwas an ihrer Kehrseite. Zunächst versuchte Ernestine, dem zu entgehen, indem sie sich anders legte. Es gelang nicht. Entnervt griff sie hinter sich und wühlte unter dem Kissen herum.

Ihre Finger stießen auf einen Parfümflakon, und dann fand sie in der Ritze des Sofas noch etwas anders. Eine unebene Oberfläche. Sie stach sich sogar. Als sie das Ding endlich aus der Sofaritze befreit und auf ihrer Handfläche liegen hatte, stieß sie einen Schrei aus. Der lockte Therese herbei, die sich besorgt neben ihre Tante kniete und ihren Blick ebenfalls auf den Gegenstand auf deren Hand heftete.

»Ihre Brosche ist wieder da. Wo haben Sie sie gefunden?«

Ernestine von Wallnau deutete stumm hinter sich.

»Die Brosche wurde Ihnen also gar nicht gestohlen. Sie war die ganze Zeit hier.«

»Scheint so.«

»Sie haben meine Freundin zu Unrecht beschuldigt.«

»Scheint so«, murmelte Tante Ernestine erneut.

»Wir müssen ihren Namen reinwaschen. Sie müssen das tun.«

»Nun gehst du aber zu weit, Kind.«

Dem widersprach Therese heftig und gab nicht eher nach, bis ihre Tante versprach, dafür zu sorgen, dass im Hoflager die Wahrheit über Christiana bekannt würde.

Im Appartement der Gräfin von Diefenthal trug Monchou wieder sein mit Diamanten besetztes Halsband und wurde von seiner Herrin geherzt und geküsst, während deren Zofe Juno mit unbewegtem Gesicht danebenstand.

Auch andernorts im Hoflager fanden Damen und Herren Schmuckstücke wieder, von denen sie zuvor geglaubt hatten, sie wären ihnen gestohlen worden.

Der Mann erreichte das Campement in den späten Nachmittagsstunden mit einer zweispännigen Kutsche. Er kam aus Dresden, hatte in Meißen die Pferde gewechselt und fand auf den ersten Blick, dass zu viele Leute auf zu kleinem Raum beisammen waren. Eigentlich müsste er die Überzahl nicht noch um eine weitere Person mehren, aber er verfolgte eine Mission, die ihn zuerst nach Benndorf und nun hierher geführt hatte. Er hielt sich auch nicht lange damit auf, ein Quartier zu suchen, sondern wies seinen Kammerdiener an, das mitgeführte Zelt auf dem Gut eines Radewitzer Bauern aufzustellen, während er selbst sich ins Hoflager begab.

Hermann Carl von Lobschütz war in den vornehmen Kreisen der Residenz gut bekannt, und noch besser bekannt war seine Mutter. Es dauerte also nicht lange, ehe er auf erste Bekannte traf: Freifrau von Bahren in Begleitung der Gräfin Diefenthal und ihres Hundes, an dessen Hals Diamanten glitzerten. Das Tier saß in einer Kutsche, die von einem Lakaien gezogen wurde. Eine lächerliche Haltung für einen Hund, fand Hermann Carl von Lobschütz, zog dennoch sehr höflich vor den Damen den Hut und beantwortete ihre Fragen nach seinem Befinden freundlich und dem Grund seiner Anwesenheit ausweichend.

Als Nächstes begegnete er Emilius von Kobsdorff. Sie kannten einander seit Jahren und nannten sich Freunde. Ritten zusammen zur Jagd. Emilius schlug ihm auf die Schulter.

»Hermann Carl. Dich hätte ich als Letzten an einem Ort wie diesen erwartet. Eine Jagd ist das hier nicht gerade.«

Hermann Carl freute sich ehrlich, seinen Freund zu sehen, und hätte sich liebend gern länger mit ihm über die Jagd unterhalten, gemeinsame Erlebnisse bei einem guten Tropfen ausgetauscht, aber seine Mutter hatte ihm eingeschärft, sich seiner Aufgabe umgehend zu widmen, ohne sich ablenken zu lassen. Deshalb trachtete er danach, das Gespräch mit Emilius von Kobsdorff schnell zu beenden. »Ich bin in einer bestimmten Absicht hergekommen.«

»Was mag das für eine Absicht sein?«, wollte der Freund spöttisch wissen.

»Ich will jemandem eine Frage stellen.«

»Für eine Frage bist du extra hergekommen?«, wunderte sich Emilius. Dann schlug er sich mit der Hand an die Stirn. »Ich verstehe. Du willst die eine bewusste Frage stellen. Darf ich der Erste sein, der dir gratuliert?«

»Noch habe ich die Frage nicht gestellt.« Hermann Carl schüttelte den Kopf. »Habe bisher nur die Erlaubnis ihres Vaters eingeholt.«

»Du springst ins kalte Wasser? Ich wünsche dir Glück.« Emilius machte sich davon.

Hermann Carl von Lobschütz sah sich weiter um und entdeckte die Frau seiner Wahl. Leider war sie nicht allein, sondern befand sich in Gesellschaft eines Fähnrichs und einer jungen Frau. Von seinem Plan ließ er sich deshalb nicht abbringen, aber er brauchte eine Stunde und die Hilfe der Freifrau von Wallnau, um seine Angebetete aus der Gruppe zu lösen und sie außer Sichtweite der anderen zu bringen.

»Herr von Lobschütz, ich wusste gar nicht, dass Sie den Plan hegten, nach Radewitz zu kommen«, sagte Therese ohne große Begeisterung, während sie neben ihm ging und es tunlichst vermied, ihn anzusehen. »Bei unserer letzten

Begegnung in Dresden hatte ich Sie so verstanden, dass Sie den Sommer auf Ihren Gütern oder bei Freunden in Polen verbringen wollten.«

»Das war auch mein Plan«, antwortete er fröhlich und fühlte sich durch die Tatsache ermutigt, dass sie sich an seine vor Wochen geäußerten Pläne erinnerte. »Es haben sich aber Umstände ergeben, die eine Änderung erforderlich machten.«

»Hoffentlich kein Unglück.«

»Ganz und gar nicht. Eher ein Glück.« Der junge Mann griff nach ihrer Hand und hielt sie fest, als wollte er sie nie wieder loslassen.

»Sie tun mir weh«, beschwerte sich Therese.

Er lockerte seinen Griff. »Entschuldigung, Mademoiselle. Ich hatte das Vergnügen, mit Ihrem Herrn Papa zu sprechen. Ich möchte gern alles so machen, wie es sich gehört. Ihr Herr Papa ist ein feiner Mann, hat extra für mich eine Jagd angesetzt. Das nenne ich eine wirklich noble Geste. Ihre Frau Mama hat mich sehr herzlich willkommen geheißen und das beste Gästezimmer auf Benndorf für mich herrichten lassen. Das nenne ich einmal ...« Er ließ den Satz in der Sommerluft zerfasern.

»Niemand wird meiner Mutter je vorwerfen können, nicht zu wissen, was sich gehört«, erwiderte Therese steif. Sie befreite ihre Hand aus seinem Griff.

»Das will ich doch einmal meinen. Alles, wie es sich gehört. Die Jagd hat eine feine Strecke zusammengebracht. Mehr als zwanzig Hasen, vier Enten, ein Reh und drei Fasane lagen am Ende nebeneinander.«

»Hat mein Bruder Sie begleitet?«

»Oh ja. Er kennt die besten Plätze im Wald. Ich darf mich wirklich glücklich schätzen, ihn in den drei Tagen auf Benndorf besser kennengelernt zu haben. Wo wir doch demnächst …« Hermann Carl von Lobschütz schlug sich mit der Hand auf den Mund.

»Was haben Sie?«

»Beinahe hätte ich alles verdorben.« Er blieb stehen. Ihr blieb nichts anderes übrig, als es ihm gleichzutun.

Sofort ließ er sich vor ihr auf ein Knie nieder, schaute zu ihr auf mit einem Blick, der eifrig wirkte wie bei einem jungen Hund.

»Stehen Sie auf. Sie werden Ihre Hose beschmutzen.« Therese wollte ihn hochziehen, überlegte es sich aber anders und ging einen Schritt zurück.

»Was interessiert mich eine Hose, wenn es darum geht, Sie zu der Meinen zu machen, Mademoiselle von Haynau.«

»Nein!«

»So hören Sie mich an. Alles hat seine Richtigkeit. Ich habe Ihren Vater nicht besucht, um mit ihm auf die Jagd zu gehen – obwohl das ein besonderes Erlebnis war, wie ich sagen muss, und wenn ich daran denke, dass mir die Jagd auf Benndorf zukünftig …« Er unterbrach sich. »Wie auch immer, ich habe mit Ihrem Vater gesprochen, und er hat mir die Erlaubnis erteilt, um Ihre Hand anzuhalten, Mademoiselle. Er wird mich in seiner Familie willkommen heißen. Also alles, wie es sich gehört. Sie müssen keine Bedenken haben.«

Therese ging noch einen Schritt zurück. »Stehen Sie endlich auf. Wie soll ich sagen, dass ich Sie nie im Leben heiraten werde, wenn Sie vor mir knien und mich anschauen wie ein … ein … ach, es ist egal«, platzte es aus ihr heraus.

»Ich habe Sie überrascht. Das verstehe ich. Sie benötigen Zeit, um darüber nachzudenken. Meine Mutter sagt immer, dass ich nicht mit der Tür ins Haus fallen soll. Aber wenn meine Gefühle beteiligt sind, kann ich nicht anders.«

»Nein!«

»Ich werde geduldig warten und ihr Diener sein. Verfügen

Sie ganz nach Belieben über mich, Mademoiselle von Haynau.«

»Nein! Das ist meine Antwort!«

Hermann Carl von Lobschütz stand nun endlich auf, sein Gesichtsausdruck blieb eifrig. Mit einem Taschentuch entfernte er den Staub von seinem Knie, aber ein Fleck blieb zurück. »Sagen Sie nur immer, was Sie wünschen. Wir werden gut zusammenpassen, das habe ich im Gefühl.«

»Bringen Sie mich zurück ins Hoflager. Auf der Stelle. Das ist mein einziger Wunsch an Sie.«

»Es ist mir ein Befehl.« Er bot ihr den Arm, den sie geflissentlich ignorierte. »Ihr Vater ist im Besitz eines herrlichen Suhler Jagdgewehrs. Ich durfte damit einige Schüsse abgeben.«

Obwohl Therese nicht einmal Interesse an diesem Thema heuchelte, ließ er sich nicht davon abhalten, ihr die Waffe und deren Eigenschaften in allen Einzelheiten zu schildern. Es musste sich um ein neues Gewehr handeln, denn sie konnte sich nicht daran erinnern, es schon einmal im Waffenschrank ihres Vaters gesehen zu haben.

Dem Wunsch ihrer Mutter nach einem nie versiegenden Strom neuer Kleider entsprach der ihres Vaters nach Jagdwaffen. Und für beides sollte sie einen reichen Mann heiraten. Es war zum Aus-der-Haut-Fahren. Hermann Carl von Lobschütz bemerkte die heftigen Gefühle nicht, die in ihrer Brust tobten, er war weiter mit den Herrlichkeiten der Suhler Jagdwaffe beschäftigt. Er konnte sie so genau beschreiben, als hätte er ein Miniaturbild davon in der Rocktasche.

Soll er doch das Gewehr heiraten. Damit wird er bestimmt glücklicher als mit einer Frau aus Fleisch und Blut, dachte Therese böse. Als sie das Hoflager endlich erreichten, brachte sie kaum noch die Geduld auf, sich von ihm vor dem Damenpalais zu verabschieden.

Im Salon, der zu ihrer Unterkunft gehörte, traf sie ihre Tante an, die im Schein einer Kerze ein Buch las. Ernestine ließ es sofort fallen, als sie ihre Nichte erblickte. Therese hob es wieder auf, las den Titel. ›Der eingefleischte Poltergeist‹, eine tragische Komödie von Pancratz. Klamauk, den sie ihrer Tante nicht zugetraut hätte. Sie legte das Buch mit spitzen Fingern beiseite.

»Ich darf dir wohl gratulieren, mein Liebes. Aber du hättest nicht so zeitig zurückkommen müssen.«

»Sie dürfen mir nicht gratulieren, und ich konnte gar nicht schnell genug zurückkehren.«

»Ich wünsche, keine Scherze von dir zu hören.«

»Das sind keine.« Therese fühlte den überwältigenden Drang, allein zu sein, sich ein Tuch auf die Augen zu drücken und sich ihrem Kummer hinzugeben, aber das Gespräch mit ihrer Tante musste sie noch durchstehen.

»Dein Herr Papa schrieb mir, dass der edle Herr von Lobschütz bei ihm gewesen und die Erlaubnis eingeholt habe, um deine Hand … Sollte ich mich getäuscht haben?«

»Sie haben davon gewusst und mich nicht gewarnt.«

»Was heißt denn gewarnt? Ich habe seinen Brief heute Morgen empfangen. Wer konnte ahnen, dass der junge Mann so schnell nachfolgt?« Ernestine von Wallnau zog die Augenbrauen auf eine Weise hoch, die jeden einschüchterte.

Jeden – bis auf ihre Nichte. »Ich hätte es vorgezogen, nicht auf diese Weise überrascht zu werden.«

»Die jungen Leute … In meiner Jugend … Dann werde ich also deinem Vater schreiben, dass ihr euch einig geworden seid und Benndorf gerettet ist.«

»Das werden Sie nicht.«

»Du willst es selbst tun? Das ist ungehörig, da er dich meinem Schutz anvertraut hat. Ich will es dir aber zugestehen, sofern du mich den Brief vorher lesen lässt.«

Therese fragte sich allmählich, ob sie heute nur von Schwerhörigen umgeben sei, oder warum wollte sonst niemand verstehen, was sie sagte? »Herr von Lobschütz und ich sind uns nicht einig geworden. Niemals werde ich seine Frau werden, und ich muss Sie bitten, meinem Vater nichts anderes zu schreiben.«

»Kind, das kann nicht dein Ernst sein.« Die Augenbrauen blieben oben, aber der Gesichtsausdruck ihrer Tante wechselte zu Bestürzung. »Für dich kam es überraschend und du brauchst Bedenkzeit. Ein paar Tage will ich dir zugestehen, aber dann musst du dir bewusst werden, was deine Pflicht als eine von Haynau ist. So ein vornehmer und vermögender Herr. Ich bin sicher, er würde sich Benndorfs mit der notwendigen Tatkraft annehmen.«

»Das würde er. Besonders die Jagdgründe haben es ihm angetan. Papa hat ihm zuliebe eine Jagd veranstaltet, und das hat ihn mehr als alles andere für Benndorf eingenommen. Ich könnte eine Narbe quer über dem Gesicht haben, es wäre ihm nicht einmal aufgefallen.«

»Oh!«, kam es von der Tante. »Männer und ihre Leidenschaften. Ich bin mir sicher, er wird auch dich zu schätzen wissen.«

»Ich bin mir sicher, das wird er nie. Aber es ist müßig, sich darüber Gedanken zu machen, weil ich ihn nicht heiraten werde. Auf dem Rückweg hierher hat er mir die ganze Zeit von einem Suhler Jagdgewehr vorgeschwärmt.«

Tante Ernestine verschluckte ein weiteres Oh. »Besser ein Mann schwärmt für ein Jagdgewehr als für eine gewisse Sorte Dämchen.«

»Meine liebe Tante, Sie müssen mich jetzt entschuldigen, aber ich habe Kopfschmerzen und will mich etwas ausruhen.« Therese nahm nicht allzu häufig Zuflucht zu dieser Ausrede, aber jetzt glaubte sie, es keine Minute länger aushalten zu können, ohne wirklich Kopfschmerzen zu bekommmen.

»Soll ich dir Essigwasser für deine Stirn kommen lassen? Oder ein Riechsalz?«

»Nichts von alledem. Ich benötige nur ein wenig Ruhe.«

Kaum hatte sie die Tür ihres Schlafzimmers hinter sich geschlossen, ließ sie sich auf das Bett sinken und verbarg ihr Gesicht in den Händen. Wenn es nicht so tragisch wäre, hätte sie darüber lachen können.

SECHZEHN
18. JUNI 1730

Christiana passte Adrian ab, als der gegen Mittag die Quartiere der Bäcker verließ, um mit seiner Arbeit zu beginnen, die ihn bis Mitternacht beschäftigt halten würde. Sie trug ein Kleid, das für ein adeliges Fräulein als sehr einfaches Vormittagskleid und für eine Magd als Sonntagsgewand gelten konnte. Das geflochtene Haar hatte sie unter einer Haube versteckt.

»Adrian!«

Er reagierte nicht, obwohl er sie gehört haben musste.

»Adrian!« Sie lief hinter ihm her, überholte ihn und stellte sich ihm in den Weg.

Nun konnte er nicht länger so tun, als hätte er sie nicht bemerkt, aber der Blick, mit dem er sie bedachte, glich dem eines Adlers auf eine Maus. Christiana schluckte, hielt dem Blick aber stand.

»Adrian! Du musst mich anhören«, würgte sie heraus. »Es ist nicht so, wie du denkst. Ich bin keine ...«

»Ich habe genug gesehen. Sie haben sich einen Spaß daraus gemacht, die Bäckerin zu spielen. Deshalb waren Sie selten da und haben allen vorgeschwindelt, immer dort eingesetzt zu werden, wo Hilfe gebraucht wurde. Obwohl es das nicht gibt.«

»Das habe ich nicht Adrian. Ich habe keine Bäckerin gespielt, das musst du doch gesehen haben. Dein Herz muss es dir gesagt haben. Wenn ich backe, das bin ich.«

»Ich weiß, was ich gesehen habe. Sie sind eine vornehme Dame, die sich einen Spaß daraus macht, sich unter das einfache Volk zu mischen. Ich möchte lieber nicht wissen, wie sehr Sie sich über uns einfache Leute amüsiert haben.«

»Nein!« Christiana fühlte sich, als hätte ihr jemand die Beine unter dem Leib weggetreten. Adrian musste ihr doch glauben. Vor kurzen hatte er sein Leben mit ihr teilen wollen und nun dies ... Er siezte sie sogar. »Wenn ich backe, bin ich die echte Christiana Johanni. Das andere, das bin nicht ich. Du musst mir glauben.«

»Ich glaube Ihnen gar nichts mehr. Und jetzt muss ich zur Arbeit gehen. Für mich ist das kein Spiel, wie für Sie. Das Beste wird es sein, wenn wir uns nicht mehr begegnen. Sie werden mich schnell vergessen haben, und ich werde mich ebenfalls darum bemühen.«

»Nein, Adrian!« Christiana taumelte und wäre zu Boden gestürzt, aber Adrians Reflexe ließen ihn den Arm ausstrecken, auf den sie sich stützte. Kaum hatte sie ihr Gleichgewicht wiedergefunden, zog er ihn allerdings zurück. »Wenn du mir nichts glaubst, weiß ich nicht, was ich machen soll.«

»Das hätten Sie sich vorher überlegen sollen, bevor Sie alle Welt belügen. Ich werde zu meiner Arbeit gehen, und wir werden uns nicht mehr sehen. Sie gehen Ihrer Wege. Es ist völlig ausgeschlossen, dass Sie mit mir nach Lockwitz kommen. Das wäre in keinem Fall angemessen.«

Er machte Anstalten, um sie herumzugehen, als wäre sie nur ein störrischer Esel. Es wäre alles vorbei, wenn er es erst einmal geschafft hätte. Das durfte sie nicht zulassen. Christiana hing sich an seinen Arm und versuchte, ihn zurückzuhalten.

»Lassen Sie los!«, verlangte Adrian und schüttelte den Arm, wie um ein lästiges Insekt loszuwerden.

Christiana klammerte sich weiter fest und ließ sich mitziehen. Ihre Füße hinterließen Schleifspuren im Staub. Sie schluckte auch davon. Unverdrossen stapfte Adrian voran, ging sogar schneller.

»Du musst mir glauben«, keuchte sie.

»Nie wieder werde ich Ihnen ein Wort glauben.«

Schließlich lockerte sich Christianas Griff. Mit einem Ruck zog Adrian den Arm aus ihren Händen. Sie blieb im Staub liegen. Andere Leute gingen an ihr vorbei. Christiana sah ihre Füße, atmete Staub ein und war völlig unfähig, sich zu erheben. Es war vorbei. Alles war vorbei – das Leben, das sie sich an Adrians Seite ausgemalt hatte, das Spiel als Emilius' Cousine ...

Endlich gelang es Christiana, aufzustehen. Mechanisch klopfte sie sich den Staub vom Rock und stolperte in Richtung des Hellmerschen Hauses.

Am Abend fand im Opernhaus in Streumen ein Ball statt. Es war Christianas erstes großes Fest in der vornehmen Welt, das sie an Emilius' Seite besuchen sollte. Gekleidet in ein altrosa mit cremefarbener Spitze besetztes Kleid, einige Perlen im Haar, die Emilius ihr mit großer Geste überreicht hatte, und die Aussicht, gekrönte Häupter und prinzliche Söhne zu sehen, hätten sie in Aufregung versetzen oder ihr zumindest Ehrfurcht einflößen müssen. Nichts dergleichen war der Fall, sie hatte das Gefühl, nie wieder Freude empfinden zu können. Dann wollte sie wenigstens welche versprühen, dachte sie trotzig. Alle Welt sollte denken, sie empfände nichts als Frohsinn, während ihr Herz gleichzeitig weinte. Es tat ihr nur leid, dass Adrian sie auf dem Ball nicht sehen konnte.

Lächelnd und sich keck umschauend schritt sie an Emilius Seite in die Oper, aus der die Stühle im Parkett entfernt worden waren, um Platz für die Ballgäste zu schaffen. Bei ihrer Ankunft war das Opernhaus bereits überfüllt. In den Logen drängten sich die vornehmen Herren und Damen des Hoflagers, im Parkett die nicht ganz so vornehmen Gäste. Auf der Bühne hatte das Orchester seinen Platz gefunden und spielte auf.

Essen wurde keines gereicht, zumindest keines, was diesen Namen verdiente, dafür waren auf silbernen Platten Landschaften aus Früchten, Marzipan und Zuckerwerk aufgebaut. Schafe wurden geweidet, winzige Figuren stapelten Heu zu Garben auf. An einem Bach aus blau gefärbtem Zuckerwerk lagerte ein verliebtes Pärchen; er fütterte sie mit noch kleinerem Naschwerk und schaute dabei in ihren Ausschnitt. Unter normalen Umständen wäre Christiana von diesen Wunderwerken der Küchenkunst nicht wegzubringen gewesen. An diesem Abend gönnte sie ihnen nur einen oberflächlichen Blick, ganz wie die anderen vornehmen Damen.

Getränke gab es dafür reichlich. Niedlich in Rot und Weiß gewandete Pagen balancierten Tabletts mit Champagner, Wein, Tokaier, Likör, Cognac oder Portwein durch die Menge. Christiana griff nach einem Glas Tokaier und nippte daran, während sie einen Kontertanz in der Mitte des Parketts beobachtete. Sie entdeckte Therese, die mit Ritter von Scholl tanzte, und nickte ihr zu. Der schwere Ungarwein rann süß durch ihre Kehle. Emilius unterhielt sich mit einem

Bekannten, und sie wippte zum Takt der Musik, hielt dabei das zweite Glas Tokaier in den Händen.

Auf diesem Ball übertrafen die männlichen Gäste die weiblichen an Zahl bei Weitem. Überall drängten sich die Offiziere in ihren Galauniformen. Keine Dame blieb bei den Tänzen ohne Partner, mochte sie noch so unscheinbar sein. Unscheinbar traf auf Christiana nicht zu, und so verneigte sich bald Andreas von Billung im dunkelblauen Rock vor ihr. Er holte sich Emilius' Erlaubnis ein und führte sie aufs Parkett. Zuvor leerte sie noch schnell ein drittes Glas Tokaier und fühlte sich für den Tanz gewappnet.

Der junge Preuße führte sie mit sicherer Hand. Wegen seiner Größe musste Christiana zu ihm aufsehen. Das belustigte sie, und am liebsten hätte sie die ganze Zeit gekichert. Sie schluckte es hinunter, weil es sich nicht gehörte, aber ein strahlendes Lächeln zierte ihre Miene.

Ihm entlockte der Größenunterschied ein Lächeln, bei dem er gerade und sehr weiße Zähne entblößte. »In der Leibgarde unseres allergnädigsten Königs dürfen nur Männer dienen, die an die sechs Fuß groß oder darüber sind. Im Volksmund werden wir die ›Langen Kerls‹ genannt.«

»Ein überaus treffender Name.« Christiana übertrieb den Größenunterschied, indem sie den Kopf in den Nacken legte. Unter anderen Umständen hätte ihr der junge Preuße gefallen. Er führte sie sanft und bestimmt durch den Kontertanz, ging über ihre Unsicherheiten in der Schrittfolge hinweg, und am Ende hatte sie ihre unzulänglichen Tanzkenntnisse vergessen. Ihre Füße schienen von selbst die richtigen Schritte zu finden. Nach dem Tanz fühlte sie tatsächlich einen Teil der Beschwingtheit, die sie ausstrahlte.

Die schnellen Schritte hatten sie erhitzt, und sie ließ sich von ihrem Tanzpartner ein Glas Champagner in die Hand drücken. Es war das erste Mal, das sie das perlende Getränk kostete. Die Perlen zerplatzten auf ihrer Zunge und brachten sie zum Kichern.

»Das fühlt sich lustig an«, brachte sie hervor und musste immer weiter lachen.

»Was?« Von Billung nippte selbst an einem Glas Champagner, schien aber nicht von dem Drang beseelt zu sein, darüber zu lachen.

»Dieser Cham… der Chap… dieser lustige Wein. So was habe ich nie zuvor getrunken.«

»Soll ich Ihren Cousin fordern, weil er Ihnen diese Köstlichkeit vorenthalten hat?«

»Auf keinen Fall. Am Ende besiegen Sie ihn, und dann gelingt seine These nicht, und meinen Wunsch erfüllt er mir auch nicht.« Christiana verstummte, ehe ihr noch mehr Verräterisches herausrutschte.

»Lassen Sie stattdessen mich Ihre Wünsche erfüllen. Ich bin Ihr gehorsamer Diener.«

»Ich brauche gar keinen Diener, lieber noch ein Glas von diesem Char… diesem lustigen Wein.«

»Ich denke, Sie sollten eine Pause machen, Fräulein von Johanni. Wenn Sie erlauben, bringe ich Ihnen später noch ein Glas.« Unerbittlich wand er ihr das eine aus den Fingern und brachte sie zu Emilius zurück.

Der schlang wie selbstverständlich einen Arm um ihre Taille und beachtete sie eine Weile lang nicht mehr als ein Möbelstück. Erst als Andreas von Billung erneut vor ihr stand, um sie zu einem weiteren Tanz aufzufordern, erinnerte Emilius sich ihrer. Er schickte den Preußen fort, weil er vorhatte, selbst mit seiner Cousine zu tanzen. Er führte sie zu einem Menuett in die Mitte der Opernbühne.

Beim Menuett schritten die Partner aneinander entlang, drehten sich umeinander oder verneigten sich. So stand jeder einmal diesem oder jenem gegenüber, aber am Ende ergriff einen wieder der Partner bei der Hand, mit dem man den Tanz begonnen hatte. Andreas von Billung beobachtete es vom Rand aus. Christiana fühlte seine Blicke auf sich ruhen. Der Alkohol ließ sie wie auf einer Wolke schreiten. Sie hatte das Gefühl, dass die Welt ein Stück von ihr abgerückt sei und sie sie wie durch einen dünnen Schleier betrachtete.

Danach ließ sich der preußische Leutnant nicht länger abweisen und holte Christiana zu zwei weiteren Kontertänzen, zwischen denen sie Champagner genoss. Schließlich musste sie sich auf seinen Arm stützen und die Füße vorsichtig setzen, aber ihren Kummer hatte sie vergessen und fühlte sich so wohl wie seit Tagen nicht mehr. Sie tanzte, lachte, ließ ihre Augen über dem Fächer schelmisch aufblitzen und trank mehr Champagner. Andreas von Billung tauchte mehrfach an ihrer Seite auf, und bald hatte sie das Gefühl, ihn schon ihr ganzes Leben zu kennen. Wenn er von dem Gutshof erzählte, auf dem er aufgewachsen war, klang das in ihren Ohren derart amüsant, dass sie lauthals lachte.

Mit Therese an ihrer Seite verbrachte Christiana einige Minuten in einer ruhigeren Ecke, von wo aus sie den Trubel beobachteten und sich Luft zufächelten.

»Ich habe noch nie so ein lustiges Fest erlebt.« Christiana lachte schon wieder.

Therese schaute sie forschend an. »Hast du etwa getrunken?«

»Nur ein kleines bisschen von dem Chat… dem lustigen Wein und ein oder zwei Gläser Tokaier. Es können auch drei gewesen sein. Ich weiß nicht mehr.« Tatsächlich fühlte sich Christiana schwindelig und war froh, an der Seite ihrer Freundin zu sitzen und sich ausruhen zu können.

»Christiana! Das gehört sich nicht«, empörte sich Therese.

»Was ist nun wieder los?«

»Du hast dich betrunken. Das gehört sich für unsereins nicht. Du bleibst am besten hier sitzen, und ich suche deinen Cousin.«

»Den will ich nicht sehen«, protestierte Christiana, und tatsächlich fiel es ihr schwer, ihre Gedanken in Worte zu fassen. »Der ist ein fieser Spielverderber.«

»Es ist schlimmer, als ich gedacht habe. Pass auf, dass niemand bemerkt, was du getan hast.« Therese schwankte zwischen Abscheu und Mitleid mit der Freundin.

»Was habe ich denn getan?«

»Auf einem Ball des Königs hast du dich betrunken. Du wirst zum Gespött des ganzen Hoflagers werden, wenn das jemand bemerkt. Gerade haben wir deinen Namen reingewaschen und nun das.«

»Mein Name war nie schmutzig«, warf Christiana ein und musste wieder lachen bei der Vorstellung, wie ein Name über ein Waschbrett gerieben wurde.

»Schweige um Himmels willen, bis dein Cousin dich zu eurem Quartier gebracht hat.«

»Das sieht den vornehmen Herrschaften wieder ähnlich, dass sie niemandem Spaß gönnen«, trompetete Christiana lauter als beabsichtigt heraus. »Ich habe jedenfalls nicht vor, altjüngferlich am Rand zu sitzen und die anderen den ganzen Spaß alleine haben zu lassen.« Über ihren Fächer hinweg schaute sie sich herausfordernd im Saal um und erregte prompt die Aufmerksamkeit eines Herrn, dessen Gesicht sie nur als einen verschwommenen Fleck erkannte. Es kümmerte sie nicht. Deutlicher erkannte sie seinen kostbaren goldgelben Rock. Er stellte sich den Damen als Wolfhardt von Quirin vor.

Düster erinnerte sich Christiana, dass mit ihm etwas gewesen war, aber an diesem Abend wollte sie niemandem etwas übelnehmen. Sie flirtete kokett mit ihm und bewegte ihre Schultern so, dass der Ausschnitt ihres Kleides ein wenig tiefer rutschte. Und es dauerte nur ein paar Worte weiter, bis er mit einem Finger über die zarte Linie ihres Halses strich. Therese floh von ihrer Seite, um Emilius zu suchen. Er war der Einzige, der hier helfen konnte.

Unterdessen ließ Christiana sich zum Tanz führen, wirbelte mit wechselnden Partnern über das Parkett. Die Gesichter verschwammen vor ihren Augen, die Namen ihrer Tanzpartner sowieso, aber sie warf den Kopf in den Nacken und lachte und lachte.

Einer ihrer neuen Freunde flüsterte ihr etwas ins Ohr und berührte sie dabei mit den Lippen, strich über ihr Haar. Sie sonnte sich in der Aufmerksamkeit der sie umgebenden Herren. Vage kam ihr die Idee, dass es vielleicht zu weit ging, sie mit den Lippen zu berühren, und dass dies Emilius nicht recht wäre. Aber sie konnte nicht den Willen aufbringen, sich dem zu entziehen, und sie wollte es auch nicht. Es geschah ihrem *Cousin* recht.

Der Herr im goldgelben Rock wurde auf einmal brutal von ihrer Seite gezogen und zu Boden geschleudert. Einen Wimpernschlag lang saß er verdutzt auf dem Hintern, dann sprang er wieder auf.

»Nennen Sie mir Ihre Freunde, Kobsdorff.«

»Ich frage Sie, was Sie mit meiner Cousine zu schaffen haben, Herr von Quirin?« Emilius betonte den Namen ganz besonders und schaute seinen Gegner kalt an.

»Ich hätte wissen müssen, dass Sie mir wieder in die Quere kommen.«

»Ihnen hat es offenbar beim letzten Mal nicht gereicht. Ich warne Sie, lassen Sie sich nie wieder in der Nähe meiner Cousine blicken, oder Sie werden wünschen, niemals geboren worden zu sein.«

Wolfhardt von Quirin sprang auf und ballte die Fäuste. »Lassen Sie es uns gleich hier und jetzt erledigen.«

»Ich stehe Ihnen zur Verfügung.« Auch Emilius hob die Hände.

Dafür wurde Wolfhardt von Quirin von mehreren Herren weggezogen. Sie redeten eifrig auf ihn ein. »Du kannst dich nicht mit ihm schlagen, wenn es sich um seine Cousine handelt. Er hat jedes Recht, ihre Ehre zu schützen«, war mehrmals zu hören. Gleich darauf hatte die Ballgesellschaft sie verschluckt.

Therese war wieder da und sah bekümmert aus. Emilius packte Christiana an den Oberarmen und wirbelte sie zu sich herum. Er blitzte sie wütend an. »Nun zu dir, meine Liebe!«

Vor Christiana drehte sich alles, und sie wäre bestimmt gestürzt, wenn er sie nicht festgehalten hätte. »Ich glaube, mir wird schlecht«, murmelte sie.

»Wir müssen sie rausbringen, aber so, dass niemand bemerkt, wie betrunken sie ist«, sagte Therese bestimmt.

»Ich hätte gute Lust, ihr den Hintern zu versohlen. Das wäre, was sie verdient hat. Trinkt, lässt sich mit dem Hund von Quirin ein. Was kommt als Nächstes? Nie kann ich das Weibsstück aus den Augen lassen«, polterte Emilius. Wenig fürsorglich legte er ihr einen Arm um die Hüfte und bahnte sich einen Weg zum Ausgang. Therese folgte den beiden.

Vor dem Opernhaus traf die erfrischende Nachtluft Christiana wie ein Sturmwind und ließ sie taumeln. An Emilius, und Thereses Seite schaffte sie es noch um die Ecke, ehe sie den Inhalt ihres Magens nicht länger bei sich behalten konnte. Sie würgte, spuckte und hustete.

»Es reicht mir.« Emilius gab ihr ein Taschentuch, damit sie sich das Gesicht abwischen konnte. Er lehnte sie an die Wand des Opernhauses. »Du wartest hier. Wenn du dich nur einen Fußbreit bewegst, werde ich nicht zögern, dich gleich hier und jetzt übers Knie zu legen. Es ist mir egal, wer alles zusieht.«

»Sie ist Ihre Cousine«, protestierte Therese.

»Gerade deshalb kann ich es machen.« Er bot Therese den Arm. »Lassen Sie dieses Frauenzimmer in ihrem Elend hocken, bis ich Sie wieder zu Ihrer Tante gebracht habe. Danach werde ich die da in meine Kutsche verfrachten und zu Bett bringen.«

Therese wollte etwas sagen, aber weil Emilius nach ihrem Ellenbogen griff und sie unermüdlich zurück zum Eingang des Opernhauses drängte, schwieg sie.

»Behandeln Sie sie nicht zu arg. Das hat sie nicht verdient«, sagte sie noch, bevor sie sich in Sichtweite ihrer Tante von Emilius von Kobsdorff verabschiedete.

»Ich allein entscheide, was sie verdient.«

Als Emilius mit dem Kabriolett zum Opernhaus zurückkehrte, stand Christiana nicht mehr dort, wo er sie zurückgelassen hatte. Er zerdrückte ein französisches Wort zwischen den Lippen, das einer Dame nie zu Ohren kommen durfte. Er musste seine Pferde unabgedeckt stehen lassen, was ihm zu dieser Nachtzeit und dem frischen Wind gar nicht behagte. Es war nicht einmal ein Junge greifbar, der auf das Gespann achten konnte, während er Christiana suchte. Nicht zu dieser Nachtzeit. Emilius blieb nichts anderes übrig, als die Zügel am Kutschbock festzubinden und das Beste zu hoffen.

Der Ballsaal hatte sich merklich geleert, aber es waren noch genügend Besucher da, so dass es ihm nicht auf einen Blick gelang, alle Gäste zu erfassen. Er musste das Theater einmal in seiner ganzen Länge durchqueren und wieder zurückgehen. Dabei entdeckte er keine Christiana. Er wünschte sich einen Brotschieber, ein Rollholz oder was immer sie sonst zum Backen benötigte, um ihre Kehrseite damit zu bearbeiten. Emilius rannte wieder aus dem Theater. Sein Gespann stand genauso da, wie er es verlassen hatte. Die beiden Pferde ließen die Köpfe hängen, hatten einen Hinterhuf auf die Spitze gestellt und dösten.

Er schaute sich in der Umgebung des Opernhauses um. In ihrem Zustand konnte Christiana nicht weit gekommen sein, falls sie auf die Idee eines nächtlichen Spaziergangs verfallen war. Emilius rief leise ihren Namen. Auf einer Wiese stöberte er hinter einer Heugarbe ein Liebespaar auf. Der Mann raffte eilig seine Hose hoch und schüttelte eine geballte Faust gegen Emilius. Mit einem Blick hatte der sich überzeugt, dass es sich um einen Knecht und sein Liebchen handelte. Sie interessierten ihn nicht weiter, und er zog sich zurück.

So viel er auch schaute, Christiana fand er nicht. Sie war wie vom Erdboden verschluckt. Emilius kehrte zu seinem Kabriolett zurück. Wenn die Pferde sich in der Zwischenzeit bewegt hatten, war es nicht zu erkennen. Er strich über ihre Stirnen und weckte sie aus ihrem Dämmerzustand auf.

Seine Hoffnung ruhte darauf, dass sich Christiana mit ihrem benebelten Geist in den Kopf gesetzt hatte, zu Fuß nach Moritz zu gehen. In diesem Fall könnte er sie leicht unterwegs einholen.

Im leichten Trab kehrte Emilius nach Moritz zurück. Vor Hellmers Haus zügelte er schließlich die Pferde. Bisher hatte er Christiana nicht gefunden. Verdammtes Weib! Er gähnte, ohne sich eine Hand vor den Mund zu halten. Er hatte rechtschaffen genug von diesem Abend und wollte nichts als seine Ruhe, selbst wenn das bedeutete, bereits kurz nach Mitternacht zu Bett zu gehen. Er brachte die Pferde zu dem Stall ein paar Häuser weiter, in dem sie untergestellt waren, hämmerte mit dem Peitschenstiel gegen die Stalltür und weckte einen der Knechte. Nachdem er ihm das Gespann gegeben hatte, schlenderte er zum Hellmerschen Haus zurück.

Von Christiana weiter keine Spur. Sie lag nicht im Bett, wie er mit einem Blick in ihre Schlafkammer feststellte. Teufel noch eins! Hatte sie am Ende beschlossen, das Campement zu verlassen? Oft genug geredet hatte sie davon. Ihr war zuzutrauen, mitten in der Nacht wegzulaufen und ihm fiel es nicht besonders schwer, sich einzureden, dass sie davongelaufen war.

In seinem eigenen Schlafraum schenkte Emilius sich ein Glas Wein ein und leerte es in einem Zug. Ohne Hilfe eines Kammerdieners zog er sich aus, ließ seine Sachen zu Boden fallen, wo er gerade stand, und kroch zwischen die Laken.

Es war noch so früh in der Nacht, dass er nicht einschlafen konnte. Die Hände hinter dem Kopf verschränkt, blinzelte er in die Dunkelheit. Die Konturen der Möbelstücke waren nur ganz schwach im Mondlicht erkennbar.

Dieses Weib hatte es geschafft, ihm den Abend gründlich zu verderben. Dazu hätte sie sich gar nicht mit Wolfhardt von Quirin rumtreiben müssen, aber es passte zu ihr, dass sie es getan hatte. Emilius schlug mit einer Faust auf das Bett ein. Tief in seinem Gemüt regte sich doch das Gewissen, dass ihn sich für Christiana verantwortlich fühlen ließ.

Nur was sollte er machen? Es war mitten in der Nacht und stockdunkel, sich jetzt auf die Suche nach ihr zu machen, glich der nach einer Nadel im Heuhaufen. Zudem war sie eine erwachsene Frau, beruhigte Emilius sich. In ihrem Zustand konnte ihr nicht viel mehr passiert sein, als dass sie eine ungemütliche Nacht verbrachte. Womöglich unter freiem Himmel. Die Nachtkühle würde das ihrige tun, um sie wieder zu Verstand zu bringen.

Wenn sie morgen früh zurückkam, nahm er sich vor, würde er ihr keine Vorwürfe machen. Danach drehte Emilius sich auf die Seite und schlief ein.

SIEBZEHN
19. JUNI 1730

*S*chmerz war ihr vorherrschendes Gefühl. Sie stöhnte, selbst das tat weh. Als Christiana das nächste Mal aufwachte, hatte sich nichts verändert, aber sie war nun in der Lage festzustellen, dass besonders schlimme Pein in ihrem Kopf wühlte. Und ihre linke Schulter, auf der das gesamte Gewicht ihres Körpers lag, brannte wie Feuer. Sie versuchte, sich umzudrehen, doch es gelang ihr nicht, weil ihre Beine und Hände gefesselt waren. Panik stieg in ihr auf, mühsam rollte sie sich zur Seite.

Sie sah nun Staubflocken im Sonnenlicht über sich tanzen, außerdem Balken mit fingerbreiten Rissen und Dachziegel. Sie schien sich auf einem Dachboden zu befinden. Sie trug noch ihr Ballkleid von letzter Nacht, allerdings hatte es nicht mehr viel Ähnlichkeit mit dem, das sie angezogen hatte. Der pfirsichfarbene Satin hatte sich zu staubigem Schmutzigrosa verwandelt, ein Ärmel war halb abgerissen, die Unterröcke noch schmutziger als der Rest des Kleides. Sie bemerkte einige rostrote Flecken am Rock.

War das Blut?

Christiana ignorierte den Schmerz in ihrem Kopf, in ihrer linken Schulter, in ihren Handgelenken und wälzte sich auf den Dielen herum, bis sie es in eine sitzende Position geschafft hatte.

Jetzt erkannte sie, dass dieser Dachboden sehr viel kleiner war als der des Hellmerschen Hauses. Alle Seiten waren nahezu gleich lang. Trotzdem gab es zwei Giebelseiten mit je zwei Fenstern. Von der einen Seite fiel das Sonnenlicht herein, das ihr bereits aufgefallen war. An der im Schatten liegenden Giebelseite führte eine Treppe nach unten. Der Abgang war mit einem Geländer gesichert. Auf dem Dachboden befand sich nichts als Staub, tote Fliegen und die vertrocknete Leiche eines Vogels. Christiana drehte sich so, dass sie den Kadaver nicht im Blick hatte. Sie zog die Beine an und legte das Kinn auf die Knie.

Nachdem sie eine Weile still dagesessen hatte, wurde der Kopfschmerz erträglicher. Sie versuchte, ihre Gedanken zu sortieren. Was war auf dem Ball geschehen? Und vor allem: Wer hatte sie hierher gebracht? Sie erinnerte sich daran, wie trotzig sie beschlossen hatte, sich zu amüsieren. Dass sie Tokaier und Champagner getrunken hatte, wobei Ersterer ihr nicht sonderlich geschmeckt hatte, während sie sich an den Geschmack des Letzteren nicht erinnern konnte. Dafür klebte ihre Zunge am Gaumen, ihr Durst war so groß, dass sie eine ganze Kanne Zitronenwasser hätte austrinken können oder auch Essigwasser, das bei Meister Mingel oft ihr Getränk gewesen war. Sie leckte sich über die trockenen Lippen und hatte nun den Geschmack von Staub im Mund.

Schritte im Stockwerk unter ihr lenkten sie von ihrem Elend ab. Christiana spitzte die Ohren, und als jemand die Treppe zum Dachboden hochkam, setzte sie sich so, dass sie den Aufgang im Blick hatte.

Eine Bodenklappe wurde geöffnet. Ihr Herz schlug bis zum Hals.

Als Erstes erschien eine schmuddelige Haube, danach einige Locken graubraunes Haar. Ihr Herzschlag beruhigte sich etwas – dort kam eine Frau.

Die trug ein schäbiges Kleid, dessen ursprüngliche Farben nicht mehr zu erkennen waren, alles war zu einem Graubraunbeige verkommen. Der hintere Saum war heruntergetreten, und Schuhe trug sie auch nicht. Dafür hielt sie ein Glas mit einer gelblichen Flüssigkeit.

»Die Prinzessin ist wach«, begrüßte sie Christiana mit einer lispelnden Greisinnenstimme.

»Durst«, flüsterte Christiana.

Die Frau blieb mehrere Schritte vor ihr stehen und stellte das Glas auf den Boden. »Glaube nicht, dass du hier bedient wirst, Prinzessin. Das faule Leben ist vorbei, am besten gewöhnst du dich gleich daran.«

Christiana musste auf dem Boden zum Glas kriechen und es mit ihren gefesselten Händen ergreifen. Dünnbier rann in ihre Kehle. Sie konnte gar nicht so schnell schlucken, wie sie trinken wollte. Ein Rinnsal floss über ihr Kinn und versickerte zwischen ihren Brüsten. Sie hatte das Glas noch nicht zur Hälfte geleert, als die Frau es ihr wieder wegriss.

»Das reicht!«

Christiana leckte sich den letzten Tropfen Bier von den Lippen. Ihr Durst war längst nicht gestillt. »Wo bin ich? Wie komme ich hierher? Was willst du von mir? Wer bist du?«, sprudelte es auch ihr heraus.

»Das sind viele Fragen auf einmal, Prinzessin. Von mir wirst du keine Antworten bekommen.«

»Du kannst nicht ...«

»Ich kann alles, was ich will, Prinzessin. Du dagegen kannst nichts anderes tun, als gehorchen.« Die Alte verzog die Lippen zu einem Grinsen, und das ließ deutlich erkennen, dass sie kaum Zähne im Mund hatte. Daher rührte ihr Lispeln. »Du wirst aufstehen und hübsch artig vor mir die Treppe heruntergehen. Die Männer wollen sehen, welcher Vogel uns da ins Netz gegangen ist.

Christiana protestierte nicht, sondern quälte sich auf die Füße.

Über eine staubige Treppe stieg sie vor der Frau her nach unten. Sie zählte insgesamt vier Stockwerke, ehe sie in den Hof trat und ins Sonnenlicht blinzelte. Alle Türen im Inneren waren verschlossen gewesen, weshalb sie nur vermuten konnte, dass es sich eher um Lager- als um Wohnräume handelte. Ihre Vermutung erhielt neue Nahrung, als sie das turmartige Gebäude von außen betrachtete. Die unteren beiden Stockwerke waren aus Bruchsteinen errichtet, die darüber aus Fachwerk. Statt Fenster waren lediglich Luken vorhanden, die alle mit Läden verrammelt waren.

Mitten auf dem Hof stand ein Leiterwagen mit zwei schweren Pferden davor. Der Wagen wurde mit Säcken beladen, die drei Männer unterschiedlichen Alters aus einer zweiten Tür des Turmes herbeischleppten. Der jüngste und schmächtigste von ihnen wankte unter dem Gewicht der Last, Schweiß strömte über sein Gesicht. Außerdem hörte Christiana ein Rauschen und Brausen, ein Knarren und Knurren. Gleich darauf erkannte sie, woher es rührte. Denn an den Turm war ein flacherer Bau angebaut, über dessen Dach sich die obere Kante eines hölzernen Wasserrades erhob.

Sie war in einer Mühle gelandet, und auf den Karren wurden wahrscheinlich Mehlsäcke aufgeladen.

Turm und Mühle befanden sich in einem gepflegten Zustand. Im Gegensatz dazu stand das einstöckige Wohnhaus mit dem hohen, spitzen Dach, das auf der anderen Seite des Hofes im Schatten zweier Buchen stand. Es schien von den Bäumen schier erdrückt zu werden und hatte seine besten Tage seit langem hinter sich. Falls es überhaupt je verputzt gewesen war, war davon nichts mehr zu sehen, denn es bestand wie der Turm aus Bruchsteinen, die eine gräuliche, moosüberwachsene Färbung angenommen hatten. Die geöffnete Tür sah aus, als führte sie in eine Höhle. Das Haus bekam nicht viel Sonne ab.

Die Männer unterbrachen ihre Arbeit und kamen heran. Der Jüngste wischte sich Schweiß aus dem Gesicht. Aus dem Haus eilte eine Frau herbei und brachte jedem der Männer einen Becher. Christiana klebte immer noch die Zunge am Gaumen, zu gerne hätte sie einem der Männer den Becher weggerissen.

»Das ist sie also«, sagte der Älteste und wischte sich mit dem Handrücken über den Mund. »Sieht nicht aus, als könnte sie fleißig arbeiten, das Weib.«

»Sie ist eine rechte Prinzessin«, ereiferte sich die Alte lispelnd. Sie war neben Christiana stehen geblieben und sah aus, als hätte sie am liebsten mit einem Stock nach ihr gestochert. Sie tat es nur deshalb nicht, weil sie keinen in der Hand hielt.

»Das werden wir ihr schon austreiben. Hier wird sie arbeiten müssen, wenn sie essen will.« Er trat auf Christiana zu, kniff sie erst in die Oberarme, danach in die Wange. Er schien der Anführer dieser Leute zu sein. »Besonders kräftig scheinst du nicht zu sein.«

»Ich kann arbeiten«, entfuhr es Christiana.

»Das wäre das erste Mal, dass ein vornehmes Fräulein wie du behauptet, sie könne arbeiten. Was kannst du?«

»Zuerst einmal habe ich Durst«, entgegnete Christiana mutig.

Sie erntete dafür einen Rippenstoß von der Alten neben sich und ein höhnisches Grinsen des Anführers.

»Doch ein vornehmes Fräulein. Erst wird gearbeitet. Also was kannst du?«

»Backen«, erwiderte Christiana prompt. »Ich kann Kuchen und Torten backen. Auch Brot und Brötchen. Alles, was du willst.«

Der Anführer lachte aus vollem Hals. »Torten, Kuchen«, prustete er. »Du glaubst, wir brauchen hier so etwas.«

»Was macht ihr? Was ist das für eine Mühle?«

»Mehl. Aber wir backen damit nicht. Wir verkaufen es. Komm mit!« Der Mann packte sie am Arm und marschierte auf das langgezogene Mühlengebäude zu. Christiana blieb nichts anderes übrig, als neben ihm herzustolpern.

Der Raum mit dem vom Wasserrad angetriebenen Mahlwerk war von einem ohrenbetäubenden Knirschen erfüllt, außerdem war die Luft vom Mehlstaub zum Schneiden dick. Christiana riss den losen Ärmel ganz vom Kleid ab und presste sich den Stoff vor Mund und Nase. Der Müller quittierte das mit einem hämischen Blick. Er zerrte sie in einen mit einer löchrigen Bretterwand abgetrennten Nachbarraum. Der Mehlstaub war hier nicht ganz so dick.

Frau und Kinder arbeiteten in diesem Teil der Mühle. Christiana verstand nicht, zu welchem Zweck die bereits mit Mehl gefüllten Säcke erneut geöffnet, zwei oder drei kleine Schaufeln Mehl hineingegeben und der Sack wieder zugebunden wurde, bevor ihn dann eine kräftige Frau zur Tür zerrte. Von dort holten die Männer, die die Wagen beluden, die Säcke ab.

»Los, deine Arbeit.« Er schubste Christiana in Richtung eines Mehlsacks, den ein Junge hielt, während ein kaum fünfzehnjähriges Mädchen die kleine Menge Mehl obendrauf streute.

Christiana erkannte, dass es ihre Aufgabe war, der kräftigen Frau zu helfen und den Sack zur Tür zu zerren. Die ersten beiden Säcke gelangen ihr ohne Schwierigkeiten, dann begannen ihre Oberarme und Schultern zu schmerzen. Auch die Hände taten ihr weh. Schweiß trat auf ihre

Stirn, sie fühlte sich ausgedörrt vor lauter Durst. An eine Pause war nicht zu denken, das hatte ihr der giftige Blick der kräftigen Frau unmissverständlich klargemacht, als sie einmal stehen geblieben war, um sich den Schweiß von der Stirn zu wischen.

Obwohl sie keine Erfahrung mit dem Mühlenwesen und der Arbeit eines Müllers hatte, kam ihr das Gebaren in dieser Mühle sonderbar vor. Sie bemühte sich, einen Blick in die Säcke zu werfen, bevor das zusätzliche Mehl eingefüllt wurde. Nach einiger Zeit gelang es ihr auch, und was sie erblickte, kam ihr merkwürdig vor. In den Säcken befand sich nicht das feine weiße Mehl, aus dem die Brote und Kuchen für die vornehmen Herrschaften gebacken wurden. Das Mehl war dunkler und grober, taugte allenfalls für die Brote der ärmeren Leute. Es sah aber auch nicht aus wie das, aus dem Meister Mingel seine einfachen Brote für die armen Radebeuler gebacken hatte. Eigentlich ... Christianas Gedanken wurden an dieser Stelle unterbrochen, weil die kräftige Frau ihr einen Stoß versetzte, um sie zur Arbeit anzutreiben, und sie faules Luder nannte. Christiana stolperte weiter. Sie fühlte sich elend und besaß kaum die Kraft, nach dem nächsten Sack zu greifen, dennoch ahnte sie, dass hier nicht alles mit rechten Dingen zuging, und sie nahm sich vor, die Wahrheit zu entdecken.

»Für wen ist das Mehl, das ihr mahlt?«, fragte Christiana das Mädchen, als sie den nächsten Sack abholte. Sie bemühte sich, den Mund möglichst wenig zu öffnen, um den Mehlstaub nicht einzuatmen.

»Weiß ich nicht«, antwortete das Mädchen und hustete.

»Rede nicht, arbeite!«, mischte sich eine Frau ein, die einen der anderen Säcke hielt. »Das Mehl ist für das Campement. Mehr musst du nicht wissen.«

Emilius musste am nächsten Morgen feststellen, dass seine Cousine nicht zurückgekehrt war. Er gähnte ausgiebig und begab sich im Morgenmantel für ein ausgiebiges Frühstück in Hellmers Stube. Angesichts von Schinken, Eiern, zweier Suppen, Dünnbier und einer Rindfleischpastete meldete sich sein Gewissen nur zaghaft. Es gelang Emilius, die leise Stimme in seinem Inneren zu überhören.

Nach seiner Ansicht konnte Christiana nichts Schlimmeres zugestoßen sein, als dass sie in ihrer Trunkenheit einem Herrn zu viele Freiheiten erlaubt hatte. Daran war nichts mehr zu ändern, mit dem Katzenjammer musste sie allein fertig werden. Sie hatte ja immer so darauf gepocht, eine erwachsene Frau zu sein. Dann sollte sie auch die Verantwortung für sich selbst tragen. Was wusste er denn, was in ihrem Stand üblich war? Da war es längst nicht so wichtig, ob ein junges Ding als Jungfrau in die Ehe ging oder nicht. Wichtiger war, dass sie gut arbeiten konnte, und dafür stand er bereit, Christiana jedes gewünschte Zeugnis auszustellen.

Er wollte sich gerade ein mächtiges Stück der Rindfleischpastete einverleiben, als auf einmal Therese in der Stube stand. Der Hut saß schief auf ihren Locken, die Wangen waren gerötet, als wäre sie vom Damenpalais bis nach Moritz gerannt. Für eine Dame war es unerhört, bei einem Herren einzudringen, der im Morgenrock beim Frühmahl saß. Zweifellos wusste Therese das, kümmerte sich jedoch nicht darum.

»Dass Sie essen können!«, fuhr sie Emilius an.

»Gewöhnlich nehmen Menschen nach dem Aufstehen ein Frühstück zu sich.«

»An gewöhnlichen Tagen wäre Ihre Cousine im Haus und würde gerade an einer Tasse heißer Schokolade nippen.«

»Nicht in diesem Haus. Die Hellmerin versteht die Zubereitung der Schokolade nicht. Das muss ich leider sagen. Zudem sehen Sie mich nicht passend gekleidet, um Besuch zu empfangen. Ich wäre Ihnen sehr verbunden, wenn Sie sich zurückzögen und später wiederkämen. Sagen wir in einer Stunde.«

Emilius hatte die Genugtuung Therese sprachlos zu sehen, aber dieser Zustand währte nicht lange. »Ihre Cousine ist verschwunden, und Sie reden von passender Kleidung. Die gute Frau Hellmerin ist mehr in Sorge als Sie.«

»Diese gute Frau gleicht einer aufgescheuchten Hühnerschar, und genauso viel Hirn besitzt sie auch.«

»Ich habe immer gewusst, dass Sie kein Gewissen besitzen, aber dass es so schlimm ist. Wollen Sie Christiana nicht suchen?«

»Meine Cousine hat es vorgezogen, das Campement zu verlassen, was soll ich da suchen? Ihre Abreise kam ein bisschen plötzlich, das muss ich zugeben. Sie hat sich hier nicht so wohlgefühlt wie erhofft. Tatsächlich hat sie mehr als einmal von Heimweh gesprochen.« Nach außen gab sich Emilius charmant, aber im Inneren hatte seine Laune gelitten. Fast war er ärgerlich auf Christiana, weil sie ihm all diese Schwierigkeiten bescherte.

»Abgereist!« Therese warf einen verschmutzen und beschädigten Fächer auf den Tisch. Er landete zum Teil auf der Platte mit den gebratenen Eiern. Eigelb spritzte. »Den habe ich vor dem Opernhaus in Streumen gefunden. Das ist Christianas.«

Angewidert betrachtete Emilius das Utensil. Die Eier waren auf jeden Fall verdorben. »Wie viele Fächer haben Sie in Ihrem Leben verloren, Teuerste? Selbst mir ist mehr als einer abhanden gekommen.«

»Nur sieht ein verlorener Fächer nicht so aus. Christiana ist nicht abgereist. Das hätte sie nie getan, ohne es mir vorher zu sagen. Ihr ist etwas zugestoßen. Wir müssen sie suchen. Jeder Augenblick zählt.«

Ein weiterer Besucher platzte in Hellmers Stube. Es handelte sich um Laurenz Schumann.

»Teufel auch!« Emilius riss sich die Serviette vom Hals und warf sie auf den Tisch. Ein Zipfel landete im Suppenteller. »Wenigstens du solltest wissen, dass man einen Mann nicht vor dem Mittag aufsucht. Nicht, nachdem er die Nacht zuvor auf einem Ball verbracht hat.«

»Zum Glück bist du da, du hörst es ja«, wandte sich Therese an den Arzt.

»Ich habe nur meine Patienten versorgt und bin dann sofort hergeeilt.« Laurenz schenkte der jungen Frau ein Lächeln, über das Emilius an jedem anderen Tag eine Bemerkung gemacht hätte.

Nun hatte er allerdings genug davon, sich weiter Vorwürfe wegen Christianas Verschwinden anzuhören. Er legte die Karten auf den Tisch, erzählte, dass sie auf keinen Fall seine echte Cousine sei, sondern einfach nur ein junges Ding, das er unter seine Fittiche genommen habe, um seine These zu beweisen. »Ihr müsst zugeben, dass es mir gelungen ist. Niemand hat Verdacht geschöpft. Christiana hat sich die meiste Zeit nicht schlecht geschlagen, aber unter ihren hübschen Kleidern ist sie die Magd geblieben, die sie immer war. Sie hat mit irgendeinem der Bäcker in Moritz angebändelt, bestimmt ist sie mit ihm auf und davon.«

»Das ist sie nicht«, widersprach Therese wild, als hätte sie gar nicht gehört, was Emilius gesagt hatte.

Laurenz hingegen war verblüfft. »Ich hätte darauf kommen müssen. Schließlich kenne ich deine Familienverhältnisse und hätte wissen müssen, dass du keine Cousine hast, deren Vater Gesandtschaftssekretär in Turin ist.«

»Sie wäre nicht mitten in der Nacht mit nichts als dem

Ballkleid auf dem Leib gegangen. Und nachdem sie mehr Wein getrunken hat, als gut für sie war. Nie und nimmer. Ihr ist etwas zugestoßen. Vielleicht ist sie verletzt. Wir müssen das Campement nach ihr absuchen.«

»Ich soll jeden Grashalm nach ihr umdrehen, derweil sie ...?«

»Du wirst es tun, oder ich müsste mich in deinem Charakter sehr getäuscht haben. Du hast die junge Frau hergebracht und trägst die Verantwortung für sie«, Laurenz Schumann schaute den Freund streng an. »Stell dir vor, sie wäre tatsächlich deine Cousine.«

»In dem Fall hätte ich eigenhändig für ihr Verschwinden gesorgt. Du kennst meine Cousinen nicht.«

»Genug geredet«, unterbrach Therese die beiden Männer barsch. »Ich kenne meine Pflicht und werde Christiana nicht im Stich lassen. Wer will, kann mitkommen, aber ich werde auch alleine gehen. Laurenz, begleitest du mich?«

»Selbstverständlich.«

»Herr vom Kobsdorff?«

»Meinetwegen. Der Appetit ist mir sowieso vergangen. Ich werde gehen und mich ankleiden.«

»Beeile dich«, rief Laurenz ihm hinterher.

»Niemand wird mir je nachsagen, nachlässig gekleidet das Haus zu verlassen.«

Dennoch erschien Emilius in erstaunlich kurzer Zeit wieder in der Stube. Er trug Stiefel und einen einfachen dunkelgrünen Rock, als wollte er auf die Jagd reiten.

Zu dritt ritten sie alle Orte des Campements ab. Sie begannen bei den Bäckern in Moritz, suchten in Streumen in der Nähe des Opernhauses, fragten in Kreinitz, ob Christiana in der Zwischenzeit ins Lazarett gebracht worden war. Schauten in den Quartieren der Bediensteten, bei den Marketenderzelten und sogar im Lager der Soldaten. Und obwohl sie sich nicht scheuten, in dunklen und verlassenen Ecken zu suchen, fanden sie keine Spur von Christiana. Niemand hatte eine junge Frau in einem pfirsichfarbenen Ballkleid gesehen. Nicht in der letzten Nacht und nicht an diesem Morgen.

Therese winkte ihren Bruder herbei und trug ihm auf, ebenfalls nach Christiana Ausschau zu halten. Sie kümmerte sich nicht darum, als Emilius maulte, sie hätten gleich überall einen Anschlag aufhängen können. Von einer unauffälligen Suche könne jedenfalls keine Rede mehr sein.

Es war später Nachmittag, als sie alle müde und auf erschöpften Pferden die Suche abbrachen.

»Wir haben jeden Grashalm umgedreht und nichts gefunden. Seid ihr jetzt überzeugt, dass sie die Gelegenheit genutzt hat, ihrer eigenen Wege zu gehen?«, fragte Emilius.

»Wir haben nicht in den Dörfern außerhalb des Campements gesucht.«

»Dafür ist es an diesem Tag zu spät.« Emilius gähnte demonstrativ, hielt sich diesmal jedoch eine Hand vor den Mund.

Ausnahmsweise stimmte Laurenz ihm zu, versprach Therese jedoch, ihr am nächsten Tag bei der Suche zu helfen. Wohl oder übel, musste Emilius es ihm gleichtun. Bei Sonnenaufgang wollten sie sich vor dem Damenpalais treffen.

Genau dorthin begleitete Laurenz Therese und verabschiedete sich mit einer Verbeugung und einem Handkuss von ihr.

»Wir werden sie finden. Es muss einfach gelingen.« Therese entzog ihm ihre Hand.

»Oder eine Spur von ihr entdecken. Du darfst nicht außer Acht lassen, was Emilius gesagt hat. Vielleicht hat sie wirklich das Campement verlassen. Niemand von uns kann in ihr Herz schauen.«

»Sie ist nicht weggegangen. Ich weiß es einfach. Das spüre ich.«

»Keine Frau hat ein größeres Herz als du.« Laurenz schaute ihr tief in die Augen. Neigte sich zu ihr, und für einen Moment sah es so aus, als wollte er ihre Lippen küssen. Dann wandte er sich ab, schwang sich in den Sattel und machte sich auf den Weg nach Kreinitz. Therese schaute ihm nach, bis sie ihn nicht mehr sah.

Die Suche nach Christiana war im Campement, entgegen Emilius Vermutungen, beinahe unbemerkt geblieben. Die sächsische Armee stand seit sechs Uhr in der Frühe auf dem Manöverfeld. An diesem Tag waren Übungen der Kavallerie und der Infanterie angesetzt.

Das Manöver dauerte den ganzen Tag. Die letzten Soldaten rückten erst abends nach sieben Uhr in das Lager ein.

Der preußische Kronprinz suchte den sächsischen Kabinettsminister Graf Karl Heinrich von Hoym in dessen Quartier auf. Wenn der Minister überrascht war über seinen Besucher, so zeigte er es nicht, sondern legte die Feder aus der Hand und erhob sich von dem Klapptisch, an dem er gesessen und gearbeitet hatte.

»Hoheit«, er verneigte sich vor dem jungen Mann.

»Machen Sie keine Umstände wegen mir, ich bin gekommen, um ganz zwanglos zu plaudern.«

Das glaubte Herr von Hoym keine Sekunde, aber er ließ dem Gast seinen Willen und bot ihm einen Platz auf einem Ruhesofa und eine Erfrischung an. Den Tokaier schenkte er mit eigener Hand in ein Kristallglas ein.

Friedrich drehte es zwischen seinen Fingern, trank aber nicht davon. »Ich möchte Sie tatsächlich um etwas bitten. Zwei Offiziere sind mit einem Wunsch an mich herangetreten, und ich habe versprochen, ihnen zu helfen, weil sie nicht wussten, wie es anzufangen ist.«

»Was möchten die beiden Herren Offiziere?«

»Sie möchten Leipzig besuchen. Ein bisschen unter der Hand. Am besten soll es gar nicht bekannt werden. Sie wollen sich einmal richtig amüsieren. Ich habe Verständnis dafür, mein Herr Vater leider weniger.«

»Ich verstehe. Wie kann ich dabei behilflich sein?«

»Mit der Ausstellung von zwei Pässen. Sie sind ja Preußen und brauchen deshalb die Pässe.«

»Ja, die Pässe.« Der Graf wollte den Kronprinzen nicht verärgern, tatsächlich tat der junge Mann ihm leid. Aber dass er ihm einfach zwei Pässe aushändigte, kam nicht in Frage. Kaum war das Wort ›Pässe‹ gefallen, war ihm klar gewesen, dass sie für den Prinzen selbst und einen Freund bestimmt waren. Von Hoym holte tief Luft. »Die beiden Offiziere mögen zu mir kommen, dann stelle ich ihnen die Pässe aus. Das können Sie ihnen sagen, Hoheit, wenn Sie es nicht für unwürdig halten, als Bote missbraucht zu werden.«

»Ich bin ja schon als Bote zu Ihnen gekommen, Herr Minister«, antwortete Friedrich in guter Haltung, nur sein Adamsapfel hüpfte.

Friedrich kehrte in sein Quartier zurück, wo Katte ihn mit der Liste der Poststationen erwartete. In seiner Kehle saß ein Kloß, er brachte kein Wort heraus, konnte nur den Kopf schütteln. Katte hielt die Liste an eine Kerzenflamme, wischte zum Schluss die Asche vom Tisch.

Nach dem kräftezehrenden Manöver des vorangegange-
nen Tages sollte dieser Dienstag ein Ruhetag sein. Es kam
jedoch nicht die gesamte sächsische Armee in seinen Genuss,
denn Friedrich Wilhelm von Brandenburg und Preußen äußerte den Wunsch, die Leibgrenadiere exerzieren zu sehen.
Dem wurde entsprochen, und die beiden Bataillone in ihren
gelben Röcken, roten Westen und ebensolchen Hosen unter
dem Befehlshaber Generalmajor Graf von Rutowsky traten
auf dem Manöverfeld an.

Das Mädchen, mit dem Christiana als Erstes zusammengearbeitet hatte, hieß Liddy. Die alte Frau, die sie vom Dachboden geholt hatte, wurde von allen nur Mutter Bollerin genannt, weil sie über jeden mit harter Hand herrschte. Der
Müller hieß Drei-Finger-Karl, denn ihm fehlten an der rechten Hand der kleine und der Ringfinger. Christiana zweifelte
allerdings daran, dass es sich bei ihm um einen echten Müller
handelte. Sie hielt die ganze Sippe – in der Mühle lebten außer ihr acht weitere Personen, die alle miteinander verwandt
und verschwägert waren – für abgefeimte Gauner.

An ihrem zweiten Tag ging ihr auf, warum in jeden Sack
gemahlenen Mehls noch ein oder zwei Extraschaufeln eingefüllt wurden: Das war reines Mehl, aber was sonst in den Säcken war, bestand aus Mehl, Sand, gemahlenen Eicheln, Sägespänen und wahrscheinlich noch anderen Zutaten, die im
Mehl nichts zu suchen hatten. Sie entdeckte es, als sie einen
Klumpen aus einem der Säcke nahm und in der Hand zerdrückte. Was sie dort herausgenommen hatte, war kein Mehl
gewesen. Es war zwar ähnlich fein gemahlen, fühlte sich aber

zäher und schwerer an als Roggen- oder Weizenmehl. Jeden weiteren Gedanken unterbrach ein von Mutter Bollerin geführter Schlag mit einer dünnen Weidenrute auf ihre Hand. Sofort erschien ein roter Striemen auf der Haut.

»Arbeiten sollst du, Prinzessin!«, bellte die Alte dazu.

Christiana beeilte sich, ihre Schmerzen ignorierend, den Sack zuzubinden und ihn zur Tür zu schleifen. Als sie wieder zu Liddy zurückkehrte, fragte sie leise: »Ihr verunreinigt das Mehl! Warum?«

Mit der Linken bedeckte sie den Striemen auf ihrem Handrücken. Befühlte die geschändete Haut.

»Mach einfach deine Arbeit«, riet Liddy ihr genauso leise. Trotz ihrer Schmächtigkeit war sie drahtig und stark, und obwohl sie seit dem Morgen in der Mühle stand, schien sie nicht zu ermüden.

Christiana dagegen taten die Arme weh, und sie hätte gerne eine Pause gehabt, um etwas zu trinken und dem Staub für eine kleine Weile zu entkommen. Sie band einen Sack zu, und dann stand schon der nächste bereit.

»Das ist nicht richtig«, murmelte Christiana. »Das ist doch …«

»Halt endlich das Maul!« Dann ließ Liddy sich aber doch noch zu einer Erklärung hinreißen. »Das merkt niemand, und wir machen einen hübschen Reibach. So leicht haben wir lange nichts mehr verdient. Im Großen Campement benötigen sie Mehl ohne Ende, niemand interessiert sich dafür, wenn ein bisschen was anderes drin ist. Das machen alle so.«

»Daraus kann man nichts mehr backen.«

»Wenn du wüsstest, was man alles kann. Ich habe oft genug Schlechteres gegessen als das hier.« Liddy schoss einen wütenden Blick auf sie ab. Sie ließ nun selbst eine Handvoll Mehl durch ihre Hände gleiten.

Mutter Bollerin tauchte neben ihnen auf. Wieder zischte ihre Weidenrute durch die Luft, traf Christianas Kehrseite, ihre Oberschenkel, ihre Arme. Liddy bekam auch ihren Teil ab.

»Hier wird nicht geflüstert! Alle beide nicht!«, keuchte sie dazu.

Die Schläge waren mehr ärgerlich, als dass sie wirklich schmerzten. Dazu waren sie zu ungezielt, dennoch verstummte Christiana erst einmal. Sie musste mehr herausfinden über diese seltsame Müllersippe. Vor allen Dingen musste sie erfahren, wo sie sich befand und warum man sie hergebracht hatte. Sie musste hier weg, und das bedeutete die Flucht. Darauf musste sie sich vorbereiten.

Wie verabredet, begann an diesem Tag die Suche nach Christiana in den umliegenden Dörfern. Emilius und Laurenz trafen bei Tagesanbruch vor dem Damenpalais ein. Dort erwartete sie bereits Therese von Haynau in Reitkleidung. Das nötigte Emilius Respekt ab, er hatte nicht damit gerechnet, sie um diese Tageszeit wirklich anzutreffen. Thereses Bruder stellte sich ebenfalls ein. Er ritt einen prächtigen Hengst, der unternehmungslustig auf seinem Gebiss kaute. Ein Tier der Haynauschen Zucht, um das Emilius ihn sofort beneidete. An seiner Seite ritt der preußische Offizier Andreas von Billung, der ein mit einem Damensattel gezäumtes Pferd für Therese an der Hand führte.

Nach wenigen Augenblicken waren sie bereit zum Aufbruch. Im letzten Augenblick schloss sich ihnen der preußische Kronprinz mit einem weiteren Herren seines Gefolges an. Wenn eine junge Dame vermisst werde, sei es seine Pflicht, sich an der Suche nach ihr zu beteiligen, sagte er zur Begründung.

Sie suchten in jedem Dorf im Umkreis von einer Stunde

zu Pferd rings um das Campement nach Christiana. Ihr besonderes Augenmerk galt dabei den nächsten Poststationen. Nach Meinung aller hätte Christiana sie allein oder mit einem Begleiter unbedingt aufsuchen müssen, wenn sie die Gegend um Radewitz hätte verlassen wollen.

Nirgendwo erinnerte man sich, eine Frau in einem Ballkleid, auf die Christianas Beschreibung passte, gesehen zu haben. Fremde – es seien so viele Fremde in der Gegend, wie solle man sich da an eine einzelne Frau erinnern, das hörte Emilius mehr als einmal. Er war geneigt, den Menschen zuzustimmen, und hätte die Suche gegen die Mittagszeit aufgegeben.

Für Therese kam das nicht infrage. Unbeirrt und ohne zu ermüden, setzte sie die Suche fort. Unerwarteterweise sprang ihr der preußische Kronprinz bei und erklärte, ebenfalls nicht aufgeben zu wollen. Es kam nun nichts anderes mehr in Betracht, als dass Emilius seine Gedanken für sich behielt und nach außen einen Eifer zeigte, den er im Inneren nicht fühlte.

»Hoheit«, sprach Katte den Kronprinzen an, als sie durch einen Wald ritten. Er parierte sein Pferd vom Trab zum Schritt durch. Friedrich tat es ihm nach. Der Abstand zu den anderen Reitern vergrößerte sich zusehends. Katte deutete mit der Hand in den dichten Wald neben dem Weg.

»Was willst du mir sagen?«, erkundigte sich Friedrich leise.

»Du darfst nicht länger zögern, Hoheit. Wir schlagen uns hier und jetzt in die Büsche. Eine bessere Gelegenheit wird nicht mehr kommen. Bevor dich jemand vermisst, werden Stunden vergehen.«

Friedrich antwortete nicht, sondern schaute starr nach vorne, zwischen den Ohren seines Pferdes hindurch. Eine Pferdelänge, zwei, sechs, acht ritten sie so.

»Wir haben keine Pässe, und wir werden auch keine bekommen.«

»Dann reisen wir ohne und abseits der großen Straßen.«

Über Friedrichs Gesicht huschte ein kleines Lächeln. »Wir haben auch kein Geld und die Poststationen ... Du hast die Liste vor meinen Augen verbrannt.«

»Scheiß was auf die Liste, Hoheit! Die Stationen habe ich im Kopf. Außerdem habe ich alles Geld einstecken, das ich in unserem Quartier finden konnte.«

»Wir bleiben«, entschied Friedrich. »Ich verlasse meinen Vater und Preußen. Es muss nur richtig vorbereitet sein und darf keine anderen Menschen in Gefahr bringen. Du kennst den König. Ich will diese guten Leute, mit denen wir unterwegs sind, nicht mit hineinziehen.«

Christianas Verschwinden hinderte die Durchführung des für diesen Tag geplanten ersten großen Feldmanövers nicht.

Friedrich musste das Mittagsmahl an der Seite seines Vaters überstehen und sich bohrende Frage nach seinem gestrigen Tun gefallen lassen.

»Nach einer Frau gesucht, eh!«, lautete die Reaktion des brandenburg-preußischen Königs.

Friedrich August von Sachsen und Polen war an der anderen Seite der langen Tafel damit beschäftigt, einem Kapaun zu Leibe zu rücken und ließ sich dabei vom Grafen von Wackerbarth über das zu erwartende Manöver berichten. Er bekam von dem Gespräch der Preußen nichts mit. Sonst hätte er vielleicht dem jungen Friedrich zu seiner Suche nach einer Frau gratuliert, weil dies endlich einmal etwas Schwung in dessen trübseliges Leben brachte.

»Die junge Frau ist seit dem Ball verschwunden. Niemand hat etwas von ihr gehört oder gesehen. Ihre Verwandten und Freunde vermuten ein Unglück. Ich hielt es für meine

Pflicht, mich an der Suche nach ihr zu beteiligen«, erklärte Friedrich leise.

»Habt ihr sie gefunden?«

»Leider nicht. Es ist, als hätte sich die Erde aufgetan und sie verschlungen.«

»Einen Augenblick haben wir gedacht, aus dir könnte noch was werden.« Der König wandte sich von seinem Sohn ab, wedelte ungeduldig mit der Hand, damit der Teller vor ihm mit den Resten eines Kohlrabi in Nusskruste abgeräumt wurde. Sofort wurde ein neuer vor ihn hingestellt, und ein Diener wartete hinter ihm darauf, dass er seine Wünsche äußerte. Sein Blick blieb an Pilzen hängen, die zu Bäumen und Kamelen zurechtgeschnitzt waren. Er schüttelte den Kopf darüber.

Friedrich schob ebenfalls seinen Teller von sich. Er würde keinen Bissen mehr herunterbringen und es im Laufe des Nachmittages mit Hunger büßen, wie er wusste.

Das von General Baudissin kommandierte Armeekoprs kam in Sicht. Es sollte die Elbe überqueren und sich dem Feind auf der anderen Seite stellen.

Als sich die beiden Heeresteile gegenüberstanden, gab Friedrich August mittels eines Sprachrohres persönlich den Befehl zum Angriff.

Es begann eine Kanonade, die die Erde erbeben ließ. Als schließlich die Truppen aufeinandertrafen, wurden mehrere Soldaten verletzt. Einer starb an einer Stichwunde, verursacht durch einen Ladestock. Das Gefecht wogte hin und her und musste bei Einbruch der Dunkelheit um neun Uhr abends abgebrochen werden.

Der Baudissinschen Armee war es nicht gelungen, die Stellung der Feinde zu erstürmen, aber da ihnen der Übergang über die Elbe geglückt war, wurde ihnen der Sieg zugesprochen. Die erschöpften Soldaten verbrüderten sich und rückten ins Lager ein, wo Brot und Bier auf sie warteten.

Als die Sonne im Zenit stand, wurde die Arbeit in der Mühle für eine kurze Pause unterbrochen. Christiana reckte sich und gähnte ausgiebig. Sie fühlte sich so müde, dass sie auf der Stelle einschlafen wollte, aber natürlich war daran nicht zu denken. Sie musste die knappe Pause zum Essen und Trinken nutzen und um so viel Kraft wie möglich zu sammeln. Obwohl die Sonne hell am Firmament stand, lag der Hof vor der Mühle im tiefen Schatten. Bis in dieses Tal schien sie aber nie zu reichen. Unwillkürlich fröstelte Christiana und wünschte sich ein Schultertuch, um sich darin zu verkriechen. Sie musste mit dem vorliebnehmen, was von ihrem Ballkleid noch übrig war.

Mitten auf dem Hof hing an einem Dreibein ein großer Kessel über einem Feuer. Darin hatte die lange Helma für die Sippe ein Mittagessen gekocht. Sie war die Ehefrau oder die Geliebte Drei-Finger-Karls und sah nur wenig jünger aus als die alte Bollerin. Damit endete die Ähnlichkeit zwischen beiden Frauen auch schon, denn die lange Helma war mindestens einen Kopf größer als die Mutter Bollerin. Als Erstes füllte die lange Helma eine Schale Suppe für Drei-Finger-Karl und gab ihm ein großes Stück Brot dazu. In der Suppe schwammen Fleisch und Bohnen, wie Christiana feststellte, die als Letzte in der Schlange stand. Sie hatte sich auf Zehenspitzen gestellt und spähte an den anderen vorbei.

Bis die Reihe an sie kam, war der Kessel beinahe leer. Ihre Schale enthielt kaum mehr als Flüssigkeit, auf der einige Fettaugen schwammen. Der Kanten Brot, den die lange Helma ihr reichte, war hart und mehrere Tage alt.

Langsam entfernte Christiana sich vom Kochfeuer. Schlenderte über den Hof und tat so, als suchte sie einen

Platz zum Sitzen, und kam dabei dem Wald immer näher. Der wirkte dicht und finster. Wer darin einmal verschwunden war, tauchte womöglich nie wieder auf. Oder konnte nicht gefunden werden. Noch ein halbes Dutzend Mannslängen, und sie könnte in den Wald eintauchen.

»Mädchen! Du bleibst in meiner Nähe!«, rief Drei-Finger-Karl ihr nach.

Christiana drehte sich um. Der Anführer der Bande klopfte auf einen Hackklotz neben der Bank, auf der er saß. Christiana ließ sich darauf nieder, stellte die Schale auf den Knien ab und begann zu essen. Das Brot tauchte sie in die Suppe, damit es aufweichte. Die war heiß, das war aber auch alles, was sich darüber sagen ließ.

»Ist das Brot aus dem hiesigen Mehl gebacken?«, fragte Christiana an niemand Bestimmten gerichtet.

Drei-Finger-Karl fühlte sich angesprochen. »Warum willst du das wissen, Mädchen?«

»Ich will wissen, ob das gefälschte Mehl hier auch gegessen wird.«

»Wir wollen mit dem Mehl Geschäfte machen, nicht es selbst fressen.«

Hatte sie es sich doch gedacht. Christiana ließ sich nichts anmerken und blieb weiter über ihre Schale gebeugt. »Ihr esst also nicht, was ihr den Soldaten im Campement zumutet. Für euch ist das Mehl nicht gut genug.«

»Sei still, feines Fräulein! Du hast keine Ahnung, was ich alles schon gefressen habe. Bist zwischen leinenen Laken und seidenen Kleidern aufgewachsen. Was weißt du von unserem Leben.« Drei-Finger-Karl stieß die Worte wütend hervor. Und als wäre das noch nicht genug, verpasste er Christiana mit seiner dreifingrigen Hand eine Kopfnuss.

Vor ihren Augen verschwamm die Welt für einen Augenblick, danach dröhnte der Schlag in ihrem Schädel. Christiana senkte den Kopf tiefer über ihre längst leere Schale. Sie verspürte noch Hunger, gab sich aber keinen Illusionen hin, eine zweite Portion zu bekommen. Niemand hatte einen Nachschlag erhalten.

»Wo ist der echte Müller?«, wagte sie einen weiteren Vorstoß.

»Wie kommst du darauf, dass ich nicht der echte Müller bin?« Drei-Finger-Karl klang jetzt amüsiert, aber nicht weniger gefährlich.

Christiana war auf der Hut, sie wollte nicht erneut seine Finger an ihrem Kopf spüren. »Weil das Mahlen des Korns eine hoheitliche Aufgabe ist, die von unserem hochedlen und gnädigen Kurfürst nur an ehrbare Leute verliehen wird.«

»Du bist eine …« Drei-Finger-Karl sprang auf und schleuderte seine Schale zu Boden. Sie hüpfte über den Hof, rollte dann einen Halbkreis, ehe sie liegenblieb. »Ich war ein Müller. Ich war ehrbar, aber dann ist das hier passiert.« Er fuchtelte mit der versehrten Hand vor ihrem Gesicht herum. »Ich konnte ein halbes Jahr nicht arbeiten, wäre am Fieber beinahe gestorben. Da war es aus mit dem Dasein als Müller. Die Mühle wurde an jemand anderen übergeben, und wir standen im Straßenstaub. Ich muss für alle diese Leute sorgen.«

Christiana duckte sich unter seiner Wut, aber es nützte ihr nichts, denn er packte sie am Ellenbogen und zerrte sie hoch. »Los, an die Arbeit! Alle an die Arbeit. Wenn du noch ein Wort hören lässt, bist du tot. Ich meine es genau so, wie ich es gesagt habe. Glaube nicht, dass ich noch nie getötet habe.« Er gab Christiana einen Stoß in Richtung der Mühle. Sie verlor das Gleichgewicht und fiel hin, stieß mit dem Kinn schmerzhaft auf dem Boden auf.

Um nicht das Ziel weiterer Attacken zu werden, rappelte sie sich sofort wieder auf und humpelte auf die Mühle zu.

Die anderen folgten ihr. Es begann die lange ermüdende

Arbeit des Nachmittags. Diesmal arbeitete Christiana nicht mehr mit Liddy, sondern mit einer anderen, älteren Frau zusammen. Sie wusste ihren Namen nicht, aber sie war entweder eine jüngere Schwester Drei-Finger-Karls oder mit einem seiner jüngeren Brüder verheiratet.

Der Nachmittag wurde lang und eintönig. Mehr als einmal glaubte Christiana, vor Erschöpfung nicht weiterarbeiten zu können, weil sie nicht mehr genug Kraft hatte, die Arme zu heben. Irgendwie ging es dann doch. Der Schweiß strömte ihr über das Gesicht und in die Augen, brannte dort, ließ die Welt verschwimmen.

»Pass auf, was du machst! Du verschüttest das Mehl, wenn du die Säcke nicht richtig anfasst. Beide Hände musst du nehmen«, schnauzte die Frau sie an, und Christiana riss sich zusammen.

Am Ende hielt sie nur der Gedanke aufrecht, dass ihr Drei-Finger-Karl beim Essen zwei wertvolle Dinge verraten hatte: Zum einen, dass er wachsam war, und sie auf keinen Fall einfach davonlaufen konnte. Sie brauchte einen Plan. Zum zweiten war er ein verbitterter Mann geworden, und die waren die Gefährlichsten. Sie glaubten, alle Welt schulde ihnen etwas, und fühlten sich berechtigt, zu nehmen, was ihnen nicht freiwillig gegeben wurde. Alles in allem war ihre Lage verzweifelt, und wenn Emilius sie nicht fand, blieb ihr keine andere Wahl, als Mitglied dieser Gaunersippe zu werden. Wenn es überhaupt möglich war, sank ihr Mut weiter.

Weder an den Fingern noch an den Zehen war abzuzählen, um wie viel lieber Hermann Carl von Lobschütz sich auf seinen eigenen Gütern aufgehalten hätte, um zur Jagd zu reiten. Dennoch harrte er im Campement aus, denn selbst in ihm war die Erkenntnis gereift, dass er mit Therese von Haynau keineswegs zu der erstrebten Übereinkunft gelangt war.

Ohne die brauche er nicht zurückzukehren, hatten die wenig aufmunternden Worte seiner Mutter gelautet. Er sprach deshalb im Damenpalais vor.

Statt auf Therese von Haynau, traf er auf einen jungen Fahnenjunker in der Uniform der Zweiten Garde. Der fragte ihn nach seinem Begehr.

»Ich möchte das Fräulein von Haynau besuchen, einige Schritte mit ihr gehen und ...« Hermann Carl unterbrach sich und warf dem jungen Kerl einen strengen Blick zu. »Was geht es Sie an?«

»Therese ist meine Schwester. Deshalb geht mich alles an, was mit ihr zu tun hat. Ich bin Lambert von Haynau.«

»Wartet kein Manöver auf Sie, an dem Sie ihren Mut abarbeiten können?«

»Später. Noch habe ich Zeit. Was schwebt Ihnen mit meiner Schwester vor? Sagen Sie es mir, damit ich entscheiden kann, ob es ihrem Ruf nicht schaden wird.« Lambert stellte sich breitbeinig hin, drückte die Schultern zurück. Eine steile Falte erschien auf seiner Stirn, als er die Augenbrauen zusammenzog.

Bisher hatte Hermann Carl sich über den Eifer des Burschen eher amüsiert, das änderte sich nun. Er ärgerte sich über dessen Maßlosigkeit. »Der Ruf ihrer Schwester wird unter Ihrem Geschwätz mehr leiden als unter allem, was ich an Zerstreuung vor ihren Füßen ausbreite.«

»Was Sie nicht sagen.« Lambert funkelte ihn an. »Das klingt mir nach einer Beleidigung.«

»Ich widerspreche Ihnen nicht.« Hermann Carl schenkte seinem Gegenüber ein freudloses Lächeln, »Lassen Sie mich jetzt vorbei und Fräulein von Haynau sprechen.«

»Ich denke gar nicht daran.«

»Oho. Für jemanden Ihres Alters nehmen Sie den Mund reichlich voll. Wären Sie nicht so ein ... ich würde Sie ...«

Hermann Carl verstummte. Ihm war der Gedanke gekommen, dass dieser Heißsporn nach seiner Heirat mit der liebreizenden Therese zu seiner Verwandtschaft gehören würde. Da sollte er seinen Gefühlen nicht die Zügel schießen lassen.

»Keine Sorge, das kann ich gerne für Sie erledigen.«

Bevor Hermann Carl etwas dagegen einwenden konnte, klatschte ein Handschuh in sein Gesicht und fiel vor seinen Füßen zu Boden. »Morgen bei Sonnenaufgang hinter den Zelten der Marketender. Nennen Sie mir ihre Freunde und die Wahl der Waffen.«

»Huch. Das ist …« Hermann Carl hatte noch nie ein Duell ausgefochten. Er nagte an der Unterlippe.

»Ich werde Sie einen Hundsfott oder andere Dinge nennen, wenn Sie kneifen wollen.«

Was zu viel war, war zu viel. Rote Schleier senkten sich vor Hermann Carls Augen. Er hob den Handschuh auf. Drehte ihn in seinen Händen, und als er ihn betrachtete, klärte sich sein Blick langsam wieder. Der Verstand kehrte zurück. Die Forderung war aber in der Welt, er hatte sie angenommen, und nun blieb ihm nichts anderes übrig, als ihr mannhaft zu begegnen. Zumindest die Wahl der Waffen war einfach. »Pistolen. Ich bringe die Waffen bei«, sagte er. Schießen konnte er, mit dem Degen hatte er als Jüngling seine Pflichtstunden absolviert und die Vervollkommnung dieser Kunst seitdem vernachlässigt.

»Ihre Freunde!«

»Emilius von Kobsdorff und Nathan Leberecht von Scholl«, nannte er die ersten beiden Namen, die ihm einfielen. »Dürfte ich um Ihre Freunde bitten?«

Lambert nannte zwei Kameraden aus seiner Garde. »Für einen Arzt werde ich sorgen.«

Mit einem kurzen Nicken verabschiedeten sich die Männer voneinander, und jeder ging seiner Wege. Hermann

Carls führte ihn direkt zu Emilius, der eben dabei war, sich vor einem Marketenderzelt einen Deckelkrug Bier zu Gemüte zu führen. Die geflüsterte Ankündigung des Duells löste bei Emilius zunächst einen Lachanfall aus. »Ein Duell! Du! Wie bist du denn in diese Klemme geraten? Ich kenne niemanden, der weniger darauf aus ist, ein Duell zu bestreiten, als du.« Dann wurde er ernst. »Wenn Lambert von Haynau derjenige ist, an den ich mich erinnere, ist der noch ein Knabe. Du kannst keinen Knaben fordern.«

»Er hat mich gefordert.«

»Das macht keinen Unterschied. Du hättest es nicht so weit kommen lassen dürfen.«

»Es ist nun einmal geschehen. Ich kann nicht zurücktreten, ohne vollends mein Gesicht zu verlieren.« Hermann Carl sah aber so aus, als würde er genau das am liebsten tun.

»Sieh wenigstens zu, dass du die Sache überlebst und das Knäblein dazu. Mehr kannst du nicht tun.«

»Ich brauche deine Duellpistolen.«

»Himmel! Meine?«

»Ich habe keine.«

»Meine sind in meiner Wohnung in Dresden. Ich schleppe sie nicht überall mit mir herum. Wann soll das Duell stattfinden?« Emilius ging vor seinem Freund auf und ab, die Hände auf dem Rücken gefaltet.

»Morgen bei Sonnenaufgang.«

»Alles, wie es sich gehört, aber zu wenig Zeit, um nach Dresden zu reiten und sie zu holen. Und noch weniger Zeit, um eine Nachricht zu schreiben, damit sie geschickt werden. Auf meine Pistolen wirst du verzichten müssen. Wer ist dein anderer Sekundant?«

»Ritter von Scholl.«

»Der? Du musst es ja wissen. Suchen wir ihn auf.«

Sie fanden ihn nach einigem Suchen auf einem Stein sitzend. Er zeichnete in ein kleines Buch und war so darin vertieft, dass er die Herankommenden nicht bemerkte. Emilius nahm von Scholl das Buch aus der Hand und warf einen flüchtigen Blick auf die Skizze. Eine Blüte – was hätte es auch anderes sein können. Sie eröffneten von Scholl, welche Rolle ihm zugedacht worden war.

»Ein Duell? Ich?«, lautete die Antwort.

»Als Sekundant!«, riefen Emilius und Hermann Carl wie aus einem Munde.

Ritter von Scholl überlegte eine Weile, den rechten Zeigefinger an die Nase gelegt und den Blick fest auf sein Skizzenbuch in Emilius' Händen gerichtet. Endlich sagte er: »Gerne mache ich es nicht, aber ich mach's. Will mit so etwas eigentlich nichts zu tun haben.«

»Sehr gut. Sie sind ein ganzer Kerl.« Emilius gab das Buch zurück. »Wir brauchen Duellpistolen.«

»Ja.«

»Ihre.«

»Meine?«

»Ja. Meine sind in Dresden. Hermann Carl hat keine.«

»Ich auch nicht. Himmel, ich habe in meinem ganzen Leben noch keine Waffe abgefeuert.« Ritter von Scholl schüttelte den Kopf.

»Was machen wir nun?«, fragte der Duellant kleinlaut.

»Wir müssen die Waffe wechseln«, sagte Emilius sofort. »Überlasst alles mir, ich regle das. Es muss der Degen sein. Bis zum ersten Blutstropfen.«

»Nein!«

»Ist die einzige Möglichkeit.«

»Aber Degen. Seit Jahren hielt ich keinen mehr in der Hand.« Hermann Carls Stimme zitterte.

»Du übst: Ich zeige dir ein paar Tricks, mit denen wirst du den kleinen von Haynau garantiert zum Bluten bringen.«

»Wie lange hast du gebraucht, diese Tricks zu lernen?«

»Jahre, aber dir wird es schon gelingen.«

Adrian zog vier Hefezöpfe mit Makronenüberzug aus dem Ofen. Das Rezept stammte aus Christianas Sammlung. Nachdem sie sich als Hochstaplerin entpuppt hatte, hatte er eigentlich nach diesen Rezepten nicht backen wollen, aber es war ein Hefegebäck mit einer besonderen Note von ihm verlangt worden. Zwischen seinen Rezepten befand sich keines, das ihm besonders genug erschien.

Der Backmeister George Schmiedt kam persönlich, um sich das Hefegebäck anzuschauen. Das brachte Adrian auf die Idee, der Hefezopf sei für die höchsten Herrschaften im Campement. Er stellte eine entsprechende Frage.

»Für die Tafel des Generalstabschefs. Ich bin nur gekommen, weil über deine ungewöhnlichen Rezepte unter den Bäckern geredet wird. Davon will ich mich überzeugen.« Der Backmeister tippte mit einem Finger auf einen der noch warmen Zöpfe.

»Ich gebe mir große Mühe«, antwortete Adrian. »Dieses Rezept war ein Geschenk an mich.«

»Ein schönes Geschenk. Du warst doch auch bei mir, um dich nach einer Magd zu erkundigen? Hast du sie gefunden?«

Adrian schüttelte den Kopf.

»Das ist schade. Nicht viele nehmen so viel auf sich, um jemanden zu finden, wie du es getan hast. Ich hätte es dir gegönnt.« George Schmiedt hatte sich schon halb abgewandt und bemerkte daher Adrians Unbehagen nicht. »Ich schicke dir Männer, die das Gebäck abholen.«

Der Backmeister wandte sich endgültig zum Gehen und ließ einen Adrian zurück, der die Hefezöpfe anstarrte, als hätte er nie zuvor welche gesehen. Während des Backens hatte er erfolgreich jeden Gedanken an Christiana verdrängt, jetzt gelang es ihm nicht mehr. Mochte sie auch eine vornehme Dame und eine Lügnerin sein, er vermisste sie dennoch. Wenn sie zusammen gebacken hatten, war stets eine Verbindung zwischen ihnen gewesen, ein blindes Verstehen, wie er es nie zuvor erlebt hatte. Er ahnte auch, dass es ihm nie wieder vergönnt sein würde. Und wenn sie in diesem Moment vor ihm stünde, ihm von einem Rezept erzählte, das ihr in den Sinn gekommen sei, er würde ihr Gesicht mit beiden Händen umfassen und sie küssen.

Er spürte ihr Fehlen in seinem Leben beinahe körperlich als ein Ziehen in der Brust, ein Pochen hinter den Schläfen, ein Knoten in seinen Gedanken. Warum war sie nicht mehr da? Warum hatte er sie seit Tagen nicht gesehen?

Jemand kam und holte die Hefezöpfe ab, Adrian bemerkte es kaum.

NEUNZEHN
22. Juni 1730

$\mathcal{D}$ie Sonne kroch eben über den Horizont, als Hermann Carl von Lobschütz mit seinen beiden Sekundanten hinter den Marketenderzelten eintraf. Von der Gegenseite war noch niemand zu sehen. Hermann Carl hatte eine furchtbare Nacht hinter sich. Die Fechtübungen mit Emilius am Tag zuvor hatten ihm eine Ahnung vermittelt, wie viel an Können ihm fehlte. Die Sonne kroch weiter über den Horizont.

»Wenn er zu spät kommt, habe ich das Recht, das Duell zu verweigern?«

Emilius beschirmte die Augen mit der Rechten und betrachtete den Horizont. »Noch ist Zeit.«

»Wenn er es sich anders überlegt hat und gar nicht kommt?«

»Er wird kommen. Diese Fahnenjunker sind Feuerköpfe, allesamt.«

Kaum waren diese Worte ausgesprochen, tauchten vier Reiter zwischen den Zelten der Marketender auf. Der Gegner, seine beiden Sekundanten und der Arzt. Den Letzteren kannte Emilius gut, es war Laurenz Schumann mit einem finsteren Gesicht.

»Ich sehe Lambert von Haynau nicht«, warf Ritter von Scholl ein.

»Er kommt nicht.«

»Immer mit der Ruhe. Wir werden sehen, was dahintersteckt und danach entscheiden. Sie kommen her.«

Alle vier Männer waren abgesessen. Zwei kamen auf sie zu. Sie trugen die Farben der Zweiten Garde.

»Max von Silberstatt«, stellte sich der eine zackig vor, der andere murmelte nur undeutlich einen Namen. »Von Haynau ist mein Fahnenjunker. Als ich von dem Duell erfahren habe, war mir sofort bewusst, dass das nicht geht. Der Junge kann kein Duell ausfechten. Jedermann würde dabei sein Gesicht verlieren. Deshalb bin ich an seiner statt gekommen.«

»Völlig in Ordnung das«, stellte Emilius fest. »Die beste Lösung überhaupt.«

Die Sekundanten besprachen letzte Details, unterdessen kam Laurenz Schumann heran.

»Das gefällt mir nicht«, sagte der Arzt. »Ein Duell. Gibt es nichts Besseres, um eine Meinungsverschiedenheit beizulegen?«

»Es war eher ein handfester Streit«, erwiderte einer der Sekundanten aus der Zweiten Garde.

»Besteht eine Bereitschaft zur Versöhnung?«, fragte Emilius den Regeln gehorchend. Es musste vor dem Duell einen letzten Versuch geben, die Gegner wieder miteinander auszusöhnen.

»Jederzeit. Ihre Partei muss nur eine Entschuldigung aussprechen und die Erfolglosigkeit seiner Werbung anerkennen.«

»Auf keinen Fall.« Emilius' Antwort kam schnell und entschieden. Hermann Carl von Lobschütz wäre vielleicht dazu bereit gewesen, aber er hatte an diesem Morgen zu viel Beredsamkeit aufgewandt, ihn herzubringen. »Es sei denn, Ihr Freund nimmt seine Worte zurück.«

»Auf keinen Fall.« Die Antwort kam genauso schnell und entschieden.

»Das ist albern. Dafür ficht man kein Duell aus. Es muss andere Wege geben«, protestierte Laurenz Schumann.

»Nein!«, sprachen Emilius und der andere Sekundant wie aus einem Munde.

Laurenz Schumann verdrehte die Augen und schüttelte den Kopf. Er zog sich zurück und löste die hinter dem Sattel seines Pferdes festgebundene Tasche. Sie enthielt Binden, Cognac, Nadel, Faden und was sonst zur Behandlung einer Degenwunde nötig sein mochte.

Die Duellanten traten vor, die Degenspitzen gesenkt, die Mienen ernst. Sie hatten sich ihrer Hüte, Röcke und Schuhe entledigt, die weiten Hemdsärmel festgebunden, die Gesichter entschlossen. Sie grüßten, und Ritter von Scholl fiel die Aufgabe zu, das Kommando zum Beginn des Kampfes zu geben. Er entledigte sich ihr, indem er ein weißes Taschentuch fallen ließ. Die Degen klirrten gegeneinander, federten zurück. Fast sofort geriet Hermann Carl von Lobschütz ins Hintertreffen. Er musste zurückweichen, um wieder festen Stand zu gewinnen, und es war mehr dem Glück als seinem

Können zu verdanken, dass er nicht gleich beim ersten Angriff getroffen wurde.

»Aufhören! Sofort aufhören!«, gellte eine weibliche Stimme über den Platz.

Die lavendelfarbenen Röcke mit beiden Händen gerafft, lief eine Dame zwischen den Marketenderzelten hervor und auf die Kämpfenden zu. Sie fegte an Emilius vorbei, der sie aufhalten wollte, aber ins Leere griff.

»Therese, bleib weg!«, schrie von der anderen Seite Laurenz Schumann.

Sie hörte nicht, sondern warf sich zwischen die Kämpfer. Beide Männer zuckten zurück, senkten sofort ihre Degen, aber Hermann Carl war nicht schnell genug. Die Spitze seiner Waffe streifte Therese am Arm, drang durch den dünnen Stoff ihres Kleides. Mit rot gefärbter Spitze landete die Klinge im Gras. Therese fiel mit einem Aufschrei zu Boden. Blut tränkte den hellen Stoff ihres Ärmels.

Im gleichen Moment erreichte Laurenz sie und fiel neben ihr auf die Knie. Er war genauso blass wie die Verletzte und riss mit zitternden Händen ihren Ärmel weiter auf, um die Wunde freizulegen.

Hermann Carl musste von Emilius gestützt werden. Er starrte völlig fassungslos auf die am Boden liegende junge Frau. »Das wollte ich nicht. Das wollte ich nicht«, stammelte er ein ums andere Mal. »Ich habe sie doch gar nicht berührt.«

Max von Silberstatt hatte den Degen in die Scheide zurückgeschoben und stand zwischen seinen Sekundanten. Er hatte gute Lust, seinem Gegner die Faust ins Gesicht zu schmettern für dessen Unverfrorenheit, eine Dame zu verwunden. Aber bei seiner Ehre, das wäre ein schäbiges Ende des Duells, und er würde als Verlierer vom Platz gehen. Einer der Sekundanten schien seine Gefühle zu ahnen, denn er hielt ihn am Hemd fest.

Die Verletzung stellte sich als eine handlange dünne Linie heraus, aus der unaufhörlich das Blut quoll. Die Wunde war nicht tief, aber mit Sicherheit schmerzhaft. Therese biss sich jedoch tapfer auf die Lippen und gab keinen Laut von sich.

Emilius half seinem Freund, die Wunde auszuwaschen und zu verbinden. Laurenz hatte den Verband stramm angelegt, um die Blutung zu stoppen, und noch immer kam keine Klage über Thereses Lippen.

»Bleib lieben. Bewege dich nicht. Du musst ins Lazarett gebracht werden«, sagte Laurenz, nachdem er den letzten Verbandsknoten geschlungen hatte. Er schaute hoch. »Ich brauche eine Kutsche und weiche Decken.«

»Ich besorge eine!« Hermann Carl lief auf Socken davon – wohl in der Hoffnung, seine Verfehlung auf diese Weise wenigstens zu mildern.

»Ich komme mit.« Max von Silberstatt folgte ihm, war vorher wenigstens in seine Schuhe geschlüpft.

Bis auf Emilius machten sich die Sekundanten ebenfalls davon mit den Worten, dass sie nicht mehr gebraucht würden.

»Hast du starke Schmerzen?«, erkundigte sich Laurenz und fühlte sich so hilflos wie noch nie gegenüber einem Verletzten. Er hatte für Therese alles getan, was im Moment möglich war, und trotzdem das Gefühl, es reiche bei weitem nicht. Mit Freuden würde er ihre Schmerzen auf sich nehmen.

»Es geht«, erwiderte sie mit schwacher Stimme, machte einen ersten Versuch, sich aufzusetzen.

Er hielt sie an ihrem gesunden Arm fest. »Bewege dich nicht.«

»Laurenz, bitte, hilf mir hoch. Ich will nicht würdelos auf der Erde liegen wie ein Käfer auf dem Rücken. Schlimm genug, dass du mein Kleid ruiniert hast und mich alle diese Männer in Hemd und Mieder gesehen haben.«

»Du hast deinen Witz nicht verloren.« Laurenz konnte nicht sagen, wie erleichtert er war.

»Helfen wir ihr beim Aufstehen«, sagte Emilius, der bisher geschwiegen hatte.

Therese saß auf einem Stein, trug den Arm in einer Schlinge, die aus dem Halstuch des Arztes geknüpft war, und hatte seinen Rock um die Schultern hängen, als ein zweispänniges Landaulett kam. Von Lobschütz saß neben dem Kutscher auf dem Bock, von Silberstatt war nichts zu sehen, aber kaum hatte die Kutsche angehalten, sprang er aus dem Wageninneren.

Laurenz umfasste Therese zärtlich und trug sie zum Landaulett, setzte sie vorsichtig auf einen der gepolsterten Sitze und machte sich daran, ihren Arm mit den Decken und Kissen zu stützen, die auf der zweiten Sitzbank lagen. Die anderen Herren einschließlich des Kutschers konnten nichts anderes tun, als staunend zuzusehen.

»Verschwindet! Wir brauchen Sie nicht mehr!«, funkelte Laurenz die beiden Duellanten an.

Mit hängenden Schultern schlurften die beiden dorthin, wo ihre Westen, Röcke und Schuhe unbeachtet auf der Wiese lagen.

»Du kannst sie nicht ins Lazarett bringen«, sagte Emilius auf einmal.

Laurenz schaute seinen Freund an. »Sie braucht die bestmögliche Pflege.«

»Ganz bestimmt nicht in einem Lazarett zwischen Soldaten.«

»Endlich einmal eine vernünftige Meinung«, war Therese aus der Kutsche zu hören.

»Es gibt gesonderte Räume für Offiziere im Lazarett. Bei

der geringsten Verschlechterung kann ich sie dort gleich richtig behandeln. Ich wäre immer in ihrer Nähe«, verteidigte Laurenz sich. Er starrte seinen Freund aufgebracht an.

»Es bleibt dabei, dass dort nur Soldaten sind. In den Händen ihrer Tante ist sie allemal besser aufgehoben, und du schaust morgens und abends im Damenpalais nach ihr. Es dauert nicht einmal eine halbe Stunde, um von Kreinitz herüberzureiten, und im Damenpalais ist für ihre Bequemlichkeit alles auf das Beste vorhanden.«

»So wünsche ich es mir«, bekräftigte Therese. »Ich verspreche dir, dass ich bei der geringsten Veränderung einen Boten zu dir nach Kreinitz schicken werde.« Sie hatte sich in der Kutsche ein wenig vorgebeugt, so weit ihr Arm es zuließ, und schaute Laurenz tief in die Augen.

Ihrem Blick hatte er nichts entgegenzusetzen und gab nach. Mit dem Verstand eines Arztes wusste er, dass Therese unter der Obhut ihrer Tante wirklich besser aufgehoben wäre als in einem Soldatenlazarett, aber sein Herz blutete bei dem Gedanken daran, sie mehrere Meilen entfernt zu wissen.

»Brauchen die gnädigen Herren noch lange?«, mischte sich der Kutscher ein. »Die Pferde können nicht ewig stehen.«

»Es kann gleich losgehen.« Emilius setzte sich zu dem Mann auf den Bock, und Laurenz nahm neben der Verletzten Platz.

»Wohin denn nun? Ins Lazarett oder ins Hoflager?«

»Das Hoflager«, kommandierte Laurenz. »Zügig und vorsichtig, Mademoiselle von Haynaus Arm darf keinen Erschütterungen ausgesetzt werden.«

»Was denn nun? Schnell oder vorsichtig?«

Emilius verdrehte die Augen. »Fahr los, Mann!«

Der Kutscher ließ die Pferde im Schritt angehen.

Hufschlag auf dem Hof weckte Christiana auf. Für die Nacht war sie wieder im Turm eingesperrt worden, nachdem sie die Nächte zuvor zusammen mit Liddy in einer Kammer eingesperrt gewesen war. Tür und Fensterläden waren fest verriegelt gewesen, aber offenbar hielt es Drei-Finger-Karl nicht für sicher genug. Deshalb hatte er angeordnet, sie für die Nacht wieder in den Turm zu sperren. Die Fensterluken waren viel zu hoch über dem Boden, als dass sie von dort fliehen konnte, ohne sich den Hals zu brechen. Auf dem blanken Boden musste sie nicht mehr liegen, die lange Helma hatte ihr eine Decke und ein Kissen gegeben. Außerdem hatte sie einen Armvoll Stroh erhalten, um sich darauf zu betten. Sie sprang auf und lief zu einem der schmalen Fenster.

Als Erstes erblickte sie zwei Leiterwagen hoch beladen auf dem Hof stehen. Die Sonne ging eben über dem Horizont auf, als vier Pferde herangeführt wurden. Drei-Finger-Karl und ein anderer Mann bugsierten die Pferde geschickt an die Deichseln heran. Anschließend kletterte jeder auf den Bock eines Wagens.

Zum Anziehen mussten sich die Pferde ordentlich ins Geschirr legen. Das Leder knarrte, dass es Christiana bis in den Turm hinauf hörte. Dann rollten die Wagen davon – in das Campement. Um dort das verunreinigte Mehl auszuliefern. Christiana rüttelte am Fenster, das im Rahmen verklemmt war und sich nicht öffnen ließ. Als es ihr schließlich gelang, hatten die Wagen den Hof verlassen. Sie beugte sich dennoch weit hinaus und wäre beinahe abgestürzt. Im letzten Augenblick hielt sie sich am Fensterkreuz fest, aber es gelang ihr, noch einen Blick auf die Wagen zu erhaschen. Sie erblickte ebenfalls einen Kirchturm hinter Baumwipfeln.

Das hätte ein Anhaltspunkt sein können, nur nützte er Christiana nichts, solange sie nicht wusste, um welches Gotteshaus es sich handelte. Sie schloss das Fenster wieder und ging auf dem Dachboden auf und ab. Ihre Kleidung juckte auf der Haut. Seit Tagen war sie nicht aus den Sachen herausgekommen, da niemand es für nötig erachtet hatte, ihr etwas anderes zum Anziehen zu geben. Das Ballkleid hatte seinen Schick komplett verloren und war nur mehr ein farbloser Fetzen. Sie bewegte die Schultern und kratzte sich am Ausschnitt. Gleichzeitig stellte sie sich vor, wie die Mehlwagen im Campement ankamen und entladen wurden. Das Mehl wurde zu Teig verarbeitet, um daraus Brot für die Soldaten zu backen. Es schüttelte ihren Körper bei diesem Gedanken.

Die Auslieferung des Mehls bedeutete nicht, dass die in der Mühle Zurückgebliebenen die Hände in den Schoß legten. Die Mutter Bollerin holte Christiana vom Dachboden und scheuchte sie in das langgezogene Mühlengebäude. Die anderen Mitglieder der Sippe waren schon da.

Das Mühlrad drehte sich an diesem Tag nicht, weil der Müller nicht da war, aber es war genug verunreinigtes Mehl vorhanden, das in Säcke gefüllt und gewogen werden musste. Die lange Helma übernahm das Kommando, teilte die Zurückgebliebenen zur Arbeit ein. Sie bestimmte, dass sie mit Christiana zusammenarbeiten würde.

»Ich brauche etwas zum Anziehen«, sagte Christiana, als sie Mehl in einen Sack schaufelte.

»Du hast ein Kleid an, was willst du noch?«

»Ich brauche Wäsche zum Wechseln. Das ist ein Ballkleid – war ein Ballkleid. Zum Arbeiten brauche ich was anderes.«

»Solange es dir nicht in Fetzen vom Leib fällt, Prinzessin.« Die lange Helma legte alle Verachtung, zu der sie fähig war, in dieses Wort. »Deine vornehmen Gewohnheiten kannst du dir abschminken. Hier zählt nur, was du kannst, nicht, wer du bist.«

»Warum bin ich hier?«

»Du fragst zu viel.«

»Dein Mann ist kaum von selbst auf den Gedanken gekommen, mich zu rauben. Was steckt dahinter?«

»Du fragst immer noch zu viel und arbeitest zu wenig.«

»Lasst mich gehen, dann müsst ihr mich nicht mehr durchfüttern.«

Die lange Helma antwortete nicht, warf Christiana nur einen abschätzenden Blick zu. Eine Weile arbeiteten beide schweigend.

»Ich kann backen«, versuchte es Christiana nach einer Weile erneut. »Brot, Kuchen. Alles, was du willst.«

»Warum erzählst du das?«

»Das Brot, das ich bisher hier zu essen bekommen habe, war hart und trocken. Ich kann besseres backen.«

»Behauptest du.«

»Für meine Backwaren bin ich immer sehr gelobt worden. Tatsächlich habe ich im Haus eines Bäckers gelebt und in der Backstube gearbeitet.«

Die lange Helma lachte auf. »Eine wie du will in einer Backstube gearbeitet haben. Du hast gerade mal das Wort aufgeschnappt.«

»Ich kann backen.«

»Nach der Arbeit wirst du es beweisen. Wenn du gelogen hast, wirst du es bereuen.«

»Ich habe nicht gelogen.«

Am Nachmittag kehrten die Gespanne zurück. Auf den Wagen waren die vollen Säcke gegen leere ausgetauscht worden. Von den Jungen liefen gleich drei herbei, um sie abzuladen und in die Mühle zu schaffen. Drei-Finger-Karl schwenkte ein Papier in der Hand.

»Damit wird uns bestätigt, dass wir ordnungsgemäß die bestellte Menge Mehl geliefert haben«, rief er dazu.

»Das Papier können wir nicht fressen. Wir brauchen Geld«, fuhr ihn die Mutter Bollerin an.

»Meine Gute.« Drei-Finger-Karl lachte. Er legte eine Hand auf einen Beutel, der von seinem Gürtel herabhing. »Geld haben wir auch bekommen. Und wo einmal Geld zu holen war, da ist noch mehr drin. Übermorgen müssen wir wieder zwei Wagen liefern. Also an die Arbeit.« Er klatschte in die Hände.

Alle gehorchten, und auch Christiana blieb nichts anderes übrig, als sich bis zur totalen Erschöpfung anzustrengen. Und die Arbeit war für sie noch nicht beendet, als alle anderen Schluss machten. Sie wurde in die Küche des Wohnhauses gebracht. Einer der jungen Burschen schleppte einen Sack Mehl herbei und grinste sie dümmlich an.

»Ich brauche auch Milch, Eier und Butter«, rief Christiana ihm trotzig hinterher.

»Du wirst backen mit dem, was da ist.« Das sagte die Mutter Bollerin. Gleich darauf erschien sie in der Küchentür, die Arme in die Seiten gestemmt. Trotz ihrer kleinen, zerbrechlichen Gestalt wirkte sie bedrohlich.

Christiana fand Hefe und einige Eier sowie einen Krug frischer Milch und einen mit Sauermilch. Damit musste es gehen. Sie inspizierte das Mehl, das nicht verunreinigt war.

Als sie den Teig angerührt hatte und ihn auf dem Tisch kräftig durchknetete, betrat Drei-Finger- Karl die Küche. Er lehnte sich an die Wand, verschränkte die Arme vor der Brust und sah ihr zu. Christiana tat, als wäre er Luft, aber sie fühlte die ganze Zeit seine Blicke im Nacken.

»Du kannst also tatsächlich backen«, bemerkte er, als sie den ersten Leib geformt hatte und ihn auf einen Brotschieber legte.

»Ich mache nichts lieber.« Die vertrauten Handgriffe, der Duft des Teiges hatten sie milde gestimmt. Ihre Müdigkeit hatte sie vergessen und schenkte Drei-Finger-Karl sogar ein leichtes Lächeln.

Er erwiderte es schmallippig. »Die Frauen nennen dich Prinzessin. Kaum vorstellbar, dass dir dies etwas bedeutet.«

Christiana biss sich auf die Lippen, um ihren aufkeimenden Ärger herunterzuschlucken. Nur weil die anderen sie als Prinzessin verhöhnten, war sie noch längst keine vornehme Dame. »Es ist aber so. Von einer Prinzessin bin ich so weit entfernt wie alle hier.«

»Ha, mir wurde gesagt, dass du ein widerspenstiges kleines Ding bist. Ich sehe, dass es stimmt. Du beißt die Zähne zusammen, dass es weh tun muss, aber am liebsten würdest du mir die Hände um den Hals legen.«

Dass sie so leicht zu durchschauen war, ärgerte Christiana noch mehr, aber sie zwang sich dazu, den Brotteig zu kneten, als interessierte sie nichts anderes. »Wer hat das über mich gesagt? Wenn du darauf aus bist, dass jemand für meine Freilassung bezahlt, wird das nicht geschehen.«

»So leicht bekommst du mich nicht dazu, etwas zu verraten, was ich für mich behalten will. Ich bin eine Weile länger in diesem Geschäft als du.« Drei-Finger-Karl stieß sich von der Wand ab und kam auf sie zu.

Dicht neben ihr blieb er stehen. Christiana roch seinen Schweiß, den Gestank seiner ungewaschenen Kleidung und Bier in seinem Atem. Er griff ihr unter das Kinn, drehte ihr Gesicht zu sich herum. Sie wollte sich wehren, aber er war zu stark für sie. Dann presste er seine Lippen auf ihren Mund, wollte ihr die Zunge zwischen die Zähne schieben. Zunächst widerstand Christiana seinem Druck, aber als der immer stärker wurde, gab sie nach und biss zu. Ihr geriet etwas zwischen die Zähne, von dem sie nicht sagen konnte, ob es seine Zunge oder ein Stück Lippe war. Mit einem Aufschrei fuhr er zurück.

»Verfluchtes Weib!« Drei-Finger-Karl wischte sich mit dem Handrücken über den Mund. Blut blieb auf seiner Hand zurück.

Sie hatte seine Lippe erwischt, sah Christiana jetzt. Aus der Wunde quoll wieder Blut, tropfte auf sein Kinn. Vorsorglich brachte sie den Tisch zwischen sich und ihn, zog den Teigklumpen zu sich heran, als wäre der eine Waffe gegen Drei-Finger-Karl.

»Ich mag widerspenstige Frauen. Es bedeutet immer einen ganz besonderen Reiz, sie zu zähmen. Du gefällst mir immer besser, Prinzessin.« Er lachte auf und wischte sich noch einmal das Blut von der Lippe. »Du hast jetzt Angst vor mir, ich kann es riechen. Wenn du diesen Teig nach mir wirfst, wird es mir gerade nur so viel ausmachen, als wäre es eine Blume. Du wirst mir aus der Hand fressen – bald.« Lachend verließ Drei-Finger-Karl die Küche.

Christiana schluchzte auf und schlug auf den Teigklumpen ein. Mehl spritzte nach allen Seiten. Das Lachen hallte lange in ihren Ohren nach, sie spürte noch seine Lippen auf ihren. Mechanisch formte sie drei Brotlaibe, schob sie ebenso mechanisch in den Ofen und kontrollierte dessen Hitze. Sie räumte auf und wischte den Tisch ab. Der Duft des backenden Brotes erfüllte nach und nach die Küche, verfehlte diesmal aber seine beruhigende Wirkung auf Christiana. Sie schaute ständig zur Tür, ob Drei-Finger-Karl zurückkam. Stattdessen betrat Mutter Bollerin die Küche, schnupperte in der Luft.

»Riecht gut. Jedenfalls besser als alles, was die Helma herstellt. Das lange Elend.« Sie öffnete die Ofenklappe und schaute hinein.

»Du lässt die Hitze entweichen«, protestierte Christiana schwach.

»Du musst lernen, dein Schicksal anzunehmen, wie es

nun einmal ist. Damit lebt es sich erheblich leichter. Hoch mit dir in den Turm. Ich nehme die Brote aus dem Ofen, wenn ich zurückkomme.«

Christiana befolgte den Rat der Mutter Bollerin und ließ sich widerstandslos über den Hof und auf den Dachboden des Turmes führen. Sollten sie alle glauben, sie hätte resigniert, während sie auf ihre Chance wartete. Obwohl sie sich wie erschlagen fühlte, konnte sie lange nicht einschlafen, nachdem sie sich auf ihrem kargen Lager ausgestreckt hatte. Rachepläne wirbelten durch ihre Gedanken, einer so undurchführbar wie der andere.

Die Tür des Hellmerschen Hauses stand weit offen, als Emilius nach dem Duell zurückkehrte. Ein Berg Gepäck wartete vor der Tür darauf, hineingetragen zu werden. Gerade eben trat der Schneider Hellmer persönlich aus dem Haus und nahm eine Hutschachtel auf.

Einige der Schachteln und Truhen kamen Emilius bekannt vor, obwohl es eigentlich nicht möglich war, dass sie tatsächlich das bedeuteten, was sie vermuten ließen. Der Schneider erblickte ihn.

»Gnädiger Herr«, er verneigte sich leicht, und die Hutschachtel schlug gegen seinen Oberschenkel. »Es ist gut, dass Sie kommen, im Haus wartet Besuch auf Sie. Lieber Gott, ich weiß nicht, wie wir das alles unterbringen sollen.«

»Ich weiß es erst recht nicht.« Emilius schob sich an dem Schneider vorbei in den Hausflur.

Bettina huschte herbei, um weiteres Gepäck hineinzutragen. Sie begnügte sich allerdings nicht mit einer leichten Hutschachtel, sondern griff nach einer der Truhen. Dabei knickste sie nachlässig vor Emilius. Bevor er sie zurechtweisen konnte, war sie schon halb die Treppe hinaufgeeilt, die schwere Truhe in den Armen.

Im Hausflur war beinahe kein Durchkommen, denn auch der stand voller Schachteln und Truhen. Die Tür zur guten Stube war nur angelehnt, und dahinter hörte Emilius ein Rascheln und Schaben, als würden Möbel verrückt. Endgültig neugierig geworden, betrat er die Stube.

Einer der Hellmerschen mit dunkelgrünem Samt bezogenen Sessel war in eine Ecke geräumt worden und an seiner Stelle stand ein recht wuchtiger Stuhl auf Rollen, in dem eine kleine alte Frau thronte. Emilius gab einen erstickten Laut von sich, bevor er wieder die Gewalt über seine Sinne erlangte.

»Dieses Gefühl teile ich«, bemerkte die Gestalt im Sessel trocken.

Seine Großmutter blickte ihm finster entgegen. Laetitia von Kobsdorff trug eine ausladende, weiß gepuderte Perücke, die für ihren Kopf zu schwer schien, ein Kleid aus einem hellblauen Damaststoff, und in der Hand hielt sie ihren unvermeidlichen Stock.

»Du bist nichts als ein ungezogener Bengel«, schalt sie nun ihren Enkel. »Ich musste jede Menge Mühen auf mich nehmen, um hierherzukommen. Die Fahrt in der Kutsche war wahrlich kein Vergnügen. Früher waren die Straßen besser, jetzt ist alles ein schlimmes Geruckel.«

»Ich verstehe nicht, warum Sie gekommen sind. Das Reisen ist Ihnen noch nie gut bekommen. Die Verhältnisse im Campement sind mehr als beengt. Sie sehen es ja. Es wird nicht einmal möglich sein, Ihnen ein Bett zur Verfügung zu stellen. Alle Quartiere sind vermietet, selbst wir müssen uns mit sehr bescheidenen Unterkünften zufriedengeben.« Emilius deutete in der Stube umher, die mit ihm, seiner Großmutter und deren Zofe überfüllt schien.

»Unverschämter Bengel, willst mich loswerden. Das wird dir nicht gelingen. Du wirst mir deine Stube abtreten«, forderte sie und ließ keinerlei Widerspruch zu. Alles, was ihr Enkel vorbrachte, bürstete sie kurzerhand ab mit den Worten, sie sei nicht den weiten Weg von Postelau gekommen, um gleich wieder umzukehren.

Wie Laetitia von Kobsdorff es gefordert hatte, bezog sie Emilius' Kammer. Er ließ seine Sachen in Christianas Kammer umräumen; da sie augenblicklich nicht da war, er aber für den Raum bezahlte, fühlte er sich dazu berechtigt.

»Ich möchte wirklich wissen, was Sie herführt«, murrte er nicht besonders höflich, nachdem die Zofe seiner Großmutter die Stube verlassen hatte, um im ersten Stock das Auspacken zu überwachen. »Erst bewegen Sie sich jahrelang nicht aus Ihren Räumen heraus, und dann unternehmen Sie gleich eine Reise, statt es zunächst einmal mit einem kurzen Ausflug in den Park von Postelau zu versuchen.«

»Unverschämter Bengel«. Laetitia von Kobsdorff stocherte mit dem Stock nach ihrem Enkel, und als sie ihn nicht erreichen konnte, schlug sie damit auf den Tisch. »Ich kann meine Räume jederzeit verlassen, und mich dünkte es absolut notwendig, es zu tun, um hier nach dem Rechten zu sehen.«

»Haben Sie alles gesehen?«

Ein schlaues kleines Lächeln huschte über das Gesicht der alten Dame. »Auf diese Weise wirst du mich nicht los, gib dir keine Mühe. Ich ziehe es vor, mich wie aufgeklärte Menschen zu unterhalten, umso besser und schneller lassen sich die Probleme lösen.«

»An mir soll es nicht liegen.«

»Es liegt nur an dir«, fuhr sie auf. Sie richtete sich tatsächlich in ihrem Sessel auf und machte Anstalten aufzustehen. Emilius hatte das so lange nicht bei ihr gesehen, dass er fasziniert hinstarrte.

Ächzend stand sie, stützte sich auf ihren Stock. Sie zitterte dabei, und es sah aus, als würde sie gleich wieder umfallen, aber sie stand. Emilius dachte einen Augenblick darüber nach, wann er sie das letzte Mal so gesehen hatte. Er konnte sich nicht erinnern. Lange währte dieser Zustand nicht, sie sank zurück auf den Sitz ihres Rollstuhls.

»Das hättest du nicht gedacht«, wetterte sie gleich darauf. »Ich musste herkommen, weil ich einen Brief erhalten habe.«

»Ich habe Ihnen nicht geschrieben.«

»Natürlich nicht. Als ob du mir schon einmal geschrieben hättest. Höchstens wenn du Geld brauchst.«

Emilius wusste nicht, was er dazu sagen sollte, also schwieg er lieber.

»Ein Fräulein von Haynau hat sich an mich gewandt, weil ihrer Freundin ein Unglück zugestoßen ist. Ihre Freundin ist deine Cousine, die ohne eine Spur verschwunden ist.« Erneut hieb sie mit dem Stock auf den Tisch. »Was hast du dazu zu sagen?«

»Sie wissen sehr gut, dass sie nicht meine Cousine ist. Ich habe getan, was mir möglich scheint, um sie trotzdem zu finden.«

»Erst nachdem diese junge Frau und dein Freund, der Arzt, dich dazu genötigt haben.«

»So würde ich das nicht ausdrü…«

»Es interessiert mich nicht, wie du dich ausdrückst. Du hast die junge Frau hierhergebracht und bist für sie verantwortlich. Darin stimme ich mit Fräulein von Haynau vollkommen überein. Du wirst mir diese junge Frau herbeiholen, damit ich mich mit ihr besprechen kann.«

»Das wird nicht möglich sein.«

»Papperlapapp. Du wirst mit dem Kabriolett hinfahren und sie holen.«

»Gerade das ist es ja, sie ist bettlägerig und kann nicht herkommen.«

Es passierte, was Emilius befürchtet hatte: Seine Großmutter bestand darauf, ins Hoflager zu fahren, um Therese im Damenpalais zu besuchen. Er musste anspannen lassen, seine Großmutter in die Kutsche tragen, dafür sorgen, dass der Rollstuhl und alles, was sie benötigen könnte, verstaut wurde.

Im Damenpalais fanden sie Therese im Salon auf einer Récamiere liegend und ein Buch in einer Hand haltend vor.

»Bettlägerig, eh?«, kommentierte Laetitia von Kobsdorff.

»Da habe ich es nicht ausgehalten. Es ist nur mein Oberarm. Den muss ich ein paar Tage schonen.«

Emilius musste es sich dann gefallen lassen, dass er hinausgeschickt wurde, während die beiden Damen einen Schlachtplan schmiedeten. Seine Großmutter sagte ihm nicht, was sie entschieden hatten, und er fragte nicht danach, sondern brachte sie zurück nach Moritz. Sie zog sich in ihren Raum zurück, um Briefe zu schreiben.

»Davon wird Christiana nicht zurückkommen.«

»Vom Nichtstun auch nicht.«

Mehr war aus Laetitia von Kobsdorff nicht herauszukriegen.

ZWANZIG

23. JUNI 1730

*D*ie Schreiben, die Laetitia von Kobsdorff an Kabinettsminister Hoym und Graf von Wackerbarth geschickt hatte, hätten beide Herren gerne umgesetzt. Nur war es ihnen an diesem Freitag unmöglich, auch nur einen einzigen Mann abzukommandieren, um die Poststationen nach Leipzig ab-

zureiten oder sich bei gewissen zwielichtigen Subjekten um-
zuhören. Denn dieser Tag brachte das letzte große Manöver
für die Soldaten. Die gesamte sächsische Armee war daran
beteiligt und in zwei Armeekorps aufgeteilt worden. Das
eine stand unter dem Befehl des Generals Graf von Wackerbarth, das andere unter dem des Herzogs Adolf von Sachsen-Weißenfels.

In wenigen Tagen würden sie alle verfügbaren Kräfte auf-
bieten, um nach der Enkeltochter der Frau von Kobsdorff
zu suchen. Niemand wagte es, Laetitia von Kobsdorff einen
Wunsch abzuschlagen; sie baten um einige Tage Aufschub.

Die beiden Monarchen hatten sich in dem Pavillon eingefunden, von dem aus alle Manöverhandlungen beobachtet
werden konnten. Wie zwei Tage zuvor wurde erneut eine
Schlacht simuliert. Der Generalstab – sofern er nicht am
Kampfgeschehen beteiligt war, das Gefolge der beiden Könige und etliche Damen des Hoflagers hatten sich ebenfalls
eingefunden. Unter ihnen Ernestine von Wallnau, nur ihre
Nichte fehlte, die weiterhin ihren verletzten Arm schonen
musste.

Der preußische König wies seine Offiziere an: »Die sächsischen Manöver genau zu beobachten, denn ich habe Sie
nicht nur des Gaffens wegen mitgenommen oder dass Sie
sich begaffen lassen. Die Herren sollen etwas lernen. Das gilt
insbesondere für dich, Fritz«, befahl er seinem Sohn.

Der Kampf währte mehrere Stunden, und als das Manöver für beendet erklärt wurde, hatte keine der beiden Seiten
einen eindeutigen Sieg davongetragen. Er wurde dem Armeekorps des Generals Graf von Wackerbarth zuerkannt.
Die Soldaten waren alle gleichermaßen erschöpft und froh,
sich in ihre Unterkünfte zurückziehen zu dürfen. Bevor die
Männer sich endgültig ausruhen durften, mussten noch die

Waffen gereinigt, die Pferde versorgt und die Uniformen ausgebürstet werden. Erst danach durften sie an ihr eigenes leibliches Wohl denken.

Sie hatten die Gewehre gereinigt, den Staub aus den Uniformen gebürstet und von Händen und Gesichtern gewaschen. Nun stürzten sich die Männer auf das Brot und die Brühwürste, nahmen sich Kannen voller Dünnbier und suchten sich Plätze an den Rasentischen. Die Weimarschen Grenadiere des Obersts von Adelepsen kauten ihr Brot und zogen die Stirnen kraus. Sie rochen an dem Backwerk und bissen noch einmal ab. Schließlich spuckte der erste den halb durchgekauten Bissen aus.

»Pfui Teufel! Das sollen wir essen? Das ist kein Brot! Wer ins Manöver geht, der muss auch ordentlich essen. Das haben die hohen Herrschaften uns versprochen.«

Als hätten die anderen nur auf dieses Signal gewartet, begannen auch sie zu murren. Brotkanten flogen zurück auf die Rasentische. Andere hielten das Backwerk noch in Händen und starrten mit bösem Blick darauf, als ließe sich so ergründen, warum es so viel schlechter schmeckte als am Tag zuvor.

Noch waren ihre Unmutsäußerungen verhalten und beschränkten sich auf eine kleine Gruppe von vielleicht dreißig Männern, aber ihr Souleutnant wurde aufmerksam. Er war keiner von den jungen Burschen aus vornehmer Familie, die nur daran dachten, wann sie zum Premierleutnant aufsteigen konnten. Er war eine wettergegerbte Gestalt, die sich auf diesen Posten hochgearbeitet hatte und ihn bis zum Ende seiner Laufbahn nicht mehr verlassen würde.

Breitbeinig, die Hände hinter den Gürtel gehakt, stellte er sich vor seine Männer.

»Gibt es eine Beschwerde?«, knurrte er zwischen kaum geöffneten Lippen hervor.

Normalerweise genügte diese Frage, um jeden verstummen und den Blick senken zu lassen. Einige zogen auch diesmal den Kopf zwischen die Schultern. Aber derjenige, der zuerst gesprochen hatte, stand auf. Er war ein breitschultriger blonder Kerl, den so leicht nichts aus der Ruhe brachte, aber war es einmal geschehen, hielt ihn nichts und niemand zurück.

»Ja, es gibt eine.«

»Nur heraus damit, Jungchen. Wenn dir was gegen den Strich geht, werde ich keine Anstrengung scheuen, es abzustellen. Schließlich soll es dir an nichts mangeln in seiner Majestät Armee.«

»Das Brot schmeckt nicht.«

»Das Brot schmeckt dem Herrn nicht. Das ist natürlich schrecklich. Da erhält einer sein Brot auf Kosten unseres hochedlen Fürsten, und dann schmeckt es nicht«, höhnte der Souleutnant.

»Ich kann auch zu den Preußen gehen. Die schätzen einen Mann wie mich und ernähren ihn nicht mit verdorbenem Brot«, zischte der blonde Hüne. Er verschränkte sogar die Arme vor der Brust.

Unter den Männern befanden sich etliche, die nicht so mutig waren und zu Boden schauten. Einige richtige Hasenfüße nahmen sogar wieder Brot vom Tisch und begannen zu essen – allerdings nur kleine Bissen, die sie hastig hinunterschluckten. Die meisten Grenadiere rückten dichter an den Blonden heran und stellten sich demonstrativ auf seine Seite.

»An diesem Brot ist nichts falsch. Ich werde es beweisen.« Der Souleutnant griff einen halben Laib vom Tisch und brach ein Stück ab. Er steckte es sich in den Mund und schaute sich auffordernd um, bevor er zu kauen begann.

Gleich darauf verzog er sein Gesicht. Er spuckte den Brotklumpen wieder aus. »Das schmeckt … das schmeckt tatsächlich scheußlich. Es ist nicht ungenießbar, aber nicht das, was euch serviert werden sollte. Wie viele Tage bekommt ihr das schon?«

»Das ist der erste.«

»Dadurch verbessert sich nichts. Es ist genau festgelegt, wie die Männer während des Campements versorgt werden müssen. Das gehört nicht dazu. Das dulde ich nicht.« So brummig wie der Souleutnant im Allgemeinen war, ließ er auf seine Männer nichts kommen und wurde zum Löwen, wenn sie ungerecht behandelt wurden. Er nahm einen Laib des beanstandeten Brotes und eilte davon.

Die Weimarschen Grenadiere waren nicht die Einzigen, denen ungenießbares Brot zugeteilt worden war; die Männer der Zweiten Garde standen vor dem gleichen Problem. Lambert und sein Vorgesetzter Max von Silberstatt waren ebenfalls unterwegs, um der Sache auf den Grund zu gehen. Sie alle trafen vor dem Zelt von Johann George Schmiedt aufeinander.

Der Hofbackmeister hörte sich die Klagen an und überzeugte sich von der schlechten Qualität der Brote. »Das schmeckt … das schmeckt wie Papier. Als wäre da etwas im Mehl gewesen. Etwas, das da ganz und gar nicht hineingehört.«

Er begann hektisch in seinen Unterlagen zu blättern und war zum ersten Mal in seinem Leben froh über die Listen und Notizen, die im Campement zu jeder Lieferung und jeder Partie Backwaren angefertigt werden mussten. Es dauerte eine Weile, aber am Ende hatte er herausgefunden, dass das Mehl für die Brote der Weimarschen Grenadiere und der Zweiten Garde im Morgengrauen in einer Lieferung gestehend aus zwei Fuhrwerken angeliefert wurden. Angenommen worden war das Mehl vom Backmeister Adrian Siebert aus Lockwitz. Sein Kürzel auf der Liste des angenommenen Mehls bestätigte dessen erstklassige Qualität. In der Liste hätte ebenfalls stehen müssen, welcher Müller das Mehl angeliefert hatte. Aber in der Spalte war nur unleserliches Gekritzel zu sehen, das auf keinen Fall zu entziffern war. Schon allein deswegen hätte dieser Bäckermeister das Mehl nicht annehmen dürfen.

Johann George Schmiedt hasste Ungenauigkeit und Schlamperei. Er packte die Liste, setzte sich seinen Hut auf und stürmte aus dem Zelt. Die Offiziere hatte er vergessen, alle seine Sinne waren darauf gerichtet, im Bereich seiner Verantwortung für Ordnung zu sorgen. Die Männer folgten ihm.

Nach einigem Herumfragen fand er Adrian Siebert im Bäckerzelt, wo er damit beschäftigt war, Brotlaibe zu formen. Dass es ausgerechnet diesen Bäcker traf, tat ihm leid. Bisher hatte er gute Arbeit im Campement geleistet, erst vor zwei Tagen hatte er einen Hefezopf gebacken, der auf der Zunge zergangen war. Es war nicht zu ändern, Johann George Schmiedt wusste, unter welcher Belastung gerade die Bäcker standen, dennoch durfte so etwas nicht passieren. Hier galt es, ein Exempel zu statuieren.

Er rief Adrian von seiner Arbeit weg und befahl ihn vor das Zelt. Der Bäcker folgte ihm willig und ahnungslos. Draußen hielt Johann George Schmiedt ihm die Liste der Mehllieferungen unter die Nase. »Ist das deine Unterschrift?«

Adrian bejahte das.

»Welcher Müller hat das Mehl geliefert?«

Adrian beugte sich tiefer über die Liste, kniff sogar die Augen zusammen, schüttelte dann aber den Kopf. »Das ist nur Gekritzel, das kann man nicht lesen. Sieht aus wie Karl irgendwas.«

»Du hättest das Mehl so nicht annehmen dürfen.«

»Jeden Tag brauchen wir Mehl und sind darauf angewiesen, dass es uns geliefert wird. Dabei muss es schnell gehen. Wenn ich die Fuhren wegen so was wieder wegschicken würde …« Der Rest des Satzes zerfaserte im Sommerwind.

»Die Dinge müssen ordentlich gehandhabt werden.«

»Sind Sie gekommen, um mir das zu sagen, Backmeister? Auf mich wartet Arbeit. Die Soldaten wollen Brot essen.«

»Das ist es. Die Soldaten wollen Brot essen.«

»Das wir backen müssen.«

»Mit Mehl.«

»Mit Mehl?«, wiederholte Adrian fragend. Der Inhalt des Gesprächs befremdete ihn allmählich. Er war doch nicht von seiner Arbeit fortgerufen worden, weil die Adresse eines Müllers unleserlich in der Liste stand?

»Mit diesem Mehl«, Johann George Schmiedt tippte auf die Liste, »wurde Brot gebacken für die Männer der Zweiten Garde und die Weimarschen Grenadiere. Hast du es geprüft?«

»Natürlich.« Adrian unterdrückte mit Mühe ein Gähnen. Tatsächlich konnte er sich kaum an diese Lieferung erinnern. Die ganze Nacht hatten er und seine Kollegen Brot gebacken, und nie war es genug. Der Hunger der Soldaten war nie gestillt. Dann war Mehl gekommen, das sie brauchten, und er war schnell rausgegangen, um die beiden Fuhren abzuzeichnen, bevor er wieder in das Zelt zurückgeeilt war. Jetzt müsste er längst wieder bei der Arbeit sein. Er hatte das Gefühl, dass er dringend sein Brot aus dem Ofen holen musste, ehe es verbrannte. Seinem Helfer traute er nicht. Der Mann war gutmütig und willig, aber nicht besonders helle. Bei Christiana wäre das war anders, obwohl ihre Talente an einfaches Soldatenbrot verschwendet wären. In der letzten Nacht hatte er nicht eine Stunde Schlaf gefunden.

Der Backmeister musste das auch wissen, machte aber keine Anstalten, ihn zu seiner Arbeit zurückkehren zu lassen.

»Ist von dem Mehl noch was da?«

»Bestimmt«, sagte Adrian müde. »Hier steht ja, dass es zwei Fuhren waren.«

»Ich will sie sehen.«

Nun gelang es Adrian kaum noch, ein Stöhnen zu unterdrücken. Er kratzte sich am Kopf und musste überlegen, wo die Säcke hingekommen waren. Schließlich fiel es ihm ein, und er führte Johann George Schmiedt hin. Dass die Offiziere folgten, irritierte ihn, aber er schwieg dazu. Je eher er diese Sache hinter sich gebracht hatte, desto besser.

»Wie hast du das Mehl geprüft, bevor du es angenommen hast?«

»Wie ich es immer mache. Ich lasse ein oder zwei Säcke aufschnüren und nehme eine Sichtprobe vor, koste es auch.«

»Dabei ist dir nichts aufgefallen?«

»Nein.«

»Aber du weißt sicher, dass du dieses Mehl geprüft hast?«

»Es war viel zu tun, aber doch, ich bin mir sicher.«

»Das ist ein Stück Brot aus diesem Mehl.« Johann George Schmiedt nahm dem jüngsten der Offiziere ein Stück aus der Hand und hielt es Adrian unter die Nase. »Probiere es.«

Das Brot schmeckte scheußlich, aber Adrian schluckte den Bissen tapfer herunter. Er griff in den Mehlsack vor sich, hob eine Hand voll an seine Nase, leckte ein paar Krümel auf. Ihm fiel nichts auf, das war gutes Mehl für Soldatenbrot. Für eine weitere Hand voll wühlte Adrian sich tiefer in den Mehlsack hinein. Da spürte er es zwischen den Fingern. Dort unten fühlte sich das Mehl anders an. Wieder holte er eine Hand voll heraus, führte sie an seine Nase und kostete davon.

Diesmal geriet ihm etwas anderes zwischen die Zähne als Mehl.

»Das ist … das ist … Es knirscht zwischen den Zähnen wie Sand und schmeckt nach Sägespänen.«

»Das ist das Mehl, das du als einwandfrei angenommen hast.« Johann George Schmiedt streckte anklagend einen Zeigefinger aus.

»Es war viel zu tun in der Nacht, wie jede Nacht. Ich hatte mehr als einen Tag keine Pause. Mir muss …« Adrian straffte sich. »Ich war nicht so aufmerksam, wie ich hätte sein sollen. Das tut mir leid. Es wird nicht wieder vorkommen.«

»Das darf es nicht. Die Soldaten haben ein Anrecht darauf, ordentlich ernährt zu werden. Du wirst dich bei Peter Hauwig melden und von diesem Vorfall berichten. Er hat über die Konsequenzen zu entscheiden.«

Der oberste Backmeister winkte einige Knechte herbei und befahl ihnen, das verunreinigte Mehl in der Elbe zu entsorgen.

Adrian machte sich auf den Weg, um den obersten Küchenmeister zu suchen. Wie hatte ihm diese Nachlässigkeit passieren können? Es kam ihm nicht in den Sinn, den Küchenmeister nicht aufzusuchen, das hätte seiner Ehre widersprochen. Er zögerte deshalb auch nicht, ihm gegenüber seine Verfehlung zu bekennen.

Peter Hauwig steckte mitten in den Planungen für das große Festessen zum Abschied des Campements, das genauso generalstabsmäßig geplant werden musste wie ein Manöver, und tauchte nur widerwillig aus seinen Überlegungen auf.

»Schlechtes Mehl hast du angenommen. Wer hat es gebracht?«

»Das weiß ich nicht«, wiederholte Adrian geduldig. »Ich kannte den Müller nicht.«

»Es muss auf der Liste stehen.«

»Der Name ist unleserlich. Es ist etwas mit Karl. Mehr kann ich nicht sagen.«

»Karl ist nicht gerade ein Name, der unter Müllern nur einmal vorkommt. Hast du eine Ahnung, wie viele Mehllieferungen von wie vielen Müllern das Campement bekommt?«

»Viele«, antwortete Adrian ehrlich.

»Niemand weiß also, wer das verdorbene Mehl tatsächlich geliefert hat? Das Mehl wurde bezahlt, weil du es als ordnungsgemäß angesehen hast. Du hast nicht sorgfältig gearbeitet.«

»Das tut mir leid«, antwortete Adrian. Und das tat es wirklich, obwohl er die unterwürfige Rolle hasste, in die er geraten war.

»Das reicht nicht. Wenn ich jedem vergebe, der mir sein Bedauern ausspricht, geht hier bald alles drunter und drüber. Dem muss ich einen Riegel vorschieben. Du wirst ab sofort nicht mehr als Bäcker arbeiten, sondern als Knecht. Bis zum Ende des Campements.«

Adrian blieb für einen Augenblick die Luft weg. Damit hatte er nicht gerechnet. »Das ist ungerecht«, gelang es ihm schließlich zu sagen. »Ich bin Bäckermeister mit eigener Bäckerei in Lockwitz. Ich besitze eine Brotmarke, die mich berechtigt, in Dresden Brot zu handeln, ohne dafür Abgaben zu leisten. Das ist eine besondere Ehre.«

»Das interessiert mich alles nicht. Ich bin verantwortlich für die Versorgung des Campements. Das ist keine leichte Aufgabe.«

»Das weiß ich, und Sie erledigen sie meisterhaft.«

»Schmeicheleien helfen dir nicht. Meine Entscheidung steht fest. Du wirst als Backknecht arbeiten, oder es steht dir frei, in dein Lockwitz zurückzukehren und Brot auf deine Marke zu handeln.«

»Warum machen Sie das? Sie wissen, dass es ungerecht ist. Tatsächlich hätte es jedem passieren können.«

»Und ich werde jeden bestrafen, der nachlässig ist, damit

sich jeder die größte Mühe bei der Erfüllung seiner Pflicht gibt. Ich muss weiterarbeiten, ich habe ein Festessen – ach mehrere – zu planen.« Der Mann wandte sich wieder seinem Schreibtisch zu, der über und über mit Papieren bedeckt war. Im nächsten Augenblick hatte er Adrian vergessen.

Der versuchte nicht einmal mehr zu protestieren. Er wusste, wann eine Entscheidung unumstößlich war. Das Campement verlassen wäre eine Lösung, aber alles in ihm sträubte sich dagegen. Es wäre das endgültige Eingestehen einer Niederlage, außerdem wollte er nicht gehen, ehe er nicht ein letztes Mal mit Christiana gesprochen hatte. Warum ließ sie sich nicht mehr bei den Bäckern blicken? Tagelang war sie sonst nie weggeblieben.

Es kam nicht in Frage, den Küchenmeister danach zu fragen. Wenn der Mann ihm keinen Bratspieß zwischen die Rippen stieß, würde er ihn mit seiner Feder erstechen oder ihn zumindest achtkantig aus seinem Quartier werfen. Er konnte keine Hilfe erwarten. Seit ein paar Minuten war er nicht mehr der Bäckermeister Adrian Siebert aus Lockwitz, sondern der Backknecht Adrian Siebert, dessen Wünsche niemanden interessierten. Gesenkten Kopfes machte er sich auf den Weg zurück nach Moritz.

Nachdem sie das erste Mal Brot gebacken hatte, wurde Christiana diese Aufgabe stillschweigend übertragen. Sie hörte mit der Arbeit an den Säcken früher auf und ging ins Haus hinüber. Häufig genug werkelte sie alleine in der Küche, manchmal waren die lange Helma oder Mutter Bollerin mit Kochen beschäftigt. Sie buk mit reinem Mehl. Sie wurde wieder zur Magd Christiana, die in Meister Mingels Backstube neue Rezepte ausprobierte. Nur dass es immer dasselbe Brot war, das unter ihren Händen entstand.

Gerade war sie dabei, die Ofenklappe zu öffnen, um nach

den fast fertigen Broten zu sehen, als ein Knall sie zusammenfahren ließ. Sie rannte aus der Küche und zur Tür.

Auf dem Hof bot sich ihr ein Anblick, den sie nie für möglich gehalten hätte. Vom Mühlengebäude standen nur noch die Mauern, dafür lagen überall auf dem Hof brennende Trümmerteile. In den Himmel stieg eine dunkle Wolke. Verzweifelte Schreie waren aus dem zerstörten Gebäude zu hören. Eben sah sie Drei-Finger-Karl herauskommen. Er trug seine Frau über der Schulter. Ihr Kleid war versengt, ihre Haare verbrannt, sie voller Ruß. Nur an ihrer Größe war sie als die lange Helma zu erkennen.

Drei-Finger-Karl ließ sie auf dem Hof behutsam zu Boden gleiten und rannte gleich wieder in die Mühle. Liddy wankte heraus, sie trug eines der kleineren Mädchen auf dem Arm. Ein Junge hielt sich an den Fetzen ihres Kleides fest und folgte ihr. Der schmächtige Junge, der unter den Mehlsäcken fast zusammengebrochen war, lag schon auf dem Hof.

Erneut brachte Drei-Finger-Karl jemanden heraus. Es war Mutter Bollerin, die auf seinem Rücken hing wie eine leblose Puppe. Christiana rannte quer über den Hof und nahm Liddy das kleine Mädchen ab. In diesem Moment war ihr nicht wichtig, wer oder was sie waren, was sie mit ihr gemacht hatten. Sie waren einfach Verletzte, die Hilfe brauchten.

»Was ist passiert?«, fragte sie.

»Es war die Hölle. Die Hölle«, flüsterte Liddy. »Das war die Hölle. Schlimmer kann die Hölle auch nicht sein.«

Liddy schien von den überstandenen Schrecken noch vollkommen mitgenommen zu sein. Christiana brachte sie dazu, sich auf eine der Bänke beim Kochfeuer zu setzen, die sie wieder aufgerichtet hatte.

Anschließend kümmerte sie sich um die lange Helma. Die blutete aus einer Wunde an der linken Schläfe und aus einer zweiten am Oberschenkel, war ohne Bewusstsein. Christiana schaute sich die Wunde am Bein an, die wahrhaftig scheußlich aussah. Das rohe Fleisch war zu sehen, und das Ganze machte den Anschein, als wäre die Haut aufgeplatzt. Sie musste …

Christiana richtete sich auf und schaute sich um. Der Bach hinter der Mühle floss in seinem Bett wie eh und je. Er kümmerte sich nicht um die Dinge, die um ihn herum passierten. »Ich brauche Wasser!«, rief sie quer über den Hof, »und saubere Tücher.«

Drei-Finger-Karl kam gerannt mit einem Eimer, aus dem das Wasser schwappte. Ihm folgte ein Junge mit einem Stapel Tüchern auf dem Arm, der ganz unverletzt aussah und offenbar nicht in der Mühle gewesen war.

»In der Mühle hat auf einmal die Luft gebrannt«, keuchte der falsche Müller. »Es gab eine Stichflamme, und dann ist auch schon das Dach weggeflogen. Teufelswerk!«

Christiana konnte sich die Ursache dieses Unglücks nicht erklären, aber der Teufel war auf keinen Fall am Werk gewesen. Emilius wüsste vielleicht eine Erklärung, sie presste die Lippen zusammen und schwieg. Drei-Finger-Karl brachte mehr Wasser und Tücher.

»Du musst ihnen helfen«, verlangte er dazu. Seine sonst dröhnende Stimme klang verzagt.

»Die Verletzten müssen erst versorgt und dann ins Haus gebracht werden«, kommandierte Christiana und tauchte einen Lappen in den Eimer, um Helmas Wunden zu reinigen und zu verbinden. Dabei stöhnte die Frau und schien zu sich zu kommen, aber ganz wollte es ihr nicht gelingen. Christiana nahm das als ein gutes Zeichen und wies den unverletzt gebliebenen Jungen an, ihren Kopf zu stützen und ihre Lippen zu befeuchten.

Sie wusste später nie zu sagen, wie viel Zeit verging, in der sie sich um die Verletzten kümmerte. Wunden auswusch,

Verbände anlegte, den Menschen Becher mit Wasser an die Lippen setzte, tröstend über Gesichter strich.

Neben der langen Helma waren auch der schmächtige Junge und der zweite Mann schwer verletzt. Christiana hätte es für besser gehalten, einen Arzt zu holen. Ihr fiel Laurenz Schumann ein, in dessen Händen sie gut aufgehoben wären. Drei-Finger-Karl wollte davon nichts wissen, sein Komplize ebenfalls nicht. Der machte sogar einen Versuch, sich aufzurichten, um zu beweisen, wie gut es ihm schon wieder ging. Christiana hielt ihn zurück und sprach den Wunsch nach einem Arzt nicht wieder an.

Einzig für Mutter Bollerin kam jede Hilfe zu spät. Als Christiana sich um ihre Wunden kümmern wollte, atmete sie zwar noch, war sogar bei Bewusstsein und schaute sie böse an, aber dann wurde sie zusehends schwächer. Dabei fand Christiana bei ihr nicht mehr als eine große Beule am Hinterkopf, und ein Handgelenk stand in einem unnatürlichen Winkel vom Arm ab. Mutter Bollerin schrie auf, als Christiana daran rührte. Kurz darauf begann sie zu stöhnen und presste die gesunde Hand auf ihren Leib. Sie klagte über Schmerzen und ein warmes, feuchtes Gefühl da unten, das sich Christiana nicht erklären konnte. Da sie eine Entblößung ihres Leibes nicht zuließ, konnte Christiana nicht einmal feststellen, ob sie eine Verletzung hatte.

Die alte Frau erlaubte es, ins Haus gebracht und auf ihr Bett gelegt zu werden. Christiana wusch ihr den Schweiß aus dem Gesicht und versuchte ein weiteres Mal, sie zu überreden, sich das verdreckte und zerfetzte Kleid ausziehen zu lassen.

»Außer mir ist niemand hier, und ich bin bestimmt vorsichtig«, sagte sie sanft. In diesem Moment dachte sie nicht daran, wie sie mit dem Stock der Frau Bekanntschaft gemacht hatte.

»Nein!«, lautete die harsche Antwort. »Es kann jeden Moment jemand kommen. Ich habe mich mein ganzes Leben vor niemand anderem ausgezogen als vor meinem Gatten, Gott hab ihn selig, und ich werde jetzt nicht damit …«

Ein Krampf lief durch den mageren Körper. Die Bollerin griff nach ihrer Kehle, und gleich darauf schoss ein Strahl Blut heraus, als würde ein Eimer ausgegossen. Christiana schrie vor Schreck auf.

Das lockte Drei-Finger-Karl herbei, der sich neben dem Bett auf die Knie fallen ließ. Christiana zog sich bis zur Tür der kleinen Kammer zurück, sie ahnte, dass sie hier nicht mehr gebraucht wurde. Karl packte die alte Frau an den Schultern und hielt sie mit seinen großen, starken Händen überraschend sanft. Der Blutstrom aus ihrem Mund war schwächer geworden, aber nicht versiegt. Sie würgte und spuckte. Das Blut lief über Drei-Finger-Karls Hände, sprenkele sein Hemd.

»Was ist das?« Er klang hilflos.

Weil Mutter Bollerin nicht antworten konnte, wandte er den Kopf zu Christiana. Sie konnte nur mit den Schultern zucken. Therese hätte vielleicht etwas dazu zu sagen gewusst. Sie dagegen war eine einfache Magd, die gerne backte. Von der Behandlung Verletzter verstand sie nichts.

»Sie verblutet doch.«

»Das ist in ihr drin.« Christiana wollte gehen, aber sie schaffte es nicht. Nicht einmal den Blick konnte sie von dem vielen Blut abwenden.

Es war inzwischen zu einem dünnen Rinnsal geworden, und Mutter Bollerin krampfte nicht mehr. Das Blut floss einfach aus ihrem Mundwinkel heraus. Christiana holte eine Schüssel lauwarmes Wasser und ein Tuch. Sie wischte der Frau das Gesicht und den Hals ab. Danach hatte sich das Wasser in der Schüssel tiefrot gefärbt. Die alte Bollerin schien davon nichts zu bemerken. Sie wischte der Frau auch die gesunde Hand ab und wusste danach nicht mehr, was sie tun sollte. Leise zog sie sich zurück.

Auf dem Hof lagen Trümmer herum, an einen Mühlenbetrieb war in nächsten Zeit nicht zu denken. Christiana hob ein zersplittertes Brett auf. Was konnte Luft zum Brennen bringen? Vielleicht das Mehl, mit dem sie immer so überreich geschwängert war, dass ein Atmen kaum möglich war? Dass Mehl brennen konnte, erst recht, wenn es mit Sägespänen versetzt war, konnte sie sich vorstellen.

Sie könnte gehen. Sie könnte einfach den Hof verlassen, und niemand war da, um sie daran zu hindern. Christiana wusste selbst nicht, warum sie es nicht tat.

Gegen Abend tat Mutter Bollerin ihren letzten Atemzug. Drei-Finger-Karl war die ganze Zeit nicht von ihrer Seite gewichen. Danach kam er in den Hof und setzte sich neben Christiana auf die Bank, auf der früher am Tag Liddy gesessen hatte. Das Gesicht verbarg er in den Händen.

»Das habe ich noch nicht erlebt, so was«, murmelte er. »Die Mühle ist jedenfalls hin. Hier wird so schnell kein Mehl mehr gemahlen. Das ist das Ende dieses schönen Geschäfts,« Er trat gegen ein Holzstück.

»Mehr interessiert dich nicht?«, fuhr Christiana ihn an. »Da oben im Haus liegt eine Tote, und du fragst nur danach, dass du dein betrügerisches Mehl nicht mehr verkaufen kannst.«

»Mutter Bollerin wird nicht wieder lebendig, egal was ich sage oder tue. Aber da oben sind ein Dutzend Menschen, die wollen heute was zu essen haben und morgen wieder. Ich bin für sie verantwortlich. Das ist kein leichtes Los, was ich zu tragen habe. Das musst du verstehen.«

Christiana fehlten die Worte.

»Die nächste Auslieferung kann ich noch machen. Es ist genug Mehl vorhanden. Dann haben wir das Geld, um von hier zu verschwinden. Ich habe nur keinen Mann, der den zweiten Wagen fahren kann. Du …«, er packte auf einmal ihren Oberarm, umschloss ihn mit einem stahlharten Griff, »… wirst nicht einmal daran denken, zu verschwinden. Gerade jetzt nicht.«

Daran hatte Christiana gar nicht gedacht, deshalb schwieg sie.

»Kannst du mit einem Pferd und einem Wagen umgehen? Nur im Schritt hinter mir herfahren. Es ist nicht weiter schwierig. Die Pferde werden von alleine folgen.«

»Ich kann mit Pferd und Wagen umgehen«, antwortete Christiana großspuriger, als sie sich fühlte.

»Dann werden wir das Mehl zusammen ausliefern. In aller Frühe beladen wir die Wagen.«

»Nein! Ich mache da nicht mit!«

»Du hast das nicht zu entscheiden. Du kommst mit, oder es wird dir leidtun.« Drei-Finger-Karl hielt ihren Oberarm gepackt, und sein Griff wurde nun schmerzhaft fest.

Christiana musste die Zähne zusammenbeißen, um nicht aufzuschreien. Sie konnte nichts als nicken.

»Geh' ins Haus und kümmere dich um die Verletzten. Sieh zu, dass sie etwas Suppe zwischen die Zähne bekommen. Sie müssen schnell wieder zu Kräften kommen.« Er stieß Christiana von sich.

Sie stolperte und wäre beinahe gefallen, im letzten Augenblick konnte sie sich abfangen. Ohne sich noch einmal umzusehen, eilte Christiana ins Haus. Dabei rieb sie sich ihren schmerzenden Oberarm. Drei-Finger-Karl hatte ihr kurz eine menschliche Seite gezeigt und war dann gleich wieder zu dem unbarmherzigen Mann geworden, als den sie ihn kennengelernt hatte. Den sie fürchten gelernt hatte.

*M*itten in der Nacht öffnete Drei-Finger-Karl die verschlossenen Türen des Turms, in denen die Säcke bis unter die Decke gestapelt lagen. Im Mondschein lud er sich einen davon auf den Rücken und trug ihn nach draußen. Christiana und Liddy nahmen zusammen einen zweiten Sack. Liddy hatte sich von den Schrecken der Explosion erholt, hörte jedoch nichts mehr, aber sie hatte schnell begriffen, was zu tun war, als Christiana das eine Ende des Sackes packte. Obwohl sie zu zweit waren, hatten sie schwer an dem Sack zu schleppen, und als endlich beide Leiterwagen zu Drei-Finger-Karls Zufriedenheit beladen waren, hatte Christiana das Gefühl, ihr seien die Arme aus den Schultergelenken gerissen worden.

Sie ließ sich im Hof auf die Bank fallen und umschlang ihre Schultern mit den Händen. Das linderte zwar die Schmerzen nicht, beruhigte aber ihre Gefühle. Auf einmal legten sich zwei Hände auf ihre Schultern. Sie gehörten Liddy. Das Mädchen begann, die schmerzenden Gelenke zu kneten und zu reiben. Das verschaffte Christiana Erleichterung. Sie schaute sich dankbar zu Liddy um. Die lächelte.

Drei-Finger-Karl führte das erste Gespann aus dem Stall hinter dem Wohnhaus. Die Tiere wussten, was sie zu tun hatten, brav stellten sie sich an die Deichseln und ließen sich anschirren.

Für die anstehende Fahrt hatte Christiana sich in eine Hose des schmächtigen Jünglings gezwängt und fühlte sich seltsam. Es war ungewohnt, dass ein Kleidungsstück so eng am Bein anlag und beim Gehen kein Rock um ihre Füße schwang. Ihre langen Haare hatte sie zu einem Zopf geflochten und unter einer zerknautschten Kappe versteckt.

»Da ist die Prinzessin ja endlich. Hilf mir mit den Schnallen«, begrüßte Drei-Finger-Karl sie.

Wortlos trat Christiana auf die andere Seite des Gespanns und begann, die Riemen festzuschnallen. Sie war entschlossen, sich gefügig zu geben. Die Fahrt zum Campement mochte ihre einzige Chance zur Flucht sein. Während sie das Pferdegeschirr richtig anlegte, redete sie leise mit den Tieren, klopfte hin und wieder ihre Hälse. Sie hielt es für besser, sich mit ihnen anzufreunden, ehe sie auf den Kutschbock stieg. Vor Aufregung schlug ihr Herz schneller, und ihre Hände waren schweißfeucht. Was sie sich vorgenommen hatte, konnte leicht ihre Fähigkeiten übersteigen.

Ein Pferd, ein Fuchs, schlug mit dem Kopf. Dabei fegte er ihre Kappe herunter. Ihr Zopf fiel lang ihren Rücken herunter.

»Teufel auch! Du bist eine elende Verräterin!« Drei-Finger-Karl rannte auf sie zu. Er packte ihren Zopf und riss daran.

Der Schmerz schnitt in Christianas Kopfhaut. Sie wollte sich befreien, aber es gelang ihr nicht. Schließlich blieb ihr nichts anderes übrig, als vor dem Mann auf die Knie zu gehen. »Was soll das? Du tust mir weh.«

»Ich werde dir noch mehr weh tun, wenn du nicht augenblicklich den Mund hältst«, fauchte Drei-Finger-Karl. »Glaubst du, du kannst mit diesen Haaren in das Campement fahren und dich für meinen jungen Knecht ausgeben? Jeder wird sofort erkennen, dass du ein Weib bist.«

»Deswegen hatte ich die Kappe, damit niemand mein Haar sieht«, verteidigte sich Christiana.

»Du siehst ja, was daraus geworden ist. Ein Windstoß, und das Ding fliegt dir vom Kopf. Da hilft nur eines.« Er wickelte sich ihren Zopf um die rechte Hand und zückte mit der anderen sein Messer, das immer in einer Scheide an seinem Gürtel steckte.

Christiana begriff augenblicklich, welchem Zweck das dienen sollte. »Nein!«, schrie sie, obwohl sie sich kaum eine halbe Stunde zuvor Fügsamkeit gelobt hatte. »Bitte nicht! Nicht mein Haar! Ich werde aufpassen, das verspreche ich! Nimm mir nicht mein Haar!«

»Verlogenes Weib! Einen Teufel wirst du. Von dir lasse ich mir keine Schwierigkeiten machen. Ich würde dich nicht mitnehmen, wenn nicht alle anderen verletzt wären.« Drei-Finger-Karl zog die Hand weiter nach unten, und Christiana konnte nicht anders, als zu folgen. Sie lag beinahe auf dem Boden. Der falsche Müller hob die Hand mit dem Messer.

Ein schneller Schnitt, und sie war frei. In ihrem Nacken fühlte sie eine ungewohnte Leichte und Leere. Dafür lag ihr Zopf auf dem Boden. Drei-Finger-Karl packte ihr Haar und schleuderte es fort. Es flog weit, bis in den Bach.

»Wie konntest du … Was hast du getan?« Christiana rannte um die zerstörte Mühle herum ans Ufer. Sie spähte ins Wasser, ließ ihre Augen herumhuschen auf der Suche nach ihrem Zopf. Er war nicht zu erblicken.

Drei-Finger-Karl zerrte sie vom Ufer weg. »Du kommst mit! Keinen Mucks, sonst lernst du nicht nur meine Fäuste, sondern auch meine Peitsche kennen. Von dir lasse ich mir meine Geschäfte nicht kaputtmachen. Von dir nicht!« Drohend erhob er das Messer, fuchtelte damit vor ihrem Gesicht herum.

Er zeigte eine derart grimmige Miene, dass Christiana nicht an seinen Worten zweifelte. Tränen schossen ihr aus den Augen, aber sie folgte ihm, wurde von ihm auf den Kutschbock hinaufgeschubst und ergriff die Zügel. Liddy kletterte ebenfalls zu ihr auf den Wagen. Drei-Finger-Karl schüttelte den Kopf. Sie schaute wütend, stieg dann jedoch wieder herunter. Stattdessen rief er den kleinen Jungen aus dem Haus, der gestern nur Kratzer abbekommen hatte. Der Knirps turnte hinauf und hockte sich hinter Christiana auf die Säcke. Sie wagte nicht, sich umzudrehen, war aber überzeugt, er hätte ein Messer dabei, das er bei der kleinsten falschen Bewegung ihrerseits auch einsetzen würde. Diesem Menschen traute sie alles zu.

Drei-Finger-Karl sah zufrieden aus und schwang sich auf den vorderen Wagen. Er schnalzte mit der Zunge und ließ die Zügel auf den Pferderücken klatschen. Die Tiere setzten sich in Bewegung. Christianas Gespann folgte. Im Schritt fuhren sie in Richtung Campement.

Sie erreichten Moritz an der Elbe kurz nach Sonnenaufgang. Bei den Bäckerzelten herrschte bereits rege Geschäftigkeit. Christiana schaute sich um, ohne ein bekanntes Gesicht zu entdecken. In diesem Moment hätte sie selbst mit Meister Mingel vorliebgenommen.

Ein Schreiber wurde auf ihre Ankunft aufmerksam und kam herbeigerannt. Mehrere Papiere flatterten in seiner Hand, eine Feder steckte hinter seinem Ohr, und bestimmt befand sich in einer Tasche seiner Kleidung irgendwo ein Tintenfass. Drei-Finger-Karl sagte einen Namen, den Christiana nicht verstand. Neben ihr auf dem Kutschbock zog der Knirps ein ausdrucksloses Gesicht. Der Schreiber schaute auf seiner Liste nach und nickte, er wies ihnen einen Platz zum Abladen zu.

Der befand sich am anderen Ende der Bäckerzelte. Dort nahm sie ein anderer Schreiber in Empfang, schaute wieder auf einer Liste nach, hakte etwas ab und hielt Drei-Finger-Karl dann das Papier und eine Feder hin. Der kritzelte etwas darauf, und dann standen ein halbes Dutzend Knechte neben den Fuhrwerken, um mit dem Abladen der Mehlsäcke zu beginnen. Drei-Finger-Karl dachte nicht daran, ihnen zu helfen, er hatte sich auf dem Bock halb umgedreht und schaute zu.

Christiana riskierte auch einen Blick nach hinten, als an ihr Fuhrwerk Männer herantraten, um die Säcke abzuladen. Der Knirps hielt einen faustgroßen Stein in der Hand und hockte wie ein Affe auf den Säcken. Einer der Männer, die eben mit gesenktem Kopf einen Sack schulterte, kam ihr bekannt vor. Sie schaute genauer hin und war sich sicher: Diesen dunkelbraunen Schopf kannte sie.

Adrian!

Eben verschwand er mit dem Sack im Vorratszelt, und als er wieder herauskam, war kein Zweifel mehr möglich. Es handelte sich um Adrian. Christiana hatte keine Zeit darüber nachzudenken, warum er Säcke schleppte, statt Brot zu backen. Obwohl sich ihrer beider Blicke begegneten, erkannte er sie nicht. Jedenfalls deutete in seiner Miene nichts darauf hin.

Christiana schaute ihm nach, musste jedoch aufpassen, dass der Bengel hinter ihr keinen Verdacht schöpfte. Als Adrian das nächste Mal kam, um einen Sack zu holen, zischelte sie leise seinen Namen.

Er schaute sich zwar unsicher um, ging jedoch mit dem nächsten Sack zum Vorratszelt.

»Was redest du da?«, wollte der Kleine prompt wissen.

»Nichts. Ich pfeife so vor mich hin.«

»Klingt nicht nach Pfeifen.«

»Weil ich es nicht richtig kann!«, fauchte Christiana zurück. Sie hätte am liebsten laut gerufen, ihren wahren Namen gesagt, aber sie fürchtete den Stein.

Drei-Finger-Karl sprang von seinem Wagen. Er kam zu Christiana. »Ich suche mir ein Frühstück, ihr passt auf die

Wagen auf.« Eine Antwort wartete er nicht ab, sondern schlenderte davon.

Dem Bengel blieb nichts anderes übrig, als vom Bock zu klettern und zu dem anderen Wagen zu gehen. Christiana schickte ein kurzes Dankgebet gen Himmel und stieg ebenfalls herunter.

Eben kam Adrian wieder heran. Sie ging eilig ans hintere Ende und tat dann so, als würde sie stolpern, fiel gegen ihn.

»Entschuldigung«, sagte sie, ohne ihre Stimme zu verstellen. »Hier hinten am Wagen ist was locker, damit müsst ihr beim Abladen vorsichtig sein«, fügte sie hastig hinzu.

Adrian stockte mitten in der Bewegung. An seinem unsicheren Blick glaubte sie zu sehen, dass er sie erkannt hatte.

»Adrian. Ich bin es. Du musst mir helfen.«

»Christiana?«

»Ja. Ich wurde entführt. Du musst zu Emilius von Kobsdorff gehen, in Schneider Hellmers Haus in Moritz, und ihm davon berichten. Er wird wissen, was zu tun ist. Bitte.« Sie sprach so schnell, dass sie über einzelne Worte stolperte. Hoffentlich verstand er sie trotzdem.

Adrian schulterte den nächsten Sack.

»Das Mehl ist verunreinigt. Ihr dürft damit nicht backen.«

Sie hätte ihn zu gerne gefragt, warum er unter den Knechten arbeitete, aber er drehte sich um und stapfte davon.

»Was treibst du da?«, bellte Drei-Finger-Karl, der mit vollen Händen zurückkam. Er balancierte einen Holzbecher und zwei dicke Brotscheiben, zwischen denen ein Wurstende herausschaute, in den Händen.

Christiana beeilte sich, an seine Seite zu kommen. »Ich wollte nur schauen, ob alles in Ordnung ist. Dass die Männer die Säcke ordentlich schultern und nicht am Ende noch einer aufplatzt. Oder willst du erwischt werden?« Sie war selbst erstaunt über ihre Dreistigkeit.

Drei-Finger-Karl schaute sie skeptisch an. Es war offensichtlich, dass er nicht wusste, was er von ihren Worten halten sollte. »Kommt! Frühstück!«, rief er.

Der Junge kam sofort angerannt. Sie setzten sich in Sichtweite der Wagen auf einen Baumstamm und teilten sich das Brot sowie den Becher Dünnbier. Davon trank Christiana nur winzige Schlucke, obwohl sie Durst hatte, aber sie ekelte sich davor, mit Drei-Finger-Karl aus einem Gefäß zu trinken.

Adrian wusste nicht, was er tun sollte. Er hatte klar Christianas Stimme erkannt, die Stimme, die er so vermisst hatte, obwohl ihr Äußeres sehr verändert gewesen war. Während er mit einem Sack auf dem Rücken zum Vorratshaus und ohne Sack wieder zurückging, warf er verstohlene Blicke zu dem Baumstamm, auf dem sie neben dem Müller und einem zerlumpten Burschen ohne Schuhe saß und ein karges Frühstück verzehrte. Zu gern wäre er zu ihr gegangen, hätte ihr die Kappe vom Kopf gezogen, ihr Gesicht mit den Händen umfasst. Wenn sie nur wieder da war, wollte er alles vergessen, was zwischen ihnen gestanden hatte. Die beiden waren keine Gesellschaft, in der er eine Frau sehen wollte, und Christiana schon gar nicht. Wie war sie da hineingeraten?

Statt einen neuen Sack zu nehmen, verschwand Adrian hinter dem Wagen und begann zu rennen. Er keuchte, als er das Dorf Moritz erreichte und sich nach dem Haus des Schneiders Hellmer erkundigte. Es stand mitten im Dorf, und Adrian donnerte mit der Faust an die Vordertür. Anstelle der Tür wurde ein Fenster im ersten Stock geöffnet und ein älterer Mann mit einer Nachtmütze auf dem Kopf schaute heraus.

»Was willst du um diese Zeit? Wir haben vornehme Gäste, die der Ruhe bedürfen. Verschwinde!«

Adrian hämmerte weiter gegen die Tür. »Ich muss mit Herrn Emilius von Kobsdorff sprechen. Es ist dringend!«

»Der edle Herr ist für einen wie dich nicht zu sprechen.« Der Schneider machte Anstalten, das Fenster wieder zu schließen.

Das durfte nicht geschehen!

»Ich schlage die Tür ein, wenn du nicht öffnest!« Adrian ging einen halben Schritt zurück, hob das rechte Bein.

»Warte einen Moment.« Die Stimme des Männchens zitterte.

Die Sekunden, bis Adrian im Haus jemanden die Treppe herunterkommen und einen Riegel an der Tür zurückziehen hörte, dehnten sich schmerzlich in die Länge. Er stieß den Schneider zur Seite und stürmte ins Haus.

Auf dem Treppenabsatz kam ihm ein Herr in einem reich bestickten Morgenmantel entgegen. Sein Haar war vom Schlaf verstrubbelt, und er trug eine unverkennbar blasierte Miene zur Schau. Adrian entschied, dass er der Gesuchte sein musste.

»Sie müssen mich anhören. Es geht um Christiana Johanni.«

»Christiana von Johanni«, wurde er berichtigt. »So viel Zeit muss sein. Was hast du mit ihr zu schaffen, Bursche?«

Wild und unzusammenhängend sprudelte Adrian seine Geschichte heraus. Das sicherte ihm endlich die Aufmerksamkeit des vornehmen Herrn. Der vermittelte zwar den Eindruck, das Ganze eher für ein unterhaltsames Spiel zu halten, aber es dauerte nicht lange, bis mehrere Boten mit kurzen Nachrichten Moritz im Galopp verließen. Adrian wurde in den Salon geschickt und wartete dort, argwöhnisch bewacht vom faltigen Schneider und seiner ihm recht ähnlichen Ehefrau. Statt dass der vornehme Herr von Kobsdorff etwas unternahm, rief er zunächst nach einem Frühstück und verzehrte den herbeigeschafften kalten Braten und das Brot mit gutem Appetit.

»Was treiben Sie denn da? Wir haben keine Zeit«, drängte Adrian.

»Was soll ich deiner Meinung nach tun? Einem Müller ans Leder wollen, der so kräftig ist, wie du behauptest? Ich hätte ja Lust dazu, aber die Dinge müssen mit guter Ordnung angegangen werden. Du gehst am besten wieder zu deiner Arbeit und lässt mich machen.«

»Das kommt nicht in Frage.«

»Kannst du reiten? Kennst du dich aus mit der Jagd nach Schurken?«

Adrian schüttelte den Kopf. »Ich komme mit, und wenn ich die ganze Zeit rennen muss.«

»Deine Entscheidung. Beschwere dich hinterher nicht bei mir.«

Von Christiana, dem kräftigen Müller, dem Knaben und den beiden Wagen war nichts mehr zu sehen, als sie zum Abladeplatz für das Mehl kamen. Dort standen längst andere Gespanne. Adrian ballte die Hände zu Fäusten und presste sie schmerzhaft fest aufeinander. Das kam davon, wenn man die Sache einem vornehmen Herrn überließ. Ein makelloser Rock war ihnen wichtiger als ein Menschenleben.

»Statt mir aufs Gemüt zu gehen, hättest du lieber beobachten sollen, wohin sie fahren«, meckerte Emilius.

Weil Adrian ihm Recht geben musste, schwieg er und schaute auf seine Schuhspitzen. Er war so in Sorge gewesen, dass dieser vornehme Herr ihm nicht helfen würde, dass er an das Naheliegende nicht gedacht hatte. Der Herr erwies sich dann als überaus erfolgreich darin, Pferde zu besorgen. Für Adrian gab es einen starkknochigen Braunen, Emilius von Kobsdorff schwang sich auf den Rücken eines tänzelnden Fuchses. Der junge Bäcker fühlte sich im Sattel fehl am Platze.

Emilius kommandierte seine Truppe wie ein Feldherr. Sie bestand aus Laurenz Schumann, Lambert von Haynau, Andreas von Billung, Ritter von Scholl, dem preußischen Kronprinzen und einem halben Dutzend Männer seines Gefolges. Auf seine Botschaften hin waren sie angerückt. Lambert entschuldigte seine Schwester und seinen Souleutnant von Silberstatt, der unabkömmlich war.

»Alles andere wäre unverantwortlich mit ihrem Arm«, murmelte Laurenz Schumann.

Mit Adrian sprach niemand, es hatte ihn auch niemand gegrüßt. Ihm war das recht; er hatte zwar vor allen seine Mütze gezogen, aber wenn der Kronprinz ihn beachtet hätte, er hätte vor Verlegenheit nur Gestammel herausgebracht. Sie wollten gerade aufbrechen, als Meister Mingel angerannt kam.

»Was sucht ihr, Adrian?« Keuchend blieb er neben dem Pferd stehen, hielt jedoch einen Schritt Abstand.

»Zwei Wagen, die bei Sonnenaufgang Mehl abgeladen haben. Damit ist was nicht in Ordnung. Ein großer, kräftiger Müller, ein Knabe und ein Jüngling.«

»Das Gesindel habe ich gesehen. Sie sind da lang.« Meister Mingel zeigte in Richtung Ort.

Adrian gab die Information weiter, und sie brachen auf. Ihm taten bald der Rücken, die Oberschenkel, die Unterschenkel, die Arme weh. Auf einem Weg auf der gegenüberliegenden Seite eines Feldes entdeckten sie endlich zwei Fuhrwerke. Beide zuckelten im Schritt hintereinander her. Auf dem ersten saß ein kräftiger Mann, auf dem anderen zwei schlanke Gestalten.

»Sind sie das?«, wandte sich Emilius an den Bäcker.

»Ja, ja«, stotterte dieser. Dass ein Pferd im Trab eine derart unruhige Angelegenheit war, hätte er sein Lebtag nicht gedacht.

Emilius hob den rechten Arm wie ein General vor der Schlacht und preschte los. Quer über das Feld. Die anderen Reiter folgten. Adrian konnte nichts weiter tun, als sich am Sattel festzuhalten, denn auch sein Pferd fühlte sich verpflichtet und sprang in den Galopp. Er wurde durchgeschüttelt, und es war zu gleichen Teilen ein Wunder und sein fester Wille, dass er sich im Sattel hielt.

Das vordere Fuhrwerk stoppte, als der Kutscher die Reiter kommen sah. Er wollte es zur Seite lenken, um die vornehmen Herren vorbeizulassen, war aber nicht geschickt genug. Das Gespann blieb mitten auf dem Weg stehen. Das zweite dahinter auch.

»Adrian!«, schrie Christiana. Sie hatte ihn unter den Reitern erkannt, die über das Feld galoppiert kamen.

Ihr Ruf war noch nicht verklungen, da schwang Drei-Finger-Karl die Peitsche und trieb sein Gespann mit lautem Rufen an. Der Knirps neben ihr riss ihr die Zügel aus der Hand und brüllte ebenfalls. Die Pferde setzten sich schwerfällig in Bewegung, aber die Reiter waren noch ein ganzes Stück entfernt, und dazwischen befand sich ein Graben. Die Gespanne waren eben über eine kleine hölzerne Brücke gefahren.

Die ersten Reiter setzten über den Graben. In diesem Moment galoppierte das Gespann an. Christiana wurde zurückgeworfen und wäre beinahe heruntergeschleudert worden. Dem Knirps erging es genauso, aber mit dem Ergebnis, dass er vom Wagen fiel. Sein hoher Schrei gellte durch den Morgen.

Emilius war der vorderste Reiter, und sein Fuchs flog elegant über das Hindernis. Die anderen folgten. Auch Adrians Brauner nahm den Graben mit Schwung. Dabei verlor er seinen Reiter.

»Adrian!« Für Christiana gab es kein Halten mehr. Sie sprang vom Wagen, kam hart auf und überschlug sich. Für einen Moment fehlte ihr die Luft zum Atmen, und sie konnte sich nicht bewegen, dann füllte sich ihre Lunge wieder. Sie sprang auf, rannte los. Nach seinem Sturz hatte Adrian sich nicht bewegt. Wenn er …?

Sie bekam noch mit, wie Emilius Drei-Finger-Karl seinen gezogenen Degen vor das Gesicht hielt.

»Du wirst kein Wort sagen, solange ich es dir nicht erlaube«, bestimmte der junge Mann kalt. »Eine falsche Bewegung, und du küsst außerdem meinen Stahl. Zügele dein Gespann.«

Drei-Finger-Karl erstarrte. Gehorchte dann.

Christiana interessierte sich nicht dafür. Sie hatte Adrian erreicht und kniete sich neben ihn. Er lag auf der Seite, hatte das Gesicht zerkratzt, einen Schuh verloren, die Hose und einen Hemdärmel zerrissen. Er stöhnte. Sie streichelte seine Schulter, bettete seinen Kopf auf ihren Oberschenkeln.

»Adrian. Hast du dir weh getan?«, fragte sie atemlos.

»Überhaupt nicht,« log er und strahlte sie an. Dann legte er die Arme um sie und zog sie an sich.

Christiana fühlte sich warm und sicher und glücklich.

Die anderen Männer hatten unterdessen Drei-Finger-Karl festgesetzt. Emilius' Degenspitze zitterte noch unter seinem Kinn. Der Müller saß auf seinem Kutschbock, aber die Zügel waren ihm aus den Händen genommen worden, an den Köpfen der Pferde standen Andreas von Billung und Offiziere aus Friedrichs Gefolge. Das zweite Gespann war ebenfalls aufgehalten worden, der Junge hing zwischen zwei weiteren Preußen, die ihn unsanft heranbrachten.

»Was hast du mit meiner Cousine zu schaffen?«

»Ich sage nichts.«

»Wo liegt deine Mühle?«

»Ich sage nichts.«

»Rede, Mann!« Emilius Stimme wurde schärfer. Geduld gehörte nicht zu seinen Tugenden. »Dir ist doch nicht von alleine eingefallen, meine Cousine zu rauben? Wer hat dir dafür Geld gegeben?«

»Ich habe nichts gemacht. Lassen Sie mich gehen, hochedle Herren. In das Campement habe ich nur Mehl geliefert. Ich hatte eine Bestellung, die musste ich erfüllen.« Drei-Finger-Karl tastete in seine Rocktasche und zog einen klein zusammengefalteten Zettel heraus.

Laurenz Schumann nahm ihn und faltete ihn auseinander. »Das stimmt. Dies ist eine Quittung über die Lieferung zweier Fuhren Mehl. Die Summe ist auch genannt, und zwei Taler wurden sofort ausbezahlt.

Christiana und Adrian kamen herangehumpelt. Beide waren staubig, die Haare unordentlich. Emilius begrüßte sie mit einem maliziösen Lächeln, nannte sie weiter Cousine. Da sie aber Adrian in groben Zügen erzählt hatte, was sie mit der vornehmen Welt verband, gab sie seinen Blick ruhig zurück. Wo die Mühle lag, in der sie gefangen gehalten wurde, konnte sie allerdings nicht sagen. Dafür erzählte sie von der Explosion und den Verletzten. Unterdessen streichelte Adrian ihre Wange, und diese zarte Berührung ließ die überstandenen Schrecken weniger schlimm erscheinen.

»Ihr müsst mich gehen lassen, hoher Herr«, verlegte sich Drei-Finger-Karl aufs Bitten. »Mein Gewerbe liegt am Boden. Ich denke, dass es keinem der Herren an Zartgefühl mangelt, um meine Schwierigkeiten zu ermessen. Zumal Sie Ihre Cousine wohlbehalten zurückhaben.«

Angesichts dieser Töne glaubte Christiana, sich verhört zu haben. Sie hätte viel dazu zu sagen gehabt, aber ein Druck von Adrians Finger ließ sie schweigen. Sie hatten einander – den Rest sollten die anderen unter sich ausmachen.

»Das nenne ich nicht wohlbehalten. Schau sie dir an, Spitzbube! Was hast du mit ihrem Haar gemacht. Malefiq!«, polterte Emilius.

»Contenance. Contenance«, mahnte der Kronprinz, der sich bisher im Hintergrund gehalten hatte.

»Das mit dem Haar hat sie ihrer Störrigkeit zuzuschreiben. Ich wollte das nicht, und es tut mir leid, aber es ging nicht anders«, warf Drei-Finger-Karl geschmeidig ein.

»Hoheit, Sie werden doch nicht wollen, dass ich diesen Schurken laufenlasse. Sie werden allenfalls erahnen, wie viel Ärger ich ihm zu verdanken habe. Meine Großmutter ist ins Campement gekommen.« Emilius' Augen blitzten, und er sah immer noch so aus, als würde er dem falschen Müller am liebsten seinen Degen durch den Leib rammen.

»Immer noch kein Grund, sich zu echauffieren.«

»Das sage ich auch«, stimmte Drei-Finger-Karl zu. »Warum setzen wir uns nicht wie aufgeklärte Leute hin und besprechen das Ganze?«

»Weil mein Zartgefühl es mir verbietet, mich mit einem Schurken wie dir zusammenzusetzen. Was sollte mich daran hindern, dich meinen Stahl kosten zu lassen? Wütend genug dafür bin ich, und ich werde dich auf keinen Fall davonkommen lassen.«

»Bestimmt haben Sie noch nie einen Menschen vom Leben zum Tode gebracht. Es ist keine angenehme Arbeit«, gab Drei-Finger-Karl zu bedenken. »Von mir werden Sie nichts weiter erfahren.«

»Ich hätte gute Lust, mit dir zu üben, aber es ist eine Dame anwesend. Fesselt ihn«, befahl Emilius.

Andreas von Billung und Lambert von Haynau kamen der Aufforderung gerne nach. Sie banden Drei-Finger-Karl die Hände auf dem Rücken zusammen und vergaßen auch nicht, die Knoten stramm zu ziehen.

»Ich kenne Damen und Herren aus den höchsten Kreisen«, gab der Gefesselte zu bedenken.

Christiana konnte nicht länger schweigen. »Das wird dir nicht länger helfen. Vor allen Dingen wird es deinen Leuten nicht helfen, die verletzt sind und der Pflege bedürfen. Niemand wird sich um sie kümmern, wenn du nicht das Tal nennst, in dem die Mühle steht. Das wirst du dann mit deinem Zartgefühl ausmachen müssen.«

Drei-Finger-Karl verlor für einen Augenblick den zur Schau gestellten gelassenen, fast heiteren Gesichtsausdruck. Er war der langen Helma und den restlichen Mitgliedern seiner Familie herzlich zugetan, was bei einem Mann wie ihm verwunderte.

»Das kleine Prinzesschen. Aber ich beuge mich der Gewalt.« Als Drei-Finger-Karl dann den Weg beschrieb, fand er zu seiner zuvor an den Tag gelegten Leichtigkeit zurück. Christiana hörte nicht genau zu, und sie hätte den Weg ohnehin nicht gewusst. »Ich möchte noch einmal betonen, dass ich mit einflussreichen Persönlichkeiten bekannt bin.«

»Wir sind nicht vergesslich. Abmarsch, du wirst zu Fuß gehen und dein kleiner Bengel auch.« Emilius stieß Drei-Finger-Karl mit der freien Hand, dass der vornüber stolperte. Endlich steckte er auch seinen Degen weg.

»Sie sprechen von Frau von Greywitz und Wolfhardt von Quirin«, riet Christiana ins Blaue hinein.

»Die beiden?« Emilius lachte auf. »Das sind gerade die Richtigen, um jemanden wie dich zu kennen. Die werden keinen Finger für dich rühren. Sie sind gar nicht mehr da. Haben sie dich bezahlt, dass du meine Cousine raubst?«

»Ich sage nichts mehr.«

Die Gesellschaft machte sich auf den Rückweg zum Campement, wo Drei-Finger-Karl der Obrigkeit übergeben wurde.

Friedrich August unterhielt seinen Hof und seine Gäste mit einem Feuerwerk, wie das Kurfürstentum bis dahin noch keines gesehen hatte. Friedrich August, sein Hof und die hohen Gäste schauten vom Festsaal des Schlosses Promnitz zu. Der Kronprinz Friedrich war gerade noch rechtzeitig gekommen, um nicht wieder den Unmut seines Vaters zu erregen.

Das Schloss lag am rechten Ufer der Elbe, die Fenster des Festsaales gingen auf den Fluss hinaus, und am anderen Ufer hatten Zimmerleute in mehrmonatiger Arbeit einen Palast aus Holz errichtet. Tatsächlich handelte es sich nur um ein Holzgerüst mit der Fassade eines Palastes, aber sie war sehr kunstvoll ausgeführt. Im Schloss wurde nicht an Lob gespart und der Baumeister für seinen Entwurf in den höchsten Tönen gelobt.

Das Ufer in der Nähe war von unzähligen Zuschauern besetzt, die von nah und fern herbeigeströmt waren, um ein Ereignis zu genießen, das in ihrem Leben einmalig bleiben würde. Ob von edler Abstammung oder niedriger Geburt, wer immer es einrichten konnte, drängte sich dort. Emilius von Kobsdorff stand neben dem Tragstuhl seiner Großmutter ganz vorne in der ersten Reihe. Die alte Dame hatte mit befehlsgewohnter Stimme und mit der Hilfe ihres Stocks diesen Platz erkämpft, und Emilius hatte nichts anderes tun müssen, als in ihrem Kielwasser zu schwimmen. Christiana Johanni fehlte an seiner Seite. Sie verbrachte ihre Zeit offensichtlich lieber mit Adrian Siebert, sie musste nicht mehr seine Cousine spielen. Obwohl sie ihm in diesem Moment zupassgekommen wäre, damit jemand zwischen ihm und seiner Großmutter stand.

Therese von Haynau und Laurenz Schumann standen Hand in Hand gemeinsam mit Ritter von Scholl in der Menge. Die junge Frau hatte es abgelehnt, zusammen mit ihrer Tante einen Platz bei der Hofgesellschaft zu beanspruchen.

Der Beginn des Feuerwerks war für halb neun Uhr abends angesetzt. Und genau zu dieser Zeit erklang vom Lager der Soldaten ein dreimaliges Lauffeuer. Im selben Moment flammten an der Fassade des Palastes die ersten Lichter auf. Sie sprangen fort und fort wie Irrlichter von einem zum anderen, und immer weitere Lichter beleuchteten die Fassade. Die Zuschauer begleiteten diese fortschreitende Illuminierung mit Ausrufen des Entzückens. Im Festsaal genauso wie am Elbufer. Als alle Lampen an der Fassade entzündet waren, erstrahlte sie, als bestände sie ganz aus Gold und Edelsteinen.

Kaum erstrahlte der Palast in vollem Glanz, wurden von achtzig in der Nähe aufgestellten Gestellen ein nicht enden wollender Strom von Raketen abgeschossen. Dazu verschossen die Mörser der Artillerie Leuchtkugeln. Am Himmel blinkte ein Regen von Sternen, Lichtern und Schwärmern auf. Dazu spielte das Musikkorps, das überall zwischen dem Feuerwerk aufgestellt war.

Deren Darbietung wurde zwar häufig vom Donner der Kanonen und dem Zischen der Raketen übertönt, aber jedermann erkannte an, dass Feuerwerk und Musik eine überaus reizvolle Zusammenstellung bildeten.

Kaum verklang das an Land abgebrannte Feuerwerk, schwammen auf dem Fluss Boote heran. Das erste sah aus wie ein riesiger feuersprühender Walfisch, ihm folgten vier Delfine. Danach fuhr die gesamte Flotte des Kurfürstentums heran. Brigantinen, Schaluppen glitten den Fluss hinunter, Lichter blinkten auf den Masten und Rahen, am Rumpf und allen Aufbauten. Unzählige Lichter, die den Umriss des Schiffes in der Dunkelheit nachbildeten. Beinahe geräuschlos wurden Ruder ins Wasser getaucht, und es sah aus, als schwebten die Lichter über dem Wasser. Dazu feuerten ihre Geschütze Schuss um Schuss ab und übertönten nun vollends die Musik.

»Prächtig, prächtig«, lobte auf Promnitz der preußische König die Darbietung. Er schlug sich auf die Schenkel und lachte vergnügt.

Selbst Friedrich August, der als Gastgeber und Kompositeur der Lustbarkeit eine Ahnung besaß, was ihn erwartete, war hingerissen von der tatsächlichen Pracht, die ihm seine Untertanen bereiteten. So wunderbar hatte er es sich nicht vorgestellt. Wie die beleuchteten Schiffe vorbeiglitten – das war ein Anblick, der jedes Herz höher schlagen ließ. Seines so sehr wie das seines königlichen Bruders oder das seines Sohnes, der ganz verzückt neben ihm stand.

Als letztes Schiff glitt die Bucentaur vorbei, seine Prachtgondel. Neben unzähligen Lichtern transportierte sie die Hofkapelle. Als die Bucentaur die Stelle erreichte, wo die fürstlichen Zuschauer der Parade beiwohnten, wurde auf ein entsprechendes Signal hin jedes Feuern eingestellt. In die eintretende Stille erklangen zart die Töne der Hofkapelle. Nach dem Lärm des Feuerwerks drang die Musik wohltuend an die Ohren der Zuschauer. Die italienische Sängerin Loretta Vendimi stand in einem ganz mit Gold und Edelsteinen besetzten Kleid an Bord und schickte eine ›Eloga al Campo di Radewitz‹ in den Nachthimmel.

Damit fand die Festlichkeit gegen zwei Uhr in der Nacht ihr Ende. Friedrich August hatte sich bereits vor einiger Zeit zurückgezogen – die Gesundheit verhinderte, dass er wie früher die Nächte hindurchfeierte. Friedrich Wilhelm dagegen wohnte der Feierlichkeit bis zu ihrem Ende bei, an seiner Seite der sächsische Kurprinz, der die Rolle des Gastgebers übernommen hatte.

»Niemand anderer als Ihr Herr Vater«, bemerkte der preußische König, »versteht es so vortrefflich, Verschwendung mit Schönheit zu paaren, um die Sinne anzuregen. Ich sehe keine Möglichkeit, wie Preußen sich mit etwas Gleichartigem revanchieren könnte.«

Der sächsische Kronprinz verneigte sich artig und beschloss, diese Rede als ein Kompliment zu nehmen.

ZWEIUNDZWANZIG
25. JUNI 1730

*D*er Tag darauf brachte das zweihundertjährige Jubiläum der Augsburger Konfession. Die im Campement anwesenden Feldprediger begingen dieses Ereignis mit einem feierlichen Gottesdienst, denen die Soldaten ohne Ausnahme beiwohnten. Vor genau zweihundert Jahren bekannten sich auf dem Reichstag zu Augsburg die lutherischen Reichsstände zu ihrem Glauben und taten damit einen weiteren großen Schritt, dass im Reich zwei christliche Konfessionen friedlich und gleichberechtigt nebeneinander bestehen konnten.

»Der katholische Kaiser verlor auf diesem Reichstag ein gutes Stück seiner Macht«, fügte Laetitia von Kobsdorff zufrieden hinzu, nachdem sie ihrem Enkel wortreich den Inhalt der Konfession erklärt und sich über seine Unwissenheit mokiert hatte.

Die an diesem Tag in den Regimentern eingesammelten Kollekten sollten wegen ihres Glaubens verfolgten Protestanten zugutekommen. Die Soldaten und Offiziere gaben, was sie erübrigen konnten.

Der preußische König und sein Sohn wohnten dem Gottesdienst im Quartier des Feldmarschalls Graf von Wackerbarth bei. Das anschließende Mittagsmahl nahmen die Herren bei General Baudissin ein.

Den einfachen Soldaten wurde mittags ebenfalls ein Festmahl serviert. Die von Friedrich August gespendeten Ochsen waren bereits am Tag zuvor geschlachtet und in der Nacht über großen Feuern gebraten worden. Nun wurden sie verteilt. Brot, Bier und Wein wurden ebenfalls ausgegeben. Das Schmausen und Trinken zog sich bis weit in den Nachmittag hinein. Manche der Soldaten fanden nicht mehr die Zeit, sich den Mund abzuwischen oder sich die Hände zu waschen, als die Glocken zur Nachmittagsandacht läuteten. Sie gingen mit fettigen Händen und Mündern zum Gottesdienst, andere schluckten hastig den letzten Bissen herunter oder leerten ihre Bierkanne.

Am Nachmittag pochte Christianas Herz so heftig, dass sie fürchtete, es müsste zu sehen sein. Sie stand dem sächsischen Kurfürst und polnischen König gegenüber, und es war anzunehmen, dass er noch das Wort an sie richten würde und sie ihm Rede und Antwort stehen musste. Dass Emilius neben ihr stand und seine Großmutter an ihrer Seite in ihrem fahrbaren Stuhl saß, beruhigte sie nicht – eher war das Gegenteil der Fall.

Als sie erfahren hatte, dass sie vor den Fürsten würde treten müssen, war ihr klar gewesen, dass das nur in ihrem schönsten Kleid geschehen könnte. Nicht, um ihn damit zu beeindrucken, sondern um seine Person zu ehren. Sie trug ihr Tageskleid in Türkis und Weiß, das Emilius extra für sie hatte schneidern lassen. Sie bedauerte es indes nicht, dass sie zum letzten Mal ein solches Kleid trug. Leider war ihr Haar so verunstaltet, dass nicht einmal Bettinas geschickte Hände daraus eine Frisur zaubern konnten. Sie musste eine Haube tragen, die Emilius' Großmutter besser gestanden hätte.

Friedrich August selbst war mit strahlend weißen Strümpfen, hellgelben Kniehosen, einer dunkelgrünen Weste und einem silbrig glänzenden Rock so prächtig gewandet, wie es nur vorstellbar war. Rund ein Dutzend Mitglieder seines Hofstaates umgaben ihn. Emilius hatte ihr die Namen zugeflüstert, aber sie hatte alle sofort wieder vergessen. Einer trug vor, was sich um Christiana, die Schmuckdiebstähle und ihre Entführung zugetragen hatte, er hielt dazu ein beschriebenes Blatt in der Hand, dessen Inhalt er hin und wieder kontrollierte. Sie hatte gedacht, Emilius würde die Gelegenheit bekommen, alles zu berichten, oder wenigstens seine Großmutter. Immerhin hatten sie es ihrem immer noch vorhandenen Einfluss bei Hofe zu verdanken, dass sie empfangen wurden, ebenso wie Laurenz Schumann und Therese von Haynau, die sich im Hintergrund hielten und verstohlen die Finger ineinander verschlungen hatten. Aber Friedrich August hatte seine Kammerherren, die ihn von den Vorgängen im Kurfürstentum oder im Königreich Polen ins Bild setzten. Heinrich von Brühl trug vor, ihm lieh der Kurfürst sein Ohr am liebsten, weil er es verstand, sich kurz zu fassen.

Zu kurz, nach Christianas Meinung. Ein paarmal war sie versucht, etwas zu ergänzen, aber ein Ellbogenstoß von Emilius hielt sie zurück. Viel zu schnell kam Heinrich von Brühl zum Schluss und zog sich nach einer Verneigung in die Reihen der anderen Mitglieder des Hofstaates zurück.

»Das ist bedauerlich, dass dir so etwas während unseres Campements widerfahren ist. Die Verantwortlichen werden streng bestraft werden. Dieser Drei-Finger-Karl – ulkiger Name für einen Mann – und die anderen beiden ...« Friedrich August stockte, und von Brühl wollte ihm mit den Namen beispringen. Der Fürst winkte ab. »Sie werden streng bestraft werden, dafür sorgen wir höchstselbst.«

»Ich danke Ihnen im Namen meiner Cousine«, antwortete Emilius für Christiana. Die froh darüber war, weil sie kein Wort herausgebracht hätte.

»Die kleine Cousine …« Ein fürstlicher Blick traf Christiana. »Du bist uns eine Erklärung schuldig.«

»Ich … Euer Hochwohlgeboren, ich …«, stammelte die.

»Wir wollen alles darüber hören.«

Die Erklärungen übernahm Emilius, der wortreich und zunehmend gewitzter berichtete, auf welche Weise er das Wesen des Adels ergründen wollte. Der Kurfürst lümmelte derweil auf seinem Sessel, hatte die Augen halb geschlossen und schien seinen eigenen Gedanken nachzuhängen.

»Die Frage, ob Adel angeboren oder anerzogen ist, ist tatsächlich von einigem Interesse«, sagte der Kurfürst träge, nachdem Emilius geendet hatte.

Christiana war zuvor darüber belehrt worden, dass es sich für einen hohen Herrn nicht gehörte, übermäßiges Interesse zu zeigen, dass seine scheinbare Gleichgültigkeit aber nicht bedeutete, sein Geist wäre dahinter nicht hellwach. Sie wagte es, dem Fürsten einen Blick zuzuwerfen: Wenn das bei ihm der Fall gewesen war, verbarg er es außerordentlich gut. In seinen Augen glaubte sie, Freude glitzern zu sehen, wobei sie nicht entscheiden konnte, ob die Frage nach dem Adel ihm Spaß machte oder ob er sich über die Beteiligten amüsierte.

»Noch spannender wird diese Frage, wenn eine Standesperson und ein Bürgerlicher sie lösen wollen. Und wenn dann die Standesperson sich die These zu eigen macht, Adel wäre anerzogen, und der Bürgerliche Adel für angeboren hält …« Der Kurfürst gab seine Trägheit auf und lachte. Sein Blick glitt zu Christiana. »Du bist also die junge Frau, die den Beweis erbringen sollte, Adel sei anerzogen, und die dafür wochenlang aller Welt eine Standesperson vorgespielt hat?«

Christiana versank in einen tiefen Knicks und breitete ihre Röcke um sich aus. Immer noch mit gesenktem Kopf sprach sie: »Allergnädigster Fürst, ich bin nicht gekommen, um alle Welt zu täuschen. Tatsächlich war mir nicht klar, dass dies passieren würde und wie viele Wochen ich tatsächlich hier sein würde. Schreibt es meiner Unerfahrenheit zu und glaubt mir bitte, dass ich niemandem etwas Böses wollte.«

Laetitia von Kobsdorff zischte lautlos neben ihr, und Christiana verstummte.

»Du hast wohl tatsächlich niemandem Böses getan, auch wenn wir die Täuschung nicht gutheißen können. Wir wissen jedoch, dass dir übel mitgespielt wurde«, stellte Friedrich August fest. »Justina von Greywitz und ihr Komplize von Quirin werden die ihnen zustehende Strafe erhalten. Wir haben bereits Amtspersonen damit beauftragt. Wir wünschen kein Gerede über diese Sache. Was sollen die Preußen von uns denken. Wir würden schön dastehen.«

Alle Anwesenden nickten.

»Junger Mann, wo ist der Freund, mit dem du diese Wette abgeschlossen hast? Wir wollen ihn kennenlernen.«

»Es ist der Arzt Laurenz Schumann.«

Der Genannte trat vor und verneigte sich. »Ich bitte um Entschuldigung, hochedler König und Kurfürst, dass ich mich auf diese Sache eingelassen habe und Euch nun Ungemach bereite. Das lag wahrlich nicht in meiner Absicht und auch nicht in der meines Freundes Herrn von Kobsdorff. Bitte nehmt meine Entschuldigung an.«

»Wozu eine Entschuldigung? Schließlich geht es um die Klärung einer These, die durchaus einer Klärung bedarf. Wir möchten jetzt gerne wissen, wie die Sache ausgegangen ist. Welche Meinung hat gewonnen?«

Die beiden Freunde blickten sich an. Beide gleichermaßen unsicher, denn sie hatten keine Zeit gefunden, die Angelegenheit unter sich zu diskutieren. Dann öffneten beide gleichzeitig den Mund.

»Der ehrenwerte Emilius von Kobsdorff hat seinen Beweis erbracht«, sagte Laurenz und verneigte sich erneut.

»Meine These hat sich nicht als wahr erwiesen, hochverehrter König und Kurfürst«, sagte Emilius.

»Was denn nun?« Friedrich August lachte. »Der Beweis kann nicht gleichzeitig erbracht und nicht erbracht sein. Wie wollen die Herren sich einigen.« Inzwischen war es so, dass ihn die Antwort tatsächlich interessierte. Wer sich solche Fragen stellte und dann auch noch anbot, einen Beweis zu erbringen, der konnte ganz sicher eine Gesellschaft bereichern. Vielleicht war es an der Zeit, dem jungen von Kobsdorff einige Wohltaten zu erweisen und sein Vorankommen zu fördern?

Die beiden schauten sich wieder an und schienen zu einem geheimen Einverständnis zu kommen. Jedenfalls räusperte sich Emilius. »Edler König und Kurfürst, wir unterwerfen uns Eurer Weisheit in dieser Streitfrage. Entscheidet für uns.«

Beide verneigten sich und traten einen Schritt zurück. Christiana und Laetitia von Kobsdorff taten es ihnen nach, wobei Christiana den Stuhl der alten Dame zurückrollte.

Aus dem Pulk der Höflinge trat ein Mann in einem hellblauen Rock vor und flüsterte in Friedrich Augusts Ohr. Ihm folgte ein weiterer Mann in einem dunkelroten Rock und gleich danach einer in Gelb. Der König und Kurfürst hörte sich alles mit unbewegter Miene an, danach winkte er Heinrich von Brühl zu sich und begann mit ihm eine geflüsterte Unterhaltung. Christiana hörte es zischeln, während ihr das Herz bis zum Hals schlug.

Endlich trat Brühl zurück mit einem Gesichtsausdruck, als wäre er mit der Entscheidung seines Herrn nicht einverstanden. Christiana hielt die Luft an.

»Meine Entscheidung lautet: Beide haben auf eine Weise Recht und Unrecht, Ihr Herren«, begann Friedrich August salomonisch. »Wir wollen es Euch erklären. Ihr habt Unrecht, dass Adel anerzogen ist, weil Adel eine Sache von Stand und Geburt ist. Ihr habt Recht, weil Adel auch eine Sache von Charakter und Bildung ist. Letztlich ist Adel aber eine Sache des Herzens.« Der König und Kurfürst nickte Christiana zu. »Diese junge Frau hat sich mit Mut und Witz behauptet. Sie hat es verstanden, sich von falschen Anschuldigungen reinzuwaschen. Unrecht, das sie gar nicht angerichtet hat, hat sie wiedergutgemacht. Das nenne ich wahren Adel des Herzens, während die Schuldigen aus dem Edelstande alles andere als Adel des Charakters bewiesen haben.«

Die Höflinge applaudierten, Emilius und Laurenz verneigten sich erneut, und Christiana versank in einen tiefen Knicks. Laetitia von Kobsdorff in ihrem Stuhl auf Rollen senkte den Kopf. Christiana hatte nicht genau verstanden, was entschieden worden war, aber sie war sicher, der Fürst habe eine weise Entscheidung getroffen.

»Wo ist der junge Mann, ohne den diese Frau nicht vor uns stände?«

»Er wartet draußen«, sagte Heinrich von Brühl. »Schließlich ist er nur ein Bäcker.«

»Er soll hereinkommen.«

Ein Lakai lief, um den Befehl auszuführen. Es dauerte nicht lange, bis er mit Adrian zurückkam. Der trug zwar seinen besten Rock mit dazu passender Weste, ein frisches weißes Hemd und eine hellgraue Kniehose zu weißen Strümpfen, aber dennoch wirkte er gegen die aufgeputzten Höflinge schäbig. Er trug auch keine Perücke, sondern hatte sein Haar nur im Nacken zusammengebunden. Christiana lächelte ihm leicht zu, aber er hatte keinen Blick für sie, viel zu aufgeregt war er, seinem König und Kurfürst gegenüberzustehen. Er verneigte sich so tief, wie sein Rücken es zuließ. Seine Samtkappe knautschte er dabei in den Händen.

»Du weißt, warum wir dich rufen ließen?«, fragte Friedrich August.

»Ich bedaure, allerhöchstverehrter König und Fürst.«

»Weil dein umsichtiges Verhalten einer jungen Frau Leben und Gesundheit erhalten hat. So etwas pflegen wir zu belohnen. Gibt es etwas, das wir dir erfüllen können?«

Adrian überlegte und kaute auf seiner Unterlippe. Er wollte nichts falsch machen. Durfte er die fürstlichen Worte so nehmen, wie sie gesagt worden waren und tatsächlich einen Wunsch äußern?

»Diese Frau hat mutig allen Widrigkeiten getrotzt«, fuhr ihn Heinrich für Brühl schließlich ungeduldig an. »Unser hochedler König und Kurfürst hat dies als wahren Adel in ihrem Herzen bezeichnet.«

Ein Lächeln glitt über Adrians Gesicht. Christiana war gelobt worden, das hatte er verstanden. Am liebsten hätte er sie in seine Arme gezogen, ihren Scheitel geküsst und sie nie wieder losgelassen. Aber natürlich war das vor den Augen des Königs und Kurfürsten nicht möglich.

»Er begreift es«, sagte von Brühl überflüssigerweise.

»Was hast du nun vor?«, fragte wieder Friedrich August.

»Ich … was ich vorhabe? Ich weiß nicht.«

»Mit der jungen Frau? Du wirst sie doch nicht in eine ungewisse Zukunft gehen lassen wollen?«

»Auf keinen Fall.« Adrian richtete sich auf. Auf einmal war es ihm egal, dass Friedrich August und zwanzig Höflinge ihn beobachteten. Er stellte sich vor Christiana hin und ergriff ihre Hände.

Sie schaute zu ihm auf. Ihr beider Blick versenkte sich ineinander.

»Christiana«, begann er. »Willst du mit mir nach Lockwitz kommen und backen? Wir vergessen alle schlechten Tage und erinnern uns nur an die guten. Ich schreibe deine Rezepte in das Buch. Wir werden sie zusammen backen und zusammen neue Rezepte finden und ausprobieren. Willst du das mit mir tun? Willst du das als meine Frau mit mir tun?«

»Das will ich. Ich will immer mit dir zusammen backen.«

Diesmal klatschte nur Friedrich August in die Hände. »Das gefällt uns. Zusammen backen als Mann und Frau. Ihr habt unsere Erlaubnis zur Heirat. Wir verlangen sie noch während des Campements. Brühl und meine Minister werden alles Notwendige dafür in die Wege leiten.«

Sie dankten Friedrich August mit allem schuldigen Respekt und zogen sich unter vielen Verneigungen und Knicksen zurück. Christiana war froh, aus den Augen der hohen Herren zu entkommen und dass Adrian sein Leben mit ihr verbringen wollte. Verstohlen tastete sie nach seiner Hand. Warm schlossen sich seine Finger um ihre. Die andere Hand legte er auf ihren Rücken, und sie lehnte sich leicht an ihn. Mehr Vertraulichkeit war im Moment nicht möglich.

Der König und Kurfürst schaute sich um.

»Will noch jemand heiraten?«, fragte Friedrich August mit hörbarem Amüsement in der Stimme.

Laurenz schaute sich um. Er streckte eine Hand aus, und nach kurzem Zögern trat Therese an seine Seite, ergriff die dargebotene Hand.

»Erhabener König und Kurfürst, ich bitte um die Hand dieser Frau.«

»Oha, es gibt tatsächlich jemanden! Und so ein hübsches Kind wünscht er sich zur Frau.« Friedrich August hob Thereses Kinn an und begutachtete sie wohlgefällig. Zum Schluss kniff er sie in die Wange. »Wie ist dein Name, Kind?«

»Therese Anni von Haynau, mein Fürst«, antwortete sie mit leiser Stimme.

»Eine von Haynau – so so. Und du möchtest einfach Frau Schumann werden?«

»Das ist mein fester Wunsch.«

»Was sagen deine Eltern dazu?«

»Ich weiß es nicht, hochedler Fürst.«

»Aber wir wissen es.« Wieder kniff er ihr in die Wange. »Sonst hättest du nicht so kleinlaut gesprochen. Wir haben es sehr wohl gehört. Sie wünschen einen Mann vom gleichen Stand für dich.«

Thereses Augen irrlichterten durch den Saal. Sie konnte doch nicht sagen, dass ihre Eltern vor allen Dingen einen reichen Mann für sie wünschten. Was sollte der Kurfürst von ihnen denken? Schließlich nickte sie unbestimmt und schüttelte gleich darauf den Kopf, genauso unbestimmt.

Friedrich August ließ nicht locker. »Aber du bist fest entschlossen, diesen Mann zu ehelichen und nicht auf deine Eltern zu hören.«

»Das bin ich, hochedler König und Kurfürst.«

»Du bist ein braves Mädchen«, sagte Friedrich August zusammenhanglos. Diesmal streichelte er ihr die Wange. »Dann soll es so sein. Wir befehlen diesem Mann und dir die Heirat.«

Therese fiel Laurenz um den Hals. Völlig erschrocken umfing er sie. Einen kurzen Augenblick drückte er sie an sich, ehe er entschlossen ihre Arme von seinem Hals befreite. »Entschuldigt den Überschwang meiner Braut, edler Fürst. Die Freude hat sie überwältigt.«

»Das soll sie doch. Das soll sie doch. Die Heirat soll binnen vier Wochen erfolgen, und du legst deiner Braut deine Verhältnisse offen, Schumann. Wir befehlen es dir, danach schreibt ihr an die Eltern des Fräulein von Haynau.«

»Ich gehorche Eurem Befehl.«

Friedrich August wedelte mit der Hand. Nun zogen sich auch Therese und Laurenz zurück. Vor dem König und Fürsten standen allein Emilius und Laetitia von Kobsdorff in ihrem Rollstuhl. Einer der Höflinge flüsterte dem Fürsten erneut etwas ins Ohr. Gleich darauf glitt ein Lächeln über Friedrich Augusts Gesicht. Er winkte den Höfling fort und wandte sich Emilius zu.

»Was ist mit dir, junger Mann? Willst du auch heiraten?«

»Ich würde wollen«, sagte Emilius keck. »Sobald ich die richtige Frau gefunden habe. Ich muss sie wollen und sie mich auch, mein Fürst.«

»Woran hapert es?«

»An der Frau.«

»Was …?«, entfuhr es Laetitia von Kobsdorff. Sie schaute ihren Enkel herausfordernd an. »Es fehlt dir keineswegs an der Frau, nur am guten Willen. Dabei wäre es wirklich mehr als nötig, dass dir endlich eine redliche Person zur Seite steht, die dir den Kopf wäscht und dich davon abhält, noch einmal solchen Unfug anzurichten wie mit deinem Beweis. Es ist gewiss nicht dir zu verdanken, dass alles gut ausgegangen ist.« Sie wandte sich Friedrich August zu. »Hochedler König und Kurfürst, ich bitte Euch inständig, befehlt meinem Enkel die Heirat.«

»Mit welcher Frau, wenn diese Frage erlaubt ist?« Friedrich August war keineswegs betroffen nach der heftigen Rede der alten Dame, sondern sichtlich amüsiert.

»Wählt eine für ihn aus.«

Emilius wollte protestieren, aber eine Handbewegung des Kurfürsten ließ ihn schweigen.

»Welche vornehme Dame sollen wir einem Mann zur Frau geben, der so viele schlechte Eigenschaften besitzt wie dein Enkel, gute Frau von Kobsdorff?«

»In Eurer Weisheit werdet Ihr eine finden.«

»Tatsächlich finden Wir etwas Besseres: Dein Enkel wird sich innerhalb eines Jahres und eines Tages verheiraten. In der Wahl seiner Herzensdame ist er frei, aber verheiratet er sich nicht innerhalb der Frist, werden Wir eine Frau bestimmen und höchstselbst das Hochzeitsfest für ihn ausrichten.«

»Meine Dankbarkeit ist Euch gewiss, hochedler König und Kurfürst. Verlangt einen Dienst von mir, und ich werde ihn mit Freuden leisten.«

Tatsächlich fühlte sich Emilius, als läge eine Schlinge um seinen Hals, die sich in genau einem Jahr und einem Tag zuziehen würde.

»Da gäbe es vielleicht etwas. Wir werden darüber nachdenken. Du hast Uns eine vergnügliche Stunde beschert mit deiner Wette, und für vergnügliche Menschen haben Wir stets Verwendung. Nun aber raus mit euch allen, Wir müssen allein sein und nachdenken.«

DREIUNDZWANZIG

26. JUNI 1730

*B*äckermeister Zacharias kommandierte mit lauter Stimme, schien überall zugleich zu sein und mehr als zwei Hände zu haben. Sechzig Bäcker, als Helfer mehr als vierzig Knechte und Mägde waren dabei, ein Gebäck zuzubereiten, wie es die Welt bis dahin noch nicht gesehen hatte. Unter den Bäckern befand sich Adrian und an seiner Seite arbeitete Christiana.

Jeder Bäcker war damit beschäftigt, eine genau abgemessene Menge Hefeteig herzustellen. Dazu hatte Meister Zacharias die Zutaten durch die Anzahl der mithelfenden Bäcker geteilt. Die Mengen waren immer noch gewaltig, denn jeder Bäcker musste sechzig Eier verarbeiten und beinahe sechs Kannen Milch, dann noch entsprechend viel Hefe und Mehl, zuletzt kamen Gewürze zum Teig. Es sollte kein einfaches Brot werden, und ein solches Riesenbrot zu backen, wäre kompliziert genug gewesen, nein, der Kurfürst hatte einen Stollen verlangt. Dafür wurden die Gewürze benötigt.

Für dieses Backwerk war der Ofen gebaut worden, den Christiana zusammen mit Adrian besichtigt hatte. Seit Tagen wurde der Ofen beheizt, um die richtige Temperatur für das Riesengebäck zu haben.

Adrian hatte die Hefe mit der Milch verrührt und ließ sie nun in einem Bett aus Mehl gehen, derweil Christiana sich mit den Eiern beschäftigte. Sie schlug eines nach dem anderen auf und ließ sie in eine große Schüssel gleiten, um sie anschließend zu verrühren.

»Ich kann mir nicht vorstellen, wie diese riesige Teigmenge gebacken werden soll. Der Kuchen, das Brot, was immer es werden soll, müsste außen längst verbrannt und innen noch roh sein.«

»Du hast damals gesagt, dass dieser Ofen für ein Riesenbrot gebaut wird.«

»Das habe ich dahingeredet, ohne es mir wirklich zu überlegen.«

»Meister Zacharias hält es für möglich. Er hat sich das gesamte Campement über damit beschäftigt und sicherlich schon Monate zuvor. Er glaubt daran, unser Kurfürst ebenfalls, also sollten wir es auch.«

»Ich will es gerne. Von dem Geruch der Eier wird mir nur langsam schlecht.«

Adrian tauschte mit ihr den Platz, schlug nun die restlichen Eier auf, während Christiana nachschaute, ob die Hefe bereits genug gegangen war.

Nachdem alle Bäcker ihren Teig zubereitet hatten, wurden immer mehrere Portionen miteinander verknetet und schließlich auf einen Brotschieber gelegt. Dieser Schieber war ebenso überdimensional wie das Brot, das gebacken werden sollte. Er bestand aus über fünfzig aneinandergefügten Brettern. Der Teigberg, der zuletzt darauf lag, war riesig. Ein Mensch hätte davon ohne weiteres erdrückt werden können.

Über ein kompliziertes System aus Seilen und Rollen, gezogen von acht Pferden, wurde der Stollen in den Ofen geschoben. Dort buk er sechs Stunden. In dieser Zeit räumten die Bäcker ihre Arbeitsplätze auf, Adrian und Christiana fanden dabei die Gelegenheit, einige verstohlene Küsse zu tauschen. Danach wurden Bierkannen verteilt, jemand holte eine Fiedel heraus, ein anderer eine Flöte und ein dritter eine Trommel. Die Bäcker saßen im Gras, Christiana an Adrian gelehnt, und sie tranken aus einer Kanne.

Einzig Meister Zacharias fand keine Ruhe. Er umkreiste den Ofen, befahl den Knechten, die Glut gleichmäßig zu verteilen oder Holz nachzulegen. Durch eine kleine Klappe kontrollierte er immer wieder die Hitze im Inneren und den Zustand des Stollens, stach mit einer langen Nadel hinein, um sich zu überzeugen, dass er gleichmäßig durchbuk. Zu seiner großen Erleichterung war das der Fall, der Teig war auch weich und luftig. Das war eine seiner größten Sorgen gewesen, dass der Stollen im Ofen zusammenfiel und hart werden würde. All seine Mühe wäre umsonst gewesen, der Stollen hätte den hohen Herrschaften nicht präsentiert und noch weniger serviert werden können.

Nach sechs Stunden entschied Meister Zacharias, dass der Stollen nun fertig gebacken sei und nur noch verbrennen würde, wenn er länger im Ofen blieb. Die Pferde wurden wieder angespannt. So wie der Stollen in den Ofen hineingeschoben worden war, wurde er auch wieder herausgezogen auf einen bereitstehenden Wagen.

Die Bäcker hatten etliche Bierkannen geleert, aber nun standen sie alle wieder um den Ofen herum und blickten ehrfürchtig auf den Stollen, wie ihn die Welt noch nie gesehen hatte. Ein letztes Mal stach Meister Zacharias hinein. Diesmal benutzte er dazu einen langen Holzstab, und er stach bis auf den Grund. Als er das Holz wieder herauszog, dampfte es, aber es klebte kein Teig mehr am Stab – ein untrügliches Zeichen, dass der Stollen durchgebacken war.

»Es ist gelungen!«, rief jemand in der Menge der Bäcker.

Andere griffen diesen Ruf auf, schleuderten ihre Mützen in die Luft oder klatschten in die Hände. Meister Zacharias sank auf die Knie und dankte Gott. Christiana und Adrian umarmten einander.

Der letzte Tag im Campement begann mit strahlendem Sonnenschein, und es wurde offenbar, was seit Mitternacht in aller Heimlichkeit für die Soldaten vorbereitet worden war: Über großen Feuergruben waren einhundertzweiundsechzig polnische Ochsen gebraten worden, die Friedrich August für sie gespendet hatte. Jeder Soldat bekam ein Brot und zwei Pfund Fleisch, dazu eine Kanne Wein und eine Kanne Bier. Jeder Unteroffizier bekam zweieinhalb Pfund Fleisch und drei Kannen Wein.

Friedrich August und Friedrich Wilhelm überzeugten sich persönlich, dass jeder Soldat das ihm Zugedachte auch tatsächlich erhielt. Während die Männer schmausend an den Rasentischen saßen, besuchten die Monarchen das Lager. Der Preuße saß hoch zu Ross und Friedrich August im Jagdwagen. Sie lachten und scherzten mit den Männern, manch einer erhielt einen Schlag auf die Schulter. Allenthalben verlangten sie, dass auf alles Zeremoniell verzichtet werden solle und die braven Männer sich beim Essen nur nicht stören lassen sollten.

Wo immer sie sich sehen ließen, wurden dennoch Hochrufe laut und Mützen in die Luft geschleudert. Manch einer reichte den Monarchen seine Kanne Wein oder Bier und weder Friedrich August noch Friedrich Wilhelm ließen sich zweimal bitten, daraus einen Schluck zu trinken.

Nachdem sie sich solcherart überzeugt hatten, dass für die Soldaten wacker gesorgt war, kehrten sie in das Hoflager zurück. Dort wartete bereits die Hoftafel auf die hohen Herren. An diesem Tag war sie in einem vorne offenen Zelt aufgestellt, so dass von der Tafel aus das gesamte Lager im Blick lag. Friedrich August und Friedrich Wilhelm nahmen mit den geladenen Gästen an der Tafel Platz. Zwölf Gänge mit jeweils zehn bis vierzehn Gerichten und einer Vielzahl von Zwischengerichten wurden serviert. Es gab Wild, Fisch und Geflügel, einen gebratenen Schwan, dem die Federn wieder angesteckt worden waren, in Schinken eingewickelten Spargel, mit Parmesan bestreute und eingerollte Eierkuchen, eingelegte Feigen aus dem Morgenland, eine mit Honig glasierte Schweineschulter, eine Rinderlende auf einem Bett aus Rosenblättern, ganze gedünstete Zander und vorwurfsvoll schauende Karpfen. Auf einem Kuchen hatte eine kleine Armee aus Marzipansoldaten Aufstellung genommen, auf einem anderen umschlangen einander die preußische und die sächsische Fahne.

Während des Essens spielten Trompeter und Oboisten auf. Als der letzte Gang abgeräumt war, kündigte die Musik eine weitere Überraschung an. Gleichzeitig setzten Lakaien neue goldene Teller vor die Speisenden.

»Was wird es geben?«, fragte Friedrich Wilhelm leutselig und an niemand Bestimmten gewand. »Als ob wir in den letzten Tagen nicht bereits genug Köstliches gesehen haben.« Er neigte sich zu seinem Nachbarn, dem sächsischen Kronprinzen. »Was wird es sein?«

»Ich weiß es nicht.« Der junge Friedrich August zuckte mit den Schultern. »Niemand hier weiß es, außer dem König und Kurfürst. Er versteht es meisterhaft, ein Geheimnis zu bewahren und seine Gäste zu überraschen.«

Neben die goldenen Teller waren goldene Gabeln gelegt worden. Vor dem Zelt erklang Hufschlag und ein von acht Pferden gezogener Pritschenwagen rollte heran. Darauf befand sich ... Die Gäste an der Hoftafel trauten ihren Augen kaum – ein Kuchen! Ein Kuchen von der Größe, dass für seinen Transport ein Pritschenwagen benötigt wurde. Es roch nach frischem Backwerk, und alle fragten sich, was sich unter der goldbraunen Kruste für eine Köstlichkeit befand. Den Kuchen begleitete der Bäckermeister Zacharias und mehrere Dutzend Backknechte. Ganz hinten folgten auch Adrian und Christiana dem Wagen. Ihre Schürzen waren noch mehlbestäubt. Mehl hing auch in ihren Haaren und an ihren Wimpern. Christiana war erschöpft, aber glücklich. Sie hatte geholfen, ein Backwerk zu fertigen, wie es die Welt noch nicht gesehen hatte. Was der Teig an Raffinesse fehlen ließ, machte er durch seine schiere Größe wett. Sie hatte es selbst nicht glauben wollen, dass so ein Strietz hergestellt werden konnte, und nun sah sie das Staunen auf den Gesichtern der Hofgesellschaft. Neben vielen anderen Händen hatten auch ihre dafür gesorgt. Sie war stolz.

Adrian schien es ähnlich zu ergehen. Er lächelte sie an, und aus seinem Blick sprach ebenfalls Stolz. Sie verschlangen ihre Finger ineinander. In wenigen Tagen würden sie nach Lockwitz gehen, zusammen in Adrians Haus wohnen und in seiner Backstube arbeiten. Zuvor würden sie in der kleinen Pfarrkirche in Röderau heiraten. Morgen um diese Zeit wären sie bereits Mann und Frau.

Der Wagen hatte inzwischen vor dem Zelt angehalten, und der Duft nach frischem Hefestriezel verbreitete sich über der Hoftafel. Der ein oder andere erwartete wahrscheinlich, dass aus dem Inneren des Kuchens eine Schar Gänse auffliegen würde oder ein Fuchs heraussprang. Aber nichts dergleichen geschah.

Ein Zimmermann mit einem Schwert in der Hand enterte die Pritsche. Er stellte sich breitbeinig neben den Kuchen und schwang die Waffe über den Kopf. Mit einem infernalischen Schrei stieß er die Klinge in den Strietz, und sie versank bis zum Heft darin. Durch die Hofgesellschaft ging ein Aufstöhnen. Der Zimmermann zerteilte den Riesenkuchen, den Friedrich August mal Strietz, mal Mühlberger Kuchen nannte.

Jedem wurde ein Stück auf den goldenen Teller gelegt. Danach war der Kuchen noch nicht zu einem Sechstel verteilt. Wenn man ihn von hinten betrachtete, war nicht einmal zu sehen, dass überhaupt etwas fehlte.

Friedrich August stand auf. Alle anderen ebenfalls. Der polnische König und sächsische Kurfürst brachte einen Toast aus und erteilte den Befehl: »Der restliche Kuchen soll an die Soldaten verteilt werden. Jeder soll ein Stück erhalten, und er soll sich ein ganzes Leben lang an den Strietz und an das Große Campement bei Radewitz erinnern.« Der König trank sein Glas leer und warf es hinter sich.

Die Gäste an der Hoftafel taten es ihm nach. Sofort wurden neue Gläser gebracht und die Scherben aufgekehrt. Die Herrschaften probierten den Riesenkuchen.

Der Wagen mit dem Strietz war zu diesem Zeitpunkt längst weitergerollt. Christiana und Adrian ebenfalls weitergegangen. Unter den Soldaten trat wieder der Zimmermann mit seinem Schwert in Aktion. Er hackte auf den Kuchen ein, dass die Krümel flogen. Der Strietz war so groß, dass jeder – wirklich jeder – der knapp dreißigtausend Soldaten im Lager ein Stück erhielt, und am Ende war immer noch etwas übrig.

Dieser letzte Rest wurde unter den Bäckern verteilt. Christiana und Adrian saßen nebeneinander, teilten sich ein Stück und einen Becher Wein.

»Wenn ich ehrlich sein will«, sagte Christiana, »ist das ein recht trockener Teig. Es hätte noch etwas Butter hineingetan werden können und ein paar Gewürze. Mandeln wären auch nicht schlecht gewesen, Rosinen und ein paar kandierte Früchte.« Sie brach sich ein weiteres Stück ab und steckte es in den Mund. »Kandierte Früchte wären wirklich nicht schlecht«, sagte sie kauend.

»Das bist wieder einmal ganz du«, erwiderte Adrian lachend. »Kannst du dir vorstellen, wie viele Eimer Mandeln, Gewürze oder Früchte in diesen Strietz hätten gegeben werden müssen?«

»Es sind auch jede Menge Eier, Mehl, Milch und Butter drin. Also warum nicht die Zutaten, die den Strietz wirklich gut gemacht hätten?«

»Weißt du, was ein Gros Eier kosten und ein Eimer Mandeln? Du kannst die drei- bis vierfache Menge Eier für den Preis der Mandeln bekommen. Als Bäcker musst du dir gut überlegen, welche Zutaten wie viel Geld kosten und was deine Kunden später bezahlen müssen.«

»Aber doch nicht beim Backen für unseren König und Kurfürst.«

»Nein, da nicht«, gab Adrian zu. Als Christiana etwas

sagen wollte, verschloss er ihr den Mund mit einem Kuss. »Lass uns am Tag vor unserer Hochzeit nicht streiten«, murmelte er.

»Ich könnte nie mit dir streiten.«

»Das sehe ich anders.«

Christiana lehnte sich an ihn. »Ich werde es dir für den Rest meines Lebens beweisen.«

VIERUNDZWANZIG
27. Juni 1730

Am nächsten Tag war das Große Campement bei Radewitz wirklich und unweigerlich beendet. Die ausländischen Gäste rüsteten sich zur Abreise, allen voran der preußische König. Aber Friedrich August wäre nicht der Mann, der er war, wenn er nicht auch hierfür etwas Besonderes vorbereitet hätte.

Erneut kam die Flotte zum Einsatz. Die beiden Könige begaben sich gegen neun Uhr morgens samt Gefolge auf die Schiffe. Friedrich Wilhelm und Friedrich August fuhren auf der Bucentaur. Die Barke war mit Blumengirlanden prächtig geschmückt.

Nachdem alle Schiffe bemannt und alle Gäste an Bord gegangen waren, feuerte jedes Geschütz genau einen Schuss ab. Dennoch war die Luft pulvergeschwängert, und der Donner hallte geraume Zeit nach. Danach legte die Flotte ab und fuhr unter Musik die Elbe stromabwärts. Das Musikkorps war nämlich auf die Schaluppen verteilt worden.

Die Abreise der Könige bejubelten nicht weniger Menschen als vor zwei Tagen das Feuerwerk. In jedem Ort, an dem die Flotte vorüberkam, standen die Menschen am Ufer und winkten. Überall wurden Salutschüsse abgegeben. Friedrich August lächelte und winkte. Der Jubel seiner Untertanen erfreute ihn. Der junge preußische Kronprinz, der auf einer Brigantine gleich hinter der Bucentaur fuhr, hatte sich dagegen Moosbüschel in die Ohren gestopft, um dem Kanonendonner zu entgehen.

Zur selben Zeit, als die Flotte ablegte, standen Christiana und Adrian nebeneinander in der Röderauer Kirche. Das kleine Gotteshaus war bis auf den letzten Platz besetzt. Die Röderauer und nicht wenige hochgestellte Gäste des Campements wollten dabei sein, wenn sich die beiden Liebenden das Jawort gaben. Unter ihnen befand sich Laetitia von Kobsdorff, deren Sessel auf Rollen ganz vorne stand, neben ihr saß ihr Enkel in der ersten Kirchenbank. Laurenz und Therese waren ebenso da wie Ritter Nathan Leberecht von Scholl und Freifrau Caroline von Bahren. In einer der hinteren Reihen hockte Meister Mingel und freute sich für seine ehemalige Magd. Dieses Mädchen hatte es wirklich verdient, einen Bäcker zu heiraten. Nirgendwo passte sie besser hin als in eine Backstube.

Mit strenger Miene saß Ernestine von Wallnau auf einem Platz in der zweiten Reihe. Es gefiel ihr nicht, dass Therese diesen Arzt heiraten würde, obwohl ihr Bruder sich mit der Verbindung einverstanden erklärt hatte und der Arzt über ein Vermögen verfügte, das einem Mann seines Schlages gewöhnlich nicht eigen war. Dennoch warf das Mädchen sich unter seinem Stand weg. Mit ein bisschen mehr Zeit hätte sich ein standesgemäßer und angenehmer Mann gefunden, und sie hätte diese unpassende Neigung zu dem Arzt überwunden, davon war Freifrau von Wallnau fest überzeugt. Von ihrem Platz aus sah sie nur den Hinterkopf ihrer

Nichte. Ihr Glück umgab sie wie eine Gloriole. Ernestine von Wallnau schüttelte den Kopf und richtete den Blick auf das Brautpaar vor dem Altar.

Auch diese beiden umgab das Glück wie ein leuchtender Schimmer. Hier verstand sie erst recht nicht, wieso ihrer Hochzeit eine derartige Aufmerksamkeit gezollt wurde. Sie selbst wäre nie hingegangen, wenn ihre Nichte sie nicht darum gebeten hätte. Nach allem, was geschehen war, betrachtete sie Christiana weiter als Freundin. Ihre Neigung zu den unteren Schichten war wirklich völlig unangemessen. Ein Arzt mochte noch angehen, aber diese Magd ..., die die Frechheit besessen hatte, sich in das Hoflager einzuschleichen, und dafür vom Kurfürsten nicht nur begnadigt worden war, sondern auch die Erlaubnis zur sofortigen Heirat erhalten hatte. Nicht, dass sie die Handlungen des hochedlen Kurfürsten und Königs von Polen beanstanden wollte, aber dies war völlig unangemessen.

Der Priester war bei den Fragen an das Brautpaar angekommen.

»Ja, ich will«, antwortete Adrian mit kräftiger Stimme.

»Ja, ich will«, sagte auch Christiana, aber viel leiser. Sie musste zweimal ansetzen und sich erst räuspern, bevor sie ein Wort herausbrachte.

»Ich erkläre euch zu Mann und Frau«, sagte der Priester und legte die Hände von Braut und Bräutigam ineinander.

Warm schlossen sich Adrians Finger um ihre. Sie waren nun miteinander verheiratet – Christiana konnte es kaum glauben. Leicht lehnte sie sich an ihren Mann und schaute zu ihm auf. Die restlichen Worte des Priesters rauschten an ihr vorbei. Sie kehrte erst aus ihrer Versunkenheit zurück, als der Gottesdienst endete und Adrian sie aus der Kirche führte.

Draußen empfingen sie Jubel und Hochrufe. Blütenblätter regneten auf sie nieder. Wie ein Fürstenpaar gingen sie durch die Gasse, die die Leute freigelassen hatten. Adrian hatte einen Arm um Christianas Schultern gelegt, und sie spürte seine Freude.

Über einen Teppich aus Blütenblättern gingen Christiana und Adrian zum Röderauer Krug, in dem ein Festmahl für das Brautpaar und alle Kirchenbesucher gerichtet war. Laetitia von Kobsdorff hatte es gespendet, und wie eine nahe Verwandte saß sie beim Essen neben Christiana. Die hatte das Gefühl, keinen Bissen herunterzubringen vor lauter Glück, schaffte dann aber einen Teller Bohnensuppe, gefolgt von gedünstetem Hecht, Ochsenschulter, Fruchtkuchen und Makronenkeksen – der Appetit kam mit dem Essen. Zu allem gab es weißes Brot, zwei verschiedene Weine und drei Sorten Bier. Die Backwaren stammten von den Bäckern des Hoflagers, damit wollten sie ihren Teil zur Hochzeit eines Zunftbruders beitragen.

Das alles fand auf der Wiese hinter dem Gasthaus statt, und zum Schutz gegen die Sonne waren dort Baldachine aufgestellt, ganz so, als befände man sich im Hoflager. Der Tanz war in vollem Gange, Emilius' Großmutter hatte sich allerdings schon zurückgezogen, als das Brautpaar von Verwandten und engen Freunden ins Hochzeitsbett gebracht wurde. Auf Christianas Seite übernahmen das Therese, Laurenz und Emilius. Als Letzter schloss sich Bäckermeister Mingel an. Adrian wurde begleitet von einem weiteren Bäcker aus Lockwitz sowie einem aus Nickern und einem aus Niedersedlitz, außerdem ließ es sich der Hofbäckermeister Johann George Schmiedt nicht nehmen, den Bruder zu begleiten, der sich bei ihm so besorgt nach dem Verbleib einer Magd erkundigt hatte.

Letzte Glückwünsche wurden ausgesprochen, ein letztes Glas auf das Brautpaar getrunken, bevor es Adrian gelang, alle Besucher aus der Kammer hinauszudrängen und hinter ihnen sehr sorgfältig die Tür zu verriegeln.

»Die sind wir los«, sagte er und drehte sich zu Christiana um.

Seine Frau saß auf dem Bett und knitterte Stoff ihres Rockes zwischen den Fingern. Sie sah sehr verletzlich und sehr unschuldig aus. Adrians Herz floss über vor Liebe zu ihr. Er setzte sich neben sie und griff nach ihrer Hand.

»Das schöne Kleid.«

Sie sah auf ihre Hände, glättete den Stoff, indem sie darüberstrich. »Das ... das ist nichts.«

»Das ist dein Hochzeitskleid. Du wirst es dein Leben lang in Ehren halten. Und deine anderen schönen Kleider auch.«

»Ich weiß nicht, ob ich immer daran erinnert werden will. An die Zeit des Campements, meine ich. Unsere Hochzeit werde ich nie vergessen.« Christiana hatte in dem türkisfarbenen Kleid geheiratet, das immer noch ihr schönstes war. Laetitia von Kobsdorff hatte auch bestimmt, dass sie alle Kleider behalten durfte, die Emilius ihr gegeben hatte, so dass sie nun über eine Truhe kostbarer Gewänder verfügte.

Sie holte tief Luft. »Die Kleider können wir verkaufen, ich werde nie wieder Gelegenheit haben, sie zu tragen. Jedenfalls hoffe ich das. Sie sind aber sicher einiges wert, und du kannst sie als meine Mitgift betrachten.«

»Als ob es mir darauf ankommt. Ich habe dich nicht geheiratet, weil sich deine Kleider verkaufen lassen.« Adrian verstand, dass dieses Gespräch über Kleidung nur ihrer Verlegenheit geschuldet war und weil sie sich ein wenig vor dem fürchtete, was die Nacht bringen würde. Sollte es überhaupt möglich sein, liebte er sie dafür noch mehr.

»Ich habe sonst nichts von Wert, was ich mit in die Ehe bringe.«

»Der Schatz deiner Rezepte ist mehr wert als jedes Kleid.«
Er stand auf und füllte am Tisch ein Glas Wein.

Sie tranken abwechselnd daraus, und während Christiana
es hielt, zog er die Nadeln und Schmuckspangen aus ihrem
Haar, löste die vordere Verschnürung ihres Kleides und öffnete alle Haken, die er finden konnte. Das Weinglas war leer,
als er damit fertig war, und er stellte es auf den Boden. Behutsam streifte er Christiana das Oberteil ihres Kleides von
den Schultern, und als sie in Hemd und Mieder vor ihm saß,
musste sogar er die Luft anhalten, so schön war sie. Sie zitterte, als wäre ihr kalt, obwohl in der Kammer die gleichen
sommerlichen Temperaturen wie draußen herrschten.

»Du weißt, was nun passieren wird?«

»Du machst mich richtig zu deiner Frau.«

»Ich meine, du weißt, wie das genau vonstattengeht?« Es
fiel auch Adrian nicht leicht, dieses Gespräch zu führen. Er
hatte ein paarmal bei Frauen gelegen, aber dabei hatte es sich
immer um ein hastiges Gefummel in der Dunkelheit gehandelt, auf zu engem Raum und in der Furcht vor Entdeckung.
Wie anders war es jetzt. Er befeuchtete die Lippen.

»Ni-nicht alles. Aber du weißt es?«

»Vertrau mir, und fürchte dich nicht. Ich will dir nicht
wehtun, aber vielleicht muss ich das. Es gibt da diese Sache
bei Frauen ...«

»Das weiß ich«, unterbrach Christiana ihn. Aus Andeutungen der älteren Schülerinnen in Altenburg glaubte sie zu
wissen, dass es einer Frau beim ersten Mal Schmerzen verursachte und danach nie wieder.

»Ich will dir dafür alle deine Kleider ausziehen, und du
sollst das Gleiche bei mir tun«, flüsterte er heiser.

»Wirklich alle?«

Diese Frage ließ sie beide auflachen und danach war das
Eis zwischen ihnen gebrochen. Christiana ließ sich von ihm

lenken und zeigte keinerlei Verlegenheit, als sie nackt auf dem Bett lag. Sie erwiderte seine Küsse, strich über seinen Rücken und erforschte bald andere Regionen seines Körpers, zuerst mit den Händen, denen sie die Lippen folgen ließ. Sie ging dabei langsam und gründlich vor und brachte Adrian beinahe um den Verstand.

Die Lust auf seine Frau wuchs ins Unermessliche, und er hätte sich am liebsten auf sie gestürzt, um sich in ihr zu erleichtern. Es fühlte sich an, als könnte er es keinen Augenblick länger aushalten, aber er bezähmte sich. Es sollte für sie so erfüllend sein wie für ihn, und dazu gehörte es nicht, dass er sich ihr ohne Rücksicht aufdrängte. Er küsste ihre Brüste und reizte ihre Lust, indem er zwei Finger in ihre Scham einführte.

Nach einem kurzen Moment der Unsicherheit stöhnte Christiana und wölbte ihm ihren Leib entgegen. Die Beine weit gespreizt, lag sie auf dem Bett und war nun bereit für ihn. Adrian legte sich auf sie und drang halb in sie ein.

»Jetzt kommt es gleich«, flüsterte er und stieß im selben Moment hart in sie. Er spürte ihren Widerstand und hatte ihn gleich darauf überwunden.

Für Christiana war es ein kurzer scharfer Schmerz, der schon wieder vergangen war, bevor sie protestieren konnte. Die Freude an ihrem Tun ergriff gleich wieder Besitz von ihr, als Adrian sich in ihr bewegte. Auf dem Höhepunkt ihrer Liebe stieß sie einen spitzen Schrei aus und gleich darauf gab auch Adrian seinem Verlangen nach.

Hinterher lagen sie nebeneinander, ihr Kopf auf seine Brust gebettet.

»Habe ich dir sehr wehgetan?«, wollte er wissen.

»Nein, gar nicht.« Tatsächlich war der kurze Schmerz in ihrer Erinnerung beinahe zu einem Nichts verblasst. Dafür überwogen Freude und Zufriedenheit.

»Meine wunderbare Frau.« Adrian küsste ihren Scheitel.

»Ich wünsche mir ein halbes Dutzend Kinder von dir, und sie sollen alle aussehen wie du«, sagte sie versonnen.

»Du sollst so viele haben, wie du willst, aber mir wäre es lieber, sie hätten deine strahlenden Augen und dein Näschen. Was machen wir denn da?« Den Gedanken an eigene Kinder hatte Adrian bisher immer weit von sich gewiesen, aber nun dachte er, wie schön es wäre, das Haus in Lockwitz mit ihnen zu füllen, ihr Lachen zu hören und auch mal ihr Weinen.

»Die eine Hälfte so und die andere so.«

»Das wird was. Meinen Vater wird es jedenfalls freuen, wenn Enkel um ihn herumtoben und er das Jüngste auf den Knien schaukelt.«

Die Erwähnung ihres Schwiegervaters brachte Christiana dazu, den Kopf zu heben. »Weiß er von deiner Heirat? Wird er mich mögen?«

»Ich habe ihm einen Brief geschrieben, aber es kann sein, dass wir Lockwitz erreichen, bevor er dieses Schreiben in Händen hält. Ich will, dass wir uns so schnell wie möglich auf den Weg begeben. Mach dir keine Sorgen, er wird dich vergöttern, sobald du ihm eine deiner Torten gebacken hast.«

»Daran soll es nicht fehlen. Ich backe jeden Tag eine Torte, wenn er das will und du auch.«

»Im Moment will ich mehr, dass wir etwas für dein halbes Dutzend Kinder tun.«

»Haben wir das nicht schon?« Christiana richtete sich halb auf und setzte sich auf seinen Leib.

»Nicht genug für das halbe Dutzend.«

»Und ich dachte immer, es kommt eins nach dem anderen.« Sie strafte ihre Worte allerdings Lügen, als sie damit begann, ihn zu küssen.

Das war der Auftakt zu einer Reihe weiterer Liebesspiele in dieser Nacht.

Es dämmerte bereits der Morgen, als sie erschöpft und eng aneinandergeschmiegt einschliefen.

Am Tag nach der Verabschiedung der ausländischen Gäste und der Hochzeit zwischen Adrian und Christiana wurde das Campement aufgelöst. Adrian erhielt am frühen Morgen im Gasthof den Besuch eines Pagen, der ihm ein Dokument übergab und sich gleich wieder verabschiedete. Das Schreiben war mit einem beeindruckenden Siegel verschlossen, in dem er die polnische Königskrone erkannte. Aufgeregt und ein wenig ängstlich strich er mit den Fingern darüber.

Was mochte der Kurfürst von ihm wollen? Eigentlich war er nur aufgestanden und hatte das Brautgemach verlassen, um sich zu erleichtern. Der Page hatte ihn abgefangen, als er wieder auf dem Weg nach oben gewesen war, und Adrians knielanges Hemd mit einem herausfordernden Blick bedacht. Den Brief in der Hand, kehrte Adrian ins Brautgemach zurück. Christiana erwartete ihn dort im Bett sitzend. Das Laken bedeckte ihre Beine, ließ jedoch den Oberkörper frei und gewährte ihm einen Blick auf ihre straffen Brüste. Hitze schoss in seine Wangen.

Christiana lächelte ihm entgegen. »Wo warst du?«, wollte sie wissen.

»Unten.« Er schwenkte den Brief. »Ein Page war da und hat mir eine Nachricht unseres durchlauchtigsten Kurfürsten übergeben.«

»Was steht drin?«

»Ich habe noch nicht nachgeschaut.« Adrian setzte sich auf den Bettrand, legte den Brief auf Christianas vom Laken bedeckten Oberschenkel. »Was könnte es sein?«

»Gute Wünsche für unsere Ehe.« Christiana schob einen Fingernagel unter den Rand des Siegels.

»Unser Kurfürst, Gott beschütze ihn, schickt uns doch keine Glückwünsche, als wäre er ein Verwandter, der zu unserer Hochzeit nicht kommen konnte.«

»Immerhin hat er uns befohlen zu heiraten, war dann jedoch nicht bei der Hochzeit.«

»Er ist unser Kurfürst. Da kommt er nicht in einen Dorfgasthof, um uns bei unseren Sprüngen zuzusehen, die wir Tanz nennen.«

»Immerhin waren Emilius von Kobsdorff und seine Großmutter da.« Christiana rutschte neben Adrian auf die Bettkante und zog sich dabei das Laken um die Schultern, das nun leider ihre Blößen verdeckte. »Für mich hast einzig und allein du gezählt. Niemand sonst hätte kommen müssen.«

Die Antwort bestand in einem Kuss auf ihre Schläfe. Gemeinsam erbrachen sie das Siegel, Adrians Hand bedeckte dabei ihre. Der Brief war in einer ordentlichen Kanzleischrift geschrieben mit einem sorgfältig ausgeführten und verzierten Initial.

Christiana legte Adrian den Brief in den Schoß. »Lies ihn mir vor.«

Er hielt ihn sich recht dicht vor das Gesicht beim Lesen. Zunächst stockend, dann immer flüssiger ließ er sie das Geschriebene wissen.

»Du sollst für unseren gnädigen Kurfürsten einen Striezl für das Weihnachtsfest backen«, fasste Christiana den Inhalt des Briefes in einem Satz zusammen. »Wie soll das gehen?«

»Er soll ja nicht so groß wie der des Campements werden. Hier steht, wir sollen nicht mehr als zwei sächsische Pfund Mehl verwenden.«

»Vielleicht mit Rosinen und weihnachtlichen Gewürzen.« In Christianas Gedanken formte sich bereits das Rezept für einen ganz besonderen Striezl. »Wir können einen süßen Striezl backen und ihn außen mit Butter und Zucker einstreichen. Das wird unserem gnädigen Kurfürsten schmecken, ich sage es dir.«

»Meine Christiana.« Adrian drückte sie an sich. »Hier steht noch etwas in dem Brief.« Er hielt ihn sich wieder dicht vor das Gesicht und las weiter.

Kaum hatte er geendet, umarmte Christiana ihn stürmisch. »Hofbäcker, du sollst Hofbäcker werden. Adrian, das ist wunderbar. Wie viele Bäcker in Kursachsen dürfen sich so nennen? Nicht allzu viele, wette ich. Meister Mingel wird platzen vor Ärger. Und ich bin so stolz auf dich.«

»Du und deine Backkunst haben ihren Anteil daran.«

Christiana sprang aus dem Bett, wickelte sich das Laken um den Leib und steckte es fest. So gewandet, hüpfte sie zur Kommode, auf der eine Schüssel und eine Kanne mit Wasser standen. Sie goss das Wasser in die Schüssel und tauchte die Hände hinein. Adrian schaute ihr zu, wie sie sich wusch. Endlich drehte sie sich um. Das Laken rutschte, ringelte sich gleich darauf zu ihren Füßen.

»Worauf wartest du noch?«

»Worauf soll ich warten?«

»Zieh dich an. Wir haben keine Zeit mehr, wir müssen nach Lockwitz und backen.«

»Wir haben gerade einmal Ende Juni; bis wir einen Striezl an den Hof liefern müssen, haben wir beinahe sechs Monate Zeit.«

»Ich möchte möglichst schnell deine Backstube sehen, dein Haus und deinen Vater kennenlernen. Außerdem mein neues Leben an deiner Seite beginnen.«

Das ließ sich Adrian nicht zweimal sagen.

Dramatis Personae

Ein Überblick über die wichtigsten Personen des Romans. *Historische Personen sind kursiv dargestellt.*

Christiana Johanni – Magd, Bäckerin und bei Bedarf auch adelige Cousine

Emilius von Kobsdorff – junger Mann, dem keine Idee zu ungewöhnlich ist, um sie nicht in die Tat umzusetzen

Laetitia von Kobsdorff – seine Großmutter, die über unerwartete Fähigkeiten verfügt

Adrian Siebert – Bäckermeister aus Leidenschaft

Laurenz Schumann – Arzt und Emilius' gutes Gewissen

Therese von Haynau – Christianas unerschütterliche Freundin und eine junge Frau auf Brautschau

Ernestine von Wallnau – ihre Tante und eine würdige Matrone

Gräfin von Diefenthal – liebt sich, ihren Hund und sonst nichts

Friedrich August – sächsischer Kurfürst, als August II. auch König von Polen, heute bekannt als August der Starke

Friedrich Wilhelm – König von Brandenburg und Preußen, auch Soldatenkönig genannt

Friedrich – sein Sohn, gerade 18 Jahre alt, wird einst Friedrich der Große genannt werden

Major Katte – sein Freund und Berater in allen Lebenslagen

Johann George Schmiedt – sächsischer Backmeister mit einem großen Herz für seine Untergebenen

Nathan Leberecht von Scholl – Pflanzenforscher und Welt-
reisender

Justina von Greywitz – hat ihre eigene Art, sich die Zeit zu
vertreiben

Wolfhardt von Quirin – Kartenspieler von Beruf und aus
Leidenschaft

Hermann Carl von Lobschütz – ein Freier, der lieber nur
Jäger wäre

Monchou – ein kleiner Hund

Sowie eine Vielzahl von Soldaten, Dienern und anderen Damen und Herren.

18 Scheffel Mehl
4920 Eier
3 Tonnen Milch
1 Tonne Hefe
1 Tonne Butter

Daraus wurde am Ende des Großen Campements der Riesenstollen gebacken. Dass das nicht den Stollen ergibt, den wir heute kennen, braucht keine weiteren Worte. Es wird eher ein Brot als ein Stollen gewesen sein. Beeindrucken sollte wohl nicht die Qualität des Gebäcks, sondern die schiere Größe. Christiana und Adrian hätten es lieber anders herum gehabt.

Es ist und bleibt jedoch eine gewaltige Leistung, mit den Mitteln des 18. Jahrhunderts ein solches Gebäck auf den Pferdewagen zu bringen. Dass ein Brotmesser hier nicht viel ausrichten kann, sondern ein Schwert her muss, leuchtet sicher jedem ein. Der Riesenstollen und die enorme logistische Leistung des Lagers haben mich seit jeher fasziniert. Für vier Wochen eine Residenz auf der Wiese zu errichten für Dutzende Staatsgäste und ihren Anhang – es müssen hunderte, wenn nicht tausende von Herren und weniger Damen gewesen sein. Was lag näher, als das Große Campement mit einer Geschichte um das Backen zu verbinden?

Beim Schreiben gab es auch Schattenseiten. Das schwierige Verhältnis zwischen dem preußischen König Friedrich

Wilhelm und seinem Sohn war eine davon, und insbesondere die schlimme Szene der öffentlichen Demütigung hat mir beim Schreiben die Tränen in die Augen getrieben. Diese Dinge sind allerdings historisch überliefert, und dann gehören sie in einen historischen Roman auch hinein. Die meiste Zeit hatte ich jedoch Spaß beim Schreiben und mit der Geschichte.

Die Geschichte um Christiana und Adrian, Emilius von Kobsdorff und Laurenz Schumann ist erfunden. Die geschilderten Begebenheiten des Großen Campements, also die Manöver, die Krankheit der beiden Monarchen, der Ball oder Opernaufführungen, ebenso wie die Unfälle haben tatsächlich an den jeweiligen Tagen stattgefunden. Ich habe mir lediglich erlaubt, sie auszuschmücken und mit meiner Geschichte zu verbinden. Fehler in der historischen Darstellung gehen dabei ganz allein auf mein Konto.

Ich danke allen, die mir mit Rat und Tat zur Seite gestanden haben, allen voran meiner seit Jahren treuen Testleserin Theresa, ohne deren Anmerkungen in der Geschichte einiges anders gelaufen wäre, meinem Partner Detlef, weil er mich seit Jahren mit den Helden meiner Romane teilt. Mein größter Dank gilt jedoch Ihnen, liebe Leserinnen und Leser, die Sie meine Romane mögen.

Wer sich an einer Variante des obigen Rezepts versuchen möchte: 1 sächs. Scheffel entspricht 103,829 Liter.

Birgit Jasmund
Dresden, im Juli 2018